侯令军　著

上海文艺出版社
Shanghai Literature & Art Publishing House

图书在版编目（CIP）数据

太浮山传奇 / 侯令军著 . -- 上海：上海文艺出版社, 2024

ISBN 978-7-5321-8917-5

Ⅰ.①太… Ⅱ.①侯… Ⅲ.①侠义小说－中国－当代

Ⅳ.①I247.5

中国国家版本馆 CIP 数据核字 (2023) 第 255906 号

发 行 人：毕　胜
策 划 人：杨　婷
责任编辑：汤思怡
封面设计：悟阅文化
图文制作：悟阅文化

书　　名：太浮山传奇
作　　者：侯令军
出　　版：上海世纪出版集团　上海文艺出版社
地　　址：上海市闵行区号景路 159 弄 A 座 2 楼
发　　行：上海文艺出版社发行中心发行
　　　　　上海市闵行区号景路 159 弄 A 座 2 楼 206 室　201101　www.ewen.co
印　　刷：三河市华东印刷有限公司
开　　本：710×1000　1/16
印　　张：29.5
字　　数：530 千
印　　次：2024 年 3 月第 1 版　2024 年 3 月第 1 次印刷
I S B N：978-7-5321-8917-5/I.7025
定　　价：95.00 元

告读者：如发现本书有质量问题请与印刷厂质量科联系　电话：13933936006

目录

第一章
襄阳城义救落难女
清风寨险中奸人计

公元1642年，也就是明崇祯十五年。

这年的冬天，中原地区的天气特别地寒冷。

一个朔风劲吹，雪花纷飞的上午。

由桐柏山西去襄阳古城的官道上，白雪皑皑。

一位头戴星光道巾，身穿灰色素衣，凤目疏眉，神色飘逸，背负剑器的英俊道长骑着一匹矫健的白马，缓步而行。雪花在寒风的呼啸声中从空中肆意飘落下来，人和马的身上早就不知不觉地积了厚厚的一层。

白人，白马，白色的官道和旷野。

马蹄踏在雪地上，一路发出有节奏的低沉的雪层坍裂声。

云幕低垂，寒气凛冽。天地间唯有纷扬的雪花狂乱飞舞。

路上行人稀少。直到中午时分，道长在一家小客栈用过午饭，又给马匹喂了一些草料，刚刚策马行得一程，他才发现，官道上迎面而来的人忽然一下子多了起来。有的独自蹒跚，有的三五成行，而更多的则是成群结队，拖儿带女，背着简单得不能再简单的铺盖包裹。而所有的这些人均是行色匆匆，神色慌张，俨然一副逃难模样。

"难道前面要打仗了？不会吧？前面可是襄阳城哩。"

一念及此，道长的一对疏眉就很快拧成了两道细黑的横杠。

道长思虑片刻，翻身下马，拍了拍身上的积雪，拦住一群衣衫褴褛的行人。一打听，自己的猜测果真没有错。

道长站在路边，不由自主地望向官道上的逃难之人，又抬起头来，仰面望了望飘着雪花的灰蒙蒙的天空。

"战事一起，首先遭殃的就是这些可怜的黎民百姓。"

道长无奈地摇了摇头，叹息良久，然后纵身上马，策马疾驰而去。

日暮时分，道长进了一家客栈。客栈门口两边的台阶上，坐满了同样衣衫褴褛，蓬头垢面，目光无神的逃难之人。

道长进得大堂，取了包裹和长剑放在桌上，叫了两个素菜，一碗饭。他正准备提起筷子用饭，却发现在眼角的余光里有一个小小的身影朝他直晃了过来。他不假思索，右手一伸，便按在了剑柄上，与此同时，警觉地一抬头，惊讶地发现：那身影却是一个穿着破烂，脸上布满灰尘的小女孩。

小女孩顶多十一二岁，面黄肌瘦，蓬乱的黄头发用一根灰白色的小布条随意地扎在一起，垂在脑后。她径直地走近道长的桌边，直直地看着他，无精打采的眼神里竟毫无惧色，两片憔悴的小嘴唇微微喘动着。

她完全不像是一个刺客，而是一个很寻常的正处于饥饿中的小女孩。

道长松了按住剑柄的手。

显然，她是饿极了。

道长的心有如芒刺一般，本能地紧缩了一下。他连忙招手，叫店家再盛一碗米饭来，放在小女孩面前。

他伸出手来，摸了摸小女孩的头，和蔼地对她小声道："不要怕，坐下来，慢慢吃。"

此时的小女孩，眼里除了保命的食物，已经早就没有了任何的恐惧。

小女孩无声地对他点点头，顺着凳子坐了，拉过碗来，急急地往嘴里扒拉起来，两行清泪也同时悄然流下。

道长心中一阵隐疼。他默默地看着小女孩的神情，用自己的筷子给她碗里夹了几筷子菜，用极温和的语气安慰道："慢慢吃！慢慢吃！"

等到小女孩快要把那一碗饭吃完了的时候，一对中年夫妇模样的人，满身雪花，神色慌张地急急从门口闯了进来。见此情景，俩人连忙向道长作揖道谢。

"多谢恩人！多谢恩人！"

道长看了看孩子的父母，一样的尘色满面，衣衫破旧，头发凌乱。稍作停顿，他从身上摸出一些碎银，递在那男子手里。

"拿着吧，不要饿着了孩子。"

道长丢下这句话，再次看向那小女孩，爱怜地摸了摸她的头，然后匆匆吃了饭菜，拿了包裹和长剑，叹息着上楼而去。

午夜时分，风停雪住，沉云消失殆尽，一轮凄清的冷月和几颗寒星竟出现在了深邃冷冽的夜空中。

翌日，曙光一现，道长就匆匆起床，洗漱、用餐完毕，接着策马上路。一路上也还是拖儿带女的难民。不久，红红的太阳出来了，天地之间一片耀眼的明亮。约莫两个时辰后，道长见到了几座驻扎在官道边的军营。上前一打听，原是闯王李自成的部下，正准备攻打襄阳城。这里离襄阳城其实还有着几十里的路程。道长见了这些兵士，心里不仅没有丝毫的反感和奇怪，反倒是格外平静和亲近。因为，这几个月以来，他就一直在闯王部队活动频繁的中原一带游历。他接触过他们的士兵和带兵长官，认为他们并不是见人就杀的魔王，相反，倒是觉得他们很仁义，很友善，更能善待百姓。一路上，他还听到过这样的歌谣："开城门，迎闯王，闯王来了不纳粮。"可见，李闯王的农民军还是深得民心的。

道长信马由缰，缓缓而行。几个剽悍的汉子策马迎面驰来。一照面，他们就勒住了马头。一个黑面长脸、目光犀利的瘦高个中年汉子警惕地上下打量着他，另有一个年龄与之相仿的手提棍棒的胖子就向他高声问道：

"道长，是去襄阳城吗？"

"正是。"

道长双手在胸前一揖，不紧不慢地回答。

"襄阳城就要打仗了，别人唯恐逃之不及，你倒好，还要往里面钻，你不怕死吗？"

"我去南边荆州城，要从那里路过。多谢军爷的提醒。"道长朗声回道。

几个人上看下看，左看右看，实在看不出有什么可疑的地方，就扬鞭策马，呼哨着向另处驰去。

黑面长脸的汉子在马背上本能地又回头扫了年轻英俊的道长一眼，见他面相清秀，神情飘逸，一个出家人装扮，实在是不像一个奸细。

这时，路面上的积雪在暖阳的照射下已经开始在悄然融化，本是洁白的路面上已经有了无数的带着黄色泥巴的脚印窝子。马蹄脚印深陷的小凹坑里开始有了浅浅的融化的积水。

道长扬了扬手中的缰绳，马儿一路轻快地小跑起来，马蹄嘚嘚。

薄暮时分，道长刚好赶到了襄阳城外的荒郊。一抬头，却见城外江边一带大火猛然熊熊烧起，浓烟滚滚，火光映红了暮色笼罩下的半个天空。

"闯王的兵马还在几十里开外驻扎，这不应该是他们干的。难道是守城的官兵已经在烧毁民宅，坚壁清野？"

道长甚是不解，勒马驻足，足足凝望了半个时辰，方才策马赶往城门。

进得襄阳城，道长大吃了一惊。整个城郭里面，早已是一副兵荒马乱景象。军士们拿着兵器，大声地吆喝着，结队成群地在大街小巷里仓皇地奔来跑去；大户人家在急急地清点着值钱的物品，装箱打包，准备运往别处。平常百姓什么都没有，三个一聚，五个一堆，纷纷向城外逃去。街道上，随意地丢弃着各种被抛弃物品，凌乱不堪。

道长空着肚子，牵了马匹，一路走来，一路拿眼四处张望。好不容易望见前面不远处，有一方写着大大的"酒"字的旗幡在乱糟糟、熙熙攘攘的临街空中有气无力地飘动着。心想，今晚暂且就在这里过一宿，明日一早赶紧上路，离开这是非之地。

第二天一用过早饭，道长就立刻打马启程，想早早地离开这纷乱之地。穿大街，过小巷。目光所及，到处是兵荒马乱景象，到处是人心惶惶惨状。道长一边行，一边拿眼四处瞧着，一边不住地摇头，感叹着这个世界的不太平，生灵涂炭。

就在这时，恰有一小队人马迎面驰来。道长正思索着欲引马避到路边，不料这一队人马来得极快，转眼间，就已勒马停在了他的身边。

带头的军官注意到了他的漂亮白马。他一眼就看上了这匹让人一见就心生欢喜的高头神骏。

"站住！干什么的？"

军官朝道长大声地喝道，声色俱厉。

"过路的。"

道长双手一揖，不卑不亢。

"过路的？"

军官一对三角眼死死地盯着道长，冷笑道："我看你不像是个过路的，倒像是个打探军情的奸细。"

他不容道长申辩，转身就朝他的手下高声叫道："把他抓起来，严刑审问。"

话一落音，几个军兵就向他扑了过去。

真是秀才遇到兵，有理说不清。

道长不是惹事之人，但也不是怕事之人。他不想和这些军爷做过多的纠缠。他脑中心念电转，立即主意拿定。他人在马上，手握马鞍，身形疾起，一个八面旋风腿，人又重新稳坐马背。

四五个军兵就嗷嗷惨叫着歪倒在了白马的周围。

"驾！"

道长手提缰绳，一声吆喝，骏马瞬间就向前蹿出了数丈。

"哪里去？"

那军官见状，脸色骤变，一声高喝，双掌一拍坐骑，整个人便借势腾空而起，双臂一展，如苍鹰般向道长头顶疾速掠去，与此同时，双掌带风，朝道长后背重重拍出。

道长听到后面一声大喝，同时感觉到身后有一股极劲的罡风袭到。

道长并不转身，只是双腿用力一夹马肚，催马疾行，借势御了背后的掌力，右手随即向后一扬，三枚钢珠疾射而出，直奔身后偷袭者的上中下三路。

军官立感不妙，当即收掌，右手反身从背后抽刀急挡。

"咚！咚！咚！"

钢刀碰到钢珠，只听得三声清脆嘎嘣的声响。

军官身子甫地落地站定，一看钢刀，心下大骇，脸色顿时煞白。

原来好好的刀刃上竟出现了三个齐齐整整的半圆形缺口。

而就在这瞬息之间，道长和白马已经驰出了百步之遥。

"老大，要……要不要去追？"

那几个手下早已是魂飞魄荡，背脊发凉，但外表上还是强充做硬汉，一副毫不胆怯模样，急急请示道。可声音却如冷风中的树叶，瑟瑟发抖。

军官心有余悸，瞟了一眼远去的道长背影，一脸灰蒙地摇了摇头，丧气地摆手道："算了，不要去惹那个丧门星，我们不是他的对手。"他心疼地看了看自己手里拿着的钢刀，往地上一掷，不甘心道："我本来是看上了他的那匹好马，想讹他一下，把他的马赚到手，不想，偷鸡不成，却还赔上了一把好刀。"

原来，这把钢刀是用秦岭太白山险峰玄铁锻造而成，锋利无比，吹发可断，已经跟随他多年了。

"呸！"

军官望着道长远去的背影，悻悻地"啐"了一口。

道长一路疾行，左转右拐，估计离城门也不会太远了，便轻抖缰绳，让马匹放慢了脚步，想让它稍歇会儿。就在这时，一阵厮杀声传进了他的耳朵里。他本能地勒马驻足，仔细张听，发现声音就在近处的某个巷子里，好像还夹带着一个年轻女子的尖叫声。

道长连忙勒马回头，循声打探。

行得数丈，道长发现在一条狭窄的胡同里，五六个士兵正在嬉皮笑脸地围攻一个着一身黄色衣衫的年轻姑娘。姑娘手里操一根木棒，一边嘶喊，一边奋力格挡着从不同方向攻来的刀剑。

一个年轻姑娘哪里是几个在疆场厮杀的士兵的对手？五六把刀剑戏耍般地在姑娘四周一阵砍来削去，有如猫戏老鼠一般，姑娘大汗淋漓，气力渐弱。

姑娘与其说还在抵抗，倒不如说是在拼死一搏。

"住手！"

一声断喝，有如一声惊雷从天空炸下。

"朗朗乾坤，光天化日，你们身为朝廷军兵，竟敢如此放肆，欺负一个孤身弱女子。"

众士兵一阵惊愕，回头看时，却见是一个道长模样的年轻人立在他们身后，正用手怒指着他们。

一个拿剑的胖士兵往同伴"嘿嘿"一笑，眼睛就眯成了一条缝，大声嬉笑道："呵，竟还有管闲事的。"随即沉了脸，转向道长恼骂道："你一个臭道士，不在观里烧香修道，要来这里坏爷的好事，自寻死路啊！"说罢，碗口粗的胳膊一挥，照面就是一剑刺来。

道长凝神敛气，身形不动，待他的剑尖快刺到面门，才左手疾出，用食指和中指夹住剑尖，用内力一震，"咔嚓"一声，长剑瞬时断为两截。胖士兵一个"啊"字还没有喊出口，道长的右手疾向前伸，食指和中指一骈一戳，早封住了他肋骨下的中府穴。

胖士兵就如同一根木头，直直地立在了那里。他的右手拿着那半截短剑，僵硬地横在身前，面上表情似笑非笑，似哭非哭。

"大家一齐上！"

惊愕与恼怒中，不知是谁喊了一句。

猛然醒悟的众士兵就操着各自的兵器，像发了疯似的，放了那黄衫姑娘，一起朝道长凶猛地扑过来。

"道长小心！"

黄衫姑娘急喊道。

见有了帮手，黄衫姑娘立马精神大振，手操木棒，顺手就向近处的一个士兵横扫过去。

那人背对姑娘，一双凶眼只盯着道长，没提防姑娘会迅速反击，屁股上结结实实地挨了一棒，痛得双腿一跳，"哇哇"直叫。

道长担心引来更多的军兵，不想恋战，于是取剑在手，用了三成功力，使了一招太浮山剑法中的"秋风横扫"！

只听得数道"哇哇"惊骇声，众士兵还未及看清楚，道长的身影已从他们的前面一晃而过，立在了他们的身后。他们的身形就和那个胖士兵一样：

手持半截断剑或断刀，个个立在那里，如根根木头。

这一幕，就发生在眨眼之间。

黄衫姑娘化险为夷。她连忙跪倒在道长面前，磕头谢恩，然后一转身，扑向早已倒卧在地上的一个老汉。

"爹爹啊！爹爹啊！"

黄衫姑娘一个劲儿地摇动着老汉的身体，撕心裂肺地号哭起来。

道长走过去，把手指放在老人的鼻孔下一探，没有一丝气息，又把手从衣领口伸进到胸口，试探一阵，确信老人已经走了，只得深叹一口气。

见黄衫姑娘哭声渐弱，道长便劝慰道："老人家已经走了，人死不能复生，你还是想开些，节哀顺变，尽早把他安葬，让他入土为安，亡灵也好早日超度成仙。"

姑娘一听，立马止住哭声，正欲抬头，却又忽地抱着死者大哭起来。

"爹爹啊！爹爹啊！你就这么一走，叫我怎么办啊？"

道长站在姑娘身边，听姑娘哭声凄惨，心里也是一阵难过，又不知如何劝慰才好，正踌躇间，见姑娘猛地起身，在地上寻到木棒，紧握在手，朝僵立不动的一个士兵脑部使劲地扫去。

道长眼尖手快，一伸手，抓住了木棒。

"罪孽！罪孽！不可伤人性命！不可伤人性命！"

道长连声劝道。

姑娘泪眼汪汪，望着道长："不可伤人性命，那我的爹爹是谁打死的？谁来抵命？"

姑娘见道长抓住木棒不放，"嚯"地松手，抢奔过去，用手使劲地挨个扇着那些不能动弹的士兵的耳光，一边扇，一边号哭着："还我的爹爹！还我的爹爹啊！"

扇累了，姑娘转身又一头趴在死者的身上号啕大哭起来：

"爹爹啊，你叫我一个人怎么办啊？"

道长心里着急起来，若有官兵听到哭声赶来，那脱身就麻烦了。自己虽然可以全身而退，可眼前的这位姑娘呢？还有她死去的爹爹呢？想到此，道长就顾不得那么多了，大声地提醒姑娘道："姑娘，事情已经这样了，哭也无济于事，我们现在得赶快离开这里，不然，官兵赶来，就有麻烦了。"

姑娘一听，这才止住了哭泣，抹了一把眼泪，立起身来对道长道："我爹爹怎么办？况且，我也没地方可去。"

道长一怔，惊问道："你的家在哪里？"

姑娘道："我老家在安徽，不是饥荒就是兵灾，我和我爹一直就在外漂泊流浪，靠卖唱营生，哪还有什么家？"

"原来是这样！"

道长不由得心生怜悯。

"那怎么办呢？"

道长环顾左右，一时也想不出一个稳妥的办法，看来，只好带姑娘先离开这里，把他爹爹安葬再说。

道长用手指将嘴唇一撮，一声呼哨，白马闻声立刻从巷口奔了过来。道长把死者抱起，横放在马背上，自己一个翻身跃上，然后一伸手，抓住姑娘的手臂，只轻轻一提，就把姑娘放了他的身后。

"抱紧我，我们先出城。"

道长提醒姑娘道，然后双腿一夹马肚，"驾！"的一声，白马就放开四蹄在街道上奔跑起来。

不一会儿，他们就赶到了城门边。守城士兵拦住询问。道长指着死者道："家中老人得了急病，刚刚过世，我们正赶着回家安葬。"

一个士兵走到死者身边，用手一探，像被马蜂蜇了般，本能地眉一皱，头一歪，连忙摆手示意叫他们快走。

出得城来，道长心里安稳了许多。他们走到护城河边上，看到有无数的人站在寒冷的河堤上朝河岸码头处张望，交头接耳，情绪激动，似乎正在议论着什么。

道长正想问路，就住马向其中一人打听这里发生了什么事情。

那个人用手一指码头说："看见没，左大帅的军爷们正在强征这些商户的大船呢。"

"左大帅？就是那个和李闯王是死对头的左大帅？"道长问道。

"不是他还是谁？"那人愤愤道。

道长摇摇头，道："他们官兵自己没有船吗？"

那个人看着道长，说："他们自己的船？昨天天黑的时候，那边的老百姓悄悄地摸上他们的大船，一把大火烧了个干干净净。火光冲天，我们在这边都望得见呢。"

道长想起自己昨天天黑时看见过的大火，明白了原来那就是烧船的火。他连忙问那人道："老百姓怎么会去烧官军的船呢？难道不要命了？"

那人神色一变，赶忙四下里看看，见近处无人注意他们，这才小声地对他嘀咕道："什么鸟官军！他们驻扎在这里，奸淫掳掠，无恶不作，这里的老百姓对他们已是恨之入骨。听说李闯王的人马上就要攻城了，老百姓正暗暗高兴着呢。"

原来竟是这样！

道长问明了情况，然后又问清楚了前往荆门的官道，便谢了那人，策马一路向南而去。

黄衫姑娘在马背上一开始还很是拘谨，毕竟这还是她生平中第一次搂抱着一个大男人，更何况又还是一个陌生的青年男子。所以她始终让自己的身子与道长的脊背保持着一个适当的空间。可时间一长，姑娘一低头看见了横卧在马背上的爹爹尸骸，内心立是凄苦无边，想着这陌生的男子又不知会把自己带往何处，泪水一下子又涌出眼眶，径自抽泣起来，身子也一起一伏，不知不觉中竟将自己的身子紧紧地贴在了道长的后背上。

与此同时，道长的脑子里也一刻没有消停下来。他想着如何安葬死者的事情。要找人承头料理，要购买棺材，还要找几个道士，还要找一块坟地，还得征求地主的同意等等。这些事情找小户人家肯定是不行的，只有大户人家才有能力来承办料理，又还不知道人家愿意不愿意。所以，道长一路策马而行，一路就盘算着这些事情，时时留心着官道两边的农舍和村寨。一直行了约二三十里路程，已近晌午时分，才远远地望见在一片山岭峡谷间有一处很有气派的寨子模样。

"肯定是一大户人家了。"道长猜测着。

道长大喜，正欲下马去打探，就望见一位老者从对面迎着慢腾腾走了过来。道长忙翻身下马，恭迎上去，先问了安，然后用手一指，向他打听那个寨子的情况。那老者告诉他道："那个寨子叫清风寨，是这一带数一数二的大户。寨子里住着席家三兄弟，老大席福平，老二席禄平，老三席安平，人称席家三平，口碑甚好。"

道长听了，正合心意，忙躬身谢了老者，然后就把姑娘扶下马背，吩咐她就在此候着，自己则拔足就往那寨子快步奔去。

眨眼工夫，道长就到了高大的寨门前。此时，寨门正大开着。道长只身走了进去，边走边四下里打探。行到数十步，迎面是一座三合院，正前是一长栋木楼，左右两边各是一栋稍短的厢房。正面木楼的正中间又设计有一个大门，由此通往后院。前院中一个穿戴较为体面的中年男子正吆喝着几个家仆或者是用人样的中年人在做着杂活。

见有人进来，那人便主动迎了上来。

"江南常德府太浮山玄智拜见清风寨寨主，有要事相求。"

道长意他是寨主，双手一揖，望他朗声道。

那人眉长眼小、目光带疑，把道长上下打量了一番，见他头戴星光道巾，一身素服，身背剑器，且面相不熟，不知是何来路，便警觉道："客人是东家的朋友？还是……"

见语气不对，道长忙问道："您是？"

那人道："我是这里的管家。"

道长便道："我与贵寨寨主素未谋面，只是今日之事极为特殊，所以才特地慕名登门拜访，求见贵寨寨主，还望您辛苦引荐。"

"噢……是这样。"

那人凝目再次对道长上下打量一番，思忖片刻，然后对道长道："还请道长稍候，容我先去禀报东家。"说完，便匆匆转身离去。

过了好一阵，那人才从大门里走了出来，把道长引领进去。

他边走边对道长道："鄙人姓孙，在这儿替东家管管杂七杂八的家务事。二东家和少东家出门有一段时间了，就只有大当家的在家里。"

孙管家引着道长又穿过了几进院子，才进到了一个极为讲究的客厅。客厅的中央有一个用麻石条砌的四四方方的火坑，现正烧着旺旺的柴火。

一进客厅，道长便感觉到特别暖和和舒适。

火坑的正上位，太师椅上端坐着一位半百左右，头发略略显白的肥胖男人。玄智道长细看时，见他生着一张标准的国字脸，短胡须，脸上布满皱纹，目光精亮深沉。

"这是我们清风寨的席大寨主。"孙管家给道长介绍道。

玄智道长忙拱手道："江南常德府太浮山玄智拜见清风寨席大寨主。"

那人微微起身，一伸手，做了个请的手势："道长请坐！"又侧头对那人道："孙管家，看茶！"

孙管家赶紧沏来一杯热茶，递与玄智道长。

"江南常德府道教一派有四大名山，五雷山、太浮山、桃花源和观国山，这都是远近闻名的，我亦有所耳闻。不知玄智道长今日何以到此？又有何事相求？"

"说起来，贫道也是替别人相求。"玄智道长道。

"替别人相求？"

席大寨主抬起眼皮，尽力睁大双眼，凝视着玄智道长，现出一脸的疑惑。

玄智道长便把这件事情的来龙去脉说了个详细，末了，从身上掏出一些银两，放在身边的茶椅上，对席大寨主道："这些就权且当作开支的花销。"

席大寨主忙摆手示意道长收起银两："道长这样做，就是瞧不起我清风寨了。一旦此事传扬开去，在江湖上我还有何面目示人？"转身对孙管家道："道长刚才所说的事情，你赶紧分派人手去办，现在也到午饭时候了，客人的饭菜茶水，一概不可怠慢。"

孙管家连连点头，忙退下去张罗。

席大寨主又详细地询问了道长一路上的情况，也深为眼下的动荡局势担忧。稍待片刻，孙管家进来招呼用餐。用完餐，孙管家只身奔集镇去了，席大寨主则带着道长及一众扛锹捎锄的用人出寨门来到官道上，见了黄衫姑娘，免不了同情安慰一番。姑娘泪眼婆娑，拜倒在地，千恩万谢。玄智道长将随身带来的一份饭菜取出，递与姑娘，吩咐她赶紧趁热吃了。席大寨主便引众人来到附近的一块山坡林地，左看右瞧，选了一处较为宽敞敞亮的地方作为坟地。

选好坟地，校准了坟头所对的方道，用人们就开始掘土。席大寨主陪着玄智道长一边看着用人们做事，一边天南海北地闲扯。等到墓穴挖好，管家也从集镇上赶回。一架牛拉的木板车上载着一副漆黑的棺材，香蜡、纸草、鞭炮一应准备齐全，就连做法事的道士也一并来了七八个。

玄智道长见如此麻烦席大寨主，深感不安。席大寨主倒是一副大度从容模样，见准备的东西已经齐备，剩下的就是道士磕磕碰碰的一些事情了，便拱手与玄智道长告辞，吩咐孙管家留下照看着，自己径回山寨去了。毕竟，这两天正是积雪融化的时候，天气甚是寒冷，这山坡又正当着北风。

玄智道长站在墓穴边新挖的黄土上，看着死者被用人们收敛入棺，棺材用铁钉钉好，抬入墓穴。道士们吹着唢呐，敲锣打镲，一边口中念念有词，一边绕着棺墓行走。人死灯灭，想着人的一生，就有如这荒山坡上一岁一枯荣的衰草，何其短暂，道长不觉也是悲意顿生，神情落寞。而这时，黄衫姑娘只是默默地看着眼前的情景。伤心过度的她，脑子里早已是一片空白迷茫。

等到坟堆垒成，鞭炮放过，时辰已近薄暮时分。姑娘一想到前两天自己还和爹爹一起在襄阳城里，一个拉着胡琴，一个唱着小曲，虽说颠沛流离的日子过得很是贫穷寒酸，但父女俩终日相守，倒也知足，其乐融融。转眼之间，俩人却是阴阳相隔，一个是西天路上慢慢行，一个是孤留人间尝心酸，便又悲从心来，在坟前号啕大哭起来。

众人一见，也是嘘长吁短，摇头叹息。玄智道长长话短话，又少不了劝慰一番，方把哭得死去活来、气息奄奄的姑娘小心搀扶上马背，自己牵了马，与孙管家及众用人一同转回清风寨中。

行到寨门口，席大寨主早已在那里恭候多时了。他的身边，还站着一位身材修长，相貌与他十分相似的中年汉子，可眼神却极是阴鸷。

"这位就是少寨主，刚巧从外面回来。"孙管家忙上前一步介绍道，又对那中年汉子道："这位就是江南常德府太浮山玄智道长。"

"打扰贵寨了，还请多多包涵！"玄智道长双手在胸前一揖。

"哪里！哪里！进了寨门就是朋友。"少寨主不紧不慢道，目光却在暗暗上下打量着道长和黄衫姑娘。

玄智道长忙将黄衫姑娘搀扶下马，向少寨主引见。姑娘赶紧上前屈身施礼。

少寨主连忙上前用双手扶住："不可！不可！"

一阵寒暄后，两位寨主便请玄智道长与姑娘进到后院去用晚餐。

"略备薄酒，不成敬意，还请道长和姑娘多多担待。"大寨主边行边客气地对道长说。

客随主便。玄智道长和黄衫姑娘跟着两位寨主进得后院，早有用人送来了毛巾、热水。两人奔波忙碌了一整天，又冷又倦，用热水净了手脸，人也显得清爽精神许多。

上得宴席，两位寨主自是热情大方。席间，席大寨主很详细地询问了有关江南四大道教名山的一些事情，包括住持真人、教派教义、武功心法之类。玄智道长并未饮酒，只是用了些饭菜，并浅笑着一一做了回答。黄衫姑娘因为父亲新丧，心情难过，虽说上桌端了碗筷，却又哪有心思吃饭？碍于情面，只是有一口没一口地慢慢咽着。直到两位寨主酒过三巡，喝得面红耳赤，方才散席作罢。

孙管家提了灯笼，安排好客人的寝房后便自行离去。

玄智道长站在房间廊檐上，借着昏暗的天光，向四周悄悄地细心瞧了一遍，然后又行到前院马厩处，看了看自己心爱的白马，摸了摸它吃饱了的肚皮。就在此时，他听到空中有一丝微弱的声响。心念电转，他人未转身，手依然摸着马儿的毛发，但整个人却屏息敛气，双耳凝神细听起来。

一丝细细的声音破空而来，由远及近，似是有一物悄然急速飞来。玄智道长斜眼一睨，顺手一探，抓在手中，竟是一个柔软的小纸团，展开来，见上面写着：当心！

玄智道长皱了一下眉，心下奇怪：这送纸团之人到底是何人呢？是敌？是友？是警示？还是提醒？难道这清风寨是个黑寨？

玄智道长一时百思不解。

玄智道长悄然潜回到房中，将白天的所有情形在脑海里快速地回捋了一遍，似乎并无疑点，唯有席少寨主的眼神有些阴鸷。

"他是少寨主，如果要对自己有所图谋，那他的兄长，席大寨主也必定是同谋，还有那个孙管家……难道他们是道貌岸然，笑里藏刀？……可路上那位老者却分明说这清风寨名声极好，这又是怎么回事？"

玄智道长细思之下，心中大惊。他将房门的木栓插好后，又仔细地扫视了一遍昏暗中的整个房间，也没有看出有什么异样。他将床上棉被折拢，弄成一个长条隆起形状，一眼看去，就像床上之人已酣然入睡。他自己则人不解衣，持剑在手，坐在床斜对面的墙角处，斜倚板壁墙，微眯双眼，侧耳细听。

一开始，玄智道长还是蛮有精神的，可时间一长，又寒又倦，困意袭来，竟抵御不住，不知不觉睡着了。可他毕竟是习武之人，又先在脑子里给自己提了个醒，所以，熟睡的时间也并不是很长，慢慢加深的寒意使他很快又醒转过来。

玄智道长醒后一惊，睡意立马全消。他凝神静听，似乎并无任何声响。他又开始琢磨起那个来历不明的神秘纸团来。

就在此时，他感觉到廊檐上似乎有人来了，虽然脚步声极轻，但夜深人静，玄智道长还是听得真真切切。他手中紧持利剑，双眼圆睁，悄悄地注视着房间里的动静。

一阵极轻微的声音传来。玄智道长看到一缕白白的轻烟从床边上方的一个小洞里丝丝冒出。这是迷魂香，只要闻到，不消片刻，整个人就会沉睡不醒，成为下药者的猎物。

"这清风寨可真还是龙潭虎穴。"玄智道长心中一惊，暗中思道。

一阵过后，玄智道长又看到床头地面的一块木地板竟被毫无声息地掀了起来，紧跟着冒出一个蒙面人头，然后是全身。那人一挨床边，照床正中央被子隆起处就是一刀。

这一刀下去，蒙面人忽地觉察到有点儿不对劲，心中一凛，正要掀被查看，却感到腰间被一个尖尖的硬物紧紧地顶住，紧跟着身上大椎、神道、命门三处要穴被瞬间点住。

玄智道长一把扯下神秘人脸上黑布，昏暗中认出竟是孙管家，不免也是大吃了一惊。

"贫道与你无冤无仇，为何害我？说！"

玄智道长声音很低，很冷。

屋里是死一般的寂静。

孙管家全身不能动弹。此刻，他感觉到了恐怖、寒冷和死亡！

在此之前，他还从未失过手。

而此时，在他失手后的一瞬间，他的脑海里就已经是一片空白，一片无边的恐怖的空白！现在，他背脊发冷，头在冒汗。他紧张地思索着自己到底是说还是不说。

这时，一只老鼠刚好从他刚才掀开的暗洞里爬了上来。老鼠停了下来，嗅嗅鼻子，四处张望，似在考虑该往那边走。就在这时，玄智道长两指一弹，一枚钢珠就"啵"的一声，正射在它的脑袋上。老鼠身子一抽，"吱"的一声尖叫，扑跌在地。

死亡的气息迅速地弥漫光线晦暗的整个房间。

这一幕孙管家看得清清楚楚。尽管如此，他还是坚挺着脖子，抗拒着。他不想说出杀人的理由，因为即使说出来了，他想着对方也肯定不会放过自己。与其如此，他还不如一条硬汉做到底，临死不屈。

"男子汉大丈夫，死则死耳，有何惧哉？"孙管家语气很硬。

孙管家这一说，站在他身后的玄智道长倒是怔了一下。他不想杀人，他只是想弄清楚这其中的缘由。可对手却宁死而不愿意说。看来，要逼一逼他了。

"贫道是出家修行之人，本不愿杀生。但如果你决然不说，那我只好成全你，先杀人，然后一把火烧了这清风黑寨。"玄智道长冰冷冷地说。

孙管家沉默不语。他在脑海里紧张地盘算着眼前的得失。毫无疑问，对手已经给他划出了底线，他现在已经没有了丝毫选择的余地。不说，人亡寨毁，也要殃及几位寨主；说了，或许还有补救的希望。但他还想和对手谈条件。

"我可以说，但你要答应我一个条件：我说了，我的命你可以拿去，但你要放过几位寨主。"

"贫道就知道害我不是你的本意，你是受人指使。可死到临头，你却还在替人说情，倒也是条汉子。"玄智道长本来就无杀人之心，只是想弄清原委。

"贫道答应你就是。"玄智道长冷冷道。

"其实理由很简单，我家的少寨主看上了那位姑娘，有你在，他无法得手；只有杀了你，事情才能办成。"

玄智道长舒了一口气，暗道："原来如此！竟是女色惹的祸。"

"我说完了，你动手吧，我出卖了少东家，也无颜面在世，只求一死，但希望你遵守承诺。"

玄智道长问明了姑娘现在的处境，收剑入鞘，低声道："贫道不会杀你。"

孙管家一惊，还以为听错了："你真的不杀我？"

"你虽有害我之举，但念你白天为姑娘的事情尽心操劳，且又是受你主子指使，今日贫道便不难为你，但你也须得答应贫道两条。否则，你项上人头，贫道会随时来取。"

孙管家急问道："哪两条？"

"一是从今天起，你要改邪归正，不可再助纣为虐，为虎作伥，给自己再添罪孽；二是姑娘爹爹的坟地你要代她看管好，不可让他人践踏毁坏。"

孙管家忙点头承应。

玄智道长便解了孙管家的穴道，让他引路从暗室里进到姑娘的房间。姑娘早已被迷魂香熏昏，沉睡不醒。玄智道长顾不得男女有别，连人带被子，挟在腰间，在孙管家的引领下，去马厩牵了白马，将姑娘横放于马背。这时，孙管家找来一根绳子，玄智道长心领神会，将他五花大绑捆了扔在马厩的墙角，又点了他身上的筋缩穴，遂翻身上马，顶着冷冽的寒气和夜色，出了清风寨，扬鞭而去。

第二章
江湖儿女江湖情
英雄豪气镇古城

玄智道长策马奔行了一段路程，便"吁"了一声，抖抖缰绳，让马的速度缓慢下来。

他低头看看马背上裹着棉被的姑娘，又抬头望望挂着几颗寒星的清冷夜空，再环顾四周参差不齐的黑黝黝的山峦和一些小峡谷、小坪坝，心思不由得翻涌起来。

"人说江湖险恶，果真如此。要不是有人暗中及时提醒，自己有所防范，或许，今夜自己就栽在了这个小小的清风寨。这不仅害了自己，还连累了这位身世凄苦、漂泊无所的姑娘。"

一想到此，玄智道长不由心中寒战，怒气腾腾。他在心里暗暗告诫自己，在往后的一路上自己要格外谨慎小心，千万不可再出纰漏，让姑娘跟着担心害怕。

一想到姑娘，玄智道长忙用手摸了摸棉被。隔着被子，他能感觉到姑娘温软的身子。直到现在，他还不知道姑娘的名字呢。姑娘的爹爹死了，她唯一的亲人也失去了。她无亲可投，无处可去。难道自己就真的打算把她一直带在身边，带回江南，带回太浮山去吗？那师父能接受吗？山上的师兄师弟又会怎么看自己呢？如果不这样，就只有把她半路丢下，任她自生自灭。与其这样，那又何必当初救她呢？况且，如此行事，那自己的侠义之本、仁爱之心又何在呢？身为修道之人，存真存善才是根本，这根本又岂能忘呢？

玄智道长一路思来，忽然觉得自己不知不觉中已经是身处两难了。

他一边反复思索着，一边同时警惕着官道两边的一切动静。毕竟是客乡异地、荒山野岭，山险水恶的，又是深夜行路。所以就是路边黑暗树林里偶尔发出的一两声寒鸟凄鸣，玄智道长也要静心细听，思索一番。

这样一路行来，不知不觉中天色渐渐放亮，东边山麓之巅开始显露出一片亮亮的鱼肚白，继而转为更加光亮耀眼的橘红色。这时，玄智道长感到身前的被子开始在蠕动，估计是姑娘醒了，就连忙俯身，探手欲把她竖坐起来。

姑娘似醒非醒，脑子里一片模糊朦胧。她隐隐约约感觉到似乎有人正在搂抱着自己。她根本没及细想，本能地在棉被里伸手猛地一推。玄智道长身形未动，姑娘自己的身子却挣脱卷成筒形的棉被，向地面疾速跌落下去。

玄智道长一探手，抓住姑娘的衣服，将她重新扯回被子里，又用棉被将她裹紧。

姑娘还想挣扎，却丝毫动弹不得，恼怒地转过头来，见正是昨天搭救自己的年轻道长。

"你？！"

姑娘脸上又惊又怒。

"不要动，被子里面暖和。"玄智道长道。

姑娘倏地转头，环望四周，见是山岗、丘陵、天空和官道，还有刚刚升上山岗的一轮鲜红鲜红的太阳和沁人的寒气，脑子里一下清醒了许多，这才意识到自己的身子竟是在马背上，被一床被子包裹着。她清楚地记得昨夜自己是一个人睡在一张很讲究的床上，怎么一觉醒来自己竟在马背上，又还在这个道长的怀里？

"这是怎么回事？"

姑娘转过头来，亮晶晶的双眸直逼着玄智道长，脸上布满羞赧、疑云和不可冒犯的凛然正气。

"清风寨是个黑寨，昨夜我们差点着了他们的道。幸亏有人暗中指点，我们才侥幸免于劫难，我只好带着你连夜离开那个是非之地。"

姑娘听了，张大嘴巴，倒抽一口冷气。

"那你是一夜未睡？"

姑娘杏眼圆睁，睫毛颤动，语气却是温和了许多。

玄智道长点点头。

姑娘急伸出手来，摸了摸道长衣服的厚薄，又摸了摸道长的手和脸，都是冰凉冰凉的，忙说道："把被子拿开。"

玄智道长不知道她要做什么，只得依了她，将裹着她的棉被松开。姑娘在马背上小心地转过身来，身子紧贴着玄智道长，一甩手将棉被披在他的背后，然后自己又小心地转过身去，自己将背紧靠在道长胸前，两手从两边把被子紧紧地拽紧。

玄智道长感觉到身子一下子比先前暖和多了，心里一阵热乎。

姑娘两眼注视着前方，神情专注，似乎在想着什么心事。

玄智道长见姑娘沉默不语，也不便吱声，只是静听着马蹄踏在地面上发出的有节奏的声音。

两人一骑，就这样信马由缰。

这时，路上已经有早起的赶路人了。

姑娘回过头来，把秋水般的目光盯在玄智道长的脸上。那是一张白嫩俊俏，很讨姑娘喜欢的脸。姑娘又把目光转向他的星光道巾和一身素服。

"我们这是要去哪里呢？"姑娘轻语道。

"还能去哪里呢，当然是回太浮山了。"玄智道长说。

"太浮山？太浮山在哪里？还有很远吗？"

玄智道长抬头望着遥远的前方道："在江南，还远着呢。"

"如果不耽误，就这马的脚力，也就六七天路程吧。"一提到太浮山，玄智道长就明显地兴奋起来。

"你要把我带到太浮山去？"

姑娘急切地问道，脸上一片茫然。其实，她自己也知道，眼下除了跟着这位救命恩人走，她又能去哪儿呢？都说天大地大，可哪儿才是她容身的地方呢？

这个问题，玄智道长在姑娘还未醒时就已经反复地在脑中思考过了。

"嗯。"玄智道长肯定地点头道，"我们太浮山方圆百多里，山清水秀，鸟语花香。景致好，人更好。你去了，肯定会喜欢的。"

姑娘听了，转过头去，望着前方远处山峦与天空的交接处，心中茫然。她忽地转过头来，面带忧色，盯着玄智道长道："你是一个大男人，出家人，我又是一个大姑娘，你把我带回去，你怎么向你的师父解释呢？你师父如果愿意收留我，那自然是好事；如果他不愿意收留我，那如何是好？"

玄智道长略略低头，看着偎在自己怀里的姑娘，眉清目秀、唇红齿白，性情率真坦荡，说话做事均是由着自己的心性，不做作不扭捏，恰到好处，心中不禁暗暗钦佩，竟也还滋生出一些暗暗的喜欢。他想着自己师父是万万没有拒人千里之外的理由的，况且太浮山山岭众多，道观多得是，哪里就容不了这位孤身的弱女子呢？又何况师父与自己情同父子。这一点，玄智道长是足足可以放心的。

玄智道长微微一笑，逗着姑娘说："上山见了师父，我就说这位姑娘是慕名前来出家做道姑的。"

姑娘一听，果然一怔，脸上神情立马灰蒙起来，默默地看着他，半晌无语，最后，黯然地转过头去。过了一会儿，她侧了头，半噘着嘴，果断地对他道："我不出家，我也不做道姑。你如果嫌我拖累了你，就帮我找户合适的人家，让人家把我娶了算了。我有力气，我能吃苦，我可以下田种地，自己养活自己，还可以给主人家生孩子，传宗接代，延承香火。"

姑娘说完，神情落寞，眼皮子几眨，竟流下了两行清泪。

玄智道长本想着逗一逗姑娘，不想姑娘竟当真起来。

一见姑娘落泪，他自己倒是慌了神，不知如何安慰才好，心里只是一个劲儿地责怪自己不该如此唐突。

玄智道长忙赔着礼道："姑娘，我是逗你的，你怎么就当起真来了呢？上了山，我不让你出家，给你弄几块好山地，让你种苞谷、种番薯，还让你喂一大群鸡，几头大白猪，自己养活自己，行了吧？"

姑娘听了，这才止住泪水，松了拽着棉被的手来擦拭脸上泪痕。

"再不逗你了，再不逗你了。"

玄智道长一迭声地说道。

他哪里知道姑娘本也是性情中人，开得起玩笑的，只是这两天中的情感巨变，让她的心情还沉浸在无比的伤痛中。她还哪有开玩笑的心情呢？所以，她就把道长的每一句话都当真了。玄智道长用双臂将姑娘的身子搂了搂，认真地对她说："我对天发誓，既然我把你带在了身边，我就不会让你受半点委屈，我有饭吃你就有饭吃，我有水喝你就有水喝。行不？不过，你要答应我，你不要动不动就哭鼻子，我最见不得女人哭鼻子了。"

姑娘听了，心里一阵激动，忙破涕为笑，歪了头，直看着他的眼睛。

片刻之后，姑娘摇了摇头。

"你不信？"玄智道长问道。

姑娘咧嘴轻轻地一笑，露出一排雪白的牙齿，然后双唇一抿，在两腮又绽出两个浅浅的小酒窝。

"我信。我知道你是个好人，不然，你不会救我。可我……"姑娘住了嘴，不说了。

玄智道长正想问姑娘话，却瞥见路上有行人不时看向他们，且指指点点，似乎在小声交耳议论着什么。他一下还没有弄明白是怎么回事。姑娘也觉察到了，侧了头，左看右看，终于弄明白了，一脸羞赧，赶紧松了双手，叫玄智道长收了棉被，横放于马背。原来他们一路行来，一轮红日已经升到老高了，他们俩只顾说着话，却忘了他们两个的身子外还裹着一层棉被。

近午时分，他们到了一个河边小镇。打尖休息片刻后，他们接着策马南行。这次，姑娘坐了了玄智道长的身后。经过一个上午的接触，他们之间的气氛已经没有了那种大男大女初次在一起的羞涩与拘谨。一上路，姑娘的话匣子就打开了。

"大恩人，快两天了，我还不知道你的名字呢。"

"你就叫我'大恩人'吧。"

玄智道长嘴角一咧，轻轻一笑。

姑娘一听，嘴角一撇，半生气半嗔道："我的命是你救的，爹爹也是你求人帮着入土为安的，这是事实，我会永远铭记在心，感激你，如果你要我的命，我也会给你，让你拿去，可我们在一起，我不能时时喊你'大恩人'吧，又生分，又别扭。"

玄智道长一听姑娘语气，心中就慌了，又怕姑娘较真，赶忙实说道："我姓楚，名远山，号玄智。"

"哦，楚——远山，这个名字好，蛮好记的，我就叫你楚大哥吧。至于玄智道长，这个叫法就让别人去叫。"姑娘眨巴眼睛，脸上露出狡黠的一笑，在后面说道。

"那你呢？你叫什么名字？"玄智道长侧了头问道。

姑娘微微一笑，轻声道："我姓程，叫青梧。"

玄智道长一怔，双目凝神，口中念道："青——梧，青——梧，这个名字好，这个名字好，这个名字我好像在哪里听到过，好熟呢。"

玄智道长昂起头，脑袋转了半个圈，眼睛望着远处，似乎是要极力把这个名字从遥远的某个地方回想起来。

"楚大哥，你又在逗我？你不会说你们那里也有个姑娘叫青梧吧？"

玄智道长憨然一笑，眯起眼睛，摇摇头，连声道："没有，没有，好像没有，但我怎么就觉得这个名字好像不是第一次听到呢？"

姑娘抿嘴一笑，然后道："这个名字是我爹爹从书上给我找来的，为了给我取个好名字，我爹爹把他所有的破宝贝书都翻完了。后来，他终于在一本书上找到了这样一句话'凤栖梧桐，青衣漫舞'。琢磨半天，连声叫好，就给我取了这样一个名字。这些都是我长大后爹爹告诉我的。"

玄智道长一听，豁然想起来了，忙喜滋滋地侧头对姑娘道："在我们太浮山三台峰，有个太子宫。我经常去那里听灵慧真人读书，曾经听到过'凤栖梧桐，青衣漫舞'这句话，当时只是不太懂，你刚才这一说，我现在真想起来了，是有'青梧'这两个字。"

"是真的？"

"真的。"

"这个名字好不？"

"这个名字好。"

"这个名字真的好？"姑娘反问道。

"嗯，真的好。灵慧真人是有大学问的，他读的书都是好书，一般的书他是不会读的。"玄智道长认真道。

"那你就记好，不要把我叫错了。"姑娘意味深长地一笑。

"不会的，不会的。我是出家之人，还从没有和哪个姑娘这么……这么亲近过。"玄智道长腼腆一笑，坦荡地说。

"是真的？"

姑娘一听，又来了兴趣，不过这一问，自己的脸竟也有点红了。姑娘暗自庆幸自己幸好坐在他的身后，否则，自己一定是羞赧难堪了。

玄智道长没有吱声，只是用双腿使劲地夹了一下马的肚子，马儿便一路小跑起来。姑娘赶紧从后面把玄智道长抱紧，以免坠下马去。

一路奔行，天黑时分，他们赶到了宜城。俩人找了一家客栈，安顿好马匹，然后携了那床舍不得丢弃的棉被走进大厅。用饭时，只听得临近桌子上的几位客人正眉飞色舞地说得起劲。玄智道长一边吃饭，一边侧耳细听。他们好像尽说的是襄阳城快要打仗的事情。

饭毕，玄智道长叫了管事的小二，领着自己和姑娘去楼上客房瞧了个遍，要了一间看起来极为安全的房间，付了银两。

小二交代完毕，径自下楼去了。

姑娘见玄智道长只要了一间客房，想到毕竟是孤男寡女，晚上不比白天。

"难道今夜他竟要与自己睡在一张床上？这个……这个……"

一念及此，姑娘脸上顿时一阵潮红。姑娘虽说脑中满是狐疑，可又不好说出，心中忐忑不安，想着只是到时看他如何安排，再作别论。

玄智道长手持油灯，在房间里细心查看了一番，然后把房门关好，伸手将姑娘拉在自己身边，然后一口将灯猛地吹灭。房间里顿时一团漆黑。

"不要动。"

玄智道长低声说道。

姑娘心中怦怦直跳，不知道长要干什么。

"难道他迫不及待了，便要与我……"

黑暗中，孤男寡女的，姑娘不由得朝那方面想了，胸中之物如小鹿一般，

一阵狂蹦狂跳。

片刻之后，他们的眼睛便适应了房间的黑暗。虽说很黑，但还是依稀可见对方，房间里的床铺摆设朦胧中也还是可以辨认出来。

玄智道长将自己带来的棉被铺放在一处墙角，然后又将床上的被子取来，搭在上面，再转过去，把床上下面垫的被子折成一个圆筒状。然后走到姑娘身边，看着她，指了指铺好被子的墙角，低声道："你到那里去睡。"

"楚大哥，那你呢？"姑娘急切地轻声问道。

"我自有办法。"玄智道长回道。

姑娘只好乖乖地脱了鞋子和外衣，钻进墙角处的被子里，只将脑袋露在外面。道长将被子给她盖好扎紧，然后手中拿了长剑，背靠木板墙壁，紧挨着她坐了下来。

"楚大哥，你就这样坐着？"黑暗中，姑娘双眸发亮，怔怔地小声问道。

"程姑娘，你自管休息，不要管我。我们江湖中人在外面都是这样的，早就习惯了。"

姑娘心里好不安稳，又不知如何是好，轻声问道："难道江湖就是这样子凶险？"

玄智道长点点头，轻声道："出门在外，不怕一万，就怕万一。还是提防点好。"

姑娘一想到自己刚才的荒唐念头，心中真是羞愧难当。她顾不了男女之间的忌讳，忙把被子扯开，将一半斜盖在道长的身上，心里方才安稳一些。

月升星移，一夜安然无事。

天一放亮，两人就起床，洗漱、用餐，然后牵了马，启程南行。玄智道长告诉姑娘，如马脚稍快，他们今天可以赶到荆门落脚。

这是雪后晴天的早晨。空气特别清冷。放眼望去，官道两边的旷野上白霜一片。

姑娘坐在玄智道长的身后，一床被子将他们包裹着。聪明的姑娘找了根细绳子，将披在他们两人肩膀上的被角拴在一起，看上去棉被就像一件奇特的披风。难看是难看，但他们两人觉得很实用，可以帮他们抵御这初晓时的凛冽寒气。

昨天晚上，姑娘躺在被窝里，思前想后想了许多，爹爹的死、清风寨的死里逃生、身边这位年轻道长的几次搭救、自己今后又将飘落何处……她想的实在太多太多，甚至还想到了为了报恩自己是不是应该以身相许，又一想，他可是个出家人，能结婚吗？他英俊帅气，武功超群，他能看上自己吗？我自己长得漂亮吗？……后来，她就迷迷糊糊地睡着了。

经过这两天的患难与共，他们之间已经熟悉了许多。

眼下，姑娘将双臂环绕在玄智道长的腰间，甚至将自己的脸颊也紧紧地贴在这个年轻道长的后背上。马蹄踏在地面上，发出清脆而单调的声音。伴随着这声音的节奏，姑娘的心事又如暖风吹皱了的池水般，一圈一圈地微波荡漾开来。她想到昨天夜里自己一时的唐突想法，脸上竟泛起了红润的光泽。

"真是羞死人了。"

姑娘在心里骂着自己，转念一想，现在反正有得事做，我不如和他扯上几句，也好消磨时间。

姑娘拿定主意，便主动地打开了话匣子。

"楚大哥，你们出家人能结婚生孩子吗？"姑娘问。

玄智道长一听，觉得奇怪，姑娘怎么就问了这么个奇怪的问题呢？他回头瞅了瞅姑娘，目光又移向远处。

"可以是可以的，不过，那就要还俗，不能住在道观里了，而且这身衣服也就不能穿了。"玄智道长说。

"那你想过今后会结婚吗？"姑娘追问道。

"这个……"玄智道长羞赧地一笑，抬手摸了摸自己的脑袋，"我还从没有想过这个事情。"玄智道长老实地回答道。

"是没有媒人做媒？还是没有中意的人？还是师父不允许？"

"这个……"

玄智道长语无伦次。他实在是不好回答。

"哪天想媳妇了就告诉我，我给你做个媒，好不？"姑娘脸上漾着神秘的笑容，一对会说话的乌黑眼珠子左右滚动着。

"这个……这个……我现在还不能结婚，恐怕今后也不会结婚。"玄智道长缓缓地说，语气却是极为凝重。

"为什么呢？"

"我不想离开师父。我很小的时候双亲就过世了，是师父他老人家把我带上太浮山，把我养大的。师父叫我修道，又传授我武功，待我如同己出。我从来就没有想过要离开他，我要待在他的身边，好好地侍候他老人家。"

"哦，是这样。"

姑娘停了下来，沉默不说了。

花开两朵，各表一支。话说山西太行山西麓阎家村，近几年却出了一个

在武学上很出名的厉害角儿，因姓阎，在家排行老五，善使一口刀柄镀金的大刀，江湖上便送了他一个绰号"金刀阎五"。这金刀阎五五短身材，四十来岁，正值壮年，浓眉豹眼圆脸、留有一脸的络腮胡须。据说他从小就很聪明，喜欢舞枪弄棒，尤其喜欢大刀，是个武痴。但因家境贫困，无钱拜师，往日里也就凭了一身蛮力自己乱耍一通。成年后染上了好逸恶劳、喜好女色的恶习。因自己未婚，单身一人，便常与附近有夫之妇鬼混。一次，他被一厉害的主儿发觉，被抓了通奸现行，暴打一顿，并且还斩下了一根小手指头。此事传扬出去后，阎五觉得再也无脸面在家乡混下去，从此远走异乡，销声匿迹，音信全无。直到数年前，他才在阎家村老家重新抛头露面。近几年，晋陕豫鲁一带地面上发生了一连串的半夜入室采花大案和凶案，江湖中的一帮正直人士查来查去，始终没有一个眉目。直到后来听闻一件大案，那曾经斩过阎五手指头的人的庄园，在一个风高月黑的深夜里被一场莫名其妙的大火烧毁，数人死于非命，大家才渐渐地怀疑到他的身上来。怀疑终归是怀疑，但苦于找不到实打实的证据，对他也是无可奈何。

一日，这金刀阎五闲着没事，便去了一趟省府太原。在怡红院里泄得一番欲火后，他出门来到街上，不知不觉就逛到了武圣关公庙。他眼珠子一转，歪头一想，关公也是使刀的，自己和他还是一脉相承，于是就大踏步进去，在关公像前焚香磕头，神情极是虔诚。跪拜已毕，金刀阎五抬起头来，仔细地端详着栩栩如生的关公镀金塑像，最后，他的目光就长时间地停留在了那口青龙偃月刀上。就是这柄大刀，让关公威震华夏，名留千古。这些年，金刀阎五在刀法上也是下足了功夫。他的师傅也是倾囊相授。若是放在江湖武林中评判，他也算是一等一的高手了。但他还是不满足，他想把自己的刀法练成天下第一，他自己也要做天下第一的武林高手。所以，平日里他也就特别留意在刀器方面的厉害人物和武学秘籍。今天一见到关公的这口宝刀，他的心思又立马活动开来。既然关公如此神勇，刀法厉害，那他一定是有刀法秘诀留传于世。

"问题的关键是，这本秘诀现在究竟留存于何处呢？"

离开关公庙后的一段时间里，金刀阎五就对关公留下的刀法秘诀着了魔。就是在吃饭、睡觉的时候，他都还在琢磨着这件事。因为，他坚信他的想法没有错。

"关公那么大一个人物，是不可能不会留下什么秘诀之类的。但问题是，千百年过去了，那些东西究竟有没有失落，若仍存于世，那又将存于何处？"

皇天不负有心人。他后来终于在江湖上打听到了一个极为隐藏的秘密，说关公兵败后，他的一个家人就带了主人的武学秘籍和行军打仗的布阵兵书，秘密去了荆州境内的中武当天柱山，从此隐姓埋名，出家为道了。

原来竟是这样！

金刀阎五狂喜不已。他对这个小道消息深信不疑，心中暗自庆幸，就连忙从山西动身，只身前往鄂西荆州。在黄河风凌渡口，巧遇正要南下游玩的道上旧友大漠双鹰，遂一并结伴南下，前往中武当山。

三人一边赶路，一边游山玩水，过河南，进湖北。这天，不知不觉就行到了荆门城外的一处荒山野岭地段。只见山岭逶迤，森林茂密；荆棘丛生，衰草遍野。官道右手边是一块偌大的荒凉草坪，没有灌木深草，只是生长着一些小草，匍匐在地，一经严霜就萎蔫了。紧靠着坪地，却是一个陡峭的山坡，山坡上松树稀疏，生长着尽是比人还要高的冬芭茅和山毛竹。

他们路过这里时，见坪子中间正燃着一堆篝火，架子上烤着野味。有几个猎户模样的汉子正费劲地在坪子边上的山坡草丛处用铁锄挖掘着什么，脚边堆了一大堆松散的新鲜黄土。架子上野味的肉香远远地飘过来，让人心里直痒痒。

三个人一闻到肉香味，脚板上就像钉了钉子，还哪里能够挪动半分？他们彼此看了一眼，心领神会，决定沾点光，无论如何，都要尝尝鲜。俗话说，见者有份嘛。他们赶紧下了官道，屁颠屁颠地直奔过去，脸上堆笑，凑在那几位猎户身边，一阵叽里呱啦。几位猎户回头，听不懂他们说些什么，只是随意地瞟了他们一眼，依旧继续忙活着。金刀阎五见对方好像并不是很热情，正尴尬间，忽地想起了身上怀里还揣着的一壶酒，就赶忙掏出来，在几位猎户面前晃了晃，指指坪子中央的火堆，又指指几位猎户，用手做了个喝酒的动作。几位猎户明白了，对方的意思是他们有酒，咱们这边有野味，他们想合作。

一位猎户就哈哈一笑，一边点着头，一边伸手在金刀阎五的肩上拍了拍。事情就这样顺利地谈妥了。其实，这些猎户都是些大方豪爽的汉子，他们早就派人到集镇上沽酒去了，哪里还会计较对方的一壶酒呢？遇到了这种场合，他们还会主动地邀请你一起豪饮几杯，一起分享狩猎后的快乐。

挖掘了一阵后，几个猎户弯下腰去朝黝黑的洞里探究了一会。一阵商量之后，其中有一人就小跑着从近处找来一根长山竹插入洞中，取出来用手指比画一番，摇了摇头。几个人又是一阵商量，决定用烟熏，就忙着分头去取来柴草，堆放在洞口，点燃，待火势稍大时，几个人就砍来几丛松树枝条，拿在手中，使劲地往洞内煽风，浓烟顺势灌进洞中。

不消片刻，众人果然听得洞中有了窸窸窣窣的响动。几个人立马神情专注，盯住洞口。这时，有一个黑影突然间跟跄奔出。一个猎户眼明手快，急忙俯身探手，抓住了那猎物的尾巴，手一举，就把它头下尾上倒提在了手里。原来是一只肥硕的竹鼠。正当大家直起身子庆贺时，又有一个黑影忽地从洞中迅捷跑出，径往近处山坡的芭茅丛方向逃去。等到众人反应过来，那黑影已经奔到了一丈开外。众人正嘘唏惋惜时，只见一道白光一闪，那黑物已然倒地，血溅身亡。在众人惊骇的目光里，金刀阁五十分得意地走上前去，收了自己的金刀。

几位猎户怔在那里，心中惊恐不已。及至后来围着篝火纵情豪饮，撕扯着烤肉大快朵颐之时，几位猎户心中仍是暗暗胆战心惊，生怕惹怒了这三个来历不明的凶煞。

就在酒酣耳热之际，官道上走来两男两女。均是服装奇异，各自在腰间斜挎了一柄长弯刀。两位姑娘头上戴着装饰有银链坠子的银帽，服饰的胸前也配着月牙状银饰。在阳光的映照下，银帽和银饰闪着亮光，特别惹眼。走动时，银帽漂亮的链坠左右摆动，煞是好看。尤其好看的是，银帽下面的两张美丽俊俏的脸庞。

金刀阁五还从没有见过如此装扮、如此漂亮的女人。他的目光就像是两枚钉子，牢牢地钉在了那两张青春靓丽的脸上，一直到他们快要从官道转弯处走过去。

蓦地，金刀阁五回过神来。酒精的作用让他恢复了邪恶的本性。他站起身来，摔了酒碗，竟旁若无人般大踏步走过草坪，跨上官道，一步步朝着两位美女直逼过去。

对面官道上的四人也分明觉察出了异样，警觉起来，立马止步，一边注视着不怀好意直逼过来的络腮胡，一边把手握在了弯刀柄上。

几位猎户也预感到了不妙。

金刀阁五停了下来。因为，双方的距离已经近到不能再近了。

他把淫邪的目光从姑娘的脸庞移向腰间的弯刀，冷笑道：

"本大爷今天不想杀人，只是想借你们的刀瞧一瞧。瞧完了，自然还给你们。"

这也许是实话，也许只是一个衅事的借口。

"对不起，你我萍水相逢，素未谋面，借刀之事恐有些不妥，还请道上的朋友见谅。"

一位三十多岁、鼻梁直挺的中年男子上前一步，冷眼盯着他，双手在胸前一揖，不卑不亢地说道。

"你们从哪里来？"

"我们从来处来。"

"你们要到哪里去？"

"我们要到去处去。"

一问一答。两句话下来，金刀阁五一怔，大大地吃了一惊，对方竟然丝毫不买他的账。

"妈拉个板子的，还有点子硬气啰！"

他鼻孔里喷着浓烈的酒气，自言自语，目露凶光，斜睨着眼，绕着这两男两女转了一个圈。

"真的不肯借刀？"

金刀阁五语气中已透出浓浓杀机。

"那就借这位姑娘用用。"

话毕，金刀阁五一探手，就要去摸前面一位姑娘的脸颊。

"哼！"

姑娘一脸怒气，柳眉倒竖，一个侧身，疾速躲过。

中年男子猜测今天可能遇到了极不一般的麻烦。他一边冷静地盯着对方，一边急对同伴喊道："云飞，你带她们两个先走！"

年轻男子高声道："阿妹，你和宝珠先走！"

中年男子大声催促道："你也走吧，你们一起先行！"

四人且说且向前急急撤去。

金刀阁五撇开中年男子，一个疾跃，腾身向前，左手持刀，右手就抓向刚才那位躲闪的姑娘肩膀。

"香玉小心！"

中年男子高声提醒道。

姑娘听到喊声，头也不回，一个前跃，右手反转就朝身后射出三枚银针。

也是合该金刀阁五倒霉。喝了那么多烈酒，神志本来就去了七分，又一向自负一身武功了得，完全轻看了眼前的这几位行客。他见姑娘手中疾射出三道银光，直奔自己上中下三路，愕然惊骇之下，脊背一阵冰凉，酒也醒了四五分，忙侧身躲闪，然手臂上还是中了一针。

金刀阁五一阵疼痛，"啊"地叫出了声。

听得金刀阁五惨叫声，大漠双鹰眨眼飞奔急至。眼前形势的陡变，实出人意料之外。这哥俩贪财不贪色，对女人没兴趣，原本是想坐地看戏，不料，这个金刀阁五一出手却吃了个暗亏。毕竟是多年故交，情急之下，俩人已是身不由己。

只听得两声鹰唳，两道廋长的身影几个鹊起鹘落，转瞬之间，就截在了四人跟前。

人到剑至！

剑光炫目，剑气鼓荡，剑花缤纷。

金刀阁五趁隙咬牙拔出银针，忍痛旋即从后面提刀追上，直扑上去。刹那间，喊杀声、叱咤声、兵器的碰撞声就在这荒郊野岭的官道上骤地响起。

金刀阁五小觑了对方，结果中了一针；而那四人显然也低估了对手的实力，起初还以为是一般行劫的山野毛贼，哪知等到一交手，才知今天遇到了黑道上的强敌。一阵打斗下来，四人已明显地处了下风。

眼看形势不利，那个叫作云飞的年轻男子一边挥刀格挡，一边开始分心留意周围的地形，看有没有可以借用之处。果然，他发现在一处山崖边好像有一个阴暗的山洞。心中大喜，自己边斗边向那中年男子靠拢，急切地小声提醒道："山崖那边有个洞，我们先进洞再说。"

中年男子听了，飞快地向山崖那边斜眼扫去，恍然间也见到了那隐于灌木草丛处的山洞，于是对那年轻男子喊道："云飞，我来挡住，你带她们快撤。"

"好的，你要小心！"年轻男子答道。

中年男子深吸一口气，一抖手腕，使出诡异的苗刀刀法。

金刀阁五和大漠双鹰三人虽是江湖上一等一的高手，却因不识苗刀的路数，见对方刀法凌厉古怪，又是拼命的势头，只好暂时放慢攻势，且斗且寻破绽。

趁这机会，四人匆匆撤至山崖边，闪身钻入洞中。

这一场打斗，刚好被路过这里的玄智道长和青梧撞见。这时，几位猎户因为恐吓早就跑得不见了踪影。

两高一矮三个恶煞只得守在洞口外面，一边顿足，一边往洞中不停地叫骂起来。他们不敢贸然攻进洞去，一来洞口狭小，二来顾忌姑娘的银针。叫骂了一阵，见洞内毫无反应，他们也觉得这不是个办法，凑在一起，叽里咕噜了一会。两个相貌古怪的秃头瘦高个原地守洞，络腮胡兀自去山坡林子里收集柴草，一捆一捆地来回搬了，往洞口边堆放。

青梧看得心惊肉跳、脸色苍白，颤声对玄智道长道："楚大哥，这……这三个恶人准备用火烧呢。"

玄智道长道："出手如此歹毒，这三个人肯定不是什么好人。"

"看来，那几个人今天肯定是要烧死在这里。"青梧惋惜道。

"哼！我看未必。"玄智道长气愤愤地说。

姑娘心里一紧，忙问道："你要出手帮他们吗？那几个凶神可不是好惹的，他们是三个人，武功也不是一般，你是一个人……"

"行走江湖，侠义为先。我们怎么能见死不救呢？就像你那天的情况，你说我该不该出手救你？"

玄智道长凝神注视着洞口处的动静，反问道。

姑娘无法反驳，只得提醒道："他们有三个人，我又给你帮不上忙，你要小心点。"

"你放心，我不会有问题的，我还要带你去江南呢。"玄智道长回道，话语中满是自信。

姑娘心里一热，调皮地双臂一用力，将玄智道长搂了搂，在他耳边软语道："楚大哥，千万小心！我……我已经没有任何亲人了。"

"放心，你在这里等着我就是了。"

玄智翻身下马，看着青梧姑娘，语气坚定道。

这时，洞口外面的柴草已经越堆越多，洞内的气氛也越来越紧张。洞中四人思忖着：继续留在洞里吧，火一点，不是烧死就是熏死；往外冲吧，对手武功又太厉害了，最后肯定也难逃一死。

那个被唤作香玉的姑娘愤愤道："我们从苗岭一路跋山涉水，过长江，跨黄河，又横越中原，不曾遇到过这般风险，难道我们今天就要烧死在这个荒野山洞里？"

看来，她是心有不甘。

"这几个恶人不知是什么来头，武功竟是如此了得。"年轻男子道。

中年男子一直在皱眉沉思，突然对身边三人道："我有一个办法，不知是否可行。"

"说说看。"年轻男子急道。

"我出去和他们谈判。只要他们能放了你们三个，我愿意拿自己的性命来向他们请罪。"

三人一听，惊讶得张大了嘴巴。

那个香玉姑娘怒气冲冲道："不行，为什么要用你的命来换我们的命？我们有什么错？大不了和他们拼了。"

"田大哥，你胡说些什么？今天的结局，我们要么就是一起活，要么就是一起死，就是死，我们也要死在一起。"年轻男子责怪道。

"那……那还有什么好的办法？"中年男子说。

"我们再想一想。"另一位姑娘一边向洞外窥探，一边劝阻道。

"看来，也只有鱼死网破了，"年轻男子道，"我看这样，当他们点火烟起时，我们就利用烟雾的掩护，出其不意地冲出去。出去后，我、宝珠、田大哥三个人在前面砍杀开路，香玉妹妹你就用银针专门射杀那个络腮胡，他是个头，把他制服了，四比二，我们就有了胜算。"

中年男子一听，觉得很有几分道理，如此一来，就有了活下去的希望，忙点头赞同。于是大家就屏息敛气，密切地注意着洞外的情况，准备随时冲杀出去。

金刀阎五怒气冲冲地忙活了一阵子，眼看柴草够用了，就呼哧呼哧地口中喘着粗气，大踏步奔到烧烤喝酒的地方，从火堆里取了火种，复又奔回来，就准备点火烧薪。

洞里的人睁大眼睛，把外面的一切瞧得清清楚楚，各自手里拿了家伙，只等火起烟生，就掩杀出去。这时的洞里安静至极，大家都能听得见彼此胸中之物的狂突和蹦跳！

金刀阎五在洞外哼哼唧唧，怒目圆睁，把火把高高举起。

"不出来，是吧，我可要火烧乌龟哪！"

金刀阎五对着山洞口高声嚷叫道。

"烧！给我狠狠地烧！"

两个秃头瘦高个在一边恶狠狠地撺掇道。

金刀阎五脸上露出得意的狂笑，一圈络腮胡须都跟着颤动起来。见洞口还是毫无动静，他一横心，一甩手，将火把抛向高高的柴草堆。

大漠双鹰仰头，跟着哈哈狞笑起来。

忽然，三个恶魔的笑容却凝滞不动了。

与此同时，洞里所有人的目光也惊栗了。

就在他们双方的中间，柴草堆的前面，一个雕塑般的伟岸男子身影悄无声息地突然耸立在了那里。这尊雕塑的右手里，高举着络腮胡刚刚才丢出去的火把。

火把上的火苗呼呼地燃烧着，发出跳动的剧烈的声响。

金刀阎五摇摇脑袋，回过神来，终于明白了是怎么回事。他声色俱厉地吼道："你是什么人？"

"一个过路的人。"

一个声音平静地回答道。

"那你就走开些，这里的事与你不相干。"金刀阎五撇了撇嘴，嚷道。

"江湖人管江湖事，你怎么说这里的事与贫道不相干呢？"

声音依旧平静。

"难道说道长非要从中插一杠子？"金刀阁五骈指指着身前的道长，语气咄咄逼人。

"贫道刚好路过此地，不想见到你们杀生，故特地前来阻止。上天有好生之德，得饶人处且饶人，还望三位阁下三思。"

金刀阁五虽是北方人，但久历江湖，贯闯南北，还是听得懂这纯正的南方口音，正踌躇间，大漠双鹰不耐烦地挥剑哇哇叫了起来。

金刀阁五一激怒，手一扬，背后的金刀便操在了手里。

"你这个臭道士，天堂有路你不走，地狱无门你偏来。对不起了，上！"金刀阁五高叫道。

一刀两剑，如疾风扫落叶般，从三个方位直向玄智道长攻去。

玄智道长将火把往空中一抛，拔剑出鞘，将剑身插入柴草中，手臂一震，一大蓬柴草从地面呼地腾空飞起，犹如枝枝利剑，直向三人迎面激射而去。金刀阁五和大漠双鹰一见此势，顿觉不妙，一边挥动兵器格挡，一边急左右腾挪避躲，待柴草散尽，重见天光，眼前却没了道长的身影。三人心下大骇，倏地回头急寻，却见道长翩然立于他们身后一丈开外，右手持剑，神态飘逸从容。

"我的个乖乖，你是人还是个神？"金刀阁五惊骇道。

这一骇之下，金刀阁五急朝双鹰打个手势，三人忙取掎角之势将道长合围在场中。三人全神贯注挥动兵器攻向道长，进退有序，攻防配合。

玄智道长劲贯手腕，运气于剑，口中念了个"沉"字诀，不慌不忙，按对方攻防运势出招，你进我退，你退我进。这招正合了道家的太极内功运势，阴阳双鱼绕行，刚柔相济。

一时间，刀剑相撞，铮铮有声；空谷之中，杀气森森！

洞中四人，早把外面的情形看得真真切切。真是绝处逢生，喜从天降！四人忙从洞中疾步奔出，想要上前助力，却见那四人缠斗在一起，见招拆招，以快打快，酣畅淋漓，风雨不透，无奈只好肃立一旁，持了兵器，伺机援手。香玉姑娘望着场心的救命恩人，心中万般感激，见他现在以一敌三，又不免替他揪心起来，唯恐有个闪失，于是，手中忙暗扣银针，时刻准备放针相助。此时，青梧姑娘已经下马，正远远地向这边紧张张望着。

金刀阁五和大漠双鹰本来就是江湖上成名已久的角色，今日酒后以三对一本就失了身份，有辱颜面，原以为速战速决稳操胜算。不料与对方一交上手，左右前后，几十招攻下来，竟连对方的衣物也没有沾到，心中顿觉惊恐，知是遇到了比他们更厉害的人物。这个时候，想撤吧，面子又丢大了；若继续斗下

去吧，似乎又毫无胜算，真是骑虎难下，左右为难。

金刀阎五舞动大刀，削、砍、撩、挂，无所不用，额上冒汗，终还是沾不到对手的一丝便宜，开始后悔自己不该惹是生非了。百十招下来，他忽地觉察到蹊跷和奇怪：这个道长守多攻少，似乎不愿意对他们痛下杀手，只是在消耗他们的体力而已。一想到此，精明的阎五忽然明白：该罢手了。

他忍痛将大刀往前连砍数刀，然后身形疾退数步，跃出场外，急朝双鹰大喊道："大家都住手！"

双鹰正杀得性起，忽听得阎五大喊，不知何事，忙收剑后撤。

金刀阎五双手抱拳，拱手对道长大声道："今日之事，实乃在下酒后失态所致，还望道长见谅。刚才架也打了，亦不分胜负。我们都是江湖中人，今日不见明日见，低头不见抬头见。今日就此罢手如何？"

玄智道长宅心仁厚，本就无杀人之心，只是路遇此事，打抱不平，救人性命罢了。此时，见对方已经主动罢战认错，他也就此住了手，朗声道："今日之事，就此为止。甚好！甚好！"即伸手指着站在场边的四位，对络腮胡和两个长相怪异的秃头瘦高个道："冤家宜解不宜结。你们之间的恩怨也就此一笔勾销。往后，大路朝天，各行一边，互不相报。"

金刀阎五好事未成，臂膀上又中了一针，还在隐隐作痛，虽心中怒气炽盛，但局面已经非常明朗，今日是注定栽在了这里。一想，留得青山在，不怕没柴烧，今日暂且忍下这口恶气，他日如有机会遇上再报这一针之仇，也未尝不可，于是忙点头答应。

三人收了刀剑，狠狠地剜了那穿着奇异服装的四人一眼，一扭头，气哼哼地沿大路往荆门城方向而去，很快就消失在山脚转弯处。

这几位身着奇装异服，刚刚化险为夷的男女赶忙走过来，向道长道谢，一再感谢道长的救命之恩。

"再生之恩，没齿不忘，还请道长相告大名？"年轻男子拱手道。

"路见不平，侠义相助，乃是做人之根本，区区小事，不足挂齿。"玄智道长拱手回道。

"今天要不是道长出手相救，我们几个可能就要被他们烧死在这里。如此大恩大德，怎么是区区小事呢？万望道长相告尊姓大名及修行之仙山，日后，我们将会登门拜访谢恩。"年轻男子道。

玄智道长不是沽名钓誉之人，正在犹豫时，那个被唤作香玉的姑娘早已一脸笑容奔上前来，伸出一双温润玉手，异乎热情地扯着玄智道长的臂膀："说吧，说吧，你是我们的大恩人，也是江湖上顶天立地的大英雄，你不说，我们回去了，家中父母问起来，我们怎么回答呢？"

无奈之下，玄智道长只好谦逊道："贫道姓楚名远山，号玄智，在江南常德府太浮山佑圣观出家修道。你们就叫我玄智好了。"

香玉姑娘一听，便笑吟吟道："我不叫你什么道长的道长的，我就叫你远山哥好了。"马上就甜甜地叫了声"远山哥"，惹得大家开怀畅笑起来。

玄智道长一边和他们说话，一边转头朝官道上望去，朝还等候在那里的青梧姑娘招了招手。

在彼此的交谈中，玄智道长也知道了他们的身份。他们一行四人是从黔东南的苗岭来到中原游历的，现准备经荆门再从当阳去宜昌坐船，走水路绕重庆再回贵州苗岭。年轻的男子叫龙云飞，是苗岭四十八寨大寨主龙在江的大公子；那个落落大方热情异乎，叫他远山哥的是他的妹妹龙香玉；另一位文文静静的姑娘叫宝珠，是香玉的闺蜜，也是龙大寨主夫妇明认的义女；年长的男子叫田长庚，是香玉的师兄。

玄智道长听完他们的介绍，忙抱拳施礼道："原来是苗岭的龙大公子，失敬！失敬！"

这时青梧牵了白马过来，玄智道长忙给他们介绍道："姑娘姓程名青梧，是我在路上刚结识的一位朋友。"

香玉姑娘一听，意那女子是道长的红颜知己，脸上羞得粉红，忙松开挽住玄智道长臂膀的双手。她仔细地端详着眼前这位年龄与自己相仿的窈窕女子，心中竟立时滋生出一丝怪怪的味道。

这时，太阳已经西斜多时，山峦峡谷间似有薄薄的暮霭在缓缓升起。玄智道长和青梧刚好也要途经荆门，所以他们便商量一同前往，在那里住宿过夜。

一路上，香玉姑娘主动和程青梧黏在一起，问这问那，有说有笑，俩人俨然像一对好姐妹。她的哥哥龙云飞早把妹妹见到玄智道长后的神情变化看在了眼里。妹妹虽说是大户人家的姑娘，天生大大方方、性情豪爽，在男女礼节上也是不拘小节，坦荡磊落，可主动去挽住一个青年男子的手臂，他这当哥哥的也还是破天荒第一次见到。

"妹妹是一时冲动，忘了男女之间的界别？还是一见钟情，芳心大动呢？"他思索着，转而又一想，这个玄智道长年轻英俊，神情飘逸，有如玉树临风，一表人才，武功人品俱是上乘，妹妹纵使爱慕上他，也是很自然的事情。

进得城里，已是掌灯时分。龙大公子做东，专门挑选了一家十分讲究的客栈。待上菜完毕，酒杯斟满，大家一起举杯庆贺，给玄智道长敬酒。玄智道长却执意不饮。

"承蒙各位的盛情好意，感谢！感谢！只是这个酒，我就免了。"

玄智道长不饮，众人就把他面前的酒杯嬉笑着端放在青梧姑娘的面前，非要姑娘代饮。青梧姑娘此时两颊早已是红润光艳，她侧头飞了玄智道长一眼，看着众人，也是笑着摇头固辞。此时，香玉姑娘正装了心思，凝目注视着青梧姑娘的一举一动，一颦一颦。一见如此情形，她黑黝黝的双眸滴溜溜地左右盼转，娥眉轻扬之际，七窍玲珑心中立马蹦出一个羞羞答答的俏念头：我何不趁此机会，借了这杯酒，试探试探面前的这位姐姐，看她心中是否也装了这位远山哥哥？主意拿定，她便轻盈盈地走到青梧姑娘身边，端起桌上玄智道长的那杯酒，笑劝道："好姐姐，这杯酒是我们特地敬远山哥哥的，哥哥不饮，那做姐姐的，可不能推辞哟。"

众人一听，都明白了香玉这话里的意思，立马跟着起哄："对！""对！""对！"

青梧姑娘可能也听懂了香玉姑娘话语中的意思，满脸绯红，望着众人道："我和楚大哥也才相识几天，我的命也是他搭救的。各位的心意我领了，只是楚大哥和我都不会饮酒，还请各位见谅。"

玄智道长在一旁笑着点头附和。

香玉姑娘笑嘻嘻地看着自己手里端着的酒杯，半真半假地对青梧姑娘道："姐姐你若真的不喝，那我可就替远山哥哥喝了，到时，你想喝也没有了。"

青梧姑娘一听，红了脸，笑盈盈道："好妹妹，我喝你喝都是一样的，你喝了就是，喝了这一杯，我再给你斟。大家萍水相逢，相见甚欢，也是前世修来的缘分，只要开心就好。"

"也是，也是。"

"还是青梧姐姐说得好。"

众人连忙说道。

"那我喝了啊。"香玉姑娘意味深长地看了青梧姑娘一眼，秋波一转，脉脉含情地看向玄智道长："苗岭小妹龙香玉再次感谢远山哥哥的救命之恩！"香玉一仰头，一干而尽！

"好！"

"好！"

众人一齐喝彩。

青梧姑娘惊叹道："妹妹真是好酒量，佩服！佩服！"

她哪里知道，苗岭山寨里的男男女女、老老少少都是会喝酒的。

众人酒足饭饱。龙香玉胸中有数，心中自是甜甜蜜蜜。大家相叙甚欢，直至中夜，方才洗漱各自安歇。

第二天用完早饭后，大家一并上路出城。龙家兄妹一行要去宜昌，玄智道长和青梧要去荆州城回江南，岔路口在城外数里之遥，他们还可以结伴同行一段路程。眼看就要分手了，大家心里都是相见恨晚，互道依依惜别之情。

就在此时，却见大道上有六个负剑汉子一字排开拦住去路。中间一位年纪稍长，约五十多岁，国字脸，长须，头发略略带白，双目如炬。但见那人向前跨出一步，双手一拱，朗声道："荆州八义门第六代掌门欧阳轩率门中五大护法在此恭迎道长大驾，还请林间一叙。"

说完，右手一摆，指向路边的一片柳树林。林中，人影晃动。

玄智道长着实惊讶不已！

玄智道长暗思自己与眼前的什么八义门根本就不认识，连名号也还是第一次听说，就更谈不上有什么来往和瓜葛。一看眼前阵势，深觉气氛十分不对，对方口上虽说是请，但明眼人一看，就是胁迫之意，似乎是有意冲着自己而来，于是亦上前一步，平静道："贫道从来不曾听闻过荆州八义门，不知贵掌门有何事相教？"

"哼！狂妄之徒，今日之后，你便知道天下有荆州八义门了。请吧！"欧阳掌门话语中满含怒气，语毕，对玄智道长身边几人道："今日之事，与诸位无任何牵连。"

"欧阳掌门执意相请，可否将事情说明，也好容在下考虑，再做答复。"玄智道长不紧不慢地道。

"既如此，我就把话挑明了。听说道长武艺超群，技压江湖，我等想约道长于此切磋切磋，印证一二。"

玄智道长大惑不解。他一直低调处事，从未逞强耀武于江湖武林，于是便道："贫道才疏学浅，虽在修道之外的茶后饭余也学过一些打斗之技，仅是花拳绣腿，皮毛而已，若要说切磋印证，那岂不贻笑大方？"

"哼！哼！果真是狂妄至极！"欧阳掌门心里愤然道，但嘴上还是尽力斯文："莫非道长真的不肯赏脸？"

看眼下形势，似乎已是无法避让。玄智道长心中思忖道：大不了就是打一架。单打独斗，他倒不必担心，但不能不怀疑盛怒之下他们有群起围攻之意，到时生死就难卜了，遂转向龙大公子，平静道："龙大公子，你我萍水相逢，实乃有缘。贫道与这个八义门毫无瓜葛，亦无冤仇。他们今日在此强拦，指名道姓向贫道挑衅，是有备而来，贫道若不应，他们还以为贫道是有所胆怯。大丈夫在世，为人做事，当光明磊落，侠肝义胆。贫道不欺神明，不负他人，于

心无愧，有何惧哉？此去或有一场恶战，是生是死，亦无知晓。贫道若侥幸赢了，余下之事自不必说；若有个闪失，还烦请你兄妹也把青梧姑娘带去苗岭，让她衣暖食饱，贫道我就心无牵挂了。"

青梧姑娘一听，这恍然是生死相别，眼泪就簌簌地流了下来，哭泣道："楚大哥，你……"

香玉姑娘立时粉脸生怒，急道："远山哥哥你放心，我们不会撇下你一走了之，不论生死，我们都要和你在一起。"

"对，生死同命，祸福同享，我们岂会离你而去？"龙云飞朗声道。

中年男子一拍玄智道长的肩膀，低声道："好兄弟，你放心，我们四人的命都是你救的。你的事，也就是我们的事。今日之事，我等岂会忘恩负义，袖手旁观？"

"对，我们同生共死！"宝珠在一旁帮腔道。

"多谢了！"

玄智道长一拱手，谢了苗岭众人心意，转向欧阳掌门，一字一句道："贫道可以答应你，但你也要答应贫道，无论结局如何，你荆州八义门不可为难贫道的这几位苗岭朋友。"

欧阳掌门忙以手指天，发誓道："我八义门以忠、孝、礼、义、悌、信、廉、耻八义立门，恩怨分明，我以掌门身份对天发誓，无论结局如何，绝不为难他们。今天，太行山的金刀阁五、漠北的大漠双鹰也恰好在此，他们是江湖上的成名人物，可以为证。"

欧阳掌门又一指柳树林方向。

玄智道长一行朝那边细望过去，树林里人影绰绰，约有大几十人之众。金刀阁五、大漠双鹰果然也混迹其中。众人心中一凛：他们怎么会在这里？他们怎么会和荆州八义门掺和在一起？

玄智道长本想让苗岭朋友带青梧姑娘离开，自己也好心无牵挂，单剑赴会，从容迎战。现在一见到这三个恶人竟也在此，深感蹊跷，倒又替苗岭朋友担心起来。八义门可以放过他们，但难保这三个恶人不再对他们暗下杀手。一想到此，玄智道长胸中豪气勃发，果断地做出决定：他不能和苗岭朋友分开，他要带他们一起去柳树林。柳树林就纵是刀山火海，龙潭虎穴，他今天也要闯一闯。

当欧阳掌门领着玄智道长一行步入柳树林时，早已等候于此的八义门众人纷纷亮出兵器围拢过来。金刀阁五和大漠双鹰远远地立于众人之后，朝这边冷眼观看。

欧阳掌门一挥手，众人止步。

欧阳掌门再一挥手，人群中依次走出三条剽悍汉子，一字排开，立于场子的中央。当先之人持一柄长剑，次者握一口大刀，最后一人使一根乌黑铁棍。

欧阳掌门高喝众人安静，对玄智道长说道："我八义门虽不是江湖大派，但在荆楚之地，也还是响当当的，人人皆知，行事光明磊落，决不会以众欺寡，以势凌人。今日我门选派三位好手于此，轮流向道长讨教，点到为止。若道长赢，我门与道长的恩怨从此两清，大路朝天，各走一边，互不相干；若我门侥幸赢得一招半式，还望道长将自己的宝剑暂留于我门，回去后再修神功，待功成之时，再来我门取回。"

香玉姑娘一听，觉得欧阳掌门的话说得极为奇怪，她不明白玄智道长与荆州八义门究竟在先前结下了怎样的恩怨。但她心中暗暗欢喜，因为欧阳掌门已经讲明了，今日不准以众欺寡。至于单打独斗，她对自己心中的这位"远山哥哥"倒是放心得很。

玄智道长对欧阳掌门的这番话也是颇感意外。听其音，八义门似乎是对自己并无必杀之心，只是欲借比武要挫一挫自己的锐气。自己输了，剑留于此，传于江湖，个人名声事小，可太浮山的名声才是大事，难道八义门是要存心毁我太浮山的道家仙名不成？一想到比武是一对一，玄智道长心中倒是踏实了许多。

香玉扫了一眼场中那三条汉子，左手抓住玄智道长的臂膀，右手掌在他眼前一亮，轻声地提醒道："远山哥哥，你就放手一搏，万一不行，我就用银针助你。"

玄智道长忙将双手放在香玉的肩上，看着花儿一样漂亮的姑娘，郑重道："大丈夫行事当光明磊落，有如日月贯天。你切不可暗施小技，让人捉了话柄。"

"那……远山哥哥，你可要千万小心！"香玉姑娘急切恳求道。

玄智道长点点头，目光缓缓从香玉姑娘脸上移开，然后又从众人的脸上一一扫过，最后，停留在青梧姑娘泪眼婆娑的脸上。

"不要哭，我会平安回来的，我还要带你回江南，回太浮山。"

他走到青梧姑娘的跟前，用平静而又坚定的语气安慰道，然后，一转身，缓步踏入场中。

玄智道长来到欧阳掌门面前，双目炯炯有神，朗声道："贵门欲留我印证武功，我承应了，因为我不想拂了贵门的面子，不过，贫道倒有两个请求，还望欧阳掌门准予。"

"请说，我自当考虑。"欧阳掌门冷冷道。

"第一，为节省时间，贫道认为他们三个人还是一起上为最好。"玄智道长缓缓说道。

一语既出，有如石破天惊！

"你说什么？他们三个人一起上？"欧阳掌门脸都气煞白了，胡须颤动，"你！……你真是目中无人！狂妄至极！"喘了口气，接着问道："那你的第二个呢？"

玄智道长依旧缓缓地说道："第二个，就是比试过后，还望欧阳掌门相告，贫道是因何事而得罪了贵门派。"

"这个……这个可是我八义门中机密之事，实在无可奉告。"欧阳掌门一脸愤然，断然拒绝道。

"两件事，欧阳掌门，你不能全不答应吧？"

"道长莫非要要挟于我？"

"不敢！不敢！还望欧阳掌门三思。"

"若都不答应呢？"

"那就取消比试，贫道自和朋友走人，立马离开荆门。"

"你有如此把握？"

"除非，你把我们全杀了，不留一个活口。"

玄智道长语气坚硬道。

玄智道长心中暗自思忖：它八义门既然以八义立门，谅它手段居心如何厉害，也还不至于光天化日之下大开杀戒，妄杀数条人命。况且，就纵然得成，那也是要用无数条人命来偿还的。

实际上，玄智道长提这两个要求也是在赌一把，他希望欧阳掌门答应第二个要求。他不想动剑，他只想知道此事中的蹊跷所在。

欧阳掌门也在脑中紧张地盘算着。因为，这两个要求都事关八义门在江湖上的名声与地位。而眼前的这个道长却又是个软硬不吃的硬主。欧阳掌门思虑再三，觉得还是答应第一个要求为上策。因为，以一对三是道长自己提出来的，并不是我八义门强加于他，今后传于江湖，也不损我八义门的形象；更何况，他武功再高，以一己之力，岂能赢得了我门派中的三大高手？

主意拿定，欧阳掌门大声道："好吧，我答应你第一个条件。道长请！"

又陡地提高声音，对早已立于场中的三条汉子道："只可点到为止，不可伤了客人性命。"

说完，径自退至一边。

场子中央，仅剩下了准备搏杀的四人。一比三，寡众分明。空气凛冽，气氛凝重而肃杀。在围观者中，就连八义门中都有不少人对道长的一身胆气夸赞起来。

田长庚低声对龙云飞道："玄智道长一身英雄气概，真是一条好汉，够义气！够朋友！"

龙云飞也由衷地赞叹道："真侠士也！"

听到师兄和兄长都在夸奖玄智道长，香玉心里像喝了蜜糖一样，甜蜜蜜的，脸上笑容绽放，就宛如一朵夏日碧水中盛开的水莲花。

宝珠见了，脸上露出神秘的一笑，忙用肘子碰了碰香玉，逗她道："姐姐，都在夸他呢。"

香玉正深情款款地凝视着场中的玄智，见宝珠这个时候还不忘捉弄自己，侧头瞧着她一副得意调皮的样子，想着这个鬼精灵一语就点中了自己的那点微妙心事，脸上忽地潮红，窘道："就你鬼！"

宝珠抿嘴，羞羞地一笑。

玄智道长缓步上前，一抬手，自报家门道："贫道玄智，江南常德府太浮山佑圣观门下。"

对面那三人神情凝重，一拱手，不冷不热道：

"在下彭伦。"

"在下蒋晟。"

"在下章伯达。"

玄智道长的目光便从那三人的脸上一一扫过。就在这片刻间，对手的所有信息便一一输进了他的脑海中，高矮胖瘦，面部表情，所使兵器。他身形未动，剑未出鞘，心念电转，脑子里早就把即将搏杀的实战过程演练了数个来回，并且也得出了最终的结果。他知道，他随后的出手，只是印证他脑海里计算的结果而已。末了，他紧闭的嘴角微微上扬，露出了神秘的一笑。

就这一笑，深深地烙在了香玉姑娘的眼里，也铭刻在了她柔情荡漾的春心里。

玄智道长抬起右手，从背后缓缓地抽出自己的剑器，然后，一抖手腕，剑身在空中疾速划过，映出一道耀眼的弧形寒光。

寒光映日，剑气森森。

"请吧！"玄智道长冷冷地说道。

三名汉子各执兵器，呼地轮开，同时一声呐喊，然后像一排飓风向道长疾卷过去！

如此阵势，骇人心魂！

围观之人，有的竟惊呼起来。

香玉姑娘还是头一次见到这种以三对一、凌厉凶险的攻势，心头猛然一紧，不免为玄智道长担心起来。她忘了八义门与玄智道长之间的约定，右手掌中悄悄地暗扣了三枚银针。

玄智道长避其锋芒，并不接招，只是提气后退，几个起落，人已飘落于一丈开外。此时，三人一气均使了十余招。三人相互对视一眼，又是一声呐喊，再一次挥动兵器，向道长横卷过去。玄智道长纹丝不动，待到劲风及身，一招"旱地拔葱"，身形已腾至半空，双臂一掠，待翩然落下时，已立于三位汉子身后，又是一丈有余。三位汉子收势立定，眼前不见人影，惊栗中回头找寻，却见道长神闲气定，立在那里，似无事人一般。

有一个就恼羞起来，朝他喊道："你到底打还是不打？你难道是个缩头乌龟？"

三人这次并不同时朝一个方向攻击，而是敏捷地散开，各抢了一个方位。

正待三人同时发起攻击，只见一道白光一闪，玄智道长快如闪电地向前疾跃，长剑的剑尖就已刺到了对面使剑汉子的面门。这瞬间的突变，使剑汉子哪里料到，"啊"地一声惊呼，三魂去了两魂，忙提剑后跃。玄智道长见其后撤，并不追赶，身形一晃，剑身回转，一招太浮山绝招"雪舞梅花"，凌厉的剑气直逼使刀汉子。这一招使出，使刀汉子顿觉眼前一片白光茫茫，只见梅花朵朵，迭次怒放，寒光四射，夺人心魄！除了冷森寒光，哪还见什么人影！惊恐之下，急撤招回刀。就在这电光石火之间，玄智道长又已回招，利剑诡异般指向使棍大汉。

其时，那使棍大汉早就将一根铁棍拿横疾扫，一扫不着，见距道长还差数寸，忙改横为戳，棍头直击玄智道长中盘腰肋。玄智道长在使出一招"雪舞梅花"时，眼角余光其实早就罩在了他的铁棍上。玄智道长脚尖点地，一纵身，左脚就踩在了他的铁棍上，一招"千斤坠"，千斤之力通过脚尖直贯入铁棍中，那人拿捏不住，铁棍直向地面跌扑下去，玄智道长巧借铁棍对自己的反弹之力，早已腾空跃起，掠向汉子后背，飘落之时，左手食指与中指一骈，疾点汉子脊背神道、筋缩、命门三大穴。汉子立时僵立原地，动弹不得。

这陡地突发的变数，来得是如此之快！

真是惊天地！泣鬼神！人神俱恐！

眨眼之间，场中的三比一就变成了二比一。

这个局面就是玄智道长精心设计的结果。

围观的众人惊呆了。

香玉姑娘笑靥如花，满脸喜悦。

龙云飞由衷赞叹道："真英雄也！"

田长庚则惊呼道："神人也！"

欧阳掌门也被眼前的这一幕惊呆了。江湖数十载，他什么时候见过如此惊心动魄的场面？如果不是亲眼所见，他是万万不会相信江湖上的后起之秀中竟有如此厉害的人物。他急忙大声地叫道："停下！停下！"匆忙走到玄智道长面前，一拱手道："都说自古少年出英雄，这话果然不假。在下不仅佩服道长的骇世武功，更是佩服道长的神机心智。今日之事就此罢手，你我恩怨，从此两清。道长请便吧。"

话一说完，欧阳掌门趋步前行，两指一骈，替那使棍者解了穴道，不待道长回话，径自向后一挥手，长须颤动，面带愠怒，率八义门众人悻悻离去。

青梧姑娘和苗岭朋友兴高采烈，拥上前去。

龙云飞一拳擂在玄智道长结实的胸脯上，朗声惊叹道："了不起！了不起！真神功也。"

"是啊，没想到今天的结局竟是这么快，这么痛快！"田长庚赞叹道。

香玉眼中莹光点点，急悄悄收了银针，奔上前去，用两只玉手挽了玄智道长的胳膊，高兴得像孩子般蹦跳起来，连声高呼道："远山哥哥好厉害！远山哥哥好厉害！"

青梧姑娘喜极而泣，忙用袖口擦拭着双眼。

眨眼间，八义门的人都走光了。金刀阎五、大漠双鹰也悄然随之遁去。空荡荡的柳树林里一片沉寂，寒意萧瑟。

玄智道长剑器入鞘，笑着对众人道："时间不早了，我们也上路吧。我们边走边说。"

众人欢天喜地，离了柳树林，重上大道。

众人一路行着，一路谈论着刚才发生的事情，惊险而又刺激，兴致勃勃。

玄智道长道："我与荆州八义门根本就不认识，何来瓜葛？今日之事，我怀疑是那三个恶人挑拨所为。那三个恶人，想必你们也看到了。从这里去到宜昌，还有数百里之遥，又多荒凉险恶孤僻之处，我担心他们恶性不改，还会对你们有所图谋，所以，我决定再送你们一程，到了宜昌，上了大船，我就放心了。"

"是真的？那太好了，远山哥哥你真好，我好开心啦！我好开心啦！"香玉一听，心花怒放。说这话时，香玉姑娘的一双玉手还一直挽着玄智道长的臂

膀。

香玉姑娘的言行举止，众人都瞧在眼里，明在心里。她是一个内外透明的姑娘，喜欢就是喜欢，不喜欢就是不喜欢，她从不会刻意地去掩饰自己的情感。玄智道长在她的面前一出现，她就欢喜上了。这就是她的纯洁感情，她的爱情。

这一切，青梧姑娘也看在了眼里，虽然心里头是别有一番滋味，但毕竟她和玄智道长之间的感情还没有走到这一步，彼此之间也没有任何的表达和承诺。所以，青梧姑娘即使心中无端地生出一些怪怪的小别扭，但在脸面上也还是笑脸相陪。

众人一路行来，山南海北，天上地下，无所不谈。

来到宜昌城时，已是数天后的一个午后了。

上了码头，望着浩浩荡荡的长江之水和停靠在岸边码头的无数大小船只，彼此心里都知道眼下是真的要分别了。寥寥数天，大家相处得就像兄弟姐妹一样。想着这一别，山高水远，相见无期，不知何时何地才能相见，大家不免惺惺相惜，依依不舍。

香玉姑娘抓住玄智道长的双手，久久不愿松开。

"明年春后，我会亲自去江南常德府太浮山登门拜谢道兄，到时，我们又可相聚了。"龙云飞对玄智道长道。

"你们到太浮山来玩，我是特别高兴，求之不得，但要是说来拜谢，那我可就领受不起。这样，我们大家既然都以兄弟姐妹相称，就不要讲那么多礼节，谁想谁了，就去看望谁，行不？说不定哪一天，呵，我就跑到你们苗岭去了。"玄智道。

"嗬，行啊，欢迎啊，道兄说话可要算数，不要光嘴上说说，不行动，到时……到时，有人就会望眼欲穿了。"田长庚快人快语，话有所指道。

宝珠更加有趣，"咯咯"一笑，干脆把话挑明了："哥哥若不来，我们就把妹妹送到太浮山去。"

这一说笑，把这个玄智道长逗弄得面红耳赤。

香玉姑娘倒是出奇地平静坦然。在这离别之际，她只是珍惜着眼前的分分秒秒，脉脉含情地凝视着她心中的远山哥哥。

她的爱就是这样，喜欢的人来了，爱就来了。

玄智道长和青梧姑娘站在浪花激涌的码头台阶上，看着苗岭朋友一行上了去上游的大船，拱手相送："青山不改，绿水长流，咱们后会有期！"

香玉姑娘立于船头，泪水早已模糊了她的双眼。她的右手高高地举起，一直向玄智道长挥动着。银帽的链坠在江风中飘起，在她款款深情的双眸前左右摇曳。

望着渐渐远去的船影，玄智道长神情恍惚，若有所失。

江水浩荡；江风激扬；寒山峙立。

就在这时，东北天际隐约传来隆隆雷声。

玄智道长回首望去，见天空朗明灿然，竟无半丝云彩，不觉纳闷起来。见船夫摇手相招，在催着上船，他才牵了白马，与青梧姑娘一同登船，朝荆州城顺流漂去。

这一天是十二月的初四日。

就在这天，闯王李自成部与绰号"曹操"的罗汝才部携手联盟，对襄阳城发起了猛烈的进攻。

襄阳城下，旌旗猎猎，炮声隆隆，厮杀震天！

数天后，襄阳，这座饱经忧患与苦难的城池，又一次被农民军攻陷。

大明朝的左良玉部仓皇顺汉水而下，败退武昌。

第三章
山河飘摇人心荡
五雷剑气冲云霄

话说洞庭湖之西，澧水中下游，有一偌大冲积平原，号澧阳平原，北与鄂州的松滋、公安相接，故又合称淞澧平原。平原土壤肥沃，物产丰饶，人丁兴盛。

就在这人烟稠密，水陆交汇之处，有一座历史悠久的古城池澧州城。城中三凤山处有一座华阳王府。说起这华阳王府，那背景身世绝非一般。这第一任澧州华阳王是朱悦燿，朱悦燿的父亲是朱椿。朱椿是明太祖朱元璋的第十一子，封蜀献王，藩地四川。据文献记载，朱悦燿年轻时因犯了夺权的罪行，被人告发到他父亲那里，蜀献王朱椿十分恼怒，打了他一百大板，后又因盗窃国库金银，数罪并罚，于明洪熙元年（1425年）四月将他贬迁出四川，仍号华阳王。先迁湖南武冈，不久又于当年迁澧州，以州署，为王邸。虽为王室，富贵一方，却并无实权。朱悦燿来澧州后，心情抑郁，无法排解，唯有寄情于山水，方能缓解心中的谪迁之烦恼。后结交名道数人，促膝相谈，获益甚多。

一个春三月的烟雨天，朱悦燿出得王府，信步来到澧水江堤上，遥望大江对岸一带烟雾蒙蒙、青山隐隐、气象万千，顿觉那是一方绝好的修身养性之处。后一打听，才知道那就是道教七十二福地中第四十八福地"关山烟村"。遂在此修建道观，并广植桃李、枇杷、板栗、杨梅、枣等，取名"御果园"，供皇家子弟游猎、休息。为了排解自己对川蜀故土的思念之情，他还在山上特地修建了"思蜀亭"和"望江轩"。

自他之后，子孙繁衍，王位相传，到如今已是历时二百多年，到了第九代至惠王朱敬一。朱敬一虽说贵为王爷，身居王府，锦衣玉食，有享用不尽的荣华富贵，然而，他的内心里却有着平常之人难以理喻的苦楚。身为皇室子孙，言行举止，稍有不慎，就会有耳目上达于朝廷，随时都有可能招来杀身之祸。

真是高处不胜寒！因此，他便终日寄情于山水，修性于儒道，吟诗作画，笙歌曼舞，以娱时光。在旁人看来，他就是一个碌碌无为、平平庸庸的花花王爷。其实，心中事，有谁知？尤其是近几年，大明王朝的西北边陲叛乱四起、狼烟滚滚。去年的正月十九日，李自成离开商洛山攻破洛阳城，杀福王朱常洵；二月初四日，张献忠攻破襄阳城，杀襄王朱翊铭、贵阳王朱常法。时下，张献忠乱于安徽、李自成割据河南，农民军大有星火燎原、四处出击之势；而大明之东北，更有后金觊觎中原已久，边关战事频繁。大明江山已是风雨飘摇；帝国大厦已是摇摇欲坠。

"覆巢之下，焉有完卵？"

一想及此，至惠王朱敬一不禁不寒而栗，周身颤抖。

这天，风和日丽，天气朗润。至惠王朱敬一心事重重，无以排解，便带了管家随从，信步出门，不知不觉又横江而来，到了关山武当行宫跟前。沿着巨松掩映的千步阶梯缓步拾级而上，远远就可望见气势恢宏的武当行宫正门和高大的院墙。正门的门楣上镶刻着一幅巨石匾额，上书"中武当"三个鎏金大字。大门两边是一副先祖亲自所题的楹联：

利锁名缰笼络多少好汉
晨钟暮鼓唤醒无数痴人

说起这武当行宫，也是极有来历的。先祖贬迁于此，心情郁闷，后闻听了武当山的道家仙名，非常羡慕，欲亲自前往问师参道，排解心中之烦恼，但苦于路途遥远，于是在这关山烟村修建了一处规模宏大的道观，取名"武当行宫"，延请道家真人在此执掌香火。这门楣上原是"武当行宫"四个字，后来听闻江湖上早就有"北武当，南五雷"之说。于是灵机一动，干脆将这"武当行宫"四个字换成了"中武当"三个字，既有别于千里之外的北武当山，又表达了自己对北武当和南五雷道教的羡慕之情。后来，关山也就叫作中武当山了。

至惠王朱敬一缓缓而行，上得大门台阶处，默默地注视着两边的巨幅楹联，心中默默念叨着，触物生情，不由感慨良多。他用手轻轻地抚摸着石刻的大字，就像抚摸着一件世上稀有的珍品。稍后，他才缓步进入大门。

进到门内，是一个不大不小的坪子，两边是钟鼓楼，对面抬头就是灵宫殿。穿过灵宫殿，再经过一个同样大小的坪子，正前就是祖师殿，内面供奉着巨大的真武祖师鎏金像。两边是厢房，用作膳房、客房。至惠王进到大殿，早

有执事小道士将点燃的香蜡奉上。至惠王将香蜡插进香炉，屈身朝真武祖师拜了又拜。

王真人得了讯息，连忙从清远观赶过来，接了朱王爷一行，一同拾级而上，往清远观草庐而去。皇家道观里房舍颇多，亦有道士居室。但王真人却在山岭一峻峭处独自结草为庐，以果为食，以露为饮。除修道之外，就是松下品茶、孤峰练剑，好一个世外逍遥之人。

来到清远观，王真人从火炉上取了沸水，倒入两个陶瓷杯中。然后出门走到山崖边，从一株硕大的茶树上采下数片嫩叶，分别放入两个杯中。

嫩叶慢慢地浸入沸水中，轻卷慢舒，恣意随性，上下沉浮数次，最后缓缓地沉到杯底，水中的颜色渐渐地变为透明的亮绿。

至惠王羡慕地看着王真人，意味深长道："茶这一物，之所以为世人所喜爱，只是因其五行属木，又经土的滋养，金的炒制，火的烘焙，最终又遇水而活，可说是五行俱全。而真人却采其鲜叶而啜之，省去了金火的煅焙，真可谓是删繁就简，慧心独运，非常人能及也。王真人不愧是道中少有的高人，不仅已悟得茶中禅味，也早悟透了人生真谛。其实，庸俗的人生就是功名利禄，而极品的人生则只有两个字：素和简！"

王真人看着至惠王，心有灵犀道："大道至简，就是这个道理。可尘世之中，又有多少人能够参得透这其中的玄机呢？"

至惠王感叹道："是啊，还是道门清净。"

王真人道："话是如此，可也要感谢朝廷的恩典。只有皇恩浩荡，恩泽四海，天下太平，我辈方有这清净的修身养性之所，若是……"

王真人见至惠王脸色忽沉，便及时打住了话头。

少时，至惠王叹了口气，缓缓道："其实，就这个'茶'字，若是拆开来，上为草，下为木，便是人在花草树木间的意思，寓意着人与自然的和谐相处。若是将其蕴含的深意延伸开来，可以理解为天下太平，百姓安居乐业。这也正合了你们道法自然、天人合一的道家教义。可眼下，却是烽烟四起，国无宁日。"

"王爷身在局外，还是心系宗庙社稷，这也是情理之中的事情。俗话说，一念放下，万般自在，就看王爷能不能放下了。"

至惠王抿了口茶，慢慢咽下，然后踱到山崖边的窗前，放眼望去，深谷远岭，黛蓝灰蒙，想及心中所忧之事，不觉脱口吟道："山中本是清净地，奈何俗人一身愁啊！"

至惠王的愁不是没有道理的。

晚上，他和家人们品茶闲谈，夫人告诉他道："前几天，听说王府宗室朱士达的第三子悄然出家了，大家一时议论纷纷，有说信的，有说不信的，莫衷一是。今日得了准确消息，连他出家的地方和寺庙都打探清楚了。"

至惠王一惊，忙道："真有此事？那他去了何方何寺？"

夫人道："太浮山西麓保宁桥所辖的宝塔湾同林寺。"

"哦！竟是太浮仙山。"至惠王道。稍停，他又感叹道："这朱士达的第三子，我是很了解的，性情温和，一向淡泊名利。他和我在一起的时候，也的确数次提起出家一事，我以为他随便说说而已，并未深究其因，放在心上。只是没有料到他真的会削发为僧，遁入空门，远离尘世。或许，他的出家与眼下的混乱时局有关，他可能已经预感到了什么，不然，他不会在这个时候悄然而去……"

就在这时，管家匆匆进来禀报说："王爷，知州葛大人和中军陈大人求见。说有紧要事相商。"

至惠王一听是两位大人求见，心中一凛，不知何事，忙中断了话题，对管家道："请两位大人到书房。"

待两人落座，上茶已毕，至惠王问道："两位大人这么晚了，不知有何紧要事情？"

"王爷，下午已接到加急战报，襄阳城已经被李自成和罗汝才的联军攻破。"中军陈彦中大人急忙禀道。

至惠王一惊，身子一震："你说什么？襄阳城又被李自成和罗汝才的联军攻破？"

"是的。"陈中军道。

"那是什么时候的事情？"至惠王追问道。

"三天前，也就是初四那天。"

"那左良玉的人马呢？"

"左大帅抵挡不住，退往武昌去了。"

至惠王听了，紧皱眉头，呆坐椅上，半晌无语。末了，他立起身来，在房间里忧虑地来回走着。他突然停下来，对两位大人道："两位大人对战局是怎么看？"

陈中军忙道："形势不容乐观。自去年以来，张献忠部就一直占据安徽，李自成部一直占据河南。荆楚之地，物产丰饶，早就在张李二人的觊觎之中，战事发生是迟早的事情。眼下，李自成和罗汝才部攻占襄阳，就是一个不好的

兆头。襄阳乃军事重镇，历来为兵家必争之地，李部与罗部既得手襄阳，不久之后，肯定会顺势南下，夺取荆门，进而南攻荆州，西取宜昌，然后可顺流从长江和汉水两路夹击武昌，进而控制鄂州全境。若从荆州渡江南下，淞澧平原又无险可守，澧州城则危矣。"

"那……两位大人可有何安排？"

至惠王双眼发亮，急问道。

"禀王爷，接报后，我刚刚和陈中军已经商议了一个下午，决定从现在起不仅要加强城防工事，守城官兵的强化操练，还要把全城百姓中的青、壮之人发动起来，誓死保卫澧州城，保卫华阳王府。"知州葛遇朝大人回道。

至惠王听了，心中稍慰，点着头道："这样甚好，这样甚好。那就有劳二位大人了。"

"但我们还有一个想法，成与不成还要王爷首肯。"葛知州禀道。

"葛大人有话，但说无妨。"

"江南地区，尚武，多孔武有力之人，若能把这些江湖绿林之人组织号令起来，为朝廷所用，那将是一支很有战斗力的生力军。"

至惠王点头称是。

"但这些人都是江湖中人，要想把他们号召起来，那就必须要在江湖中找一个极有身份地位的人来号令他们。"葛知州道，"后来我和陈中军反复地想来想去，还真想到了一个人，九溪卫五雷山的空明真人。"

"啊，空明真人！？"至惠王吃了一惊。

"王爷，您想想看，这些经常习武的好手都在哪里？大都在江南大大小小的山林里，而这些山林里到处是道观寺庙，而尤其是以道教一派为盛，所以，这些好手其实大都是道教中人。您再想一想，在江南道教一派中，谁的身份和地位最高？谁的影响力最大？'北武当，南五雷'，就是这个五雷山的空明真人才最具有影响力和号召力。"葛知州一口气说完，喝了一大口茶。

"原来如此。"

至惠王颔首道，豁然大悟。

葛知州继续道："王爷您再想一想，您华阳王府与五雷山的交情怎样？与江南道教的渊源如何？万历二十八年，五雷山大修道观，不仅常德荣王府捐巨资，您的父亲不也是出资了吗？不仅这样，您华阳王府一直都是推崇道教，出资修建中武当宫，为石门观国山女道士苟瑞仙写书立传等等这些，说明您华阳王府与江南道教的关系渊源极深，那绝非一般。眼下战乱四起，国难当头，若您亲自修书一封与五雷山空明真人，让他出面号令江南武林，与朝廷官兵共守澧州城，这是与国分忧，与民分忧，于国于民，于情于理，空明真人岂有拒绝之理？"

"大胆！你们两人欲害我乎？"

至惠王立时脸色大变，一睁怒目，指着葛知州大声喝道。

两人一见王爷忽然变色发怒，不知所措，忙起身拱手道："王爷息怒！王爷息怒！不知我们做错了哪里，还请王爷明示。"

至惠王用手指着两人，高声道："你们想想，如此一来，我华阳王府岂不是与江南武林势力掺和在了一起？一旦授人以柄，朝廷获悉，这可是大逆不道的谋逆之罪，是死罪，是要抄家问斩，贻害子孙的。"

至惠王怒气盛盛。

"原来如此！"陈中军释然道。

葛知州听了，大不以为然，辩道："王爷，您多虑了。"

"哼！何以见得？"至惠王诘问道。

"您想想看，自从您先祖来到澧州，以州署，为王邸，历经数代，凡二百余年，华阳王府一直都是乐善亲贤，清心向道。在关山烟村建武当行宫，立真武巨像，延请名道日夜守护，以奉香火。不仅如此，还与释、道界人士交往频繁，又替名女道姑写书立传等等，这都说明了您华阳王府与道教的深远渊源。这么多年来，朝廷怀疑过华阳王府吗？没有啊，从没有。"

"那是因为我华阳王府只与释、道中的上层人士来往，而没有与某个教派中的武林人士结交，故而朝廷不会起疑心而已。"

"王爷，利用民间的武林人士来协助朝廷官兵守卫城池，自古就有先例。就拿眼前形势而言，把江南武林号召起来，协同我们一起守城，小而言之，是守澧州城，是守华阳王府；大而言之，是守的大明城池，是守的大明江山。功在国家社稷，利在黎民百姓，此举又何罪之有呢？"

见葛知州一番慷慨陈词，说的也极是有理，至惠王沉默起来。

"上次襄阳、洛阳城破，封王被杀，尸骨未寒。我们应该有所醒悟才是。"陈中军小心翼翼地附和道。

"我和陈中军已经商量好了，主意是我和他拿的，我们会如实地将此事上报朝廷。若有追究，也由我和陈中军负责。"葛知州大义凛然地说道。

至惠王望着眼前的两位主政大人，见其忠心耿耿，所言也甚有道理，于是亦心有所动，语气便缓和了许多："这件事情也不是不可行。你们两位大人忠于职守，一心为国，实是忠诚可嘉。我想，二位何不亲自修书与空明真人，以朝廷之名让他来出面号令江南武林，名正言顺，岂不是更好？"

葛知州道："我们也不是没有想到过这一节，可考虑到空明真人乃方外之人，德高望重，若以朝廷之名来号令他，恐怕实在不妥；唯有借重您华阳王府与他道教的往日情谊，才可奏效。"

至惠王凝神沉思，觉得葛知州说的也是合情合理。

"好吧，这件事我可以答应你们。但你们一定要先将此事及早上报朝廷，以便得到朝廷的恩准，方可实施。"至惠王思虑再三，叮嘱道。

"行，只要您王爷点了头，余下的事情我们来办。那我们就不打扰了，多谢王爷，告辞！"

两位大人拱手道，退出王府。

洞庭天下水，岳阳天下楼；气蒸云梦泽，波撼岳阳城。说起这洞庭湖，八百里烟波浩渺，气象万千，谁人不知？谁人不晓？就在这大湖的西滨，常德府地界，有一座大山兀地巍峨耸峙，方圆百多里。此山生出九十九岭、三十三岔，奇峰峻峭，层峦叠翠；白云缭绕，岚气腾腾。从东边远眺，就像一幅巨大的水墨屏风；而从北边南望，却又如一条昂首腾飞东去的苍龙，气势恢宏。

在华夏文明的神话传说中，就有那么一个神奇的传说。

说有一日，太昊伏羲帝巡游江南至此，见此山芳峦黛霭，绣岭横烟，白云幽壑，倒应碧潭，心中一动，顿觉此山是一处修身悟道的极佳妙境！就是心中的这么一动，脑中意念竟化作一道奇妙的光波，腾空而起，直往神州之南而去，应在了南方一个偏僻山乡的一栋茅庵中。此时茅庵中正有一人在睡觉，此人名叫浮邱子，年方十八。当时，他正在午睡，就做了一个梦，一个奇特的梦，梦见有仙人赠他一个金黄色的葫芦，并把他扶上白鹤，向北飞往一座云中仙山。梦醒后，他走出茅庵，果见院中石桌上放有一个金黄色的葫芦，顿悟此乃圣人指点。于是，他按梦中指点，一路北来，径至此山，见此处与梦境极是相似，于是在此落脚，觅得一石洞，专心修道。三十年后竟得大道，被后世弟子尊称为道教圣祖。后人在此山第一峰峦缥缈峰北麓依势而建一座数进的宏大道观，取名"佑圣观"，以此来纪念他。此山又被后人唤作"太浮山"，也是因他而来：浮，乃浮邱子；太，乃是至高至极，是道家的核心思想，体现着博大精深的道文化蕴涵。

这天，佑圣观的掌门虚云真人早早地就候在了观前的院子里。他在等待着其他几个道观、寺庙住持的到来。太阳挂在东边蔚蓝的天际里，纤云不染，金光普照，天地间灿烂光明。在阳光的渲染下，佑圣观对面的凤凰岭就真的像一只金色的凤凰，展翅欲飞。回过头来，一眼望去，佑圣观气势恢宏，雄伟壮观。观门上方，"佑圣观"三个大字醒目耀眼。观门两边，是一副刻在红砂石岩上的楹联：

水如碧玉山如黛
云满黄庭月满天

横楣是：祥云飞渡。诗意盎然，道意隽永。

大弟子玄真道长从观中走出来，见了师父，从容禀道："师父，茶水已经准备妥当，就等客人们来了。"

"为师知道了。玄真，你留在这里，和我一起迎接客人。"虚云真人吩咐道。

"好的。"玄真道长回道。

虚云真人在院子里一边踱步，一边举目远眺着东麓下蜿蜒远去的丘岗、星罗棋布的坪坝和树木掩映着的村庄，脸上一片忧虑之色。

"师父还在为书信的事操心？"玄真道长关心地探问道。

"是啊，"虚云真人点头道，"战事一起，国无宁日。这几年大明国一直就是兵祸、天灾，而且局势是一天比一天糟糕，大有不可收拾之势。天下大乱，生灵涂炭；黎民百姓，水深火热。这段时间，我的心里就一直悬着，就一直有一种担心，担心战事恶化，不仅殃及天下百姓，还会祸及道、佛清门静地。果然，事情就来了。"

"是祸躲不脱，躲脱不是祸。要来的，迟早是要来。天下大势，岂是我等出家人可以左右的？"玄真宽慰师父道。

"玄真，你对这件事是怎么想的？"

虚云真人回过头来，看着大弟子道。

"一切随缘吧，但凭师父吩咐。"

"玄真，这件事情我思来想去，可不是一件小事，弄不好，还真要累及江南道门，引来杀身之祸。"

"有这么严重？"玄真问道。

"跳出三界外，不在五行中。出家之人本不应该参与俗世的一切纷争，只宜清心寡欲，潜心修行便是，一旦搅进了尘世时局的纷争，就是参与了政治势力的角逐。赢了自然会跟着兴盛，可输了呢？输了就会……观毁人亡。你明白了吗？"

"徒儿明白了，但徒儿不怕。那师父您的意思呢？"

"人生一世，有如草木一秋。雁过留声，人过留名。不管是出世也好，入世也罢，总要给后世留一个好名声吧。宋朝李清照言'生当作人杰，死亦为鬼雄'，更何况我们堂堂七尺男儿呢。"

虚云真人教诲道。

"我懂了，我会记住师父的教诲。"玄真道。

"嗯，记住就好了，自己的路还得自己选择，只要不忘本心就是了。"

就在师徒两人交心而谈时，几个人从西面石径快步走了过来。原来是三台峰太子宫的灵慧真人带了徒弟玄妙、玄音到了。灵慧真人年近花甲，瘦高个，双目炯炯有神，留有胡须，斯斯文文，秀才出身。徒弟玄妙、玄音只是跟着他修文，而武功则是虚云真人一手相传。大家正寒暄时，又见稻摞峰的青云真人和徒弟玄空从对面凤凰岭的石级小道快步走了过来。青云真人五十来岁，个大体胖，耿直豪爽，说话粗声大气，走路带风，办事干净利落。徒弟玄空二十多岁，性格跟他一个样，只是稍矮一些。虚云真人便吩咐玄真在此等候，自己则领了众人先进佑圣观去。

进得观里，虚云真人将五雷山空明真人写的书信拿出来给众人传阅。众人看过了，相互瞧着，对局势的变化唏嘘不已。

"华阳王府与五雷山素有交往，这次澧州城有难，五雷山当责无旁贷；而我们太浮山则和华阳王府并无往来，也可助，也可不助。但这件事情非同寻常，乃是关系着澧州城的生死存亡，我们还是要从大局出发，有人出人，有力出力，既是为国家朝廷分忧，也是给五雷山一个情面。毕竟我们是江南四仙山，情同手足。"

青云真人快人快语道。

"青云真人说的极是。我想，我们理应派人手前往。至于书信中所提通过比武来选举江南武林盟主之事，我看空明真人也还是出于公道，没有丝毫的私心。"灵慧真人道。

"我看，也实在没有选举这个武林盟主的必要，不就是去助拳出力吗？空明真人他自己就可以做主挂帅。他领华阳王的情，我们领他五雷山的情。"

青云真人道。

"是啊，免得节外生枝，比去比来，拳脚无情，大家彼此之间或恐还弄出一些是是非非。"

几人正议论时，玄真道长引了众人进来：有空灵寺济慈大师，玉皇庙心智大师，海棠溪主叶博凌、少主叶芝楚父子，顿笔峰召云观玥明师太及大弟子林紫嫣、二弟子莫雨馨。好久没有来这么齐了，大家一见面，场面顿时热闹起来。玄真又是搬椅子，又是倒茶水，忙得不亦乐乎。长辈们坐在一起，晚辈们则远远地围站在另一边，有说有笑，好不热闹。

"玄真师兄，你的玄智师弟还没有回来？"紫嫣问道。

玄真道："还没有，也应该差不多了。"

"这段时间你是忙累了吧？"雨馨调皮地逗他道。

玄真咧嘴一笑："明知我累，你们怎么不过来给我帮忙呢？"

雨馨对他一笑，眨眨眼，又朝师父玥明师太努努嘴。玄真知其意，抿着嘴巴，把眼睛都乐成了一条缝。

听着他们在那里叽叽呱呱，虚云真人忙吩咐这些晚辈门去到院子里。房间里立马安静了下来。

迟来的几位住持也先后看完了空明真人的书信，不免也是大吃一惊。

"怎么会是这样呢？"玥明师太立马就皱起了眉头。

"这可是牵一发而动全局啊，不仅关系到澧州城的安危，也牵扯到太浮山佛、道两家的存亡以及江南众多武林人士的安危。"心智大师道。

"正因如此，事关重大，我才不敢擅作主张，故特地把大家请过来，一起商量商量。同时，也让大家对时局有一个大致的了解。"

"既然五雷山有书信过来，我们太浮山还是要给他面子的。人，肯定是要去。至于选举武林盟主的事，我看也是没有必要。我们都是方外之人，谁还在乎这个江南武林盟主之位呢？"济慈大师道。

"我们不在乎，可难保江湖上的其他门派不在乎。因为，这毕竟关系到一个门派在江湖武林中的脸面。"心智大师揣测道。

"兵来将挡，水来土堰。国有危难，我们当为国赴难，义不容辞。"青云真人慷慨激昂道。

"青云真人若去，我海棠溪主自当一同前往。"海棠溪主叶博凌拍着胸脯道。

"灵慧真人，你读的书多，见解亦深，你是怎么想的呢？说出来让我们大家听听？"心智大师转向灵慧真人道。

"是啊，灵慧真人饱读诗书，满腹经纶，是我们太浮山的大秀才，智多星，说说看，有什么想法？"玥明师太忙跟着附和道。

"我是这样想的，"灵慧真人道，"国家，国家，没有国，哪来的家？没有国家的太平盛世，何来我们这些出家人修道的清净之地？身处乱世，修身养性是小道，为国分忧方是大道也。"

众人一听，如拨云雾见青天，心头豁然朗明，纷纷点头称是。

虚云真人赞道:"灵慧真人已悟得'道'字的精髓。我的意思也是如此。不过,我们要有充分的考虑,因为一旦下山,上了战场,刀剑可就无情了。"

"既然已经下了决心,岂有贪生怕死之意?"青云真人朗声道。

"对!"

"对!"

众人纷纷附和道。

"既然大家都是深明大义,忠心报国,那这件事就这样定下来了。大家回去后做好准备,三日后,我们就去五雷山赴英雄大会。另外,玥明师太和手下弟子就不要去了,我和弟子玄真要同去五雷山,玄智又不在家,你们就留在山上帮衬照看着佑圣观,等我们回来。"

众人应诺。

话说玄智道长自宜昌与苗岭朋友分手后,带了青梧姑娘乘船顺流而下。青梧姑娘这还是第一次乘船,站在船上,望着船舷两边的滔滔江水,还有两岸向后缓缓退去的崇山峻岭,峭壁危崖,觉得甚是新鲜刺激。她望一会儿船前,然后又望一会儿船后,再扭头轮换望着两岸的山水景物,心情竟渐渐地好转起来。没过多久,不知怎么忽然又想到了那个苗岭姑娘龙香玉,想到了她用手挽着玄智道长臂膀的情景,心中竟又泛起淡淡的怪味道。她扭头看向玄智道长,见他一手牵马,一手正梳弄着马的鬃毛。她看得出他对那匹白马很是喜欢,很有感情。

"楚大哥,我有个事儿要问你。"她语气神秘道。

"什么事儿,你说吧。"玄智道长转过头来。

"你要说真话哟。"

青梧眨着眼睛,双眸晶亮,透出调皮的神情。

"好,真话真话。"玄智道长笑道。

"你喜欢那个香玉姑娘吗?"

此话一出,玄智道长着实一怔,看她一脸的好奇和疑惑,不知该怎么回答。

玄智道长微微一笑,不置可否,拿眼去望激荡的江水。

青梧抿嘴一笑:"喜欢就是喜欢,我就是问问罢了,我看得出,她是很喜欢你的,而且还是蛮喜欢。我注意到了,那天一见面,她就来拉你的手臂,完全不顾男女有别。"

玄智道长没有吱声,望着浪花飞溅的宽阔江面,轻轻地叹了一口气,低声说道："我是出家之人，怎么敢去喜欢一个姑娘呢？"

"这……这……"青梧一时语塞。

"楚大哥，你难道就真的出家一辈子？"

青梧歪了头，直盯着他的眼睛。

玄智道长沉默半晌，侧了头，看着一脸率真的青梧，缓缓道："我和你一样，天地之大，无处可去。只有待在太浮山佑圣观，只有和师父在一起，佑圣观就是我的家啊。我不能有儿女之情，我也从没有想过要结婚、成家，我只希望陪伴在师父身边，尽心侍奉他老人家。唯此而已。"

"如果有姑娘喜欢上了你，偏要和你结婚呢？你打算怎么办？"

"这个……这肯定是不行的。"玄智道长固执地说。

青梧沉默了一阵，忽然脸上泛红，盯着玄智道长的双眸，低声道："楚大哥，我长得好看没？"

玄智道长连忙浅笑道："好看！好看！"

"说真的，好看没？"青梧小声道。

"真的好看。"玄智道长肯定地说。

"你喜欢不？"说这话时，青梧的脸就更红了。

玄智道长忙道："我喜欢啊。"

青梧用手指点着玄智道长的胸前："这是你的真心话？"

"是真心话，哪还有假？"玄智道长道。

"那……那你愿意娶我吗？"青梧紧跟着问道。

玄智道长一听，嘴巴都惊得张大了，忙道："不行，不行。青梧妹妹，这一路上，我都尽在琢磨这个事儿呢。"

"什么事儿？"青梧追问道。

"就是你的事儿，"玄智道长道，"到了太浮山，我想让你先在山下我一个朋友家里住上几天，待我上山见了师父，禀明了你的事情，看师父如何安排。不管怎么样，我都要给你寻一个好的安身处，不能让你受了委屈。"

"哼，不让我受委屈，你现在就让我受委屈了。你说我好看，说喜欢我，可又不愿意娶我。"青梧故意噘起了小嘴巴。

玄智道长忙安慰道："长得好看是好看，喜欢是喜欢，可与娶不娶不是一码事。我是出家修道之人，出家人有出家人的清规戒律。我若与你婚配，那是要坏我太浮山道门的规矩的，在同道面前，我还有何面目见人？"

青梧并不示弱，坚持道："楚大哥，你可以还俗啊。还俗了，你就是平民百姓，我们就可以结婚了。"

青梧说的不是没有道理。玄智可以还俗，一还俗，什么事情都好说了。可是，还俗，就一句话那么简单吗？玄智看着眼前身世凄凉的姑娘，真的不忍心拒绝她的任何要求，哪怕就是一个很微小很微小的要求。他觉得他只能让她开心，让她快乐。

"还俗，说起来就是两个字，你要知道，那可是千斤重！我是一个孤儿，是师父把我带大，引我入门，修行悟道，传授武功。在师父面前，我能提'还俗'这两个字吗？其实，我的话还没有说完，我准备先让你有个安身之处后，再慢慢地给你找一个好的婆家，这样，你就可以安心过你的日子了。这都是我的心里话，还望青梧妹妹细细思之。"

青梧摇摇头："我不。如果你不还俗，执意在山上修道，那我就真的出家做道姑，了此一生。"

"你怎么就那么固执呢？那会耽误你一生的。"

青梧倔强地说："我愿意，我喜欢。"

玄智道长见说不过姑娘，只得一笑，摆手道："我们今天不谈这件事了，你太犟了，我拗你不赢，我服输，你真有几分犟气呢？你们北方人吃麦子高粱玉米，是不是都是这样的？"

姑娘见玄智道长摆手认输，一副窘态，忽然觉得自己是不是有点过分强人所难了。"他还是自己的救命恩人呢。"一念及此，姑娘心里反倒又生出许多悔意和内疚，忙脸上陪笑，嘴里一个劲儿地责怪自己起来。

"好了，好了，你也不要装了，我又不会和你计较。只要你一路上开心就行。"玄智看着姑娘那样子，点破道。

一听说装，青梧姑娘反倒逗笑了，忙笑嘻嘻地道："还生我的气不？"

玄智道长摇摇头，远眺江面，高兴地对青梧说："我们今天就可以赶到荆州城，明天，后天，再过两天，我们就可以回到太浮山了。我有快半年时间没有见到师父了，好挂牵他老人家的。"

青梧忽然想到一个事情，问玄智道长道："楚大哥，你怎么会一个人去北边呢？"

玄智道长道："这你就不懂了，这也是我们的必修课。师父吩咐我下山去中原到处走走，其实是要我熟悉一些名山大川，各处的风土人情，增长一些江湖阅历，这就叫行走江湖吧。"

"原来是这样，"青梧道，"行走江湖也不容易呢，多危险。"

"所以说江湖险恶嘛，不经历就不会知道。"

"楚大哥，说心里话，我好羡慕你，我也好喜欢你，你武功好，心地又善良。"

玄智道长一笑:"人外有人,天外有天。说不定哪一天你又会遇到一个武功比我更好,心地比我更善良的人呢。"

青梧一听,佯装生气,将嘴一撇道:"说来说去,你还是不喜欢我。"

玄智道长赶紧赔了笑脸又哄她一番,直到她脸上绽出笑意。

船行江中,两人就这样一路说笑,待到荆州城时,已是天黑掌灯时分。船靠码头,他们牵马上岸,来到街上,寻一家客栈落脚歇息。

翌日亮明,用过早饭,两人就赶紧策马上路,往南而去。

玄智道长想着不久就可以回到太浮山了,心情大悦,用两腿一夹马肚,"驾!"的一声,白马甩开四蹄,在一望无际的淞澧平原上一路奔驰起来。青梧赶紧用两手将玄智道长环腰抱紧,脸颊紧贴在他坚实的后背。

此时,她的心思也像这奔驰的白马一样,在空荡的旷野里奔驰起来。

夕阳西下。辽阔的淞澧平原上斜阳金辉,炊烟袅袅。

薄暮时分,他们赶到了澧水边的澧州古城。到了这里,玄智道长就有了回家的感觉。现在,他可以不要那么急着赶路了。就是再慢,过个一两天,他也可以回到太浮山了。

用过饭,进了客栈房间,他将自己身上的碎银掏出来一一清点。因为,他想替青梧姑娘办件事情,就是给她买点布料添置几件衣服。那天从襄阳城里逃命出来,姑娘就是只身一人,什么都没有带。过几天就要上山了,一上山,他就不会天天和她待在一起了。他想着姑娘是自己带来的,她总得有几件换洗的衣服吧,不然,人生地不熟的,她如何是好。况且,他也想给师父买点布料添置几件衣服,免得今后又要下山。

他对青梧说道:"到了这里就跟到了家里一样,我们先不要那么急着赶路了。澧州城里蛮热闹的,明天上午,我就陪你去逛街。好不好?"

姑娘一听,忙高兴道:"好啊,好啊。"忽地面露忧色道:"一上街又要花银子,我自己身无分文,这一路上都是你开销的,我欠你的实在是太多了,我心里愧疚得很,明天还是不逛街了吧。难怪你一进门就在那里清点银子,原来是想着这件事。"

"不要紧不要紧,我刚才估计了一下,差不多,只要能回山就行了。"玄智道长说。

看着玄智道长兴致很高,青梧不再坚持,只好答应。

虽说是到了澧州城,可以说是到了家门口,但到了夜间,玄智道长也不敢大意给青梧姑娘一个人另开一个房间。他们还是同睡在一间房子里。不过,今

夜他让姑娘睡在床上，自己就裹了那一床一直携带着的棉被，倚在房间的一个角落里安歇。青梧姑娘心中甚是感激，睡在暖和的被褥里，眼里热泪盈盈。她想着，若今生能嫁得这样的好郎君，此生足也。

一夜休息不提。翌日用完早饭，玄智道长就带着青梧姑娘上街去了。澧州城毕竟是水陆交通要地，四通八达，人烟稠密，街上门面林立，商铺比肩，人来人往，好不热闹。

玄智道长领着青梧进到一间布匹商铺里。

老板一见有客人进来，忙笑脸迎了上来。

"给这位姑娘选点布料。"

玄智道长对老板道，又转向青梧，"青梧妹妹，你自己选吧，看看什么颜色你喜欢。"

青梧大吃一惊，看着玄智道长："你要给我买布料做衣服？"

"是啊，不做几件衣服，到了太浮山，你怎么办？穿树皮啊？"

玄智道长开着玩笑说。

这一说，青梧姑娘倒不说话了，鼻子一酸，眼睛竟湿润了。她除了身上穿着的一身衣服，再连一根纱都没有了。青梧姑娘一阵感动，泪眼汪汪，对玄智道长哽咽道："楚大哥，我欠你的实在是太多了，今后，我用什么来还你？"

玄智道长安慰她道："好妹妹，谁个要你还了？选吧，我也还要给师父买点。另外，还要给我一个好兄弟的母亲也买点。不然，空着手回去可不好了，给他们顺便捎带点礼物吧。"

青梧只好含泪答应，选了几个颜色，扯了些布，估计可以做几件衣服了。玄智道长生怕少了，又添加了一些，对青梧道："少了不够穿，多了不会浪费。"又把自己所需的布料也买齐了，两人携了装着布匹的包裹，夹在人群中，沿街道慢慢闲逛。到了河街尽头，就是千里澧水了。他们兴犹未尽，竟像两个顽童，手拉手一口气跑到澧水江边，来到一片衰草堤上。他们并排坐在那里，望着眼前的一江碧水直喘大气，开心地哈哈大笑，末了，等到忽然发现彼此的手不知什么时候竟拉在了一起时，两人的心同时狂突蹦跳起来，侧头相互对视，竟都羞红了脸。

玄智道长赶紧松了手，扭头望向江面，一阵惶恐，口中喃喃道："这……这……这是怎么回事呢？怎么忽然就像一个淘气的孩子了呢。"

青梧抿起嘴巴，羞红着脸，笑眯眯地盯着一副窘态的玄智道长，软语道："你，本来就是一个孩子嘛。"

好一阵后，玄智道长方才恢复了内心的平静，神情又复如平时一般。他侧过头来，看着青梧姑娘，憨憨笑着，并不反驳。就在这时，一种特别甜蜜的感觉忽地在他的胸中翻涌溢动。他感到奇怪之极，古怪之极。他细细地体会着、品味着、享受着。忽然，一种羞愧内疚感却又毫无缘由地猛然袭来，他的脸色竟又开始潮红。他仿佛听到一个严厉的声音在责怪自己道："她一个大姑娘家，黄花闺女，你是出家修行之人，一个大男人，怎么能够动儿女之情，随意牵她的手呢？罪过！罪过！"

玄智道长霍然一惊，有如沉梦猛醒，赶紧转过头去，两眼看向江面。极目远眺，他的目光从江水的西头顺着波涛一路缓慢地移过来，一直望到了江水东边的尽头，不由发声感叹道："浩浩荡荡，不舍昼夜，真有气势啊！"

叹毕，他忽然觉得丹田气海之中有一股奇异的力道在涌动。他身不由己"腾"地站立起来，两腿分开立定下蹲，调运气息，两臂张开，左前右后，缓缓绕周身划圆。初时，速度甚慢，还可见手臂，瞬间速度加快，只觉体内真气鼓荡，将道服蓬起，似有风，呼呼作响，此时已不见双臂，只见人影晃动，周围衰草纷纷贴地倒伏。青梧姑娘一怔之下，忙起身欲避，跟跄之中竟被一股无形之力迫退于十步开外，方才勉强稳住身子。忽听得玄智道长一声大喝："九——龙——同——潮！"只见玄智道长两手朝前缓缓平平推出，身前一丈开外的一颗几人高的青叶树竟"呼"的一声，拦腰"咔嚓"折断，碎屑飞舞。稍倾，玄智道长敛气收功，瞬间风平浪静，息风静影！唯有不知疲倦的江水拍打着岸堤激起的波浪声哗哗清响。

青梧姑娘怔在那里，惊得目瞪口呆。却见玄智道长忽地面对滔滔江水虔诚地跪拜下去，口中高声喊道："多谢澧水点化之恩，贫道永世不忘。"

三拜之后，玄智道长方才起身，走到小树折断处查看。

青梧也赶紧跑拢过去。

"是什么功夫，如此厉害？"青梧的脸上一片苍白，血色尽失。

玄智道长掩饰不住内心的狂喜，一转身，在草坪里连翻几个空心跟斗，又打了一路三十二式降魔拳法，方才平静下来，收了架势，对青梧姑娘道："今天我好开心。十年了，终得一悟而功成。澧水，是一条真水龙也。"

青梧姑娘虽不懂玄智道长话语的来龙去脉，但见他突然练成了一种功力骇人的神功，又是特别高兴，自己心里也自然是无比高兴。两人复又并排坐在江堤上，面对着一江碧水，兴奋而谈。

几艘大船风帆高挂，顺流驶下。数只白鹤鸣叫着从湛蓝的江面上空悠闲地飞过。

这时，一阵高亢的船工号子从江面上传过来：

太阳哪哩个出来呀哈，

红似哪哩个火啰哦，

驾起哪哩个船儿呀哈，

走江喂——河啰哦，

哦——哦——

走江喂——河啰哦，

哦——哦——

玄智道长开心至极，当即接了号子，纵情地望着江面高声喊叫起来：

走江喂——河啰哦，

哦——哦——

青梧见状，也不由学着玄智道长的样子，兴奋地大声喊了起来：

走江喂——河啰哦，

哦——哦——

两人如此这般，直到中午时分，均感到肚中饥饿，才转回街上，在一家小食摊上享用了一些风味小吃，然后兴冲冲地转回客栈，弃了棉被，取了马匹，策马上路。

玄智道长大功忽成，太浮山又近在咫尺，心中无比高兴，往空数声长啸，尽情纵马驰骋。白马也好像是懂得主人的心思，一路用力奔驰，风驰电掣。

日暮时分，两人赶到了太浮山北麓下的一户人家。玄智道长翻身下马，又将青梧姑娘扶下马背，对她说道："到家了！"

听得马嘶人语，一位年近半百，头发显白的村妇从门里把头探了出来。

"王婶，是我。"玄智道长亲热地喊道。

"啊呀，是玄智，你可回来了。"

那个被唤作王婶的妇女急忙把门打开，匆匆走了过来帮着把马牵到马厩里，又麻利地从旁边的草垛上扯了几个稻草把丢在马嘴边，然后走过来，笑眯眯地打量着姑娘道："这位姑娘是……"

"王婶，她姓程，叫青梧，您就叫她青梧好了。"玄智道长忙介绍道。

王婶就笑眯眯地将青梧姑娘上上下下打量了一番，夸赞道："好俊俏的姑娘。"

"王婶好！"青梧赶紧腼腆地叫了声。

"快进屋里来，你们还没有吃饭吧？我先去烧火弄饭。"王婶说完，就风风火火地转身进门去了。

玄智道长就对青梧道："你就叫她王婶，我和她的儿子就跟亲兄弟一般，我把你交给她，你就先在这里住上几天。"

青梧听了，环视四周，见院子前面是一道小溪，小溪那边是一丘一丘高低错落的田块，屋后是高耸的山峰。真个是背山面水，柴方水便，看上去也还是一个极好的居所。青梧一见之下，心中并无拘谨之感，就点头道："听你安排就是了。"

"王婶去做饭了，我们去到小溪里洗把脸，那里有岩石、菖蒲草、清亮亮的山泉水，环境蛮幽静的。"

玄智道长邀了青梧姑娘，一同沿石板路往小溪水码头走去。

"这个王婶人蛮好的，心善，待人极诚，早年死了丈夫，没有下堂，就一直母子相依为命。儿子薛彪，比我小两岁，今年二十二了，身材魁梧，熊腰虎背，天生一身蛮力，喜欢弄枪舞棍。这山上有一只老虎，和他关系特好了，经常下山来看他。薛彪到了该结婚成家的时候了，可还没有成亲，王婶有些着急了。"玄智道长一边走，一边给青梧说道。

青梧眨巴着眼睛，大惑不解："你说一只老虎和他关系特好，是怎么回事？"

"是这样的，那只老虎还只有小狗崽大小的时候，一天不知怎么竟从峭壁上滚落下来，摔晕了过去。薛彪打猎刚好从峭壁下经过，看见了，细看身子，见肚皮处一起一伏，一摸身子，竟还是暖暖的，立马欢喜得不得了，就赶忙把它抱回了家。薛彪就像捡了个大元宝似的，心中特别欢喜，又是喂水，又是喂粥，还给它一些零碎的肉类补着。说也怪，几天后，那只小老虎竟活了过来。薛彪可高兴了，就把它当宝贝养着，日夜不离。就这样，那只小老虎就一直在王婶家里长大，还和屋场上大大小小的狗子都混熟了。一直到了半大狗子的时候，见老虎的野性也渐渐显露出来，薛彪才不得不把它带到山上，让它重新回归了山林。那只老虎也还是蛮通人性的，后来每年中也还来王婶家几次，见了王婶和薛彪，摇头晃尾，像见了亲人一般。"

青梧听了，甚是惊奇，眼睛睁得大大的，双眸溜溜圆，直摇脑袋，又把头

转向近处高耸的山峰，凝视良久。

两人用溪水洗了脸，在码头的岩石上坐了下来。玄智道长从身上摸出一些剩下的碎银，递在青梧手里，要她妥为收好，以备日后用度。

"做衣服的事情，我会托王婶请裁缝来做，你就不要操心了。等师父安排好了，我就下山来看你。"

青梧看着从大大小小的岩石上面缓缓流过的清亮亮的溪水，沉吟半晌，才抬起头来，看着玄智道长，柔声道："楚大哥，你知道的，我没有任何亲人了，只有你，才是我的恩人和亲人，你要早点来，我在这里等着你。"

玄智道长没有吱声，望着溪堤边的一排光着枝丫的高大柳树，沉默一会，忽转头对青梧道："你看这户人家怎么样？"

青梧回头，扫了一眼王婶家的院落，道："蛮好呢。"

玄智道长小声道："我那兄弟，相貌堂堂，一表人才，人又聪明，性子好，孝心也好，你就多留意点。"

青梧一听，立马明白了玄智道长的意思，脸色顿时阴沉下来，拿眼盯着他，半晌，才用了不置可否的语气道："楚大哥，我就问一句，你要说真心话，你到底喜不喜欢我？"

玄智道长看着青梧，老实道："喜欢！"

"那你刚才为什么还要那么说呢？你好不尊重我。"姑娘愠然道。

玄智道长忙道："我是真心为你好，希望你能早日有一个安身之处。这样，我心中便安稳了。"

"楚大哥，我也是真心喜欢你，你为什么就不能娶我呢？是我长得不漂亮，还是性子不好？"青梧柔声道。

玄智道长重重叹了一口气，方道："人在江湖，身不由己！上了山，我便是尘外中人，尘世之中就没有我这个人了。道归道，俗归俗，你忘了我吧。你幸福时，便是我心安时。"

"你！？你怎么如此糊涂？"青梧姑娘眼中潮润，柔声道："楚大哥，你还俗吧，我等你。我们相爱一辈子，永不分开！"

玄智道长看着她，沉默不语，只是摇头。

姑娘见状，清泪溢出，斩钉截铁道："楚大哥，你若不来，我便上山！"

这时，王婶来到院子里，朝他们大喊饭菜准备好了。玄智道长赶紧叫青梧重洗了脸，两人才一起默默转回。

"王婶，薛彪呢？怎么没有看见他？山上放套子去了？"玄智没见到薛彪，顺口问道。

王婶一边招呼两人吃饭，一边道："他和你的师父师兄一起去五雷山了。"

玄智道长一听，忙停了筷子，问道："去五雷山干什么？"

"那我就不晓得了，他也没有跟我说。"

"难怪我刚才没见到他，他们去了多久了？"

"前几天才去，你早回来两天就赶上了。"

玄智道长深感奇怪：师父和师兄都去了，难道五雷山出了什么大事？

吃完饭，玄智从包裹里把给王婶买的布料取出来，递给王婶："这是给您买的，就一点心意吧。"

王婶看着布料，心中欢喜，接了过去，拿在手里又摸又捏，对青梧姑娘道："这孩子，又让他花费了。"

饭毕，王婶招呼青梧姑娘洗脸洗脚。玄智道长趁机把王婶拉到院子里，压低声音，把青梧姑娘的身世和来历细细地说了一遍。

"她无家可去，我又不好把她带上山去，只好先让她在您这里住几天了。"

"你带着她来，我还以为是你的意中人，正要悄悄问你呢，原来竟是这样！这姑娘生得漂漂亮亮的，身段子也好，我一看就喜欢。好吧，就让她先住在我这里。"

"王婶，我的人品您是知道的，我是出家之人，怎会有如此非分念头呢？我这一生，是单身命，注定是要在观中和师父同老了。我见青梧姑娘孤苦可怜，也给她买了一些布料，明儿个您就请裁缝来，把您和她的衣服都做了，她还等着衣服穿呢。明天一见亮，我就上山去了，先回佑圣观看看，到底发生了什么事情。"

"也好，我就按你的意思去办，明天就去下埠请裁缝。你明天还下山来不？"王婶道。

"说不准，看情况吧。"玄智道长道。

"要下山来就早点，赶中饭吧，明天请裁缝，又有青梧姑娘在这里，我就杀只鸡，你也来吃吧。"王婶道。

玄智道长点头答应。

玄智道长和王婶说完话回到屋子里，青梧姑娘梳洗完毕。三个人就着枞油节的火光，又说笑了一会，方才各自安歇。

第二天一见亮，玄智道长就带着满腹疑虑上山去了。

太浮山岭峻林深，豹虎出没。寻常香客若要上山烧香、拜佛问道，必须要在山下路口等得六七个人，方才敢一同登山。玄智道长从小在山上长大，又习得一身好功夫，一个人上山下山，早就习以为常了。出得门来，因心中装了

事，不觉脚底发力，两腿生风，眨眼间就上了三百磴，过了云芝庵、天心堰，来到凤凰岭上。在路边一峭壁下泉眼处用双手掬了几口水喝，稍歇片刻后又足底发力，玄智道长一气奔到了稻摞峰的莲花观。

进得观内，玄智道长见香客时有进出，却不见青云真人和玄空道长，倒见顿笔峰召云观的林紫嫣姑娘在这里帮着打理。

紫嫣见是玄智师兄，甚是惊喜，忙疾步过来招呼道："楚大哥，你什么时候回来的？"

玄智道长越发不解，把她拉到僻静处，急问道："紫嫣妹妹，你怎么会在这里？玄空和他的师父呢？"

紫嫣小声道："前几天他们一起去五雷山了。这不，我在这里帮着照看呢。"

"他们也去五雷山了？听说我师父和师兄也去了五雷山。五雷山出大事了？"

"你刚刚才回山？"

"是啊，昨天才到陈溪峪王姊那里，今天一亮我就赶着上山来了。"

"我告诉你，五雷山这几天在召开英雄大会，设擂比武，选举江南武林盟主，然后呢，听说由这位武林盟主统领江南各路高手去澧州城帮着官军守城。"

"英雄大会？设擂比武？选举武林盟主？"

玄智道长口中念道，心头一惊，这可真是大事了，难怪师父和师兄也去了，竟是为了这件事情。

"紫嫣妹妹这几天肯定是辛苦了？"

紫嫣一笑："那还用说，你师父和师兄走后，我师父和雨馨妹妹就在上面照看呢。"说这话时，紫嫣朝对面巍然耸峙的缥缈峰努努嘴。

玄智道长朝缥缈峰仰望了一眼，虽然师父不在，决定还是先上去向玥明师太和雨馨师妹问个好。

"紫嫣妹妹，那你忙着，我先回佑圣观去了。"

"好呢，有时间我来看你。"

告别林紫嫣，玄智道长提气一路小跑，顺着红砂岩的石级而下，很快就到了焚香台，再过小山门、大山门，飞身来到缥缈峰佑圣观前。

这里的香客就比莲花观的要多上好几倍了。四个偌大的焚香炉在观前院中一字排开，香烟缭绕，氤氲笼罩，一派肃穆气氛。这太浮山本是洞庭湖西来第一大山，道教四十八福地之一，又因道教圣祖浮邱子在这里修行得道，故此山就成了江南道教名山，成为九省四十八州香客朝拜之地，声名远播千里之外。

而这佑圣观就建在太浮山的最高峰缥缈峰上，道观宏伟，气势非凡，故此香客最多，香火最旺。

玄智道长从香客中匆匆穿过，进到供奉浮邱圣祖金像的大殿内，方见到了玥明师太和莫雨馨师妹。

玄智道长忙上前向玥明师太请安，又向雨馨师妹问了好。

"你总算回来了，"玥明师太惊喜道，"你师父临走之时，还特地向我提起过你，说你也应该回山了。"

"师太辛苦了，我刚刚到了莲花观，见到了紫嫣师妹，得知师父和师兄，还有青云真人、玄空道长都去了五雷山，不知还去了哪些人？"

"还有三台峰的灵慧真人和他的弟子玄妙、玄音，空灵寺的济慈大师，响鼓岭玉皇庙的心智大师，另外还有海棠溪主叶博凌父子。"

"此次去五雷山比武，我师父怎会允许又还亲自前往？"玄智不解。

"玄智，你师父的修为你不是不知道，宽厚、虚怀，历来都是主张道法自然，顺天应命，不与世人争高低。"

"可这次何以要前去比武，选举江南武林盟主呢？刀剑可是无情啊。"玄智道。

"玄智，擂台比武，并不是你师父的主意，而是五雷山空明真人的意思，他也是出于公平公正。我想问你，你是否也要去？"

"既然我师父和师兄已去，我心中怎会安稳？我想立刻下山，赶往五雷山。"玄智道长回答道。

"嗯，不错，孝心可嘉。这几天，我的心就一直悬着，甚是不安。在我太浮山道、佛、俗晚辈弟子中，虽好手众多，但就数你武功最好，出类拔萃。他们已经先行几天，你若要去马上就要动身，或许还可以赶上。你去了，我就放心了。"

玄智道长听了玥明师太的话，觉得极是有理，便立马辞别玥明师太和雨馨师妹，转身朝山下飞奔而去。

到了山下王婶家，刚好中饭已准备好，于是赶紧一起用饭。饭毕，玄智道长牵了白马出来，与青梧辞别。青梧心中不甚放心，欲与他同去。玄智道长安慰一番，叫她放心就是。青梧姑娘拉了玄智道长的手，千叮咛、万嘱咐，方才放他而去。

且说这五雷仙山，在江南也是名闻遐迩。山高林茂，飞瀑流泉，顶峰常年云烟缭绕，气象万千，素有"楚南第一胜境"美誉，又因是江南道教圣地，名

声与湖北武当山相当，故有"北武当，南五雷"之说。

玄智道长一路心急，快马加鞭，过河越涧，天黑时已抵达山下，第二天巳时，就一气赶到了峰顶真武宝殿。是时，已经是擂台比武的最后一天了，各门各派的切磋较量也到了最紧要的关头。

通报了姓名，早有知客司过来帮着牵了马匹去喂食，另有人过来引了玄智道长去大殿前院的比武场。

进得比武场，玄智道长一眼望过去，人山人海，围着场中心的一个擂台，估计有数百人之多。仔细看时，各门各派均是各据一块场子，相互之间还留有通道，以供人往来行走。

这时，只见擂台上面正有两个人影在翻来滚去，擂台下喊叫声、喝彩声此起彼伏，场面甚是壮观。玄智道长在人群后面，拿眼一边瞟着擂台上的打斗，一边寻找着太浮山众人。在人群后面绕得一圈，未见太浮山人影，正奇怪时，台上两人胜负已分，一人下得台来，又见一人飞跃而上。玄智远观身影，似乎正是薛彪，便立马从一通道处前行，直到擂台下面近处的正前方，找到了太浮山的众人。

一见是玄智，太浮山众人惊喜万分，立马迎将上来，嘘寒问暖。玄智赶紧向师父和各位长辈请安。

"你来得正是时候，不然就错过了大开眼界的好机会，这可是难得一遇啊。"虚云真人惊喜地对弟子玄智道。

师兄玄真急在玄智的耳边轻声低语道："师弟，你来得正是时候，好戏就在今天，你要多加留神。"

玄智便低声道："师兄，万事不可强求。我们此番前来，就是给五雷山捧个场面，人到人情到，至于谁来当这个武林盟主，我看并不重要。"

"怎么不重要呢？那是一个山头门派的脸面。该争的还是要争，况且，那也是展示各门各派武功的实力和名声。"玄真一板一眼，肃然道。

"一切随缘吧。人外有人，天外有天。"玄智道。

"师弟，记住了，等会儿要尽全力，要让这里的各路江湖绿林好汉见识见识我们太浮山的武功厉害。"玄真低声交代道。

这时，虚云真人走到玄智身边，看着他，低声道："跟我来。"

师徒两人便离了人群，来到场外僻静处。

虚云真人这才问道："你这一路上还好吧？"

"托师父的洪福，徒儿一切都好。"

"看到你平安归来，为师比什么都要高兴。这次出远门，快有半年时间了，你去过嵩山了？"

"去了。"

"找到什么没有？"

"徒儿访遍整个嵩山，凡是道观寺庙都到过，均未发现蛛丝马迹。后来，我就向当地的山民、猎户打听，哪里哪里有山洞，哪里哪里有出家人住过。后来在一座险峰上还真找到了一个很不起眼的山洞，洞口狭小，只能容一人而过，但走一段后，内面却是非常宽敞复杂，且洞中有洞，这内洞的通气开口处又设计在一极险的峭壁边上，且开口也是极小。我在这个山洞的一处墙壁上，惊奇地发现了一些图案，就和我们太浮山仙人洞中的图案一样，都是一个人习武的各种动作和招式，且两处图案雕刻的内力手法和风格就如出一辙。为了参透这其中的奥秘，我一个人在这洞中待了数月之久，日思夜想，反复揣摩，终有所悟，但也始终未能把这两处的奥妙处融会贯通。后来在回山的途中，在澧水江堤上，我看到一江碧水浩浩汤汤从西边天际而来，又向东奔涌而去，波撼天地，气吞环宇，正感叹间，忽觉一股浑厚的丹田之气从气海源源涌出，滚滚运行于周身，我身不自禁，手舞足蹈，在不知不觉中竟将这两处的招式融合在了一起，功力陡增，两手平平推出，竟将一颗碗口多粗的青叶树拦腰折断。"玄智如实娓娓道来。

虚云真人脸色顿变，大惊道："也就是说，你练成了'九龙同潮'的神功？"

玄智如实道："我也不清楚，或许是。"

"谢天谢地，按你刚才的叙述，你就是练成了这门盖世的神功，真是老天有眼，佑我太浮山！"

虚云真人大笑着仰天而叹。叹毕，神情严峻，转向玄智道："你神功练成时，身边是否还有一位年龄与你相仿的未婚女子？"

玄智惊骇不已："师父，您是怎么知道的？"

虚云真人道："你如实说，有？还是没有？"

玄智道："师父，您真神！当时还真有一个姑娘在边上。"

虚云真人忙问道："你们俩人好上了？"

玄智道："徒儿不敢！"

虚云真人仰天又是呵呵一笑："这件事情让我琢磨了数十年，今天，我全明白也！我全明白也！'缘来功成！''缘来功成！'好一个'缘来功成！'当年你的师祖，也就是我的师父修炼九龙神功多年，亦未参透这门神功的最深奥秘所在，功力只达五六成，'九龙同潮'终未能练成。临终之时，他给我留下了'缘来功成'这四个字的遗嘱。后来，我为这四个字费尽心神，苦苦琢磨，亦以自己道行之浅，机缘未到，引为憾事。哪知这个'缘'字却是一字双关，它既指机缘的'缘'，又还指男女之间的情'缘'。只有少男少女极阳极阴相互吸引爱慕的意念强烈碰撞，才能触启'九龙同潮'神功的发动。为师也是在数年之前才参悟到这一层，但也还不敢完全肯定。因此，疑惑中，我也一直将此想法深藏于心，从未透露给任何人。现在，无意之中，你却练成了此功，我也就全明白了。徒儿，你练成此神功，真是我太浮山的齐天洪福啊！"

虚云真人神情凝重地看着玄智道："好徒儿，你能练成这'九龙同潮'的盖世神功，这是你的造化。但功成之日，也就是你的还俗之时。"

玄智不解，望着师父道："师父，您刚才说什么是还俗之时？"

"徒儿，我说的是你的还俗之时，你要准备还俗下山了。"

"师父，徒儿还是不明白。"

"你听好了，你神功练成时身边的那个女子就是你命中注定的妻子。她就是冥冥之中上天派来暗中助你练成神功的。如果你们俩人不是互生情愫，相互爱慕，'九龙同潮'的神功怎会练成？你好好珍惜吧，为师祝贺你。"

"师父，这……"

"徒儿，你不要说了。为师今天特别高兴，本来还有好多的话要和你说，今天都不说了，待回山后再说吧。我们现在过去，你师兄他一直都存有想法，我曾经规劝过他多次，但他还是要坚持。我担心擂台上生出意外。"

师徒俩便赶紧转回到擂台前面来。

"师父回来了。"

玄真见虚云真人与玄智转来，忙向师父请安。

虚云真人微微点头，看向擂台，见薛彪还在台上，对手好像换了新人，不觉额首暗赞。玄智见薛彪一身蛮劲，势如猛虎，出拳时生风，踢腿时无影，格、挡、劈、挂均是刚劲猛烈，大开大合，对手已渐呈下风。少顷，薛彪一声断喝，一拳攻向对方面门。对方见拳来得快，一招"狮子摆头"躲过，左手一个上旋，架住拳头，右手变鹰爪疾向薛彪右手腕脉门抓去。哪知薛彪疾收拳，猛矮身，一个右蹾腿，将对方踹翻在地。

薛彪连挫壶瓶山两大好手，气势大增。

换人之时，早有人将茶水、毛巾送上擂台。

这时，一个长发披肩、面目阴沉的瘦高个中年男子身子一纵，跃上擂台。台下又是一阵喝彩声。同在一边观阵的五雷山空明真人一见此人，面上立现愠色，心中一凛，暗自思忖道：这个不肖之徒，他今天怎么也来了。原来此人姓马名化龙，早年曾是空明真人的徒弟，后因品行不端，屡教不改，被真人逐出师门，赶下山去。

马化龙上得台来，往中间一站，并无言语，只是向薛彪轻蔑地招了招手。薛彪年轻气盛，见对方如此小觑自己，当下就依然使出自己最拿手的伏虎拳攻了上去。拳进人进，有如猛虎下山，蛟龙出海。马化龙并不出招，只是两手护住门户，身子一路往后闪退避让。

只在转眼间，薛彪就已攻出十招有余。玄智看在眼里，心中早已明了，对手绝非泛泛之辈。他是故意避让，其实是在揣摩对方招式的虚实，并在寻找其招式的破绽，伺机以招制招。

薛彪的这套伏虎拳说起来还是他自己琢磨出来的。他平日与那只小老虎为伴，细心观察它的习性，还有它与家狗在一起玩耍时的扑、跳、剪、跃等动作，慢慢揣摩，细细领会，日子长了，竟也弄出一套像模像样的伏虎拳法，好不得意，还自名为"薛彪伏虎拳"。薛彪自小聪明机灵，虽没有拜过师，却凭借天生的一身蛮力，把个自创的伏虎拳耍的虎虎生风。玄智有时也琢磨过他的这套拳法，觉得刚猛有余，但灵活性不足。对付一般好手还可以，若遇到江湖高手，难免吃亏。

果然，台上形势已变。那马化龙并不出招，只是一味左腾右挪，围着薛彪转圈圈，暗中却把他往擂台的边上引。薛彪耿直，只顾出招，哪里知道对手的别有用心。就在这时，马化龙一招"旋乾转坤"，旋至薛彪的身后，然后一招"双拳撞钟"，硬生生地将薛彪从擂台上撞飞下来。

众人一片喝彩。

玄智、玄真赶紧奔过去，将薛彪从地上扶将起来。幸好还未伤着筋骨，只有一点皮外擦伤。

薛彪一看是玄智，忘了疼痛，惊喜道："楚大哥，你什么身候来的？我怎么没看到你？"

玄智道："我来的时候，你已经在擂台上了。你的伏虎拳也够厉害了。"

薛彪惭愧一笑："我着了他的道儿，上当了。"

"吃一堑，长一智，想明白就好了。"

"那也是。楚大哥，你怎么一去就是半年，干什么去了？"

"我去中原游历，到处逛逛，也没有什么大事。"

"哦，回去了到我家多玩几天，也帮我指点指点。"薛彪呵呵笑道。

"行，没问题。到时再说。"

三人说笑着折回到太浮山人群里。

这时，青云真人的徒弟玄空道长早已奔上擂台和马化龙斗在了一处。玄空也是一身横劲，平日里以棍为器，但他毕竟有青云真人师父的精心指点，所以他出招拆招，攻防进退，自然有序，看不出丝毫破绽。马化龙的掌上功夫也是非常的老道泼辣，攻势凌厉。一招既出，后招立马跟进，招招之间，密不透风。这两人一高一矮，一瘦一胖，势均力敌，旗鼓相当，好一场酣斗，直引得台下群豪喊声四起，此起彼伏。

玄空道长使的是太浮山武功中的三十二式降魔拳法，以拳为主，以肘为辅，有如江底暗流，看似缓慢，实则汹涌翻滚，势大力沉；马化龙用的是五雷山武功中的八卦游龙掌法，双手化掌，脚踩八卦，身似游龙，实际上是念了一个"粘"字诀，讲究的是粘贴的上乘武功。马化龙见久斗之下，无法取胜，忽地招式一变，使了一招江湖中的阴手，化掌为爪，直向玄空道长的裆部抓去。台下之人看得真切，齐声惊呼。玄空道长不曾料到对方会出如此阴招，情急之下，忙收拳缩身后跃。说时迟，那时快，就在这电光石火的瞬间，马化龙一招"白鹤冲天"，腾空跃起，双脚一措，剪住玄空道长的左手臂，然后一个三百六十度旋转，只是一带一拉，可怜那条手臂被硬生生地从关节窝里拉脱出来，软耷耷地垂挂在了肩上。

"卑鄙！"

"太不像话了。"

"把他轰下台去！"

"他是哪个门派的？真不要脸！"

擂台下一时怒吼声响起。

惊变之下，两条身影"嗖"地同时扑向擂台。青云真人背了徒儿返身疾回。玄真道长一声呐喊，脚尖一点台沿，整个人就如一只大鹰，疾向马化龙掠去。

五雷山的四大真人，空明、空月、空灵、空相急忙奔了过来。看到玄空道长一脸痛苦的样子，空明真人深感内疚，懊恼不已："这个孽障，赶下山去这么多年了，还是不知悔改，伤天害理，祸及同门。"转向身后，对跟来的大弟子玄韬道："玄韬，你今天就替为师清理门户。"

"是，谨遵师命！"

话毕，玄韬转身飞身纵上擂台。

擂台上，玄真道长与马化龙正在恶斗。玄韬赶到，见两人拳来脚往，上下翻飞，左右腾挪，正愁着插不上手，一道身影忽然"嗖"地飘落在自己跟前。玄韬怒目细视，见是一个精瘦的老人，中等身材，须发皆白，面如红枣，双目如炬。

玄韫呵道："你是什么人？"

老者厉声道："我是什么人并不重要，重要的是你们莫非又想以众欺寡，两人打一人？呸！"

"马化龙乃我五雷山之败类，我现在奉师父之命，正欲清理门户，你为何在此胡言乱语？"玄韫高声道。

"哼！就算是清理门户，也要按江湖规矩，一对一，单打独斗。"老者狠狠地说道。

"这……"

玄韫一听，觉得似有理，又像无理，一时立在那里，不知所措。

"原来是秦侍召老贼，二十年没有见面了，你今天居然有胆量闯上五雷山来。"

空明真人早已认出了突然现身的不速之客，忙与虚云真人等一起大踏步上了擂台。玄真与马化龙也就此歇了手，各立一边。

"哈！哈！哈！"老者仰天纵声狂笑，"你空明真人不是广发英雄帖吗？他们能来，我为什么不能来？"老者说这话时，转身面对着台下的群雄。

"对，能来。"台下有人附和道。

"二十年前，你们五雷山与太浮山联手，以众欺寡，想取我性命；今天，你们又准备以二对一，欲害我徒儿。你们的脸皮真厚啊，呸！"

"秦侍召，二十年前，你侥幸逃脱，保得一命。今日群雄在此，你如就此罢手，下山而去，我等亦可既往不咎，若存心搅乱会场，破坏盟主选举，恐怕在场的各位英雄好汉都不会放过于你。"

空明真人厉声道，又转向玄真、玄韫："玄真侄儿，你且一边观阵。玄韫，出手吧，代为师清理门户，旁人若有相助者，等同江湖败类，一并剪除！"

"是！"

玄韫得令，踏步上前，运丹田之气于双掌，在空中划出一个弧圈，然后一提真气，使出五雷山太极玄功中的一招"惊涛拍岸"，双掌就向马化龙斜斜拍去。只见一阵罡风骤起，以排山倒海之势疾卷向马化龙。马化龙惊骇之下，一招"星移斗转"，急将自己从站立之处横移出一丈开外，身形尚未立稳，忽见周身一团白雾翻滚，不辨东西南北。原来玄韫的第二招"浪卷云山"又已攻到。就在马化龙如坠云海，恐怖之际，玄韫倏提右掌，暗蓄十成内家功力，一招"推山填海"，陡地疾推而出。

空明真人见此，闭目摇头叹息道："自作孽，不可活。怨不得玄韫了。"

只听得一声惨叫，空明真人缓缓睁开眼来，目光及处，却见爱徒玄韫身子摇摇晃晃地倒向台面。

空明真人一怔，再细看时，却见秦侍召一脸杀气，双掌如霜，肃立场中。

"九阴寒冰掌！？"空明真人大骇，怒喝道："秦侍召，你这个老匹夫，竟敢暗使毒招，害我徒儿？"

五雷山众人急急抢上台去，将玄韫抬至一边。

"不要脸！"

"江湖败类！"

"我们一起上，打死他俩师徒！"

擂台下吼声顿起，人群涌动，一片混乱。

眼看台下局势混乱，玄真道长忙高喊道："大家不要动！大家静下来！"台下群雄方才暂时安静下来。

空明真人急步走到玄韫身边，见爱徒双眼紧闭，气息微弱，命悬一线，又急又怒："这个畜生，竟下如此黑手，我岂能饶你？空月、空灵、空相，我们一起上！"

"是，大师兄。"

语毕，五雷山四大真人一字排开，赫然立在白发老者面前。

"哼！故技重演，又想以多欺少？你们认为我今天会怕了不成？"白发老者道，并转向马化龙："徒儿，他们想打群架，那我们也一起上，与他们决个高下，来个大闹五雷山。"

"是，徒儿遵命。"马化龙双手握拳，立做扑击状。

"慢着！"

一声断喝，玄智道长不慌不忙地飞身跃上擂台。他向五雷山几位真人请安后，转向白发老者："你徒儿使阴招伤了我太浮山的玄空道长，此账怎算？"

"那你说怎么算？"白发老者反问道。

"一条手臂换一条手臂，这才公平吧？"玄智冷冷道。

白发老者闻听，双眉一耸，怒喝道："你又是什么人？"

玄智道长平静道："太浮山佑圣观弟子玄智。"

白发老者一听到"太浮山"三个字，须发皆立，怒气冲冲道："好啊，你们一个一个，以为人多是不是？你们干脆一起上算了，什么名扬南楚的五雷山，什么九省四十八州朝拜的太浮山，你们统统一起上，我师徒今日就是死在这五雷山顶，也值了。"

"你这卑鄙的小人，武林败类，无耻之徒，对付你难道还要讲仁慈讲仁义吗？"空月真人怒道。

玄智道长转向几位真人："几位前辈请稍后退，今天的账由我来和他师徒俩清算。"又转向玄真道长："师兄，你也稍后退。"

几位真人急道："玄智侄儿，你？能行吗？"

玄智道长向他们微微颔首道："他不是说我们倚仗人多吗？今天我就一个人会会他，看他还有何话要说。"

空明真人道："玄智侄儿，你可要小心了，他师徒两人都是阴险之徒，你千万不要心慈手软。"

玄智道："我知道了。"

玄真只得后退数步，提醒道："师弟小心！"

玄智颔首，转身踏步上前，对白发老者和马化龙怒道："你们师徒俩听好了，当着台上台下群雄的面，我以一对二，你们俩人一起上。出招吧。"

白发老者听完，仰天长笑："黄毛小子，乳臭未干，竟敢口出狂言，真不知天有多高！地有多厚！"

玄智道长早已怒火填膺，忍耐多时，一闻白发老者狂言，胸中豪气激荡，陡地暗提丹田之气潜行周身，双掌于胸前前后交错推出，后又分左右经天纬地绕行，初时尚见双臂，但见速度越来越快，瞬时只见一团灰色人影。白发老者从未见过如此怪招，心中大异，不敢怠慢，忙将体中阴寒之气逼于双掌，欲以"九阴寒冰掌"再行偷袭。就在这心念电转之际，忽听得一声大喝："九——龙——同——潮！"一阵罡风以雷霆万钧之势陡地袭到！这九龙翻滚搅起的汹涌澎湃之力，摧枯拉朽，断碑裂石，岂是白发老者肉身能够抵御得了的，只听得一声惨叫，白发老者已如断线之筝，摇晃着飘落于擂台下。

"打得好！"

"打得好！"

台下轰声鹊起，一片欢呼。

马化龙惊恐之下慌忙跳下擂台，急奔过去，扑向白发老者，见已经是双目紧闭，口角流血。

"师父！师父！"

他一边喊，一边把白发老者挽坐起来。稍倾，白发老者缓缓睁开眼来，望着擂台上的玄智道长，用微弱的语气恶狠狠地道："算……算你狠！"目光缓慢移向徒弟，微弱道："我们走吧，赶快……下山。"

"慢着！"

玄智道长见马化龙欲扶他师父离开，怒气未消，大声喊道，"马化龙，你

与我太浮山的恩怨还没有了结，休得离开！"

"你还想怎么样？"

马化龙内心恐惧，但嘴上还是装作强硬。

"我今日不取你性命，但你至少也要留下一条手臂。"

马化龙一听，断知今日之事已绝无回旋余地，于是，心一横，脸一沉，牙一咬，右手变爪，抓住自己的左手臂用内力一震，左手臂立马软耷下来。他狠狠地剜了玄智道长一眼，忍着剧痛，用一只手搀扶着白发老者走出人群，头也不回，蹒跚而去。

场上群雄无不动容失色。

空相真人急道："大师兄，就这么轻易地放这两个恶人下山去？"

空明真人怒视着那两个恶人背影，内心痛苦，左右为难。此时，只要自己一点头，那两个恶人立马就会殒命五雷山，徒儿的一掌之仇也就此两清。虽说他们是咎由自取，但一旦传出，不管怎样，对五雷山的名声还是不利。况且，秦侍召那老贼的武功已废，也只剩了一条老命苟延喘息而已，于是长叹一声，摆手道："让他们下山去吧。"回转过来，凝视着玄智道长，道："玄智侄儿，今天多亏了你，不然，今天的结局还不知怎样。这擂台比武也不要再比了，这江南武林的盟主之位非你莫属。"又面向台下群雄，高声道："你们说，是不是？"

群雄激动，挥手大呼赞成。

太浮山众人也是心中大慰，脸露喜色。

玄智道长却对空明真人道："晚辈才疏学浅，道行亦低，实乃不适合做盟主。我看，这盟主之位还是您老前辈最合适。一来这五雷山的名号早已是响当当的，'北武当，南五雷'，名扬南楚，声播千里；二来前辈您德高望重，素来办事公允，在江南武林及道教一门都是尽人皆知，众望所归。我看就这么定了。"

玄智道长转向群雄，慷慨激昂道："我们选举武林盟主的目的不是在擂台上逞强好勇，而是希望有一个德高望重，有影响力和号召力的人站出来号令我们保家卫国，匡扶社稷。你们说是不是？"

"是啊！"

"道长说的对！"

"说的就是！"

群雄举手赞同。

玄智道长又道："五雷山的空明前辈就是盟主最合适的人选，大家说对不对？"

台下呐喊声顿失，一片安静。片刻之后，大家交头接耳，纷纷议论起来。

就听一人大声道："若以武功而论，这武林盟主之位非太浮山的玄智道长莫属。"

"对！"

"对！"

"我们推举玄智道长做我们的盟主！"

"我们也同意！"

听到群雄的议论声，玄真道长心中暗自欢喜，思忖道：若真如此，我们太浮山的脸面这次可够风光了。正当此时，却有一个不同的声音响起："这个年轻人的武功的确是不错，但若论起资历、辈分及在江湖上的声誉和地位，我看还是五雷山的空明真人做盟主更适合。"

此话一落音，又引出了一片赞同支持声。

一会儿后，就有一个汉子大声叫道："'北武当，南五雷。'空明真人当武林盟主，我同意。"

另一人又大叫起来："我们选玄智道长做武林盟主！"

空明真人见此情景，不知所措，诚惶诚恐，急对玄智道："玄智侄儿，你推来推去，真让老朽为难了。"

站立一边的虚云真人见台下群雄意见不一，一时难以定夺，便呵呵一笑，对空明真人一拱手道："空明兄长，我看你就不要推辞了，还是继续做我们的龙头大哥吧，我们唯你马首是瞻。"

空明真人环视左右及台下，见群雄大都纷纷举手赞成，只有少数人还在徘徊犹豫之中，无奈之下，只好应承了这江南武林盟主的地位。

真武宝殿前，群雄喝彩声四起，地动山摇！

此时，千里之外的襄阳城里，闯王李自成也正式开启了自己的雄伟蓝图：他将襄阳改为襄京；将附近各州县改名，设置官吏进行管辖；他称自己是"倡义大元帅"，为一品，并依次设立权将军、制将军、果毅、威武等将军名号，一共九等。

一个崭新的政权雏形开始出现。

所有的迹象表明，此时的李自成已经有了占地为王，进而争夺天下的雄心壮志。

事实也的确如此。

他在襄京城里召开了重要的军事会议，确定了进军关中，消灭孙传庭部队，然后东渡黄河，经山西直取北京的军事进攻路线。为了配合这一战略计划的实施，他命起义军将领马守应、任光荣、孟长庚统帅一部，率十万兵马自荆襄渡河南下，谋图江南。

而与此同时，割据安徽的张献忠也开始西进湖北，剑直武昌，亦似有窥觊江南之势。

一时间，淞澧平原上的澧州城，战云翻涌，已经是山雨欲来风满楼了。

第四章
少侠不困红尘情
空明亲临浮山顶

五雷山英雄大会结束，群雄纷纷告辞，下山离去。

因为玄韫身中九阴寒冰掌，命悬一线，故虚云真人和二弟子玄智道长便留在了五雷山上，太浮山其余众人则在青云真人、济慈大师的率领下当即返回太浮山。玄智道长牵了白马过来，将玄空扶上马背，安慰道："回去后好好休息，过两天我就回来。"

薛彪一拍玄智的肩膀道："好久没在一起了，早点回来，我们在一起聚一聚。"

玄智点头道："好的好的。"目送他们一行离去。

玄韫已被抬至一间厢房正中的席子上，五雷山的一众真人、道长围了一圈。空明真人神情肃穆，正在给玄韫拿脉。屋子里一派紧张气氛。

这时，虚云真人和玄智道长师徒俩走了进来。

空明真人切完脉，对空月真人摇头叹息道："脉象微弱，时有时无，体内寒气阴沉，笼罩脏腑，阴盛而阳衰。我们现在当速合四人之真力输入他体内，再看情形如何。"

四大真人当即在玄韫身边围坐成一圈，将玄韫上身扶正，空明在前，空月在后，空灵、空相居左右两侧，各将真气凝聚于双掌，再将掌中之气透过肌肤缓缓注入玄韫的体内。初时不见异样，过了片刻，但见四大真人额上汗出如珠，身子微微抖动，头顶冒出丝丝热气。屋中之人，俱各屏息敛气，凝神注目。半个时辰后，四大真人方才敛气收功，静坐稍息。毕，空明真人复将玄韫的左手脉拿住，闭目细审，然后睁开眼来，看着几位真人，摇头道："虽有起色，然功力毕竟有限，阴寒之气过于凝滞，任督二脉始终闭塞未开。"

说完起身，无可奈何地吩咐道："将玄韫抬回房中，好生照看，我们再想想其他的办法吧。"

话一落音，就有几位道长走上前来，欲抬玄韫离去。

看着生龙活虎的玄韫道长瞬间遭此不测，玄智道长心中也是难受至极，眼见马上就要被抬走，内心深处竟产生了一种生离死别的不祥感觉，仿佛觉得这一抬走，就好像是一种永别。恻隐之情，翻涌于胸，情急之下，他急上前自荐道："空明前辈，我的九龙神功已经练成，不知能否帮得上忙？"

空明真人一怔，神情严峻地看着玄智，略加思索，喜中带忧道："玄智侄儿，我刚才心中忧愤，倒是把你忘了。你刚才使的一招'九龙同潮'，乃是世间极刚极阳的武功，那秦侍召不堪一击，我想，是完全可以克制他的'九阴寒冰掌'的。不过，你若出手相助，是要大大耗损你的先天真元。你可想清楚了？"

玄智不假思索道："救人一命，胜造七级浮屠，况且我们还是同门师兄弟，就如亲兄弟一般。若允许，我来试试吧。"

空明真人沉思片刻，凝神点头道："那就有劳玄智侄儿了。"

空明真人命人将玄韫重新扶坐起来，玄智便在其身后盘腿而坐，两手划圆，运周天之气于双掌，左上右下，叠放于腹前丹田之处。然后，玄智凤目紧闭，空灵杂念，意守丹田，抱元归一，待有片刻，体内真气喧动，初时如春阳暖薰，地气升腾；再后如大江奔涌，浩浩汤汤；最后竟是化作九龙翻滚，在雷鸣电闪中左冲右突。玄智将双掌缓缓平推而出，直抵玄韫后背神道、至阳、悬枢、命门四大督脉经穴。九龙翻滚搅起的巨大真元之气，源源不断地从玄智体内经臂上的天府、尺泽、太渊、少商缓缓传入玄韫体中。片刻之后，玄韫的双手就宛如是覆上了一层白霜，雪白晶亮。

众人惊栗不已，瞠目结舌！

空明真人见玄智明净的额头上沁出了颗颗汗珠，汗珠又成线般滚落，素衣湿透，忙命人去赶紧取柴烧水，准备干净衣物，以便等下玄智沐浴更衣。

半个时辰后，玄韫双手上覆盖的白霜渐渐消融，化成冰水，点点滴下，将身下席子湿透了一大片。最后，玄韫双手复如先前，与常人无异，面上竟微现红润，双眼已能微微睁开。

"终于有救了！谢天谢地！"空明真人大喜道。

众人也是惊喜万分，心中均是暗暗称奇。少时，玄智息功收掌，双掌依旧左上右下，叠放于腹前丹田之处。端坐片刻，凤目微张，神态如旧。

众人啧啧赞叹。

空明真人用左手拿了玄韫的左手，右手的食指、中指和无名指轻轻地按在他左手的寸、关、尺经脉上，指上之力时轻时重，一番细诊，发现其脉象与正常人已无差别。切完脉，空明真人面露微笑，对虚云真人道："脉象已经正常了，任督二脉也已打通，但功力若要完全恢复如初，恐怕还须调养休息三五个月。多亏了贤侄啊。"

虚云真人喜道："如此甚好！我们大家也就放心了。玄智有如此造化，也是我道门中的福分。"

说这话时，知客便引了玄智道长去沐浴更衣；玄韫的几个师弟小心地把他抬往寝房休息。空明真人吩咐空月等道："速速安排玄智侄儿去养心殿休息，把炉火烧旺，好生款待。"又对虚云真人道："去我的茅庐喝杯茶吧。"便引了虚云真人前往自己的修行处三清观。

三清观坐落在离真武宝殿不远的一处险峰上。与其说是观，其实就是两间用石块垒成的简陋茅庐。在一片参天古松的掩映下，有一条石板小径顺着山势坡道一直蜿蜒到茅庐门前的台阶。石板上落满了一层金黄色的松树针叶，不时有着一颗、两颗大大的橙黄色的松果惬意地静躺在细细的松叶上面。小径穿林而过，古朴淡雅，幽静空灵。

两人脚踩软软的松树针叶，穿过松林，上得台阶，来到茅庐阶前。

空明真人先前住在真武宝殿东侧的厢房，数年前才迁居到此。虚云真人这还是第一次造访空明真人的新居，抬头细看，便见两边小小的红砂石门上竟也还刻有一副楹联：

> 庐居高山险峰
> 道在大千尘世

横楣是：仙风道骨。进得正室，见一个道童早已经把炉火烧起，水已煮沸。里边墙上开有一个窗户，窗边放一张简易的桌子和几张凳子。虚云真人坐了一张凳子，扭头朝窗外一望，着实惊吓不小。原来那窗户的下面竟是万丈峭壁！一眼望去，除了看不见底的深壑，就是对面远处高高低低、有如犬齿般错落有致的灰蒙蒙的峰峦。

空明真人取来两个做工精细的竹筒，放了桂花和茶叶，然后再倒入沸水。

"到了我这里，最好的招待就是桂花茶了。老弟，请吧！"空明真人伸手做了个请的手势。

虚云真人盯着空明真人，双手一拱，意味深长道："道兄雅居，果是风光

无限，佩服！佩服！"

空明真人落座，叹口气道："惭愧啊！"

"道兄何来'惭愧'二字？"虚云真人道。

"就拿今天的事来说吧，我们谁都不会料想到半路里冒出个秦侍召来，他竟然还练成了'九阴寒冰掌'，竟然还偷袭玄韫徒儿得逞。你说，若不是玄智侄儿的九龙神功，那玄韫岂不是……岂不是成了终身残疾？"

"这就是缘分啊，吉人自有天相！"

"或许如此！"空明真人感叹道，"我五雷山本来就亏欠你太浮山的情，今天，又加上了一笔，你说，我惭愧不惭愧？"

"道兄，我们还是不要提那些老掉牙的陈年旧事了，来，我们还是先品茶吧。"

虚云真人双手端起竹筒，抿了一口，顿觉一股清香直沁心脾，神清气爽，不禁连声赞道："好茶！好茶！"

空明真人也抿了一口，咂咂嘴巴，感觉极是惬意，继续道："这么多年来，你们太浮山就一直隐隐约约有个传说，说你们太浮山武功中最神秘的功夫就是九龙神功，而九龙神功中最上乘的功夫又是'九龙同潮'。若不是今天亲眼所见，谁也不会相信世间真有这种神秘的武功。据说这'九龙潮功'的最高境界，就是只要产生意念就可以杀人，也就是说，可以杀人于无形而不用任何招式。"

"不瞒道兄，愚弟早年也曾听闻过，也曾苦思冥想，可就是参透不了这门功夫的奥妙之处。或许是道行太低，或许是无此机缘，或者是二者兼而有之。"

"是啊，万事不可强求，道遇有缘人，天机也是如此，那可是洪福齐天的人才能够遇得到的。"

"我也是这样想的。玄智是我的徒儿，他有此洪福，也是他命中修得的福缘，为师的，我真替他高兴，我也知足了。"虚云真人道。

"是啊，我也替他感到高兴，我也替你们太浮山感到高兴。"空明真人说毕，吩咐道童去到外面候着。

等到道童离开后，空明真人神情严峻地看着虚云真人道："今天我邀你来茅庐品茶，实有一件重要的事情，你我心里要有个思想准备。这里没有第三个人，就只有你和我。就是关于山下的险恶时局，不知你有何看法？"

"既然道兄问起，我就直言了。天下祸乱，已经不是一天两天了。先前是在西北局部，后来是中原、安徽等地，襄阳城屡被攻克，听说这次又被李自成部所占，湖北眼看就会落入李闯之手。我对局势担忧啊。"虚云真人道。

空明真人看着虚云真人对局势忧心忡忡，压低声音说道："我和你是一样的担心啊。俗话说，盛世上山修道，乱世下山救国。我们这次设擂比武，推选武林盟主，就是要下山去赴国难。赴国难，那是战场上厮杀，见真章的事情，刀剑无情，枪炮无眼，非死即伤，这还只是其一。"

"还有更严重的事情？"虚云真人双目紧紧地盯着空明真人。

"我们要有最坏的打算。大明江山已有二百多年了，现在狼烟滚滚，刀兵四起，一旦局势失控，江山易主，试想想，新的君主帝王和王朝会放过我们这些曾经拿起刀剑和他们厮杀过的对手吗？一旦追究下来，不仅会株连九族，而且还会祸及山门，连累我江南道教一脉。"

虚云真人惊吓得放下竹筒茶杯，低声道："真有如此严重？"

"我有一种不祥的预感，所以我才提醒你，要你心里有所准备。"

"那下山的事情可否有变通之法？"虚云真人试探地问道。

"哪有变通之法？"

空明真人加重语气，肯定地摇头说道："你想想看，我们江南道教一脉相承，世受各代朝廷恩惠，尤其是大明王朝。万历二十八年到万历四十年这十二年间，常德荣王出资，澧州华阳王助资，在我五雷山就修建了七十二庙、三十六宫，使我五雷山气势恢宏，名扬南楚，道名远播。现国难当头，仁人侠士纷纷争先恐后，奔赴国难，为国分忧，我等岂可变通而甘居人后？"

虚云真人忙点头道："大哥说的极是。俗话说，盛世隐，乱世出。我太浮山众道又岂是贪生怕死之人？脑袋掉了，也就碗大一个疤嘛！"

空明真人道："这个我自然知道。我就是提醒你，让你心里有个底，将个人生死视在度外，就如这杯清茶一样，既能端在手里，又能放在桌上，能看开释怀就行了。"

"那什么时候出发？"虚云真人问道。

"等澧州城那边的消息。一有消息过来，我会立马派人去通知你。"空明真人道。

"那好。此次回去之后，我们自当早做准备。玄韫的身体，已无大碍，如果没有其他的事情，那我和玄智徒儿明天就转回太浮山去了。"虚云真人道。

"你们明天先回吧。过几天，我会亲自去太浮山拜谢。"空明真人道。

"道兄你……有那个必要吗？"虚云真人忙伸手劝阻道。

空明真人轻轻拍了拍虚云真人的手背，老实说："老弟呀，玄韫徒儿的再造之恩，我是无论如何也要亲自去登山拜谢的，这件事你就不要阻拦了。再说，我也想去你那里转转，看看你们太浮山的好山好水好风景啊，不然，恐

怕……恐怕今后就没有这个机会了。"

"不会吧？"虚云真人听空明真人如此一说，心中震惊，脱口道。空明真人微微颔首，面沉色忧，缓缓道："万事皆有可能呐！"

虚云真人凝神思虑片刻，深有所悟，遂感叹道："恭敬不如从命，那我就在太浮山恭候你老兄了。"

是夜，两位真人点起桐油灯，促膝长谈，同榻而眠。

第二天用过早饭，虚云真人和玄智道长又去探望了躺在床上静休的玄韫道长。师徒俩人见玄韫伤情已无大碍，气色也好了很多，又好言安慰了他一番，方与空明真人等一众辞别，径下五雷山来。

一路上，师徒俩人各怀心事，埋头赶路。

昨宵与空明真人一番推心置腹的交谈，虚云真人深感此次行动的非同寻常。个人命运、太浮山道、佛两家的命运以及大明王朝的命运早已经是盘根错节，水乳交融；一兴俱兴，一亡俱亡。他现在要考虑的是哪些人可以去，哪些人不可以去。自己是太浮山的大掌门，一面旗帜，责无旁贷；自己的两个徒儿玄真、玄智都是单身，无牵无挂；玄空手臂受伤，他师父青云真人要留下照看他；灵慧真人不会武功，两个徒儿玄妙、玄音是可以去的，就是太年轻了一些，临阵经验不足；再就是济慈大师、心智大师等，俗家好手薛彪可以去，可他又有个老母；再就是海棠溪主叶家父子……但还要征得他们的自愿。其余……虚云真人一路走，脑海里就这么一路扒拉着。

玄智道长则是为青梧姑娘的事忐忑不安，不知所措。他与青梧姑娘虽说是萍水相逢，但互生情愫是真，而自己不能娶她也是真。在带她回太浮山的一路上，他就曾经替她设想过：自己的好兄弟薛彪一表人才，武功也好，尚未成亲，若自己从中牵线，让他们两人结成一对，那岂不是美事一桩？这样，青梧姑娘也就有了落脚栖身之处。可是，那天和她一提起，她却一口回拒，非要托身于自己。昨天师父又还那么一说，竟说那姑娘是自己命中注定的妻子，那可如何是好？今日转去见着了，我怎么好面对她，回答她呢？况且自己又还是出家修行之人，而又正值国难当头，兵荒马乱之际，自己也是身不由己啊。

他越想越觉得自己左右为难，茫然之中口中竟念出了声："此事万万不可！此事万万不可！"

虚云真人猛地一怔，停了脚，回头瞧着自言自语的徒儿道："你刚才念叨着什么？什么事万万不可？"

玄智一惊，见惊动了师父，忙如实回道："就是师父您昨天说的那个姑娘是我妻子的事情。我觉得万万不可。"

虚云真人道："有何万万不可？她未嫁，你未娶，为师来做媒，光明正大，有何不可？是她不喜欢你？还是你不喜欢她？"

玄智摇摇头道："师父，事情不是那么一回事。"

"那你说说看，是怎么一回事？"虚云真人满腹疑云道。

路上反正无事，玄智就干脆一吐为快，把自己如何在襄阳城救她，如何帮她葬父，如何把她一路带到太浮山来，自己又是如何想把她与薛彪撮成一对的来龙去脉完完整整地叙述了一遍。完了，自己也说累了。

"事情的经过就是这样。师父，您说说看，我今天转去怎么好见她？"玄智可怜巴巴地望着师父虚云真人。

虚云真人一听，觉得徒儿说的也有几分道理。看来，此事的确还得从长计议了。

"其实，我刚才还想到过薛彪。"虚云真人道。

"为何呢？"玄智问道。

"就是为这次去澧州城的事。薛彪有个老母，我们去时就不让他知道了。上阵杀敌，刀剑无情，万一有个三长两短的，我们怎么向他的老母亲交差？"

玄智一听就明白了，忙道；"那是，那是。绝不能让他知道。"

忽然，玄智脸上放晴，绽出了笑容。

他对虚云真人道："师父，那我们回缥缈峰就不用去他家里了，我们走甘溪峪去海棠溪，经三台峰回去。"

虚云真人马上就明白了徒儿的意思。也好，他正想着要和海棠溪主会面。师徒俩商量妥当，不去薛彪家了，这样，玄智也就不用见到青梧姑娘了。

"青梧妹妹，我知道你喜欢我，我也喜欢你。但我们终究不是一条道上的人，我只能从此断了这份念想，从今往后，你我二人，一个山上，一个山下，听天由命，各自安好。"玄智在心中默默地念叨着。

此时，玄智虽然一路上皱着的眉头终于舒展开来，但内心深处却翻涌起一阵无以言语的苦楚和惆怅。

日暮时分，师徒俩终于赶到了海棠溪主家。

叶博凌父子甚是惊喜。大家一起用过饭后，就坐在院中一株硕大的海棠树下品茶。

这海棠溪四季溪水清澈透明，泉水冷艳甘洌，平缓处波光如缎，湍急时飞珠溅玉。溪涧两岸，飞瀑流泉，雾气流韵。海棠繁茂，品种多为贴梗、垂丝、西府、木瓜、秋海棠等。一到春天花季，一树一树，花色淡红，艳如胭脂，光夺彩霞。是故，此花便得了一个美名，又被唤作妃子花。此时的海棠溪中，谷深林幽，静谧空灵。

他们无话不谈：大明的动荡局势；五雷山的擂台比武；秦侍召的突然出现；九阴寒冰掌的厉害；九龙同潮的神功……最后，落在了去澧州城的话题上。

叶博凌慷慨激昂道："国家兴亡，匹夫有责。我等热血人士理当下山，为国出力。"

儿子叶芝楚也是摩拳擦掌，跃跃欲试。

虚云真人心里忖了忖，沉思道："叶溪主，贫道有个提议，为万全计，你俩父子家里还是留一个吧，战场厮杀，可不是儿戏了。以贫道而言，就让公子留在家里吧。"

少溪主一听，差点跳了起来，急说道："那还不如让我去，我年轻，力气足，身手还灵活些。"

玄智瞧着他的急样子，在一边暗暗笑出了声。叶溪主立马听出了虚云真人的话中深意，踌躇片刻，看着楚儿道："把你留下来也好，那时动起手来还免得分我心神。"

"爹爹！古有花木兰代父从军，孩儿身为男子，今儿就怎不能上战场呢？"

叶溪主见楚儿未懂此中深意，就看着虚云真人道："到时候再说吧，他若硬要去，也就由他好了。"

几个人话到深夜，方才歇息。

翌日上午，太阳刚刚爬上东边山峰的坳口，霞光明艳，穿云破雾。师徒俩就匆匆地赶到了三台峰下。说起这三台峰，其名字的来历，可大有深意。三台，本是古代星宿名，分上台、中台和下台，共六星，两两相比，起文昌，列祗太微。古时又因习惯以星辰象征人事，故又称三公为三台。《晋书》天文志云："在人曰三公，在天曰三台。"此三台指灵台、时台和囿台。灵台以观天文，时台以观四时施化，囿台以观鸟兽鱼鳖。三台者，又喻天、地、人三才。《易·说卦》："是以立天之道，曰阴与阳；立地之道，曰柔与刚；立人之道，曰仁与义。即所谓三才初辨，六位始成也。"

师徒俩沿陡峭石级而上，见右手边耸立着一巨大石壁，上刻"灵台"两个醒目大字。再上得数十步，昂首便见隐于前方树木浓荫内的上天观。进得观来，香烟袅袅，却不见人影。俩人出门，沿廊檐而行，听得后院"嗬嗬"有声，走过去，却见玄妙脱了上衣，裸着上半身，正将一根降龙木棍舞得"呼呼"有声。一见是师父和二师兄到了，玄妙着实惊喜，连忙收了棍，笑着上前问安施礼。

虚云真人看着浑身是汗的玄妙，心中甚喜，面带微笑，微微颔首。

礼毕，玄妙赶紧把师父和师兄请进茶房，给他们一人冲了一杯云雾茶。自己又赶紧跑出去用毛巾擦了汗，穿上衣服，方才毕恭毕敬地立在师父身边。

虚云真人饮了几口茶水，放下杯子，问玄妙道："此次去五雷山擂台比武，说说看，有何收益？"

"禀师父，这次跟着您出去，那是太有收获了，真让我大开眼界，让我知道了什么叫天外有天，人外有人。"玄妙飞了玄智一眼，赞叹道："尤其是师兄的九龙神功，真是威震群雄，让我这个师弟佩服得五体投地。这不，我一回山，就在加紧练功了。"

虚云真人赞许地点点头，夸道："你能明了天外有天，人外有人，就说明你还有谦虚之德，自知之明。这是好事。自古就有满招损、谦受益的古训，你好好地记住，好好地练习。我太浮山武功，无论是拳法、剑法、棍法、点穴法还是内功心法，都是博大精深、精妙无穷。功夫不在多，而在精。古人说，不怕千招会，就怕一招精。一个动作，一个招式，你练到运用自如，天人合一，就是绝招，就能一招制敌。记住了吗？"

"师父，徒儿记住了。"

虚云真人忽变色道："我们马上就要下山去了，你要有个思想准备。"

"徒儿不怕死！"

玄妙想都没有想，就连忙响亮地回答道。

虚云真人一听，当即哈哈大笑起来。玄智看着这个生性活泼、性情豪爽的小师弟，也不由笑了起来。

笑毕，虚云真人转向玄智，吩咐道："玄妙的二十四路降龙棍法已经很是精熟了，剑法是他的短处，你明天来此，将太浮山剑法中的绝招'雪舞梅花'传授与他，不得有误。"

玄智赶紧回答道："是，师父。徒儿记住了。"

虚云真人又转向玄妙，正色道："棍棒是远距离兵器，力道霸蛮，也是你的长处，我自不必担心。然在近身格斗时，剑就是最好的短兵器了，你这几天就好好地把'雪舞梅花'练习熟练。别人是临阵磨枪，你就来个临阵磨剑吧，磨怎比不磨要强。记住了？"

听师父吩咐二师兄明天要传授自己太浮山剑法中的绝招"雪舞梅花"，玄妙开心得不得了，嘴都笑得合不拢，忙答道："记住了。多谢师父！多谢师兄！"

虚云真人和玄智离了上天观，径往时台峰而去。

　　玄妙高兴之余，从地上一跃而起，在空中连翻几个筋斗，一俟落地，便又抄起降龙棍"嚯嚯"舞将起来。

　　虚云真人与玄智一路沿红砂岩石级蜿蜒而行，时上时下，片刻之后，来到时台峰下。路边崖壁上亦刻有"时台"两个大字。抬头仰望，见紫藤悬崖，随风飘荡；小鸟翻飞，婉转啁啾。两人心旷神怡，健步而行，转弯右行几十步，再上得石阶百步，便到静心观门前。进得观内，亦是香烟袅娜，氤氲蔚然，却又不见人影。师徒俩步出观门，来到后庭石栏边俯身向下一探，却见玄音正在下面一块石坪上凝神练剑。静如处子，动如蛟龙，一把青龙剑似行云流水，寒光闪动。

　　虚云真人观看了一会，对玄智道："灵慧真人亦不在这里，我们就不打扰玄音了，去太子宫吧。"

　　俩人沿路返回，出了静心观，往囿台峰而去。在三台峰中，以囿台峰地势最低，而峰势却最为险峻。此峰与其他两峰之间均是隔着极狭窄的沟涧。此峰之巅，却又是平坦如砥。古松秀立，修竹耸翠；云来峰隐，雾去峰现。山风来时如涛鸣，瑞雪去时暗梅香，真是一处人间极致的隐身修行之处。当年，唐朝太子李直为了远避朝廷及皇宫宫廷内的争斗，韬光养晦，慕名秘密来到这洞庭湖西滨的太浮山，站在缥缈峰极顶云台之上，纵目远眺，一眼就选中了此峰作为他的修行之处。后来的修行者就把此处修行之所命名为"太子宫"，实为纪念太子李直之意。又因暗合天地人三才之人才位，而立人之道又是仁与义，与人之道德相关，而人之道德又在于启蒙时的后天教育和培养，是为文。故太浮山的历代真人、大师均把太子宫作为一个崇智修文的重要场所。宫中主事也是以文为主，而山中农户若有孩子到了启蒙之时，也常把孩子送来此宫发蒙读书，识字断文。

　　虚云真人师徒从时台峰顺石级下数百步，至涧底，又上数百步石级，方见绝壁上刻的"囿台"两个大字。复上行百步，至太子宫阶前。俩人踏入宫中，行得数十步，便听得厢房内传来朗朗童声："天地玄黄，宇宙洪荒。日月盈昃，辰宿列张。寒来暑往，秋收冬藏。闰余成岁，律吕调阳。云腾致雨，露结为霜。金生丽水，玉出昆冈。剑号巨阙，珠称夜光。……"

　　虚云真人立在那里，踌躇片刻，凝神而思，终打消了欲见灵慧真人的想法，与玄智返身步出观门，顺石级而下，过山凹，直奔缥缈峰佑圣观而来。

　　进得观内，大弟子玄真忙笑迎上来，向师父请了安，将虚云真人与师弟接入厢房内休息，又忙着倒水冲茶。

　　虚云真人饮了茶，静坐那里沉思起来。

玄真忙向玄智招手，把他叫到屋子外面，低声问道："玄韫的伤势怎么样？"

玄智就把自己给玄韫疗伤的事说了，说问题不是很大，但至少也要休息半年左右，功力方可恢复。

玄真就"哦"了声，紧跟着问道："那什么时候下山去澧州城呢？"

玄智道："不晓得，要等五雷山那边的消息。"

玄真又"哦"了声，忽然眼光发亮，惊喜道："师弟，你什么时候悄悄练成了'九龙同潮'的神功？连我都保密，那天在五雷山，呵，一招使出来，群雄震惊，无不佩服。"

玄智道："那秦侍召老贼阴毒无比，我担心他再使阴招伤人，情急之下便将'九龙同潮'神功使了出来。也是他咎由自取，怨不得别人。"

"那是，那是，害人终害己。"玄真道。略做停顿，玄真轻轻叹了口气，惋惜道："师弟，不是师兄说你，你那天怎么就轻而易举地把江南武林盟主的位子给推了呢？你要知道，你若成了武林盟主，那我们太浮山多有面子，我们师父多有面子，我这个做师兄的也多有面子。唉，实在太可惜了。"

"师兄，你是了解我的。我们是出家修行之人，既然身在尘世外，哪还有什么看不透的？名与利，就如这金顶上的浮云，时有时无，虚虚幻幻，有时候还一堆一堆的，可太阳一出，风儿一吹，转眼就散尽了，消失了。"玄智道。

玄真感慨道："这个道理我也懂，可有时候，心里面总还是有那么一点点放不下。出家之人，真能修到身无尘世之心，难哪！你也是知道的，我一直就心存梦想，希望我们能将太浮山的武学发扬光大，形成一个可以在江湖上立足的武学宗派。你想想看，这有什么不好呢？"

玄智道："发扬武学，是一件好事；开宗立派，似乎也没有错。"

玄真忙道："这就对了嘛，所以我说，你把江南武林盟主的位子推掉了多可惜。"

"师兄，这个盟主可不是要发扬武学，而是要带人去上阵杀敌的，敌人也是人，也是父母所生。这个盟主不做也罢。"

"是啊，天下大乱，又会有多少生灵涂炭。这次跟着师父下山，我们要有十足的准备，要时刻小心谨慎，要保护好师父的安全。"玄真交代道。

"师父就不要去了吧，让他老人家留在山上。"玄智建议道。

"师父的禀性你又不是不晓得，他把脸面看得比什么都重要。"玄真回道。

玄智笑嘻嘻道："有机会时，我来劝劝他老人家。"

"那就好，他若留在山上，那是最好不过了，"玄真道，"那这件事我就拜托师弟你了。当然，我也会找个恰当的时机劝劝师父。"

随后，玄智又向玄真问起玄空的伤势，玄真说亦无大碍，关节已经接上了位，敷上了跌打损伤药，完全恢复可能要几个月。

玄智朝稻摞峰的莲花观望望，对玄真道："那我明天早上过去看看他。"

玄真点头称是。

第二天东边天际一现橙黄的亮光，玄智就早早地起了床。向师父问安后，他就径去了凤凰岭稻摞峰上的莲花观，看望了青云真人和玄空师弟，然后又回转缥缈峰，与师父师兄用了早饭，取了剑器，直奔灵台峰而去。

此后数天，玄智都是早出晚归，在上天观传授玄妙"雪舞梅花"的精妙招式。而师兄玄真道长可是忙坏了。又要招呼上山来的香客，看管观里的香火；又还要跑山中几个主要的观寺，知会他们下山前要做的各项准备。

一天，用过晚饭后，玄真把一众留宿观中的香客安置妥当，便径直来到师父的起居处。

虚云真人正在摇头吟诵浮邱圣祖十二章经《乙匡》中的一段："……天司圆，地司方，凤司鸣，麟司走，事厥理一也。裘治寒，扇治暑，谷治饥，泉治渴，官治事，厥情一也。……"

见大徒弟玄真进来，虚云真人便放下经书。

玄真便又一次提起自己收徒弟的事情。

出乎玄真道长的意外，这次自己的话一说完，师父就立马爽快地答应了下来。

玄真心中大乐，忙高兴地给师父茶杯里续满开水，问道："师父，您今日个怎么这么快就同意了？"

虚云真人对他招招手，示意他坐下来："你也沏杯茶吧，边喝边聊。"

"玄真，你的心思我一直都明白。你和玄智俩人，天资都不错，悟性好，勤奋刻苦，故在武学方面均颇有建树。人品方面，我也甚可放心。你之志向，欲开宗立派，广收门徒，弘扬我太浮山武学，意在江湖中有我太浮山武学的一席之地，这也不是一桩坏事。我以前一直不点头，是有很多原因的。时下，我一是深为时局担忧；二是考虑到我们一旦下山，就不知道何时能回，还能不能回。山上人手也明显不够了。一个门派能够兴盛流传，人少了是不行的，有人才有一切。但你要切记，收徒时要有三看：一看人品；二看志向；三看天资。宁缺毋滥，记住了吗？"

玄真忙回道："徒儿记住了。"

虚云真人继续道："一个人武学能够达到的成就，不是以人的意志为转移的，要看他的时和运。时也，运也；运也，命也。你师弟玄智能够练成'九龙同潮'的神功，这是他的机缘，我们要为他感到高兴。他天性敦厚，侠肝义胆。尘世中的名和利，他是不会放在心上的。我给他排过四柱八字，他命中犯有桃花，尘缘未了，不是劫数，倒是旺象。而现在，桃花已现，就在山下了。故这次从澧州城助拳回来之后，我就准备让他还俗下山。今后，太浮山佑圣观的香火就要全靠你了。明白吗？"

听师父说准备让师弟玄智还俗下山，玄真大吃一惊，心里突然生出一种空落落的感觉。他急道："师弟一向本分清静，谨守道规，素来不近酒色，何来桃花劫数？我开宗立派，是为我太浮山大局和前景着想，也还要靠他鼎力相助，师父您怎么能让他还俗下山呢？不行，不行。"

玄真道长连连摇晃着脑袋。

虚云真人道："人各有志，人各有命。天命不可违。他下山后，你当不时从香火钱中拿出一部分资助予他，不可让他度日有难。你们俩人，今后一道一俗，一荣俱荣，一兴俱兴。明白吗？切记！切记！"

玄真听了，心中空落，甚觉不是滋味，但口里还是忙应承道："徒儿记住了，徒儿记住了。"

过得数日，五雷山的空明真人带了二弟子玄岱、三弟子玄瑞，空月真人带了大弟子玄琮、二弟子玄聪亲来太浮山拜山谢恩。一行人翻山越岭，过大、小山门，上得缥缈峰，来到佑圣观前。先是朝佑圣观三拜，然后缓步进得观内。早有道童持了香蜡前来恭迎，众人又在圣祖浮邱子巨身金像前焚香九叩首。

虚云真人得了消息，忙从内院匆匆出来，接了空明真人一行，经千步云梯，上得峰顶，请入太清殿中。大殿内，玄真领了两个道童正忙着摆放桌椅，安排茶水。虚云真人道："各位辛苦了，大家就随意吧，先喝茶休息。"然后吩咐玄真燃放爆竹，通知各观、宫、寺、庙。

玄真道长笑吟吟地向空明、空月两位真人请了安，又与几位同辈师弟打过招呼，方才出了太清殿，取来六根粗长的爆竹，来到后院的云台，依次点燃。

缥缈峰上，立时发出六声清脆的巨响。山林震动，群鸟惊飞！

玄真又去到膳食房，忙着伙房师傅安排柴米油盐、蔬菜之类，等下，各观、宫、寺、庙的人来了，大家一齐动手就有个头绪了。

这太浮山佑圣观有个不成文的习惯，每逢来了特别的嘉宾贵客，都会以放六声爆竹为号，各观、宫、寺、庙等听到了，就会马上前来相聚。长辈陪着客人们喝茶聊天、谈论正事；晚辈们就在膳食房里给做饭的师傅打下手临时帮忙。如果某个观或者是寺里还存有好吃的山货，也会顺便捎带过来，让大家一

起分享。这个习惯传承了多少年，还真没有人能说得清楚。

太清殿内，三位真人谈兴正浓。空明真人先是说了一大堆感谢之类的话，然后又从随身带来的包裹里取出一个木匣子，放在虚云真人身边的茶椅上。打开来，却是一满匣的黄金白银。

虚云真人看着空明和空月两位真人道："你们这是何意呢？"

空明真人连忙道："就是我们的一点心意而已，还望真人笑纳。"

"你们五雷山和我们太浮山就像亲兄弟一样，难道还兴这个？你们还是收了回去吧。"虚云真人回绝道。

空月真人打着哈哈道："老伙计，你就不要嫌少了，权当作给佑圣观浮邱圣祖的香火钱，怎么样？"

"这……这如何是好？"虚云真人嘴里嗫嚅道。

"有什么不好的？我们是诚心诚意，又不是虚情假意，你难道还让我们拿回去不成？"空明真人道。

虚云真人见无法推脱，只得收了木匣，两手在胸前一揖，拱手道："那我就多谢了，惭愧！惭愧！"

空明真人道："说起来，擂台比武那天如果不是你的徒儿出手，那后果真是不堪设想。我五雷山就可能真栽了。"

空月真人附和道："是啊，千虑万虑，我们谁也没有想到半路里会杀出个秦侍召来。"

这时，忽闻重重的脚步声响起，随即两人大踏步走了进来，原是青云真人和徒弟玄空道长先到了。大家已是熟人，忙相互招呼问好。空明真人瞧着玄空缠着布带的膀子，关心地询问了许多。就在彼此寒暄之际，门口又进来两人，大家转头看时，原是济慈大师和心智大师到了。大家连忙双手一揖，彼此问候。

心智大师开心地对空明和空月二位真人道："你们真是难得的稀客呢。今天是吹的什么风啊？是不是你们走错了路，进错了门？"

空明真人连忙哈哈大笑，反驳道："只恐进错了门，你快去拿把竹扫把来。"

"竹扫把就不拿了，下次我们到了五雷山，也免得你们拿。"心智大师回敬道。

济慈大师怔道："我们的盟主到了，是不是要行动了？"

空明真人忙摆手道："不急，不急，今日来太浮山，是专门拜山谢恩的。"然后，两手在胸前一拱，朗声道："贫道感谢太浮山各位真人、大师和晚辈的捧场和厚爱，我坐这个武林盟主之位，说实在的，惭愧得很。"

济慈大师正色道："盟主言重了。你还是我们的领头大哥。"

空明真人一听"领头大哥"四字，环视众人，就连连摇头戏笑道："年轻时候不更事，就喜好奔来跑去，打抱不平，结下了一些江湖恩怨。今日当着这众多晚辈的面，就休要再提了。"

"是啊，那个时候跟着你，风风火火，到处闯荡。一晃，就有如昨天哪。"虚云真人感慨道。

这时，又听得殿外人语喧哗，大家忙住了声，一齐朝门口望去，却是玄智陪着灵慧真人和玥明师太到了。

灵慧真人一见五雷山众人，眉开眼笑，双手高举对空明、空月二位真人喊道："有朋自远方来，不亦乐乎！"

空明和空月二位真人忙举手回应。

"到底是读书人，说话就是不一样，一听，就知道是舞文弄墨的。"空明真人道。

"哎呀！原来是你们师徒到了，真是稀客呢。我说怎么今天就一直听着树上喜鹊喳喳叫。"玥明师太笑着道。

空明真人一边和玥明师太打招呼，一边径直走过来，直到玄智道长跟前，双手在胸前一揖，朗声道："贫道替徒儿再次感谢侄儿的救命之恩。"

玄智诚惶诚恐，忙躬身回谢。

这时候，膳食房里也忙开了。除了原有的伙房师傅外，玄真负责安排摆席的桌椅；紫嫣负责煮饭；雨馨负责炒菜；玄妙负责烧火；玄音及几个道童负责洗菜和清洗碗筷。一顿操作猛如虎，一个时辰后，两桌像样的饭菜业已准备妥当。玄真忙赶到太清殿那边，请了众人用餐。大家进得膳食房，宾主依次就座。推杯换盏，觥筹交错，好不开心热闹。大家难得同聚一堂，一边用饭，一边饮酒，一边天南海北地闲扯，直到日沉西岭，红霞满天，宴席方罢。

酒足饭饱，众人来到太清殿前的院子里，趁着酒兴，举目远眺浮山晚景。

放眼望去，峰岭生辉，山岚萦绕；碧空湛蓝，霞满云天。真个是人间大好景致！大家喝彩称赞，边走边聊，遂又转至后院。

这个后院有个奇特之处，那就是整个后院的坪子就是一块高出地面数尺的巨大红砂岩石。这块红砂岩石平坦如台，上可容纳百人。此石之边沿，兀立着一块碑状巨石，上刻有硕大的"云台"二字。

空明真人见状，甚是惊奇，信步红砂岩石上，环望天宇，俯瞰群峰，天高云淡，心旷神怡，不觉颔首赞叹道："'云台''云台'，若有云来，真乃云中之台也。好景致啊！”

虚云真人忙道："大哥，你可不要小看了这'云台'之地，这可不是云中之台呢，而是阳云之台！"

空明真人一怔，正色道："老弟，这'云台'二字是真有讲究？还是你认为我酒喝多了想当众有意忽悠于我？"

看着空明真人一脸认真的样子，虚云真人仰头哈哈大笑，然后对空月真人道："你看，他酒还没有喝好呢？清醒得很。其实，这个'云台'二字，还真的是'阳云之台'的意思。"

虚云真人回头，见众人正好奇地盯着自己，忙向灵慧真人递个眼色，对他招手道："灵慧师兄，你是我们太浮山的文曲星，你就给他们说说这'云台'是怎么回事。"

谈古说今，正本溯源，这正是灵慧真人的拿手本事。他连忙兴冲冲地走到石碑前，摸了摸"云台"二字，清了清嗓子，刚欲开讲，一想，这个典故的来龙去脉太长了，于是就停了下来，干脆道："这个典故的历史太悠久了，它发生在很久很久以前，很久很久以前，还是不讲了吧。"

空明真人一听，望着虚云真人道："你看你看，你们两个联手来糊弄我，对吧？我们今天又不回五雷山去，吃喝拉撒都在这里，有的是时间。你说吧，是不是很久很久以前，山上有座庙，庙里有个大和尚和小和尚，小和尚每天都缠着大和尚，要他讲故事听。那大和尚就讲道，很久很久以前，山上有座庙，庙里有个大和尚和小和尚……"

众人一听，都被逗得大笑起来。空月真人倒是好奇起来，一本正经问灵慧真人道："这'云台'二字果真有什么来历？"

灵慧真人笑毕，见空月真人半信半疑还在发问，于是就招呼大家安静下来，正儿八经地讲起了关于这个"云台"之地的传奇来历。

"相传，在好多万年以前，整个地球上有一段时间连续数月都是雷电交加，风雨大作，洪水滔天。等到雨停云散，太阳再现的时候，就在洞庭湖的西北地区，也就是以我们的太浮山为中心，形成了一个浩大的湖泊，历史上称为云梦泽。这个湖泊有多大呢？据史书记载，它北到鄂州随州，南到潇湘衡阳一带，东达江西九江，西抵川湖交界的八公山。而这个云梦泽的中心就在这块巨大红砂岩石的位置，所以那个时候的古人就把这块巨石平台叫作'阳云之台'，简称'云台'。一直到孔圣人出生的春秋时期，这个云梦泽都还是浩瀚无涯，无边无际。后来，气候逐渐变得干燥起来，湖泊也就慢慢缩小，最后，就只剩下我们现在能够看到的八百里洞庭湖了。

"史书记载：公元前278年，秦国大将白起攻破楚国都城江陵，楚襄王于是将都城南迁至灄阳。为了稳定南楚，抵御如狼似虎的秦国，楚襄王又在道水河中游的浴溪与畬水交汇处修筑了南楚第二大楚城，并作为他的第二行宫。有了这座行宫，楚襄王就经常带领他的一班文臣武将来太浮山狩猎，其中有两次就到了这个云台，并与文臣宋玉、唐勒、景差等吟诗论道，吹牛闪经。这两次都是宋玉夺得头彩。最后，楚襄王就起身，站在这块红砂岩上对宋玉道：'宋爱卿啊，你真是千古奇才。'他一高兴，就用手遥指着山下东边道水河畔的南楚第二行宫道：'本王就把这座城池赏赐给你吧，以这座城池为中心，方圆三十里地，也包括这阳云之台，都是你的赐地。爱卿，你就好好享用吧。'

"宋玉一听，高兴得忙躬身跪地，拜谢王恩，山呼：'吾王万岁！万岁！万万岁！'"

灵慧真人一口气讲完，众人是听得津津有味，遐想联翩。

空明真人道："还真有此事？"

灵慧真人道："你真以为是我酒后胡编乱造？这个宋玉可不简单了。他才华横溢，风流儒雅。第一次吹牛，做的文章是《大言赋》，第二次吹牛，做的文章是《小言赋》。后来，楚襄王死了，他的儿子考烈王继位，听了小人的谗言，就把宋玉贬出朝廷，放逐到他的云梦赐地。再后来，这位宋玉就一直在这座南楚第二楚城里生活了三十多年，直到谢世为止。在这期间，他为了排解心中的烦闷，还经常到太浮山来，每次来，他都会在这云台上徘徊良久。触景生情，追忆往事，感慨万千！回想当年君臣同乐、吟诗赋词，还得到了先王的最高奖赏，那是何等地风光！何等地出人头地！一转眼，先王已逝，自己遭贬，风光不再，这又是何等地郁闷惆怅！经历了人生的大起大落后，这位宋玉先生自此不问世事，潜心学问，写出了好多的经典文章：如《九辩》《招魂》《笛赋》等等，这些文章后来竟成了我泱泱华夏文学史上的千古绝唱。"

灵慧真人一口气又说了一通。

空月真人忙点头道："我晓得了，我晓得了，这个宋玉我知道，他的墓就在道水河宋玉城那里。民间流传的天葬宋玉，就是指的这位宋玉先生，他的名气大得很。有次我们从那里路过，当时还不晓得这位宋玉是谁，就只看到一群娃儿们在路边嬉戏玩耍，拊掌高声吟哦道：'年年四月菜花黄，黄花鱼儿朝宋王。花开鱼儿来，花谢鱼儿去。只道朝宋王，谁道朝宋玉。'我们几个人听了数遍后，感到极是古怪，便向附近的村民打听这宋玉是谁，这才知道了宋玉和宋玉城，还有天葬宋玉的故事。出于对他的崇敬，我们几个人便特地前往他的坟地，焚了香，拜了三拜。当时也只是闻其赫赫大名，对他的生平事迹倒不是

十分了解。你这一说，我就大致明白了。看来，这个人呐，还是要读书，不读书，就不晓得这些历史往事。"

此时，空明真人见空月真人这么一说，终也信了灵慧真人的话，恍然间若有所悟，忙对身后弟子玄岱和玄瑞道："听到师叔说的没？有时间还是要多读点书，要文武兼修。"

他走到巨石前，用手摸着"云台"二字，感慨地说："就这两个字，深究起来都还不简单呢。看来做学问，也是个苦差事，累人！"

众人也是长吁短叹，唏嘘不已！

是时，暮色四合，天光渐暗。众人相邀，转回太清殿来。玄真等早就准备了毛巾热水之类，大家洗漱完毕，主宾又寒暄一阵，方才各自安歇。

翌日清晨，旭日东升。众人用过早饭后，又携了香蜡纸草，前往香炉峰仙人洞浮邱圣祖炼丹修道处。下坡上岭，跨沟越涧，一个时辰后，众人便来到一个人迹罕至的山崖洞前。洞楣上方刻有"仙人洞"三个大字，石洞两边的石壁上，竟也刻有一副楹联：

飘飘三帝席清凉
五色云气纷青葱

边上设有焚香炉，近处还有一个炼丹台。洞顶峭壁上古树横生，藤蔓飘荡。空明真人忙领了五雷山众人焚香跪拜。礼毕，虔诚肃穆，进入洞中，又往洞中浮邱圣祖石像叩首九拜，方才退出洞来，来到洞外的炼丹台处安坐歇息。

"遥想圣祖当年从南而来，以此石洞为庐，修身养性，炼丹悟道。与神鹿为伍，与仙鹤为友，饮甘露，食花蜜，终悟大道，修成正果，成为一代圣祖，实乃不易也。"虚云真人感慨道。

"是啊，在圣祖面前，我们实在是心生惭愧。"灵慧真人也叹息道。

空明真人对两个徒儿道："刚才洞里的石像就是太浮山的开山始祖浮邱子，他是一代圣祖，于我五雷山是有大恩惠的，我们五雷山的祖师爷真武祖师能修成大道，都还得益于他的点化。因此，我们两山的关系可以说是渊源深远，情同兄弟。你们要好好地记住了。"

玄岱、玄瑞点头称是。空月忙看向玄琮和玄聪，两人亦是赶紧点头。

就在这时，一只肥硕的白兔悠闲地蹦跳着来到洞前。不经意的抬头间，它忽地发现了众人，一脸蒙，"吱吱"惊叫。众人甚觉有趣，正要上前去逗弄，白兔几个蹦跳，慌张地窜入灌木草丛中，眨眼就没了踪影。

拜过浮邱圣祖，众人原路返回缥缈峰太清殿。一起用过午饭，空明、空月两位真人带了弟子准备下山。

临行之时，空明真人语气凝重地对虚云真人道："此次下山，凶险难料；为国为民，乃大道大义，你我自当义无反顾。刀剑暗器，长枪短棍，凡用得上的器械都带上。吩咐下去，加紧准备，静候消息。"

虚云真人道："大哥，你放心。盛世归隐在深山，乱世下山救苍生。你在哪，我就跟在哪，绝不拖半步后腿。"

空明真人神情庄重，颔首而去。

太浮山众人挥手相送，直到空明真人一行身影隐没于林荫深处。

第五章
群雄力守澧州城
城破人去空遗恨

话说太浮山众人送别五雷山空明、空月两位真人及众弟子后，回到太清殿内。大家就这次去澧州城出拳助力，情绪高昂，纷纷要求下山。

虚云真人听了一会，觉得还是要自己发话定夺，于是神情肃然道："谁去谁不去，大家都不要争了。这次下山，非同小可，枪炮无眼，刀剑无情。去的人，还能否回山，我们谁都无法预料。这次仍然由我领头，另有济慈大师、心智大师、玄智、玄妙及海棠溪主父子。其余的就留守山上，各守本分。玄真执掌佑圣观，当尽心职守，不得有误。"

玄真忙道："谨遵师命！"

青云真人涨红了脸，鼓着眼睛，还欲张口力争，忽有道童进来报道，说佑圣观前有两个年轻人定要见玄智道长。

玄智道长赶紧随了道童，一路来到佑圣观前。玄智道长见是两个十七八岁的年轻人，一问，原来是慕名上山来拜师学艺的。见到玄智道长，两人即刻伏地而拜，年龄稍大者急道："我叫唐力，他叫李忠，我们是从壶瓶山南北镇来的。我们从小就喜欢当武侠，上次，五雷山擂台比武我们也去了，当然，我们是好奇，跑去看热闹的。您在擂台上大展神威的那一幕，让我们佩服得五体投地。所以，我们今天是特地上山来找您，希望您能收我们为徒。"

玄智道长听了，大吃一惊，竟不知所措。他自己才二十多岁，何时考虑过要收徒呢。他急伸手欲扶他们起来，可他们就是不起。

"您要是不答应，我们就跪地不起。"

两个年轻人坚持道。

玄智抓耳挠腮，实无办法，忙使道童去请师父虚云真人。

虚云真人听得道童急请，不知何事，神情紧张，忙与众人快步赶了过来。

等把事情问明，众人虚惊一场，不免哈哈大笑起来。笑完之后，看着一本正经跪地不起的两个少年，不免也踌躇起来。

"这如何是好呢？"虚云真人环顾左右道，"你们两个还是先起来，就是拜师，也要先商量嘛，天下哪有逼着师父强收徒弟的？"

经过大家好言劝说，两个少年方才勉强站起身来。

虚云真人问道："你们两个知不知道五雷山为什么要设擂比武？"

少年摇了摇头。

"我给你们说，设擂比武是要选出江南武林盟主，有了这个武林盟主，他就会号令我们江南武林各路英雄去澧州帮着守城。你看，我们刚才正在商量着这事儿。玄智道长就要下山去了，他还哪有时间来收你们为徒呢？况且，他自己也还年轻得很，比你们大不了几岁，他也不好认你们为徒弟啊。"

众人也是一片唏嘘声。

年岁稍大一点的倔强地说道："我们来了，就没有准备回去，那您就收我们为徒吧。我们能吃苦。"

虚云真人轻轻一笑，道："不是我不收你们，我也要下山去啦。"

虚云真人环视众人，当他和玄真的目光相遇时，心中忽有触动，忙扭头仔细地端详了一会眼前的两位少年，见骨骼清奇、貌端面善，目光清纯，不似歹恶之徒，便问道："你们真不准备回去了？"

两人忙道："嗯。"

虚云真人思忖片刻，便回头对玄真道："玄真，那你就先让他们在此住下，等我们回山再说。"转头对两少年道："我决定给你们两人一次机会，和太浮山能否有这个师徒之缘，那就要看你们俩的造化了。"

两少年立马面露笑容，连声拜谢。

虚云真人回头对众位道："青云老弟，我知道你想说什么。不要争了，下山留山，各安天命。各位也请回吧。我就不耽误大家了。"

众人于是相辞而别。

天暮时分，黑云西来，天地间顿是阴晦下来。不多时，细雨飘下，淅淅沥沥，整个太浮山云遮雾裹，寒意料峭。

阴雨连日，一天忽晴，太阳新露。虚云真人正琢磨着派何人下山去送些银两给陈溪峪王婶家，以做青梧姑娘生活之资，五雷山的书信就送到了。拆开来，见上书："三日后酉时，澧州城南门外江边码头见。"虚云真人遂一边吩咐道童招待客人饭菜茶水，一边着玄真、玄智分头将此消息通知所去之人，约定于明日申时在裴家河聚仙楼集齐。

　　他叫住玄真，将一小布包裹递与他，吩咐他去海棠溪一趟，顺便将此布包交与王婶，对下山一事不准提半个字。

　　玄真遵嘱飞奔而去。

　　翌日微明，虚云真人就早早起床。来到云台之上，他放眼望去，漫山遍野，早已是绿意盎然，春色撩人。山岭之上，峭壁之侧，一树一树的樱花竞相怒放，远远望去，宛如一簇一簇的雪锦，晶莹剔透，耀人眼帘。他走到巨石"云台"二字处，抚摸良久，心思翻涌。遥想当年华夏大地，七国争雄，狼烟烽起，多少英雄豪杰驰骋疆场，叱咤风云，无一不想建万世之功，无一不想立千秋之业，到头来，还不是你方唱罢我登场，转眼功名成空，霸业成灰！

　　有杨慎《临江仙》词为证：

　　　　滚滚长江东逝水，浪花淘尽英雄。是非成败转头空。青山依旧在，几度夕阳红。　　白发渔樵江渚上，惯看秋月春风。一壶浊酒喜相逢。古今多少事，都付笑谈中。

　　用过早饭，虚云真人与玄智道长整装完毕，一样的装扮：头戴星光道巾，身穿灰色素衣，脚踏棉布鞋。背负长剑，肩挎灰布包裹，每人手中多了一根乌光降龙棍。师徒俩人均是精神饱满，神色飘逸。只是一个年长，鬓边华发；一个年少，芳华正茂。

　　玄真、唐力、李忠及数道童，还有莲花观的青云真人及玄空道长一众送行至小山门。

　　玄真道长见师父亲自下山，心中悲怆，含泪问师父道："不知师父什么时候回山？"

　　虚云真人抬头，环视太浮山群峰数巡，沉默良久，喟然道："老君背剑救苍生。盛世归隐，乱世下山。为师今日下山，归期难料，盛世便回。倘若不回，便不回了。"

　　言毕，跟众人话别，与弟子玄智昂首飘然下山而去。

　　话说太浮山北麓下，有一条河，名曰道水。顾名思义，这道水的"道"字与太浮山的"太"字，都是出自道教一派的经典教义，寓意极深。这道水河源自九溪卫辖地慈利县五雷仙山，经官渡桥，出蒙泉，然后一路向东，经白洋湖、佘市桥、两岔河、裴家河、烽火山，至关山一带汇入浩浩澧水。河上航运发达，大小船只，风帆高挂，上下穿梭，沿河不断。

虚云真人带了徒儿玄智下得缥缈峰，经三台峰的灵台上天观，会了弟子玄妙，再直下海棠溪，会齐了叶博凌父子，便出海棠溪、甘溪峪，然后一路东行。翻得九里岗，在两岔河渡口"亭院酒庄"打尖后，稍作歇息，便渡船过河，再过十里大坪。

一路上春阳高照，惠风送爽。地头是桃红李白，杨柳依依；田间是油菜花开，麦苗青青。

五人早早赶到了裴家河大码头聚仙楼。上得二楼，见客人极多，甚是热闹，拿眼望去，刚好那边临河靠窗还有一张桌子空着，几个人便赶紧过去坐了，卸了随身携带的剑棍包裹，叫了店小二先送茶水过来。

这聚仙楼临水靠岸，又倚着大码头，上下三层，吃饭住宿，生意做得是风生水起，好不热闹。待店小二茶水送来，几个人边饮边聊边等人。从这窗口向西南方向远眺，正好可以望见远处的太浮山。此时的太浮山，宛如一扇黛蓝色的巨大屏风，静静地横卧在天边蔚蓝的天宇下。

河风徐来，油菜花浓郁的香气让人陶醉。

玄智把目光从远远的太浮山收回，正欲低头饮茶，眼角余光里忽地瞟到一个正在下楼的身影，似乎在哪里见过，心中存疑，待抬头细看时，身影已匆匆下得楼去。玄智心中一凛，深感怪异蹊跷，忙抄剑起身，快步赶下楼去，四下查看，却已不见踪影。众人见状，惊愕中亦抄起家伙，正待下楼，见玄智转回，虚云真人忙问详情。玄智如实回答，众人虚惊一场，皆不以为然，继续谈笑品茶。玄智埋头深思，实觉人影蹊跷，就是回想不起来在何处见过，只好作罢。

稍有片刻，济慈和心智两位大师同上楼来。众人忙唤来小二，点了饭菜，又要了些纯正谷酒，除了济慈与心智大师二人外，其余之人便推杯换盏，畅饮起来。

玄智平素并不饮酒，今日却也破天荒豪饮了一大杯，脸上即刻红光发亮，引得众人喝彩。还有玄妙、叶芝楚两个晚辈，今日也是开怀畅饮，酣畅淋漓。一桌酒席，直到亥时，众人方才尽兴罢手，洗漱完毕，各自安歇。

第二天一早，众人用过早饭，又在街上转了一圈，见一当街豪宅前围满了过往行人，正交头接耳，议论纷纷。众人上前打听，原是昨夜此家不仅遭了偷盗，丢失了一些银两和金银首饰，还出了命案，业已报官。官府赶来的人正在勘查。

众人司空见惯，不以为然，来到聚仙楼下码头，上了一只下行的帆船，顺流向澧州城而去。

一路天高水阔，两岸平畴空旷，风光无限。

正午时分，船只停靠在澧州城南门大码头。众人下得船来，立在码头石级上举目四顾，见澧水浩荡东去，波涌岸堤，浪花飞溅，涛声哗响，真的是气势非凡，摄人心魄！

这时，人群中有一位长着国字脸、眉毛浓黑、军官模样的中年魁梧男子迎了上来，得知他们是从太浮山来帮着守城的，忙自我介绍道："在下姓黎，黎民百姓的黎，是负责防守南门的百户长。"然后十分恭敬地将众人引入南门，来到城中一家"悦来客栈"里。

"中军陈大人已经吩咐过了，今天所有来协同守城的客人都安排在这里用餐休息。请大家随意。"那男子笑吟吟道。

众人来到大厅，便将随身剑棍包裹放在一起，坐了一张八仙桌。店小二肩搭毛巾，忙吆喝着过来沏了茶水，笑嘻嘻地招呼客人慢用，然后一转身又去了别处。大家拿眼将大厅打量一番，见大厅甚是宽大敞亮，光客人吃饭的桌子就摆了近二十桌左右，极是气派。靠东边也正坐了两桌清一色的剽悍汉子，看情形也好像是来帮着守城的。不多时，几个店小二就端来了丰盛的饭菜，还抱来了一坛子好酒。东边两桌也是一样的款待。大家正好腹中已空，便毫不客气地大块朵颐起来。

就在这时，忽听得一阵杂乱的脚步声响。众人忙抬头看时，却是七八个乞丐模样的人手持棍棒纷纷大踏步上得楼来。众丐一上来，便在东头处拣了一个空桌子坐下，直唤店小二上酒菜。店小二愣了眼，忙走了过来，对他们道："各位大爷，你们也是陈大人请来的吗？"

一瘦高个就将手中的棍棒往地面一杵，怒气道："怎么？陈大人请来的就有酒有肉，自己来的就没有？"

店小二忙赔笑道："大爷息怒！大爷息怒！今日个这楼上是陈大人全包了下来特地招待江南武林群雄的，您看！？……"

一个面目极黑的中年男子手指客厅中众人，愠怒道："他们是来干什么的？"

店小二忙道："他们是来帮着官军守城的。"

中年男子陡地提高嗓门，大声道："他们能守城，我们丐帮就守不得城吗？"

"这个……"

店小二脑中呆笨，一时没能转过弯来，竟口舌结巴，无言以对。

瘦高个就嚷道："他们是什么酒菜，我们就什么酒菜，你只管上就是了。

若有半点差池，哼！"

店小二看着这一桌火气炽盛的不速之客，心生恐惧，忙小声道："各位大爷，这事儿呢，我也做不了主，我这就去叫东家。"说完，店小二就飞也似的往内堂跑去。

这一闹，几桌正在吃饭的客人就都住了筷子，同时抬头望向那一桌丐帮中人。东头桌上一个衣着光鲜的年轻人拿眼乜了他们一眼，脸上露出不屑的神情，撇了撇嘴巴。这情形刚好让一脸怒气的瘦高个瞧见了。这还得了？只见他双眼一横，右手在桌上一按，人已飞身跃起，两臂一张，就如同一只苍鹰，疾向那年轻人扑去。

那年轻人见状，也不搭话，陡地放了碗筷，一个斜跃，人已窜至大厅空档处，同时，右肘横打，疾攻向瘦高个的左肋。瘦高个则借下跌之势，身子一个左旋，臀部出其不意将桌边另一个大汉掀翻，右手即化掌为刀，直向年轻人的右臂斩下。年轻人惊呼一声，忙收招斜跃。瘦高个一个鹞起鹘跃，直欺过去，势如猛虎，左拳攻向对方面门，同时右手两指一骈，疾点住对方肋下中府穴道。

说时迟，那时快，这惊变陡起，也就是眨眼之间的事情，等到客栈东家从内堂赶出来，年轻人早已穴道被封，被同伙抢下护住。丐帮与东座之客纷纷站起，手持器械，正欲相斗。

"住手！快住手！"东家急大声叫道，"今天是陈大人、葛大人，还有王爷请的客，有什么事，大家可以商量嘛，何必要动起手来伤了和气？"

东家这一说，两帮人方才歇了手，哼哼唧唧重新归座。东家忙喊小二给丐帮一桌上菜。可他们却并不买账。瘦高个将棍棒往地面使劲一杵，粗声道："哼！不劳你的酒菜了，我们走。"

说完，准备起身走人。

东头桌上就有一个身材极其修长、留有长胡须的中年汉子站了起来，用极平静的声音缓缓道："慢着，还望这位高人替这位兄弟解了穴道再走不迟。"

瘦高个一转头，不屑道："我师父只教我点穴功，而没有教我解穴功。"

那汉子变色道："哼！既如此，那我洞庭铁手关伯岳就来领教你几招。"

话一出口，人已奔至，一双铁手，直取瘦高个上中二路。

那瘦高个并不后撤，待他双掌近身时，左手一招"春风拂柳"将其荡开，右手一招"二郎探母"，棍棒头径直攻向对方肋部。那汉子就势腾空旋起，既化前招，又避后招，随即一记鸳鸯腿凌空飞出，直取瘦高个面门。瘦高个忙使个千斤坠，稳住身子，然后双手将棍直立，一招"推山移石"。那汉子招式一

变，就势旋转数圈，脚一点地，身子再次凌空飞起，双掌一挫，一双铁手又朝对方疾铲而来。

转瞬之间，两人已各自攻出十余招，竟是不分伯仲。

关伯岳心中甚是惊奇：这丐帮中竟还藏有如此高手？

这时，东头桌上又有一中年胖子奔出，双手捏拳，欲助那汉子。

"怎么，还想打群架？"

丐帮中立即就有一个头发蓬乱、脸型瘦削的角色高声喝道，持棒跳了出来，拦在胖子面前。

一见这阵势，双方之人又立即纷纷嚷叫着站起，怒目相向，伺机相斗。

济慈大师不忍群殴又起，正欲起身相劝，心智大师忙拽了他一把，委劝道："我们是出家之人，还是不要插手他们之间的纷争。"

"这……劝人息斗，也是件功德无量的大好事呢。"济慈大师道。

太浮山众人正小声议论着到底是该劝还是不该劝。就在这时，楼梯上又传来一阵急促嘈杂的脚步声和吆喝声，一位官员模样的人带着一群手执兵器的兵丁大踏步急奔了上来。

楼上打斗之人见状，立马住手分开。

"陈大人，您总算到了。"东家忙笑脸迎上去。

被称为陈大人的官员走向东头，抬手向洞庭铁手关伯岳及那众人一揖，大声道："大家既然来了，就都是客人，如有招待不周到的地方，还请各位英雄多多包涵。"

说完，径自走向衣着光鲜的年轻人，瞧了瞧他痛苦的样子，心中已经明了几分，忙右手手指一骈，伸向其肋下中府穴，用真力替他解了穴道，然后转身来到丐帮众人面前，谦然道："实在是不好意思，得罪各位好汉了。我们当时听闻贵帮江南分帮帮主潘声乙有事去了江浙，故就此断了打扰你们的念头，不想你们丐帮虽未收到书信，然却深明大义，不顾个人安危，仍以国事为重，前来助力，实乃令我陈某钦佩。今日之责，实乃由我考虑不周而起，还望各位英雄海涵。"

当即吩咐东家速上酒菜，好生款待。说完，又忙笑脸走到太浮山这一桌，向各位拱手问好。

一场打斗就此罢手。

稍有片刻，又有一群人说笑着上得楼来。玄智等抬眼望去，见是五雷山的空明真人等一众人到了，忙起身请安问好。众人相见，甚是高兴，彼此寒暄问候，好不亲热。陈大人忙走上前去，做了自我介绍，即招呼客人入席，又唤小二快上酒水饭菜，又吩咐手下快去禀报王爷和知州大人。

这次下山，五雷山的阵容甚是宏大：空明，空月，空灵，空相四大真人全都到齐了，弟子有玄岱、玄瑞、玄琮、玄聪、玄玮、玄琛，另还有几位玄智叫不出姓名的道、俗中人。陈大人十分开心，一脸笑容，端了酒碗，忙着在大厅里各个席面上挨个敬酒，尽恭维地捡好听的话说着，生怕得罪了这些江湖上的侠义人士。

丐帮中的那个瘦高个擎了酒碗，走到陈大人面前，朗声道："陈大人，在下夏尚义，丐帮江南分帮副帮主，今日之事，也是事出有因。我帮帮主的确是外出不在家中，我们也未接到任何邀请。但国难当头，守城御敌，人人有责，江南武林人士个个争先恐后，我丐帮也是一大帮派，在江湖上也还是略有薄名，岂能隔岸观火，袖手旁观？是故心中不平，激于义愤，一气之下，鲁莽之中，引起了适才的打斗。还望陈大人见谅勿怪。这一碗，算作赔罪，我先干了。"说完，一仰头，一干而尽。

陈大人忙哈哈一笑，朗声道："千错万错，还是我的错，是我一时疏忽大意，怠慢了贵帮。这一碗，就算罚我的，罚得好，我接受了。"一仰脖子，也是一口尽了，然后彼此同声开怀畅笑。

瘦高个又把身边面目极黑的中年男子引见给陈大人道："这位是商礼之，也是我江南分帮的副帮主。"

陈大人忙双手一揖，拱手道："多有得罪，还望商帮主见谅。"又向桌上各位帮众一揖。商副帮主及众人忙站起来还礼。商副帮主拿了酒坛，先将自己碗中倒满，然后将酒坛递与陈大人。陈大人已经是满脸红光，但还是毫不犹豫地接了坛子，将自己碗中倒满。

"陈大人请！"

"商帮主请！"

两人相视一笑，一干而尽。

瘦高个接了酒坛，走向东头一桌，面对衣着光鲜的年轻人和洞庭铁手关伯岳，将自己碗中倒满，歉意道："我夏尚义是个鲁莽之人，今日多有冲撞得罪，我自罚一碗，算我向二位赔礼了。"说完，一仰脖子，一干而尽。

瘦高个这一举动，令所有在场的人吃惊不小！干仗快，赔礼也快，真是个爽快之极的人。惊愕之下，洞庭铁手关伯岳也是豪气顿生，站起来从对方手中抓过酒坛，将自己碗中一倒尽满，再将酒坛递与年轻人。

年轻人吃了暗亏，怒气未消，翻眼看看关伯岳，又看看瘦高个，接也不是，不接也不是。正踌躇间，关伯岳开口了："江湖中人，拿得起，放得下，

你屠刚有胆子打架，难道就没有胆子喝酒了？"

那被唤作屠刚的年轻人略一沉思，猛然起身，怒气未消道："喝就喝，谁怕谁了？"一把抓过酒坛，就于自己碗中装满，与洞庭铁手关伯岳一磕碗，仰头一饮而尽，将空碗亮给瘦高个。

"好，是条汉子。"瘦高个赞道。

众人也跟着喝彩叫好。

很快，身着锦衣的华阳王朱敬一和身着官服的葛知州就赶了过来。群雄纷纷起身行礼。礼毕，华阳王高兴地大声道："今日能得到各位江湖英雄前来助力，真是我大明的福气。我在这里一并感谢了。说句内心话，上阵杀敌，刀剑无情，那是要拼上自己的性命和一腔热血的。你们甘于冒险前来助力守城，我实在是太感动了。你们不愧是大明的好子民，江湖中的大侠大义之士。我们已经得了准确的消息，反贼已经开始南下了，并且是人多势众，说不定要不了几天，就会兵临我们澧州城下，那时，我们就要和他们决战拼杀。说实在的，至于结果怎样，我们也难以预料。但我们都是英雄好汉，武林豪侠，我们都不怕死。你们说对不对？"

群雄高喊道："对，我们不怕死！我们要为国效力，为国分忧！"

华阳王待到声音静下来，顺手抓起一坛酒，给自己倒了一大碗，大声道："那么，从今天起，我们就大碗地喝酒，大块地吃肉，然后养足精神，以逸待劳，随时准备与来犯之敌决一死战。大家说，是不是这样？"

群雄高声呐喊道："是这样！"

"那我就先干了。"华阳王朱敬一高举大碗，环视一圈，然后一仰头，一干为尽。

"好，痛快！"

"大丈夫慷慨报国，理当如是。"

群雄纷纷响应，举碗豪饮。

一场宴席，直到黄昏后才兴尽而散。

此时，大顺军的将领马守应、任光荣、孟长庚已经率部直捣荆州古城。长江岸边，已是狼烟烽起，战马嘶鸣。

是时，正是公元1643年，也就是明崇祯十六年的三月。长江两岸，鹰飞草长，春意正浓。

酒宴散后，太浮山与五雷山的一帮人被中军陈大人分派在城南驻扎，协同官兵镇守澧州城南门。于是，镇守南门的黎军官便引了众人即刻起身前往。一路上，众人借着酒兴，还在纷纷议论着刚才打架的事情。

在五雷山的英雄大会上，众人也未见到那洞庭铁手关伯岳一众人等。

空明真人便将头转向黎军官，打探道："军门可否知道他们的来历？"黎军官倒是呵呵一笑，道："他们是安乡黄山头一带的。"

空明真人道："可我并没有向他们发出英雄帖，他们又怎会同时前来守城？"

黎军官又是一笑，颇为神秘道："这其中的关节，你们自然就不知晓了。当今华阳王的祖母熊氏就是安乡人。有了这层亲缘血脉关系，你们想想看，澧州城有难，华阳王有难，他安乡地界的血性侠义之士岂有不来之理？"

众人闻听，豁然大悟。

不多会儿，一行人便来到距南门不远处的一栋豪宅前。进得大门，绕过照壁，却是一个极为宽敞讲究的两进四合院。黎军官介绍说，这是一户官宦人家，因主人在京城做官，家眷也带了去，只留了一个老管家看护宅院。此主人因与葛知州是故交，是故葛知州特将它暂时借用，以供大家安歇。众人一看，院落格调雅致，环境静谧，正合出家人口味，甚是喜欢。众人与老管家打过招呼，便各自洗漱安歇。虚云真人、济慈大师、心智大师和海棠溪主叶博凌几位长辈便住了东箱房南头；玄智、玄妙和叶芝楚三个好动的年轻人就拣了东厢房的北头。五雷山的一众人就分住了西厢房的几间房间。众人一路跋山涉水，本就劳累，加上宴席上纵情豪饮，又倦又困，不多时，俱各进入梦乡。直到翌日红日升空，黎军官派人送来酒食，众人方才醒来。

洗漱完毕，用过早饭，黎军官也赶了过来，就引了众人，去城南门口和城楼、城墙上巡视了一遍。

"这就是我们的防守范围，"黎军官对众人道，"大家先熟悉一下环境和防守的器材。"然后，又用手指着南边不远处的一大片柳树林道："那里就是我们澧州城的大码头，上行可至九溪卫城、永定卫城；下行可至津市、安乡、洞庭湖。那里另有专人把守。"

一路行来，黎军官又把众人引见给了守城的各位官兵。官兵们见来了一大群江湖好汉，道、佛、俗家高手，又是好奇，又是兴奋。黎军官笑着对他的手下道："大伙儿看好，这些都是我们江南武林中一等一的高手，他们是我们的华阳王和葛大人、陈大人特地请来帮着咱们守城的。从今天起，我们大家就是一家人了。大家先彼此熟悉熟悉，把人认准，有什么事就相互照应照应。"

官兵们笑着纷纷围拢过来打招呼，众人也是忙着还礼问好。玄智陪了师父虚云真人走到墙垛边，举目远眺，南边是滔滔澧水、隐隐关山；东、北、西三面都是一马平川，无边无际。这是一个典型的无险可据、易攻难守的城池。虚云真人神情严峻，眉头慢慢拧聚起来。他不是兵家，但他一看这澧州城的周边环境，心里头就掂量出了这次下山的风险该有多大。

"看来，一切只有听天由命了。"他在心里默默祈祷着。

他的徒儿玄智则是另一番心情。他站在城楼上，一眼就望见了那道高高的江堤，就是他修成"九龙同潮"神功的那个地方。青山绿水，风景依旧。春天来了，堤上已经是芳草萋萋，白鹤点点。那里可是他生命中的福地。他心里很是开心，他盘算着夜间到那里去看看。忽然，他就想到了青梧姑娘。一想到她，他心里又生出许多的歉疚和惆怅。他承认她的漂亮，她的温柔，她的可爱，以及她对他的浓浓爱意，但他更知道，他和她不是一个世界的人。他在三界之外，除了修行，就是练功、行侠江湖，然后终老山林，这是他的归宿，他的使命；而她呢，则是滚滚红尘之中的一叶浮萍，那么，她就要按照尘世的生活法则去完成尘世的使命，成家、生孩子，终其一生。他想着，他们之间或许再也不会有任何交集了，他希望着她能够与薛彪很快地走到一起。如此，他便心无任何挂念，一身轻松。

玄智就这样想着，盼着那一轮红日快点落下山去。

到了晚间，几位长辈去了西厢房五雷山几位真人那里相叙，玄智便换了夜行装，身背长剑，拿了系有铁爪的长绳，悄然上得城墙，见了巡哨的军爷，称说自己有夜晚练功的习惯，便借了长绳，一溜下得城墙，很快就来到江堤之上。

但见夜幕上星辰寥落，正西半空中却有一大星熠熠放射着亮光。在微弱星光之下，江水如银，清波拍岸，江风送爽。面对如此美景，玄智心中大悦，在草坪上屈膝盘腿，双手合十，面江而坐，眼观鼻，鼻观口，口观心，心观丹田。片刻之后，忽觉心旷神怡，万念俱无，魂灵似乎也脱窍而去，全身竟轻似羽毛，有如在向上缓缓升腾，周围全是虚空幻境。玄智心中大异，忙伸手向下触摸，手中竟空，急睁眼左右查看时，整个人却又似乎重如先前，急坠落地。玄智臀部着地，一阵轻疼，人也从幻觉中醒转。他用右手使劲地揪自己的左手，有疼的感觉，他这才肯定地确信自己是清醒的，不是在梦境中。

"这是怎么回事呢？"

玄智走出几步，回头盯着自己刚才打坐的地方，心中疑惑，百思不解，但觉体内中气充沛，游于周身，双手就势周天而行，经天纬地，数轮之后，一招"九龙同潮"徒地使出，数丈之外，尘沙绿草呼地腾起，弥漫空中，经久不散。玄智大喜，转动身躯，如此数次，俱是蓬蓬灰尘扬起。他坐下来，歇有片刻,然后拿起长剑,将三十六路太浮山剑法一一演练起来。太浮山剑法的绝招"雪舞梅花"不在三十六路剑法之列,而是自成一招绝式,独步剑林。玄智天资聪慧,又肯用功,是故年少而武功造诣极高。这也是他的师父虚云真人为什么上次要他去中原游历,而这次又带他下山的重要原因。他的师兄玄真虽说智力、勤奋亦可,但在天资方面却差了许多,因而在武功上也就输了一截。

玄智直到大汗淋漓,方才收剑歇手。在江堤草地上静坐片刻,玄智正欲起身回城,忽地瞥见远处的江堤上一个人影疾速向西掠去。心中稍作犹豫,最后还是提剑好奇地暗暗跟了过去。直到江边一弯黑黝黝的树林处,黑影忽地不见了踪影。玄智本想着进到林子里去查看一番,但一想到师父的交代,穷寇勿追,见林即止,便打消了独自闯林的想法,返身来到城墙根下,一甩五龙爪,钩住墙垛,拽着绳子一用力,身子竟贴墙飞升而起。上得城墙,见了巡哨的军爷,打过招呼,径直回到歇宿处。

第二天用早饭的时候,送饭的军爷就带来了一个惊天的消息:昨夜王府失窃了。

众人一听,愕然无语!

竟有如此嚣张的江洋大盗,连王府也敢下手!

玄智立马想到了昨夜江堤上的那个身影,豁然醒悟,后悔不迭。不过,玄智并未声张,只装作没事一般。

因为攻城的农民军还未到来,群雄白天除了吃饭休息,然后就是各自练功,操练刀剑棍棒。玄智向师父及几位长辈问安后,又去向五雷山的几位真人问安,与同辈道友打过招呼,便约了玄妙出城来到江堤之上。

"师弟,'雪舞梅花'练到什么火候了?"玄智问道。

"我先使一遍,师兄帮我瞧瞧。"

玄妙笑道,然后放了乌光降龙棍,右手取了长剑,左手捏了个"沉"字诀,运丹田之气于右臂,手腕一抖一送,银光闪处,长剑刺出。接着是左拂右撩,右拂左撩,须臾间,剑身抖动,幻化出无数剑身,寒光闪处,只觉无数剑尖同时直取敌手的上下左右中五路。再凝神细看时,已然不见人影剑身,只见梅花朵朵,次第盛开,寒光耀日,杀气森森。玄智一招"旱地拔葱",身子一纵,右手一探,于身旁高树颠上拗了一根手腕粗的树枝,手腕一抖,疾掷于玄妙的梅花剑阵中,只听得一阵"咔兹咔兹"的声响,就见一蓬碎叶木屑从梅花寒光中向前方旋转着激射而出!

玄智脸上露出笑意,微微颔首。看来,这个师弟在这一招上还是用了一番功夫的。待到玄妙收招站定,望向自己,玄智夸奖道:"难怪师父要我把浮山剑法的这一绝招传授于你，这一次又带你下山，确是早有安排的。你一身横劲，特适合用棍，因此你平日在棍棒上用功也最多，而剑法却成了你的弱项。俗话说，不怕千招会，就怕一招精。剑乃轻兵器，又是短兵器，既凶且险，宜近身格斗，又便于携带。师父从五雷山比武回来，可能就早有想法了，是故要我代师传艺，其实就是要你先把这一绝招练好练精，临阵之时，可以起到一招敌百招的功效。明白了吗？"

"是，谨记师兄教诲。"玄妙应承道。

"来，我们随便走走吧，我有话要和你说。"玄智对玄妙道。

两人便沿了江堤，缓步而行。玄智沉思良久，缓慢道："大战在即，免不了一场恶战。到时，你我就紧随在师父身边。师父虽说也是江湖上成名的人物，但毕竟年岁已高，比不得当年的英武了，况且这是打仗，是混战而不是单打独斗，这是其一。其二呢，在拼杀时，距离较远，你尽量用棍，这是你的强项；若是距离较近，你就用剑；若是贴身相搏，你就用短刀。我们下午就去街上买几把短刀，一人一把，揣在身上。当然，拼杀时更要见机行事，若对手是用重兵器，你最好也用重兵器，如果你还用剑来抗衡，在兵器上你就失了优势，吃了亏。这些你都要记住，活学活用，上阵时，力求以己之长制敌之短，要狠，要勇，决不能心存仁慈。还有一点，我要交代于你。你大师兄玄真是有大想法的人，他一直希望我们太浮山能在武学上开宗立派，以求在江湖中有我们太浮山的一席之地。我虽喜欢钻研武学，也仅仅是追求武学的精髓奥秘和至高境界，对于开不开宗，立不立派，我向来不以为然，视如云烟。你如赞同，今后就可多多帮他；你若不赞同，至少也不要与他为难。毕竟我们都是同门兄弟，对不？"

玄妙连连点头，觉得二师兄就像自己的亲兄长一样，对自己关怀备至，时时点化，不禁胸中热浪翻滚，感激万分，同时，心中甚是不明：二师兄今天何以要对我说这些不着边际的话来？略一踌躇，心中一个激灵咯噔，脊背一阵冰凉，双目直直地看着玄智，低声问道："二师兄，你是不是对这次澧州城保卫战……"

玄智侧头，看看自己的好兄弟，又把头转向一江碧水，缓缓地自言自语道："人生在世，本事再大，有两件事，却是我们自己也无法决定的。一个是生，一个是死。我们决定不了自己的生，也决定不了自己的死。战事一开，我们还能否平安回山，有谁知道？没有人知道的。总之，你把我的话记在心里就行了。"

玄妙听了，似有所悟，神情凝重，看着玄智师兄，点头道："我记住了。

但我相信，我们都会平安回去的。"

"是啊，我们一起下山，我们也要一起平安回山。"玄智眼中放光，满满自信道。

俩人一边走，一边谈。

时近午时，俩人方回住所。用过午饭后，禀明了师父，俩人又去到街上，在大街小巷里开开心心地逛了一通。在一铁器铺前，他们看中了一款短刀，拿在手里仔细地赏玩了一会，觉得极合心意，一算，他们一共七人，于是就一气买了七柄，连同刀鞘，用一块旧布片包好了，暗暗带回住所来。众人见了，齐声称好。海棠溪主叶博凌夸赞道："还是玄智侄儿聪明，想得周到。"

玄智腼腆一笑道："带在身上，或许关键时候还能使得上。"

众人称是。

大家闲谈中，不知不觉又把话题引到了王府被盗、城内富贵人家纷纷出城躲避兵祸以及农民军何时会来攻城的事情上。

"听军爷说，荆州城已经被农民军攻破，恐怕要不了几天，大军就要趁势南下了。"济慈大师道。

"听说，华阳王府已经在用马车装载家眷和贵重物品，准备运往九溪卫城。"心智大师补充道。

海棠溪主道："我听城楼上的军爷说，这次的态势非常严峻，农民军人多势大，官军已经准备了足够多的箭镞、岩石、滚木及油料、引火物等。"

虚云真人虽说是神情严峻，忧心忡忡，但还是用坚毅的目光鼓励着大家，坦然道："自古就是兵来将挡，水来土埂。大丈夫顶天立地，忠义报国，有何惧哉？"

众人忙附和着一番慷慨激昂之声。

玄智听了，虽是沉默无语，但也还是心潮澎湃。

就在这时，门口大踏步走进两个人来。众人抬头看时，却见一个是黎军官，一个竟是手持棍棒，身上斜挎包裹的愣头小子薛彪。

玄智大吃了一惊，嘴巴张开，忙转过眼去看向师父。虚云真人也是满头雾水，一脸茫然。

薛彪一脸委屈，一脸怒气，一言不发，将棍棒与包裹猛掷于地，一个大踏步上前，用力扯了玄智手腕，转身奔出门外，出得城门，一口气竟奔到了江边大堤上。

两人均是气喘吁吁。一个是横眉竖眼；一个是莫名其妙。

"动手吧，看招！"

薛彪高吼道，一出手就使出他的"薛彪伏虎拳"，向玄智一路疾攻过来。

玄智看薛彪怒气盛盛，两拳带风，动了真格，忙一边见招拆招，一边疾向后退，脑子里心念电转，想着自己是因何事得罪了他，惹得他有了如此大的火气。

就在他竭力思索之间，两人已经拆得数十招。

此时，太浮山众人及黎军官也急急赶至大堤上。见两人在草地上一攻一守，一进一退，忙吆喝住手。

打斗之中，薛彪还哪里听得到旁人的喊叫，一路伏虎拳招式使完，竟还没挨到玄智的皮毛，自己奔走了一天，又饿又累，便高喊了声："不打了。"然后便自个仰躺于青草地上，手脚排开，俨然像一个笔画工整的"大"字，只顾闭目张口喘气。

众人喘着粗气跟将过来，见两人已经罢手，心中大慰，遂静立一旁，把疑惑的目光齐齐投向玄智道长。

玄智一脸无奈，看着躺在地上的薛彪，直是莫名地摇头。

薛彪躺在地上，一边喘气，一边喃喃自语道："下山也不叫我，你哪里把我当铁杆兄弟了？叶芝楚这小子也是，玄妙也是个混蛋。你们一个个悄悄下山，就把我蒙在鼓里，这分明是瞧不起我，我不就是武功差点吗？还有虚云真人，总是不肯收我为徒……气死我也！气死我也！"

众人听了，豁然大悟！

黎军官望着虚云真人，似乎并未完全弄懂。

虚云真人见状，给黎军官递了个眼神，两人离开众人，来到一边。

虚云真人小声道："这个小伙子叫薛彪，家就在太浮山脚。他与我们山上的修道之人都是熟人，关系极近，尤其是与我的徒儿们，平时都是称兄道弟的铁杆兄弟。我们这次下山，协同你们官军守城，事情非比寻常，考虑到他家中还有一个老母亲，他又是独子，万一有个三长两短，山高水低的，我们怎么好向他的老母交代？是故就有意瞒了他，没有让他知道。不料，纸还是包不住火，他最终还是知道了。你看，他今天一个人从太浮山急急地赶了过来，肯定有一肚子的怨气和火气，怎么办？玄智是他的铁哥儿，他就只好拿他出气了。可他又奈何不了玄智，反过来又怨我不收他为徒，真是扯萝卜带泥，把我也搭上了。"

黎军官听明白了，咧嘴会意一笑，随即惊叹道："想不到山野之中还有如此忠勇侠义之人，实乃可敬可佩。"略作停顿，又追问道："这么个好小伙子，又是个练武的好架子，他拜你为师，你为何又不答应呢？"

虚云真人道："我之所以不答应，还不是为他好，替他着想。人生在世，远离江湖是非之地，做个普通良民，孝敬父母，安分度日，是最好不过了。是故我一直不肯收他为徒。"

黎军官听了，大为感慨道："真人考虑的极是。可年轻人又哪会想那么多呢？现在来了咋办？"

虚云真人道："既来之，则安之。一切自有天数，顺其自然，听天由命吧。"

黎军官道："只有这样了。不过，这个年轻人的个性我还是蛮喜欢的，是个爽快之人。等会，你帮我引见引见，我倒是想结识结识这位年轻人。"

说完，黎军官抬头看了看天色，估计到了晚饭时候，正想招呼众人回城，忽地脑海里冒出一个新奇主意：何不把酒饭就送到这里来，大家一起在江堤上来个野餐呢？于是将主意说与虚云真人，真人也觉甚好，于是走过去问了众人，众人一想，也觉有趣，便纷纷点头赞成。黎军官欣赏地看了薛彪一眼，便辞了各位，忙转城中去安排酒菜。

等到酒足饭饱，众人便相邀起身回城。

薛彪拽了拽玄智的衣服，两人便滞在后面。

见众人走远了，薛彪神情严峻地嘀咕道："我的火还没发完呢？你把那么大一个姑娘往我家一丢，就不问不管了，你从五雷山回来了好多天，也不下山来看看她。你说，这到底是怎么回事？你是不是有意躲着她？人家日夜盼着你，还指望着要与你成亲呢？你倒好，快意江湖，逍遥自在。今天我动身，她就嚷着非要跟着来，我和我娘百般劝阻，她方才让步。我娘也要我问问你，姑娘的事情到底咋办？"

玄智望了望浩浩东去的江水，叹息道："我和那位姑娘的事情，我早就跟你娘说清楚了。你说，就我现在这身道服，我能成家吗？人在江湖，身不由己，我自己的事情，我自己也做不了主。我救了她，她也无处可去，她爹爹的骨骸都还埋在荒山野岭。她孤身一人，也够凄凉的了，我就只好把她带了回来。一路上，我就琢磨着这件事，想到你时，我是突然感到一阵轻松，若你们能凑到一起，你也有了媳妇，她也有了安身之所，这不是两全其美吗？"

薛彪道："这可是实情？"

玄智道："你我兄弟一场，我什么时候说过假话？这姑娘的心思我晓得，她曾跟我把话挑明了，可我一口回绝了她。"

薛彪道："你不敢下山来，原来就是为了躲着她？"

玄智老实道："是这样的。"

薛彪叹道："她可是一根筋，心思全放在了你的身上。如此下去，你会害了她的。"

玄智不语，沉吟一会，喟然道："你有什么办法？"

薛彪道："你既然救了她一命，不如干脆还救她一命。送佛送到西，救人救到底。"

玄智一怔，看着薛彪，一脸疑惑道："还救她一命？是何意思？"

薛彪一本正经道："还俗啊，然后和她成亲。"

玄智抬头，呵呵一笑，忽地脸色一沉，神情严峻道："站着说话腰不疼！还俗，就说说那么简单吗？我师父怎么办？"

玄智不停地摇晃着脑袋。

薛彪见说不通，摆着手说："算了，当我白说了。一个是情有独钟，非你不嫁；一个是不愿下山，躲着不见。哎，我说了一通，你总不能让我为难，夹在中间天天陪着她吧。你把她送来，你还是把她带走吧。我不是嫌她，多她，可她毕竟是一个黄花大姑娘啊，噢，我想起来了，她还说过一句话。你想不想听？"

玄智一阵紧张，忙小声问道："什么话？"

薛彪哈哈一笑，然后压低声音，神秘兮兮道："我记得她好像是这么说的：'他若不来，我便上山！'"

玄智一听，这的确像极了青梧姑娘的语气，不禁惊呼道："我的天！那怎么行？她一上山，整个太浮山上的人就会知道了，还以为我和她……不清不白。不行不行，这绝对不行，不能让她上山，决不能让她上山。"

薛彪斜眼瞧着玄智的窘态，心中暗自高兴起来，真有如六月天喝雪水，爽快之极，憋了一整天的火气终于消融得无影无踪。

玄智压低了声音，悄然道："薛彪老弟，此事绝不能声张！等打完了这一仗，我跟着你回去就是。到时再劝劝她，总之，她千万不能上山。"

薛彪的眼睛乐成了一条缝，紧抿着嘴，连连点头。

这件事总算暂是放了下来。

可转眼之间，玄智却忽然沉了脸，双眼紧盯着薛彪，严肃道："薛彪，你给我听着，现在该轮到我这个做兄长的来教训你了。你呀你，你怎么就不开窍呢？白天还要和我斗狠，我就问你一句话：你若有个什么差池，你的母亲怎么办？谁来给她养老送终？"

玄智说完，狠狠地剜了薛彪一眼。

"这……这？"

薛彪睁大眼睛，突然愣了起来，刚才的爽劲一下子就不知道飞去了哪里。

玄智顿了顿，方才语重心长道："师父和我商量好了，就是因为你有老母亲要赡养，所以才特地不让你知道。我们这么做，都是为你好，你怎么就那么糊涂冲动呢？我们到这里来，不是做客好玩，而是打仗，知道吗？是打仗。战事一开，刀剑无情，我们都是父母所生，凡胎肉身，不是铜墙铁壁。我们是否还能活着回太浮山，你晓得？我晓得？这里的人哪个晓得？"

薛彪沉默半晌，脸上一阵红紫，撅着个嘴巴，委屈地自言自语道："我一直就在太浮山长大，没有出过远门。外面的世界是个什么样子，我一点也不晓得。我一直都想到外面来看一看，就是没有机会。现在好不容易有了个机会，我看你们都来了，又不叫我，一赌气，也没想那么多，就急急地赶来了。"

玄智望着宽阔的江面，神色灰蒙，黯然道："我之所以不敢答应青梧姑娘，除了要孝敬侍奉师父外，这也是其中的原因之一。我是出家之人，身在尘外，也可算是江湖中人吧，江湖险恶，很多时候又是身不由己。你也看见了，上次在五雷山擂台比武，险象环生，玄空稍有疏忽，就着了恶人的道；玄韬稍不留神，就差点成了废人。"

一提起那天的事，薛彪由衷地赞叹道："那天要不是你及时赶了去，后果还真不知咋样。哎，你那天怎么就把个武林盟主的位子轻易地给推辞了呢？"

玄智道："正因为江湖险恶，所以我才推辞了。常言道：'人在江湖漂，哪有不挨刀？'但少一事，终归还是要清静一些。你想想看，是不是这个道理？"

薛彪豁然道："还是你想得远些。"

玄智放低声音道："既然来了，在这里冒了头，露了面，若叫你回去，又不好了。况且那个黎军官已经注意到你了，对你还蛮赏识的。从明天起，你就来这草塌子里，抓紧练功，把棍法好好琢磨琢磨。我也对玄妙说了，他也会来的。"

薛彪只得老老实实地点头称是。

自第二天起，玄妙与薛彪一有空闲就结伴出城来到江边，面对滔滔澧水，练功习技。玄智则抽空又去了一趟铁器铺子，给薛彪也买了一把短刀。同时，他还要铁匠师傅在他自己的短刀柄上烙了一个醒目的"远"字。

日子一天天的下来，气温渐次升高。院落村头，一树一树的桃花、李花已是盛花之时，枝枝丫丫，红的像火，粉的像霞，白的像雪，煞是好看之极。

盟主空明真人来找虚云真人的次数也渐渐频繁起来。空气里战争的气息越来越浓。一日，空明真人带了众人，又一次登上城楼，细勘周边环境，熟悉守城器械，见城墙上又新添了许多精壮的百姓，都在忙着搬运箭镞、滚木、石块等。一同巡视的黎军官道："据探子来报，李自成攻占荆州的人马已经有了行动的迹象，可能不日就会南下。我们不得不从百姓中选派一些身体健壮的人协同守城。"

说话时，众人极目远眺，平畴无际，油菜花黄，麦苗黝青，村庄处处，河渠道道。

可眼下的澧州城早已是风雨飘摇，危如累卵！

知州葛大人、中军陈大人齐聚在城中三凤山华阳王王府里。据探子可靠的消息说，这次李闯王部下江南，步骑兵共有十万人马，由悍将老回回马守应统领，大有攻澧州、进而兵犯常德府，然后直取长沙之势。如此一来，形势危也。华阳王朱敬一早就表明了心迹：誓与澧州城共存亡。葛大人与陈大人念及华阳王的安危，忧心忡忡，寝食不安，一阵紧急商量之后，又急急地进了王府。他们希望华阳王能够西去九溪卫城西指挥使李元亮处暂时躲避兵祸。

华阳王不肯，愤然道："澧州城是我的封地，城在王在，城破王亡。我岂能贪生怕死，苟且偷生？"

葛大人好言劝道："王爷，澧州城守军总共就千余人，反贼有马步兵十万，况澧州城地处平原，无险可据，易攻难守，若大军来到，城则危也。我与陈大人乃朝廷命官，守土有责，与城池共存亡，实乃职责所在，尽忠职守。而您身系皇室，贵为王爷，岂可轻慢自己，与我们一般呢？"

陈大人也道："大丈夫顶天立地，当审时度势，能屈能伸，亦不失大丈夫尊严。我看，去九溪卫城暂避一下，也是最好不过。"

华阳王环视王府，心有不甘，沉思一会，对葛、陈两位大人道："生死有命，富贵在天。本王爷哪里都不去，就在这里。你们二位去忙自己的事去吧。"

"王爷，……"

两位大人还欲相劝，华阳王向他们摆了摆手，背过身去，沉默不语。

两位大人愕然相顾，沉吟半晌，只好辞了王爷，出得王府。刚刚回到千户所里，就有探子急报上来："闯贼大军已动，前锋渡过大江，正朝我澧州方向奔来。"

陈中军忙令下属急请东、西、南、北四城门的百户长、江南武林盟主空明大师及各山各派的头面人物速来此商议军情。

是夜，城墙上又增派了众多人手，加强了巡逻。

翌日上午，探子急报，农民军前锋已抵达章庄铺。澧州城内空气顿时紧张起来。空明真人率五雷山一众协守南门楼东边的一带城墙，虚云真人则带了太浮山的众人协守南门楼西边一带的城墙。

当日城外并无异样。直到第二天的早晨，东城门外忽有三骠骑驰到，马背上的人向城门楼上之人摇着一面小旗呐喊，说马统领有信件在此，要送与他们的葛大人和陈大人。站在门楼里的百户长把手一招，大声喝道："把信件射上楼来。"其中就有一人弯弓搭箭，"嗖"的一声，将书信缚在箭羽射在城楼的壁板上。百户长扯下书信，上马飞奔至千户所所里。

葛、陈二大人看了书信，一把扯碎，掷于地上，怒道："哼！想要我们献城投降，休想！"

葛大人当即取了纸笔，疾书了一个大大的"战"字，交与百户长，道："告诉他们，只有战死的知州，没有投降的知州。"

"是！"

百户长领命飞马而去。百户长回到门楼上，用箭将回信射去，高声怒道："快滚回去，让你们的什么马统领自己去看。"

三人得了回信，并不拆阅，只是翻身上马，飞驰而去。

午时刚过，众人吃得中饭后正在城墙上远眺闲聊，一阵轰隆隆的声音就从天边传了过来。转眼间，农民军的前锋部队就如万千飞蝗，铺天盖地而来，将澧州城围了个铁桶相似。葛知州和陈中军威严地立于东城门楼上，静观形势，严阵以待。

农民军在城下不远处即停了下来。旌旗卷动处，一将领骑于一匹大枣红马上指挥列阵。须臾，对方阵式排列完毕。前面是数排兵士，手抬云梯，后面是数排手持大刀的攻城兵士，再后面是数排弓箭手。见对方弓箭手已经做好准备，陈中军也向城墙上的所有人发出了准备战斗的口令。陈中军双目怒睁，紧紧地盯着对方的动静。对方的弓箭手已经发动了，激越的鼓角声中，一波一波的箭镞，直向城墙上飞来。数波之后，对方的云梯迅速向城墙根底下运动，继而往城墙上斜靠，手持大刀的勇士开始通过云梯往城墙上攀爬。城墙上的人躲在城垛后面，斜眼瞄着墙下的农民军。在对方勇士爬到云梯的一多半时，陈中军发出了反击的命令。躲在城垛后面的弓箭手开始向对方的弓箭手进行强有力的反击压制，与此同时，那些健壮的百姓就抬起滚木，搬起石块，向下面的云梯狠狠地砸将下去。只听得城墙下面惨叫声、嚎叫声不断。等到对方再一次组织弓箭手反击，官军又歇了手，暗躲在城垛后面歇气，一等到他们的勇士攀爬到云梯的上端时，官军又开始了新一轮的反击。如此循环数次，农民军损伤惨

重。

南城门口的情势也是一样，如此而已。听得城墙下面传来的长长短短的惨叫声，这些武林中人也是心有余悸。持续到申时时分，农民军攻城受阻，便抢了城下尸骸回去，偃旗息鼓，不再行动。城楼上官军、百姓弹冠庆贺，喜气洋洋，江南群豪也是欣喜有加。虽说百姓、官军亦有死伤，但毕竟人数不多，且城池未破，功莫大焉。

陈中军远望对方军营，凝神深思，对葛知州道："第一阵他们是输了，我看他们绝不会就此罢手，要小心他们夜里偷袭。"便吩咐下去，要大家夜里格外小心，千万不要大意。

果然，午夜时分，借着微弱的星光，农民军搞了一次偷袭攀城，却被早有防备的官军成功击退。

第二天上午，对方竟毫无动静，既不攻城也不撤兵而去；守城这边也是酒足饭饱，以逸待劳。

就在众人正望着对方军营指点议论时，突然发现对方阵中旌旗猎猎，人马涌动。不多时，阵势森森列成。陈中军仔细看时，却发现多了十几门火炮。

陈中军心中大骇，估计一场恶战已迫在眼前，急与葛知州小声商议道："形势危也，城池恐实难保。我等战死，为国尽忠，倒也适得其所，可王爷之安危，还是不得不早做安排。我在城楼上指挥，你在王府守着。万一东门被攻破，你便与王府亲兵保护着王爷赶往南门，放爆竹为号，与镇守码头的官兵内外夹击，出城上船，速速奔九溪卫城去。"

葛知州道："也只有如此了。今日对方势大，又有巨炮，万一失守，你当也与我们一同撤离。留得青山在，不愁没柴烧。到时候或许还有反夺回来的机会。望陈大人细细斟酌，不要意气用事，逞匹夫之勇，还是以国事为重。"

陈中军双手抱拳，怆然道："好吧，到时再说，你可要格外小心，保护王爷要紧。保重！"

葛知州回揖道："保重！"便引了随从，急下城墙，径往三凤山华阳王府奔去。

不多时，城下对方军营中鼓声大噪，呐喊声起；箭如飞蝗，巨炮轰响。顷刻间，东门城楼化为灰烬，尘灰弥漫。这时，城下农民军开始呐喊着踏梯攀墙。城上守军，不停地将石块、滚木砸将下去，农民军一有身子探出城墙，即刻被官军刀剑击杀。一时间，喊杀震天，哀号不绝。

陈中军侥幸不死，从灰尘里钻出来，顾不得一脸尘灰，忙抢上城墙，来回奔跑着指挥。

却说南门城墙上，太浮山与五雷山的群雄正协同官军、百姓与农民军激烈抗衡。因为上午对方的大队人马到了，所以，现在对方是人多势众，攻势异常激烈。城墙上的石块、滚木已经告尽，百姓便拿起了刀棍长枪。这时，农民军军中的骁勇者开始不断地喊叫着翻越墙头。城墙上开始了短兵厮杀。玄智紧跟在师父虚云真人身边，不离左右，眼观八路，耳闻四方，一根乌光降龙棍，或打或砸，或戳或扫，可说是使得得心应手，酣畅淋漓。玄智天性宅心仁厚，不忍杀生，可此时情形，非友即敌，各为其主，都是以命相拼，殊死搏斗。伤得对方第一个性命时，玄智还是心有余悸，内心深感负罪不安，可杀戒一开，面对对手直刺而来的刀锋剑尖，玄智也没有了选择的余地，只好尽展平生手段了。

玄智一边持棍勇斗，一边眼观八路，见攀上城墙的农民军竟是越来越多，身子靠近墙垛时，玄智逮个空隙往城下一探，城下竟是人山人海，多如蚁蝗！

农民军正在通过一排排的云梯往城墙上蜂拥攀爬。正迟疑间，一道白光向面门疾闪过来，玄智本能地侧身躲过，右腿顺势一个金鸡独立，右手单手持棍贯以内力猛地急递出去，一招"长虹贯日"，棍端直抵对方右肋下。对方只是闷哼了一声，便摇晃着身躯慢慢倒下。眨眼间，又有三名强人持刀砍杀过来，玄智左手拿棍尾，右手握棍中间，棍端在身前从右向左划过，劲贯手腕，一抖一摆，一招"秋风横扫"，降龙棍疾起右回，以千钧之力再次从右向左横扫过来。左侧之人躲闪不及，当即脑裂浆迸，做了棍下之鬼。余下两人惊恐万分，急矮身下蹲，刀锋疾出，直取玄智中路。玄智眼尖，以快打快，哪容刀锋及身，待降龙棍势尽下沉，又是一招向右带扫，攻向两人面门。两人已见过玄智降龙棍的厉害，心下大骇，急收刀后跃数步，方才险险躲过一劫。玄智并不追赶，只是拿眼快速地扫了一下身边打斗的混乱场面，却见师父虚云真人、玄妙及薛彪三人早被对方层层包围。三人此时均是以一敌众，情势甚危，而攀上城墙的农民军却是越来越多，不禁心中一凛：如此下去，城池可保？

正急思时，一群农民军又举刀呐喊着朝师父那边围困上去。玄智顾不得细想，一招"苍龙出海"使出，将一根降龙棍舞得呼呼作响，左右横扫，硬是在身前给自己荡开一条路来。玄智急奔至那一群农民军中间，展开太浮山棍法中的精妙招式，忽左忽右，忽东忽西，忽高忽低，只听得叫声惨烈，不忍耳闻。玄智杀入重围，奔至师父三人身边，左手收了棍，只是用右手出招，或拳，或掌，或肘，或点穴，不消片刻，便解了三人之围。几人喘得一口气来，忙拿眼来找寻济慈大师、心智大师及海棠溪主父子，却不见人影，正疑惑间，但见前面不远处有一大群人正在恶斗，杀声震天。

"他们肯定在那边，我们赶紧冲过去。"虚云真人喊道。

于是，玄智在前用降龙棍开路，几个人一路掩杀，奔到大队人群合围处，玄智一声大吼，乌光降龙棍从天而降，在对方惨叫声中，玄智硬是用棍打出一条进入垓心的路来。几个人冲入垓心，见正是他们几个。心智大师身上带血半躺在地，济慈大师持剑一边砍杀，一边保护着他。叶博凌父子俩人相互照着，互为犄角，浑身血迹，正在苦斗。玄智见状，凤目怒睁，当即奋起神勇，一个鹊起鹘跃，奔至济慈大师那边，舞动降龙棍，碰着的死，撞着的亡。玄妙也学着玄智的章法，一路将将下来，瞬时对方倒下一片。

几个人见来了帮手，心下大喜，奋起神勇，又是一阵砍杀。

虚云真人奔至心智大师身边，见其大腿刺伤，血流不住，不假思索，"唰"的一声，急用长剑从自己衣服上划下一块，替他包扎好。又大声喊住玄妙，叫他背了心智大师，自己和济慈大师掩护着，赶快往城墙下撤去。

玄智、薛彪与叶博凌父子合为一处，奋力挡杀一阵，见守城官军战死大半，且对方兵丁越来越多，只得且战且退，向城楼处退去。

忽听得楼下城内喧嚣异常，马嘶人喊。四人侧头，远远望见一群官军手执弓箭长枪，簇拥着一队马车沿了街道朝南门口径直奔来。马车一到城门口停下，陈中军就从车里跳下来，踏上石级，往城楼上飞奔而去，见了黎军官，大声喊道："东门已经被攻破，我们要赶快撤退，保护王爷从南门突围。快燃放爆竹，通知码头的守军接应。"随即着人找来空明真人，吩咐他迅速带武林群豪从城墙上撤下去，随同车队出城突围。

"黎百户，你负责断后，一起出城。"

"是，陈大人。"

黎军官大声道，急转向城楼内面的官军，大声道："燃放爆竹！"

陈中军旋即奔下城楼，来到城门处，调配好弓箭手。这时，澧州城的南门上空，响起了八声巨大的爆竹声。紧跟着，江边码头的上空，也响起了八声巨大的爆竹声。陈中军高声疾呼道："开城门！"在轰隆隆声中，城门打开。

一见城门大开，城外农民军喜出望外，呐喊着开始往城内涌进。哪知官军弓箭手箭如飞蝗，迎头一阵乱射。农民军哪里防着此节，当即死伤无数，号叫着纷纷后退避让。而这时，农民军队伍的后面也开始了骚动。原来，码头守军的弓箭手也从他们的身后发起了攻击。

在腹背两边夹击下，进攻南门的大队农民军全部奔溃，四处逃窜。官军的马车队趁势往江边码头飞驰而去。

车队一过，农民军又如潮水般复地汹涌过来。

此时，太浮山、五雷山的众好汉与黎军官的手下官兵也汇聚在了一处，一边与蜂拥而来的农民军厮杀，一边往码头方向撤去。混战中，玄智看到对面农民军中有一个头目模样的人，在不断地吆喝着，呐喊着。玄智甚觉极其眼熟，不由又细视了一眼：大高个，黑面长脸，目光极是犀利。终于想起来了，他们曾在襄阳城外见过一面的。就在这一错愕间，农民军已是越来越多。黎军官手里拿了一杆长枪，且战且退，急喊着大家快撤。

话音刚落，农民军潮水般涌至，群雄及官兵瞬间就被冲得七零八落。

吼叫声、喊杀声、惨叫声，不绝于耳。

真是好一场混战和恶战！

玄智身处农民军的层层包围中，心下大惊，忙瞄准码头方向，一招"旱地拔葱"，腾空而起，施展轻功之术，双脚虚提，就从纷乱的人群头顶之上一晃而过。忽瞥见师父虚云真人被一群农民军围困一处，连剑器也施展不开，只得背负剑器，一手用拳，一手持了短刀，左右相搏，脸上、身上衣服尽是血迹。

玄智在人群头顶上一声大叫："师父，快走！抓住我的棍头！"急把手里的降龙棍伸在虚云真人头顶上。虚云真人闻声大喜，知是玄智徒儿来了，当即便虚晃一招，就势抓住棍头，一纵身，跃在对方群人头顶之上，脱了险境。

师徒俩哪敢怠慢，急使轻功，踩在人群头顶，飞身向江边方向疾去。

到了码头，却见那里人群熙攘，早已乱成一片。马车弃于路边，有几只船尚停在码头边候着。有人从码头上往船上跑，又有人下船往码头上跑。一时间，喊声，叫声，吆喝声，训斥声，怒骂声，混杂在一起，弥漫了整个码头。另有几只大船则已经高挂风帆驶抵江心。陈大人立于码头边大声吆喝着亲自指挥官军急急上船。玄智忙向身边之人打探，得知葛大人保护着王爷已经先行了，同去的还有伤亡的武林中人，便放心了心智、济慈两位大师和玄妙师弟。情急之下，左顾右盼，在人群中却又不见了薛彪和海棠溪主俩父子。

玄智忙叫师父先行上船，自己返身去寻。

一路上尽是慌乱人群，玄智到哪里去寻他们？好在玄智反应快，见路边有一棵高大的杨柳树，忙一纵身，落在了一个树叉里，放眼仔细搜寻，却见一大群农民军将薛彪与少溪主叶芝楚围在一个圈子里轮番困斗，情势甚危，可又不见叶博凌老溪主身在何处。

玄智看准位置，下得树来，一纵身，就从对方人群的头顶上掠过，直扑他俩人处。

玄智一声怒吼："我来也！"如暴鹰从天而降，落于场心。一抖手中降龙棍，嚎声即起。玄智绕场疾旋一圈，棍过处，对方军兵尽倒。其余军兵大骇，个个惊恐后退，不敢上前。玄智忙斜眼回视，却见老溪主已经染血倒地，心下大惊，急喊道："背了老溪主快走，我断后。"少溪主叶芝楚又悲又喜，忙弯腰将父亲背了，由薛彪长棍开路，自己紧跟其后，玄智一根乌光降龙棍断后。对方虽人多势众，尾随紧跟，但个个忌惮玄智那一根神出鬼没的降龙棍，竟没一个人敢挺身上前。

三人杀出重围，奔至江边码头，上得大船，会了虚云真人。众人回头再看时，城墙上早已是旗帜更换，农民军山呼轰然。

正是：

> 章华歌舞终萧瑟，
> 云梦风烟归莽苍。
> 澧州城头旌旗换，
> 江风涛声锁呜咽。

第六章
香玉喜上太浮山
玄智缘定红尘情

话说澧州城破，江南群雄一路保护着华阳王朱敬一父子乘船溯水而上，直抵九溪卫城。船行中途，海棠溪主叶博凌因伤重而亡。少主叶芝楚悲痛欲绝，泪洒澧水。

是役，太浮山群雄中，海棠溪主叶博凌身亡，心智大师大腿上中了一刀；五雷山群雄中，空月真人及玄岱、玄珍两名弟子身亡，其他门派亦还有数人阵亡和带伤。面对亡者尸骸，群雄亦是心中伤楚，扼腕叹息。

船靠码头，早有城西指挥李元亮恭候多时。因要安葬亡者，不便久留，群雄当即辞了华阳王朱敬一与葛、陈两位大人，各自转道回山。葛知州忙派发了伤亡人员的抚恤费用；华阳王又命人取来重金，亲自分赠群雄。见五雷山与太浮山共有四人亡故，葛知州又吩咐手下人叫来几辆马车并载了四具棺木。众人一起动手，将四具尸骸收敛完毕。葛知州、陈中军率众人在四具灵棺前跪拜再三。

此时正值日落时分，残阳如血，苍山如画；鸣鸦横空，江风送涛。

群雄心情俱是十分低沉，拱手与华阳王及葛、陈两位大人告别后，一路往东逶迤而去。中夜时分，行到五雷山脚，两山好汉抱拳惜别，互道珍重。

天幕上星辰寥落，一弯朦胧之月，在薄薄的浮云里时隐时现。

太浮山众人跟随在两辆马车后面，一路无语，只是闷头赶路。直至第二天未时时分，一行人才来到太浮山北麓甘溪峪峪口。玄妙帮着济慈大师小心地将心智大师扶下马车，在路边一块石头上坐了。然后众人一起动手，又将老溪主的灵柩御下马车。两马夫与太浮山众人说了一些节哀顺变之类的安慰话后即告辞离去。

虚云真人神情落寞，沉吟片刻，然后便吩咐薛彪先回家一趟，将老溪主已经成仙的消息告知他的母亲，然后再赶回海棠溪。

他又缓步走到玄智跟前，低声道："徒儿，你就陪着薛彪一块去吧。"

玄智看着师父，心中忐忑不安，犹豫不决。

虚云真人用极低极细的声音道："解铃还须系铃人。去看看青梧姑娘吧，躲是躲不开的。"

玄智只得应了声，跟了薛彪，动身而去。虚云真人招呼大家就地休息，他自己去了就近的村子里喊人帮忙。

薛彪与玄智两人绕山脚一路急行，半个时辰后就到了陈溪峪家中。日夜焦心的王婶一见到儿子薛彪与玄智一同平安回来，悬挂在心底里的一块石头一下子"嗵"然落地，一阵欢喜，满身轻松。她快步走上前来，拉着儿子的手臂，上下左右看了个遍。看着看着，儿子的双眼就红润起来。王婶见儿子神情大异，心中顿疑，忙急着又将儿子周身看了个遍，没见哪里伤着，又拿眼看向玄智，见他身子也是好好的，只是神情落寞，面现悲伤之色。正疑惑间，薛彪低低地开口了："海棠溪老溪主成仙了。"

王婶一惊："你说什么？"

薛彪复道："海棠溪的老溪主成仙了。"

王婶这次听明白了，急问道："打仗打死的？"

玄智就点着头，"嗯"了一声。

王婶喃喃自语道："自古以来，玩刀的刀上死，玩枪的枪上亡。刀兵来了，人家是躲了又躲，而你们呢，老虎头上觅虱子，自己还主动找上门去。"

"尤其是你！"她盯着儿子埋怨道。

忽地想起还没跟玄智倒茶水，她忙将俩人喊进屋里，端茶倒水，又问俩人吃饭没有。玄智忙说："中饭早就吃过了，现在大家还在甘溪峪峪口候着。师父去找人帮忙抬人抬棺材了。"王婶听了，甚是惋惜，接连叹气。薛彪与玄智喝了茶水，又洗了一把脸，歇息得片刻，方觉精神振奋多了。见青梧不在，玄智小声问王婶道："青梧去了哪里？"

王婶道："气温一上来，事也忙起来了。她去溪沟边的地里了，准备播菜种子呢。"

玄智就点头道："噢！噢！"

王婶道："我去喊她回来？"

玄智忙摆了摆手，看着薛彪道："好兄弟，你去外面待会儿，我有话要和你妈妈说。"

薛彪一听就明白了，脸上勉强一笑，撇撇嘴，径自走到屋外去了。

玄智忙问王婶道："青梧姑娘现在心里是咋装起的？"

王婶忙道："她可是把一门心思全放在了你的身上呢。"

玄智道："她和他能不能凑到一块儿？"玄智朝屋外努努嘴。

王婶道："我儿子一直认为你们才是一对，都一直把她当嫂子看待。"

玄智心中直叫苦，急说道："那怎么行呢？"叹口气道："这么下去，既害了我，又耽误了姑娘自己的前程。我当时出手救她，带她回太浮山来，完全是出于菩萨心肠，侠义之心，而不是贪其美色，存有男女之念。在回山途中我就一直想着薛彪，郎才女貌，还蛮般配的，所以才特地让她先住在您这儿。"

玄智又是摇头，又是叹气。

"我的话您跟她说了吗？"玄智问道。

王婶道："我怎么说得出口呢？薛彪是我自己的儿子，姑娘是聪明人。我一说，姑娘肯定还认为我是存有私心，想拆散你们，替自己的儿子来打算盘。你说，是不是这样？"

玄智一想，觉得也似有这份嫌疑，遂摇头沉默不语。

王婶道："姑娘是个好姑娘，相貌，身材，都是没得挑，心地也好，人又勤快。"

玄智道："是啊，薛彪兄弟也是一表人才，走出去，高高大大，亮亮堂堂，又阳光又帅气，又还有一身好武艺，养家糊口，过个小日子，哪肯定还是蛮红火的。"

王婶听玄智一个劲儿地夸自己的儿子，且说的也是实情，见他确是出于一片真心为薛彪考虑，心里甚是感动，心里也想替自己儿子留下这位好姑娘，可就是不知咋办才好。

"刚才我师父要我来，也就想问问这个事情，她若与薛彪走不到一块儿，长期住在您这儿也就不太方便了，我们就得让她上山去，另寻去处。"玄智低声道。

王婶忙摆手道："不急不急，有个姑娘陪着我，我还蛮开心的。真的要她走，我还不舍得呢。"

玄智点头道："那就好。等会儿我还要和她私下谈谈，这么好的小伙子，这么好的婆婆，舍此求彼，再又到那里去找这般好的人家呢？"

王婶看着玄智诚心诚意，满心欢喜，忙道："你现在就去屋前溪沟边上找她，和她好好说说，当然，你也千万不要逼她。成与不成，我王婶都不怪她。成了，是好事；不成，我就把她认作亲生女儿。我现在就去烧火做饭。"

说完，就急着下厨房去了。

玄智惴惴不安，来到溪边地头。青梧见了，又惊又喜，双眼就红润了。玄智便唤了她来到溪沟边的石块上坐了，从怀里摸出一些王爷赠送的银子，递与青梧。青梧摇了摇头，不想接。玄智将银子强递在她手里，要她收好，以备日常用度。青梧只得收了，见玄智面露倦色，神情恍惚，似有万千心事一般，便柔声道："楚大哥，怎么了？"

玄智无语，只是默默地看着清亮亮的溪水在石块与菖蒲草间淙淙流淌。他用双手掬了一捧凉水洗了一把脸，片刻后，他才缓缓说道："海棠溪的老溪主过世了。"

"怎么回事？"青梧急道。

玄智就将澧州城的惨烈战事说了。青梧听了，也是一阵伤感。后又听说薛彪也一同回来了，她便高兴道："那就好，谢天谢地，王婶天天挂牵着他，觉都睡不好。"

提到薛彪，玄智看了看青梧，低声道："你在这里还住的习惯吗？"

青梧姑娘满意地点点头。

玄智追问道："薛彪这小伙子怎么样？人还不错吧？"

青梧一听，神情就落寞起来。盯着玄智看了一会，她默默地转过头去，望着前方小溪两岸的依依杨柳，满腹心酸。玄智心中真有万千话语想和她说，可一抬头，望着她的后背，却连说话的勇气都没有了。直到薛彪来喊吃饭，两人都还在那里静静地僵持着，沉默着。

薛彪把这一切都瞧在了眼里，路上暗中拉了一把玄智的衣襟。玄智只得无奈地摇了摇头。

回到屋里，王婶早已将饭菜准备妥当。薛彪拿了酒坛，对玄智道："喝一点？"

玄智一直不沾酒。自从此次下山奔赴澧州，在裴家河的聚仙楼才破了自己给自己定下的酒戒。

玄智心事重重，起初还有些犹豫不决，不太想喝，但却瞬间又变得极爽快起来，连声道："喝！喝！今天我兄弟俩要好好地喝个痛快！"

玄智与薛彪俩兄弟就你一杯我一杯地痛饮起来。一开始王婶和青梧姑娘还以为是玄智来了酒兴，也就不以为然，但到后来，渐渐地发觉有些不对劲了。玄智似乎有些醉意，脸颊红润，双眼半睁半眯，嘴里吞吞吐吐道："上次，玄空师弟折了胳膊；这次，叶老溪主丢了性命，心智大师又伤了一条腿，五雷山丢了三条人命，还伤了几个，战事才刚刚开始，后面……后面……"

玄智一边伤感地说道，一边打着酒嗝。

薛彪经历了这次澧州城的保卫战，既是惊心动魄，又是心有余悸。他安慰玄智道："兵荒马乱，动刀动枪的，这也在所难免。"

玄智眯着眼，看着薛彪道："出家之人，又身逢乱世，难独善其身呐，……好兄弟，我还是劝你远离江湖，远离刀枪……就过那种男耕女织的小日子，……娶妻生子，侍奉高堂……"说着说着，玄智竟趴在桌上睡着了。

三人大惊，忙将玄智扶进薛彪房间的床上。青梧又拿了毛巾，打湿拧干，立在床边，帮他擦了手脸。看着玄智大醉如此，青梧心中甚是心疼，回想玄智刚才所说的话，觉得话中有话，大有深意，似乎他心中有着许多难以说出的苦楚，正思忖着这是不是与自己有关，这时，就听得玄智又断断续续地说道："我救她……我没有错……我喜欢她……也……也没有错……我是出家人，我……我不能成婚……我不能成婚……我要守着师父……守着师父，薛彪是我的好兄弟……你们两人成婚……最好……最好……你身安处……我便心安……我便心安……"说着说着，玄智径自又呼噜着沉沉睡去。

青梧听了，泪水顿时奔涌而出，不请自来。楚大哥心中的苦楚果然是与自己相关。想着如果没有自己，楚大哥肯定是快乐的，今夜喝那么多的酒，却原是心中郁闷，以酒浇愁。先前他屡次拿话来劝我移情他人，确也是真爱之后的无奈之举，实也是为我着想。青梧姑娘思忖道："我该怎么办呢？我该怎么办呢？"

她此时的脑中已经是一片茫然模糊。

王婶见青梧姑娘突然清泪长流，慌了神，忙伸手扶了姑娘肩膀，安慰道："姑娘莫哭，姑娘莫哭，婚姻大事，勉强不得，还得慢慢来，从长计议。"

薛彪也是面红耳赤，局促不安。

片刻后，姑娘收了泪水，用衣襟擦拭完双眼，昂头对王婶道："楚大哥是一个好人。他当时救了我，我一个弱女子，又是孤身一人，无以为报，便暗许芳心，欲嫁与他，以报大恩。不想，就这一念，却给他带来了这般痛苦。我想，我还是断了此念，让他终以释怀，轻松自在。如今，薛大哥也在场，楚大哥也把话挑明了，我刚才也是想了又想，若婶婶和薛大哥不嫌弃俺，俺就与薛大哥成亲，留在这里；若嫌弃俺，俺就上山出家，做个道姑，终了此生。"青梧姑娘说完，面上神情竟是坚定平静之极。

王婶忙用手扶着姑娘，大喜道："姑娘想通了就好。若姑娘愿意留在我家，那是我薛家的福气，是我薛家的祖坟冒青烟了。"急转头对儿子道："快说话啊，快表个态。"

薛彪没想到好事竟是来得这么快，又惊又喜。想到玄智也是真心地劝导过他，而今，这姑娘也是话已出口，直看着自己，便连忙上前拉了青梧姑娘的手，指天发誓道："皇天后土，神明在上。若我薛彪今后有半点亏待了姑娘，天打……"

还没等他说完后面的话，青梧姑娘便忙伸玉手遮住了他的嘴巴，急道："薛大哥，不要说了，不要说了，只要你今后对我好就行了。"然后脸上带笑，转向王婶，甜甜地叫了声"妈"把个王婶乐得是眉开眼笑。薛彪高兴地在屋里走来走去，不知所措。青梧姑娘转过身去，走到床边玄智跟前，默默地看着他，双眼含泪，心中默念道："楚大哥，你我今生有缘相爱，却无缘相守，我知道这不是我的错，也不是你的错。我知道你的所作所为，都是真心为我好。从今往后，我就是人家的新娘，人家的女人了。我也希望你就此释怀，开心快乐。我会永远记住你的大恩大德的。"

青梧姑娘眼中泪花闪动，双膝跪下，给沉睡中的玄智道长，她心中的楚大哥默默地磕了一个长头。

第二天鸡鸣天晓，王婶和青梧就早早地起了床。两人麻利地做好饭菜后，才喊起玄智和薛彪。玄智酒醉后一夜沉睡，并不知道自己说了些什么，也不知道这一夜发生了什么。四人用过早饭，就匆匆地赶往海棠溪叶溪主家。一路上，青梧姑娘之神情竟与昨日异若两人，无论是与玄智说话，还是与薛彪、王婶说话，均是说笑自然，坦荡磊落。玄智还生怕青梧怄自己的气，对自己来个不冷不热，哪知一大早叫自己时，竟还是楚大哥前楚大哥后的，叫得亲亲热热，甜甜蜜蜜。

"这是怎么回事呢？"

玄智就一路走，一路琢磨着。直到了海棠溪叶溪主家，他也没有思弄明白。

叶溪主家的院子里已经来了很多人。太浮山几乎所有的观、庙、寺、宫、庵都来了人手，还有周边山脚的乡邻乡亲等。玄智四人进得灵堂，依次磕了头，又好言安慰了吴老夫人与少溪主叶芝楚兄妹一番。

玄智出了灵堂，拿眼环望，瞟见玄空站在院子里的那株古海棠树下，忙走了过去，与他寒暄一番。见他的伤势恢复得极快，心中甚慰。正说话时，紫嫣与雨馨不知从何处凑了过来，几个年轻人一见面，又少不了一顿叽叽喳喳地闲扯。可毕竟是老溪主的丧事，气氛抑郁低沉，几个年轻人虽无拘无束地说着话，却也不敢太放肆大声。大家都为老溪主的不幸早逝而深感痛心惋惜。

玄智在海棠溪待了数天，直到将老溪主送上山之后，方与师父虚云真人、青云真人等一道辞了老夫人吴氏与少溪主叶芝楚兄妹，往缥缈峰而去。

回到佑圣观，早有唐力、李忠及几个道童迎了上来，接进茶房内，上了清茶，在一旁候着。

虚云真人放了剑，又从怀中取了短刀收好，方在首座椅上坐了下来，弹弹衣冠，深叹了一口气，然后微闭双目，调息养神片刻，又才端了茶杯，慢慢啜饮，但脑子里面终是未得清闲：自五雷山擂台比武选举江南武林盟主以来，直到目下，太浮山众人中，伤了玄空道长、心智大师，折了海棠溪老溪主，不仅寸功未建，反倒将澧州城陷于农民军之手。看来天下大势，有时也非人力能够左右的。如今，华阳王退避九溪卫城，农民军占据澧州城，声势浩大，大有四处出击之势。太浮山距澧州城也就百里之遥，且在澧州城战事中已与农民军结下了生死梁子。若大兵寻仇来犯，如何是好？虚云真人不思则已，细细思之，愈觉极恐。看来要早觅良策，防患未然方可。这是其一，还有其二。在海棠溪时，王婶把他唤在一边，将青梧姑娘的事情全说与他听了。可能十天半月左右，薛彪与青梧姑娘就会举行婚礼。到时，薛彪会专门上山来送喜帖。虚云真人当时听王婶这么一说，还懵了一下。后又听她细细地叙述了玄智与青梧各自的心态以及他们两人之间复杂而又微妙的情感关系，心下也就大为释然了。

他对王婶道："这样也好。玄智徒儿得以解脱，青梧姑娘亦有了依托，您也有了儿媳。有缘是缘，无缘也是缘。玄智与薛彪，都是我太浮山晚辈中的青年才俊，日后都是大有出息的。到时我们下山来恭贺就是了。"

王婶笑嘻嘻地谢了，然后又小声道："因时间紧迫，我们还没有明告您的徒儿。您是他的师父，还望您适时相告。拜托了。"

想到此事，虚云真人既为玄智徒儿的一片孝心感动，也深为因自己而断送了他的美好初恋而极为愧疚不安。

"山中修道，何谓道？人法地，地法天，天法道，道法自然。一切皆顺应天命，不可逆天而行，灭人伦，背天理。"

"这是我的罪过，我的罪过呀！"

虚云真人一个劲儿地在心里责怪着自己，自怨自艾。一会儿后，虚云真人又想到了一件急需要办的事情：自己从澧州城杀出重围，衣服包裹都丢了，得赶快缝制几件衣服，不然连换洗都成了问题。又想到徒儿玄智、玄妙，他们也是一样，也得速添置几件衣服。忽又想到，与亡者相比，自己能够从澧州城全身而回，那就是万幸中的万幸了，心下又甚觉大慰。一念及此，又想到了突围时，还多亏了玄智徒儿的奋勇相助，否则，生死一线，能否回山，还真难以预料，故又生出许多对徒儿玄智的感激之情，心中又叹道：这孩子，终还是没有辜负自己多年来对他的一片养育栽培之恩！又想到了山下的那个青梧姑娘，暗暗告诫自己：要适时开导他，若再遇有自己心中所爱，要千万珍惜，不要因着师父，而铸成大错，留下终身遗憾……

虚云真人就这样一番思来想去，身心俱累，倦意袭来，竟倚坐在椅上，不知不觉睡着了。

日暮时分，大家聚在一起用过饭后，虚云真人便将采购布料，延人做衣服的事情交付给了大弟子玄真，并吩咐他这几天去各处走走，凡须添置衣服的可一同采购缝裁。玄真应了师命，爽快地去了。虚云真人便对玄智道："你陪我去外面走走。"玄智应道："是。"便陪了师父出得太清殿，步下千级云梯，来到佑圣观，沿林中石级左行，缓步来到一片古松林中。

林中地势极为平坦，落叶满地。年复一年，地面已经是覆盖了软软的厚厚一层。一种长着长长的锯齿状叶片的蕨类植物在其间稀稀疏疏生长着，葱绿而又茂盛。晚霞从古松的枝枝叶叶间斜斜地透射进林子里，一线一柱的，亮亮晃晃。

师徒俩人一路缓步行来。虚云真人装作很随意的样子，不紧不慢地把山下青梧姑娘的事情给说了出来。玄智听了，身子微微一震，然极快就复如常态，低声说道："如此甚好。"

玄智虽如此说，心细的虚云真人还是看出了他身子的细微反应，也听出了徒儿说话时声音的异样。看来，爱徒对这个姑娘也还是动过真情的，不然，"九龙同潮"的神功何以会练成？虚云真人看着一棵一棵的古松，高大挺拔，擎天如盖，愧疚道："这件事情我全晓得了。是我误了你。"

玄智沉默不语，半晌才低声辩道："师父，怎么能怪您呢？一日为师，终身为父，况您一直视我如同亲生，我怎能贪恋儿女之情而还俗下山，弃您不顾呢？哪我岂不是忘恩负义，自私之极？"

虚云真人道："山上不是还有你师兄玄真、师弟玄妙、玄音吗？"

玄智道："师兄是师兄，师弟是师弟，我是我，一码归一码，我就是想一直陪在您的身边，守着您。"

虚云真人摇了摇头，叹气道："你与青梧姑娘的事，让为师我很是自责，心中内疚不安。此事现在已经是木已成舟，一切只能顺其自然，各安天命了。你说说看，我们为什么要清心修道？"

玄智看了师父一眼，立马答道："就是要悟得人世间的大道。"

虚云真人紧问道："那什么又是人世间的大道呢？"

玄智回道："人法地，地法天，天法道，道法自然。"虚云真人又追问道："那什么是道法自然呢？"

玄智略一沉吟，便道："徒儿以为世间万物都有着它本身的运行法则，我们就是要遵照它的运行法则去处世做事，不可逆行。"

虚云真人道："世间万物，都在进化中繁衍，繁衍中进化。灭人欲，废人伦，是不是逆天理呢？"

玄智不假思索道："是。"

虚云真人道："上山学道，出家修行，是一种追求世间大道的行为方式，如果因此而灭人欲，废人伦，不结婚，不生子，这就失去了修道的本意，有违人伦，有逆天理。你说是不是？"

玄智一怔，终于听出了师父的弦外之音，只得低声道："是。"

虚云真人道："人性不可压制，人欲不可废弃，人伦不可不讲。你懂了吗？"

玄智低声道："徒儿明白了。"

虚云真人教诲道："为师颐养天年的事情，用不着你和玄真等弟子去刻意考虑，一切皆顺其自然。上次薛彪在澧水江堤上还在抱怨我没有收他为徒，我考虑了很久，决定待他完婚后即行拜师礼，正式收他为徒。你看，这样的话，我又有了一个俗家弟子。另外，你日后若再遇有意中人，又是两情相悦的话，当千万珍惜，不可再次折磨自己，错过良缘。我排过你的八字四柱，你命中尘缘未尽，当有还俗婚配一劫，是旺象，是福兆。要记住，道法自然，人也要随缘，古人说，百年修得同船渡，千年修得共枕眠。这千年之缘，唯有男女双方共同珍惜方成正果，若刻意错过，或许将成为彼此一生中的遗憾。记住了吗？"

玄智恭敬道："徒儿记住了。"

虚云真人见林中之光已是渐次昏暗，且自己心中之话也已说完，便提醒道："我们回去吧。"

玄智便陪了师父慢慢回转。

师徒俩人一路无语，到了佑圣观前，玄智惴惴道："师父，我想去香炉峰仙人洞待上一段时间。"

虚云真人回头，凝视着爱徒，沉吟半晌，似有所悟，正好他亦有此之意，便点头道："好吧，从明日起，你就在那里清心悟道，修身养性，精习武功。观中诸事，劳心费神，有扰心智，就让你师兄玄真去具体操办。你天资聪慧，根基甚深，且心中单纯，正是钻研武学的大好时光，不可误了时日。"玄智应道："徒儿明白，徒儿谨记师父教诲。"

翌日早饭后，玄智便收拾了剑棍，遥向香炉峰而来。到得仙人洞前，净手燃了香烛，进得洞中，又虔诚地往浮邱圣祖石像九叩首，方才进到壁上刻有人物图形的内室中。

这仙人洞是他的福地。溯源九龙神功，其初始的奥秘就隐藏在这壁上的绘图之中。所以师父同意他来此修炼，他是满心欢喜。其实，虚云真人同意他来此修炼是大有深意的。大弟子玄真热衷观务，一心想着开宗立派，想着为太浮山的武学在江湖上争得一席之地，在时间与精力上浪费较多，加上其天资又略欠了一点，因而在武功修为上就输了玄智一大截。玄智脑中单纯，天资又高，悟性又好，加上勤奋努力，武功日渐长进，竟不知不觉中就超越了师兄玄真。虚云真人心中既惊且喜，断定若无意外，修炼得当，玄智日后的武学成就将不可估量。故多年前就刻意安排他进入仙人洞中内室，参悟壁上所绘图形，望能参透其奥秘，学有所成。后又派他下山去到中原，名为游历，实为暗中寻访浮邱圣祖在嵩山的修道处，希有所得。果然，玄智不负所望，一路寻踪觅迹，竟找到了圣祖的秘密修道处，且在洞壁上也发现了与太浮山仙人洞中如出一辙的所绘图形。结合两处之绘图，玄智苦思冥想，终于悟到了其中的奥秘，练成了九龙神功这一神秘的天下奇功。所以，虚云真人对玄智就存有了更高的希冀，希望他把时间和精力全放在武功修炼上，日后好让太浮山的武功大放光彩。虚云真人把自己的想法密藏于心，并未与玄智挑明。而玄智对于武学的痴爱，则是与生俱来。

现在，他在内室中盘腿静坐，双掌上下相合，调息呼吸，运丹田之气于周身，意会任督二脉大开，真气在体内鼓荡循环，他只觉得丹田气海之中，真气源源涌出，体中真气激荡，整个人又似乎在往上升浮。玄智既惊且喜，上次在澧州城的江堤上也是如此这般。这次，他并不急躁，全身纹丝不动，任凭自己的身子轻轻上浮。少时，玄智感觉到自己的头顶已经触到了洞顶的岩石，似乎还没有停下来的意思，便急中生智，运用意念，使了个千斤坠法，果然，整个人便开始缓缓下降，在距离地面约有丈余之时，玄智又用意念慢慢地去了千斤坠法，他的整个身躯下降变缓，直至完全悬浮空中，然后又开始缓慢上升。玄智心中大异，如此反复再三，均是一样升降自由。玄智收功起身，在洞中将太浮山拳法演练一遍，然后又如刚才一般练习，身体还是如先前一般上下自如。玄智大喜，思道："如此看来，意念的确可以控制人体的行为。"玄智心中琢磨着，他在室内来回走动。忽然，他就想到了师父曾经说过的一句话："'九龙神功'的最高境界就是不用出招，意念即可杀人，即发功者只要心存杀人之念，就可杀人于无形。"一想到此，玄智心中又惊又恐，奇心大发，忙在洞壁上选中一块突出的石块作为意念的目标。自己站在一丈开外，暗中调动真气，待真气在体内汹涌鼓胀之时，玄智脑中对那块岩石意念道："炸开！炸开！快炸开！"如此几次，岩石竟是毫无反应，纹丝未动，就连石块上的飞尘都没有一丝扬起。玄智一想，觉得可能是功力不够，看来要想练成"九龙神功"的最高境界，还需要假以时日，循序渐进。于是，他在照此练习数遍后，便停下来，又细细琢磨起太浮山的拳法来。他觉得一门一派的一种拳法一旦形成，它就会代代师承，一直沿袭下去。时间一长，江湖中其他的门派也就会慢慢参透其招式的变化与精妙之处，厉害的高手便很快会想出破解的招法，如此一来，此种拳法也就无秘密可言了。两人对招，你一使出来，对手就会识得这是第几招第几式，且连招式的名称都叫得出。

"哎，可惜！可惜！"

玄智摇着头，自言自语道。好长一段时间以来，他就想着如何把拳法中加入某些成分，让对手摸不清拳法套路的招式。如此一来，他也就始终无法破解你的招式了。

"那到底要加些什么呢？要做哪些变化呢？"

玄智苦思冥想着，始终没有找到一个很好的办法。后来，他甚至把太浮山拳法完全放置一边，自创了一套以掌法为主的幻影掌。此掌法突出轻盈二字，讲究巧借对手之力而拆招进招，攻敌时，忽东忽西，忽左忽右，飘飘忽忽，出其不意，攻其不备，并糅合了点穴技法，可令对手防不胜防。玄智暗中反复练习，早已将此一路掌法运用自如，熟记于心，只是瞒了太浮山众人，且还从没有拿来与任何人印证过。现在，他把心思又聚在了太浮山拳法上，他想把它变成一种让旁人始终无法琢磨透的古怪拳法。

玄智在香炉峰的仙人洞里就这样反复地琢磨着，练习着，几乎是到了忘我的境界。

不知不觉中，杜鹃花就燃红了太浮山的山山岭岭。

话说龙云飞一行四人，自宜昌与玄智道长分别后，乘船而上直抵涪陵，然后再换船逆乌江上行，一路风尘仆仆，舟马劳顿，终于平安回到了黔东南清水江边崇山峻岭中的龙家苗寨。

大寨主龙在江手里拿了一封书涵，正在厅中与夫人商议着事情，忽见管家来报，说大公子一行回来了，已到了山脚下的清水江码头，二公子经已下山去迎接了。夫妻两人喜上眉梢，忙出了寨门口翘首等候。少时，二公子接了大公子及妹子一行沿石级逶迤而来。香玉一见爹娘，还在老远处就亲热地高声喊叫了起来："爹！娘！"老两口欢喜地接了四人，一同亲亲热热地转回寨中。

寨中邻舍听说大公子兄妹一行回来了，赶紧从家中纷纷过来探视，寨中一片喜庆。

到了夜间，众人散去，一家人便点了松油灯，聚在大厅里叙说正事。云飞就把一路上的所见所闻及遇险被救的经过叙述了一遍。大寨主及夫人惊讶不已。看到云飞及香玉平安而回，夫妻俩人心中又深感欣慰。龙大寨主道："江湖险恶，今后要格外小心才是。"又转向坐在夫人身边的女儿，道："这么大的姑娘了，今后还是少出门为好，免得节外生枝，引出一些意外。"

香玉一听，看着老爹，撅了撅小嘴巴，脸上露出不满的神情。

大寨主道："你们这次远行，虽说不尽圆满，但也还是有所收获，你们毕竟还是增长了见识，增加了一些江湖上的阅历，也是一件好事。"

云飞道："我曾说过，日后要专程去太浮山登门拜谢。"

龙大寨主就微微颔首道："受人之恩，不可不报。待年后春暖花开时，天气也转暖和了，你们就动身去吧。"

香玉一听，急道："爹爹，我还是陪着大哥一起去。"

大寨主道："你就在家里多陪陪你娘。有你大哥他们去就行了。"

香玉急摇头道："那怎么行呢？那道长也救了我的命，我也要亲自去向他道谢。"

云飞一听，瞧着妹妹的那副急样子，心中自是暗暗乐呵，眼睛都快眯成了一条缝。

夫人道："你老大不小的了，还有正事要做。刚才，李家寨求婚的书信又到了，李寨主希望我们两家能结上亲家。"

云飞立马停住笑，把目光转向爹娘，脑子里飞快地思考着这件事情的分量。

"李家寨李寨主的几位公子他是极熟悉的，说优秀吧，也不怎么优秀；挑毛病吧，也似乎没什么毛病。总体来看，各个方面均是平平淡淡。但李寨主和爹爹在许多大事上的看法是一致的，他们是一条道上的人。如果两家能够联姻，也是一件好事，可妹妹那里，恐怕难得通过。"云飞就这么没边没际地想着。

果然，香玉拉了娘的胳膊，急道："娘，我的婚姻大事，得由我自己做主，我不点头，谁也不能嫁我。"

大寨主道："还不仅仅是一个李家寨，已经收到求婚书信的还有娄家寨娄寨主，中戎寨田寨主，施家寨的施寨主，这不？我们正在商量嘛。你是我的女儿，我和你娘也不会让你往火坑里跳，是不是？"

香玉忙道："正是！正是！"

第二天，大哥云飞瞅了个闲空，把妹子香玉叫到一边，悄声问她道："爹娘昨天说的事情，你有什么想法？"

香玉道："我有喜欢的了。就是……"

云飞道："就是不知道人家是不是也喜欢你，是吧？"

香玉难为情地点点头。

云飞收敛笑容，正色道："你喜欢那个道长？"

香玉翻了他一眼，嘟哝道："你是明知故问嘛。"

云飞道："那位道长相貌、身材、人品、武功均是无可挑剔，可他？……可惜了是个汉人，又是一个出家人。"

云飞说完，惋惜起来。

"出家人怎么了？他可以还俗啊。汉人又怎么了？汉人中就没有好人？汉人就不结婚了？"香玉反问道。

云飞望着单纯的妹妹，不知道该怎么向她解释这件事情，只是道："爹爹那里恐怕……"

云飞不停地摇着头。

大公子云飞的担忧不是没有道理的。龙大寨主得悉此事后，也陷入了深深的忧虑中。

龙大寨主本来就饱受了诸多的责难，都在考虑着准备把四十八寨大寨主的位置让出来。现在在这个节骨眼上，如果又添上一个汉人女婿，有些人又会借此大做文章了。看来，必须要想方设法阻止这件事，让女儿香玉断了此念。为此，龙大寨主在夫人面前吹了好几次冷风，要她给宝贝女儿做做工作。夫人考虑再三，觉得还是先探探女儿的底，再做打算。

一日，夫人来到吊脚楼上女儿的闺房，见女儿不在，又来到后院，远远地瞧见女儿正在院子里练刀，便立在一边，悄无声息地细细瞧着。却见女儿拿着苗刀，出招却不是苗家刀法，而是汉人剑法中的刺法与削法。夫人左看右看，终是不明，大为惊奇，见女儿住了，将弯刀拿在手里，一晃一瞧，便唤了声，走拢过去。

香玉见母亲来了，忙走将过来请安，又搬了张椅子，让母亲坐下。

夫人看了看宝贝女儿，问道："你刚才是弄的啥子呢？拿的是我们苗家的弯刀，使的好像是汉人的剑法？"

香玉脸上顿时绯红起来，支支吾吾道："我在琢磨……"

夫人眨了眨眼，浅笑道："你在琢磨刀能不能当剑使，是吧？"香玉双眸

发亮，忙道："娘，女儿正是这个意思。"

夫人收了笑，正色道："刀是刀，剑是剑，兵器不同，使法便不一样。就是同样一把刀，门派不同，武功家数不同，用法也是不一样。你怎么可以把刀与剑混为一谈呢？我看，你是这里有问题。"

夫人说着，用一根手指头戳戳自己的脑壳。

香玉看瞒不住娘，便撒娇道："娘就是聪明，什么事也瞒不了您。"夫人盈盈一笑，忽地正色道："把你的事情跟娘说说。"

既然夫人主动问起了，香玉只好把他们是如何途中遇险，玄智道长又是如何救他们脱险，如何以一敌三，独战荆州八义门，如何护送他们至宜昌，自己是如何喜欢上这个后生，一竹筒子全倒了出来。

"年纪轻轻，二十多岁，竟有如此好的身手？"夫人喃喃自语道，"难怪你刚才还在用自己的刀在模仿着他的剑法。"

夫人沉吟一会，反问道："你喜欢他，他可不一定就喜欢你啰？"

香玉想了想，似乎也的确如此，只得如实回答道："那也是。不过，我就是很喜欢他，放他不下。他的身边，也还有一位姑娘，生得十分标致。"

夫人一听，惊道："你说他身边还有一位姑娘？"

"嗯。"香玉回道。

"他们之间是……"夫人把话说了一半。

香玉面现忧色道："他们之间，也才认识不久，好像还没有那么亲近。"

夫人凝神思虑片刻，叹息道："你也是大姑娘了，做事也要替你爹爹考虑，他的压力也很大。这段时间，他思来想去，觉得这几家寨主这次几乎是在同一时间求婚，或许背后就大有文章。因为你不在家，所以，你爹也还没有给他们一一回复。"

香玉道："求婚就是求婚呗，哪还有那么复杂？是不是爹爹想多了？"

"有许多寨主对你爹爹很有意见，早就在暗中图谋四十八寨大寨主的位子了，如娄家寨，中戎寨，施家寨。可这次又同时送书过来，想和我们龙家寨联姻，你想想看，这事情真的简单吗？"

听娘这么一说，香玉姑娘还真是觉得此事非同小可了。

日子就像寨子下面的清江水，缓缓流逝。一晃，苗岭的空气一天比一天朗润起来，山峦也变得葱绿起来。

龙大寨主准备好了丰厚的礼物，亲自送大公子云飞一行到寨下江边码头。龙公子此次是计划乘船走水路经辰州、沅州直到常德府，然后再前往太浮山。

这次，除了香玉、宝珠、田长庚，还随行了几位寨中的好手。最高兴的就是香玉姑娘了，一身崭新的苗家服装，银帽与银胸佩，把她衬托得温婉亮丽。宝珠也是全身一新，娇艳可爱。

龙大寨主一反常态，同意香玉一同前往，此举实出众人意外。可香玉呢，从外表上看好像是自信满满，但在内心深处，却还是有那么一丝忐忑不安。不过，她的脸上，还是一片艳阳天。

上得船来，众人挥手相别。

船行江中，两岸危崖壁立；杜鹃花开，红如簇簇火焰。一行人精神抖擞，神采奕奕，谈笑风生，顺着美丽的清江碧水，遥向常德府而来。

且说李自成部攻下澧州城，清点人马，死伤竟有千人。马守应心中不爽，颇有怒气。闻得手下人道，有众多江南武林中人亦参与了守城，心中震怒，欲发兵山林搜捕以报仇。手下将军崔必成劝道："主帅不可。江南武林中人，世居此地，其势力不可低估。况且尽忠守土，责不在他们。我们犯不着与整个江南武林为敌。相反，我们应该主动派人去联系他们，拉拢他们，晓以大义，推翻明廷。"

马帅仔细一想，觉得极是有理，于是吩咐崔将军亲自督办此事。崔将军回到将军府，招来副将丁一清，吩咐他带了厚礼，亲自往距离澧州城最近的太浮山跑一趟，希望双方化敌为友，共释前嫌。然被太浮山大主持虚云真人严词回绝，懊丧而回。崔将军强压怒火，思之再三，想着虽不能与江南武林为敌，但也不能在江南武林面前丢了大顺军的颜面。于是，便唤了手下高手玉面罗汉郝士信、青衣剑客卓不群、夺命一刀吴东风，在副将丁一清的引领下，率了一小队人马，往太浮山愤愤策马奔去。

崔将军一众到了太浮山北门甘溪峪，抬头仰望时，但见山势陡峭，林深树茂；飞瀑高悬，流泉叮咚。浓荫内阴气森森，枝叶间鸟鸣莺莺。一望之下，心中惊栗，顿生敬畏。众人相顾，踌躇片刻，只得弃了马，沿了林中石级小径，跟随着上山的香客，徒步蜿蜒而上。

这一行人的行踪，早有哨人见了，飞奔至缥缈峰佑圣观，报知了玄真道长。

虚云真人此时正端坐在太清殿中，摇头晃脑，抑扬顿挫，吟诵着浮邱圣祖十二章经中《则古》一章中的一节："君子毋自智，毋自勇，毋自功，毋自名。凡自智以愚天下者，不能愚天下者也。凡自勇以先天下者，不能先天下者也。凡自功以盖天下者，不能盖天下者也。凡自名以聋天下者，不能聋天下者

也。君子毋自智，智有宗。毋自勇，勇有守。毋自功，功有底。毋自名，名有归。则可谓纳之于轨物也。君子出一言思其然，不以乐其不然；致一行思其济，不以娉其所不济。其然者昌之，其不然者湔洗之；其济者广之，其不济者划刈之。"

玄真急急走进，报了军情。

虚云真人抬首惊道："有多少人马？"

玄真道："据说只有二十多骑。"

虚云真人思忖道：反贼不派大队人马，仅二十多骑，我猜测他们的真实意图还不在围剿我太浮山，而只是前来耀武扬威而已。如此，这二十多骑，必是军中一等一的高手。看来今天的太浮山上，双方为了颜面，势必有一场打斗较量。

虚云真人正思虑时，又有哨人急进殿中报来，说南麓长毛岭上又发现有十人左右，服装奇异，身佩弯刀，已过静乐宫，正向缥缈峰而来。

"这两路人马同时来到，一南一北，怎会如此巧合？"

虚云真人大惊，略一沉吟，唯恐有失，忙放了经书，吩咐唐力、李忠速去香炉峰仙人洞唤回玄智，又派两个道童速去佑圣观对面的凤凰岭稻摞峰莲花观急请青云真人师徒，自己与玄真负剑持棍，急出太清殿，下到佑圣观，立在小山门前的坪子里，静候南北两路人马的到来。

不多时，大顺军众人就上到了焚香台坪子里。只见一老一少两个道长模样的人，背负长剑，手持降龙棍，威严地挡在了小山门前。

副将丁一清上次已经和虚云真人打过照面了，忙挥手止住众人，对崔将军道："将军，那位老者就是太浮山佑圣观的大主持虚云真人。"

崔将军就"哦"了声，拿眼凝目细视，但见对面老者五十多岁左右，身材中等偏上，面容清瘦，目光精亮，神态飘逸，正气浩然，俨然一副得道真人模样，不觉心中一凛，脸色微变，然一想到此行的目的，脸上瞬间又立现怒色。

他盯着老者道："你就是虚云真人？"

虚云真人平静道："贫道正是。不知将军因何上山而来？"

崔将军闻言，望天哈哈大笑，毕，朗声揶揄道："真人真是贵人多忘事，数月之前，我们在澧州城还照过面，打过交道。难道真人就忘记了？"

虚云真人道："数月之前，我太浮山群雄的确是下山参与了澧州城的保卫战。但我等身为大明朝的子民，舍身保土，是忠君报国之举。"

崔将军环视众人，又是仰天一笑，大声道："真人说得并没有错。本将军也正是因为敬佩太浮山群雄的忠义之举，才派了丁副将携厚礼前来太浮山，欲与太浮山群雄化干戈为玉帛,冰释前嫌,把酒言欢,永结同心。却不知真人因何不肯赏脸?在下此番上山,就想讨个说法。"

虚云真人怒斥道:"尔等身为大明子民,不思报君恩,守法度,安居乐业,而是聚众造反,夺城池、乱江山,陷自己于不忠不孝,不仁不义;又使天下百姓生灵涂炭,水深火热。试想,我太浮山又岂能与祸国乱民的逆子贰臣同席言欢?"

崔将军脸上立时忽红忽白。他指着虚云真人,大怒道:"亏你还是出家修行悟道之人,你修的是什么行?悟的是什么道?王侯将相,宁有种乎?天下不是哪一个人的天下,你主坐得,难道我主就坐不得?几百年前,天下还不是我大唐李家的天下?君主昏庸,朝廷腐败,官贪吏污,民不聊生。在我主起兵之前,天下百姓早就流离失所,饿殍遍野,这些都是事实。请问,这是谁的过错?我主举臂一呼,应者万人,破城池,开仓门,行大仁,申大义,救黎民于水火,布恩德于四方。这难道是祸国乱民?这难道是荼毒生灵?真是岂有此理!"

虚云真人听了,细细一思,觉得此话也似有一些道理,欲待反驳,却一时又找不到了很好的理由,正踌躇间,青云真人与弟子玄空持棍从对面林中石径大踏步急奔过来。

崔将军缓了口气,继续道:"你们太浮山群雄不辨是非,不明大义,在澧州城还与我义军对抗厮杀,我今日若是不讲道理,就是一把火将整个太浮山烧了,又有谁能把我怎么样?"

虚云真人气道:"你!?——你刚才还在讲什么行大仁,申大义,出口就是放火烧山,这就是行大仁,申大义吗?"

丁副官在旁撺掇崔将军道:"将军,这些道人冥顽不化,不见棺材是不会掉泪的。"

崔将军点头道:"极是。"

手往头顶上方一扬,正要发出进攻号令,却见从侧面山崖边又冒出一群彪悍男女来,服装奇异,身佩弯刀。其中两个女子头戴银帽,胸佩银器,光亮闪耀。

太浮山数人见了,也是心下大骇,不知是敌是友。虚云真人忙向大弟子玄真递了个眼色。玄真持了降龙棍,快步上前,截在同样也是一脸疑惑的来人面前。

"请问各位,你们是!?……"

龙云飞一行一路辛苦攀上峭壁,徒见小山门前的坪子里两伙人持了兵器,正在逞口舌之争，也是吃惊不小。瞧见道派一方一人快步过来相问，龙云飞忙双手抱拳道："我等是从清水江苗岭远道而来，特地拜访大恩人玄智道长。"

玄智道长搭救苗岭朋友的事情玄真已经早有耳闻，故一听来人说话，一看服装奇异，就已心中明了，知是友非敌，心中大喜，紧绷的脸立马松弛下来。

龙云飞看着对方那伙军人模样的人道："他们是……"

玄真道长面现尴尬之色，歉意道："你们来得真不凑巧，仇家刚刚找上门来了。"

龙云飞道："原来是这样。"

玄真道长忙把苗岭众人引到师父跟前，彼此做了介绍。虚云真人心中大慰，颔首道："既然是苗岭的朋友，当然是客人了。只是不巧今日来了仇家，正在逞口舌之争。还请各位先去峰顶太清殿休息。"即唤了道童，吩咐引领众人离去。

龙云飞瞟了军人装扮的那伙人一眼，拱手对虚云真人道："真人莫急，既然是朋友，我等岂可袖手旁观坐视不理？我等就在此稍候，到时或可助一臂之力。"

虚云真人歉然道："这是我太浮山与大顺军之间的恩怨，又怎好将你们苗岭牵扯进来？"

龙云飞朗声道："朋友之事，就是我等之事，真人大可放心。"即吩咐众人，暂歇于一旁，做好援手准备。

大顺军众人见这边众人叙礼寒暄，知是来了帮手，便嚷嚷起来。崔将军大声喊道："真人，你的帮手都到齐了吗？知你如此胆怯，我们就不该来了。"

青云真人怒喝道："我太浮山名播千里，乃江南九省朝圣之地，岂能惧了尔等反贼？"

崔将军朗声道："既然如此，想必贵山的武功造诣必有过人之处，那么，我们今日就相互切磋切磋，不知真人是否肯赏脸？"

虚云真人料知今日双方之间的打斗实不可避免，便平静道："山上乃是清静之地，修身之处，本不宜妄动刀枪；况且我等又是出家之人，修身养性，亦戒好勇打斗。若不应承，又拂了将军的脸面。不知将军要如何切磋？"

崔将军哈哈一笑，用手指着身后的几人，爽快道："我崔必成是个粗人，但也不是霸蛮无理之人。今日既已上得山来，刚才又听说贵山还是九省朝圣之地，看来我等甚是有幸。今日切磋武功，不准群殴，单打独斗。我这三位手下，一个使剑，一个使棍，一个使刀，贵山也不妨选派三位高手出阵，点到即止，互不伤人性命。真人以为如何？"

虚云真人道："既然将军雅兴甚高，非要切磋，只较技艺，不伤性命，如此甚好。"

崔将军见真人答应，豪气横生，回头扫了一眼群汉，对一青衣汉子道："老卓，就由你来打头阵。"忽又回头往虚云真人大喊道："请问真人，不知贵山上是否有可饮助兴之物？"

虚云真人正在思虑由何人出阵应敌，听得对方之首竟如此相问，亦是吃惊不小：面对恶斗，竟还有如此雅兴？看来，也不愧是南征北战，久惯疆场的老手。虚云真人一思即明，想着观中有现成的好酒放在那里，若给吧，毕竟是敌我双方，势同水火，情理上说不过去；若不给吧，又显自己小气，似有失面子。稍有犹豫，虚云真人于心一横，对玄空道："玄空，速去太清殿中搬几坛好酒来，我太浮山这点度量还是有的。"又对苗岭朋友道："还烦请远方来的客人帮忙取酒。"

龙云飞即安排数人跟着玄空去了。

香玉姑娘自上得崖来，眼中始终没见到玄智道长，心中纳闷蹊跷，便忙上前施礼，小声探问道："请问大师父，不知玄智道长现在身在何处？"

虚云真人见这姑娘如花似玉，开口便打探弟子玄智，心中一怔，疑惑顿生，不由凝目细细端详，只见她生着一张珠圆玉润芙蓉脸：朱唇自带胭脂红，秀眉不需着笔画；目似清波波弄影，体如娇柳柳披霞。虚云真人心中震惊："我玄智徒儿此番刚得清净，这女娃竟生得如此标致，似仙女下凡，天下少有，一上山来就要寻他，这……这如何是好？"

考虑到姑娘毕竟是客人，虚云真人只得如实回道："近段时间，玄智弟子一直在香炉峰仙人洞中清修悟道。我适才已经派人去通知他了，稍后便到。"

香玉听了，想到马上就可以见到日思夜想的人了，心中满是欢喜，忙朝虚云真人拱手一谢。

这时，对方中一青衣男子已持剑走到场中。细看时，却见此人身材高瘦，四十多岁年纪，面净肤黄，鼻梁直挺，目如寒星。

虚云真人环视左右，对大弟子玄真道："玄真，既然对方使剑，你就用我太浮山剑法去会会他。"随即又低声告诫道："这些人是久历沙场的，万万不可轻敌。"

"是，师父！"玄真持了长剑，领命而出。

场中两人，身高相似，只是玄真略胖一丝，年纪尚轻。待到玄真上来，那人持剑拱手，朗声道："在下青衣剑客卓不群！幸会！幸会！"

玄真亦抱拳还道："贫道玄真，并无江湖绰号，见外！见外！"

两人相互施礼一毕，就各后退数步，然后手持长剑，疾步前奔，两剑一交，便各使本领，放手斗将起来。一个似蛟龙出海，剑势凌厉，招法凶狠；一个如大莽戏林，剑走轻灵，攻拆精妙。眨眼间，剑剑相交，铮铮鸣响，这两人进退往来，翻滚腾跃，就已经斗了二三十招，不分胜负。这青衣剑客卓不群，乃西北延川人氏，一柄紫虹剑纵横江湖多年，也是鲜有对手，只因与崔将军是老乡兼朋友，故而受了将军之邀，跟着在军中混迹。在斗到一百多招后，卓不群心中也不免暗暗吃惊：在北方江湖中混迹多年，也从未听说过江南有个什么武林大门大派。但看今日之情形，此道长的剑法却是极为精妙，出招时剑风凌厉；拆招时，游刃有余。

"这样和他缠斗下去，消耗气力，恐怕不是好事，我还是使出'纵横天下'的绝招，速战速决，先赢他一场，盖住太浮山的风头再说。"卓不群边战边寻思道。

这边呢，玄真道长首先在年龄上占了优势，实是越战越勇，越斗越顺手。他修炼太浮山剑法多年，在这一套剑法上用心琢磨，亦深有心得。他因很少下山，也无甚江湖阅历，因此，他几乎是还没有与外人正式比试过剑术，今天对方寻仇而来，自己是主场迎敌，又是奉师父之命，故而中气十足，加上太浮山内功心法的运用，浑厚无比的真元之力不知不觉就经手腕贯于剑身中。所以，他一路使来，竟使凌厉的剑法中不知不觉又贯入了几成雄傲天下的霸气。

崔将军也是震惊不小：这第一场比试就难分伯仲，我刚才还在向他们讨要酒喝，实是存有轻蔑之意，等下酒来了，若我方又输了，那戏怎么好收场？他心中开始着急，可也是干着急，没办法，因为自己已经讲好了今日不准群殴，只能是单打独斗。

这时，突见卓不群虚晃一招，剑法大变，剑招首招既出，后招立马跟进，只攻不守，完全是一副两败俱伤的赌气攻法，一气下来，已是十招攻毕。

玄真反应不及，一时失利，且战且退，直后退了十多步，几乎快到场边，方才稳住身形。这一退之下，心中生急，一急之下，突然想起了太浮山剑法中的绝招"雪舞梅花"，他不假细想，口中急念了个"沉"字诀，真气贯腕，右手一抖，剑尖便分左右上下中五路疾速飘忽而来，剑影绰绰，寒光闪闪，梅花朵朵，次第怒放。

青衣剑客卓不群正要持剑做最后的一击，只觉眼前忽地白光一片，无数梅花闪着寒光迎面绽来，瞬时，东西不分，南北不辨，心中大骇，口中叫声不好，忙挽了一个剑花，回剑护身，想暂取守势，摸清对方剑路之后再思破解之法。想法是好，可等到花谢人现，一柄长剑已直抵自己右胸，剑尖沾衣。

青衣剑客卓不群立时脸色苍白，魂飞魄荡！右手一软，紫虹剑"哐啷"一声，怆然坠地。

全场惊哗。

玄真收剑，抱拳歉意道："承让了！"退回本队中。

苗岭众人也是惊骇不已。没想到初登太浮山，就碰巧看到了两位顶级剑客间的一场惊俗骇世的龙虎之斗。两位姑娘花容失色，口中唏嘘不已。

这时，玄空与苗岭众人抱了数坛好酒转回。虚云真人见玄真赢了首场，胸中透了一口长气，忙吩咐玄空、玄真送几坛酒给对方那一拔人，又送了几坛给苗岭朋友。

龙云飞摇头直叹道："天外有天，人外有人，真是艺无止境，学无穷尽。"

崔将军对懊丧不已的卓不群道："老卓，没有什么后悔的。输了就是输了，他的剑法的确比你高明，在你之上，当然，在年龄上他也占了上风，若非如此，两人至少可以打个平手。看来这太浮山也确是非等闲之地，还真有点真材实料。"又对众人喝道："酒来了，谁想喝就痛痛快快地喝。架要打，酒也要喝。"

说完，自己就一甩手，带头先灌了几大口。龙云飞见此人极是豪爽，虽是太浮山朋友的仇家，心下也还是生出一些敬意，直呼道："真痛快之人！"

这时，从对方中抢出一位矮壮、肚大之人，四十来岁左右，生得肥头大耳，面净目炬。他一上来，便举了酒坛，一阵豪饮，然后将酒坛甩给同伙，一抹嘴巴，持了一根大棍，虎虎生风，踏步抢入场中，望着虚云真人，不服气道："看来太浮山的武功，的确厉害，我玉面罗汉郝士信也想讨教几招。"说完，用力将大棍往地面一杵，棍端竟没入地面数寸。

太浮山这边，青云真人怒睁双目，早已按捺不住，见对方一阵豪饮，临上阵之前还当着众人的面摆谱，心想：你喝得酒，难道我就怕了你不成？亦抓过酒坛，也是一阵狂饮，然后，右手用内力一抖，将酒坛震向空中。待酒坛下落之时，虚云真人长剑一挥，用剑尖接了酒坛，然后手腕一抖，酒坛又凌空飞起，越过自己头顶，直向玄真立处飘去。玄真一探右手，接了酒坛，仰头也是一阵豪饮。

"痛快！痛快！"

青云真人大呼道，左手抓了徒儿玄空递过的乌光降龙棍，大步迎入场中，右手单掌胸前合十，双目直盯着对方，朗声道："贫道太浮山莲花观青云真人。"

玉面罗汉郝士信拿眼望去，见对面之人身材伟岸，一对漆黑浓眉，一双发光豹眼。心中寻思道："哇！好一个金刚天神，还真是个冤家对手，我得小心提防才是。"于是，发一声长啸，出手就是一招"翻江倒海"的厉害招数，人棍合一，犹如一阵飓风，直向对手疾卷而去。

青云真人在棍上浸淫大半生，造诣已达绝顶，见对方一出招就是凶狠的招数，并不上前硬接，只是双眼紧盯住对方棍头，运气拖棍后退，暗蓄内力以待。

兵法云：强弩之末，势不能穿鲁缟者也。青云真人等的就是对手强弩之末那时。果然，玉面罗汉郝士信一路攻来，二十六式"翻江倒海"招数使完，原以为可以一气将对手撩翻，哪里知道对手却毫不理会，一味地后退，是以自己招招竟空，没有捞着丝毫的便宜，便寻思着变换招式，正思虑间，忽觉对方棍棒攻来，呼呼有声，急收棍下拖，棍端点地，然后一招"旱地拔葱"腾空而起，急借下落之势，一招"泰山压顶"，棍棒由上而下，直劈下来。青云真人见得真切，身形一挫，一招"移乾转坤"，将庞大的身躯横移数步，单手托棍，顺势就是一招"千里走单骑"，棍端疾伸，直捣对方左肋下。此招式是青云真人将太浮山拳法中的一招"袖底藏花"移花接木而来，端的是凶险无比。若是一般高手，绝难逃厄运。青云真人出此招时，只是想着试探对手的实力而又不伤害对方，因而准备在招式用到一半时即改换"云岭横烟"。果然，郝士信人一着地，瞄见对方人已横移，棍端疾来，一招"乌龙摆尾"，将手中之棍疾向左边撩去，人已借势向右避开。

这两人真个是棋逢对手，将遇良才，一来一往，一上一下，有如二龙竞宝，两虎争食。场边围观之人见状，竟不分敌友，喝彩叫好起来。

喧哗之时，几声低沉的虎啸声从峡谷对面的山峰上忽地破空而来。

众人闻听，敛气凝神，心中肃然。

打斗之人也是戛然住手，竖耳侧听。

虎啸一过，两人重抖精神，接着义是一阵狠斗：龙腾虎跃，各逞神勇，各展平生绝学。

片刻之间，这两人一气之下，又是斗了一百多回合，竟还是不相上下，难分秋色。

崔将军与虚云真人观战多时，见场中两人实力相当，伯仲难分，如此缠斗下去，体力大耗，恐怕一失手又伤了彼此，都是习武之人，心中早有惜才罢战之意，移目相对，心有灵犀，同声大呼"住手"。

场中两人闻声，不知何事，急拆招收棍，各后跃数步，相向而立。

崔将军与虚云真人忙上前，议定此局为平局，遂唤他们各回本队休息。

两人虽不分胜负，口中喘着粗气，但也还是惺惺相惜，忙抱拳向对方一揖，一个道："幸会！幸会！"一个道："佩服！佩服！"

三局已比试完两局，就只剩下最后一局了。

望见对方中虎虎走出一人，熊腰虎背，背负大刀，虚云与青云两位真人即刻面露忧色。原来，太浮山的武学，除了内功心法和拳法外，在兵器上主要是以剑棍见长，而在刀法上却是短处。

虚云真人环视左右，心中叫苦不迭，面露忧色。就在此时，海棠溪少溪主得了消息，恰巧赶到。虚云真人是又喜又忧。喜的是少溪主是练刀和剑的，还可以充数抵御一阵；忧的是，看今日之情形，对方所派之人均是一等一的高手，少溪主万万不是他们一个级别，况且又新近丧父，心境不佳。输了并不打紧，就怕有个意外，三长两短，那就对不起老溪主了。虚云真人一时拿不定主意，犹豫起来。

只见场中那人抱拳高声叫喊道："在下夺命一刀吴东风，怎么，你们太浮山就没有人敢比试了？那好，这一局就算我们赢，你们输。怎么样？"

"哼！"少溪主鼻孔里哼了声，忽地怒目圆睁，大喝道："你们果真是从澧州城来的？"

吴东风将面前的年轻人上下打量了一眼，语气坚硬道："我们从澧州城来，怎么了？"

"那你们就是李自成的人了？"少溪主道。

"我们就是李闯王的部下，怎么了？"吴东风直视着年轻人。

少溪主闻听他们的确是闯王李自成的人，愤怒之极，一声大喝："拿命来！"便忽地直奔了上去，举刀便砍。

吴东风见状，甚是奇怪，边退边急高声叫道："年轻人，你胡说些什么，我与你无冤无仇，你何以要我拿命来？"。

虚云真人大惊，急大呼道："少溪主，快退下！"

这少溪主正在怒气中，哪还肯听，一把大刀，舞得呼呼生风，一片白光。这完全就是一副拼命的架势。

"喂，你这毛头小子，我已让你数招了，你还想咋的？"吴东风见年轻人是主，自己是客，便一直往后退让，的确也是海量大肚了。

少溪主毫不理会，只是一刀更比一刀快。

吴东风不禁恼怒起来，使个花招，卖个破绽，让过年轻人的刀锋，自己手腕一抖，暗用了八成功力，将自己刀背狠狠朝对方的刀背磕去。

少溪主手掌虎口震裂，把持不住，大刀往空中飞去。

虚云真人脸上失色，纵身掠出，急拦在了少溪主前面。

玄真道长与青云真人也是同是掠出，将少溪主抢回。

"你们……"

吴东风刀尖怒指虚云真人道。

"多有得罪。"虚云真人朝吴东风抱拳道，"他的父亲在澧州城厮杀中被你们的人所害。这杀父之仇，他岂能忘记？"

吴东风一惊，口中嗫嚅道："这……这……"大刀便垂了下去。

这时，玄空已经将少溪主的大刀捡回。

虚云真人见了，沉吟半晌，看来，这最后一战，只有自己上了，于是，朝玄空道："拿刀来！"

其实，崔将军此时早已看出了端倪，既然对手不是练刀的，那就没有比试的必要了。

他扔了酒坛，大踏步上前来，对吴东风道："吴老弟，在刀上，这里没有你的对手，你下去吧。"转身对虚云真人一抱拳，高声道："多谢太浮山的好酒。本将军并非好杀之人，也绝不是好斗逞勇之徒。今日上山，只是因当日澧州城之战，你们江南武林协同官军作战，致使我义军损失惨重，胸中颇有怨气，故上山来透透气罢了。刚才那位年轻人，还一心想着要报父仇，那我们折损了上千名兄弟，难道你们太浮山一派的手上就没有他们的血债？看在他年少气盛，又是替父报仇，其心可嘉，其情可谅，此一节我们暂且放下，就不再提了。本将军见你真人在比试刀法上面有忧色，似有难处，故而比试刀法就免了。武林各家各派，首要是讲练武的内功心法，其次是论拳脚功夫。今天，我就陪真人切磋切磋内功心法和拳脚功夫，点到即可，不伤和气。不知真人意下如何？"

崔将军口中虽说得好听，其实是盘算着虚云真人年长，想自己亲自出手，扳回一局。

虚云真人心怀歉意，忙道："惭愧！惭愧！诚如将军所言，我太浮山武功中，刀法的确是弱处，上不得大台面。既如此，今天，贫道就陪将军练练手，探讨探讨内功心法。"

两人撸衣移步，便欲上前磋试。

忽听得场外一声大喝："慢着！"

虚云真人回头看时，却是玄智徒儿背负剑器，飞奔赶来。

玄智道长气宇轩昂、目无旁斜，径直走到虚云真人跟前，殷殷关切道："有徒儿在，还轮不到师父您亲自辛苦了，您就在后面好好歇着。"

说完，玄智道长扶了虚云真人退到后面。

虚云真人一指立于场边的苗岭众人道："徒儿，你来得正好。他们从苗岭千里而来，说是你的朋友，你快看看，当真是否？"

玄智一听，忙抬头凝神望去，见正是龙云飞一行，惊诧不已，正欲过去招呼，香玉姑娘早已口中甜甜地叫着"远山哥哥"欢喜地直奔过来，挽住了玄智道长的臂膀。

龙云飞一行喜滋滋地快步走了过来，一阵叙礼寒暄，好不亲切热闹。

虚云真人见那位苗岭姑娘一上来就挽了徒儿玄智的臂膀，徒儿脸上则是又羞又窘，心中暗自吃惊不小，双眉不禁微微皱起，不免又替爱徒担心起来。

这时，对面的众人已经嚷嚷起来。

玄智将手放在香玉姑娘的肩上轻轻拍了拍，反手取了背上剑器，交与她，毅然转身，大踏步走入场中。

香玉姑娘接了长剑，心中一忖："场中这么多人，他为何将所佩剑器独独交我手中？……对了，他心中果然有我。"

姑娘冰雪聪慧，一思至此，不由芳心大悦，一阵激动，一路上心中所存的种种顾虑一时烟消云散，面绽喜色。

此时场中，双方一经照面，都觉得好些面熟，当即怔住了。

"瘦高个，黑面长脸，目光犀利……"玄智渐渐想起来了，在襄阳城外的官道上他们碰过面，他是农民军李闯王的麾下。

"头戴星光道巾，身穿浅灰色素衣，凤目疏眉，神色飘逸，背负长剑……"崔将军也渐渐回想起来了，他就是在襄阳城外的官道上，那个骑高头白马的年轻道长。

两人同时伸出手指指道："你是……"随即哈哈朗笑起来："原来是老相识了，真是有缘啊。"

崔将军双手抱拳道："在下追魂掌崔必成，乃李闯王帐下马大帅手下将军。"

玄智一拱手，正色道："贫道乃太浮山缥缈峰佑圣观玄智道长，虚云真人是我的恩师。今天，就由我这个徒弟来和贵将军试试手吧。"

香玉想起刚才的激烈打斗场面，关切之情顿生，急奔至玄智道长身边，柔声提醒道："远山哥哥，你要小心！"

玄智侧头，看着关爱甚切的苗岭姑娘，宽心一笑，点头道："香玉妹妹，你放心，等下我还要给你们接风洗尘呢。"又向苗岭众人挥了挥手，方才转头对崔将军道："请！"

崔将军也朗声道:"请!"

语毕,两人均屏息敛气,神情肃穆,双目紧盯对方。崔必成气沉丹田,双膝微蹲,左右手分别前后划出,左手绕半轮护于胸前,右手由下而上绕行,斜出右前方,摆了过北方拳派的起手式。玄智则双臂经天纬地划行数周,运丹田之真气于周身经穴,任督二脉大开,天地之气畅通,周身真气汹涌澎湃。

崔必成猛喝一声,身形遂即疾起疾落,眨眼间,人已飘忽至玄智跟前,随即,双掌打出,只听得"嘭!嘭!嘭!"三连声,三掌瞬间就已经前后相继攻到。玄智一招"星移斗转",将身子轻轻斜出数步,一侧身,左掌变拳,攻向对手左臂;右手的中指与食指一骈,疾点向对方左腋下的辄筋、渊腋穴道。这两招同时攻出,速度极快,崔必成饶是一等一的高手,也是心中大惊,急双脚点地,矮身向右横闪,同时,左掌横扫,右掌向左侧呼地击出。玄智脚尖点地,向后轻轻纵开,同时,右掌一招"春风拂柳",疾向对方上中路飘忽过去。

高手过招,以快打快,以招制招,那都是瞬息之间的事情。崔必成力大势沉,大开大合,完全是一派北方的硬朗作风,而玄智轻灵柔婉,刚柔相济,则又是典型的江南水乡风格。两人一进一退,一起一落,一个是势如林中猛虎,扑掀带风;一个是恰似潭中蛟龙,翻滚生威。两人你来我往,拳飞腿翻,掌削肘击,斗有多时,倒是不分上下,难显雌雄。

崔必成暗思道:"想不到这太浮山地处江南水乡,列名虽不在五岳之中,但地灵人杰,藏龙卧虎,武功造诣实已达上乘之境,看来,我若不使出'千里追魂'的绝招,恐怕难以取胜。但一想,刚才又与真人约好了,只较技艺,不伤性命。看来,我若用此绝招,不用全力,只用七成功力也未尚不可。"于是,招法瞬变,一双铁掌上下翻飞,左右齐出,一掌击到,后掌紧跟而至,两掌之间,不留丝毫喘息余地。一瞬间,场中阴风阵阵,愁云惨惨。这一招"千里追魂"共有七七四十九式,招招夺命,掌掌追魂。崔必成跟着马大帅自起兵以来,久历沙场,南征北战,不知有多少冤魂就丧命在他的这招"千里追魂"下,故江湖上送了他一个闻之色变的"追魂掌"绰号。

这段时日,玄智在香炉峰仙人洞中清修悟道,又参透了太浮山武学中的多重奥秘。在掌法上,他匠心独运,另辟蹊跷,自创了一套北斗七星幻影掌;在内功心法上更是颇有心得。他在不知不觉中发现了意念可以导引真元之气通过任督二脉及头部、四肢的经脉在气海与周身进行不停的大循环。如此一来,功力发动,人体肌肤之内真气充盈鼓荡,整个人就如同一只充气的皮囊,外可承受棍棒的击打,这不就是江湖武林中传说的神秘武功金钟罩和铁布衫吗?内功越强，肌肤可承受的打击力越大。

玄智在悟到这一层时，有如醍醐灌顶，豁然醒悟。原来金钟罩和铁布衫的神秘功夫其是就是一种内功周身循环的修炼。玄智在仙人洞中细细揣摩，用心体会，反复练习，果然，功力逐日大增，加上他原就练成九龙神功的强大内力，合二为一，融会贯通，时时以意念控制其在周身经脉中的运行。一日，他竟然发现他已经可以用意念来移动一丈开外的轻小物品，并屡试不爽。玄智高兴万分，欢腾雀跃，忙从内室奔至外间，跪倒在浮邱圣祖的石像前，口中喃喃自语道："多谢圣祖点化！多谢圣祖大恩大德！"

刚才与对手打斗之时，因为不是生死之决，故而玄智只是以太浮山拳法与其游斗，并且也只用了半成功力，尚觉得游刃有余，得心应手。此时，忽见对方招式突变，掌风凌厉，既凶且险，且力道极劲，稍有不慎，中得一招半式，不说筋碎骨断，立时毙命，也会重伤残废。玄智忽地想到了自创的北斗七星幻影掌，于是灵机一动，移步换形，招式倏变，陡地将北斗七星幻影掌施展开来。

但见：脚踩天枢奔天璇，掌分左右上下转；天璇天玑斜天权，芦花茫茫水一片。

众人一时只见玄智道长掌影翻飞，不见人影踪迹。

崔必成明明看见对方在身前正前方，一掌击出，呼地打空，却见对方已转至自己右斜方前，右掌即向右侧疾削，身子右转，左掌伏在右掌后如电闪般打出，可又已打空，再看时，一片掌影已经飘到了自己的身后右侧。崔必成两掌打空，心下大骇。自己掌法凶悍，疾如流星，哪知快中更有快中手，一物自有一物降。崔必成正待转身发招，波光云影处，一双铁掌以排山倒海之势迎面疾推而来！

罡风到处，追魂掌崔必成魂飞魄散，整过身子随着地面尘灰凌空飘起，在空中如树叶般连翻了几个筋斗，方才飘落在数丈开外，摇摇晃晃，勉强站定。

玄智收了掌，抱拳一揖道："崔将军，见谅！"

幸是玄智心存忠厚，只用了四成功力，若是用足了十成，就是九个、十个崔将军，恐怕也是阎王爷照单全收了。

众人惊骇不已，口张气喘。就连熟知徒儿武功的虚云真人竟也是怔得目瞪口呆，惊诧万分！

丁副将急奔至崔必成身边，骇然道："将军！"

崔必成并不理会，径自运功调息。一会后，方觉气息均匀，呼吸畅通。然后，双手一揖，望太浮山众人道："太浮山武功，实是高深玄妙，神鬼莫测，我追魂掌崔必成心悦口服，实在是佩服之极！"一转身，大手一挥，对手下道："下山！"便欲踏步而行。

"慢着！"玄智道长高喊一声。

崔必成闻听，心中一震，不知何事，急回头看向玄智道长。却见玄智道长从怀中掏出一个小瓶子，一甩手就抛向自己，高声道："此乃十全大补续命丸，早晚各一粒。"

崔必成顺手接了，一抬手道："多谢了！"转身便行。

虚云真人略一沉吟，忙喊了声："慢着！"

崔必成一听，心下又是一震，急驻足回望。

虚云真人上前几步，双手抱拳，诚恳道："将军今日上山，贫道本当尽地主之谊，略备薄酒，设宴款待，不想凑巧又有苗岭朋友千里而来，故而就不挽留各位。山下有一'兴隆客栈'，'烧烤全羊''猪头肉炖肥肠''红烧狮子头'，都是出了名的招牌菜，可吃饭住宿。我派人与你们一同下山，就由我太浮山做东，在那里招待各位如何？"

崔必成当是何事，听了虚云真人的话，慨然道："真人的盛情，我们就心领了。"复抱拳告辞道："青山不改，绿水长流。咱们后会有期！"

虚云真人亦拱手道："一路好走！"当即吩咐玄真送一送崔将军一行，并在玄真耳边低声道："一路上须小心提防他们放火烧山。"

玄真心领神会，提了长剑，带了唐力、李忠，遵命而去。

且说玄智目送崔将军一众及师兄下山，人影消失在林海之中，方才回转身来，一脸笑容，与苗岭朋友重新相见叙礼。

香玉姑娘满脸灿烂，眼中放光，直直地看着玄智，竟全然不顾周围人的眼光和感受，复奔过来，将剑器还了玄智，一双玉手又挽紧了玄智的手臂，兴奋地蹦跳道："远山哥哥真是天下的大英雄！"

龙云飞忙看向妹妹，递个眼色，小声提醒道："那么大姑娘了，也不怕人家笑话。"

香玉一脸红润，笑嘻嘻道："我喜欢！我欢喜！"

田长庚忙帮着香玉说道："师妹性情爽直，坦荡磊落，喜欢就是喜欢，心口如一，从不扭扭捏捏，遮遮掩掩。我就喜欢师妹这样的性格呢。"

玄智倒是出奇地平静，携了香玉姑娘，走向青云真人，向他问了安，又转向玄空，询问了他身体恢复的情况，接着又把苗家一众引见给青云师徒和少溪主叶芝楚。众人施礼还礼，相见甚欢。虚云真人见今日既打退了大顺军的挑衅，又迎来了苗岭远方的客人，心情大慰，忙请了众人，一起上缥缈峰佑圣观而来。

进得佑圣观，龙云飞一行净手焚香，往浮邱圣祖巨像躬身而拜，口中念道："多谢圣祖大恩大德，多谢太浮山玄智道长救命之恩。"毕，众人在虚云真人引领下，上到太清殿休息。龙云飞便将所带的数个精致木匣呈上，诚恳道："匣中乃是一些黄白之物，微薄之礼，还望道长收下。"

玄智见状，忙推辞道："侠义相助，乃习武之精神。我太浮山岂可收人礼物？此事不可，此事不可。"

田长庚道："我们千里而来，诚心诚意，就是要在太浮山圣祖前焚香拜谢，感谢太浮山的救命大恩。这些银两，就权作我们给佑圣观的香火钱。道长何以推辞呢？"

玄智诚惶诚恐，几番推辞，最后还是香玉姑娘开口劝了，玄智方才收下，交了师父虚云真人。虚云真人即吩咐膳房准备饭菜，招待客人。

玄智见少溪主不胜悲痛，便唤了他，出得殿外，来到僻静处，好言安慰了他一番。

老溪主的仙逝，给玄智也带来了极大的震撼和伤感。在仙人洞的这段时光里，他淡然超脱，心如止水，能够潜心练功，与此事也有着极大的关联。随后，两人自然又把话题扯到了薛彪身上。少溪主叶芝楚告诉他，薛彪已经与青梧成婚。前不久，慈利知县赵羽明招募义兵，黎军官认为薛彪是个难得的人才，便极力举荐，给他弄了个百户长的职位，又亲自来太浮山陈溪峪，竟说动了薛彪。于是，薛彪提了乌梢棍就跟着那个黎军官风风火火地走了。

玄智听了，急道："他才新婚，你们为何不劝阻他呢？"

叶芝楚道："他去时我们谁也不知道，怎么个劝法？"

玄智道："这个薛彪，也真是。上次去澧州城，他也是冒冒失失，一个人在我们的屁股后面也跟了去。这次，……唉！"

玄智打住，叹口气，忽地不说了。沉默片刻，他才又缓缓道："世间诸事，冥冥之中，自有天数，一切随缘吧。"

少溪主道："也是，也是。"忽地换了话题道："你刚才与那个追魂掌崔必成比试时，最后用的应该不是太浮山的招式吧？你又拜了新师父？那一招怎的是如此厉害？"

玄智轻轻一笑，实话道："我玄智岂是三心二意之人？在仙人洞中静修的这段时间里，我反复琢磨，想出了一套新的掌法，刚才还是初次试用。"

少溪主睁大眼睛，惊奇地看着玄智，半晌，叹道："你真是个武学奇才，我们太浮山一山的灵气，就你一个人独占了。"

玄智呵呵一笑，开心道："什么灵气我一个人独占了，习武，不仅仅讲勤，吃得起苦，还要多动脑筋，多悟。明白吗？"

叶芝楚若有所思，不住点头，猛然间又想到了一件事，神秘兮兮地低声问道："你和那个苗家姑娘是怎么回事？她一见到你，神情大异，高兴得不得了，一上来，就亲热地把你的膀子抱了？"

玄智不以为然，咧嘴一笑，小声道："你没看见吗？她就那么个大大咧咧的豪爽性格，把我当好朋友了。当了众人的面，我又怎好拂了她一个姑娘家的脸面？扫了她的兴致？所以，我也就把她当好朋友，红颜知己，只要她开心就行了。"

叶芝楚凝神细瞧着玄智脸上的表情，小声追问道："不会那么简单吧？"

玄智忙摆手悄声道："我的话你还不信？真的就那么简单。你没有看到我穿的一身道服？难道她不知道我是出家修行之人？我是出家之人，只有清心寡欲，潜心悟道，方能悟得大道，修成正果。"

叶芝楚道："你们道教一派，修行悟道，亦可出家，亦可居家，只要一心向善，心有神明，出家与居家并不矛盾啊？"

玄智道："修身养性，悟得大道，需要清净之地，清心之人；一旦婚配，入得尘世，柴米油盐酱醋茶，这些杂七杂八的东西，定会扰你心智，不得安宁，如此一来，又岂能修成大道？那岂不是功败垂成，半途而废？不可，不可。"

叶芝楚见玄智一味固执，还欲拿话劝解，却见那两个苗岭姑娘已经牵着手高高兴兴地步出太清殿，朝院中走来，便忙打住了话头。香玉姑娘和宝珠姑娘初登太浮山缥缈峰，一见这里山势与苗岭迥异，景色秀美，好奇心大发，还哪里在殿中闲坐得住？便相邀移步出来想好好欣赏太浮山的旖旎风光。

一见玄智与少溪主恰好在院中，香玉心中一喜，便又一脸甜笑，奔了过来，亲热地拽住了玄智的膀了。

宝珠朝玄智和少溪主俩人也是甜甜一笑，然后道："我家姐姐想在这附近看看，不知何处是景色最妙处？"

少溪主见宝珠眉清目秀，双眸晶亮，面若芙蓉，珠圆玉润，好一副甜美模样，且体态丰腴，文静端庄，又有大家闺秀风范，心中立时生出许多羡慕之情，忙搭腔夸口道："我们太浮山好看的地方实在是太多了。九十九岭，三十三岔，处处是景，景景迷人，可现在……"他抬头看了看天色，惋惜道："今天可能不行了，要不，我们就在这近处随便转转？"

香玉道："也好，也好。"

于是，少溪主便主动在前引路，四人说笑有声，径往后院云台那边走去。到得云台，大家站在崖边极目远眺，巨壑幽深，远岭横翠，鹰翔浩空，斜阳金辉。

两位苗岭姑娘面露惊讶，啧啧赞叹道："妙极！妙极！气象宏大，蔚然壮观，真是人间仙境，修道福地。"

香玉姑娘又道："聚天地灵气，蕴日月精华，难怪太浮山的武功是那么好。"忽地侧身，笑嘻嘻地对宝珠道："宝珠妹妹，我们两个不回去了，就在这里拜师悟道，修练武功。"

宝珠听了，眨动眼睛，细细一思，看着玄智道长，心中一乐，逗她道："不知姐姐想拜哪个为师？"

香玉脸上微微一红，看着玄智道长，笑嘻嘻道："远山哥哥，我就拜你为师，行不？"

玄智一听，一下子还猜不透香玉姑娘话中的意思，便愣在了那里。就在玄智道长正极力思索时，宝珠姑娘开口了，一本正经道："我可以拜远山哥哥为师，你就不行了。"

香玉反驳道："那是为什么呢？"

宝珠"咯咯"一笑道："你拜了远山哥哥为师，那他就成了你的师父，你就成了他的徒弟，天下哪有徒弟和师父那个……那个的？岂不乱了辈分不成？"

香玉一听，怔了一下，再一细想，脸上刷地立马绯红，急嗔了宝珠一眼，羞赧道："就你脑瓜子聪明，想得多。"

宝珠乐了，打趣道："我一番好心，是在替你着想呢。"

少溪主站立一边，看看玄智道长，又看看香玉姑娘，心中纳闷：他们两人是唱的哪一出戏呢？

别人的事没有想明白，他自己的事却来了。

这一夜，少溪主叶芝楚彻底失眠了。宝珠姑娘的音容笑貌，曼妙身姿，不请自来，在他的脑海中久久挥之不去……

翌日，在太清殿用过早饭后，虚云真人便安排玄智徒儿陪苗岭朋友去山上各处走走，散步赏景。

玄智一想，好久没有见到玄妙、玄音两位师弟和灵慧真人了，何不就趁此机会，先往三台峰去赏玩呢？于是，就引了苗岭客人一行，兴冲冲下得缥缈峰，向西径往三台峰而去。

不料，先到灵台峰上天观，没见到玄妙师弟；再到时台峰静心观，又没有见到玄音师弟。直到最后上得囿台峰太子宫，在厢房外听到灵慧真人熟悉的忽高忽低、抑扬顿挫的声音，心想，他们两人肯定是在这里听课了。

玄智不便打扰灵慧真人的授课，而苗岭众人则觉得甚是稀罕有趣，就齐齐驻足厢房外的树荫下，屏气凝神，用心细听：

"晋太元中，武陵人捕鱼为业。缘溪行，忘路之远近。忽逢桃花林，夹岸数百步，中无杂树，芳草鲜美，落英缤纷。渔人甚异之。复前行，欲穷其林。林尽水源，便得一山，山有小口，仿佛若有光。便舍船，从口入。初极狭，才通人；复行数十步，豁然开朗。土地平旷，屋舍俨然，有良田、美池、桑竹之属。阡陌交通，鸡犬相闻。其中往来种作，男女衣着，悉如外人；黄发垂髫，并怡然自乐。见渔人，乃大惊，问所从来，具答之。便要还家，设酒杀鸡作食。村中闻有此人，咸来问讯。自云先世避秦时乱，率妻子邑人，来此绝境，不复出焉，遂与外人间隔。问今是何世，乃不知有汉，无论魏晋。此人一一为具言所闻，皆叹惋。馀人各复延至其家，皆出酒食。停数日，辞去。此中人语云：'不足为外人道也。'既出，得其船，便扶向路，处处志之。及郡下，诣太守说如此。太守即遣人随其往，寻向所志，遂迷不复得路。南阳刘子骥，高尚士也。闻之，欣然规往，未果，寻病中。后遂无问津者。"

玄智虽未正式入学启蒙，然久居太浮山，耳濡目染，还是能将此段文章大意听得明明白白，而苗岭众人则因着方言语音等，不知所云，只是相互瞧着，露出惊讶的神情。一段读毕，玄智心中暗喜，心中盼着灵慧真人快开门出来。不料，稍作停顿，灵慧真人的声音又如先前般抑扬顿挫地传了出来："陋室铭：'山不在高，有仙则名；水不在深，有龙则灵。斯是陋室，惟吾德馨。苔痕上阶绿，草色入帘青。谈笑有鸿儒，往来无白丁。可以调素琴，阅金经。无丝竹之乱耳，无案牍之劳形。南阳诸葛庐，西蜀子云亭。孔子云：'何陋之有？'"

这一段文章中的一句"无丝竹之乱耳"一下子提醒了玄智，他忙两手搭在嘴边，在厢房外学起了斑鸠的叫声："咕——咕！咕——咕！咕——咕！"

书房中的灵慧真人正欲往下诵读，忽闻得几声斑鸠鸣叫声徒地在屋外响起，声音甚是宏大响亮，本能地觉得有些奇怪，便开门出来想瞧个究竟，不想门一打开，却见是玄智道长正在树下装斑鸠叫，身边还站了一群身着奇装异服的男女。海棠溪的少溪主叶芝楚也在其中。

灵慧真人既惊且喜。

玄智忙上前施礼问安，拜见灵慧真人，又将苗岭众人引见了。

灵慧真人听说是来自黔州苗岭的客人，甚是惊奇，拿眼将他们巡视多遍，然后颔首，话中有话道："看来，我太浮山与你们苗家还真是缘分不浅呐。"苗岭客人大惑不解。

龙云飞道："真人说此话，难道还另有深意？"

灵慧真人道："此话暂且放下，我待会儿带你们去一个地方，到了那里，你们自然就明白了。"

说这话时，玄妙与玄音已从厢房中奔了出来，见了玄智师兄，自是高兴雀跃。玄智又将他俩与苗岭众人相互引见了，大家又是一阵叙礼寒暄。毕，灵慧真人忙吩咐玄妙、玄音去厨房帮着准备饭菜，自己乐呵呵地引了众人径往太子宫去品茶叙话。

到了太子宫，玄智与叶芝楚连忙张罗着给苗岭朋友去沏茶水。叶芝楚心中暗自喜欢着宝珠姑娘，便笑吟吟地将第一杯茶水忙端与宝珠。宝珠也是大姑娘了，正值青春妙龄，对少溪主叶芝楚的这个举动岂有不明之理？此时当着这么多人，她虽接了茶水，脸上却是变得微红，但瞬间又恢复如初。

可就是这瞬间的神情变化，还是让香玉姑娘窥出了端倪。

"难道……"

香玉姑娘看着他们两人的神情，眉宇之间，似藏有儿女私密之情，心中忽然觉得他们两个倒好像真有那么个缘分似的，郎才女貌，也是极为般配。一想到自己的心事，若是好事能成，再让宝珠妹妹也一同嫁来太浮山，两个人可长久做伴，有个照应，哪岂不是锦上添花，美妙之极？香玉就这样遐想着，嘴角不觉微微上扬，绽露满满笑意。

玄智先是给灵慧真人敬茶，然后依次是云飞、香玉、长庚等。

上茶毕，宾主依次就座。

灵慧真人问身边的龙云飞道："龙公子，你既然身为苗人，你可知道你们苗族的先祖在很早以前是居住在哪里？"

龙云飞忙道："只要是我苗族后裔，都会知道这件事情，据说我们苗族的先祖是生活在遥远的北方，居住在黄河中下游的富庶地区。"

灵慧真人颔首道："嗯，正是。看来你们苗族后裔真还没有忘记你们的先祖故地。几千年前，你们的祖先确实是生活在那里。故土虽遥，乡愁难断啊！"

龙云飞不解，追问道："真人怎么会知道这些？"

灵慧真人仰头爽朗一笑，不无谦虚道："贫道虽久居深山，但还是粗通一点文墨，平生最大的嗜好就是读书。书到《尚书》，诗到《诗经》，二十四史，诸子百家，无一不读。是故上到天文，下至地理，阴阳八卦，奇门遁甲，洛河神图，虽说不上精通，却也略知一二。在数千年前的中原地区，有一个驩兜部族，也是当时的望族。这个部族也参加了当时的尧帝部落联盟。一次，尧帝召见驩兜等重臣，商议自己的接班人选。心胸坦荡，刚直不阿的驩兜就提议共工才是最好的接班人选。不料，此建议当即就遭到了尧帝的反对，也因此而种下了祸根。舜被确定为帝位的接班人后，驩兜、共工、鲧、三苗等不服，联合起来反对舜。于是，尧派舜接连发动了'尧伐丹水''尧伐驩兜'的战争。三苗、驩兜战败。舜又以治水不力将鲧和共工治罪。之后，舜将驩兜、三苗、鲧、共工放逐。"

灵慧真人喝了一口茶，继续道："流放的驩兜部族由驩兜亲自率领，自丹水出发，跨长江、入洞庭，然后又分为北、中、南三路向西进发。北路自澧水而上，南路沿沅水而进，驩兜亲自率大部沿此山北麓下的道水经太浮山西进。"

香玉惊讶，一个"啊"声，打断了灵慧真人对历史往事的追忆。龙云飞赶紧问道："真人，您说的太浮山就是此太浮山？"

灵慧真人点头道："正是此太浮山。这里是洞庭湖西岸的第一座高山，又正处于西部高山与东部滨湖的交接过渡地带，山上丛林莽莽，云蒸雾绕，驩兜在此盘桓多日，他自己带领部族继续西进，三支队伍终于在湘西永定卫的崇山会合。就在我们此山的东麓，缥缈峰的万丈峭壁下，有一个平地突起的浑圆山包，名唤'坛山包'，这山包之上，有一个巨大的石砌土台。相传，这土台就是你们的祖先驩兜与当地土著首领筑坛的一个圣地。后来，就在这古坛近处建了一个寺，就是现在的空灵寺。"

灵慧真人歇口气，又喝了口茶，从椅子上起身，缓步走到众人中间，神情虔诚肃穆，深吸了一口气，然后身躯微屈，两手在身子两侧，上下左右有节奏地摆动着，口中"嗬嗬"有声：

> 嗬——嗬！炮声响出三天路远，
> 鼓声响出三天路长；
> 嗬——嗬！笙歌震荡三山五岳，
> 呼声惊动四面八方；
> 嗬——嗬！声音传去九天九夜，
> 九天九夜巫傩之舞欢乐无疆。

瞬间，苗岭众人急切地想见到那座"坛山包"，那个无比神圣的上古神坛。

这时，玄妙过来招呼大家用饭。灵慧真人便停了舞蹈，忙邀众人一起走进饭堂。

饭毕，情兴正浓、迫不及待的苗岭客人便急急地恭请灵慧真人引路，前往太浮山东麓的空灵寺。

一行人边聊边行，经缥缈峰云间小道，至峭壁处折下。太浮山东面山麓下的平畴旷野、小丘小岗、村落茅舍，还有那一缕一缕的袅袅炊烟，顿时尽收眼底，一览无余。

众人赏心悦目，心旷神怡。

就在众人感叹赞美时，忽地从一险峰密林中传来数道低沉的虎啸声，幽壑回应，山林耸震。群鸟惊起，从众人头顶上慌张掠过，疾飞向低空。一只梅花鹿从林中奔出，在前面不远处横过石级小道，一闪而过，迅捷地消失在葱绿深林中。

苗岭众人心悸栗然，惊讶相顾！

一个多时辰后，众人便兴致勃勃地来到了空灵寺前。早有小沙弥飞跑进去，报了住持济慈大师。济慈大师得闻，忙亲自步出寺门，惊喜地迎接了灵慧真人一行，请进寺中，看座献茶。得闻真人是带苗岭客人专门前来探访其先祖所建的古神坛时，济慈大师忙吩咐弟子玄清，快去通知伙食房，准备饭菜，以便招待远方贵客。

休息片刻，济慈大师便引了众人，出寺院后门，沿石板幽径一路前行，来到一长有古樟、巨松的偌大石砌平台处。

济慈大师感叹道："这就是古神坛的遗址。日升月落，星移斗转；沧海桑田，物是人非！"

灵慧真人道："唯身临其境，睹物遥思，方知宇宙洪荒，时光悠长。祖宗虽远，祭祀不可不诚。"便转向济慈大师道："还有劳大师备一些祭祀用品，好让苗岭的客人一用。"

济慈大师便吩咐玄清带人下山去置办。龙云飞即着田长庚带了数人同去。济慈大师见其间荆棘丛生，灌木遍地，又唤了几个僧人拿来柴刀，将其一应砍削干净。

如此一番忙碌后，古神坛在古樟巨松的掩映下，露出了其宏大的台基轮廓。一眼望去，虽是遍布苔藓地衣，黝黑中泛着黄绿，却让人一见之下，心中顿生肃穆、凝重之感。

天暮时分，玄清、田长庚等方将祭品办齐，转回空灵寺。众人只得在寺中留宿休息。用过晚饭，济慈大师便邀请众人在寺中院子里品茶相叙。

是日，又恰是望日。满月从东边天空渐渐升起，光华似水。整座太浮山就像一个冰肌玉骨、温婉多情的女子，沐浴在神秘静谧的清辉中，香甜冶艳，美轮美奂。

空灵寺内，汉、苗朋友相谈甚欢，情同一家。

香玉一厢心思都在玄智道长身上，便趁隙拉了玄智的手，悄悄地去了寺后小院。

"远山哥，你昨天使的那招掌法实在是太厉害了，就那么一掌……"香玉满脸羡慕之意，她一边用手比画，一边道："那人就如树叶般从地上腾空卷起，好吓人呢。哪是什么掌法？你能不能教教我？我如果学会了，就没有人敢欺负我了。"

玄智不置可否，只得如实道："那是我自己根据北斗七星的方位胡乱琢磨出来的，我叫它北斗七星幻影掌。若要让这招发挥出它的极致威力，施招者必须要有极深的内力。否则，亦达不到一招制人的效果。"

香玉一想，玄智道长说的也是实情。

其实，她的心思并不在学不学他的武功，而就是随便找个话题和自己喜欢的人聊着，她就开心了。于是，她甜甜地浅笑道："远山哥，我知道你武功厉害，就是有十个我、百个我、千个我，在你的眼里，都是不屑一顾的。这次好不容易到太浮山来，见到你，我好开心，我好喜欢，我真希望自己就留在这里，拜你为师，跟着你习练武功。"

玄智忙表白道："我可不收徒弟啊。"

香玉狡黠地一笑，神秘道："我有办法让你收我为徒。"

玄智一怔，随即连连摇头道："我不相信你有这本事。"

香玉抿嘴一笑："这世界上，你恐怕就最听你师父虚云真人的话了。我就去你师父虚云真人那里，就说呢……"

姑娘忽然停了话语，双目有如放电一般，晶亮而又火辣，毫无忌惮地在玄智身上上下游走，最后，就长时间地停留在了他的脸庞上，他的一双能让女人迷恋的凤目上。

玄智的目光也不由自主地看向姑娘。香玉呼出的气息，如兰草花的幽香，让玄智感到一阵晕眩、沉醉……

玄智感觉到自己的身子已经有了明显的，奇异的反应。他热血沸腾，浑身烧热，口干舌燥，他想伸出手去，把跟前的这个如花似玉的姑娘紧紧地搂抱在自己的怀里……

就在这时，朦胧的夜色里突然传来一道清脆的鸟鸣声。鸟鸣声就有如一道长长的弧线，从空旷的谷麓里轻盈地划过。

玄智一下子从迷糊中醒转过来。他赶紧使劲地摆了摆头，想把自己的目光从姑娘的花容上移开。

然而，他的目光却坚决地违背了主人的意愿，甘愿成为眼前仙女一般姑娘的俘虏。

玄智的目光虽然没能顺利地挪开，但他的心境已经是十分朗明澄澈。他开始用意念顽强地控制自己，抵御近在咫尺的诱惑。

突然，香玉把右手紧紧地贴在玄智的胸口上，温软而坚定道："我就说你喜欢我，要娶我为妻！"

玄智一听，有如响雷落地，惊得双脚一跳，脊背一阵冰凉：这个苗家女子天生一副俊俏模样，可心计确是不一般的厉害，若拿自己与她一比，自己绝不是她的对手，便急摆手道："好了，好了，我还真服了你。在我面前，你可以使强，我会让着你，只要你开心快乐就是了，可我师父那里，你就千万不要去了，这段时间，他的心情也不是很好，你就不要去打扰他老人家了。"

香玉正色道："怎么回事？"

玄智便把澧州城之战海棠溪主叶博凌亡故，玉皇庙心智大师受伤的事说了。

"我师父与老溪主交往很深，情同兄弟，老溪主的仙去，对我师父打击很大。"玄智伤感道。

香玉姑娘听了，亦是吃惊不小，忙追问道："你说的老溪主叶博凌就是少溪主叶芝楚的家父？"

玄智道："正是。"

香玉惋惜道："原来如此！"忽地凝神道："你看出来没有，那个小伙子已经暗暗喜欢上了宝珠妹妹。"

一提及男女之间的情事，玄智条件反射般心中一沉，随即移目别处，冷冷道："那是尘世中的事情，一切随缘吧。"忽又面露悦色，高兴道："若能成，也是件好事。"

香玉见玄智脸上神情，瞬间变化无常，虽现喜色，却也似乎隐藏着无限落寞，一脸灰蒙，自己心中震动，不知所措，忙伸手捏紧其臂膀，急问道："远山哥，你怎么了？"

玄智沉默无语，只是轻轻叹了口气，摇了摇头。

香玉关切道："你年纪轻轻，武功修为已达上乘之境，无人能及，人又帅，人品又好，可你心中似有什么芥蒂，让你一直耿耿于怀，纠结不下，这是为何？"

玄智不语，只是将目光移向灰蒙山脊上的深邃夜空。

香玉亦把目光上抬，投向那深远的夜空。

那里有什么呢？除了星辰罗列，茫茫太空，什么也没有。她把目光收回，羞红着脸，看向玄智，鼓足勇气，低声道："少溪主都能够喜欢上宝珠妹妹，你为什么就不能够喜欢我呢？"

玄智没有收回茫然的目光，只是轻轻地摇了摇头。

香玉心中隐痛，心念电转，竭力思虑，终是困惑不解，心中暗道："我明天找你师父就是了。"

翌日上午，众人便携了六牲酒食、香蜡纸草爆竹，再次来到古神坛。

古樟林中，苗岭客人将一应祭品酒水摆放整齐，焚了香蜡，燃了纸草，放了爆竹。就在这氤氲、肃穆的气氛中，苗岭客人围成一圈，情不自禁地吟唱舞蹈起来：

> 鼓社人山人海，
> 鼓会歌声悠扬；
> 摆起酒坛饭甑，
> 摆起铜凳银凳；
> 女的穿罗穿裙，
> 男的穿绸穿缎；
> 大大的银珈银圈满胸满颈，
> 大大的耳环吊起碰面碰肩；
> 请来苗老司，
> 请来苗歌师；
> 请来拳术师，
> 请来吹鼓手；
> 娘豆执斛执瓢，
> 几贵端桶端盆；
> 鲁最挟柴烧火，
> 久欧开锅上甑；
> 木木司肉司酒，
> 德苟摆席摆凳；

大莲编辞编歌；

大千吟诗诵经；

露露翩翩起舞，

达给击鼓助兴；

嘎嘎牧宾待客，

巴我护魂护魄。

……

阿吉哟呵，祖宗高兴；

阿吉哟呵，子孙兴旺；

……

一朝破了鼓社，

一夕破了鼓会；

鼓社变成了魔社，

鼓会变成了鬼会。

……

舞蹈者的声音陡地提高，激动中带着悲愤：

嗬——嗬！欢乐的鼓会冲散了，

欢乐的人群冲散了；

嗬——嗬！亲戚朋友不见了，

鼓场一片空空荡荡；

嗬——嗬！鼓会又成了魔会，

鼓会又成了鬼场；

嗬——嗬！祸害延及九十九岭，

苦难涌向四面八方；

嗬——嗬！七宗奋起相抵，

七房奋起相抗；

嗬——嗬！金刀银刀相抵，

铁叉铁矛相抗；

嗬——嗬！战了九十九次，

斗了九十九场；

嗬——嗬！苗老司用尽了法术，

拳术师用尽了力量；

……

气氛感染着在场的每一位人。灵慧真人如痴如醉，不知不觉地走上前去，加入了舞蹈者的行列。这时候，舞蹈者的声音再一次提高，激昂中汇入了喜悦的气氛：

嗬——嗬！齐了三头水牛，

齐了三头黄牛；

嗬——嗬！齐了五头黑猪，

齐了五头花猪；

嗬——嗬！齐了七个簸箕大的铜鼓，

齐了七面簸箕大的铜锣；

嗬——嗬！齐了九个牛面大鼓，

齐了九面凸凸小锣；

嗬——嗬！齐了一十二把长管，

齐了一十二把长号；

嗬——嗬！齐了三百芦笙，

齐了三百唢呐；

嗬——嗬！齐了三千大炮，

齐了三万小炮；

嗬——嗬！炮声响出三天路远，

鼓声响出三天路长；

嗬——嗬！笙歌震荡三山五岳，

呼声惊动四面八方；

嗬——嗬！声音传去九天九夜，

九天九夜巫傩之舞欢乐无疆；

……

苗岭客人舞蹈毕，虔诚地望古神坛伏地而拜，口中念念有词，祈求先祖降给后人无边福禄，保佑后代子孙世世代代幸福安康，祥和兴盛。

祭祀毕，苗岭客人徘徊古神坛，缅怀凭吊良久，方辞了济慈大师，在灵慧真人、玄智道长等的陪同下，离了空灵寺，往缥缈峰佑圣观而去。

午时，众人回到佑圣观。虚云真人和玄真道长接了众人，请入太清殿内休息。

香玉姑娘逮了个机会，将虚云真人请到一个僻静处，行过礼后，开门见山道："真人，玄智是您的徒儿，不知何故，他心中似有一个解不开的结。小女子昨夜向他问起，他却总是沉默不语。您是他的师父，应该是最了解他的人了，还希望您能将此中原委明示于小女子。"

虚云真人心中微震，略一沉吟，反问道："姑娘何以如此关心一个出家修道之人呢？"

见真人这般问起，香玉姑娘始料不及，脸上忽地潮红，只得如实答道："他是我的救命恩人，我一见欢心，我喜欢他。我希望他天天开心快乐。所以，我想帮他解开这个心结。"

虚云真人神情凝重道："你为何要喜欢上他？他可是出家修道之人，身在尘世外，不在五行中。"

香玉姑娘想了想，坦然道："喜欢就是喜欢，好像没有为何。他现在虽是出家修道之人，但他日后可以还俗，居家亦可修行。"

虚云真人听了，心中一凛，姑娘的回答，竟是这般简单明了！

他抬头爽朗一笑："无因哪来果？没有为何，怎么会生出喜欢？"

香玉姑娘平静道："真人前辈，在小女子的心里，喜欢就是喜欢，实在没有一、二、三、四的理由。"

虚云真人道："你真的喜欢玄智？"

香玉姑娘点头道："嗯。如果我不喜欢他，我就不会冒昧有求于您了。"

虚云真人继续问道："你愿意和他相守一生？"

香玉姑娘语气坚决道："既相爱，则相守。"

虚云真人又道："他喜欢你吗？"

香玉姑娘低头思想一会，坦然道："这个……我还不能肯定，但我可以喜欢他，可以关心他，也可以让他喜欢上我。"

虚云真人道："未必如此，强扭的瓜不甜。"

香玉姑娘坚定道："心结打开了，白开水也是甜的。"

这姑娘也是实话实说。

哪知虚云真人听了，心中却是十分的震惊和满意。他认为这位苗岭姑娘倒是个很实在的女孩，喜欢自己的徒儿也的确是真心一片。他何尝不希望自己的徒儿开心快乐呢？他略思片刻，终于下定决心，要帮帮这位苗岭姑娘。其实，虚云真人自己最明白不过了，他这也是替自己赎"过"。不过，自己徒儿有没有这个想法，他还得问清楚。玄智徒儿心中的郁结，那是来自他与青梧姑娘之间的一段情缘。说实在的，也是因自己而起，事后，自己深感内疚。他思忖道，在这位姑娘面前，玄智与青梧姑娘之间的事情，是万万不可提及。于是，虚云真人便隐了这一节，对玄智徒儿心结一事只字不提，只是神情严峻道："姑娘，在这件事情上，我会尽力帮你。"

香玉姑娘听了，满心欢喜，忙弯腰对虚云真人一鞠道："多谢真人！"

香玉姑娘走后，虚云真人找人把玄智找来，来到自己的起居之处。

"陪师父喝杯茶吧。"虚云真人吩咐道。

玄智一听师父要他陪着喝茶，心头一紧，就知道师父有重要事情要说，忙一边给师父沏茶，一边开始揣摩师父要说的事情。

虚云真人品了几口茶后，先是询问起那天打败追魂掌崔必成的奇怪招式是怎么回事。

玄智便照直说了。

虚云真人大惊，盯着玄智，凝视良久，然后面露惊喜之色，感叹道："失之东隅，收之桑榆。你失去了一位好姑娘，却悟出了一招极厉害的武功，也算是天道公平，不偏不倚。今天，那位苗岭龙公子的妹妹龙香玉找到我，把你们两人之间的事情对我说了。我看得出来，她对你是真心喜欢，不然，她就不会放下一个姑娘家的脸面来求我了。因为我，你已经耽误了一次，现在，我不希望你再有耽误，也不希望我再次内疚。我年岁大了，桑榆之年，自有其他弟子照顾，不能因此而误你青春。其他弟子今后亦是这样，到了什么年龄，就该做什么事情，道法自然，不可逆天命，灭人伦。据我推测，你日后在武功上的造诣将是不可估量，必将远远超出你的师兄玄真一大截。你应当还俗婚配，这样，才能够将你的一身好武功传承下去。如此，我太浮山的武功精髓方能薪火相传，发扬光大。你懂了吗？"

玄智低声应道："徒儿明白。"

虚云真人道："你明白就好了。不过，我还是要先问清楚，你对她是否也是喜欢？"

玄智担忧道："现在天下大乱，兵祸四起，我辈身逢乱世，随时都会下山奔赴国难，刀剑无情，唯恐有个三长两短，山高水低，耽误了姑娘后半生。"

虚云真人叹道："兴，百姓苦；亡，百姓苦。天下什么时候真正太平过？那照你的意思，黎民百姓就都不要成家了？天上有老鹰，百姓就不要饲养鸡崽了？"

玄智只得点头道："一切随缘吧，但凭师父安排。"

虚云真人忽地感叹道："到时候我就把住持之位传给你师兄，我就天天陪着徒孙玩，让我也享享带孙子的天伦之乐。"

玄智一听，浑身震动！原来师父对自己竟是存有着这样的希冀与厚望！心中立时感动万分，双眼潮湿，忙道："师父，徒儿一定听您的话，满足您的心愿。"

说到情深处，师徒俩是心意相通，惺惺相惜。

玄智从师父处出来，忽觉胸中舒畅无比，来到院子尽头石栏杆处，极目远眺群峰、深壑，觉得一切都是那么宜人美好。他伸展双臂，深深地吸了一口气，顿觉一股巨大的真气从腹中气海直向下冲出，过会阴，进长强，然后沿脊背督脉一路上行直冲头顶百会，然后经神庭、人中、承浆、璇玑、膻中、中脘、神阙，最后又复归于丹田气海。玄智一呼一吸，浩荡的真气就会在他体内任督二脉中汹涌澎湃、循环鼓荡。

玄智大喜，一边呼吸，一边揣摩，一边细细思之：这莫非就是习武之人梦寐以求的人体小周天循环神功？

玄智忽地想到自己练就的太浮山"九龙同潮"神功，这二者似乎有异曲同工之效，若能把这两种神功结合在一起，融会贯通，将会产生何种效果呢？玄智脑洞大开，奇思妙想，纷至沓来。他边想边练，边练边想，片刻之后，只觉体内真气均已融为一体，竟可随意念而动，且隐隐之中含有森森杀气。玄智突然想到："九龙同潮"神功的最高境界，不就是杀人于无形无招吗？他一眼瞧见数丈外的一棵高大的枇杷树，树上已经是青果累累。玄智心中锁定目标，并不拿眼去瞧它，只是起手、呼吸、运气，待到体内真气鼓荡时，用脑中意念指向那株枇杷树，只听得风声大作，感觉到树身摇晃不住。玄智意念愈强，风力愈大；意念愈小，风力愈小。玄智狂喜，如此反复，甚觉趣味横生，妙不可言。

正得意间，忽听得有人尖声惊呼道："快看！快看！起怪风了！起怪风了！"

玄智闻声，急收了意念，调息内气，待拿眼看向叫声处时，已复如常人一般。来的原是香玉、宝珠、叶芝楚三人。

三人惊栗万分，看看枇杷树，又看看玄智，直嘘奇怪。玄智见了香玉，想着刚才师父对他说的一番话，不觉脸上微红，神情一下子局促不安起来。心里思忖道："这苗岭姑娘模样俊俏，心机胆量果是非同小可。"可嘴上还是忙打招呼。香玉把玄智的神情变化全都瞧在了眼里，料想虚云真人刚才肯定把一些话已经给他说了。她心中志忐不安，急欲想知道玄智的想法，便推了宝珠和少溪主一把，笑嘻嘻地把他们两个支到远远的一边去。

香玉走上前来，伸手轻挽了玄智的胳膊，双眼凝视着玄智，羞涩中夹着勇气，柔声道："远山哥，我们明天就要回苗岭了，我现在就等着你的一句话。你是第一个让我心生爱慕的男子，我喜欢你，我从苗岭千里迢迢而来，就是为了你，就是为了听你的这一句话。"

话一说完，香玉姑娘自己早已是丰胸起伏，气嘘若兰；粉脸如桃，艳如胭脂。

玄智既已答应师父，心结已经打开，自是一身轻松，心中尽是欢喜。可真正到了面对姑娘，自己要开口说出"我喜欢你""我爱你"这些甜言蜜语时，玄智的嘴皮子却是古怪地木讷呆滞起来，坚决地不听使唤。他的心中又是激动、又是紧张。他好不容易地抬起头来，羞涩而又慌乱地与面前的姑娘对视了一眼，顿觉胸中之物怦然乱跳，有如小鹿奔突一般。

玄智立马移开双目，惶惶然低声道："我答应师父了。"

好一个玄智道长，憋了半晌，才说出这么一句让人明白又不明白的话来。可冰雪聪慧的姑娘一听，竟是心花怒放，欢喜雀跃！她清澈明亮的目光里瞬间腾起火辣辣的光焰。她完全不顾及自己是个女儿之身，上前猛地紧紧抱住了玄智道长，伏他怀中，身子轻轻颤抖起来。

香玉与玄智的姻缘既已挑明，第二天苗岭朋友又要起程回转，虚云真人忙叫伙食房多备酒菜，又吩咐玄真等通知山上各观、寺、庙、宫、庵住持，薄暮时分齐聚太清殿，为苗岭客人送行。香玉的父母双亲不在这里，只有哥哥龙云飞在此。俗话说长兄为父，因此，为两个年轻人的婚事，虚云真人还特地征询了龙云飞的意见。苗家女子在婚恋上开放、自由，恋爱、结婚都是由女子自己做主，不像汉族女子的婚姻，基本都是尊崇流传千年的古习俗，讲的是门当户对，父母之命，媒人之约。龙云飞本来就一直宠着香玉妹妹，而他们兄妹的命都是玄智道长所救，玄智道长的人品、武功，那是云飞亲眼所见，还有甚话说？所以龙云飞就代替他们的父母爽快应许了这门婚事。

晚上，缥缈峰顶的太清殿内，灯火通明，热闹非凡。太浮山与苗岭结为亲家，真是破天荒的喜事。满脸喜气的虚云真人将龙大公子请在上桌上首，自己与灵慧真人、青云真人、济慈大师、玥明师太、清心师太等太浮山一众长辈殷勤作陪，然后是香玉、玄智、宝珠、少溪主。下桌是玄真道长陪了田长庚等苗岭众人，再下两桌是太浮山的一众人等。在酒酣耳热之际，虚云真人与龙大公子约好了登门提亲的时间，定在下半年的苗岭赶秋节，即阴历立秋时。

虚云真人对龙大公子道："明天，我会安排玄智与少溪主将你们一直送到常德府。立秋之际，我将亲自去苗岭，登门拜访你的双亲大人。另外，少溪主与宝珠的婚事，还请大公子回去后与她父母相商，望其玉成。"

龙云飞一并爽快答应。

第二天用过早饭，苗岭一行起程下山。虚云真人率太浮山一众送至缥缈峰下小山门，殷殷惜别。玄智与少溪主则一路护送至常德府沅水大码头。

香玉姑娘从怀中取出一个精美的如意荷包，双手持了，送与玄智。玄智诚惶诚恐，忙小心接了，纳入怀中，高兴之余，举措局促，两手在身上乱摸，也想回送姑娘一样东西，可全身上下掏了个遍，却并无一物。香玉见了，抿嘴甜笑。正尴尬间，玄智忽地想起了怀中藏着的短刀，便从怀中取出，递在香玉手里，局促不安道："此刀虽小，亦不是什么宝物，但却可防身，就当信物，送与妹妹。"

香玉接了，双手紧紧地握住，欢喜道："哥哥送给妹妹的礼物，就是世间最珍贵的宝物，我会日夜随身带着。"

在一旁的宝珠见了，心中暗道："难怪她身上香味甚重，却原就准备好了给情郎的荷包。她有荷包送情郎，我如何是好？看来，我只好将自己佩带的荷包送与少溪主了，不然，我就太没面子了。"宝珠心念电转，忙将自己身上佩带的荷包取了，递与少溪主，心中不安道："下次，我要送你一个又新又好看的。"叶芝楚也是毫无准备，忙接了，也学着玄智的样，将自己的短刀取出，递与宝珠。

江风激扬，江水浩荡。

船老大在高声吆喝着客人上船了。香玉姑娘趁众人转身上船之际，忙紧抱了玄智道长，伏在他怀中，柔声道："远山哥哥，我在苗岭等你。"

玄智看着痴情的姑娘，点头道："我会记住你的！"

香玉一脸娇羞，泪光莹莹，复道："我在苗岭等你！"转身飞步上船。

大船逆水而行，渐去渐远。

玄智与少溪主一直目送船影消失在宽阔的江面，才带着无限的失落与惆怅，怏怏而返。

直到常德府在江水波涛中渐渐隐去，两个姑娘方才回转船舱中。香玉姑娘一时顿觉心中空落无比，便将手中短刀拿来细细赏玩。忽地看到刀柄上清晰地刻着一个"远"字，双手抚摸，心头一热，竟觉胸中热浪翻滚，情涛汹涌澎湃。

第七章
杨处士妙笔写山水
谭道长谢恩拜浮山

话说玄智与少溪主目送苗岭众人离去后，心中亦是倍感空落。俩人在码头上引颈西望，直至船影渐去渐远，完全消失，唯见一江碧水从天际涌流而来，极目远眺，伫立良久，方才慢吞吞上得码头，步到熙熙攘攘的大街上。

俩人实无心思逛街。玄智就按师父吩咐，寻到一家卖衣服的铺子，给自己买了几套换洗的俗家衣衫。双手拿了衣物在手，一想到从今往后，自己就得脱下穿习惯了的一身道服，换上俗家衣服，自己就和少溪主一样，变成真真实实的尘世中人了，想着师父这么多年来对自己的养育栽培之恩，玄智心中自是一阵伤感，惆怅万分。

玄智一边想着心事，一边慢慢将衣服打成一个包裹，斜挎在背后，又在一家小食摊上买了一些师父爱吃的糕点，一并包好放入包裹中，便与少溪主望太浮山一路转回。

次日午后，俩人一并上得缥缈峰佑圣观，回见了虚云真人。虚云真人听了俩人的回话，甚是满意。少溪主当即辞了真人，就要下山回海棠溪。而玄智心中早就挂牵着薛彪的事情，便想着随少溪主一同下山，然后去慈利走一趟。虚云真人考虑到少溪主的婚事，正要与少溪主的母亲吴氏相商，便唤住他俩，三人一同下山。

玄智换了一身俗家衣服出来，一眼看去，虽是俗家装扮，然面如朗月，双目如星，神情举止，却俨然一副斯文秀才模样。师父虚云真人审视半晌，十分满意，然亦稍有遗憾，便语气凝重道："玄智徒儿，你的武功造诣已入大境界，我是大可放心。今后有空闲时，你还要多去三台峰太子宫灵慧真人那里。灵慧真人学富五车，满腹经纶，是我们太浮山的文曲星，你要向他多请教一些诗书文章，若能修成文武兼备，那是最好不过了。"

玄智忙道："徒儿谨记师父教诲。"

虚云真人又转向少溪主道："叶公子，你的武功源承于祖传家教，老溪主在世之时，曾多次向我提起，要我收你为徒。我因观中事务拖累，一直未曾答应。这段时日以来，我反复思虑，现已将观中诸事交付与大弟子玄真办理，故而，我便有了些时间与精力。考虑到你与宝珠的婚事，说实在的，目下的天下已经很不太平了，苗岭与我们太浮山又是相距甚远，千里之遥，这一去一来，路途遥远，山高水险；强人出没，盗匪猖獗。为平安计，我准备收你为徒，传你太浮山佑圣观武学，不知你意下如何？"

少溪主一听，又惊又喜，忙向虚云真人行叩拜礼，口中连称"师父"。

虚云真人忙伸手扶了少溪主起来，语重心长道："如此一来，你不仅有你家学的武功，又兼有我太浮山道教一派的武学精要，你若能把二者融会贯通，精华合于一体，勤学苦练，假以时日，今后对你将是大有裨益。明白吗？"

少溪主道："徒儿明白，徒儿记住了。"

虚云真人道："数日后，玄真道长将开山收唐力、李忠为徒，到时我们也正式行师徒之礼，明示太浮山众人。"

少溪主欢喜道："徒儿全凭师父安排。"

虚云真人微笑颔首道："我们下山去吧。"

师徒三人脚下发力，又是一路顺山势而下，半个多时辰后，就到了陈溪峪薛彪家。

王婶与青梧一眼见到着一身俗服的玄智时，两人均是大吃了一惊。尤其是青梧姑娘，双眼直盯着玄智，恍若看到陌生人一般。

虚云真人见此情景，忙将苗岭一众来太浮山谢恩、自己劝说徒儿还俗、并与苗岭香玉姑娘联姻的事情经过说了。

两人才如梦方醒，急将三人请进堂屋，端茶倒水，嘘寒问暖。

青梧姑娘大婚之时，玄智尚在香炉峰仙人洞中修行，并不知晓，是故未曾前来贺喜。那夜饮酒，青梧见玄智醉酒后口吐真言，心中万般苦楚，便知自己与玄智有缘无分，一横心思，为救玄智脱离苦海，便将自己许了薛彪。婚后，薛彪对她是万般恩爱，千般体贴。如此一来，青梧虽说心中对玄智有着天大的怨恨，但终究自己已身为人妇，也就无任何非分之想与奢求了。她既跟了薛彪，便决心与薛彪恩爱一生，相夫教子，白头偕老。她想着，自己嫁了人，玄智便可以断了尘世的恋情，他也就从情海中得以解脱，他就可以轻松了，开心了，快乐了。可造化却是如此弄人！玄智终究还是还俗婚配，未来的新娘就是

那位漂亮大方的苗家女子，这般结果终是让青梧姑娘始料未及，心中瞬时五味翻涌。

见玄智尘缘终定，青梧虽说脸面上欢喜，但内心却是一阵酸楚。她咬了牙，强忍泪水，让婆婆王婶陪了说话，自己忙系了围裙，去厨房烧火做饭去了。王婶自得了这个漂亮勤快的儿媳妇，心里像是喝了蜜糖一样，甜透了。一应重活，都是吩咐了薛彪去做，绝不要青梧姑娘插手，生怕累着了她。青梧姑娘也是心知肚明，知道婆婆惯着她，宠着她，想着自己命运多舛，到后来，老天爷竟也给她安排了这样一个好丈夫，一个好婆婆，一个安逸、温馨的安身立命之所，她也知足了。

不多一会，青梧姑娘便将饭菜准备好。大家围桌而坐，亦饮了一点小酒。青梧姑娘端了酒杯，先敬了虚云真人，然后敬玄智道："楚大哥，小妹敬你了，多谢你的救命之恩，多谢你把我带到太浮山，让我有了一个好丈夫，一个好婆婆。"说完，一饮而尽，倾了酒杯，直看着玄智。

玄智既与香玉定下亲事，心中已是释然，忙祝贺道："大喜之时，未能前来恭贺，实是遗憾！今日贺喜，亦不为迟。祝青梧小妹与薛彪老弟百年好合，白头偕老，早生贵子！"说完，也将自己面前的一杯酒一口干了。

大家一边喝酒，一边叙话，自然又说到了薛彪。玄智便把要去慈利劝回薛彪的事说了。

青梧便道："他口口声声说男子汉大丈夫要不甘平庸，要出人头地，说什么'生如蝼蚁当立鸿鹄之志'，说什么'生当作人杰，死亦为鬼雄'等等，我看他是听灵慧真人的话听多了。依我看这兵荒马乱的年月，还是待在家里安稳些，你帮我把他劝回来，那是最好不过了。"

虚云真人听青梧姑娘这般数说，虽无言语，面上却是露着浅笑。

玄智点头正色道："我也是这个意思。我和他从小一起长大，情如兄弟。他一个人在外，刀剑无眼，一想着你们又是新婚，东一个，西一个，我心中实是不安。所以，我此次去，不管他回与不回，都要尽心尽力去劝劝他。青梧小妹是我带到太浮山来的，他要对你负责，不可辜负了你。"

青梧听了，想着自己与玄智虽无夫妻之情缘，但他却还是时时心中有我，心中竟是一热，双眼红润起来。

饭毕，青梧见婆婆还在与虚云真人说着话，便叫了玄智，两人来到院中。

四目相对，青梧竟是泪眼婆娑。

一个是生米煮成熟饭，木已成舟；一个是承师父之命，还俗终定尘缘。

青梧含泪道："你终是还俗了。"

玄智沉默一会，深叹了口气，低声回道："这是命。我命不由我。"

青梧盯着玄智，幽怨道："你原是挂记着那位苗家女子。"

玄智闻听，情感最痛处被戳了个正着，心中方才立马大乱。他看着青梧，痛苦道："人在江湖，身不由己。"

青梧口中喃喃道："我就想听一句你的肺腑之言，你真心喜欢过我吗？哪怕就是一天，一会儿？"

玄智立在院中，沉默无语，可心却在滴血，在裂痛。

青梧继续道："我哪里就比她差了？"

玄智心中震恐，唯恐青梧还要继续说下去，痛上加痛，忙违心地认错哽咽道："青梧妹妹，是我不好，是我负了你，这是天命。如今，你我各定尘缘，还是随缘吧，各安天命。"

玄智说完，心中痛楚不已。

这时，堂屋中有说话声和脚步声传了出来。青梧赶紧用衣袖擦拭了眼泪，装成无事人一般。

王婶送虚云真人与少溪主出来。三人便辞了王婶与青梧，径往海棠溪而去。

一个时辰后，便到了海棠溪少溪主家。老夫人吴氏闻听虚云真人到了，忙从内室迎了出来，将虚云真人及玄智请入客厅歇息用茶。虚云真人便将少溪主叶芝楚与苗岭宝珠姑娘的事情说了，顺便也说了玄智与香玉的事情。老夫人已听儿子提起过这件事情，只是还未曾亲见姑娘本人，当下便转头望向儿子，问询道："楚儿，这是你自己的事情，当由你自己定夺。你说喜欢，我这做母亲的就点头应许了。若是不喜欢，则罢了。你自己说话吧。"

少溪主脸上生红，有些害羞道："我已经答应人家了。"

玄智在一旁证实道："他早就收了人家的定情物。"

少溪主一窘，立马翻了玄智一轮白眼，反诘道："你还不是也收了人家的定情物？"

玄智道："我答应了师父，也答应了香玉姑娘。大丈夫一言九鼎，我是要娶她为妻了。"

叶芝楚忙道："我也是一样，要娶宝珠为妻。"

老夫人见儿子发话了，便对虚云真人道："既然孩儿喜欢，那这件事情我看就可以定下来了。只是太浮山与苗岭两地相距甚遥，习俗不同，信息不便，又如何去见亲家，如何去下聘礼，又如何去迎娶呢？"

虚云真人道："既然这样，我看这两个晚辈的事，就一起同时办好了。下半年的立秋之际，我当亲自前往苗岭，代表男方的家长向那边提亲，然后商谈聘礼及迎娶一事。"

老夫人笑盈盈道："如此甚好！如此甚好！那就有劳真人大驾了。"

虚云真人笑道："我们都是一把年纪的人了，把晚辈的事情安排好，这是我们做长辈的责任和义务。行，这件事就这么说好了。到时，等我的消息吧。"

虚云真人乐哈哈地说完，又把要收少溪主为徒儿的事说了。老夫人喜出望外，忙冲少溪主道："楚儿，快给真人磕头，叫师父！"

少溪主就赶紧望虚云真人而拜，虚云真人一探手，便将少溪主扶住了，急道："等几天再行礼不迟。"便把大徒弟玄真道长欲开山收徒的事也对老夫人说了。

老夫人祝贺道："你的大徒儿开山收徒，那真是件大好事呢。太浮山佑圣观的武学将会薪火相传，后继有人。"又对少溪主道："楚儿，你拜了真人为师，就成了太浮山佑圣观武学的传人，你一定要跟着真人好好练功，今后走出去，可千万不要丢了佑圣观武学的脸面。明白了吗？"

少溪主忙道："孩儿明白了，孩儿谨记母亲教诲。"

虚云真人见两件事情均已办妥，便告辞老夫人，又嘱咐了玄智和少溪主一番，便独自望三台峰而去。

行到中途，一阵乌云悄然移来，顿时天空阴沉，风雨大作。虚云真人觑见路边正好有一悬崖石窟，便几脚快步，身子贴着石壁，躲了进去。

不多时，风停雨住，天空放亮。山水汇聚而下，溪中水声淙淙，哗哗清响。虚云真人重又拾级而上。

从海棠溪经三台峰回缥缈峰，首先是要经过三台峰的囿台峰下。虚云真人到了刻有"囿台"二字的巨崖下，思忖片刻，决定上太子宫去见见灵慧真人。待步入太子宫，穿过庭院，快到灵慧真人的起居处时，虚云真人正好听到了两个人的说话声。出于好奇，他便驻足停了下来，侧耳细听。

一个道："这场雨下得好啊，雨前雨后，山中景色却是迥然不同。只有幽居山中，静听雨打芭蕉，风穿竹林，方能体验到林中空明澄澈，灵韵流动的至上空灵境界。早年读诗，读到王维的《山居秋暝》一诗，中有二句：'空山新雨后，天气晚来秋。明月松间照，清泉石上流。'那种意境，我是何等神往啊。"

一个就道："王维的诗，是诗中有画，画中有诗，境界天成。天下有几个这样的大家？"

一个就戏侃道："观此眼前山景，峰峦嵯峨，云烟萦绕，气象万千，我还真想吟诗一首，以赠……"

　　一个连忙接道："以赠天下？"

　　一个呵呵大笑，朗声道："以赠天下？不敢！不敢！以赠好友而已。"一个道："行，有你杨处士这句话，我立马取酒过来，以酒助兴。"

　　稍有片刻，就听一人高声吟道：

名峦秀起自嵯峨，隐隐三峰挂薜萝。

雨过分添青翠满，烟生共染白云多。

曾从帝座何年谪，应有仙人此地过。

我欲探奇携二友，各登绝定一高歌。

　　话一落音，一人便高声赞道："好诗！好诗！"

　　听到这时，虚云真人再也按捺不住了：原是东麓下的文武全才杨瑛处士到了，正与灵慧真人在饮酒吟诗呢！

　　虚云真人赶紧现身，快步走了过去，拱手高声道："原来是我们太浮山的大才子杨瑛处士到了，失迎！失迎！"

　　二人闻声转过身来，见是虚云真人到了，惊喜地迎将上来。

　　被称作杨瑛处士的儒雅男子拱手道："原来是虚云大真人来了，好久未见，真人还是这样神采飘逸，精神矍铄。"

　　虚云真人仰头呵呵一笑道："岁月不饶人，天老我亦老。还是杨处士儒雅才俊，文韬武略，令人佩服！"

　　男子道："好汉不提当年勇。时过境迁，俱往矣！往事已清零。"

　　灵慧真人忙给虚云真人搬了椅子，又沏了一杯热茶，三人便围桌而坐。

　　虚云真人赞道："杨处士刚才的大作，我正好全听到了。果是佳作！杨处士腹有诗书，胸藏锦绣，'浮山稼轩'的雅号真是实至名归啊。"

　　那男子忙谦虚道："浪得虚名而已。"

　　杨瑛杨处士何以有一个"浮山稼轩"的雅号呢？

　　原来，这杨瑛之家家底殷实，幼时即聪慧好学。少时读书，读到南宋词人辛弃疾的词，甚是赞叹折服。后又了解到他的生平事迹，知他文能横槊赋诗，武能上马斩贼，一生豪放如骄龙，侠义芳名满江湖，进可庙堂为官，退可归隐山居，更是佩服得不得了，把他视为天下文武全才第一人，发誓长大之后定要以他为榜样，文武兼备，报效朝廷。因为辛弃疾别号"稼轩居士"，于是，他便给自己取了一个雅号"浮山稼轩"，并以此激励自己，奋发图强，自强不息。成年后，这杨瑛果然修得一身文武，不仅身姿飘逸，志向高远，胆略过人，且更兼侠义风范，乐交江湖中的仁爱侠义之士，声名远播，"浮山稼轩"的雅号也渐渐被众人知晓。后被老乡邀请去山东历城协理军务，听闻历城竟是辛弃疾的家乡，更是叹为天意！

"天下之大，哪里都可去，为何偏偏去处就是山东历城，自己心中偶像的家乡？难道是自己取了个'浮山稼轩'雅号的缘故？抑或是冥冥之中真有天意？"

杨瑛心中且喜且疑，当即辞了家人，携了一个装有衣物的简单包裹，独自一人，负剑上路，直奔山东而去。到达历城后，公务之余，他游遍了当地的山山水水，领略了迥异的风土人情，他更是大量收集辛弃疾的辞章，并把它装订成册，取名为《稼轩词录》，置于枕边。一有闲暇，便取来读之，细细领悟，击节而吟。

且说此时，灵慧真人见虚云真人也凑巧来了，兴致甚高，便又赶紧去到伙房中，弄了几道菜，端来桌上，又替虚云真人斟了醇酒。三人便边饮边谈。

虚云真人道："杨处士今天为三台峰题了一幅墨宝，是件大好事。你可还记得去年秋天在缥缈峰顶时，也为我缥缈峰留下了一幅墨宝？这幅墨宝我把它裱装好后，就一直挂在我的起居室里。我是旦夕吟诵赏玩呢。"

杨瑛处士一思，嚯然自谦道："记得！记得！好像也是酒后信口胡谄，或恐有失大雅，还望见笑了。"

虚云真人正色道："那可是经典之作，也必将是传世之作。那字字句句，我铭刻在心，早已入了脏腑。我且吟来，你们二位听听：'第一峰：孤峰缥缈倚长空，远近山河入望中。石井照残千里月，松根吹老四边风。当头阁楼闻天语，绕足烟云护梵宫。到日正是秋气爽，洞庭一点万山东。'"

灵慧真人听完，频频颔首，道："最末一句，'洞庭一点万山东'，真乃神来之笔，把我太浮山第一峰缥缈峰在洞庭湖西滨的位置和高度写活了，很有气势啊。"

虚云真人道："正是，正是。"

三人就着酒菜，品茶谈诗，逸兴甚浓。直到日色向晚，天光淡暗，虚云真人才不得已起身向两位告辞，并诚邀杨瑛处士次日上缥缈峰做客品茶。

杨瑛处士当即欣然答应。

次日，在灵慧真人的陪同下，杨瑛处士欣登缥缈峰顶。

立马绝顶，俯瞰山下阳光里那一道道丘岗，一块块平川，相间排列。丘岗逶迤远去，宛如翻滚涌动的道道细浪，从天际漫来，又向天际漫去。浩如瀚海，气势磅礴。

真个是江山如画，壮哉美哉！

"青山依旧在，几度夕阳红。物是人非，一晃，自己已经是不惑之年了。"

杨瑛处士心中感慨万端，回想起自己年轻时与好友同伴第一次登缥缈峰顶时的情景，那是何等意气风发，逸兴飞扬！当时，他还曾吟诗一首《初登太浮山》："十载浮山下，于今始一登。借庐寻地主，结榻问山僧。落叶深难扫，疏云冻欲凝。下方烟火绝，军马想频仍。"

杨瑛处士远眺山下，浮想联翩，沉浸在昔日的历历往事中。

灵慧真人赞叹道："杨处士昔日一人一剑，千里走山东，那是何等潇洒！何等英雄少年啊！"

杨瑛处士细细一思，点头道："天启五年，我应乡友统兵之约，独自前往山东历城，协理军务。晓行夜宿，凡四十七天，步行两千六百多里，白天跋涉于旅途，晚上则记录所见所闻于灯前，间有诗词，一并编辑，是为《东游草集》。现在回想起来，那不是少年英雄，而是初生牛犊不畏虎！"

灵慧真人呵呵一笑，由衷赞道："古有关云长千里走单骑，今有杨处士孤剑闯山东，日后若有文人骚客将先生的此番经历演绎成一段文字，留与后世，那可真是一部难得的拍案传奇。杨处士真是我太浮山的英雄大侠也！"

杨瑛处士则深叹道："俱往矣！"

两人边走边谈，兴趣盎然，不知不觉便来到佑圣观前。早有香火道童进去报了玄真道长及虚云真人。虚云真人忙与玄真道长快步喜迎出来，接了杨处士和灵慧真人，拾级而上，来到太清殿前。

两人却见殿前院中摆了一张八仙桌，笔墨纸砚，早已准备齐全。

杨瑛处士看着虚云真人，疑惑道："这……这是为何人所备？难道今日山上碰巧来了稀客文友？"

这时，却见莲花观的青云真人师徒俩满脸笑容，从太清殿内快步迎了出来。

"还是我来说吧，"虚云真人忙对杨瑛处士解释道，"昨天我从太子宫回来，在观前就刚好碰到了青云真人，当他得知你给三台峰留了文墨后，非常羡慕，心中直痒痒，听说你今日要上缥缈峰来云游赏景，便与我私下商量，希望你也能给凤凰岭留下一幅墨宝。为此，师徒俩早早地赶过来，特地在此准备了文房四宝，恭候你大驾多时了。"

杨瑛处士闻听，诚惶诚恐，忙对青云真人拱手道："真人如此高看我，真是羞煞人也。"

青云真人道："杨处士文武全才，素有'浮山稼轩'之称，若有妙作留与我凤凰岭，那我莲花观岂不是蓬荜生辉？"

灵慧真人得知青云真人心思，开怀畅笑，对杨瑛处士道："恭敬不如从命。缥缈峰得了你的文墨，三台峰也得了你的文墨，他青云真人替凤凰岭讨幅文墨，这点要求不为难你大才子吧？"

杨瑛处士看着桌上的文房四宝，又侧头瞧瞧几位真人的神情，就如临阵的大将一般，心底忽地激荡起一股文胆豪气。他自顾走到庭院前方的石栏杆处，凭栏北眺。目光所及，正是蜿蜒起伏、气势恢宏的凤凰岭（凤凰山）。

林木掩映处，稻摆峰莲花观的飞檐斗拱隐约可见。

青云真人师徒俩笑眯眯地赶紧把摆放有纸墨的桌子抬到杨瑛处士身边，恭敬地候着。

虚云真人与灵慧真人相视一笑，频频颔首。

灵慧真人亦赶紧跟过去，活动了一双手腕，将羊毫饱浸了漆黑的墨水，执在手中。

众人只见杨瑛处士神情逸然，双目如星，沉思片刻，便从容高声吟哦道：

> 层峦矫矫自回翔，何处吹箫引凤凰。
> 石壁千寻巢翡翠，琼枝百尺响琳琅。
> 风生岩壑元霜冷，雨过溪桥竹实香。
> 肯为时清远一至，莫因楚国有遗狂。

杨瑛处士吟毕，灵慧真人毫停。

众人看着诗作，吟读赏析，连声赞道："好诗！好诗！"

杨瑛处士回头，自己细细地复吟一遍，方轻松微笑道："学生答题尽力也，不知各位考官满意否？"

杨瑛处士这一戏说，把众人逗弄得开怀大笑。

青云真人师徒俩上看下看，左看右看，视为珍宝，喜欢得不得了，又请杨瑛处士亲落了大名，连声道谢。

虚云真人忙将众人请入太清殿中，上了香茶，开怀相叙。稍后，众人又陪了杨瑛处士移步殿外近处，欣赏四周山景。不知不觉中，众人就来到了院后的"云台"之处。

杨瑛处士抚摸石壁上的"云台"二字，遥想当年赋神宋玉在此与楚襄王、唐勒、景差等吟诗论道，游戏大言，何等儒雅，何等风流！一晃，岁月已是千年之后，时空变幻，沧海桑田，不由触景生情，感慨万千！一想到眼下的局势，民变四起，烽烟滚滚，山河飘摇，与历代历朝亡国时的乱象何其相似，又不由心绪沉重茫然，忧心忡忡起来。

话说少溪主牵了枣红马，与玄智又折回陈溪峪薛彪家中取了白马，一并策马西行，经戈尔潭、五雷山南脚，直抵慈利县城。

进得城内，两人一路问了数名行人，方才打探清楚，知县所募的义兵驻扎在城东澧水江边的一个山崖下面。两人催马奔至大营外，下马正欲再行打探，却见兵营栅栏内的操场上喊声震天，兵士正紧张地操练着步伐，队列，徒手格斗。两人观看多时，不觉浑身热血沸腾，亦有摩拳擦掌，跃跃欲试之状。两人不约而同看向对方，想着此行的目的，心中均是觉得此话万万说不出口了。俗话说，山中日月小，壶里乾坤大。久居山中，常处僻地，哪知外面世界却是热火朝天，生龙活虎。看着那些义兵情绪高昂、精神抖擞，想着他们也是血肉之躯，家中也是有父有母，可他们却为了国家，抛家离舍，义无反顾，这才是真正的侠义之士，英雄好汉。

玄智一脸愧色，对少溪主道："老弟，有什么想法？待会儿见了薛彪，我们怎么说？"

少溪主羞赧一笑，摇头道："劝他回去的事，我们还怎么好开口？难了！难了！"

玄智道："我也是这么想的。看了一会，我都有那种想重上战场的冲动了。"

一想到上次在澧州城的厮杀，玄智虽是心有余悸，但胸中还是豪气激荡。

正说话间，义兵队伍解散休息。两人便忙走到营房大门口，向义兵打听薛彪其人。不多时，薛彪得了消息，从营房内奔了出来。见是玄智与少溪主，薛彪甚是惊喜，忙转身进去与长官打过招呼，复奔出来，拉了两人，来到近处的一家酒店。

待三人坐定，小二上了茶水，薛彪忙问玄智道："你这身衣服是怎么回事？"

玄智无奈，只好把苗岭香玉姑娘如何喜欢上自己，师父又是如何劝导自己还俗及与香玉姑娘结成婚约的事一并说了。薛彪听完，高兴地一拍大腿，直嚷道："还俗好！还俗好！没有了那些清规戒律，和我们一样，结婚，生孩子，自由自在地过日子。哎呀，特开心啦！恭喜你！"

玄智伤感道："如今，我就只好和你们一起混了。"

薛彪豪爽道："男子汉大丈夫，有酒过日子，无酒也是过日子，还了俗，也可以居家修行，有什么不好？"

玄智道："道服都已经脱下了，我还有什么好说的？师父说我尘缘未了，命中有此一劫，又说是吉兆旺象，是好事。我只好答应了师父。"

薛彪忽正色问道："两位到此，绝不是闲来无事吧？"

少溪主忙呵呵一笑，看向玄智。玄智拿眼扫视着酒店内的情景，也是讪讪一笑，然后就悠然道："就是想老弟了，听说你在这里'不甘平庸''出人头地'，所以，我便邀了少溪主，特地过来看看。"

薛彪两眼一愣，疑惑道："我这话只对青梧说过，你怎会知道？是青梧叫你们来的？家中一切可好？"

少溪主忙点头道："家中一切都好。我们就是想你了，不知你在这边的情形如何，心中甚是不安，特地过来瞧瞧。我们一起到了你家里，师父虚云真人也去了，他还要收你为徒呢。你什么时候回去了，就上山去行拜师礼。虚云真人也收我为徒了，不久，我就要正式拜师。"

薛彪高兴道："原来如此！太好了，太好了。这样一来，我们就是同门师兄弟了。"

说话时，酒菜业已上齐。三人便端碗拿筷，推杯换盏，干将起来。席间，玄智又问起了营中兵士操练的情况和九溪卫城华阳王及官兵的动静。

薛彪道："官兵也同样在日夜操练，不曾松懈怠慢；华阳王及众军官等商量着时刻准备打回澧州去。可那个马回回还统兵镇守在那里，人多势大，就是不挪窝，一下子还没有机会。一旦机会来了，我们义兵就会配合官兵杀回去，到时候，又会有一场大战了。"

玄智一听，赶紧提醒道："你家中有老母，有姑娘，可要小心着了。"

少溪主道："如要帮手，就捎书信回太浮山，我们可以赶过来助你。为国为民，在大是大非面前，我们还是分得清主次的。"

薛彪道："不愧是我的好兄弟，行。"

三人酒足饭饱，薛彪也不回营，就一同在酒店开了一处房间。洗漱完毕，三人乘兴继续唠叨，东拉西扯，直至中夜，方才迷迷糊糊沉沉睡去。

三人黎明即起。薛彪赶紧回营，匆匆写了一封家书，又取了一些派发的军饷银两，一并包了，又急急赶回酒店，交与玄智。

三人话别后，薛彪自回军营去了。

玄智与少溪主便飞身上马，望东驰来。日落时分，两人身浴晚霞，匆匆赶到了陈溪峪薛彪家。

王婶与青梧接了两人。玄智取出包裹，交与青梧，宽心道："薛彪在那里很好，平平安安的，目前并无战事。你与王婶就放心好了。"

两人听说薛彪平安，心中自是欢喜。王婶忙去厨房烧火做饭。青梧打开包裹，见是一封书信及一些银两，便招呼两人先歇着，自己跑进闺房，躲在一边去看书信去了。

少顷，青梧红润着脸走了出来。

少溪主见青梧脸上生红，便开玩笑道："嫂子，薛彪哥在书信里说什么亲热话了？"

青梧一听，脸上更加潮红了。为掩饰窘态，青梧白了少溪主一眼，嗔道："大人家的事，你毛头小孩就莫打听了。"

少溪主一怔，忙偷偷看向玄智，四目相对，两人便不约而同地讪笑起来。

用过晚饭，玄智便与少溪主一道起身去了海棠溪。第二天，两人又一起上了缥缈峰。

见玄智与少溪主回来，虚云真人便拿了一本老皇历，又是看，又是掰着手指头算，最后道："这几天日子一般，诸事不宜，六天之后，有一个黄道吉日，很好，拜师礼就选在这天。"当即派道童请了玄真及唐力、李忠过来，就拜师事宜进行了安排，并吩咐玄真去通知山上各观，寺、庙、宫等，届时到太清殿聚会。

玄真领命，带了唐力、李忠分头而去。

虚云真人向玄智询问了薛彪及慈利县的军情，还有九溪卫城华阳王的情况。玄智一一做了回答，并言及华阳王准备随时攻打澧州城的事情。虚云真人听后，脸色微变，当即沉吟道："我们太浮山要做好准备，习练武功不可一日松懈，若五雷山空明真人有书信到时，我们便可从容行事。"

玄智和少溪主点头称是。

一晃就是数天，便到了虚云真人亲选的黄道吉日。

天气甚好，山上薄雾早早被太阳的光热收尽，风和日丽，长空万里。缥缈峰上，天空湛蓝，偶有几片轻盈的白云如鹅毛般悠然去来。

太清殿的殿内和院子里，早就人声鼎沸，热闹非凡。稻摞峰莲花观有青云真人和玄空徒儿；三台峰有灵慧真人和徒儿玄妙、玄音；顿笔峰召云观有玥明师太和徒儿林紫嫣、莫雨馨；空灵寺有济慈大师和徒儿玄清；响鼓岭玉皇庙有心智大师和徒儿玄静；白云庵有清心师太；还有山下的王婶、青梧两婆媳，少溪主的母亲叶老夫人吴氏母女及闻讯而来的山中山下乡亲，就连东麓山脚下的文武全才杨瑛杨处士也闻讯赶来了。

虚云真人精神矍铄，笑容满面。他一边和众人打着招呼，一边张罗着一些拜师仪式上的事情。在太清殿正中上堂的墙面上，是一幅开山祖师浮邱圣祖的巨身画像，像下是一张四方桌，桌上放着一个焚香台，燃着香蜡；焚香台周边供放着六牲、果品，另外，还有三个装有葱和芹菜的小盘子。桌子右侧依次摆放着两张太师椅，只是外侧一张要比另一张要前出两步。桌子左侧是一排三个洗手架，架上均已放好了毛巾、木盆，盆内盛满了清水。整个大厅香气氤氲，气氛肃穆。

看着吉时已到，众人纷纷走进大殿。

司仪灵慧真人高声喊道："太浮山佑圣观拜师大典正式开始。有请虚云真人上坐！"

虚云真人神情庄重，当即弹冠正衣，方步上前，坐了紧靠桌边的第一把太师椅。

灵慧真人又高声道："有请众弟子向师父行大礼！"

玄真即领了玄智、玄妙、玄音依次跪在虚云真人面前，恭恭敬敬地行了三叩首的大礼。

灵慧真人又道："有请玄真道长上坐！"

玄真即弹冠正衣，方步上前，坐了另一张太师椅。

灵慧真人高声道："请少溪主叶芝楚行拜师大礼。一：正衣冠！"

青云真人即帮叶芝楚正了衣冠。

"二：盥洗礼！"

青云真人即引了叶芝楚至洗手架前。叶芝楚伸手于水盆中，正反两面各洗一次，然后用毛巾擦净。

"三：行叩首礼！"

青云真人将叶芝楚引至浮邱祖师巨像前，双膝跪地，向浮邱祖师恭敬九叩首。毕，再来到虚云真人面前，叶芝楚双膝跪地，向虚云真人恭敬三叩首。毕，叶芝楚从怀中取出一个纸袋子，恭恭敬敬地递给虚云真人。虚云真人额首接了，拆开来，从中取出一张帖子，用笔在上签了自己的名讳，然后将帖子交与青云真人。青云真人当即也在上画了自己名讳，又将帖子交与灵慧真人。灵慧真人即挥毫草书，也将自己名讳写了，再将帖子送与虚云真人。虚云真人便将帖子装入纸袋，然后将纸袋纳入怀中。

"向师父赠六礼束脩！"

灵慧真人高声喧道。

早有人将装了芹菜、莲子、红豆、红枣、桂圆、干瘦肉条的木盘子递与青云真人，青云真人又递给叶芝楚，叶芝楚再恭恭敬敬地递给虚云真人。虚云真人接了，将桌上放有葱和芹菜的小盘双手递与叶芝楚。

灵慧真人高声道："拜师大礼已成，鸣炮！"

话音一落，早在外面候着的人就立马将数挂鞭炮点了，噼里啪啦，一阵鞭炮声响彻云外。

鞭炮声过后，接着就是玄真道长的收徒仪式了。玄真道长是虚云真人的大弟子，青春刚过三十门槛，就已经开始正式收徒，并且一次就收了两个开山弟子，真是风华正茂，势头非凡。片刻后，院中又是一阵噼里啪啦的鞭炮声响。收徒大典终于顺利结束。礼毕，虚云真人请了众人到后院中入席就餐。

大家推杯换盏，纷纷祝贺虚云真人和玄真道长。

是夜，缥缈峰顶，自是热闹一片。直到月上清虚，餐厅里依旧是灯火明亮，气氛高扬。

杨瑛处士乘着酒兴，在太清殿前的庭院中信步赏景。忽见月下前方远处，一山峰突兀拔起，如一大椽，直刺朦胧苍穹，不由驻足惊呼道："这是何峰，如此耸峙，为何我平日里不曾见到？"

与之同行的灵慧真人虽也饮了些酒，但还是神志清醒。他早将杨瑛处士的八分醉意瞧在眼里，心中暗自思忖道：这顿笔峰日日在此，已经是千百万年，或者是亿万年的事了，他何以未见？他定是一双醉眼半眯着，迷迷糊糊地盱去，忽觉山峰异常高耸罢了。灵慧真人正欲如实回答，忽地灵机一动，计上心来：何不趁此机会忽悠忽悠他，让他逸兴大发，吟哦一首，以便留做日后赏玩？

主意打定，灵慧真人便道："杨处士，你好好瞧瞧，这座山峰像什么？"

杨瑛处士半眯着眼，正是八分醉态模样，用手指着那一黝黑奇峰道："真人，你是说那山峰像什么？"

灵慧真人道："你看，像不像一根大椽？像不像一支蘸饱了墨汁的大羊毫？"

杨瑛处士细细审视一会，忙点着头道："嗯，不错，不错，真人你这么一说，它还真像是一支大羊毫，不差分厘。"

灵慧真人继续忽悠道："这可不是一支普通的大羊毫，它可是有出处的。你可知道它是从哪里飞来的？"

杨瑛处士一怔，好奇心立马被吊了起来："它是从哪里飞来的？"

灵慧真人故作神秘道："唐朝诗仙李白，你知道吧？一日，唐玄宗李隆基与杨贵妃游皇家园林，赏牡丹花，一时苦于无新词入乐，便速招翰林大学士

李白，填写新词。当时，李白闲得无聊，正好在太白楼饮酒，已经是十二分醉意，不省人事。差使见状，只好用八抬大轿把他抬入皇宫，放在天子面前。此时，李白酒也醒了三分。当他得知天子招他不是为了问策治国安邦，而是为了想讨美人欢心而写新词，心中失望之极，还哪有如此逸兴？可天子就在跟前，李白又不敢抗旨。李白正欲挥毫作词，一抬头就瞧见了正侍候在皇帝身边的杨国忠和高力士，心高气傲的他，火气就'呼！呼！呼！'地上来了。'哼！皇帝老儿我是不敢得罪，可你们两个肖小混蛋，我还是不怕的。'

"为了发泄排解自己心底的愤懑与不满，他一本正经地对皇帝道：'陛下，若要臣写出新词，须高力士脱鞋，杨国忠磨墨。'

"天子大惊。须知这杨国忠乃当朝宰相，高力士乃太监之首，此二人皆系皇上面前的大红人。天子李隆基面现窘色，对李白道：'可否由他人代劳？'这李白其实早就有了遁离京城之意，此番也是铁了心思，借着酒醉之际，欲煞煞这二人的嚣张跋扈之气，便伏地恳请道：'皇上若要新词，须使他二人亲为。否则，新词是万万写不出来的。还请皇上恩准。'皇上听了，见杨美人就在身边，没办法，只好令高、杨二人赶紧出班，一个为他脱鞋，一个为他磨墨。

"这李白本就不是凡尘中人，乃天上太白金星投胎下凡。只见他略一沉吟，手中大毫一挥，龙飞凤舞，须臾之间，三首清平调词就一笔而成，不更一字：

云想衣裳花想容，春风拂槛露华浓。
若非群玉山头见，会下瑶台月下逢。

一支红艳露凝香，云雨巫山枉断肠。
借问汉宫谁得似，可怜飞燕倚新妆。

名花倾国两相欢，长得君王带笑看。
解释春风无限恨，沉香亭北倚阑杆。

"三首词写完，李白将手中羊毫望空中一抛，接着又伏地酣然睡去。这三首词，真是浓艳华美，风流旖旎，语关花与人，句句熨帖；同时，又以花反衬美人，不露丝毫斧锉痕迹，浑然天成，花人合一。唐玄宗李隆基读了，龙颜大悦，不禁连声赞道：'好！好！此真乃大学士佳境。'当即叫李龟年配曲，梨园弟子抚琴弄乐。贵妃娘娘读了，一脸笑容。"

杨瑛处士听得津津有味，满脑思绪全被灵慧真人勾悬了起来，赶紧道："这与跟前的山峰有何关联？"

灵慧真人哈哈大笑，认真道："你可知道李白手中的羊毫去了哪里？他可是大唐排名第一的剑客，臂力过人，又是天上的神仙下凡，他那一抛，有多大的力气？"

杨瑛处士忽地开怀大笑，用手指着灵慧真人道："好你个真人，我听明白了，你是说那李白手中的大羊毫，从长安城的空中飞起，飞越了千山万水，就正好落在了我们太浮山，就变成了我们跟前的这座山峰？"

灵慧真人道："杨处士果是聪慧之人。正是！正是！所以，这座山峰就叫作'顿笔峰'嘛。"

杨瑛处士一脸红光，搓着双手，特开心道："有趣！有趣！"

灵慧真人趁机道："如此良辰美景，又有醇酒助兴，我们太浮山的大才子，也该有妙词佳句横空出世吧？"

杨瑛处士一怔，瞬间明白了灵慧真人的用意。他看着灵慧真人，点头爽朗大笑道："真人费尽心思，绕来绕去，真是用心良苦。不就是即兴吟诗吗？我虽醉意朦胧，亦无大碍，我且试试吧。"遂即远眺那黝黑峻峰，稍加构思，酝酿片刻，便高声吟哦起来：

> 谁家文笔大如椽，移作山峰不记年。
> 几度濡毫蘸碧海，有时挥毫写青天。
> 春风淡淡花生管，皓月溶溶雪满笺。
> 安得巨灵鞭石手，携来乘醉走云烟。

"好诗！好诗！"

"真乃妙词佳句！"

"杨处士才高八斗，出口就是锦绣文章，佩服！佩服！"

灵慧真人正要叫好，就闻身后传来一阵喝彩声。回头看时，见是青云真人师徒、济慈大师、清心师太、玥明师太及徒儿紫嫣、雨馨到了。

玥明师太双手一揖，对杨瑛处士道："杨处士夜赏顿笔峰，出口就是锦绣华章，贫道在此多谢了。"

玥明师太执掌顿笔峰召云观，是故以主人身份如此说道。

杨处士一见众人围拢来，玥明师太又这么一说，诚惶诚恐，忙道："我已有了八分醉意，又在仓促之间，来不及推敲细琢，真的是胡言乱语一通，献丑了！献丑了！"

灵慧真人如获至宝，忙邀了众人，回到太清殿中，赶紧取来纸笔，磨了浓墨，将杨瑛处士的新作背诵誊录下来，又请杨瑛处士落了大名。

虚云真人等一众人也围拢上来。

众人围着诗作，细细赏玩一番，直赞甚妙。

玥明师太视为珍宝，待墨迹干后，小心卷起收好。

话说玄真道长自收了唐力、李忠为徒，便日夜勤勉，精心传授太浮山武学的入门心法：打坐，守一，导引，行气及吐纳之法。唐力、李忠本来就有武学的底子，加上来太浮山多日，耳濡目染，在太浮山博大精深武学的熏陶下，早就是心有灵犀，玄真道长只要稍加诱导，给予点拨，两人就心领神会，所以，两人的武学是进展神速，日甚一日，深得玄真道长的满意。

大弟子玄真道长劲头十足，既带徒弟，又经办佑圣观的所有事务。虚云真人心中甚慰。自己便把时间与精力分为两半，一半用在给徒儿少溪主传艺；一半放在玄智的婚事上。玄智还俗，又要结婚安家，首先得在山上给他寻个较为理想的地方，另辟一舍，以便有个安身之所。光就这个居所，就让人颇费周折。如果女方就是当地的一户普通人家，那事情就简单的多了。问题是，姑娘是苗岭四十八寨大寨主的千金小姐，身份地位自是很不一般，更何况她又是苗族身份，就这两点，如果所建居所太简陋寒碜了，那太浮山的脸面可就丢大了。这个居所建在哪里？怎么建？建多大？如何规划？虚云真人可谓是绞尽了脑汁。在拿定主意之前，他又专门去了一趟三台峰太子宫，请教了文曲星灵慧真人。

灵慧真人提醒道："这可是件大事，含糊不得。它不仅仅体现着我们太浮山与苗岭两家的亲家关系，更是体现着我们苗汉两个民族团结友爱、和睦相处的大事情。"

虚云真人虽说是早已考虑过此节，但一经灵慧真人口中说出，心中还是有所震动。他神情严峻道："依兄之意，该如何呢？"

灵慧真人凝眉沉思道："此事非同小可，待我细细思之，考虑成熟了，我便来缥缈峰找你。"

虚云真人点头应承。

几天后，灵慧真人果然兴冲冲地如约前来。他从怀中掏出一张图纸，递与虚云真人。虚云真人接过，小心翼翼地展开，细细看过之后，眉舒眼笑，颔首道："不愧是我们太浮山的大秀才。'楚香居'？这居所之名出于何处？"

灵慧真人道："楚，乃楚远山，玄智也；香，乃龙香玉也；居，乃所居之处也。"

经灵慧真人这么一说，虚云真人豁然开悟，佩服道："这个名字取得好，叫起来很顺口，听起来又很雅致，而又嵌入了两个人的名字，真是寓意很深呐。老兄，你还是真动了一番脑筋。"

两人一边品茶，一边闲聊，话题就自然扯到了玄智身上。

虚云真人道："一切事情都是一个缘字。玄智去中原游历，路过襄阳城，救了青梧姑娘一命。姑娘孤身一人，无处可去，玄智就好事做到底，决定先把她带回太浮山。在回来的路上，在澧州城澧水江边，机缘巧合，青梧姑娘无意之中以极强的阴柔之力暗中助他打通全身经脉，练成了'九龙同潮'的神功。这俩人互生情愫，姑娘也向他表达了以身相许的意愿，可玄智却因我而痛苦断然拒绝了姑娘的美意。后来，见玄智身心痛苦，无法自拔，为拯救玄智出苦海，青梧姑娘咬牙横心，断了此念，方于仓促间嫁了薛彪。玄智听闻，心中五味杂陈，百感惆怅，也因此一念放下，去了香炉峰仙人洞，静修悟道。说来也巧，也就是在回来路上，玄智还救了苗岭龙家兄妹的性命，而那位香玉姑娘也爱慕上了玄智。这次苗岭众人来太浮山拜山谢恩，香玉姑娘就一直黏着玄智不放，我见玄智态度模糊，左右两可，担心他又因我而陷入苦海，故我及时规劝他勿以为师而念，决然还俗。于是，方才玉成了这段良缘。"

灵慧真人叹道："原来如此。我一直只知大概，不知详细。看来，无缘是缘，有缘亦是缘啊。"

虚云真人道："玄智尘缘未尽，我力劝他还俗。如此，他释然了，我亦心安。"

灵慧真人道："皆大欢喜，是乃大欢喜也。"

两人细细品了几口茶，灵慧真人接着道："玄智侄儿天资聪慧，悟性极高，听说他上次打败追魂掌崔必成时，使用的还是自己独创的一套什么掌法？"

虚云真人一笑，颇为得意地赞叹道："我这个徒儿，是个聪明精，什么东西到了他的手里，他都要琢磨一番，推陈出新。我要他去仙人洞静心修炼，实是让他远离尘世，清心修道。哪知失之东隅，收之桑榆。他却在洞中将太浮山的拳法掌法翻来覆去地琢磨来琢磨去，另辟蹊跷，弄出了一套诡异的新掌法，还美其名曰什么'北斗七星幻影掌'。我一开始也是一无所知，在他打败崔必成后，我疑他在外拜了他人为师，便追问此事，他才一五一十地跟我说了实话。"

灵慧真人深有感触道："自古青出于蓝，而胜于蓝。有徒弟如此，实乃做师父的大幸。玄智侄儿是个武学奇才，假以时日，必将集武学大成于一身，独步武林，而无出其右者。你可知道我为何要将'楚香居'选在凤凰岭的这个位置？"

虚云真人好奇道："难道这其中也有玄妙？"

灵慧真人点头道："大有深意也。纵观天下大势，反首李自成、张献忠起兵于西北，如今，一个在北，一个在南，忽东忽西，忽南忽北，四处出击，夺江山、乱政权，把个大明江山弄得千疮百孔，风雨飘摇。社稷不固，大厦随时都会有倾覆的危险。大明江山自太祖在应天府建都称帝，开国立朝，到今已是经历了十七代皇帝，凡二百七十五年。凡事有生就有灭，有兴就有亡，所以，若有奇人出，能力挽狂澜，中兴国家社稷，国运尚可延续，否则，实难看到希望所在。若观李、张二人，李部内讧甚于张部；而张部之杀戮又要甚于李部。若以兵势、人心而论，李部总体要优胜于张。现在的情势就和东汉末年的乱世差不多，究竟鹿死谁手，谁主中原，还很难说。若势均力敌，久持不下，你想想看，天下纷乱，岂是一日两日的事情？覆巢之下，又岂有完卵？太浮山也非域外之境，神仙之地，难免有兵灾战火、枭雄逞强的时候。所以，我将'楚香居'选址在凤凰岭，距莲花观与佑圣观都很近，可以遥相呼应。一旦这两处遇有险情，'楚香居'的人就可以立马赶过来相助。"

虚云真人听到此处，心中震动，容颜顿变，凝神看着灵慧真人道："没想到在这件事上，你还动了如此多的脑筋，想得如此深远，真是让你老兄费神了。我书读得少，脑子里的筋也少，没想那么多。幸亏我请你帮我参谋参谋，否则，……"

灵慧真人道："我们哥俩相交多年，我难道不替你佑圣观着想吗？我难道不替我们太浮山的安危、前景着想吗？我们太浮山各观、寺、庙、宫、庵，同在一座山上，就应该不分俗、道；不分佛、道；不分儒、道。同气连枝，成为一个整体，共进共退。"

虚云真人有如醍醐灌顶，茅塞大开，豁然道："正是！正是！我太浮山这么多年来一直都是这样，俗、道、佛、儒，和谐共存，和睦相处。"

这时已是正午时分，玄智过来恭请两位真人用饭。虚云真人正听得津津有味，便对灵慧真人道："请吧，小菜便饭，我们还是小酌几口，待会儿，我还要继续洗耳恭听你的高论呢。"

灵慧真人忙谦虚地笑道："高论就谈不上了，胡言乱语还行。"两人便一同往厨房走去。

下午，两人换了茶水，接着畅谈。这次，虚云真人把话题转移到了大弟子玄真的身上。虚云真人道："大弟子玄真，虽在武学上远逊于玄智，但在志向上却有大抱负。玄真之志，在于开宗立派。他说，我们太浮山不仅要以'道教'闻名于世，而且还要以'武学'盛名江湖。他说，我们这个武学宗派就叫太浮山派，或叫浮山派。他还说，我们太浮山如能开宗立派，我就是首任大掌门。我一直保持沉默，未有任何明确的表态。"

灵慧真人道："你自己的意思呢？"

虚云真人道："我的意思，你应该最清楚不过了。这么多年来，我是仅仅主张开山收徒，而从没有想过要开宗立派。因为开宗立派，就意味着要凭武功实力在江湖上给自己争得一席脸面，否则，是会贻笑大方的。"

灵慧真人道："的确如此。如果仅仅是开山收徒，江湖中人自不会在意此事；但一旦是开宗立派，三山五岳，各门各派，还有江湖中人就会另眼相看了。到那个时候，肯定会有不服气的各门派顶尖高手隔三岔五地上门来切磋印证，节外生枝的事可就多了。"

虚云真人道："正是，正是。"

灵慧真人又道："可一举有一举的弊端，也有一举的利处。"

虚云真人一听，觉得灵慧真人话中有话，兴趣大增，连忙问道："说说看，利在何处？"

灵慧真人倒不急，一边思索，一边饮了几口茶，然后才缓慢道："开山收徒，太浮山的武学就仅仅局限于太浮山及周边地区，不能在江湖上远播，但宜于清心修道；若开宗立派，则太浮山的武学就可以与江湖上的各大门派之间进行印证切磋，有利于提高我太浮山在江湖上的武学声誉。自古以来，在武学上有大成者，无不希望自己开宗立派，无不希望自己门派中弟子越多越好，武功越高越好。自己门派的武学在江湖上越是引人瞩目，自己的脸面越是盛大，自己门派的江湖地位也越是尊隆。'一统江湖，唯我独尊！'那是多少武学宗师的梦想。这句话你难道没有听说过？"

虚云真人朗朗一笑，轻描淡写道："痴人说梦！真是一场看不破的春秋大梦！你想想，山外有山，天外有天，人外有人，自古以来，谁又能真正做到了'一统江湖，唯我独尊'呢？"

灵慧真人道："话虽是如此说，但你不能够不应许人家有这个梦想吧？既然有了梦想，他们就有了为实现梦想成真的努力和奋斗，于是，就有了南拳和北腿，就有了刀光和剑影，就有了阴谋和诡计，就有了血海和深仇，最后，就有了人人谈之色变的江湖。不然，江湖从何而来？武学有江湖，王朝还不是一样？铁打的江山，流水的帝王。自古就是胜者王，败者寇，哪有什么对和错？

赢了就是老大哥。"

灵慧真人趁着酒兴，一路说来，势如滔滔之水，溢江漫堤，倒把个虚云真人说蒙了。

虚云真人道："老哥子，你就不要绕圈子了。你就直说此事行还是不行。"

灵慧真人道："四个字，道法自然。一切顺其自然就可。"

虚云真人嘘口气，沉吟道："大道如此，我明白了。"

翌日，虚云真人便与玄智一起下山，延请了葫芦谷的名瓦匠沈元春为总施工头，负责"楚香居"施工的一应事务。沈元春看了图纸，脑中有了大致轮廓，心中估算一下，便满口应承下来，追问道："何时开工为好？"

虚云真人道："此事关系甚大，当尽早开工，越快越好，最好能在年内完工。"

沈元春爽快道："你这般说，我心中就有数了。我马上就去延请石匠、木匠、瓦匠及各类佣工，择日上山。"

数天后，沈元春便领了一众人马上得山来，见了虚云真人，来到施工处，着手搭建草棚以便雇工食宿之用。草棚搭好，选了个诸事皆宜的好日子，用了六牲、香蜡，祭过天地山神，一阵鞭炮放过，就算正式动土开工了。

这时节已是江南阴历的四月。满山鸟鸣：布谷鸟"咕咕——咕咕——"地叫唤着；杜鹃则是拖着四声长音"阿公阿婆——割麦割禾！阿公阿婆——割麦割禾！"而噪鹃的叫声则是呆板短促的"苦儿！苦儿！"。

就在这鸟声的交替叫唤里，火红的杜鹃花早已谢尽，清香沁人的忍冬花盛期也过，山胡椒树的细枝条上挤满了廋庾的绿色小果实，散发着诱人的奇香。再过得月余，山民们就会开始采摘这些脆嫩的小果实了。在清水中将这些小果实洗净，晾干，然后用少许食盐浸渍，待其水分沥出，然后用沸油、红椒末浸泡，就成了一道美味的调味食品。

这段时间以来，虚云真人虽说是较以前要忙碌了许多，又要给少溪主传功，又要隔三岔五地去工地上转转，可他的心情却是舒畅极了。大弟子玄真、二弟子玄智的事情都在有条不紊地进行中；三弟子玄妙、四弟子玄音文武兼备，势头不错；少弟子少溪主悟性甚高，且兼有他家学武功的渊源，武功精进，可谓是日甚一日。想着自己一生修行悟道，一心向善，膝下也有了五大弟子，且个个人才俊杰，武功有成，尤其是二弟子玄智，天资聪慧，又勤于习练，武学已臻上上境，心里面是十分的满意和高兴。若待薛彪归来，一旦拜师，就是六大弟子了。

虚云真人一边忙碌，一边在心里面扒拉着他的这些心事，觉得自己的一生也还是很有成就的，总算是没有白活一世。

时光荏苒，金乌暗渡。

转眼之间，"楚香居"开工就有了一月有余。一日，灵慧真人上得缥缈峰，会了虚云真人与玄智，三人正欲去"楚香居"看看。唐力快步来报："五雷山空明真人大弟子谭道长求见！"

三人相互对视，五雷山空明真人的大弟子不是玄韫吗？这个谭道长又是谁？忙随了唐力来到佑圣观前，一看，来人正是空明真人的大弟子玄韫道长。原来玄韫道长本姓谭，只因出家后，大家唤玄韫久了，倒把他原来的姓氏也给淡忘了。玄韫道长忙拜见了两位真人，然后又朝身着俗服的玄智深鞠一躬："多谢玄智道兄的救命之恩！"

玄智忙伸手拉住了玄韫，诚惶诚恐道："我们太浮山与五雷山同气连枝，如同兄弟，如此小事，还何必存放心上？"

玄韫道："古人道，滴水之恩，当涌泉相报，还何况是救命之恩呢？今日上山，略备一些薄礼，聊表救命之大恩。"

当即吩咐跟随之人将一口红木箱抬上。玄智正欲推辞，玄韫已先开口了："师弟还俗与苗岭联姻的事情，我们五雷山已经早有耳闻，最近又听说太浮山在为师弟修建'楚香居'，规模不小，且极是讲究，这正是需要银两的时候。贵山虽与我五雷山一样名传江南，但从朝廷与王爷处得到的资助和香火钱却远不及我五雷山多，这也是实情。因此，贤师弟就不必再推辞了。不然，我回去后，也不好向几位真人和众师兄师弟交代。"

见玄韫言辞极是恳切，玄智只得将目光看向师父虚云真人。

虚云真人见如此，只好颔首对玄智道："恭敬不如从命，那就收了吧。"便引了玄韫一众进得佑圣观中。玄韫道长在浮邱圣祖金像前焚了香蜡，跪膝九拜，然后与众人一起上太清殿中品茶叙谈。

第二日上午，虚云真人与玄智师徒二人引了玄韫一众前往香炉峰仙人洞凭吊。唐力与李忠不解，见他们一行身影掩映在深林中，便转头请教师父玄真道长道："五雷山客人何以在佑圣观跪拜后，又还要翻山越岭，不辞辛苦，前往仙人洞处祭拜呢？"

玄真道长听了，浅然一笑，见灵慧真人在场，便望着灵慧真人，对他俩人道："你们还是问灵慧师爷吧。"

俩人便转头望向灵慧真人。

灵慧真人原本要去"楚香居"看看施工进度，所以才没有陪他们同去。

见两个年轻人奇心大发，玄真又开了口，自己也只好停下来，对俩人道："此事说来话长，不如回太清殿中再续杯茶，边喝边聊。"

四人便转回太清殿中。唐力、李忠忙给灵慧真人和玄真师父沏好了茶水。

灵慧真人坐定后，伸手一捋胡须，感慨道："也好，你们既然已经是我太浮山武学的传人，那么对于太浮山的开山师祖——浮邱圣祖，你们多一点了解也好。想当年，浮邱圣祖受了太昊伏羲帝的点化，北来此山修行悟道。三十年后，终悟得大道，并留《甲繆》《乙匡》《三要》《则古》《辩萌》《尚变》《尚特》《八抑》《九材》《十弊》、和《释和》《柄言》等等经典文章在世，这就是现存于佑圣观中的浮邱圣祖十二章经，亦是我太浮山佑圣观的镇观之宝。正当圣祖浮邱子在这座山中悟得大道、修成正果之时，原本在慈利地界五雷山修行悟道的真武子听闻了，便急急地赶了过来，来到圣祖的修道之处。他见浮邱子仙风道骨，鹤发童颜，一派得道模样，便以为是此山钟灵毓秀，助他而成，一念之下，便顿生出占山之意。他大言不惭地对浮邱子道：'此山属我所有。'浮邱子乃何等聪慧之人，一闻此言，便已知其意。其时，浮邱子已经得到了太昊伏羲帝的密授，要他前往中岳嵩山传道。于是，浮邱子便答道：'此山是我炼丹修行之处，如果你要此山，我即画一光圈，你若能用剑挑起，我便相让。'说吧，随手从地上拣了一根松树枝，吹口仙气，望地上一画，光圈即成。真武子当即念诀施法，竟用手中长剑硬生生地将光圈挑了起来。浮邱子见此，当即起身，骈了食指与中指，以至纯至阳的大力金刚指法，在身后的红砂岩巨壁上草下了一首《原道歌》：'虎伏龙亦藏，龙藏先伏虎。但毕何车公，不用提防拒。诸子学飞仙，狂迷不得住。左右得君臣，四物相念护。乾坤法象成，自有真人顾。'即将山相让，骑白鹤飞升，往北而去。真武子原也是半真半假，想着和浮邱子开开玩笑，不想却弄巧成真。事已至此，真武子只好接掌了此山。春去秋来，薄暮曦晨，真武子修道之余，常常徘徊在巨壁前，口中反复念叨着《原道歌》。一日，终于醍醐灌顶，脑洞大开，悟得歌中深意。遂收其锋芒，藏其鳞甲，每日真心修道。多年后，真武子亦修成大道，遂重返慈利五雷山，广收门徒，开山布道。后终成为一代著名掌门，后人称之为真武祖师。"

唐力听得津津有味，叹道："原来竟是这样。"

李忠疑惑道："如此说来，真武祖师的功力竟还在浮邱圣祖之上？"

灵慧真人道："其实并不如此。就在真武子试着用剑挑动浮邱圣祖所画的光圈时，太昊伏羲帝当时正在黄河边上的行宫中与众大臣议论诸事，心中忽地一沉，他猜测天下必定是发生了大事，忙掐指一算，原来是在南方一座云端仙山峰顶，浮邱子正与真武子在较技斗法。为促成浮邱子速速北行嵩山传道，太昊伏羲帝面上微微一笑，便暗中施计，念动法语，借用天地四方诸神之力暗中相助了真武子一把。"

李忠深叹道："原来还是太昊伏羲帝的暗中相助。"

灵慧真人道："从那以后，五雷山一派虽代代薪火相传，时至今日，但一直还将此事视为一个心结。每有人前来太浮山，必到浮邱圣祖金像和浮邱圣祖炼丹修道的仙人洞处焚香祭拜，以示敬意。"

李忠道："原来是感恩浮邱圣祖的让山之恩。"

灵慧真人道："是啊。所以我们太浮山与五雷山虽是两山，却是渊源深远，同气连枝，情同兄弟。"

唐力道："多日来的疑惑，现在全明白了。多谢师爷的教诲。"

灵慧真人笑道："不耻下问，乃谦虚之德，是上进之表现。看来，你们平时修道还是很用心的。"

灵慧真人见已有时辰，便辞了玄真师徒三人，下得缥缈峰，径往凤凰山"楚香居"而来。

一阵山风陡起，蓬蓬吹来，万木哗响。

唐力回头，环望太浮山群峰，深有感触道："没想到五雷山与太浮山，竟还有着如此这般奇妙的渊源。"

玄真道长看着唐力、李忠这两个徒儿，学着自己师父虚云真人的口吻教诲道："我太浮山乃江南道教圣地，无论是道家教义，还是武功心法、山世渊源，都是处处奥妙，博大精深，绝不是虚有其名。日后当事事在意，时时留心。有不惑者当虚心请教，时日一长，自当受益匪浅。"

唐力、李忠忙点头称是。

第八章
英雄虎胆断魂崖
张灯结彩龙家寨

天波易谢，寸暑难留。

转眼间，就到了农历的立秋节气边上。虽是这个时节，但江南的天气却正是一年中最炎热的时候。农谚俗语中所说的"秋老虎"，就是指的这段时令。

为去苗岭提亲一事，虚云真人早就在脑中考虑过很多次了。除了自己、玄智、少溪主外，他决定把玄妙、玄音也带上。主要是想借此机会，让这两个徒儿增加一些江湖阅历。思来想去，觉得如果有灵慧真人同行，那就是最好不过了。可灵慧真人已是年近花甲之人，一路舟车劳顿，又不知他是否能吃得消。斟酌良久，虚云真人决定还是用话探一探灵慧真人的口气。不想，自己话一出口，灵慧真人竟满口答应。

"苗人先祖与我太浮山有缘，如今玄智、少溪主又要娶苗岭女子为妻，两家结为亲家，就是再辛苦，我也乐意去，同时，我也想顺便看看苗岭的山水和风土人情。"灵慧真人兴奋道。

虚云真人大喜，忙翻看皇历，择了吉日，将观中诸事一应交与大弟子玄真之后，便与灵慧真人、玄智、少溪主、玄妙、玄音一起，早早上路。

这一行六人，装扮不一，所带兵器也不一样，一眼看去，甚是有趣。打头的是两位真人，均是头戴道巾，一袭道衣，然虚云真人目光精亮，背负剑器，一身透着英武之气；灵慧真人则慈眉善目，胡须飘飘，文文静静，似一副老学究模样。玄智与少溪主却是普通人装束，前者两手空空，后者手中持剑。再看玄妙与玄音，却又是道长装扮，一个手中拿棍，一个背负剑器。这六人一路行来，有道有俗，有老有幼，有文有武，均各斜背包裹，就纵是久历江湖的惯客见了，也绝难猜出他们的身份。

久居山上，目之所及，皆是峰崖林木；耳中所闻，皆是鸟语虫鸣。下得山来，一路之上，尽是滨湖平原风光，目之所及，耳中所闻，无不新鲜异样。

大家兴高采烈，一路言谈说笑，当日薄暮时分，就赶到了沅江边的常德府。这常德府位居沅江下游，上溯黔东南苗岭，下达苏皖平原，自古以来就是"黔川咽喉，云贵门户"，五省通衢之地。大街东西相通，小巷南北可往，"回回街""麻阳街"，各类商铺门面，比肩林立；商贾往来，川流不息；小商小贩，吆喝声喧。来得江边码头处，却又是另一副热闹景象：不仅江面上大小船只上下穿梭，而且岸边码头也泊满了各种船只。拿眼望去，但见客栈酒楼、烟花柳巷，大佬、船工、纤夫、挑夫、才子、佳人、商客、乞丐、浣衣女子……

一行人在码头处打探清楚了次日上行的客船，便在近处寻了一家客栈，歇息过夜。第二天微明，众人即起，洗漱、用饭完毕，便匆匆上了客船，溯水西去。此时，红日东升，霞染江面。

这大船风帆高悬，巧借风力，在沿岸大小码头不断地上下客人。经桃源仙境，过沅陵、辰州，十多天之后，便到了一个叫作洪江的热闹集镇。大船到此后，不再前行，停留一天后便掉头顺水东返。

众人下得大船，在码头上另寻了上行的船只，依旧溯水西行。又是数个昼夜轮回，船只已经行进在两岸高山峭壁的狭窄江面上。众人除了在船舱里休息外，就是站在船舷边观看两岸的峻岭峭壁、沟壑深林，还有山崖上或是沟壑边错落有致的吊脚楼。一个山脚处，有着一弯小小的坪坝。临河边架着一座高大的水车，水车缓缓转动，发出"吱吱吖吖"的声响。

玄智与少溪主一想到又快要与自己喜欢的姑娘见面了，心中自是激动万分，兴奋与喜悦之情溢于言表。在船上，他们与同行的其他客人用彼此不能完全听懂的语言和手势很困难地交流着，打听着有关苗岭的一些风俗习惯，人情世故、风物特产。愈是前行，江面愈是狭窄，准确地说，这应该只算是河面了。

其时，他们乘坐的船只已经进入了苗岭的腹地深处。

客船在一个叫作盘凤的古镇上停了下来。他们早就已经打听清楚了，从这里去到四十八寨的龙家寨，徒步就只有几个时辰的路程了。从常德府一路而来，虽说是在水上乘船，无跋涉之累，但也还是甚觉酷躁乏味。所以船一靠岸，众人下得船来，长舒一口气。环望四周崇山峻岭，林茂涧深；沟壑相通，云岚漂浮。处处凸现出一种苍凉、古怪的神秘气氛。

虚云真人小声地提醒众人道："这里已是苗岭腹地了，是苗人的聚集地，山高水险，强人出没，我们要时时小心提防才是。"众人点头应承。

古镇靠山临水，不是很大，横竖几条街道，但人户却很是稠密。几个人上得码头后，在镇上来回走了一遍，竟有十多家客栈酒家，均是生意兴隆，门庭若市。他们便寻了一家叫作"福祥客栈"的酒家，坐了一桌，点了酒菜，慢慢地吃将起来。一边吃，一边特地留意着酒店里面进进出出的客人。酒足饭饱之际，忽地从门外急急地走进七八个汉子，均是头缠布帕、手持弯刀弓箭。一进门，就朝店小二嚷道快上酒菜，吃了好赶路。店小二一边笑脸相迎，一边急急地端了茶水过来。太浮山众人并不急于赶路，见所来之人行色匆匆，大声嚷嚷，情绪激动，似正遇上了什么大事，便有意放慢了吃喝，蹭着时间，想听听他们说些什么。

果然，他们一边吃喝，一边用方言叽里呱啦地说着些什么。只是苦了太浮山众人，一句完整的话也听不懂。但他们还是听到那一伙人反复地提到娄家寨和龙家寨这两个寨名。于是，他们立马警觉起来。待那一伙人走后，虚云真人招手叫来了小二，便打听起刚才那一桌客人所讲的娄家寨和龙家寨是怎么回事。店小二一听，连连摇头，装糊涂什么都不知道。大家相互看了一眼，猜测着这里可能正在发生着什么大事情，付了饭钱后，便出门另寻了一家客栈。

这家客栈老板是一对半百夫妻，人很随和。灵慧真人便上前打探这里是否发生了什么事清。那两夫妻便赶紧闭口，只是摇着头，只字不提。众人愈觉事情蹊跷，便折回"福祥客栈"，回到订好的房间，关了房门，聚在一起，取出龙家大公子先前所画的地图，细细商量起来。最后，玄智对众人道："龙家寨离这里不远，就是几个时辰的路程。你们就在此候着，我先悄悄去那里摸摸情况，回来再说。"

"如此甚好！"灵慧真人道，"到街上买身苗服换上，装扮成本地人模样。"

虚云真人心中忐忑不安，双眉紧蹙，双目凝重。为稳妥见，便对玄妙道："你也去吧，两个人好照应。不论发生了什么事情，今夜当赶回客栈来会合。"

两人依计而行，上得街来，买了两套本地人常穿的衣服及尖顶竹篾斗篷，回到客栈，换了装束，轻装出门而去。到了水码头，寻得一条小船，吩咐船家沿河道上行。几个时辰后，果见右手边的一个山崖下有一个树木浓荫的水码头和一个凉棚。码头上并无一人。两人付了船资，离船上岸，抬头仰视山岭，林木茂盛，阴森冷峻，甚是陡峭。

玄智低声对玄妙道："从这里一路盘山而上，应该就是龙家寨了。我打头行在前面，你在我后面跟着，不要太近。"

玄妙低声道："好的，你在前面要小心着。"

两人商量毕，便压低斗篷帽檐，一前一后，警惕着密林中盘山道上的动静，极小心地向岭上逶迤疾去。转过数道山弯，玄智的目光从斗篷的边沿处发现前方远处路边的一棵大树下有一个人影倏地晃悠了一下，就忽地消失不见了，便立即警觉起来。他用手指在斗篷的四周戳了几个小洞，然后将斗篷边沿压得更低。外面的人看不到他的面目，他却能够通过斗篷的小洞将外面的一切看得一清二楚。就在快要接近那颗冠如擎盖的枫香古树时，玄智暗提真气，将一股雄浑的内力悄悄聚于双掌之上，以防不测，并准备随时全力搏杀。

就在那人再一次从路边树荫里探出头来窥视时，玄智敏锐的目光立马就锁定在了他的脸上，旋即一怔：这不是与龙大公子在一起的田长庚大哥吗？不错，正是他。

玄智当即将斗篷掀起，叫了声："田大哥！"

对方听到来人叫他，着实吓了一跳，愣在那里，惊问道："你是？"

玄智将斗篷从头上拿下来。对方定睛一看，惊喜道："你是玄智？玄智道长？"

玄智连连点头道："我是玄智，太浮山的玄智道长。"

那人确认没有看错时，忙伸手拉了玄智的手，惊喜道："玄智兄弟，我可把你盼来了。你来了，香玉姑娘就有救了，龙大寨主一家就有救了。"

这时，玄妙见前面的师兄玄智好像在与另外一人搭上了话，便足底发力，如飞赶了上来。

玄智忙对田长庚道："这是我的师弟玄妙。"又对玄妙道："这是龙家寨的田大哥。"

两人在太浮山早见过面的，赶紧抱拳行礼。

三人便隐到大树的浓荫里。田长庚急把这几天龙家寨发生的祸变说了。田长庚道："我扳着手指头估算着日子，推测若无意外，这几天你们定然要到，所以，我就天天在这里守着，盼着你们呐！"

玄智就把自己一路来苗岭的情况说了个大概，当即带了田长庚，下岭折回盘凤古镇"福祥客栈"。

大家相互见面、行礼，又都将彼此的情况说了。

虚云真人眉凝如峰，急切道："救人要紧。"

玄智便要田长庚用黑木炭在桌子上画了娄家寨的地理图形。

田长庚指着地图道："娄家寨三面都是峭壁，只有一面可下山与其他峒寨相通，且地势险要，易守难攻。寨上地盘倒是不小，有水田，有山坡地，居住着近百户人家，有娄姓、田姓、李姓、张姓。寨主娄重阳，是个头上长角的人物，他有两个儿子，牛高马大，熊腰虎背，均有一身好功夫。寨上好手众多。我们若要从寨门正路攻上去，恐怕不易。"

灵慧真人凝视着地图，对田长庚道："这三面山崖是个什么情况？"

田长庚道："山崖极高，若刀削一般，就是本地飞崖走壁采燕窝的好手，也是轻易不敢上去。多年前，有一个胆大者就不信，自以为功夫了得，当众夸下海口，用了绳索从上面坠下，结果，崖风飘荡，绳索被锋利的石块慢慢割断，命丧崖下。从此后，这个山崖便被本地人叫作断魂崖，再也无人敢去攀缘。"

灵慧真人看着这被叫作断魂崖的峭壁，思虑良久，对虚云真人道："强攻不可取，智取呢，就只有这断魂崖了。我的建议是偏向于智取，但最好还是先去实地查看一下，再做定夺。"

虚云真人点头道："也只好如此了。"

翌日，用过早饭，玄智依旧带了玄妙，装扮成本地人模样，随了田兄前往娄家寨。三人压低斗篷，扮作捕蛇之人，先是到了娄家寨对面的山岭密林中，将寨中地形、人户看了个详尽。见通往寨中的上山之路已经是层层把守，防范森严。寨中亦有好手时时巡哨。毕，三人又悄悄下山，摸至涧底密林中，神不知鬼不觉地绕断魂崖细细地看了个来回。正如田兄所言，危崖壁立，冷风激荡，望之惊栗无比。玄智救人心切，仰头细细观望，凡有希望处都没有放过。但见稍可攀缘处，脑中立即盘桓多时，如此反复绕来绕去，直到未时肚中饥饿，玄智方选了一条最佳的攀缘路径。做好标记，三人才原路返回盘凤古镇。

等候在客栈中的虚云真人等，见玄智三人回来，大喜，即叫小二送了饭菜进来。玄智三人狼吞虎咽，风卷残云一般将饭菜吃了个干干净净，方将刚才所见的情形详细说了个遍。

虚云真人见玄智欲独自乘夜攀崖而上，心中着实放心不下，在屋中来回走动着。玄妙也不赞成师兄冒险，小声嚷道："干脆从山前杀上去，还怕了他们不成？"

灵慧真人忙摆手道："不可，不可。狗急了会跳墙，兔子急了也会蹬人。如此一来，他们说不定会先杀了龙大寨主一家。此事万万不可。"

玄智看着众人，不慌不忙道："我是这样想的。到了夜间，我们分成三组。灵慧真人与少溪主留守客栈，以防盗贼；师父与玄妙、玄音去娄家寨前隐蔽。我与田兄去断魂崖，我一个人上去，应该没有问题。田兄就在下面等我的消息。我在上面救人得手后，在崖上放两声爆竹，然后就从上往下攻；田兄你就火速与我师父会合，从下往上攻，我们来个里应外合，上下夹攻，一举破寨。"

灵慧真人面露喜色，点头道："这是个好主意。只是玄智侄儿，你可要千万小心。若是不行，绝不可鲁莽行事，回来我们再另想办法。"

虚云真人叮嘱道："玄智徒儿，你可记住灵慧真人的话了。此次搭救龙大寨主一家，关键系你一身，你决不可有任何闪失。上至崖顶，当特别小心机关暗道。你记好了，世界上最厉害的武功从来就不是真正的武功，而是阴谋和诡计。"

玄智点头应承。商量已毕，众人赶紧休息，以待天黑。

一俟天黑，众人便吃饱喝足，分头行动。虚云真人屈指算来，已经是农历二十三了，下弦月，是个月黑头，一切只有借着微弱的星光行事了。他提醒大家小心谨慎，临分手时，又反复交代玄智道："不可大意。若实在不行，便回客栈，我们再思良策。"

玄智信心十足，对师父道："师父放心，徒儿记住了。"便与田长庚往断魂崖方向潜去。转眼，两人身影便消失在朦胧的夜色中。

虚云真人与玄音跟了玄妙，径往娄家寨对面的山林中去隐匿。

话说玄智与田长庚一路潜行，很快就悄无声息地来到了断魂崖下。玄智寻到标记处，束好衣服，将耳朵贴壁细听，确认崖上无丝毫动静，便深吸一口气，然后一提真气，使出壁虎神功，手足并用，人如柔猿，紧贴峭壁飞快斜上攀去。田长庚见玄智如此神功，心下着实惊骇不小。佩服之余，待凝神再仰望时，玄智已如一只黑色的山鹰，贴伏在高耸的危崖边缘。

"我的好兄弟，你要千万小心！千万小心！千万不要掉下来！千万不要掉下来！"田长庚仅此一望，就觉胸中之物此时已是狂突不已，惊恐万分，双腿颤抖，在崖下双手合十，不停地嘀咕祈祷着。

玄智提气运功，不消片刻，人就攀升了山崖的一大半。刚好此处壁缝中生有一棵小松树，树身不高，可树干及横枝却是极其粗壮结实。玄智就着树干歇得片刻，凝望崖顶，见虽是峭壁，但却不时有小块岩石凌空横出，心中暗喜，浑身气力大增，便再提真气，一鼓而上，直趋崖顶。上得崖顶，玄智匍匐在地，借着微弱的星光细细地将眼前的环境察看了数遍，直到一一默记在心，方提气屈身潜行。崖顶上是一大片坚硬的石块，也是整个娄家寨的最高点。从这里可以通往寨子的各个地方，中间都是一溜一溜的坡地和小山洼，间或生长着一些低矮的灌木丛。玄智一溜潜行，进到一片林子里，拿眼朝坡下一望，整个闹腾腾的寨子全在眼底，一览无余，这就和白天在寨子对面望见的一模一样。玄智心中稍慰，静下心来，思虑片刻，他从眼底的这些房舍分布及灯火的数量和明暗做了个大致的判断。他选中了一个方向，悄无声息地靠拢过去。

那是一个不大不小的四合院落，房间里有灯光，廊檐里还不时有人举着火把走来走去。快要接近小院时，忽有一人快步走来，玄智忙闪身隐在浓荫里。待来人近身时，玄智一探手，封住了他的乳下穴道，一用力，将他提到一个僻静处，用半汉半苗的生硬腔调厉声道："想活还是想死。"

那人突遭袭击，魂魄早已唬丢了一多半，此时身如筛糠，只得连连颤声道："好汉饶命！好汉饶命！我可没有干坏事，我只是个跑腿的。"

玄智见他腰间挎刀，冷笑道："你一个跑腿的，带刀做什么？"

那人忙道："我们苗人有带刀的习俗，是防山中猛兽，我可是真没有干坏事。"

玄智厉声道："谁干的坏事？人关在哪里？"

那人慌忙道："是石天神和娄寨主他们干的，现在人关在那边的石洞里。"那人口中说道，身子却无法动弹半分。

玄智一骈指，解了他的穴道，追问道："在哪里？"

那人站起来，用手指向左手边山梁处的一排木楼子。那里亮着一排灯火，远远看去，隐隐约约，似乎也有巡哨之人。

玄智厉声道："人都关在哪里吗？这个小院里是什么人？"

那人道："龙大寨主和他的家人都关在那里，这院子里住着石天神和他的手下。"

见问明了情况，玄智厉声道："若再做坏事，我定饶不了你。"说完，复点了他的穴道，将他扔在树林里，便径奔那边山梁而去。

潜到近处，玄智果见一排低矮的木屋，简陋不堪。他放轻脚步，趋身上前，轻轻地将身子紧贴屋壁，听到第一间屋子里似只有两个人的说话声，叽里咕噜的，一个字也听不懂，侧头一瞧，屋外也不见哨兵，便一个疾跃，人已闪进屋中。

两汉子正围桌而坐，侃侃而谈，忽见一陌生年轻男子突然欺进屋中，心中大骇，本能地抽刀起身，欲做反扑。

玄智动作更快，一个兔跃，人已近身，左右两手的食指和中指同时一骈，那两人的气俞穴早已被封住，动弹不得。玄智目光疾扫，将屋中布局摆设瞧了个清清楚楚。见屋中内角上有一道铁栅门，用一铁链锁住。钥匙就放在那两人身边的桌子上。玄智大喜，当即抓了钥匙，解开铁链，将栅门打开。玄智正欲踏步奔入，忽地想起师父的交代，急收了脚步，又将门里门外、头顶脚下细探了一遍，直到确认无任何机关暗器，方提气虚步而进。

栅门内原来是一个天然石洞，壁上放置着几支火把，火光昏暗。就着火把飘忽的光亮，玄智见一女子着银饰帽服，身子斜倚着洞壁，闭目而坐。再细看时，却见女子的双脚竟被一根系在巨石上的铁链锁着。

是香玉姑娘，还是宝珠姑娘？抑或是她人？玄智心中怦然狂跳，又是心痛，又是愤怒。他急步上前，伸出右手，握了姑娘的肩膀轻轻摇晃。

"呸！"姑娘一晃头，猛地呵斥一声，大声道："滚开！给本姑娘滚开！"随即怒目环睁。

玄智一见，正是香玉姑娘，心中喜极，忙急叫道："香玉，是我，我是玄智！太浮山的玄智！"

昏暗灯光中，人影恍惚。姑娘惊疑地凝视着玄智，口中念叨着："玄智！⋯⋯太浮山的玄智！"

玄智摇晃着姑娘的臂膀，急切道："我是玄智，你的远山哥哥，我来救你来了。"说着，泪水竟奔涌而出。

姑娘似乎是有些醒悟了过来，颤声道："你真的是玄智，远山哥哥？"

玄智含泪道："香玉，我是远山哥哥，我来迟了，让你受苦了。"

此时，姑娘双眼大睁，凝目细视，见真是玄智，她朝思暮想的远山哥哥，又惊又喜，眼中放出晶亮的光芒，泣道："远山哥哥，我们还能见面，这不是做梦吧？"

玄智忙道："这不是做梦，这是真的。我们快点出去。"

玄智取了钥匙，终于找到一片，将铁链打开。香玉姑娘没了脚链，又获自由，心中激情难抑，扑进玄智怀中，把玄智紧紧搂住，惊喜道："远山哥哥，你是怎么找到这里来的？"

玄智道："我是从断魂崖上来的。"

"断魂崖？"香玉姑娘一听，脸色惊得惨白，一把将他推开，张大了嘴，双目瞪圆，嗫嚅道："你！？——你从断魂崖上来救我？"

玄智点头道："嗯。"

香玉姑娘泪如泉涌，复地将玄智一把抱住，欢喜地泣道："远山哥哥，你怎么那么傻？那么憨？要是掉下去，那怎么办？那可是断魂崖啊。"忽然，她住了哭泣，似乎是突然明白了他们现在的处境，忙对玄智道："我们快出去，我爹爹、娘娘，还有我哥哥、宝珠妹妹还不知关在哪里。"

说完，便拉了玄智的手，两人从石洞中快步奔出。一眼瞥见那两人呆若

木鸡静坐桌边，香玉怒火攻心，便顺手夺了其中一人的弯刀在手，挥刀就要砍杀。玄智忙疾伸手，夺了弯刀，又一探手，拉了香玉姑娘的另一只手，拦阻道："不可妄开杀戒，救人要紧！"

香玉只得向两人狠狠地"呸"了一口，跟着玄智奔出木屋，来到隔壁木屋门边。玄智向香玉姑娘摆手示意，自己贴耳倾听，从声音判断，屋中亦是两人，便闪身进屋，当那两人还处在一脸蒙时，手中弯刀已是直抵他们胸前。玄智朝香玉递了个眼色，香玉急抓了桌上的钥匙，将铁门打开，奔进洞去，很快，就引了一女子出来。玄智并不痛下杀手，亦只是出手封了两人的穴道。侧头细看是，见正是宝珠姑娘。

宝珠姑娘认出了玄智道长，惊喜道："原来是远山哥哥到了。难怪我姐姐被救了出来。"

玄智一笑，当即吩咐两人捡了那两人的弯刀，随他而去。刚步出木屋，玄智见不远处有人举着火把正朝这边奔来，看来时间已是万分紧迫了。玄智来不及细想，引了两位姑娘，直扑第三间木屋。待玄智手中弯刀递进，再细看屋中情形时，已经容不得他分心了。随着喊声陡起，已经有两个彪形汉子挺剑从左右直刺过来。玄智看准剑路，右手弯刀左右一磕，将两剑荡开，手中弯刀顺势从下往上一撩，身形疾进，左手变掌已是跟着击出。只听得两声惨叫，一个是血溅木屋，身首异处；一个是轰然倒地，气息全无。对面另外两人如梦中惊醒，惊骇之中，一边挥刀砍来，一边狂呼道："来人啦，快来人啦！"

这呼叫声一起，屋外立即就有了回应。喊叫声，奔跑声，此起彼伏，气氛瞬时变得异常紧张起来。

玄智宅心仁厚，本不想大开杀戒，但刚才情势险恶之下已经开了杀戒，当下也就顾不了许多，一心只想着救人要紧，出手便是取人性命的招数。他见对面那两人恶狠狠地举刀扑来，右手运气贯腕，忽地一抖，手中弯刀疾飞而出。对面当先一人连"哼"一声都来不及，身形摇晃了几下，就倒地不动了。此时，另一人的弯刀刀尖已经直抵玄智面门，玄智一个侧身，躲开刀尖，左手疾抓他左臂，右手手指封住了他的左肋大穴。那人弯刀"咣啷"坠地。香玉与宝珠忙在桌上取了钥匙，急急地去开门救人，玄智则捡了一把长剑，守在门口。

只听得一阵嘈杂的脚步声响起，随后就有人大呼起来："不好了，有人在劫石牢了。不好了，有人在劫石牢了。"

有个凶狠的声音就传来："快，赶快把木屋围起来。"

玄智只得用了双眼的余光，一边瞄着屋内的情形，一边扫视着门外的状况，就见木屋附近火把越来越多，脚步声也是越来越响。一彪悍汉子手持弯刀引了数人从西头如飞奔至。玄智闪身挡道，持剑喝道："想活命的赶快退下，否则，休怪我剑下无情。"

领头汉子一怔，哈哈狂笑道："胆子不小，竟敢闯上山来，劫我石牢。"当即大手一挥，身后数人便挥刀迎面扑上来。

玄智见喝劝无效，只得使出太浮山剑法。廊檐里，刀剑相交，铮铮作响，嚎叫声顿起，撕心裂肺。

不消片刻，这数人已是横躺在地。彪悍汉子正欲出手，见又有数人从廊檐东头疾速奔至，便疾声大呼："恶人在此，快给我拿下。"

真是是非不分，黑白颠倒。他也把玄智唤作恶人。

玄智持剑在手，紧守门口，一边挥剑格挡，一边斜眼屋内，见无一人从石洞中出来，心中思道，难道此石洞中布有机关暗器？如此一思，玄智顿觉一股冷气嗖嗖地沿脊背直蹿上来，情急之下，招式倏变，不由使出了太浮山剑法中的最厉害招数"雪舞梅花"。只见廊檐里一片梅花迭次绽放，赏花之人却是哀号连连。待梅花谢尽，玄智却见那彪悍汉子早已无踪无影。料想，那人肯定是去搬人去了。玄智返身进屋，正欲潜入洞中，却见香玉、宝珠从洞中奔出，身后跟了两个男子。玄智细瞧时，那走在前头的正是香玉的大哥龙云飞，忙叫了声："龙大公子！"

龙云飞快步奔上，抓了玄智的臂膀，又惊又喜道："好兄弟，多亏你来了。"即对身后人道："二弟，这是太浮山的玄智道长。"又对玄智道："这是我二弟云逸。"两人连忙抱拳行礼。

说话间，廊檐上已是脚步声急，人声鼎沸。玄智问香玉道："不知你爹娘关在哪里？"

龙云飞抢着道："也应该就在这里。我原就知道，他们娄家寨在这山边有一排石洞。不想他们竟然在洞外搭建了一排木屋来遮人耳目。"

玄智见云飞、云逸也已救出，己方人手大添，心中也是安稳了许多，心想着这木屋还没到尽头，对方还在往这里增派人手，香玉的爹娘极有可能就在前面的木屋石洞中，便用手指了指隔壁的屋子，高声吩咐道："我在前面开路，香玉、宝珠紧跟在我身后，负责寻找钥匙，开门救人，还请两位公子断后掩护。"

众人领命。玄智转身出门，也不管屋外廊檐上对方有多少人，持什么兵器，出招就是令日月无光、天地变色的"雪舞梅花"绝招。玄智一招使出，廊檐里顿时血溅人飞，惨叫不绝。刹那间玄智已奔至隔壁屋门口，待踏步杀入，定睛细看，却见屋中众汉簇拥着两个面目威严、目光精亮的中年汉子早已蓄势

以待，先前的彪悍汉子正立在那两人的身边。

其中一人用官话平静道："你是何溪何峒何寨之人？是苗？是汉？何以要与娄家寨过不去？"

玄智见对方人多势众，不由豪气勃发，暗提真气于周身潜行。这时，见对方发问，便朗声道："我是何方人氏，尔等自不必问。我今日是为龙大寨主而来，还请各位给在下留个薄面，放了龙大寨主及夫人。如此，你我等便可相安无事。"

玄智此话一出，屋中之人均是面面相觑，脸无血色。就是香玉姑娘听了，也是花容耸动。

那两个汉子倒是面色平静，相互看了一眼。一个道："年轻人好大的口气，我久历江湖，像你这样死到临头，还大言不惭者，也还是头一次见到。不过，我实话告诉你，你今天进了这间屋，恐怕就难活着走出去了。"

玄智亦平静道："看来，这个面子诸位是不想给了。"

玄智话一落音，杀机陡起，一招"九龙同潮"，双掌平平向前推出。屋中众人见这一推之下，实乃平淡无奇，正要操刀持剑，一起攻上，却发现情势立变：罡风突起！一股极强的内力，汹涌而来，霸道之极！瞬时狂风疾扫，惨叫声撕心裂肺，不忍耳闻。香玉、宝珠两位姑娘亦是惊骇栗然。待疾风静时，屋中众人均已是倒地身亡，唯那两个汉子内功深厚，尚存余息，用了那恐惧的眼神直直地看着这个近于魔鬼般的年轻人。

香玉与宝珠收了惊魂，忙奔至桌边找寻钥匙。却发现钥匙不在。玄智一惊，心念电转，忙去翻看那彪悍人的尸体，果然钥匙在其腰间挂着。当即取了交与香玉，叫她快去开门。

玄智对那两人道："你我本是无冤无仇，但你们使阴谋诡计关押龙大寨主一家就是不该。我今天暂且饶过你们不死，若再作恶被我遇着，那可怨不得我了。"

一人用微弱的声音道："你要杀便杀，我有何惧哉？大丈夫为大义而死，死而无憾。"

玄智见他临死不惧，骨气尚存，口中还谈什么"大义"，不禁心中生出一些疑惑和敬意，但此时救龙大寨主要紧，便顾不得多想，从怀中摸出一个小瓶子，取出两粒褐色药丸，给他两人一人一颗强服了下去，道："这是'十全大补续命丸'可保你们暂时性命无忧。悉心调养，三个月后，即可痊愈。"

忽听得屋外喊杀声又起，刀剑相交之声不绝于耳，料知龙家兄弟已经和赶来援手的人交上了手，便转身大步抢出门外，持剑堵在了门口。这时，香玉姑娘已经将系在爹娘身上的铁链打开，与宝珠扶着他们急步从石洞中跟跄奔了出来。

龙大寨主见了屋中惨象，亦不忍睹，直是摇头叹息。一晃间，看见了正斜躺于地的那两人，不觉又气恼起来，高声道："一个左护法，一个右护法，亏你俩还是我苗人中的铮铮铁汉，怎么就硬是不晓大义呢？石天神自诩是天神下凡，欲替我们苗人伸张大义，与朝廷分庭抗礼。他这是行大义吗？我们的祖先在哪里？我们的祖先在北方，在中原，在黄河两岸。苗人与汉人，就如同兄弟一般，普天之下，除了苗、汉，还有侗、瑶、回、土家、蒙古等众多的兄弟民族。照你们所说，那都要去伸张大义，都要去造反不成？真是糊涂稀里，稀里糊涂，乱弹琴！"

龙大寨主火气上来，就是一通。那地上两人气息奄奄，毫无反抗之力，只得忍气吞声，斜目而视，洗耳恭听。玄智转过身来，瞧见香玉姑娘站在那发火的老者身边，宝珠亦搀扶了一位盛妆妇女，甚是恭敬，猜测这肯定是香玉的双亲了，便立马上前行礼道："晚辈太浮山玄智道长，向龙大寨主和夫人请安！"

香玉忙道："爹！娘！这就是女儿向您提起的玄智道长，远山哥哥！"

龙大寨主和夫人立马凝神细看，见面前的年轻人英俊儒雅，神采飘逸，一表人才。一见之下，夫妇二人心中顿生爱意，忙笑盈盈地点头道："多谢少侠相救！"

玄智听了，心头一窘，正不知如何回答，一阵砍杀声徒起。玄智回头急看时，见龙家两兄弟挥刀抵敌，且战且退，已快退到了屋外门口。玄智见西头上来人甚多，便急高声唤退了两位公子，自己一抖手中长剑，挽了几朵剑花护身，就势一招"风卷残云"，然后依次是"秋风横扫""流星赶月""一泻千里"。西头廊檐下顿时寂然无声。玄智回头，提剑又望东奔来。对方众人立时魂飞魄散，"轰"的一声，瞬间逃得无影无踪。

玄智并不追赶，四下环视，见已无贼人攻来，便对云飞道："在此稍候，我去崖上一趟便回。"说完，便如飞般朝山顶崖上奔去。

龙大寨主夫妇虎口余生，化险为夷，兀自额手称幸，就闻崖上两声巨响，见两柱五彩火光冲天而起，星火满天。

少顷，玄智奔回，带了众人，急来到四合小院，见已是人去院空，竟无一人。众人正疑惑间，忽闻得山下喧哗声大起，急奔至一高碥处向山下俯瞰望去，却见山下寨门一处，火把蜿蜒，杀声震天，似有大队强人正往山上攻来。

玄智深感蹊跷，料想师父一众行动绝对无如此之快，声势也无如此之大，便对众人道："我们在此稍候，看看情形再说。"

且说断魂崖下，田长庚见玄智上得崖顶，却好久没有消息，正焦虑不安，不时引颈抬头，望向崖顶。忽听得头顶之上两声爆响，心中大喜，知道玄智已经得手，浑身一阵轻松，忙借了微弱星光，一路潜行疾奔，来到约定之处，会合了虚云真人三人，沿山脚溪边小路蜿蜒疾行。转过几个山嘴，快到娄家寨寨门之时，却听得正前方杀伐声传来。四人大惊，忙潜行至附近一隐蔽处，拿眼望去，却见是一队朝廷官兵正往山上冲杀上去。

虚云真人大惑不解，心道："这是怎么回事？朝廷官兵怎么来得如此迅速而又是如此及时？"

虚云真人把目光看向田长庚。

田长庚一头雾水，只是摇了摇头。

玄妙看着师父，低声急道："我们怎么办？要不要跟上去？"

虚云真人沉思道："那可是朝廷的官兵呐，千万不可鲁莽行事，先等一等再说。"

玄妙急道："那师兄……"

虚云真人推测道："惊动了官兵，说明事态已非一般。或许，官兵也是得了消息，冲着娄家寨来的。你想，娄家寨劫持了龙大寨主一家，欲行谋反，朝廷官府能坐视不管吗？"

田长庚一听，似有所醒悟，豁然道："真人说得极有道理。我琢磨，十有八九也是这么回事儿。"

虚云真人道："我们就远远地跟在官兵后面，静观其变。"

四人便悄然潜行，跟在官兵后面，蜿蜒而上。

山上玄智众人也是这般想法，待到缓慢下山来到半山腰之际，官兵与娄家寨众人的厮杀已近尾声。在一平坦丘地之上，官兵在一头领的指挥下，已经把最后几个负隅顽抗者重重包围了起来。在无数火把的光焰中，那官兵头领指着其中一相貌奇特的中年男子厉声道："大胆妖人，你胆敢以妖言惑众，笼络人心，还欲与洪江反民勾结，攻打镇远，乱我朝纲，夺我政权。你现在身陷重围，插翅难逃，还有何话可说？"

那人临危不惧，脸色丝毫未变，仰头哈哈大笑道："你这朝廷鹰犬，我岂惧你乎？"说罢，忽地平空旋起，施展绝世轻功，从众官兵头顶上一掠而过，直向山下如飞疾去！

这一惊变陡起，实是出人意料。眨眼间，已是人影全无。官兵众人无不容颜耸动。那头领唯恐又生事变，忙大声喝道："快给我把这些反民全绑了。"

一声令下，官兵蜂拥而上，被围之反民除反抗被杀之外，其余尽皆绑了，押在一堆。那头目对其中一神情冷傲的年轻人道："龙家大寨主关在哪里？快说！"

那人倔强地昂着头，并不回答，只是用愤怒的目光看着官兵。

"不说？想死？"那头目冷笑道，"尔等同谋造反，本就是死罪。"转身对一手下道："送他上路！"

那人领命，提剑上前。

"慢着！"

一声大喝从身后人群中传来。随着这一声音，早就立于官兵后面多时的龙大寨主夫妇与玄智等众人一起从火光昏暗处走了出来，来到那官兵头目跟前。

"龙大寨主？你？……"

那头目一见龙大寨主安然无恙，脸上怒色立消，惊疑道："你没有事吧？"

龙大寨主抱拳道："吉人自有天相。多谢彭将军前来搭救。"

那彭将军凝目而视，将龙大寨主及夫人、还有身边众人都扫了个遍，确信安然，脸上却又是现出一些疑惑。龙大寨主立马上前，指着玄智对彭将军道："多亏了这位少年大侠及时赶到，将我一家数口救出，这才化险为夷。"接着，龙大寨主又叙说了详情。那彭将军听完，对玄智肃然起敬，立马抱拳一揖，然后低声对龙大寨主道："接到密报，我就火速赶了过来。军情大事，可不是儿戏。"稍做停顿，环顾众人，接着道："这里的事情已经解决，然娄寨主和他的两位公子却不知去向。可否要我派人手送你回龙家寨？"

龙大寨主抱拳道："彭将军何不与我同回龙家寨，喝一杯茶后再走？"

彭将军一指那一干犯人道："公务在身，多谢了！有空时，我定会去龙家寨拜访大寨主。告辞！"

说完，手一挥，便带了官兵，押着犯人，欲下山而去。

龙大寨主急趋上前，附在彭将军耳边，低声道："那年轻人我深知底细，就是本寨中人，家中仅剩老母，是个出名的大孝子。此人本性不怀，这次定是受了他人蛊惑，一时糊涂，参与了叛逆。还望将军念其老母孤怜，严词训斥一番，放他一条生路。他若能感恩悔悟，迷途知返，步上正道，将军亦是做了件大好事。"

彭将军略一沉思，看了那人一眼，颔首道："我知道了。"转身欲去，复又驻足，抱拳对龙大寨主道："为保一方安宁，四十八寨大寨主之位还是勿要辞了。告辞！"遂领众官兵下山而去。

龙大寨主目送官兵下山离去，环视四周，夜色深沉，坡地路旁，血溅尸横，心中苍凉，百感交集。

见众官兵离去，虚云真人等忙从隐匿之处疾步奔来，隐隐看见荒坡处弟子玄智与龙云飞公子等站在一起，平安无恙，心中释怀，皱眉顿舒。

田长庚急上前见了龙大寨主及夫人，又与龙家兄妹和宝珠打了招呼。

玄智忙上前把师父与龙大寨主夫妇相互做了引见。

虚云真人抱拳道："太浮山虚云真人特来苗岭拜见龙大寨主及夫人。不想却是在如此场合相见，真是幸会！幸会！"

龙大寨主得知虚云真人是玄智道长的恩师，面带愧色，忙抱拳道："我苗岭崇山峻岭，自古习惯了'无君上，不相统属'的自由自在日子，有居心不良者又时常在苗、汉两族之间加以挑拨离间，搬弄是非，闹出一些流血事端。实乃大煞风景，让真人见笑了。"

虚云真人坦然道："身处江湖，意外之事实是见多了，此事亦不为怪。"

香玉姑娘与宝珠姑娘忙笑盈盈地上前给虚云真人请了安，又与玄妙、玄音行了礼。虚云真人见到两位姑娘，心中甚是高兴，看了徒儿玄智一眼，忽地想起少溪主还在盘凤古镇，便笑眯眯对宝珠道："少溪主现在还在盘凤古镇等你呢。"

宝珠见到玄智，一直未见少溪主露面，心中早就疑惑多时，又加上急于救人，仓仓皇皇，更不便相问，现一经虚云真人提起，见心事绽露，宝珠是满脸潮红。幸亏夜色中星光暗淡，火光亦弱，掩了宝珠一脸羞涩。

龙大寨主环视娄家寨，苍茫夜色中，星辰寥落，灯火摇曳；遍地尸骸，满寨血腥。悲怆之余，他不由仰天长叹："天狂必雨，人狂必祸；逆天而行，殃我同胞！"

驻足伤感多时，龙大寨主方才吩咐众人，请了虚云真人一众，一同下山暂去盘凤古镇安歇。

众人来到镇上"福祥客栈"，灵慧真人与少溪主急急迎了出来。虚云真人将两人引见给了龙大寨主夫妇。双方亦抱拳行礼，寒暄一番。宝珠见了少溪主，泪光莹莹，两腮红润。少溪主见师父一行安然而回，且龙大寨主一家也是毫发未损，心中大喜，忙走到宝珠跟前，把手放在她的肩膀上，安慰道："平安就好！平安就好！"

龙大寨主高声唤了小二，吩咐道："赶快去准备两桌上好的酒菜，越快越好。"

店小二忙给众人上了热茶，又急去后房唤醒厨房师傅，吩咐赶快备料炒菜。

虚云真人与灵慧真人陪龙大寨主夫妇坐了一桌，余下晚辈坐了一桌。劫后重逢，大家相见甚欢，谈笑风生，亲如一家。香玉姑娘托玄智搭救，再一次死里逢生，真个是天降洪福！现在，她竟全然不顾他人的目光，紧紧地依偎在玄智身边，脸若桃花，目含春光，一副小鸟依人、幸福满满模样。宝珠和少溪主也是紧挨在一起，说着亲热话儿。田长庚则眉飞色舞地向众人讲述着玄智只身攀上断魂崖的惊险场面。众人俱是听得毛骨悚然，心惊肉颤。

龙夫人毕竟是香玉姑娘的亲生母亲，自被救出石洞之后，她的目光就一直没有离开过玄智这位年轻人。此时，她抬眼望去，瞧见玄智与女儿相偎而坐，亲亲热热，凝神细看之下，真个是郎才女貌，极为般配，好似就是天成一般，不由心中欢喜，眉梢带笑，再移目看向宝珠一对时，也觉甚是适合，无可挑剔，便在心中暗道："自古姻缘天成。若是有缘，就是千里之遥，也终会相遇。"

灵慧真人没去娄家寨，对龙大寨主一家此次何以遇险亦是诸多不明，脸上疑惑多多。

龙大寨主看破了他的心事，沉痛道："我苗岭山寨，一直以来，就有两派之分。一派是倾向于苗岭王化，苗汉一体；另一派是反对苗岭王化，主张苗岭自成一统，与汉人朝廷不相统属。这两派之间，明争暗斗，各有支持，由来已久。我龙家寨是力主苗岭王化，苗汉一家的。今年的赶秋大会，按往年的轮流惯例，是要在娄家寨举行。前几天，我与云飞前往娄家寨，就是想与娄寨主商谈此事的具体安排事宜。不料，反对派中的激进人物石天神带了左右两大护法却先我一步到了娄家寨。他与娄寨主密谋，欲趁四十八寨苗民来娄家寨赶秋之际，煽动苗民揭竿起事，然后与东隅洪江的苗民共同联手，出兵攻打镇远。在他的蛊惑之下，本就是反对派中的娄寨主娄重阳竟不顾大体，公然撕破脸面，将我父子扣住，系上铁链，关入石洞。后又把我父子作为人质，派人到龙家寨将我家人威胁抓获，一并关进了娄家寨的石洞。不料，此等机密竟被驻军彭将军获悉。军情似火，于是，彭将军火速带了人马连夜驰了过来。碰巧，你们太浮山众人也来到了盘凤古镇。就这样，你们两家就碰在了一起，来了个大闹娄家寨。"

灵慧真人听完，长透一口气，释然道："谢天谢地！龙大寨主一家总算是贵人天佑，逢凶化吉，遇难呈祥。日后必定有大福大禄。"

龙大寨主抱拳谢道："我龙家寨与太浮山虽千里之遥，可却极是有缘。上次在鄂州荆门，贵山玄智少侠救了我寨云飞四人，没齿不忘；今夜，还是玄智少侠只身攀上断魂崖，又救得我龙家数口，如此大恩大德，真是不知何以相报？"

虚云真人哈哈一笑，拿眼对旁桌看了一眼，对龙大寨主夫妇道："玄智是我徒儿自不必说，近期，我又收了少溪主为徒。今天，我是把这两个徒儿都给龙大寨主夫妇送来了，还望龙大寨主夫妇首肯笑纳。"

龙大寨主望虚云真人一笑，拱手道："如此一来，我是沾了太浮山的福气了。"

夫人喜笑颜开，微微点头道："多亏了真人对徒儿的辛苦培育，从此我们就是一家人了。宝珠是我们的义女，亦当亲生女儿看待。我定会把他们当作自己的亲生孩儿一样看待，不会亏待了他们的。"

灵慧真人趁机又把玄智还俗，虚云真人特地为他和香玉姑娘在山上另建了一处极为雅致的起居之处，取名为'楚香居'的事说了出来。龙大寨主夫妇极为感动，连表谢意。少时，酒菜业已上齐，龙大寨主忙招呼众人尽兴享用。

是夜，众人俱在"福祥客栈"中歇息不提。

第二天，起床洗漱，用过早饭后，太浮山众人便去到街上买得活口黄牛四头，生猪十二头，挂了红布，作为提亲礼行。又在镇上雇了脚夫，赶着黄牛，抬着生猪，并喊了唢呐锣钹，一路热热闹闹，在江边码头寻得上行船只，溯水望龙家寨而来。

快到龙家寨码头，远远望去，山脚码头处聚集了无数持刀汉子，均是情绪激昂，摩拳擦掌。待他们望见船影时，立时屏声敛气，齐齐将目光朝江面船只望来。船只渐行渐近，有眼力好者已经认出了立于船板上的龙大寨主一家人，惊喜道："龙大寨主回来了！龙大寨主回来了！"

众人见是千真万确，齐声呼叫："恭迎龙大寨主平安归来！"

龙大寨主挥手呼应。船一靠岸，众人立马围拢上来，兴高采烈地接了龙大寨主一家。带头之人道："我们正要去娄家寨抢回大寨主，不想，您却先回了。他们为何就认怂放了大寨主您呢？"

龙云飞忙引见道："这是常德府太浮山的朋友，昨天夜里是他们出手救了我们。"

众人得闻，纷纷走上前来，忙与太浮山众人抱拳行礼。可见到披着红布的牛、猪和吹鼓手，大家又疑惑起来，纷纷把目光投向龙大寨主："就是摆宴庆贺，寨中也不会缺少这几头牛和猪啊，况且还披了红布，这完全是一副提亲的架势，看这礼行，来提亲的男方气派可不一般啊。"

田长庚笑着对那众人道："这是常德府太浮山的玄智少侠和少溪主特地来向我师妹和宝珠妹妹提亲的。"接着，又把太浮山一行一个一个地给众人引见了，还把玄智少侠昨夜如何飞上断魂崖的情景眉飞色舞地叙述了一遍。

众人听了，俱是神情大变，惊叹佩服，纷纷抱了拳，走到玄智跟前，再次行了礼："少侠英雄，我等实是钦佩之至！"

众人便一路吆喝，吹口哨、喊山歌，唢呐高奏，锣钹齐响，爬坡上岭，径至龙家大寨。进得寨内，虚云真人将提亲礼物分为两份：一份由灵慧真人领着玄智，唢呐手吹送，径往龙大寨主家；待唢呐手返回，自己领了少溪主，由满脸绯红的宝珠引着，亦是唢呐手一路吹送，径到宝珠家。

寨口院头，站了好多看热闹的左邻右舍，大人小孩。他们瞧着两头黄牛，六头生猪披着红布热热闹闹地被送进了宝珠家，目光中甚是羡慕。宝珠的爹娘兄弟站在院口接了虚云真人与少溪主，延至家中。宝珠欢喜地给虚云真人与少溪主端来了香茶。宾主坐定，虚云真人代表男方的父母，向宝珠爹娘正式提出了求婚的请求。宝珠爹娘均是很实在的山里人，因早就有龙大公子将此事与他们先说了，现今一见面前的年轻人气宇轩昂，人才出众，况且又是宝珠自己看上，便满心欢喜，笑纳了这门亲事。

虚云真人见事顺畅，心中有如喝了蜂蜜一般，对少溪主与宝珠道："你们俩人的婚姻大事就这么定下来了。待我们相商后，就把婚娶日子定下来。到时，再将聘礼送到府上。"

少溪主道："师父做主就是了。"

宝珠飞了少溪主一眼，看着爹娘，娇羞道："我也是，由爹娘做主。"

宝珠娘反笑她道："你自己选中的人呢，怎么说由我们做主了？"一句话，又把宝珠弄得两腮粉红。

宝珠娘起身要去烧火做饭，虚云真人忙叫住了她，道："不忙，不忙，我们现在就说会儿话。我们同来还有几人，现去了龙大寨主家，也是送一样的提亲礼物。少溪主和玄智，都是我的徒儿，所以送给两家的提亲礼物都是一样，不分彼此厚薄，宝珠也是一路上见着的。等会儿，龙大寨主肯定是要派人来请我们一起过去的，我们还要一起商谈婚娶的日子呢。"

宝珠娘便坐了下来。几个人又拉了一会儿家常。虚云真人详细地问起了宝珠家里的农活、作物及收入。宝珠爹也打探了少溪主家中的一些情况。直到日暮时分，红霞满天，山寨生辉，云飞公子神采奕奕地来到宝珠家，笑着请了大家一起过去。

进得龙大寨主大院，穿堂过门，来到后院，见院中已是一溜摆了七八桌席面，好酒好菜，俱已备齐。一见虚云真人等到了，龙大寨主便立马吩咐开席，并快步迎上来，请虚云真人、灵慧真人等太浮山众人坐了最上首一席，又一并请宝珠的爹娘坐了，自己与夫人亲自斟酒作陪。

一上桌来，龙大寨主夫妇就先端了酒杯，感谢玄智少侠的救命之恩。

玄智甚是尴尬，忙连声回谢。

虚云真人起身道："不是一家人，不进一家门。既然进了一家门，那我们就是一家人了。今后，你龙家寨与我太浮山就是亲家了，同气连枝，休戚与共。"

龙大寨主道："真人说得极是，只是我龙家寨地僻寨小，沾了太浮山的福气了。"

灵慧真人道："说起来，我们还得感谢你们龙家寨呢。俗话说，一方水土养一方人，是你们这里的好山好水才养育出了这么聪慧灵秀的姑娘。能够与龙家寨结亲，娶得这样貌若天仙、心比兰蕙的姑娘，实是我太浮山的福气。来，我太浮山众人，共敬两位姑娘的双亲一杯！共饮此酒，永结同心！"

"共饮此酒，永结同心！"

"共饮此酒，永结同心！"

众人举杯，齐声颂道，一齐豪饮而尽。

是夜，清水江边苗岭深处的龙家寨院内，觥筹交错，主宾尽欢。

翌日，龙家寨张灯结彩，喜气洋洋。四十八寨赶秋的秋场临时设在了龙家寨。在几处平坝处，已经搭好了唱戏的戏台，比武较技的擂台，还有架子极高的八人秋千。龙大寨主见太浮山众人对他们苗族赶秋甚是好奇不解，便边走边介绍道："赶秋是我们苗族的传统节日。每年的'立秋'之时，庄稼成熟，收获在望，人们为了欢庆丰收，在这一天，大家都会不约而同地放下农活，身着盛装，穿金戴银，邀友结伴，兴高采烈地涌向'秋场'，打秋千，唱山歌，上刀梯，吹牛角，看傩戏，比武较技等等。这一天，'秋场'上到处都是男男女女、老老少少，那真是人山人海，大家是以挤为乐，不挤不乐。"

龙大寨主指着那高大的八人秋千道："这个高大的架子就叫'秋千'，你们看，上下前后，有四个座板，每一个座板可以并排坐两个人。所以也叫'八人秋千'。人坐上去，秋千在空中上下飞荡，又惊险，又刺激，这就叫'打秋千'，也叫作'赶秋千'，年轻人可喜欢了。这可是我们苗族最有特色的娱乐了，如果青年男女来秋场赶秋而没有'打秋千'，那就等于白来了，会成为他或者她一年中的遗憾。说起这个秋千，那可是有故事的。相传古时候，在我们苗岭山寨，有一个叫作巴贵达惹的青年，为人正直，英武善射，深受众人仰慕。一天，他外出打猎，见一只山鹰从空中飞过，嘴中似刁有一物。他奇心大发，却又不忍射之，便拉满弓，朝空中放了一箭。箭声哨响，山鹰大惊，松口鸣叫，那口中之物瞬时从空中坠落。巴贵达惹拾起来，竟是一只漂亮的绣花鞋。花鞋绣工极是精巧，一看就知道定是出自一位聪明伶俐、美丽贤淑的苗族姑娘之手。于是，巴贵达惹决意一定要找到这位心灵手巧的美丽姑娘，他要向她求婚，要让她成为他的妻子。可是，苗乡千里，山崇岭峻，他又怎么才能找得到呢？他日思夜想，饭茶不思，精诚所至，终于感动了神灵。有一夜，他就做了一个梦，梦中出现了一个鹤发童颜的仙翁，仙翁吩咐他建造这样一个'八人秋千'，并传授了建造之法和娱乐之法。'如此，好事可成也。'说完，仙翁笑而隐去。梦醒之后，巴贵达惹立马行动，在众多乡邻的帮助下，他请来了周围的能工巧匠，根据梦中所授之法，反复琢磨，终于设计建造了这种可以一次坐上八人的风车形秋千，取名'八人秋千'。立秋这天，他邀约远近峒寨的青年男女前来打秋取乐。打秋千本来就是苗族姑娘最喜爱的活动，'八人秋千'则更是有趣之极，巴贵达惹想，那个绣花鞋的姑娘听说了肯定会来的。果然，在欢歌笑语的秋场上，他手举花鞋，让姑娘认领，话音一落，就有一位貌似天仙的俊秀姑娘走到了巴贵达惹的跟前。她就是这只绣花鞋的主人七娘。于是，巴贵达惹便主动地邀请姑娘与他一起坐上秋千。秋千在空中上下飞荡，他们的爱情也就此生长。后来，他们结为夫妻，相亲相爱，幸福美满。从这以后，苗家各地纷纷仿造这'八人秋千'，并定在每年的农历立秋这天，在秋场上击鼓起舞，欢荡秋千。"

太浮山众人听了，驻足观望，直叹神奇。

到了夜间，香玉姑娘拉了宝珠，约了玄智与少溪主，又邀了两对青年男女，径到"八人秋千"下，坐上去。四对情人，一会儿飞到高空，一会儿滑到低处；时而山歌高亢，时而欢声笑语。真个是逸兴飞扬，情满秋场。直到中夜，好好地过足了瘾，方才转回。

第二天就是赶秋大会，四十八寨乡邻乡亲翻山越岭，盛装齐聚龙家寨。人山人海，欢歌笑语，场面极是蔚然壮观。龙大寨主夫妇及两公子要招待从各寨、峒、溪来的寨主等头面人物，无法抽出身来，便由香玉姑娘和宝珠姑娘陪了太浮山众人来秋场赶秋。大家悠然信步，一路走来，边走边看，倒也乐得个一饱眼福。看一会傩戏，听一会山歌对唱，因言语不便，众人便离了歌场，又看了一会"八人秋千"的惊险刺激场面。众人深觉这苗岭地域，地处僻远，崇山峻岭，民风乡俗实乃与常德府大相径庭，不觉眼界大开，耳目一新。

不多时，众人来到擂台处。见台上中间正有两条汉子在较量拳脚功夫，边上站了些彪悍汉子，亦在指指点点。台下站了一大片围观的汉子，不时爆发出阵阵喝彩。玄智拿眼细细望去，见那两人龙腾虎跃，左闪右挪，看起来好像极是有板有眼，实则是未谙拳理，仅及皮毛，犹如玉石未经雕琢，只是普通石块毛坯一般。

见玄智住目凝视，香玉在旁浅笑道："远山哥哥瞧出了什么名堂？"

玄智对香玉一笑，低声道："不敢乱说。"

香玉挽了玄智的臂膀，低声道："你是天下的大英雄，他们的那点功夫哪能和你相比呢？实话实说，我不会怪你。"

玄智只得如实道："若能有名师指点，那就好多了。"

香玉亦如实道："我们苗岭峒寨，山岭众多，溪涧幽深，虎豹出没，豺狼结队，年轻男女从小习武，均是家传，然后就是靠天资蛮力自己发挥，哪里还有钱财请名师指点？是故会者多，精者少，所谓的名家高手就更是凤毛麟角了。"

玄智道："原是如此。"

就在两人小声言语之时，台上有数人早已瞧见了少侠玄智，忙欢喜地跃下擂台，奔至跟前，与玄智抱拳道："既然常德府太浮山的少侠来了，机会难得，不如上台来给我们大家露一手，让我们开开眼界，一饱眼福。"

玄智深感突然，不知可否，便浅笑侧目，看向香玉。香玉明眸闪动，柔声道："既然如此，远山哥哥，你就上去吧。他们邀请你，是瞧得起你，敬重你呢。"

既然香玉姑娘发话了，玄智只好呵呵一笑，随了那几个人步上台来。玄智拿眼一扫，见擂台边上刚好有一根搭台子剩余的干杉树，约二丈有余，便趋步上前，一抄手，取了来，放在台中央，对那几人道："恭敬不如从命。我在这头，你们找十个好手在那头，来个文比，较较力气如何？"

那几个人一听，便惊讶得张大了嘴巴。

香玉便对他们道："你们只管喊人就是了。"

那几人便依了玄智之言，立马从人群中选了十个熊腰虎背的汉子，齐齐抓了杉树的那头。玄智轻挽衣袖，调息呼吸，暗提丹田之气于双臂，用了九龙神功的一半功力，双手握了杉树的这头。

一汉子站在杉树的中间位置，满脸红光，兴奋地看着两头，见两边已是准备妥当，便大声地喊道："一、二、三，开始！"

玄智双手一挨杉树，就已经将五成的九龙神功注入在了杉树树干上，听裁判发出口令，见那头众汉一齐呐喊，发力使劲，树干并无左右移动半分，只是微微颤动。玄智再提一口真气，望树干上再增得一成功力，只听得树干上发出细细的丝丝纹裂声，对方十人顿时感到一股巨大的内力从树干源源当胸涌来，忙铆足了劲拼全力来抗衡，可是脚下不听使唤，却开始了松动，只见十人缓缓地向后退去……

就在这关口，忽闻得一阵阴鸷的怪笑声由远及近。就在台上台下众人惊栗中，一蒙面之人忽地从空中轻飘飘地落在杉木树干上，一俟落定，并无言语，便将手中弯刀径奔玄智迎面劈来。

惊变突起，玄智也是惊骇万分！

亏得他应变神速，情急之下，忙将双手之力御了，左手改推为抓，抓了杉木树端头，右掌就是一击，往那人拍出。那人见一招偷袭未成，对方反击的掌风瞬间扑面攻来，且劲道十足，一个躲闪，跌下树去。玄智见机，将身子一矬，借势发力将杉木树向那人斜推而出。杉木树这端已空，那端却还合着十人之力，于是，杉木树便以雷霆万钧之势，横空平平扫去。

那人一击落空，双足刚立地面，猛见杉木树横着疾奔自己而来，急使了个铁板桥功，双膝一屈，身子放平，杉木树干便挟着劲风，贴面险险扫过，直撞在台边的一个木柱头上，发出"嘭"的一声巨响。台上台下，无不惊愕哗然。

香玉姑娘花容失色，一声惊呼，人已腾空而起，飞身上台，手持弯刀，怒眼圆睁，护在了玄智身前。

与此同时，玄妙、玄音两人也是反应神速，一人提棍，一人持剑，齐齐飞掠上台，又护在了香玉姑娘前面。

那人见状，纵声一笑，高声道："我久历江湖，亦知江南常德府太浮山的道教盛名，只是从未听闻太浮山有什么武功绝学，在江湖上也未曾听说过有太浮山这一门一派。不想竟敢在我苗岭峒寨显山露水，难道你们太浮山就是喜欢打群架不成？"

显然，那蒙面之人是觉得自己只有一人，而对方人数甚众，若打斗起来，或恐难有胜算，是故如此拿话来激将玄智等人。玄智素来是清心修行，处世低调，从不在江湖上好勇逞强。此时经他那话一激，不由胸中豪气万丈，心中暗自忖道："我太浮山的确是未开门立派，但你也不能因此就当了众人如此蔑视我太浮山的武学。有门有派怎么了？无门无派又怎么了？难道我太浮山在江湖上就怕了谁不成？今天我倒要好好地治治你，让你闭上你的臭嘴。"

玄智心中思定，摆手对香玉、玄妙、玄音三人道："你们且退下，看我如何教训他。"

玄音当即递了自己的青龙剑给玄智，小声道："行吗？"

玄智点头道："放心，我心中有数。"

玄智不用青龙剑，却取了玄妙的降龙棍，道："我太浮山开山圣祖浮邱子的武学就是以棍见长，我今日就用棍来会会他。"

香玉姑娘忙附在玄智耳边低声道："远山哥哥，你可要小心了。我在后面掠阵，万一赢不了他，你就往后撤，我用银针来射他，射死他。"

玄智听了，不免一笑："香玉妹妹，如此行事，我太浮山还有何颜面立存于江湖？放心吧，没事。"

那人早已经不耐烦了，眼中透着凶光，嘟哝道："死到临头了，还在那里啰里啰唆的。"说完，挺刀就向玄智斜削过来。

玄智并不急着攻他，只是拿了降龙棍，左格右挡，与他灵巧周旋，一是耗损他的体力，二是摸摸他的武功路数。

台下的灵慧真人心中忐忑不安，对虚云真人道："这个蒙面之人是什么来路？我等这还是初次来到苗岭，并未与何人结下梁子啊？"

虚云真人倒是平静之极，他对自己这个徒儿的武功还是信心满满的。他琢磨不透的是这个蒙面人到底是何来历？玄智又是怎么与他结上了生死冤仇？

却说台上两人，一个似下山的豹虎，恶狠狠地将一把弯刀施展得风雨不透，光影闪处，映日耀辉；一个如出水的蛟龙，轻盈盈地将一根降龙棍使得出神入化，格时游刃空灵，劈时势大力沉。两人一进一退，一扑一跃，险象处眼看是山穷水尽，云开时却又是柳暗花明。真个是棋逢对手，将遇良才。转眼间，两人就已是斗得一百余招。把个围观之人直看得眼睁如环，心中怦怦乱跳，连大气都不敢喘一口。

就在此时，太浮山众人听得身后一阵匆匆脚步声，回头看时，却是龙大寨主夫妇及两公子与众寨主得了消息急赶了过来。

"来者是何人？情形如何？"龙大寨主一脸惊讶，急问虚云真人道。

虚云真人道："从目前来看，两人胜负难判。不过你放心，你的乘龙快婿绝吃不了亏。"

正当此时，台上形势却已疾变。原来，起初之时，玄智只是用了太浮山棍法中的一般招式与对手周旋，完全凭着真气运行时不知不觉激发出的九龙神功的浑厚内力，竟也与对方斗了个平手。一百余招过后，玄智已经多少探出了对方的武功路数。这时，他还哪能招招让对手处于攻势呢，于是猛提一口真气，棍法一变，使出太浮山二十四路降龙棍法中的精妙招数，突然改守为攻，全取攻势，一招即出，后招即上，如此一路下来，势如狂风卷落叶。蒙面人初时不以为然，接得几招，发现对方内力却是绵绵涌出，浑厚无比，始觉情况不妙，才意识到今日所遇之人可能绝非江湖上一般泛泛之人，不免心中大骇，只得改攻为守，以刀护身，边斗边思另策。

这两人尽展平生功夫，滚滚而斗，瞬间又是数十余招。忽听得"咣"的一声大响，蒙面之人手中的弯刀竟脱手飞出，望空劈去，斜斜地砍在台柱上，刀身疾晃，铮铮有声。

这蒙面之人手中失了兵器，竟也不惧，两手立时变掌，一前一后，疾攻上来。玄智正斗酣处，尚未过瘾，见对方失了兵器，用掌来攻，便也弃了降龙棍，往空丢了，双手化掌，使出自己独创的"北斗七星幻影掌"，瞬时，两人又如蛟龙烈虎一般，斗在了一处。

香玉本以为蒙面人弯刀脱手，就会服输罢战，不想竟会用掌来搏。玄智竟也是艺高胆大，弃棍不用。两人硬是徒手相搏，在台上各显神通。

龙大寨主观看一会，觉得蒙面之人身形似在哪里见过，极是熟悉，就是一下回想不起。就在此时，蒙面之人已是出招变缓，渐处下风。

突然，一阵狂风陡起，天空忽地阴沉下来，一大团黑云倏地飘移至龙家寨上空，似有一场暴雨即将来临。

就在众人惊栗，纷纷抬头观望弥天黑云之时，蒙面人忽地招式一变，聚全身真气于掌，双掌竟立呈赤红，疾地向前"嘭嘭"打出，一股极为炙炎的霸道劲力直向玄智迎面袭来。

玄智一惊，不及细思，急提一口真气，一招"旱地拔葱"，人已腾在空中。

原来，那蒙面人久斗玄智不下，唯恐有失，被人认出，早有遁去之意，刚好一阵阴风陡起，他见众人分神，是故急使出"赤焰掌"的绝招，欲置玄智于非命，好速速离去。不期此招竟被玄智一招躲过。

玄智人刚落地，蒙面人的赤焰掌风又已灼灼袭到。玄智一招"移乾转坤"，双脚一点，身子轻盈掠起，斜斜飘出，立在右前方一丈开外。

虚云真人久历江湖，也是从未见过如此这般厉害的轻功功夫，亦是吃惊不小。

就在这时，那蒙面人一招"流星追月"，迅捷跟至，身躯一个急旋，借腰力又是一记双掌，朝玄智上中二路攻去。

玄智天生宅心仁厚，见对方武学极高，修来不易，是故对招时并未用尽全力，也从未起过杀机，眼下见对方杀气重重，出招狠毒，心中也是恼怒顿生，便猛地一提真气，暗蓄了九龙神功的六成功力于双掌，脚踏八卦，左离右兑，借了坎位西方六丁六甲的诸神之力，不躲不避，双掌一挫，硬生生地迎着对方火辣辣的掌力缓缓平推出去。

这一招，看似缓慢，实则暗蓄了九龙神功与诸神之力，力道奇大，霸蛮之极。就听得"嘭"的一声大响，两股力道在二人中间的空中生生相碰，有如山崩地裂，阵风顿起，尘灰四扬。就是玄智自己，双脚亦向后滑出了数步方住。

众人脸色瞬白，惊呼轰然。

待到风静尘落，却见那蒙面之人早已飘落在台下数丈开外，身形摇晃，面纱衣衫尽皆破裂，露出真容。

龙大寨主凝目而视，竟是石天神石权洲。当即怒喝道："好你个石天神，我与你无冤无仇，就因我力主苗岭王化，苗汉一体，和睦相处，你就煽动娄家寨寨主欲加害我全家，又勾结洪江叛逆意欲攻打镇远，想把我四十八寨苗民陷于不仁不义，水深火热之中。那夜被你侥幸逃脱，今日你又上山衅事，意欲加害我龙家寨客人，现在败落如此，我正好上为朝廷，下为黎民，除你一害。你还有何话可说？"

那人见身败如此，又露了真面目，自知技不如人，今日高人在此，劫数难逃，反倒平静之极，仰天大笑道："男子汉大丈夫，顶天立地，为大义而死，有何惧哉？可恨的是，汝等之人，愚顽之极，我石权洲身死尔手，是乃心有不甘，死不瞑目！"

龙大寨主怒喝道："死到临头，你还敢狡辩？"

说完，提了弯刀，踏步上前。行得数步，龙大寨主忽然又止，或思觉得当了如此多的溪、峒寨主之面，自己刀刃染血，终是有失身份，便吩咐众人去取绳索，欲捆了押去朝廷驻军处，交与彭将军处置。

就在此时，众人身后传来一声"阿弥陀佛！"的声音，一身材高廋、慈眉善目的老僧一手拈珠，一手合十，喧一声佛号，缓步踏进场中。

"弘法大师？"

众人惊呼道。

龙大寨主见来者是黔东梵净山的弘法大师，惊问道："大师何时上得山来？"

弘法大师道："贫僧云游，刚好从寨下路过，闻听寨中今日正是赶秋大会，便不请自来。刚好巧遇台上打斗，便立于众人之后观看，已有多时。石某人与在下也有数面之交，今日败在那位少侠手下，身受重创，实是冤孽所至，咎由自取，也怨不得他人。但上天有好生之德，念其一身武学修来不易，还望龙大寨主看在贫僧的薄面上放他一条生路，就让我把他带去梵净山中闭门自省，思错悔过，重新做人。阿弥陀佛！善哉！善哉！"

弘法大师乃梵净山的有名高僧，德高望重，声誉远播。他既已开口替石天神求情，龙大寨主便不得不考虑了。沉吟少时，龙大寨主对弘法大师道："既然大师开口，我龙家寨自然是要给大师一个面子。大师请便就是。"

"阿弥陀佛，善哉！善哉！"

弘法大师便喧了一声佛号，领了垂头丧气、一脸灰蒙的石天神，与众人告辞，下寨径去。

众寨主纷纷上前祝贺，与玄智少侠抱拳施礼。

玄智亦一一还礼。

此时云去风静，灿阳重现，天空朗明。

经此一场意外的风波，龙家寨秋场上重又热闹起来。

龙大寨主嘘了口气，便领了众寨主陪着太浮山一众去秋场上各处转悠。香玉姑娘挽了玄智的手臂，笑吟吟地一路在后面跟随。

这场风波，就如刚才的一阵黑云阴风一样，来得快，去得也快。玄智脸色平静，但心中却是一阵战栗，不由暗自庆幸，若不是自己平时勤修苦练，练成九龙神功，今天的结局，还不知是何等样子。他一边感叹着江湖中的风波险恶，又一边在心里暗暗告诫自己，回到太浮山后，他还要加倍修炼，一定要让自己的武功出类拔萃。

苗岭的赶秋，最热闹的当然是白天的各种活动，而最温馨最浪漫的则是这天的夜晚。苗岭婚姻习俗与汉人是大不相同的。汉人讲的是父母之命、媒人之约，方为正统。而苗岭习俗里，则是男女成年后自由恋爱，父母不得干涉。由于平时要忙于各种农活，男女青年难得聚在一起，就只有这一年一度的赶秋盛会，才给这些年轻人提供了挑选自己意中人的绝好机会。白天，他们通过各种活动相互了解，增加感情，若两情相悦，便约好地点，夜晚暗中相会。所以到了这天的晚上，秋场的静谧处，如树荫下，小溪畔，泉水边，尽是依偎着一对一对的情窦初开的年轻人。这一夜，是上天恩赐给年轻人的最浪漫的时光。他们彼此之间可以大胆地表白爱情，甚至以身相许。这就是苗岭的习俗。

傍晚时分，众人一起晚宴后，香玉姑娘拉了玄智，早早地就出了龙家院门。

走着走着，香玉姑娘的脚步却慢慢地停了下来。她朝夜空被火光照亮了的秋场方向望了望，双目转动，踌躇起来。

"怎么了？"玄智问道。

"那边人太多了，我们……我们还是换一个去处吧。有一个地方，我好喜欢的，若是今夜去，就更加美妙了。你去了也肯定会喜欢的，就是……"香玉停顿了一下，犹豫道，"就是有点远。"

玄智不以为然道："那有什么要紧？只要我心上的姑娘喜欢，不嫌远，我这个做哥哥的陪你去就是了。只要你开心，我就开心。"

不知怎么，玄智的嘴巴今天就像抹了蜂蜜一般，说出的话又顺又甜。

香玉一听远山哥哥把自己称作"心上的姑娘"，心花怒放，双眸中立即放出火辣辣的光焰，一跺双脚，一双玉臂就缠在了玄智的脖颈上，紧跟着，自己温软湿润的嘴唇就在他白净的脸颊上猛地亲了一口。

玄智的身躯如触电一般，紧张地颤抖起来。错愕之际，他的双臂不知不觉地将香玉紧紧地搂住。

香玉忽地双臂用力，将玄智轻轻推开，调皮道："好哥哥，跟我来！"说完，一个转身，运起轻功，就沿了崎岖小径朝山下疾去。

玄智忙提气虚足，在她身后跟去。

两道身影，一前一后，顺山势飞掠而下，在林中时隐时现。大约过得半个时辰，他们便来到了一个坐落在一处大峡谷中的河道上。

两人站定，均是气喘吁吁，相互看着，开心畅笑。

玄智放眼环望，见两岸群峰耸峙，高与天齐；峡谷幽深神秘，蜿蜒无尽。河道上，浅滩流水淙淙，碧潭波光粼粼。浅滩处，河道宽阔，卵石遍布，怪石嶙峋；碧潭处，河道狭窄拐转，峭壁危立。

整座峡谷在溶溶月光的辉映下，一片灰蒙银亮，静谧安宁，却又透着一股远古洪荒的神秘。

玄智蹲下身去，用手在一块大鹅卵石上摸了又摸，见手中依是干干净净，竟无一丝泥土痕迹，由衷赞叹道："真神奇呢。"

香玉姑娘此时已经缓过气来。见玄智称赞，便回头道："哥哥喜欢吗？"

玄智忙道："喜欢！喜欢！"又好奇地走近水边处一块嶙峋巨石，用双手细细地摩挲了一会，然后一纵身，轻盈地跃上石顶，在上面走了几个来回。他再次引颈四望，又对香玉赞道："这的确是个好地方！难怪你要引我来了。我太浮山虽是方圆百里，沟壑众多，但哪有如此干净、漂亮而又气势宏大的河谷？"

香玉见玄智还在夸赞，一脸笑容，双眼半眯着，直看着自己喜欢的如意郎君，微微颔首。

玄智在上面赏玩片刻，翩然跃下。

香玉道："我知你心性淡泊，喜好宁静。我想，这里的氛围，应该是最适合你了。"

玄智闻言，浑身一震！香玉姑娘随口一句体贴入心的话语，竟似一股暖流一般，瞬间流遍他的周身。

玄智一阵感动，情不自禁地上前，将姑娘搂在怀里。

香玉附在他耳边，低声道："喜欢吗？"

玄智道："喜欢。"

香玉道："这河谷中有趣的事还多着呢，我们就沿着这河谷往上游溜达，让你好好地见识见识我们苗岭的山水景致。"说完，牵了玄智的手，两人兴奋地并排而行。

"这条河叫作涡槽河，是清水江的支流。河谷蜿蜒，有百里之遥。河谷两岸，稍有平坝之处，都会有临水修建的吊脚楼、高高的水车、碾谷子的水磨房、河里有鱼、鳖、虾、螃蟹、香虫……"香玉眉飞色舞地说道。

走进河滩浅水中，一阵凉爽，惬意之极。

玄智注意到，清浅的河水中，每隔个丈把远，就会堆放有一把蓬松的树枝。他用手将一把捞出水面，就着月光，认出是扁柏树的枝条，甚是不解，好奇道："这些树枝是用来干什么的？"

香玉正欲回答，忽地歪了头，明亮的眼睛看着他，笑盈盈道："你那么聪明，猜猜看！"

玄智道："我哪里能猜得着呢？"

玄智虽嘴上这么说，可目光却盯着这扁柏枝叶，细细地审视起来。

少顷，玄智还真的窥出了一些端倪。在这枝叶上，歇附着许多白色的小虾米，除此之外，也没什么了。玄智皱眉一思："这枝叶放入水中，上面歇附着小虾米，这很正常啊，可……"

玄智一下子实在猜不出这枝叶的妙用，只得憨笑着摇摇脑袋。

"要我告诉你吗？"香玉一脸嬉笑，还夹着得意之色。

玄智正欲要她解答，可一看她那副嘚瑟可爱模样，忽地却改变了心思，忙摆手道："慢着！让我再想一想。"

香玉一见他死要面子的神情，乐得开心拊掌大笑，然后，踏着水花，一路向前跑去。

两人来到一个很大的鹅卵石滩上。香玉突然回转身来，扑入玄智怀中，柔声道："哥！我今天好开心！我要跳舞，我要跳我们苗家的舞蹈，我要跳给喜欢的人看。"说罢，香玉妩媚地飞了玄智一眼，自个回头，迅捷地跑到月光明亮的鹅卵石滩中央。

融融的月光下，莽莽苍凉的大峡谷中，一位美丽绝伦的苗家女子，为了自己喜欢的男人，没有了矜持，没有了羞涩，举手，投足，轻舒双袖，缓缓起舞……时而热烈奔放，如百鸟朝凤，万马奔腾；时而温婉曼妙，如行云流水，和风拂柳；时而粗狂激越，如江河崩浪，急雨过川；时而香艳妩媚，如美人沐浴，巧妇弄姿……

玄智的生平阅历中，都是修道习武，历练江湖，眼中尽是刀光剑影，血雨腥风，几时何曾见到过这种曼妙无比、美轮美奂、摄人心魂的场面？在惊叹着人、舞美艳的同时，他不由得周身血液沸腾、心旌摇曳，强壮的身躯内似有千军万马在摇旗呐喊、驰骋奔突……他急迫地想走近姑娘，拥她入怀……

就在他正要跨步前行时，近处潭中一道"哧溜"水响，紧接着又是一道"哧溜"水响。玄智一惊，忙侧眼睨去，就见水潭里泛起圈圈涟漪，月光垂照下，波光粼粼。

就在这一睨之间，玄智迷乱的神智瞬间清醒过来。

"哼！好一个玄智，休得胡思乱想！"

他在心里将自己狠狠地痛骂了一句，然后将头使劲地来回摇动了几下，再凝目望向舞蹈中的姑娘时，脑中果然已是一片空明澄碧，纤尘不染。也就在此时，姑娘舞蹈的画面却忽然变幻成了练武的画面，影影绰绰地映入他的眼帘中。电光石火间，他脑洞大开，忽地发现，姑娘的舞蹈与自己先前琢磨的幻影掌在节奏上似乎有着异曲同工之妙，只是一个是"舞"，一个是另一个"武"。

想到此，玄智赶紧运气于掌，舒展双臂，合着姑娘舞蹈的节拍，将自己独创的幻影掌招式逐一演练起来。

且说香玉姑娘，只因自己与玄智的婚事得到了双方长辈的首肯，心想事成，芳心大悦，溢于言表，情不自禁，便给心上的情郎跳起了自己民族的舞蹈。她是想着让自己的情郎也能够分享她生命中的快乐。跳着，跳着，她却窥见玄智自个儿地在那里手舞足蹈起来，心中大惑，便停了舞蹈，住目凝视，却见玄智使出的招式正是他那次打败大顺军崔必成的北斗七星幻影掌。

香玉姑娘一惊。

此时，玄智也跟着停了下来。

"远山哥，"香玉招手，将玄智叫过来，一撅嘴巴，佯装生气道，"我跳的舞不好看？"

玄智忙道："好看。"

"那？……你？！……"香玉眨动着眼睛，支支吾吾道。

玄智见四下无人，便实话道："香玉妹妹，你跳的舞真好看！我是越看越想看，愈看愈是喜欢，后来……后来，我是血脉偾张，浑身燥热……就在这个时候，潭中一阵水响，让我脑中瞬时清醒，而就在这时，我惊奇地发现：你刚才的舞蹈与我的北斗七星幻影掌在节奏上十分吻合。为了印证，我便连忙合着你舞蹈的节奏，一招一式演练起来。"

香玉闻听，心中着实欢喜，遂笑颜如花，张开双臂，扑入玄智怀中，心中却道："你真是我的憨哥哥！"

玄智将她紧紧搂住，问道："还生我气吗？"

香玉一听，便欲回他"我不生气了"。忽一想，我何不趁机使一点小手段，来逗弄逗弄他，看他如何反应，便连声道："你不看我跳舞，我就是生气！我就是生气！"又佯用双拳连着轻捶玄智结实的胸脯，然后，一仰红润润的脸蛋，双目放出妩媚的光焰来，直直地看着玄智的一双凤目。

玄智低头，正想着去看姑娘的眼睛时，目光一接，瞬间便有如强电流驰过，他的目光便被姑娘磁性的目光牢牢吸引住了。瞬间，二人均是胸中小鹿狂突，口中焦渴。青春欲火焚烧腾起的火焰让他们彼此的目光变得更加光亮，更加灼热。

两个人的身躯几乎同时簌地一震，四臂匝绕，两人滚烫的嘴唇便紧紧地咬在了一起。

就在这时，前方远处的岸边山脚，突地响起了一阵"哐——哐——哐——"的锣声，紧接着，又传来一阵高高低低的狗的惊慌吠叫声。两人敏捷地停了动作。

玄智喘着气，低声道："怎么回事？这么晚的荒山野岭怎么还会有人敲锣？"

香玉芳心大突，娇喘微微，细听片刻，肯定道："有赶尸的过来了。"

"赶尸？"玄智张大了嘴巴。

"嗯，"香玉道，"这是辰州、沅州那边的一种习俗。就是一旦有人客死在外乡异地，家里的人就要延请专门的法师把他的尸体从外地赶回。"说完，抬眼望去，就见那山脚处的小路上缓缓地蹦跳着走出一队白色的人影来。

"据说，听到锣声，路上的行人都要回避。狗的主人也要将狗看住关好。"香玉说道，便拉了玄智的手，两人赶忙隐藏在一块巨石后面。

玄智好奇心又上来了，忙追问道："香玉妹妹，你以前见过？"

"见过一次，也是远远的，哪敢近瞧？"香玉回道。

玄智奇思妙想，忽地大胆道："好妹妹，你想不想拢去瞧瞧？"

香玉一怔，看着玄智，吞吞吐吐道："遇到这种事，别人躲都来不及，你倒还想走拢去瞧瞧，这行吗？若是让他们发现了，犯了他们的忌讳，怎么办？"

玄智道："我们那里也没有此等习俗，机会难得呢。我就是好奇心强，凡事想琢磨个明白，并没有其他的任何歹意。这里太远了，看不清。我想，我们悄悄地摸到水潭边的峭壁上面去，就藏在那草丛里，一会儿后，他们肯定会从

那上面经过。我们藏在那里，只要不弄出声响，有谁会知道？"

香玉一听，觉得玄智说的也没有错，况且，自己的好奇心也被勾了起来，便低声道："哥哥若是要去，妹妹便与你同去。"

两人对视一眼，会心一笑。玄智忽地又将姑娘抱住，在她的小嘴上猛地亲了一口，放开来，咂咂嘴巴，俯在她的耳边，嘘着粗气道："好香！好甜！"

香玉红润着脸，目光晶亮，羞羞道："喜欢？"

玄智双目凝神，看着香玉，郑重道："喜欢！我要用一生的时间来喜欢你，呵护你。"姑娘原本激情尚未褪尽，经玄智一个突吻撩拨，又闻此话，胸中立马热浪翻滚，情滔汹涌澎湃，复又纵体入怀。两人激情难抑，重又搂在一起，亲热了一会，方才松了手，从巨石后面走出，横过卵石滩。玄智借着月光，顺手捡了一把小石子，纳入怀中带着。两人运起轻功，顺着壁坎，纵身而上。一番踏勘后，两人寻到了一个极为理想的藏身位置，便悄悄地蹲在那里守候着。

过得一会，锣声渐近，脚步声清晰可闻。

两人将头稍稍抬起，从草丛的缝隙里望出去，果见那一溜十多个素衣严实包裹的赶尸人抬手屈膝，蹦跳着走了过来。领头之人手中举一小旗幡，不时吆喝着；紧跟在后的一个人则左手提一面小锣，右手拿一个小锤。每隔一会，那人便用锤敲一下锣，锣声响亮而又单调。吆喝声和锣声便在这大峡谷中远远地传播开去，回声萦绕。

玄智从头到尾，逐一细细地瞧过来。

"这蹦蹦跳跳的就是死人的尸体吗？难道这赶尸的法师真有让这死人行尸走肉的本事？我太浮山道教一派，虽有众多火居道士亦为死去的亡灵做法超度，但也只是口中颂念法语而已。"玄智暗暗思道，"不急，他们到底是活人还是死人，山人自有妙计，且让我来试试。"

玄智便从怀中摸出一把小石子，将一颗捏在手里，力道拿捏得不大不小，两指一弹，那石子便悄无声息地飞出，直击在第四"尸骸"的右膝关节梁丘穴上。

就听得一声"哎呦"，那"尸骸"却发出了痛楚的声音，并立马停住，弯了腰，双手开始在那痛处揉搓起来。

"怎么了，老五？"紧跟在后面的"尸骸"居然也开口说话了。

玄智抿嘴一笑，心中直乐，趁此机会，又连发几颗石子，尽打在这些"尸骸"右腿的"丰隆"或"髀关"穴上。随着一阵"哎呦"声，整个队伍便立马停了下来。

"怎么回事？"

"怎么回事？"

前头和后面的"尸骸"，立马围拢过来，惊栗的目光开始警惕地扫视着四周。举旗幡和敲锣的人也回头奔了过来。

"有情况，老大！"有个"尸骸"惊恐道。

一听说"有情况"，众"尸骸"纷纷亮出了剑器。

"什么人和我们过不去，还请现出身来！"举旗幡的人将旗幡望空一展，爽爽有声，朗声道。

"明人不做暗事，有冤报冤，有仇报仇。还请高人现身，亮明身份。"敲锣的人高声叫道，目光四处巡视。

"你们的伤势怎么样？撑得住吗？"老大紧张地问道。

"还好，不是很严重，可能要休息一会，延误一些时间。"有一个"尸骸"忍了疼痛，勉强回道。

"大家在四周搜搜看，我倒要看看是谁有意和我们过不去。大家要小心点！"举旗幡的人高声吩咐道。众"尸骸"便持了剑器立马向四周散开，开始分头搜索。

香玉一见眼前状况，立马紧张起来，始觉有些心亏，不该无事找事，侧目看向玄智时，见他面上亦似有悔意。这时，有几个"尸骸"便朝着这边搜了过来。

就在这时，一只蛤蟆被一条青蛇追赶着，正朝着香玉姑娘的藏身处急急地蹦跳着逃来。一个在前慌不择路，一个在后紧追不放。一个急跃，蛤蟆便蹦到了香玉姑娘的怀里。

香玉正凝神瞧着眼前对方的动静，忽觉一物突地落入怀中，吓得一声惊呼，整个人便从草丛中弹跳出来。

那几个"尸骸"本也正在惊恐之中，陡见一姑娘惊呼着从草丛中弹起，如见鬼魅，魂飞魄散，口中"呀呀"怪叫，扭头就向后逃去。

玄智也是一惊，不知香玉怎么了。一见众"尸骸"争先恐后地向后逃去，脑中反应甚是极快，一手拉紧香玉的臂膀，返身就朝身后奔去。刚奔得数丈，两人一看，却也是大吃一惊：前面却是白晃晃的一片！原来，他们已经奔到了水潭边的危崖峭壁边缘。

这时，那些"尸骸"也猛然反应过来了，"嗷嗷"叫唤着直扑了过来。

玄智不假思索，奋起神勇，一提混元真气，运起九龙神功，身子一蹲，两臂一探，就将香玉姑娘拽在背上。

"快抱紧我！"玄智低声吩咐道。

香玉一听，脑中哪还有丝毫犹豫，急伸双臂，将玄智身子紧紧环住。

玄智提气，一个纵身跃起，双臂向前探出，两人就如一只巨大苍鹰一般，向脚底那一片白晃晃的水面滑翔下去。

崖下潭中，水波一阵大响。

一众"尸骸"赶至崖边，探头俯身下望，口中嘘气，脊梁一阵冰凉。此时，潭水早已恢复了平静，宁静如初。

"哼，不知哪里跑来的一对孤男寡女，想必是在此偷欢，被我们撞了个正着，一生气，就躲在这里想暗算我们出气。唉，这下好了。刚才倒是把老子吓了一大跳，魂都掉了一半。"一个声音就愤愤道。

"可不是呢，幸亏他们有自知之明，自己了断。不然，落在咱们的手里，非叫他们求生不得，求死不能。"一个也怒气盛盛道。

子丑相交时分，玄智与香玉浑身湿淋淋，手拉着手，一路乐呵着回到了龙家寨。进了院门，望见正厅中还是灯火通明，笑语声喧，两人对视一眼，抿嘴一笑，赶紧各自悄悄地溜回到自己房中，沐浴更衣不提。

是夜，宝珠把一个崭新的香荷包送给了少溪主。

苗岭的夜晚，月光如银，凉风习习。

秋场里，温馨而又浪漫！

过了赶秋节，太浮山众人次日就准备回转常德府了。龙大寨主夫妇请了宝珠爹娘、虚云真人、灵慧真人在客厅就座，品茶话别。几位长辈相谈甚欢，就年轻人的婚事具体做了商谈，并约定了迎娶之日。

一众年轻人自是聚在院中开怀畅谈，相互话别。

翌日，龙大寨主一家及寨中众人亲送太浮山客人至寨下江边码头。两对年轻人自是难分难舍，互道珍重。上了船，玄智向香玉姑娘举起手臂，挥个不停。

直到船影消失，两个姑娘还痴痴地遥望着碧水平拖的江面，不忍回头。

香玉姑娘双眼潮湿，心中空落无比，想着昨夜的欢快和浪漫，她的心中温馨而又甜蜜。她在心里默默地念叨着："我的好哥哥哩，你要快点来啊！"

第九章
澧州城风起云涌
好儿男壮志难酬

话说太浮山众人辞了苗岭，一路顺流而下，径至辰州府沅陵县境乌宿小镇。见江边一山，三面环水，峭壁悬崖，重山嵯峨。临江壁上一石洞隐约可见。山上高低错落处，建有亭台楼阁，游人交织。真个是：江作青罗带，山影波中摇。一眼望去，众人还以为是到了蓬莱仙境，海上仙山。不禁口中"啧啧"有声。

就在众人惊叹水光山色之时，船家师傅在一旁道："此乃天下闻名的'二酉洞'也。"

灵慧真人一听，心中一怔，忙追问道："此处就是'学富五车，书通二酉'的二酉洞？"

船家一脸自豪道："正是。"

灵慧真人便急请船家靠岸稍候。船一拢岸，灵慧真人便引众人上岸，径奔山洞而去。此洞不甚宽阔，深亦不过数丈，且洞内极狭。灵慧真人刚刚已在路边小亭处买得香蜡，便掏了出来，点火焚了，双手合十，望洞而拜。众人甚是不解，但见灵慧真人如此，均觉此中必有蹊跷，便也不问缘由，只是跟着相继而拜，毕，凭吊良久，方才下山登船启程。

众人于时相问。

灵慧真人道："谢天谢地，我等众人还有这等福气，实乃造化佑人。这可是一个惊天地、泣鬼神的传奇呢。相传秦始皇一统六国后，为了一统天下人的思想，禁止人们以古非今，诽谤朝政，便来了个'焚书坑儒'。眼见诸子百家的许多典籍被毁，陕西咸阳就有两个胆大的'秃发秦人'，偷偷地将竹简千卷秘密打包，暗中请了江湖中的侠义之士相助，越秦岭，顺汉水，横长江，进洞庭，然后溯沅水一路西上。此事虽是极为机密，然还是被秦始皇察觉，大怒之下，当即下旨派遣国内顶级的杀手沿途追杀。为了这批竹简书籍，当时之世的几乎所有武林高手和门派都纷纷卷了进来。一路上刀光剑影，一路上腥风血雨。经历了无数次的打斗和厮杀后，最后胜出的幸存者方才来到这远离皇城的南方僻远之地，寻得这个山洞，将竹简小心藏于洞中。后来，秦亡汉兴，这批竹简才得以重见天日，被视为国宝，运回都城，献以汉皇。从此以后，凡读书之人，一谈到此藏书洞，都会倍生敬意，心往神驰，也都希望自己在有生之年能够亲临此地，一睹奇洞的风采和神韵，缅怀凭吊一番，并以此引为平生幸事。"

众人一听，豁然大悟，急忙回首遥望蓬莱仙山，壁上奇洞。然已是水远山遥，江天一色。

船过清浪滩，江水激荡，惊涛拍岸。船在礁石间随着波涛上下起伏，骇人心弦。

数天后，船至常德府。众人在闹市中盘桓一日，方才北上回到太浮山太清殿。

大弟子玄真道长见师父一行平安回观，忙喜迎了出来，接入殿中，倒水端茶，又跑到伙食房，吩咐多备荤素，好给师父众人接风洗尘。

众人途中一路劳累，实是辛苦，回到太清殿中，陡觉一身轻松，万般舒畅。众人一边品茶，一边谈论起沿途见闻，苗岭祸变，玄智擂台比武等等，亦是心有余悸，感慨颇深。

虚云真人见玄真进来，便问起这段时间山上的事情。

玄真回师父道："近段山上甚是平静，没有什么大事发生。"

虚云真人听后，就细细地问起了唐力、李忠这两个徒孙的练功进展。

玄真一一如实做了答复。

虚云真人听后，似有所沉思，然后对玄真道："为师者，要讲一个'严'字，为徒者，须讲一个'苦'字。只有吃得起苦，学艺方能精；只有艺精，方能立于不败之地。这次苗岭之行，颇多意外，凶险迭出，若不是你师弟玄智武功超群，化险为夷，真不知会是一个什么结局。"

玄真点头称是。

众人亦是连连颔首。

不多时，饭菜准备停当。玄真招呼众人用餐。

饭毕，灵慧真人与弟子玄妙、玄音要回三台峰去，少溪主与他们同行，自回海棠溪不提。玄智留下来陪了师父说话，直至中夜。

最后，玄智对师父道："这段时间，我还是去香炉峰仙人洞中静修，继续研习武学。"

虚云真人深为欣喜，当即点头同意："好吧。观中诸事有你师兄操持，'楚香居'有我照看，近段时间，你且安心悟道，精修武功。此次去苗岭山寨，若不是你武功超群，登峰造极，龙大寨主一家又怎能救出？那石天神又怎能打败？可见精习武功的重要。习武者，唯有精，出类拔萃，技压群雄，紧要关头时方能一举扭转乾坤。此次苗岭一行，节外生枝，颇多意外，险中又险，至今想来，为师仍是心有余悸。你去吧，安心修炼，观中若有紧要之事，我自会通知你的。"

玄智点头应承。第二日便去了香炉峰仙人洞。

却说闯王李自成自襄阳召开军事会议，确定进军关中，消灭孙传庭部队，然后东渡黄河，经山西直取北京的军事部署后，八月份即与孙传庭部在河南郏县和汝州展开了大规模的决战。

九月，因战事需要，驻守澧州城的老回回马守应率大部农民军北上，渡长江而去，只留了少数人马交与王老虎王文耀，命其继续镇守澧州城。

老回回大队兵马一动，早有探子将消息报到了九溪卫城。正处于忧愤中的华阳王得了此讯，甚是惊喜，急请了守道周凤岐、中军陈彦中、总兵温良玉等商议军情。

中军陈彦中道："此乃天赐良机，不可错失。"

总兵温良玉道："应从速发兵，将澧州城包围，一举将城池夺回。"

众人商议妥当，三位大人当即传命，尽起所属兵士，悄悄向澧州城进发。

薛彪所属的义兵，亦在其中。

老回回走后，王老虎加强戒备，小心防守。

一日微明，军士惊慌来报："将军，城外四门，全是明军士兵。"

王老虎惊闻，急亲自登上城楼观看。见城外旷野，明军纷至，已将整个澧州城围了个铁桶相似。王老虎回到住所，一筹莫展，唉声叹气。手下诸将，有人主战，有人主逃，更有人主降，七嘴八舌，议论纷纷。

王老虎痛心道："战？我也想战，最后，恐怕我们一个都回不去了。城池丢了，还有机会夺回来；如果人没了，就什么机会都没了。降，那是绝对不许。"

他对手下诸将道："逃？撤退？能行得通吗？只要我们能全身而退，就是大好事。留得青山在，不愁没柴烧嘛。"

有一人道："将军，我有一个好主意。"

王老虎眼睛一亮，急道："你且说说看？"

那人道："我们不如破费花些银子，买路保命。"

众人一听，认为这确实是个好主意，只要人还在，花点银子算什么，纷纷赞成。王老虎见除此之外，也无其他办法，便点头允许，可又担心道："此事能成否？"

那人道："钱能通神。我们可派人先与他们联系，他们未必不动心。"

王老虎点头应许。当即派了一个能言会道的手下，充作信使，携了自己的亲笔信，出得城门，前往明军大营。

城外明军大营中，守道周凤岐、中军陈彦中、总兵温良玉正在商议如何攻城。手下来报，对方有人前来密谈。即唤了进来，问明详情。然后吩咐手下人将来人带至另处稍候。三人心中大喜，认为如此甚好，不费一兵一卒，既得了城池，又收了银子，真是天降的大好事。

就在要决断时，边上就有个亲兵愤愤地嚷开了："虽然得了城池，收了银两，还是便宜了他们。"

三人大惊，忙问道理。

那亲兵道："城池和银两，本来就是我们的。他们上次攻打澧州城的时候，我们死伤了那么多兄弟，这笔血账怎么算？"

三人一听，都觉得他说的也确是那么一回事。中军陈大人想起来了，他的一个堂兄弟就是那次阵亡的，忙走过来拍了拍他的肩膀，安慰道："我知道了，我知道了。"

陈大人转过身，对两位大人道："我看，我们还须再商议商议，让他们也付出点代价。"

三人又重新围了澧州城城防图，用手在上面画来画去，如此这般密谋一阵，方才计议妥当。当即写了回信，交与来人，让他速回。

王老虎见了回信，详细读阅，又递与众手下见了。众人见明军同意，收钱后即可撤走北门围军，让他们安全撤出北还，心中甚喜，当即又商谈了所送银两的数目和出城的具体事宜，又书信一封，交与信使，送至明军大营。

几日之间，信使去去来来，诸事交接顺畅。此时正值气温由热转凉之际，城内农民军一切收拾妥当。午后，红日西斜，北门外明军果然两边后撤，中间让出一条大道。王老虎当即下令打开北门，率农民军尽数撤出，望北退去。

话说薛彪自朝廷军队围城后，与众义兵兄弟依然是日夜操练，用心军务。一日上午，得了军令，急率手下百人与其他的义兵一起往北开拨，至清泥滩、彭家厂一带低矮丘岗山林处，会齐了本地的各路民团人马。大家隐匿其中，埋锅造饭，以逸待劳。日暮时分，却见大队农民军人马逶迤而来，进入了早就预设好的包围圈。三声炮响，鼓声擂动，民团与义军从林间隐蔽处突然呐喊杀出，声震山林。毫无戒备的农民军顿时现于惊慌混乱之中，各大小头目急高声吆喝着指挥手下仓皇迎战。

薛彪背负大刀，手中又拿了一杆长枪，带领自己手下的一众兄弟，有如下山猛虎，呐喊着向农民军席卷过去。一时间，短兵相接，近身肉搏；杀声四起，人嘶马嘶。双方一场混战，直杀得天昏地暗，暮色四合，喧嚣的战场最后变成死一般寂静。薛彪彪悍勇猛，杀红了双眼，只是一路厮杀，直到眼中再无对手，方才收了长枪，环视左右，急切清点部下。一数下来，他才发现身边仅剩二十多人，且疲惫已极，浑身血迹。抬眼望去，朦胧的夜光下，尸横遍野，空气中弥漫着恐怖而又浓烈的血腥气味。

薛彪悲怆难抑，双膝跪下，面向战死的兄弟，号啕大哭。

是役，农民军除了极少数逃脱外，几乎全部被歼。民团与义军也是损失惨重，伤亡超过大半。

数日后，薛彪随营入城驻扎，因表现英勇，受到了上司的嘉奖。然而，一想到此役死去的那么多好兄弟，薛彪心中痛楚，实在是高兴不起来，一天到晚，心情都是沉甸甸的。他不明白，为什么这次伏击农民军，朝廷的官军却是按兵不动，没有一兵一卒前去相助。

一日的晚上，薛彪甚觉烦躁郁闷，便带了两个手下出营散心。路过一家酒家，见里面还是灯火通明，三个人便信步而入，唤来小二，要了几碟菜，一坛酒，便喝起来。喝到半酣，薛彪又想起了阵亡的好兄弟，便唤来小二，让他取了些碗筷，排放在桌上，又取了一坛酒，分倒其中，然后颤声道："兄弟们，你们走了，我还活着。今天，我给你们斟一碗酒，我们就一起喝个痛快！"说完，一仰头，将自己碗中的酒一干而尽，然后对着那一圈的酒碗，苍凉道："兄弟们，喝吧，尽兴地喝吧。"稍停顿片刻，忽然手舞足蹈，高声吟道："葡萄美酒夜光杯，欲饮琵琶马上催。醉卧沙场君莫笑，古来征战几人回？"

吟毕，趴在桌上，垂头伤感不已。

"说得好！"

"说得好！"

薛彪话一落音，近处桌上就有一人立马站了起来，接连高声喝彩。

薛彪缓慢抬起头来，醉眼斜乜，只见眼前人影幢幢，尚未瞧得分明，便信口轻慢道："你在那里高声叫好，难道也懂得这曲中的深味？"

不料那人却趋步向前，两手胸前一揖，朗声道："不是在下虚言，本人在年轻的时候，也曾读过四书五经、诸子百家，只是后来屡试不中，自怨从娘肚子里落地时时辰不好，八字太差，至此时运不济，便从此心灰意冷，对读书致仕一事失了兴趣，且又正逢乱世，一念之下，便加入了丐帮，成了一名丐帮弟子，从此游戏人生，快意江湖。少侠刚才高声吟哦者，乃大唐才子王翰之作《凉州词》，又称《凉州曲》，此曲在谐谑中夹杂着苍凉的悲情，通俗易懂，名气甚大，在世间流传甚广，妇孺皆知，我岂有不懂之理？"

薛彪一听，心下大怔，有如萍水遇知音，忙敛了轻慢之态，睁大双眼，如实歉意道："在下心情不爽，刚才怠慢各位了。其实，我刚才信口胡诌的几句话，也是从一位相熟的老先生那里听来的，也仅知皮毛大意罢了。"

就在这时，对方中又有一人走上前来，抱拳施礼道："如果在下没有猜错，少侠应该是义军中的一位头领，前几天肯定是参加了在清泥滩、彭家厂对王老虎农民军的伏击行动。"

薛彪一怔，抬头侧目望去，却是一位瘦高个叫花子。虽是衣衫褴褛，精神却是极好，目光精亮。朝他身后望去，尽是一桌叫花子。不用细想，薛彪就知他们是丐帮中人，那可不是好得罪的，忙抱拳回礼道："原来是丐帮中的兄弟，失敬！失敬！"

那人道："自古就是杀敌一千，自损八百。既上战场，哪有不流血殒命的？"

薛彪摆手道："一百号兄弟，就去了七十多个，我能不心痛吗？"

那人道："我们和你是一样，真是难兄难弟了。"

薛彪奇怪了，反问道："那天你们丐帮也在？"

那人道："那天我们不在。可半年前我们协同官军守澧州城时，我们江南丐帮也损失了一百多号兄弟。"

薛彪大惊道："半年前，你们也在澧州城守城？"

那人道："正是。"

薛彪忙问道："你们在哪里守着？"

那人道："我们丐帮就在东门。"

薛彪复抱拳一揖道："我们还真是患难兄弟了。城破那天，我们太浮山一众就镇守在南门，也折损了一位长辈，还伤了一位。"

那人一听，忙抱拳道："原来少侠就是太浮山的人。你今日饮酒，自是心中不畅。我们一众兄弟今日在此饮酒，还不是一样心中不畅，且都是与这个澧州城有关联。若不嫌弃，那何不就与我们同桌而饮，把酒相叙呢？"

薛彪本就是豪爽之人，又喜交江湖朋友，见对方相邀，便点头道："既是如此，那就不客气了。”

那人便领了薛彪三人过去。丐帮众人当即起身相迎。那人就指着一位面目极黑的中年男子道："这是我们江南分帮的商副帮主，鄙人姓夏，在帮中也是居副帮主之位。"

薛彪忙抱拳道："二位原来是商帮主和夏帮主。失敬！失敬！"又对众人道："各位兄弟好！各位兄弟好！"众人亦抱拳回了礼。夏帮主连忙唤了小二，吩咐快把大头鱼弄条来，又还叫了其他几道菜。早有弟兄给薛彪三人斟了酒。

两位帮主端了酒杯，对众手下道："我们敬太浮山的朋友一杯！"

丐帮弟子纷纷起立，敬了薛彪和他的手下。

放了酒杯，薛彪问夏帮主道："上次守城，贵帮何以损失了一百多号弟兄？"

夏帮主叹口气道："提起来就窝火。当时五雷山擂台比武，选举江南武林盟主的事我们也知晓，江南武林群雄来澧州城协守城防我们也晓得。我们丐帮本也没有接到华阳王与知州大人给我们的求援书信。其时，我们的大帮主潘声乙正好又去了江浙，按理说，这件事就和我们丐帮扯不上任何关系了。但我和商帮主都是把面子看得极要紧的人，认为是华阳王和知州大人太小瞧了我们丐帮。两人一商议，便主动地找到知州大人请战，后就被安排在了东门防守。我丐帮弟子一共来了三百多人，忠于职守，尽心守城。哪知农民军势大，用火炮将城墙轰塌。城破之时，华阳王、知州大人等弃城而去，我们丐帮弟子蒙在鼓里，尚不知情，还在苦苦与农民军厮杀，直到后来实在抵御不住，才开始朝城外撤退。后来才听说，王爷与知州大人等早就弃城往西去了。就这样，我江南丐帮弟子损失了一百多号人，元气大伤。事后，我与商帮主终日诚惶诚恐，自知罪责不轻，唯等大帮主回来后认命受罚。后来，潘帮主回来，我等只得据实相告。潘帮主听后，深为震惊。即招聚丐帮大会，约束所有丐帮弟子今后不得擅自参与任何军国大事。是夜，我们两人拜见大帮主，请求处罚。潘帮主沉痛道：'其实，你们俩人并无过错，只是被官军出卖了。如今天下纷乱，你争我夺，杀伐已开，生灵涂炭。我丐帮弟子当安分守己，各安天命才是。'这件事情，虽然大帮主没有怪罪我俩，但一想起来，也是觉得心里憋得难受。在江湖上混了大半辈子，什么风浪没有经历过，最后，还是让人当猴给耍了。所以，这次伏击农民军，虽我丐帮耳目众多，早就探得了消息，但我们还是严厉约束手下，只是隔岸观火而已。"

薛彪似乎听明白了这话中的深意，对夏帮主道："你的意思是我们这次也被他们耍了？"

夏帮主道："我不敢肯定。但为什么他们官军就没有去一兵一卒呢？"

此时，鱼炉子已经端上了桌，好大的一条鲢鱼，足有六七斤左右。鱼汤滚沸，香气四溢。

商帮主道："三位请！"

薛彪道："有劳两位帮主了，大家请！"

夏帮主道："不要客气。我丐帮虽是叫花子，身处社会底层，但帮中之人，几乎个个都是响当当的硬汉子，都是豪侠之人，所以，也是最乐于结交江湖中的侠义之人，英雄之辈。"

薛彪本来对他们丐帮不甚了解，但一番言谈交往，却也认定他们是江湖中的豪侠之人，于是抱拳道："我观各位，亦是江湖中的侠义之士，我太浮山薛彪愿与各位交个朋友，如何？"

众人一听，忙齐声叫好。大家一起将碗中倒满，相互庆贺。直至夜深人寂，双方才拱手作别，各自散去。

话说薛彪自那次与丐帮众人痛饮后，心头就始终存了一个疑惑：为什么民团和义军与农民军在厮杀的时候，却没有一个官军出现？

数天后，他见到几个手下在那里小声地交头接耳，似乎在神秘兮兮地议论着什么。薛彪深感蹊跷，唤了过来，查问详细。不问还好，这一问，薛彪像挨了一记闷棍似的，懵在了那里。过了一会，他唤来自己的两个副手，细细地询问了此消息的来源。一个道："这已经不是什么秘密了，大街小巷的人，都在议论着这件事情，就连朝廷的官兵，都在拿此事炫耀他们长官的聪明。"

"哼！哼！哼！"

薛彪浑身燥热，一连"哼"了三声。他觉得自己和义军就像那只被耍猴人牵在手里的猴子。一腔报国热情，瞬间化为乌有。

"官兵的性命就是命，义军的性命就不是命了？既然农民军花钱买路，为何背信弃义还要去剿杀他们？"

薛彪怒火填膺，本想当即就去找上司理论，辞了差事，回太浮山去，一想到大家一起共事久了，说走就走，于情理上又有些说不过去，只好忍了。但自此便立了心事，准备几个月后，趁回家过年之际，辞了这份差事，从此归隐山林，与清风为友，与明月为伴，陪伴娇妻，奉敬老母。

可时局的变化却是风起云涌，潮去潮来。李自成部老回回撤兵北去，王老虎花钱买路中计兵败，明军又重占了澧州城的消息，早有探子报知了驻扎武汉的张献忠部。张献忠早就觊觎江南已久，只因李自成部先下手取了澧州城，而自己又有些忌惮李自成的势力，故此按兵不动，静观时局。现在，天赐良机，岂可坐失？当即点了先锋将官，统大兵前来，兵锋直指淞澧平原澧州城，发誓要给王老虎的农民军雪耻报仇！

澧州古城，刚刚失而复得，还没来得及喘口气，又一次被战争的乌云笼罩。

守道周凤岐、中军陈彦中、总兵温良玉，得了张献忠部大军欲来攻打澧州城的消息，惊恐万分，忙修书一封，派人火速送往九溪卫城。

华阳王朱敬一接了书信，亦是震惊不已。

"澧州城刚刚收复，尚未捂热，张贼又要来取，这如何是好？"

华阳王思虑良久，只得又亲修了一封书信，送与江南武林盟主五雷山空明真人。

空明真人见了书信，忙会了空灵、空相两位真人商议，决定还是自己亲自下山，领玄辊、玄琮、玄琛及众好手前往澧州城。同时又修书数封，派人速速送往江南各处。

那日，气温骤降，天气阴冷。虚云真人引了大弟子玄真道长正在"楚香居"处细察，徒孙唐力来报，五雷山有客人带书信到了。两人忙随唐力转回佑圣观中。虚云真人见了来人，拆了书信，大惊，又递与玄真徒儿看了，思忖片刻，即着玄真派人通知空灵寺的济慈大师，莲花观的青云真人师徒及玄妙、玄音，于翌日来太清殿议事。

玄真道："事关重大，要不要也通知玄智师弟？"

虚云真人摆手道："玄智去仙人洞清修悟道，实是潜心研习武学。他年岁尚轻，武功已达上乘之境，不仅没有丝毫的懈怠骄傲之状，而且还穷思极想奇式怪招，乐此不疲，实也难能可贵。此次下山，就不要打扰他了。"

玄真道："玄智师弟天资聪慧，人又勤奋，不仅练成了我太浮山'九龙同潮'的神功，还自创了一套'北斗七星幻影掌'，听说他又在开始琢磨我们太浮山的剑法，想另辟蹊跷，自创出一套'太浮山幻影剑'，师弟实乃天生的武学种子，旷世奇才，我等自是无法与之相比。"

虚云真人就势道："这话不假，你说的也是实情。但你更要向他学习，况且你准备日后还要开宗立派。一个练家子要想开宗立派，一是要成为道德楷模，以德为先；二是要武学服众，能够身负绝学，技压群雄。你玄智师弟虽武学可达巅峰，江湖上难逢敌手，可他生性淡泊，不喜名利，开宗立派，他是没有兴趣的。他只希望自己能够超然物外，过一种与世无争的清淡日子。你们俩人，是各有志向，一个出世，一个入世。不管怎样，为师的就希望你们日后各有成就，能让太浮山的道教与武学，均能盛名天下，则足也。"

玄真忙道："徒儿的所作所为，也就是想让太浮山的道家香火越烧越旺，永保江南洞天福地之盛名。"

虚云真人叹道："时下天下纷乱，不知何时方得太平。古人云：'宁做太平犬，不做乱世人。'可我等生逢乱世，这也是我们的时命和时运，只有一切皆顺其自然，这就是我们常说的，道可道，非常道，道法自然。"

佑圣观前，师徒俩人倾心交谈。玄真道长受益良多。

第二天，济慈大师、青云真人师徒、玄妙、玄音先后赶到太清殿。虚云真人把书信给他们一一看了。

济慈大师肃然道："阿弥陀佛！兵来将挡，水来土掩。既然澧州城危，又有书信到了，我们岂能坐视不理？我愿再走一遭。"

青云真人胸有成竹道："上次我没有去成，这次也该让我露露面了。"

玄空急抢着道："师父就留在山上，还是让徒儿去好了。"

虚云真人看着左右众人道："我是我们太浮山的头，自然是要去的。"

玄真想着自己是师父的大徒弟，无论如何也要替师父分忧解难，便道："师父，我上次也没有去，这次，您就留在山上吧，徒儿愿替师父下山。"

虚云真人神情凝重道："玄真，为师留你在山上，是因为日后你还有更重要的事情要做。佑圣观的香火，你可要看管好。"

"师父！……"

玄真口中急叫师父，还欲力争，虚云真人摆手劝住。

玄真无奈，只好遵命。

虚云真人又对青云真人道："师弟，你也不要争了，还是让玄空跑一趟，让年轻人历练历练，多一些江湖阅历。"

青云真人还欲争辩，少溪主叶芝楚早就按捺不住了，对虚云真人道："师父，让我也下山去。"

虚云真人对他俩人道："你们俩都不要争了，这次下山，就我、济慈大师、玄妙、玄音和玄空。今日做好准备，明天一亮，即刻起程下山。"

叶芝楚央求道："师父，还是让徒儿跟着您去吧。"

虚云真人看着他，就说了一句："你师兄玄智一回山就去仙人洞清修悟道去了。你也去了一趟苗岭，该有所警醒了。在家好好练功吧。"

翌日天明，五人就背了包裹，负剑持棍，下山望澧州城而来。

是日，天色异常阴沉，寒气凛冽。一行五人来到道水河边码头，欲搭船顺流而下，问遍了所有船家，都说听闻澧州城打仗，不敢往下行船。无奈，只得在一家饭庄打尖休息，然后乘船过河，走陆路往古老山而去。

行得一个多时辰，天空里竟开始簌簌地下起了细细的雪粒子。雪粒子晶莹剔透，珠圆滑润，不时飘落进大家的脖子里，冰凉冰凉的，既刺激而又有情趣。三个年轻人跟在两位长辈后面，倒是初生牛犊不畏虎，兴高采烈，不时望空长啸，此起彼伏，相互逗趣，竟像是走亲访友一般，全然没有想着此去是战场厮杀。

一路行来，夜幕降临时至古老山山脚范家咀，落店住宿。第二天用过早饭，便往澧水江边赶来。

到了彭山江边码头，竟空无一人，且连船只的影子都没有。众人东望西瞧，寒江横绝，何以渡江？不得已，只得沿江岸树林一路搜寻而下。

约行得十来里，在一片草木茂盛的浅滩林子中，终于发现了几只藏匿的小船。众人大喜，抬头望向近处的山脚，见有一村子，寒林萧瑟，隐隐约约可见几户人家。虚云真人便带了玄妙，前去打探。原来此村唤作桃花村，村中人户并不多，且多以江中打鱼为生，因闻澧州城战事已开，是故藏了船只，躲在村中不出。虚云真人进村入户，见了几名村民，说明了来意，并掏出一些银两付了船资。不多会，师徒俩人便转回林中，虚云真人吩咐众人解了其中一只船的缆绳，上船划过江去。将船只藏在了水边一个树木隐蔽处，众人方才上岸，沿着江边小径，朝澧州城进发。

却说此次张献忠部攻打澧州城，来势异常迅猛。大军一到，将城迅速合围，即刻发起了强大的攻势。火炮、强弩、云梯、抛石机一应攻城器械俱用上。

而此时，前来驰援的江南武林群雄各路人马均还在路上，尚未到达。

火炮轰响处，城墙坍塌，血肉纷飞。

黎军官紧随守道周凤岐、中军陈彦中于城东箭楼上指挥明军反击。一连串的轰响后，山摇地动，东门被炸开，农民军挥刀持枪，蜂拥而入。周凤岐、陈彦中两人大骇，急挥剑指挥官兵从城墙上杀下，实指望杀出一条路来，向南门方向撤退。哪知一冲到大街上，农民军竟如潮水般汹涌而来，势不可挡。

"快向南走，保护大人要紧。"

黎军官急大声呼喊，自己舞动一杆长枪，兀自在前开路，杀向城南方向。

横过几个巷子，一大队农民军忽地迎面杀奔过来。领头那人牛高马大，长发蓬乱飘零，黑脸阔嘴，鼓着一对铜铃般的眼睛，有如从地狱里冒出的凶神恶煞一般，一对开山板斧舞得"呼呼"风响。

黎军官奋起神威，一抖长枪，往那黑煞面门直刺过去。那人也是反应极快，身子向右侧一转，躲过枪尖，左板斧一磕枪杆，右板斧自下斜上竟撩向黎军官的面门。

就在此时，对方中就有一人急使双手，硬是将黎军官的枪杆死死地抓在了手里。

黎军官一拽不动，情知不妙，急撒了手，身子右矬，两手急向右抓，只觉手中有物，不及细想，双臂一震，便向前疾抛出去。只听一声惨叫，眼前一片血光。那凶煞攻势顿缓。一招奏效，黎军官猛振双臂，又接连抓了二三人，朝前接连掷去，然后，方使出一招"旱地拔葱"，腾空而起，踩在了人群头顶之上，回头看时，却不见了两位大人的身影。黎军官大骇，急提一口真气，运起轻功，在人群头顶之上往后疾奔，回头找寻。

此时的大街小巷里，尽是奔来涌去的农民军，到处是混战，到处是喊杀声、惨叫声。

黎军官一望不见，心中越是发慌，脚下用力狂奔，仍是不见两位大人身影。待回头再寻时，那黑煞又已追至。黎军官久历战阵，知道城门一破，官军的抵抗就是徒劳无益了，只会白搭上无数的性命。现在自己能够做的就是赶快从南门那里杀出去，只要出了南门，自己也才有希望。于是撇下那黑煞，提气在人群头顶上一路飞奔，横过了两条巷子，方才落地，随了溃退的官军，直趋南门。到南门时，见城门大开，农民军反倒不及城中蜂拥，但也还是处于纷乱厮杀中。

黎军官持剑加入战团，忽刺忽削，眨眼间又伤了对方十余人，给突围之人杀开了一条血路，自己亦出得城外。回头望时，却见一处有一大群农民军将一汉子围在场心轮番厮杀缠斗，险象环生，形势十分吃紧。黎军官无暇细思，当即长剑入鞘，从地上抄起一根长枪，一声断喝，从农民军背后杀入。一阵惨叫声起，黎军官杀进场心，见那汉子正是义兵的百户长薛彪，急高呼道："薛彪，我来也！"

薛彪正在吃力之时，突闻叫声，侧目瞟见黎军官持枪杀入，大喜，高声回道："来得正好！"

两人于是背靠背，奋起神威，一番反击。围攻之敌非死即伤，另有几个胆小者早惊呼着奔向别处逃了。

薛彪脱险，忙谢了黎军官。两人喘口气，正欲再寻厮杀时，忽闻得一阵马嘶，急朝声音来处望去，却是对方一队马兵由东头向南门口驰援过来。

黎军官脸色瞬变，惊栗万分，叫声"不好"便拉了薛彪，两人如投胎般急往澧水江边的一片树林子如飞奔去。那马队也发现了他俩，一阵吆喝，直往他们藏匿的树林子飞驰奔来。领头之人指挥着一部分人下马进入林中搜寻，另一部分人继续沿江岸上行，随时准备援手截杀。

却说薛彪两人潜入林中，歇得片刻，自忖此处亦不可久留，便屏声敛气，暗暗向西潜去。可岸边树林，却并未连成一片，不时有间断之处。两人密行至林边，从枝叶间探头望去，那树木间断的空旷之处果有十来人来回巡哨。

黎军官用手指了指身后，悄声道："林子里面肯定还有他们的同伙。"

薛彪把心一横，低声嘟哝道："要死卵朝天，不死万万年。怕他个鸟！我们就从这里冲过去，到了那边林子再说。"

黎军官也知道，返身退回林中已不可能，要想活命，这也是唯一的办法。就眼前的十来个人，他们倒是不惧，但一旦杀出，肯定会惊动他们的大队人马。黎军官心念电转，亦觉除此之外，实无别法，便毅然点头道："下手要狠，不要留活口。"

说完，两人便从林子里忽地跃出，一枪一棍，如疾风般，卷向那巡哨之人。

那帮人闻得声响，急朝这边望过来，却见两人从林中杀出，忙吆喝着持枪奔来。其中就有一人急朝远处高声大呼。

薛彪见状，急从怀中摸出短刀，顺手就是一挥，本想一刀结果了那人。不想那人却也还有些手段，一抖手中长枪，竟将短刀磕飞，一边跑向远处，一边复又高声大呼起来。薛彪见短刀磕飞，那人又高声急呼，心中大惊，急下狠手，使出平生勇猛，一阵扫劈，不见血飞，只闻惨号。不消片刻，两人将对方收拾干净，正要往前面远处的树林子奔去，就听得马嘶人啸，身后岸堤上就有马队疾驰了过来。

"快跑！快冲过去！"黎军官大呼。

两人喘着粗气，直往对面林子狂奔。快近林子边缘时，一阵疾风突地旋起，一匹高头大马呼啸驰来，生生截在了两人身前，与此同时，一杆长枪也凶悍杀到。薛彪一惊，本能侧头躲开，一提降龙棍，奋起蛮力打将过去，就听一声脆响，竟将那人的长枪打成两截。黎军官一抖长枪，枪尖直扎在马屁股上，那马本是速度极快，又受了这一狠扎，剧痛之中，受惊一冲，收势不住，竟驮了那人，顺着坡势，"扑通"一声，直直地插入冰冷的江水中。

看着人和马在寒江中一阵扑腾挣扎，江水涌来，很快就没了踪影，两人也是一时惊呆。就在此时，又感到有股疾风旋到。

"快走，我断后！"

黎军官一声高呼，一抖长枪，扭头就箭步迎了上去。

薛彪大声叫道："没有怕死的薛彪！"手起棍落，就是一记猛棍，扫向来马的前腿。

那马挨了重棍，当即轰然倒地，借着奔跑的势道，在草地上滚了几个翻身。亏那马上之人饶是机灵，借势飞身而下，落在数丈开外。

转眼之间，就有十多个彪悍汉子飞马驰至，将薛彪与黎军官围成一处，挥着长马刀，砍杀过来。情急之下，薛彪与黎军官忙背靠了背，互为防守，以待恶战。

就在此时，不远处的江岸堤上，一阵喊杀声陡起。薛彪心中惊栗，一边持棍迎敌，一边急斜眼瞟了过去，却见是一群出家人模样的汉子正从堤上持棍奔来。薛彪不知是敌是友，心中狐疑，光影闪处，罡风突起，一把长长的马刀照面门疾削过来。薛彪不及细想，双腿贯力，急使一招铁板桥功，险险躲过，然后借了腰力，一个急翻身，右手紧抓了长棍往前一递，那棍头就直奔对方腹部疾去。那人一招落空，却见长棍袭到，甚是惊骇，脸色大异，忙身子左侧，将马刀自左向右横拖，直砍向棍头。

好在薛彪，见马刀竖砍过来，急将长棍缩回尺许，刚好让过刀锋，然后一声断喝："着！"右臂贯力一抖，那棍头复又疾戳向那人腹部。此招端的是快如闪电，凶悍无比，一旦戳着，不是立马毙命，就是重伤致残。那人一招使出，还只到六七分，招式尚未变老，就是变招也来不及了，陡见之下，已是吓得脸色苍白，急来个现学现卖，学薛彪样使一招铁板桥功，想躲过此招。可慌乱之中，气息受挫，双腿一软，人朝后仰，却失了重心，整个人竟直直跌向草坡，没了章法。狼狈慌乱中，那人也不管三七二十一，就赶紧顺着草地斜坡，来了个就地十八滚，直滚到岸边水波处，口鼻呛入水中，方才惊慌立起，见薛彪已被自己人截着，并未追来，忙一阵咳嗽，口喘大气，抚额庆幸逃过了这险险的生死一劫。薛彪本欲追击那人，却又被几个飞马赶来的敌手缠住，几把马刀闪着寒光从不同方向处攻来，只得急回身再战。

就在这时，一人飞奔而至，一棍横扫，对方中一人闷哼一声，栽落马下。就听得一声高叫："薛大哥，我们来了！"

薛彪正持了长棍左格右挡，闻声急拿眼斜睨，却是玄妙，心中大喜，忙高喊道："好兄弟，来得正是时候，我正缺帮手呢。"

两人合在一处，就要捉对厮杀，哪知对方众人见势不妙，呼哨一声，却纵马跑了。

薛彪方歇手喘气，拿眼望去，雪粒飞舞的江堤上，太浮山群雄正与众敌手滚滚混战。薛彪忽地想起了黎军官，急抬眼在混战中找寻，见黎军官正被数名敌手困在远处，左冲右突，不得脱身。薛彪急唤了玄妙，两人一边呐喊，一边疾冲，转眼就旋到了那几人身后。那几人以众对一，加之黎军官久战之下又已疲惫之极，长枪也是缓慢了许多，是故他们已稳操胜算，只等擒敌，哪知忽地身后却杀来两个悍人，只得分身来迎，形势也就急转直下。

薛彪虽是累极，可玄妙却是浑身是劲。太浮山的武学，除了首要的内功心法外，其次就是拳法和棍法，剑法都还是后来历代修道之人慢慢研习才形成的。玄妙在棍法上琢磨多年，深得太浮山棍法的精要，若要放在江湖上评判，不说是顶尖高手，也可说是一等一的高手了。是故一交手，转眼之间，敌方就有两人躺了下来。余下之人，惊骇万分，一声呼哨，急做鸟兽，瞬间散去。黎军官原就识得玄妙，一见是他，大喜，就知道太浮山群雄肯定下山来了，忙收了长枪，抱拳谢了玄妙。三人又奔向混战处，一阵冲杀，将那农民军杀得哭爹喊娘，落荒而逃。

黎军官抱拳施礼，谢了太浮山众人。

虚云真人当即问起澧州城的情形。黎军官怆然摇头道："农民军势大，城破也。几位大人也不知了下落。"

众人俱抬了头，望向灰蒙蒙天幕下的澧州城。雪粒不知何时变成了小雪花，正漫天飞舞着。

太浮山群雄见城池已破，前去除了徒添伤亡，已经毫无意义，而薛彪也见到了，又担心敌人会有援兵赶来，商议一阵后，决定赶快渡船过江，南返太浮山。

虚云真人对黎军官道："有心杀敌，无力回天。城池已破，不知军爷有何打算？要不先去我们太浮山暂避几天？"

黎军官举目四望，心绪茫然。踌躇片刻后，坚定道："几位大人还不知出城没有，我还得进城去打探打探。"

薛彪一听，急劝阻道："我们拼了性命，好不容易才杀出来，现在城内全是他们的人，如狼似虎，你一人回去，那岂不是羊入虎口，送肉上砧板？去不得，去不得。还是和我们一起回太浮山去，过得些时日，再出山打探不迟。"

黎军官道："多谢了。我还是留下来，把情况打探清楚，再做打算。"

济慈大师见黎军官态度坚决，想了想，便对虚云真人道："军爷说的也有几分道理。我看这样，澧州城虽破，眼下农民军还不至于立即就渡江南下，我等先乘船过江，在南岸村子里候着。军爷换身百姓衣服，先不要进城，就暗潜在城郊处，或许可以遇着你们从城里撤出来的自己人，一问，不就全知晓了？

不论情形如何，军爷都要过江走一趟，与我等通报。我们会随时用船接应你。"

虚云真人一思，觉得如此甚好，便点头同意。

薛彪忙对黎军官道："你一人去，我岂能放心？你若要去，那我便与你同去。"

黎军官连忙道："岂可又连累兄弟？"

薛彪朗声道："既是兄弟，就当同生共死。我薛彪岂是怕死之人？同去！同去！"

虚云真人劝道："薛彪，你一路厮杀下来，已是劳累之极，还是不去为好。"

虚云真人说这话时，实是想到薛彪家中还有老母少妻，生怕他有个什么意外。哪知薛彪天生就一个犟性子，急道："不行，不行，黎军官一人前去，我心何安？"

站在一旁的玄妙就道："要不，我就陪他们同去。"

这一说，众人倒是安静了。

虚云真人一想，这也是个好主意，便对玄妙道："也好，有你同去，我便放心了。"又对黎军官等三人道："你们找家农户，都换了百姓衣服，就悄悄在城郊处打探，一切小心在意，不可鲁莽。"说完，便从怀中摸出三支爆竹，交与玄妙收好。

黎军官、薛彪、玄妙三人当即冒了雪花，向东潜去。直到三人身影消失在漫天雪花中，众人方才折回藏船处，上了船，划水横江，往澧水南岸桃花村而来。

却说黎军官引了薛彪、玄妙，三人不走江堤，而是往北绕村潜行，途中更换了百姓衣服，径到了由西门通往石门县城方向的官道边密林中，见道上尽是从城中逃出之人，男男女女、老老少少，慌乱如惊弓之鸟，匆匆如过江之鲫。黎军官拿眼细寻，既不见敌方人影，也不见己方之人。黎军官观望一会，不免失望灰心，正不知举措时，却见慌乱人中，有几个着破棉袄之人，面目身影似是极为熟悉，心头一怔，忙奔出林子，上前凝神细看，见正是自己的几位手下，急大声疾呼，摇手相招。

那几人正急急奔走间，忽听路边有人呼叫他们姓名，甚是惊奇，忙驻足侧望，见是一村民模样之人正朝他们使劲招手，再细看时，却正是自己的上司黎军官，心中惊喜，忙奔了过来相见。

黎军官急问起城中情形，那几人抢着做了回答。黎军官问起几位大人是否出城，一人就悲怆道："守道周大人和中军陈大人已经阵亡，尸骸被军士们奋力抢下，已经用马车载了急往石门城方向去了。"

黎军官听闻，悲不自胜，当即对薛彪和玄妙道："我是军旅中人，身不由己，理当尽忠尽责，现下，我要速去石门城，你们且回去吧。"

薛彪见黎军官说的在理，不便劝阻，只得与他互道了珍重，就此分手。临别时，薛彪抱拳对黎军官道："若有难时，径往太浮山来。"

黎军官抱拳谢了，即与那几人上路望西疾去。

薛彪与玄妙伫立路边，目送他们身影消失在雪花飞舞的人流中，方才原路返回，进村重换了先前衣服，行至澧水江边，燃了爆竹，被接应过江，至桃花村中，与众人俱说了详情。

众人听了，亦是唏嘘不已。

虚云真人对济慈大师道："澧州城失而复得，转眼又是得而复失，天下大乱，战火不断，你争我夺，何时方休？"

济慈大师右手立于胸前，喧了一声佛号："阿弥陀佛！争来夺去，还不是百姓遭殃，黎民受苦？"

虚云真人摇头无语，深叹一口气，当即率了众人，辞了桃花村，自回太浮山去。

第十章
虚云真人开宗立派
苗岭姐妹花落浮山

话说太浮山群雄，见澧州城破，回天乏力，只得离了桃花村，原路返回。虽说个个心中惆怅，但见薛彪这愣头小子终于回心转意，心甘情愿地随了大伙儿一同回山，却也是大为欣慰。

不知何时，风住雪停。天空依旧是阴冷异常。

虚云真人遂唤了薛彪在身边，详细地问起了他这近半年的情况。薛彪便如实地说了。当薛彪说到王老虎花钱买路，官军先是收钱答应，然后又设下陷阱，让民团和义兵与之厮杀，自己却是隔岸观火时，虚云真人与济慈大师听得目瞪口呆，几乎惊掉了下巴。

"这一仗，王老虎几乎是全军覆灭，可民团和我们义兵也是损失惨重，伤亡大半。"薛彪痛心道。

济慈大师念了句："阿弥陀佛！善哉！善哉！世间万物，皆有因有果。因果轮回，一报还一报也。"

虚云真人眉皱如峰，凝神道："如此说来，你们义兵不就成了他们杀人的工具和棋子？"

薛彪愤愤道："岂不是？"

济慈大师侧头对虚云真人道："我们下山来，还不一样是人家手中的一枚棋子？"

虚云真人听济慈大师如此一说，细细一思，忽地深叹一口气，喟然道："人在江湖，身不由己。我太浮山虽受王府恩惠极少，但滴水之恩，当涌泉相报，且普天之下，莫非王土，皇恩浩荡，我太浮山又岂可独居清修尘世之外？眼看朝廷有难，又岂可坐视不理？"

济慈大师道："正因如此，我们才义无反顾地下山，无怨无悔。"

虚云真人道："由此看来，世间没有一个人能够真正地超然于尘世之外。不论是道还是佛，无论怎样修行，他自始至终，都还是尘世中的一份。"

济慈大师点头称是："都说佛门静地，四大皆空。若睁开眼来，真能做到视物不见，两眼空空？既食人间烟火，就是肉身凡胎，尘世中人。"

虚云真人摇头叹息道："国无宁日，太浮山亦无宁日了。"扭头对薛彪道："人说江湖凶险，官场又能好到哪里去？农民军虽说是与朝廷作对，但官军既已收钱，却又设计剿杀。出尔反尔，借刀杀人，这就是官军的大不是了。你这次出来一趟，怎算也见了世面，开了眼界，长了见识。能全身而回，就是洪福齐天了。吃一堑，长一智。如此也好，你也可以安心回山。回山之后，有何打算？"

薛彪忙道："在家孝敬老母，陪伴青梧，好好过段安静日子。"

虚云真人颔首道："青梧姑娘来得甚远，又孤单一人，你要多多陪伴，好好珍惜。另外，你一直想拜我为师，说我不肯收你，此番回去后，在家休息一段时日，然后上山来，我就正式收了你这个徒弟吧。天下乱象已生，多习一些功夫，总不是一件坏事。玄智武功，已达上乘，一有闲暇，就潜心研习，实乃难得。你们今后都将以他为榜样，好好用心练功，不要再轻言出山。"

薛彪大喜，忙道："多谢师父安排，我做梦都想呢。"

济慈大师忙祝贺道："恭喜真人又收得一徒！"

虚云真人道："薛彪这娃一直想拜我为师，我也是一直未肯，是有原因的。习武之人，往往以为自己练得一身功夫，极喜冲动好事，常常在江湖上惹出一些是非波折来，稍有严重，或可祸及身家性命。是故，这么多年来我都不敢轻易松口答应，是乃为他母子平安着想，希望他做个普通百姓，娶妻生子，以保香火延续，平平淡淡过一生，也就足够了。不想，他却天生与武学有缘，凭了一点天资，竟还自己琢磨出一套像模像样的伏虎拳法，现时局如此动乱，说不定哪一天，兵祸也会降临太浮山，从长远计，我还是满足了他的这个心愿最好，不然，他会记恨我一辈子的。"

薛彪忙分辩道："徒儿不敢。徒儿其实也知道您为什么一直都不愿收我为徒，其实也是替我母子的将来考虑。师父的好意徒儿会永记在心，终生不忘。"

虚云真人摆手道："你能体察到为师的一番苦心，我就释怀了。"

济慈大师看着薛彪，又侧看了玄妙、玄音，心中忽有触动，似乎想到了一个重大的事情，边走边思，稍有片刻，便侧头对虚云真人小声道："刚才看到你要收薛彪为徒，我倒是有一个想法。"

虚云真人道："是何想法？不妨说来听听。"

济慈大师道："你想想，如果把薛彪也算在内，真人你就有六大弟子了。"

虚云真人凝视着济慈大师，觉得他话中另有弦音。

济慈大师道："是不是该有点想法了？"

虚云真人面现狐疑，道："有什么想法？如此乱世，我只希望他们这些晚辈静守山中，安心修行。同时，也希望这种纷乱局面早点结束，还天下一个太平世界就足也。"

济慈大师道："这是一个方面。还有另一个意思，如果能有所作为的时候，还是要勇于担当，不要把担子留给晚辈。"

虚云真人不明白，摇头对济慈大师道："不知大师有何指教？还请明示。"

济慈大师道："此事我是认真思虑过的，事关我们太浮山今后的前景。你大弟子玄真一直想做什么，你不知道？你就真的一点儿也不知道？"

虚云真人听明白了，忙道："你是说开宗立派的事情？"

济慈大师神情庄重道："我可说实话了。你大弟子玄真的想法没有错，可他却一时半会儿做不了，因为他没有那个实力。他虽做不了，但真人你却做得了，你想想看，六大弟子，个个身手不凡，尤其是二弟子玄智，天赋异智，在武学上的修为已是非我等常人所及，有如此实力，你何不趁此机遇开宗立派，把我们太浮山的武学盛名再来个发扬光大？玄智武学虽高，但他人已还俗，且心性恬淡，素看轻名利，日后他是不会去争那个掌门之位的。玄真是出家之人，身在道门，又是你的大弟子，届时，你就把掌门之位传给他，名正言顺，真人你是功德圆满，玄真也遂了平生心愿，佑圣观门下岂不是皆大欢喜？"

济慈大师一席话，娓娓说来。

虚云真人觉得也是甚有道理。沉思一会，虚云真人凝神道："大师你说的不无道理。如此一来，我佑圣观的事情也的的确确是圆圆满满了。行，这件事我就认真考虑考虑，回山后，我们几个长辈就聚在一起，方方面面，好好商议一下，毕竟事关我太浮山众多观庙寺宫，一荣俱荣，一兴俱兴，听听大家的意见，再做定夺。"

济慈大师道："真人你是掌舵的，你想通了，事情就好办了。玉皇庙心智大师处我就亲自跑一趟。"

虚云真人点头道："那好。三台峰太子宫，顿笔峰召云观，稻摞峰莲花观，还有静乐宫、白云庵、汉王庙，我就亲自派人去请了。"

两人一路行来，将此事小声商量妥当。跟在后面的薛彪虽没有完全听清楚两位前辈的密谈，但还是隐约知道了他们在商量开宗立派的大事情。

时至冬日，刚交酉时，天色就已昏沉下来。太浮山众人一路劳顿，终于赶到了北麓下的陈溪峪。

薛彪离家半年多，一心做着自己想做的事情，此刻回家，临近家门，心中虽是情怯，但还是急急地走了前头。进得自家院子时，却见青梧挺了个大肚子，正倚门朝外观望，神情落寞，可怜之至。

薛彪见状，又惊又喜又愧，忙叫了声"青梧！"急奔过去，掷了手中长棍，伸手扶住了自己的女人。青梧见丈夫突然归家，恍如从天而降，更是喜不自禁，竟双眼潮湿，清泪自来。一见薛彪身后还有虚云真人等一众，又忙用手背擦拭了眼泪，急朝里屋大声喊道："娘，薛彪回来了。"

王婶正在厨房引火烧水，准备做饭，猛听得门口边青梧在喊薛彪回来了，心中惊喜，急从厨房奔出，果见儿子正扶了媳妇往椅子上坐下，极尽殷勤；又见虚云真人、济慈大师几位进屋，满心欢喜，一番寒暄，忙端茶倒水，然后赶紧进得厨房，捡米下锅，准备饭菜。虚云真人见青梧身怀六甲，几近临盆，少不了说些关切的话来安慰她一番，见天气阴冷，又叫薛彪赶紧去火坑烧火，以免冻着了姑娘。薛彪就将青梧扶进火坑屋坐了，见火坑中尚有余火，便出门取些干柴来添了上去，又将虚云真人，济慈大师等一众请进火坑屋内喝茶歇息，自己又赶紧去厨房帮忙。薛彪在家之时，餐桌上从未少过山中肉味；薛彪不在家时，桌上清淡了许多，王婶为青梧着想，只得尽力多养些鸡鸭，是故现下来客后尚有鸡鸭可以招待。

此时，王婶已从笼中将鸡鸭各捉一只杀了，正急急地浇水拔毛。薛彪赶紧过来帮忙，愧疚地对娘道："娘，我再也不出门了，就在家陪着您和青梧。"

王婶抬头，看了一眼儿子，叹口气，埋怨道："你看看青梧的身孕，你还想出门？"

薛彪自叹道："我也算是看明白了，什么'出人头地'啊，什么'人杰'啊，什么'鬼雄'啊，那些书上的话都是狗屁！再也不去听灵慧真人读书了，书害人呢。从现在起，我要老老实实地待在家里，陪着你们。"

王婶听了，心里头一热，偏了头，凝视着儿子道："说的是真话？"

薛彪忙道："都是真话，我可以对天发誓。虚云真人都说了，他要正式收我为徒，传我佑圣观武功，等几天我就上山去，行拜师礼。听虚云真人说，他还要开宗立派，接下来山上还有好多事要做呢。"

王婶听了，心下欢喜，对儿子道："这就好，这就好，你在我眼皮子底下，我时时看得见，心里头就踏实多了。"略一沉吟，又道："你怎么能怪灵慧真人呢？书读得多，懂的道理就会多。只有有钱人家的子弟才有机会读书呢。灵慧真人那里还是要去。只要不把书读死了。书是死的，可人是活的。你自己还长有一个脑袋呢，要学会变通。"

薛彪听了，先是一愣，继而一想，娘说的也极是在理，便赧然一笑，道："娘的话我记住了。"

俩娘母一边唠叨，一边是一阵操作猛如虎，不多会，饭菜俱已准备妥当。薛彪在火坑屋里放了一张桌子，摆了酒菜碗筷，众人此时也是肚中正饥，便先请了青梧、王婶上桌，然后依次斟酒，一边叙话，一边慢慢饮将起来。

大家既已回山，早将澧州战事抛在脑后，又碰巧将薛彪带回，俱是十分高兴，饮酒笑谈，情兴甚浓，直到亥时人定时分，虚云真人、济慈大师方才带了玄空、玄妙、玄音辞了王婶一家，顶着朦胧的夜色和寒气，望缥缈峰穿林踏径而去。

话说薛彪归家，见了身怀六甲的妻子，心中甚是无比愧疚。一连数天，端茶倒水，穿衣吃饭，都是忙前忙后的服侍，殷勤备至，把个青梧姑娘侍弄得舒舒服服，眉开眼笑。青梧在火坑边烤着火，全身温暖舒适，拿眼看了薛彪一眼，戏笑道："相公，你这次出去大半年，虽说是无功而返，但也没有白折腾，见识上还是很有长进，也终于晓得疼爱自己的女人了。"

薛彪听了，憨憨一笑，继而神情落寞，摇头叹道："世间的事情，复杂得很，不是你我想象的那么简单。听说大顺军北撤，我们立马就从慈利赶了过去，果然澧州城里就只有大顺军王老虎的少数人马。王老虎自知不敌，花钱买路北上，官军收了银子逍遥进城，却命我们义军和民团在半路上暗中截杀王老虎。一场恶战下来，血流成河，尸横遍野，真是惨不忍睹。不管怎地，澧州城还是回到了我们大明军的手中。可是，板凳都还没有坐热，张献忠的人马又杀了过来，大明朝的守将周大人、陈大人为国尽忠，澧州城也完了。"

薛彪说完，仍是叹息不已，似是心有不甘。

青梧心疼丈夫，好言安慰道："好哥哥呢，你是我的天，你不在家，我的心就一直悬着呢，现在你回来了，我的心也就安稳了。现在，你就不要再想你的什么'出人头地'了，这兵荒马乱的，就在家里待着，说不定什么时候，娃娃就要生了，你就要当爹了。你不在家，桌上的生活也甚是清淡的，这几天你就去山上弄点野味来，我可以不吃，可肚子里的孩子要营养呢。"

薛彪听了，心中甚觉亏欠，觉得青梧说的极是在理，当日就在家中整修弓箭铁夹，忙碌一番，第二日便进了山中密林。一连几天，薛彪都是满载而归，什么野鸡、斑鸠、竹鸡啊，什么芭茅老鼠、狗獾、野兔啦，还搞到了一只肥肥的野山羊和一些菌盖上裂有细细花纹的野生新鲜香菇。

简陋的农家小院里，炊烟袅袅，肉味飘香。一家三口，尽享天伦之乐。

过得数日，薛彪又闲不住了。因甚是挂念玄智，他便对母亲和青梧说了，携了烧好的野兔和野鸡，又带了一坛子谷酒，一并放入一个箥篓背了，手持乌梢降龙棍，绕过山脚，溯甘溪而上，先是到了海棠溪，见了少溪主叶芝楚兄妹和老夫人吴氏，说了来意。少溪主叶芝楚从苗岭回来后，就一直在家潜心修炼武功，并未出门，正有寂寞之意，忽见薛彪到来，惊喜雀跃，听了来意，便道："好事，好事。我们立即同去。"

　　妹妹叶诗彤一听，嚷着也要同去。

　　叶芝楚道："我们是去探望玄智师兄，喝酒聊天。你一个女孩子家的，跑去干什么？"

　　叶诗彤撅起了小嘴巴，道："我就是想跟着你们四处走走，透口气而已。"

　　叶芝楚正欲反驳，薛彪见状，忙摆手对少溪主道："诗彤妹妹说的也有道理。我们此去，又不是打架厮杀，她喜欢跟去，就由她好了。"

　　叶诗彤见薛彪哥帮着自己说话，脸上转喜，忙道："就是嘛，我自己长着脚，又不要你们背，就是跟着你们到山上转转，新鲜新鲜，解解闷罢了。"

　　少溪主只得笑笑，依了妹妹。待薛彪喝过茶后，兄妹两人便持了剑，三人沿了溪涧小路，望云气飘浮的脊岭蜿蜒而去。爬上脊岭，再沿脊岭一路南行，红砂岩铺成的石阶随了山势忽高忽低，两边是茂林修竹，绿草丛丛。三人一边行走，一边言笑，倒也是情趣盎然，不觉劳累。绕过三台峰，再经缥缈峰西脚顺坡而下至谷底，淌过涧泉，再一路爬坡而上，径至香炉峰仙人洞前。

　　薛彪见洞外坪子处无人，料知玄智尚在洞中用功，便与少溪主在洞边焚香台处点了香蜡，双掌合十三拜。叶诗彤见了，亦赶紧走过去也拜了。薛彪便在洞前发一声长啸，声震山林，响彻云霄。稍后，又发一声长啸，直到三声长啸后，玄智方才从洞中现身而出。

　　一见是薛彪、少溪主兄妹三人前来，玄智又惊又喜，几步奔至洞外，抓了薛彪臂膀，大声道："你不是在慈利'建功立业'吗？怎么忽然跑到仙人洞来了？你在外长啸，我还以为谁来了呢。"

　　玄智又与少溪主兄妹打过招呼，奇怪道："今天是吹的什么风，竟把你们三位给吹来了？"

　　薛彪用手指着洞口附近一处向内凹进的壁崖道："我们去那里吧。"便打头前行，到了那里，放了箥篓，准备从近处寻来几块平整的大石头当作桌子板凳，抬头间，却发现崖壁上分明刻有一首诗，便忙唤了三人，一起过来观看。

　　玄智也是大惊："自己常来香炉峰，时时从仙人洞中进出，何以从未有此发现？"便忙急走过去，径至崖壁前，用手指将上面的青苔泥痕清除干净，以手指字，反复细看。

少溪主用手指着壁上字迹，吟诵道：

仙炼浮邱

明　刘坚

仙人洞口树苍苍，野鹿衔花事渺茫。

唯见药臼常积月，不见峰上舞衣裳。

炼得丹成函关去，直与山河同朝夕。

游人寻得好碧桃，观音岩上风习习。

紫竹梢头焉集凤，白龙井边更惊凤。

几度芳草经摇落，雾洗长空日正红。

四人叹为稀罕，频频点头称赞，然后从篓中取出兔、鸡、酒壶和杯子。玄智一看，豁然大悟，喜道："真兄弟也！"

四人便围着酒食坐了，一边用手撕扯着兔、鸡品尝，一边豪饮着醇香的谷酒。虽然不时有阵阵乳白色的云气从谷底飘涌上来，寒气凛冽，然而他们却是兴趣盎然。

几杯酒下肚，薛彪是摇头不已，把自己与义兵去澧州城的事情滴水不漏地叙说了一遍，总算是借这个机会把自己的憋屈和苦水全倒了出来。

一向淡泊的玄智听完，也是嘘唏不已。

"我现在是收心了，再不过问山外的事情。"薛彪换了一副老成的口气，无比坚定地说道。

玄智一个劲儿地点头赞成。

几个人自然又把话题扯到了青梧的身上。薛彪道："八九不离十，青梧快要临盆了。"三人一听，忙抱拳提前恭贺。后又扯到薛彪拜师、虚云真人准备开宗立派的事上来。

玄智大惊，一对凤目直看着薛彪和少溪主，道："玄真师兄是一直有此想法，可那也是今后的事情，八字还没有一撇。师父现在怎么突然会有如此想法呢？况且我太浮山以道家香火久闻于世，早已是名震江南九省四十八州，谁人不知？哪个不晓？何必又还在武学上去争个什么门派名号呢？"

少溪主沉思片刻，缓缓道："我认为开宗立派也没有什么不好。我们太浮山武学源远流长，武功深厚。在拳、棍、剑的技法上已经相当完善成熟，在内功心法上也有所建树，'九龙神功'的威名又一直隐隐约约流传于江南武林。

机缘巧合，师父一生修炼都没有练成的神秘武功却被你师兄练成了，这是天意啊，天佑我太浮山在江湖武林中有一席之位，有一个正式的身份名号，就跟人有个姓名一样，这有什么不好呢？"

薛彪也道："我认为少溪主说的也有几分道理。大凡在武学上略有成就者，都会自成一派，我们太浮山又不比人家差，为何不可以开宗立派？师父虚云真人德高望重，现已有五大弟子，若算上我，就是六大弟子，师兄你武功之高，可说江湖上罕有对手。我们完全可以搞一个太浮山派的名号叫叫，有何打紧？"

玄智听了，还是摇头不住，不置可否："只要自己把武功修练好，又何必在意'门派'二字呢？"

叶诗彤插话道："我倒是赞同远山哥的看法。一个习武之人，应该看重自己的武功修为和操守，而不是在意门派的有无。"

少溪主道："师父一生做事周全谨慎，他既然已经着手我太浮山派的创建，就肯定有其道理，你们说是不是这样？"

薛彪一听，沉思少时，点头道："我看也是。"

见两人又把师父搬了出来，玄智一下倒是没了主意，便也不好强执己见，便叫大家一心痛快喝酒，不负了如此良辰美景，兄弟情谊。

就在大家举杯痛饮之时，玄妙忽然飞身来到。见到几人正在大口吃肉，恣意喝酒，他佯装生气，睁圆了双眼叫道："好哇，你们几个！我从太清殿跑到陈溪峪，又从陈溪峪奔到海棠溪，又从海棠溪赶到仙人洞，我的腿都快跑断了，你们倒是聚在这里吃肉喝酒，自在快活。"

四人忙笑嘻嘻地起身拉了玄妙坐下。叶诗彤撕了一只大鸡腿递与玄妙。玄妙亦不斯文，或许是真有些饥饿了，便狼吞虎咽般吃了下去，然后又喝了一口醇酒，方才咂咂嘴巴，看向他们几个。

玄智脸上带疑，忙问道："山上出事儿了？"

玄妙这才说道："薛彪兄长要行拜师礼；师父要开宗立派，这都是大事。宴请客人的帖子早就送出，五雷山、桃花源、观国山、壶瓶山、星德山、开泰山、古老山、太青山、铜山以及江南武林中的众多门派掌门人物明后两天就要来了，师父要我通知你们速速赶去太清殿，玄智师兄也要回去，不得有误。"

原来如此！

大家嘘口气，相互看了一眼，忙点头应承。玄智笑着对玄妙道："你那狗鼻子也是真够灵的，他们一给我送点好吃好喝的过来，你就闻着香味老远赶来了，我还真佩服你的这个超级功能。"

玄妙立马换了副面孔，笑眯眯道："这叫作有口福。看下次你们还敢瞒我不？"

薛彪与少溪主相顾大笑道："下次叫你就是，行不？"

几个好兄弟开怀畅笑，临风把酒，直到酒肉告尽，五人方才惬意地下得香炉峰，越涧跨谷，攀山翻岭，望缥缈峰而来。

第二日上午，太浮山各观、宫、寺、庙、庵的人均已到齐，聚在太清殿内，由灵慧真人主持了薛彪的拜师仪式。至此，虚云真人座下便有了六大弟子。拜师礼毕，虚云真人便与众真人、大师、师太等商议次日就要举行的太浮山开宗立派大典事宜。

虚云真人神情庄重道："开宗立派，是我太浮山武学中的一件大事，此事事关大体，亦有分歧。我思虑再三，深觉此举亦有好处：一可在江湖上扬我太浮山武学之名；二可激励我太浮山武学中的后起之秀，发奋图强，勤学苦练，以武强身，力争青出于蓝而胜于蓝，一代胜一代。如此，则我创建太浮山派的心愿足也。从此以后，我太浮山精武者行走江湖，一律以太浮山派或浮山派相称。不论观、宫、寺、庙、庵，凡现有师徒名分者，均为我太浮山派，即浮山派人。各观、宫、寺、庙、庵，均为一体，同气连枝，共呼吸，同命运，生死与共，荣辱同享。"

虚云真人一番话，铮铮有声。众人听来，亦觉有道有理，舒坦顺耳，均是高声喝彩，举手赞同。

虚云真人对心智大师、济慈大师及灵慧真人等道："我太浮山派从外表上看好像是一派二门，既有道门又有佛门，其实是道教、佛教和儒教三教合一，武学也是一脉相承，实乃一家人。"

灵慧真人面带微笑，点头赞许。

心智大师道："真人说得极是，古人道：'有容乃大。'我太浮山浩如瀚海，气吞万象，故能佛、道、儒、俗四家相容并存，实乃一体也。"

济慈大师道："真人为我太浮山之远景殚精竭虑，费心费神，实乃我等老朽的表率。"

虚云真人环视众人道："天下之大，门派之多。我太浮山派理当在江湖武林中争得一席之位。大家说，是不是这样？"

众人异口同声，一阵附和声。

翌日，天空甚是晴朗，碧天万里，湛蓝清澈，如水洗般纤尘不染。红日东升，金辉洒在太浮山的九十九道山岭上，七彩斑斓，端瑞祥和。

近午时分，缥缈峰上，人山人海，蔚然壮观。五雷山、桃花源、观国山、星德山、壶瓶山、开泰山、古老山、太青山、铜山、沅水帮、澧水帮及江南武林中的其他门派均来了头面人物。五雷山的空明真人亲率空灵、空相两位真人及门下弟子玄韫、玄琮、玄慈、玄琛前来贺喜。

虚云真人满面笑容，一脸红光，快步走到殿外，上前迎接了空明真人一行，可忽地脸色一沉，神情落寞，双眼潮润起来。

空明真人大惑，急问虚云真人道："老弟，你这是……"

虚云真人痛心道："我是不见空月老弟，心中忽地生出一些悲痛和伤感。要是他还健在，今日与你们同来，该有多好啊！"

空明真人急握了虚云真人的手，低声劝慰道："生死有命。空月已经做了神仙，位列仙班，在极乐世界里逍遥快活。今天客人甚多，又是大喜，你要高兴才是。你去招呼其他客人吧，我等自去品茶歇息。"

虚云真人点头道："多谢大哥。你们就去殿内饮茶休息吧。"

安排了五雷山一行，虚云真人又忙着招呼其他客人。这时，玄真快步过来，禀告师父杨瑛杨处士已到，正与灵慧真人在大殿内品茶。虚云真人便随了玄真回到殿内，见了杨瑛杨处士，道了谢，一阵问候。又见灵慧真人身边尚坐有一老者，仪态端庄，相貌清奇，慈眉善目，一眼看去，绝非一般俗人，正把目光移向灵慧真人欲询问时，灵慧真人忙站起来，指着老者介绍道："这就是我常常向你提起的澧北刻木山胡瀥胡大人。"

虚云真人闻听，面现惊讶之色，忙抱拳喜道："原来是素有'神童'之称的胡大人。胡大人以文章名，刚正不阿，虽未谋面，我是屡闻大名，心仪已久也。真是贵客，有失远迎！有失远迎！"又转向灵慧真人问道："你俩是何时相识的？"

灵慧真人笑道："我与胡大人年轻时同窗数载，即引为知己。"

虚云真人恍然道："原来如此，你们都是文曲星下凡呢。"

说起这位胡瀥胡大人，可是澧阳一带有名的人物。他自幼聪颖好学，十岁即能吟诗作文。万历四十六年（1618年）中举人，天启二年（1622年）考取进士。从此，踏上仕途，步入官场。崇祯七年（1634年），出任御史、副都御史，督学中州。因主持正义，刚正不阿，屡屡得罪权贵。后深感官场腐败，"方正难容于世"，遂辞官隐居山林，柳下垂钩，松下弈棋；菊前品茶，雪中赏梅；结交文友，饮酒赋诗。做了个逍遥快活的闲云野鹤。说到此处，不妨选取他一首七律《登刻木山》诗为证："孤影平分花蕊宫，石梁笘径路初通。染人山色千堆翠，极目天光四壁空。雾尽溪明涵晓壑，雨余林秀看春垄。我来长啸群峰应，游览烟霞一镜中。"

就在众人寒暄问候之时，忽有道童急来相报，说有一群丐帮中人到了佑圣观前，说是前来贺喜，此时正在浮邱圣祖金像前焚香燃蜡。

虚云真人听了，心中一震，寻思道：丐帮乃江湖第一大帮派，我太浮山素来行事低调谨慎，从未与丐帮有过任何交往，亦无恩怨瓜葛，他们此次借机前来，不知其为何事，当谨慎为是。虚云真人忙抬头从人群中寻到大弟子玄真，便唤了过来，在他耳边低语一阵。

玄真便快步随了道童下到佑圣观去。

此时，丐帮众人焚香拜毕，正出得佑圣观，刚好玄真道长赶到。玄真道长拿眼一瞧，望向其中两位头目模样的人物抱拳施礼道："不知丐帮客人到来，有失远迎！有失远迎！"

其中一人抱拳答道："在下夏尚义，江南分帮副帮主。"又指了身边一人道："这位是商礼之商副帮主。"然后对玄真道："我们和你们贵山的薛彪是朋友，听闻贵山今日开宗立派，故而特地前来贺喜。"

玄真道长听了，心中释然，忙一脸笑容，朗声道："在下是太浮山佑圣观虚云真人的大弟子玄真道长。薛彪已经拜虚云真人为师，并于昨日行了拜师之礼，所以，薛彪也就成了我的师弟。既然大家是薛彪的朋友，那也就是我太浮山的朋友。有朋自远方来，不亦乐乎？还请众位到上面的太清殿内品茶稍歇。"说完，打头领了丐帮众人拾级上到太清殿，看了座位，上了香茶，然后去禀报了师父虚云真人，又去寻来薛彪，让他来陪客人。

薛彪闻讯急忙赶来，见了丐帮兄弟，甚是高兴，忙抱拳行礼，一番客气。

就在太清殿内热热闹闹，一片喜庆，大家正在翘首以待开宗立派大典时，又有道童飞身来报，说有一群军爷模样的人到了佑圣观前，嚷着要见太浮山派的开宗掌门。

虚云真人正与灵慧真人、青云真人、玥明师太、济慈大师、心智大师等聚在一处商议着事情。殿中众人听了，俱是一惊：午时八分，是选定的大典吉时。只有不到半个时辰的功夫，大典马上就要开始了，而环顾四周，该来的客人也都来了，哪此刻佑圣观前来的又是哪一路人呢？

虚云真人心念电转，略一思索，便对灵慧真人等道："你们接着准备吧，我去去就来。"

玄真忙道："师父稍候，还是让徒儿去看看吧。"

虚云真人朗声道："既然客人点了我的名，我还是亲自去一趟。"

站在近处的玄真等六大弟子忙随了师父，急急往佑圣观赶去。殿中群雄听闻有强人来到佑圣观，亦纷纷起身随后跟来。

佑圣观前面的坪子里，约有二十多个军士模样的剽悍汉子，身带兵器，正在朝四处观望打探。一见虚云真人一众急急从峰顶沿石级奔至，他们忙收了眼光，齐齐朝这边投过来。

虚云真人拿眼一扫，见面前众人俱是陌生面孔，且个个面带杀气，手执兵器，不由心中生怒，但还是强压住火气，用极平静的语气道："今日是我太浮山开宗立派的大吉日子，不知各位上山有何事要指名道姓见本真人？"

对方中一阔脸黄须、浓眉大眼、身材魁梧、腰佩剑器的汉子，拿眼斜斜地打量着虚云真人及身后的一众弟子，半晌之后，方才缓缓说道："本人乃张大帅帐下将军肖庆章，奉命带兵驻扎在此山之下把守官道。听闻贵山今日开宗立派，本将军又恰好闲着无事，故特地上山来讨杯喜酒喝喝。"

虚云真人一听，方知他们是张献忠的部下，立马明白了他们是来借机生事的，但还是强压了火气，装着糊涂，朗声一笑，道："我太浮山岂是小气吝啬之地？既然将军已经上得山来，想讨杯喜酒喝，那有何难？就请将军及众兄弟随我等到上面去痛饮如何？"

虚云真人手一摆，做出一个请的姿势。

那人道："若我等就此上山去，似乎是太没面子了，有些强人所难。这样吧，我这个人是个爽快之人，生平就只有两大喜好，一个是醇酒，一个就是腰间所佩宝剑。你既然是开宗立派，想必在武学上的造诣也是非同凡响，自有过人之处。你我现在就在此比画比画，你若是赢了我手中之剑，我自当下山而去，自己沽酒自己喝；若是我侥幸赢得一招半式，我便随你上去喝酒，何如？"

虚云真人听了，心中甚恼，徒地提高声音道："你这岂不是要为难于我？我输了，你喝喜酒，我太浮山就丢了面子；我赢了，你不喝喜酒下山而去，岂不是又显得我太浮山吝啬小气，还是丢了我太浮山的面子？那不行，不公平。"

那人道："有什么不公平？条件是我提的，规矩是我定的。就这样好了。"说完，便从腰间剑鞘里缓缓抽出利剑。

虚云真人忙大声道："比画可以，但无论输赢，将军你都要留下喝一杯。"

"哼！真是欺人太甚！"边上立马就有人嚷了起来。

此刻，虚云真人身上哪有什么兵器？正当他望向身后众人时，大弟子玄真道长从玄音手中抓过青龙剑，抢上一步，剑尖一抖，指着对方怒喝道："今日是我师父就任太浮山派大掌门的大喜日子，你来喝酒也便罢了，我太浮山岂会少了你的一口酒吃？你却非要与我师父比画比画。你说比画就比画？我告诉你，我师父德高望重，武功已达上乘之境，根本不屑和你等毛贼动手，今天就让我来教训教训你，也让你见识见识我太浮山派的剑法。"

说完，持剑就要奔上。

就在这时，却听得一声："慢！"

玄智一个箭步从斜处跃出，手一伸，便将师兄玄真手中的青龙剑取了过去，转身面对师父和玄真师兄，低声道："今日之事，关系到我浮山派今后在江湖上的颜面，今日江南各门各派的头面人物都齐聚在此，事关重大，不可有失，还是由我来吧。"

说完，一转身，面了那人，平静道："我师父虚云真人座下有六大弟子，我是老二，武功呢，也就稀疏一般。这样吧，今日是我太浮山开宗立派的盛大喜日，不宜见血，犯冲，我看我们就不用比剑了，就比画比画拳脚，切磋印证，不论结局如何，比画之后，还请将军及众位上到峰顶喝杯喜酒，然后欢欢喜喜下山去，如何？"

那人被玄真道长一顿抢白，甚是恼怒，一望对方身后，竟是黑压压一大片武林中人，有的怒目环睁，有的摩拳擦掌，有的跃跃欲试，胸中竟也失了一些底气，正算计着若是惹怒了这些人，群殴起来，己方不一定就有胜算了，一见这个斯斯文文、秀秀气气的老二上来，如此一说，心中暗喜，但脸面上还是一副轻慢之态，大大咧咧道："也好，也好，客随主便，就依了你们，比画比画拳脚。"

两人均把手中利剑交了身后之人，脱了外衣，步入场中。那汉子吸一口气，运动内力，双拳一握，就如一对小擂钵般，左前右后，便拉开了架势。玄智心中暗忖，师父就任掌门的吉时快要到了，今日不可久战，只宜速取；见好就收，点到为止了。玄智心中盘算毕，便提气舒臂，摆了个自创的"北斗七星幻影掌"的奇怪门式，然后，右手向对方一招，示意对方放马过来。

那汉子一声呐喊，双拳舞动，呼呼生风，整个人有如一团飓风，朝玄智滚滚攻来。

"好功夫！"

场外立马就有人呼叫起来。

玄智一看，那人果然出招就不是一般，便也不敢大意，脚踏北斗方位，双掌并出，虚实交替，刚柔相济。两人一交手，就如龙虎相斗，蛇莽相争。一个是久惯战场的西北悍将，只因心高气傲，技痒难抑，想上山来露露身手；一个是天生的武学奇才，身怀绝学，世间难觅第二人。只见：一个出招如闪电，一个避让似拂柳；一个拳如奔天雷，一个掌似推山盾；一个如出海蛟龙势无比，一个赛下山猛虎焰正高。这两人一交手，你来我往，拳飞腿旋，转瞬之间，就已是拆得数十招。

场外群雄看得眼花缭乱，齐声喝彩，不断呐喊。

虚云真人久历江湖，见了眼前的打斗，也是不断颔首称奇。

空明真人拿眼细瞧，还是看出了端倪。他对虚云真人道："老弟，你的这个徒儿果然不是一般人物，他是在给对方保全脸面。若是出重手，恐怕早就分了输赢。你太浮山早就该开宗立派了。"

虚云真人道："这本是迟早的事情，我不过是替晚辈做了罢了。"

空明真人叹道："太浮山，五雷山，我们两山的武功本也是一脉相传，一枝两花，然而，钟灵毓秀，太浮山的灵秀之气终究还是胜了我五雷山一筹。难怪当初之时，我五雷山师祖真武祖师就羡慕上了太浮山的风水。这风水灵秀，早就先天生成，岂非人力后天可为？"

虚云真人谦虚道："你是我们的领头大哥，今后，不管如何，你还是我们的领头大哥。天下纷乱，百姓涂炭，澧州城失而复得，得而复失。华阳王偏居九溪卫城，现情势如何？"

空明真人道："大树将倾，岂有完卵乎？王爷终日神情恍惚，望东兴叹！"

虚云真人听了，直是摇头。

两人小声交谈之间，场上二人又已是拆得百招有余。玄智估摸着时辰也差不多了，自己的这场打斗也该收手了，便使一个虚招，后跃数步，朗声道："将军还欲斗乎？"

那黄须汉子正斗在酣处，见玄智欲歇手罢斗，急大声道："你我胜负未分，正在痛快处，何言罢手？"

说完，一抖精神，挥拳又攻了上来。

玄智见对方仍不肯罢休，唯恐耽误了大典吉时，便立了心思，陡地暗提九龙神功真气，蓄了六成功力于双掌，待避开对方数招之后，左掌从对方双拳的间隙中直向其头部拍去，罡风到处，劲道霸极，那黄须汉子见势不对，急收拳侧身躲避，上身刚好微微后仰，当胸中路现了破绽，玄智右掌三指一屈，食指与中指一骈一伸，疾点住了其左肋下的"中府穴"，随即右手变掌，又紧贴其"中府穴"之上按着，低声道："将军还欲斗否？"

这一惊天妙手，疾如电光石火，那黄须大汉哪里防着，瞬间经络滞凝，气息被阻，全身酸麻，动弹不得，一脸猪肝色道："快解了穴道，不斗罢了，不斗罢了。"

玄智道："解穴可以，你当随我等上山喝杯喜酒，如何？"

那黄须汉子道："不敢，不敢。"

玄智道："今日比试，点到为止，不伤和气。你若答应留下喝酒，我自当解你穴道，旁人并不知道你的穴道被封，只道是我俩在斗口嘴。"

那黄须汉子略一盘算，知道只有答应，今日才不会当众现丑了，只得无可奈何道："听你的便是了。"

玄智右手松开之时，食指与大拇指隔空悄然一弹，随即身子后跃数步站定，抱拳道："承让！承让！"

那黄须汉子脸上一片酱紫，抱拳道："太浮山武学果然非同凡响，高深莫测，佩服！佩服！"

玄智面对那一干人道："各位且随同将军一起上山痛饮一杯。"

那黄须汉子转身高声道："大家既然来了，就不负了东家的好意，且随我上山喝酒去。"

那一干人见头领发话了，瞬时脸色转悦，欢呼雀跃，喝彩起来。

这场中瞬间的变化，周围观看之人哪里看明白，只见打斗之人瞬间停下，耳语一番，竟罢手言和。所有看客均是惊奇不已，唏嘘连声。灵慧真人见状，忙邀了众人，上千步云梯，快步往太清殿而去。

肖将军外表不露声色，内心却是羞愧之极。

"原以为自己疆场搏杀经年，功夫已臻上乘，少有人敌，一个方圆百里的太浮山哪会入自己的眼？岂料，这个虚云真人的二徒弟都是如此之厉害，要不是他有宰相之肚，给我台面，今天我可就栽在了这里。"细细思来，肖将军愈是惊恐，"看来，这江南蛮地，实是不可小觑，自己屯兵山下，扼守要道，还当小心谨慎，切不可与江南武林为敌。"

想到此处，肖将军忙快走几步，来到玄智身边，面现愧色，悄然低声道："少侠海量大肚，我肖某铭刻在心。我肖某是个粗人，今日鲁莽之事，还望少侠海涵。"

玄智心中海量，哪会将如此区区小事记放于心，对他微微一笑道："将军是爽快之人，在下就送将军一句话吧：冤家少结，朋友多交；江湖行走，道宽路阔。"

肖将军反复念叨，终有醒悟。日后为人，多有收敛。此是后话，暂且不提。

话说众人一路谈笑着来到峰顶太清殿，正好吉时刚到。灵慧真人忙正衣冠，主持司仪，高声唱喏，太浮山派成立，请虚云真人坐大掌门之位。灵慧真人、青云真人、心智大师、济慈大师及玥明师太、清心师太均以掌门身份，分掌太子宫、莲花观、玉皇庙、空灵寺和召云观、白云庵各门下事务。

灵慧真人朗声宣道："从今日起，我太浮山各观、宫、寺、庙、庵精武之人，在江湖行走时，均可以太浮山派或浮山派相称。我太浮山派弟子当严守门规，以强身健体为宗旨，以弘扬武林侠义精神为本，扬我太浮山之名。大典即成，鸣放爆竹！"

话落，缥缈峰顶，即刻爆竹炸响，震天动地，山壑回应。

是日，正是崇祯十六年、即公元1643年的十一月二十二日。

就在这天，距离太浮山仅百里之遥的沅水流域最大城池常德府被张献忠攻破。

荣王朱慈烆仓皇上船，溯沅水西去，逃亡辰溪。明正德三年（1508年）荣庄王朱祐枢就藩常德府，至此，荣王府终结了在常德府的皇族存在，凡一百三十五年。

就在本年的炎夏，七月二十五日，张部曾兵不血刃，占领长沙。明藩王吉王、惠王，南走衡州。九月，张部下衡州，吉王、惠王、桂王三王奔永州入桂。

广袤而又浩瀚的大西南崇山峻岭，已经成了朱姓王孙避祸的最后一块福地。

且说太浮山创建浮山派大典既毕，各路英雄散去。虚云真人独留杨瑛处士与胡瀗胡大人在缥缈峰上，由灵慧真人陪着，游山观景，谈诗论文。数日下来，杨瑛处士自己却是收获颇丰，吟成佳作六首。不妨列出欣赏。

《荷花泉》："太浮山畔有真泉，五月常开玉井莲。洛女凌波风细细，湘娥照月影娟娟。香飘十里花为国，露冷三秋藕似船。闻道食之能羽化，仙踪不数太华巅。"

《白云庵》："白云庵里白云封，逾涧穿林凡几重。雨暗鬼吹深夜火，月明僧打五更钟。篱间止水疑龙卧，塌下晴泥半虎踪。听得晚来清课好，经声满耳露华浓。"

《海棠溪》："晴溪霭霭碧云遮，开遍当年妃子花。却怪深山非帝里，还疑林薮作仙家。无香品亦高群卉，照水光能夺晓霞。应是玉楼春睡处，一轮明镜映红纱。"

《仙人洞》："深山古洞枕溪流，曾说仙人此地留。杖履尚存苔藓迹，烟云长伴凤鸾游。山林波散千峰雨，入穴风鸣万壑秋。最是经过多远思，落花啼鸟意悠悠。"

《炼丹台》："浮邱真迹绝尘埃，九转丹成在此台。兔守药炉亭午睡，鹿衔芝草夜深来。昔人已驾云中鹤，过客唯看石上苔。怅望神仙不可见，秋风疏影自徘徊。"

《天心堰》："绕遍孤峰与茂林，清池一点照天心。月明几见猿群啸，风震时闻龙一吟。云里楼台烟漠漠，波间星斗影森森。江湖更变知多少，山自高高水自深。"

三位文友，登高望远，临景赋诗，相互引为平生乐事。

盘桓多日，虚云真人设宴，为胡瀗大人北还送行。

虚云真人与灵慧真人、杨瑛处士站在佑圣观前，目送胡大人下山离去的身影，感慨万千。

杨瑛处士触景生情，对灵慧真人道："我见胡大人离去，倒是想起了前朝文人留下的一曲《双调·沉醉东风》。"

灵慧真人稍一沉吟，接道："你是说胡大人的家门胡祗遹所作的《沉醉东风》？"

杨瑛处士道："正是。月底花间酒壶，水边林下茅庐。避虎狼，盟鸥鹭，是个识字的渔夫。蓑笠纶竿钓今古，一任他斜风细雨。"

灵慧真人道："我也想起了前朝的一曲《双调·清江引》。杨处士猜猜看，是谁的？"

杨瑛处士一怔，仰头略作思索，然后用肯定的语气道："若是切合胡大人之境况，那定是贯云石之作了。"

灵慧真人一笑，颔首道："真是心有灵犀，正是此人也。竟功名有如车下坡，惊险谁参破？昨日玉堂臣，今日遭残祸。争如我避风波走在安乐窝！"

杨瑛处士叹道："胡大人退隐山林，乐得个自由自在，逍遥快活，比那常德府杨嗣昌杨阁老岂不是强上百倍？千倍？"

灵慧真人接道："岂不闻有那么一副楹联，叫作'三千年读史，不外功名利禄；九万里悟道，终究诗酒田园'。我这昔日寒窗学友，仕途多年，终也看破仕途名利，悟透了人生的大境界。归隐山野，诗酒田园，岂不乐哉快哉？"

听着两人的感慨，虚云真人心中既有畅快的欣慰，又有丝丝的惆怅，半晌无语。后来，虚云真人忽地想到一桩大事，计上心来，他便提议大家一同前往"楚香居"看看。

"楚香居"已经落成，一座极有气派的石木结构四合院在林木掩映中古香古色，甚是优雅别致。圆拱形的大门门楣上，"楚香居"三个大字，飘逸若飞，隽永灵秀。

杨瑛处士赞叹道："真是一个好居处。不知真人是为谁营建？"

虚云真人笑眯眯道："是为徒儿玄智与他的家眷而建。"

杨瑛处士大惑不解。

灵慧真人见状，便把玄智还俗，就要迎娶苗岭女子的事说了。

杨瑛处士幡然道："原来如此，真是良缘天成。"

虚云真人趁机道："今天之所以请杨处士亲临'楚香居'，我和灵慧真人实乃还有另一层意思，还请杨处士玉成。"

杨瑛道："但说无妨。只要两位真人开口，我杨处士能力所及，决不会推辞。"

灵慧真人见杨处士如此爽快，便道："是这么回事情。玄智就快成亲了，因是俩人相爱成婚，按传统习俗，中间不就缺了一个媒人不是？我和虚云真人思来想去，你杨处士文武全才，胆识过人，又是见多识广，这个角色，唯有你最合适了。"

杨处士听了，细细一思，不觉仰头一阵哈哈大笑。笑毕，看着两人道："也只有你们俩人才想得出这个主意。"

两位真人见杨处士大笑，知事情有了眉目，便也开怀畅笑。

杨处士道："能给你们浮山派当媒人，那我是沾了你们的光了。行，我答应就是了。"

三人边看边聊，不知不觉又扯到了玄智与肖庆章的那场打斗上。

杨处士道："玄智机警聪慧，善于应变。他不仅武学深厚，而且从不以武逞强，就是赢，也给对方留足了脸面，这一节，真是难能可贵。"

灵慧真人夸道："他可是虚云真人一手带大的，能成今日之大器，虚云真人在他身上可是费了不少心血。"

虚云真人实打实道："我太浮山的灵气，他独占了一半。这既是他的造化，也是我浮山派的福分。只要他出手，我浮山派在江湖上就绝无难事。"

三人开怀侃侃而谈，遂又转回佑圣观中，用过午饭，又沏了香茶，边饮边把要去苗岭娶亲的事情好好地捋了一遍。

虚云真人问杨处士道："此番去苗岭迎娶，除了六牲礼品，聘礼银两，还须带何物为好？"

杨处士略一思索，便道："苗岭地处西南腹地，多木材、桐油、药材，而少布匹、食盐、瓷器。我们既从常德府过，不妨在那里多置办些布匹、食盐及瓷器，走水路可直达清水江苗岭。"

灵慧真人点头称是。

虚云真人一想，也觉如此甚好，便将此事定了下来，又把起身之时定在了下个月的十五日。

事情商量已毕，杨处士便辞了两位真人，一路下山归家不提。

虚云真人便唤了大徒弟玄真，吩咐他安排人手，时时打探常德府农民军的动静。如到时常德府还不太平，则只有走桃源县境上船。又唤了少溪主叶芝楚，要他转告老夫人，动身之日已定，望里里外外早做准备。

此后，虚云真人自己则每日晨时早起，亲授众弟子功课，讲解精要。白天则让徒弟们自行领悟练习。一时之间，缥缈峰上，习剑的习剑，舞棍的舞棍，耍刀的耍刀，站桩的站桩，龙腾虎跃，兔起鹘飞，好一派生机兴旺景象。

玄智与少溪主叶芝楚眼见动身之日临近，不时取出姑娘所赠的香袋把玩赏看，心中思念日甚，习武之余，扳着手指头计算着日子，盼着快快起程动身。

不觉之间，一场寒流袭到，阴沉的天空里竟飘起了漫天雪花。一时间，漫山遍岭，银装素裹；缥缈峰顶，玉树琼枝。

数日之后，红日东升，雪化冰融；山壑界岭，云漫雾绕。

一日，玄真道长从山下回来禀报虚云真人道："张献忠部已经撤离常德府，经长沙、岳阳北去了。可李自成的部下又有兵马开到了澧州、安乡一带。"

虚云真人听了，舒口长气，屈指而算，日期将近，便由玄智、薛彪陪了，经三百磴，亲自下山一趟，去了陈溪峪薛彪家。

王婶见了三人，迎入火坑屋。青梧正在火边给快要出生的孩子准备衣物布片，忙笑盈盈地与虚云真人及玄智打过招呼。虚云真人对薛彪道："你媳妇已近生产，此番去苗岭娶亲，你就不要去了，在家好好照料着。"

虚云真人便对王婶说了来意：此次去苗岭，要同时迎娶两个新娘子，还须找两对完好的原配夫妻同去接亲才好。王婶一听，心中明了，上了热茶，自己则在脑中迅速地把周边邻里的原配好夫妻捋了过遍。

虚云真人谦笑道："尽量找年轻标致、做事干净利落的，一是要行远路，舟车劳顿；二是也代表着我们太浮山这一方水土的灵秀。我们不会要他们白去，是要给工钱和红包的。"

王婶就立马想到自己娘家的一个侄子侄媳，条件甚是吻合，眼下正是冬日，又无农事缠身，自己亲跑一趟准成。如此一来，就只需再找一对了。王婶便对虚云真人道："这件事情就包在我身上了。"

虚云真人道："时间紧迫，最好就在今明两天办妥，有消息了，就请薛彪上山通报一声，我在山上等着。"

王婶忙道："我等下就去办，不会误了你们的大事的。"

虚云真人与玄智在薛彪家用过午饭，即奔海棠溪而去。见了老夫人吴氏，交换了意见，又查看了少溪主新婚洞房的布置等，见一切俱已准备停当，心中欣慰，便吩咐要早早请好厨师、唢呐及九眼炮手，只等新娘到来。然后师徒二人径回缥缈峰去。

薛彪老母王姊交代儿子在家服侍好青梧，自己忙乐颠颠地回了趟澧阳山娘家，见了兄嫂及侄子王水泉、邓容珍夫妇，详说此事。话一落音，素来通情达理的侄子侄媳便是满心欢喜，立马答应下来。王水泉忽地就想到邻村的好友罗明辉、汪双英夫妇，也是极好的人选，便热情地留了姑姑用饭，自己立马动身前去。

一个时辰后，王水泉转回，高兴地对姑姑说："事情已经办好了，他们夫妇俩人好高兴呢。"

王姊听了，满心欢喜，即吩咐侄子侄媳，并转告那一对夫妇，明天在家收拾一下，将要随身携带的衣物换洗了晾干，后天见早赶到陈溪峪来吃早饭，切记！切记！随即辞了澧阳山，转身回家。

下午，薛彪便上得缥缈峰，报知师父虚云真人，见玄智、少溪主及玄妙、玄音均在做动身的准备，而自己又不能同去，心中甚是失落遗憾，只得与他们说笑一会，满腹遗憾，下山回家。

两天后，虚云真人亲率太浮山众人下山，来到陈溪峪薛彪家中，会齐了王水泉夫妇和罗明辉夫妇。

虚云真人瞧见这两对夫妇年轻利索，形象端庄亮丽，甚是满意，着实夸赞了王姊一番，便动身启程，往王化桥上官道，直奔常德府而去。

话说众人一路行来，天南海北地闲扯，相谈甚欢，笑语不断。虽说是掌灯过后才进常德城，但众人亦不觉劳累，寻了一家客栈，用饭安歇。

翌日，众人分头行动，采购的采购，寻船的寻船，正午时分，诸事停当，便搬了打包好的物件，上了上行的大船。

风帆高悬，水寒江碧。

众人站立船头，遥望江面及两岸村庄旷野，想着此行的目的，心中欢喜，不觉心旷神怡，逸兴飞扬。此次苗岭之行，玄智和少溪主是新郎官，是主角，虚云真人和青云真人却担当了押礼官的重要任务。船上风大，寒气甚重，大家在大船甲板上逗留一阵后便纷纷进到船舱内，围了一盆炭火取暖闲谈。

虚云真人对众人道："我们上次去苗岭龙家寨，他们的管家曾经悄悄地向我透露，男方去女方家娶亲，要过三道关。进门有两道关。第一道关就是对山歌。男女双方须各派出一个代表，互对山歌。男方的代表一般都是男人，押礼官。歌词的内容一般都是赞美女方家的姑娘长得漂亮，貌若天仙；歌喉婉转；赛过百灵；心地善良，孝敬大人；勤劳吃苦，会持家务。"

青云真人一听，张口道："此话当真？"

虚云真人点头道："娶亲大事，我怎敢乱说？"

青云真人道："打架倒是不怕，就是这个唱歌……我们可是粗人，那个乖巧活可干不了。"

杨瑛处士也附和道："那可还真是个事儿呢？我们在座的谁会唱歌了？"便转向两位年轻媳妇道："你们会唱山歌吗？就是在山上放牛时放声大喊的那种高腔，"杨瑛处士稍作停顿，便装模作样地高喊了起来，"嗬——嗬——嗬！嗬——嗬——嗬！这边坡来那边坡，我在这坡唱山歌；风吹麻叶匹匹白，风吹芭茅叶打叶呃——过路的乖妹子儿，你坐下来歇一歇……"

众人瞧着杨瑛处士一本正经的神情，开心大乐。

两位年轻媳妇乐得前俯后仰，几乎快笑岔了气，好一会，才缓过气来，笑嘻嘻地对杨瑛处士道："我们牛是放过，就是没有像先生您这样高声大嗓子喊过。"

青云真人好奇地问道："那第二道关呢？"

虚云真人道："第二道关就是喝拦门酒。女方会在大门口摆上一张大桌子，上放大瓷碗和一坛自酿的米酒，双方各派一人比试酒量。"

青云真人脸上放晴，忙喜道："这个好说，喝就是了，至于喝多喝少嘛，那是另一回事。第三关呢？"

虚云真人摇头道："这第三关，管家只字未提，只是说到时便知，我亦不便穷追深究。第二关倒是不怕，开口喝就是了，可这唱山歌的事，倒是有点难了。"

王水泉转动双眼，笑笑地看着众人道："这还不是一点点难，而是大难特难。"

灵慧真人沉吟半晌，忽地愁眉舒展，脸上现出笑容。虚云真人见了，忙喜道："老兄有办法了？"

灵慧真人颔首道："车到山前必有路，船到桥头自然直。我们虽不会唱山歌，可我们到了那儿，就花钱请两个会唱山歌的本地姑娘，事情不就解决了？"

杨瑛处士也正在替虚云真人为此事犯愁，一听灵慧真人此言，茅塞顿开，豁然开悟，顿觉眼前一亮，浑身一阵轻松，开怀畅笑道："此计甚妙！此计甚妙！"

虚云真人一想，也觉得如此甚好，既没有冷场，也显示出了我们太浮山的一腔诚意，便赞道："这的确是个好主意。"接着，虚云真人就将大家做了安派："玄智这一边，玄妙是伴郎，杨瑛处士是媒人，我是押礼官，王水泉夫妇跟着我们；少溪主那边，玄音是伴郎，灵慧真人是媒人，青云真人是押礼官，罗明辉夫妇跟着。至于程序中的具体礼节事宜，我们到了那里再说。"

众人听了，并无异议，一边烤火，一边品茶，一边继续开怀相叙。

不知不觉中，灵慧真人便将话题移到了杨瑛处士的诗词妙作上。

他看着杨瑛处士，屈指算着："缥缈峰、三台峰、凤凰岭、顿笔峰、海棠溪、荷花泉、白云庵、天心堰、炼丹台、仙人洞都有了镇山之作，我太浮山胜景众多，还有珍珠洞、桃花港、沉香井、饮马池、紫竹林等，数不胜数，若每一妙境处都有一幅佳作配上，哪岂不是诗中有景，景中有诗，诗景合一，情景交融，美事一桩？"

杨瑛处士闻听，怔道："真人的这个想法的确颇有新意。但若由我一人包揽，文风一辙，口味相同，那岂不失了情趣，违了本意？"

灵慧真人道："先生满腹经纶，才高八斗，字字珠玑，句句佳丽。在我太浮山众人中，能堪此大任者，唯有你杨处士也。"

虚云真人听了，深觉此主意甚妙，忙对杨瑛处士道："我太浮山峰奇林秀，云蒸霞蔚；芳峦翠霭，绣岭烟横。好看之处甚多。先生若真能精心布局，匠心独运，每一处都能倾情挥毫，恣肆泼墨，一一加以描绘，实乃我太浮山之大幸事也。若此大功告成，将所有诗作集成一辑，此诗稿必将流传于后世，耀我太浮山之美名。如是，杨公必定功不可没，也将与此诗稿一道，流芳青史，名传千古。"

杨瑛处士环视众人，见大家都是一脸期待，也觉此事是件大好事，犹豫片刻，便爽快答应下来："我是太浮山人，生于斯，长于斯，是喝着山中的泉水，听着林海的涛声长大的。若真能办成此事，我也无愧于太浮山这一方锦绣山水了。"

众人忙喝彩叫好。

自从，"浮山稼轩"杨瑛处士的心中，便多了一桩美美的心事。

花开两朵，另表一枝。且说苗岭龙家寨，眼瞧着相约娶亲的日子一天天临近，所有的请柬也早已送出，寨子里已是喜气渐浓。虽是如此，龙大寨主因未见到太浮山的人到，虽有约在，心中还是有一丝悬着，深恐这一路上山遥水远，中间生出一些意外，正在客厅中边品茶边与夫人说着此事，面上终现不安之色。夫人宽慰道："太浮山乃江南道教名山，虚云真人既已带两个徒儿专程前来提亲，决然不会妄言。或许，他们已经出发，就在路上了。"

龙大寨主一听，豁然醒悟道："夫人一句话倒是提醒了我，若如此，我们

是不是该派人下山到盘凤镇上去打探迎接一下？"

夫人道："你应该早就想到这一节了。"

龙大寨主放了茶杯，连忙起身，准备去叫人。忽见大公子云飞急走进来，身后还跟了两位年轻的道长。

"爹！娘！太浮山的玄妙和玄音两位道长已经到了。"云飞兴高采烈地禀道。

玄妙、玄音先前来过龙家寨，与龙大寨主夫妇认识，双方忙相互施礼，一阵嘘寒问暖。

玄妙道："师父一行已于昨日到了盘凤镇上，特命我们两人前来告知。并请龙大寨主派人前往盘凤镇，就迎娶之事具体相商。"

龙云飞赶紧给两位道长看座上茶。

龙大寨主夫妇见了两位道长，又听闻虚云真人一行已到了盘凤镇，心下着实欢喜，忙吩咐云飞去通知管家，安排酒饭。夫人则笑眯眯地急往女儿练功的后院快步而去。

此时，香玉已练过一阵刀法，正坐在廊下椅子上歇息。因日夜思量着心上人远山哥哥，又见婚约日期一天天临近，她的心中又是渴望，又是憧憬；又是欢喜，又是担心。这时，她不免又拿出远山哥哥所赠的短刀，双手细细地抚摸着上面的"远"字，赏玩起来。忽听得一阵急急的脚步声传来，她忙持了短刀，翘首望去，却见是娘亲笑盈盈急走过来，便连忙甜甜地叫了声"娘"起身相迎。

夫人看着女儿，见了她手中的短刀，知她心中在想什么，便笑道："你只知挂牵他，却不知他现已经来了。太浮山娶亲的人昨天就到了盘凤镇。"

香玉听了，喜上眉梢，忙问道："真的？"

夫人道："为娘的还和你说笑话？你爹爹等会儿就要亲自去盘凤镇和他们会面。"

香玉忙高兴道："那我也要一起去。宝珠知道了吗？"夫人道："已经派人去她家通知了。"

香玉双掌合十在胸前，一迭声道："阿弥陀佛！阿弥陀佛！这个害人的东西总算来了。"

夫人道："什么害人的东西？"

香玉道："就是他啊，让人家天天牵挂他，吃饭不香，睡觉不安，不是害人的东西又是什么？"

夫人弄明白了，嗔了她一眼，道："自己不争气，想人家，还反过来怨别人。"

香玉开心笑道："我就是要怨他，我就是要怨他。"忽地拉了娘亲的手就往前面客厅走去，边走边道："我们快到前面去，我要和爹爹一起去盘凤镇。"

且说薛彪因青梧有孕在身，只好留在陈溪峪家中，饮食起居，对青梧是百般殷勤。不几日，青梧胎气大动，王婶估计儿媳妇即将生产，赶紧将接生婆请来候着。此时，青梧已是努力多会，叫声不断。接生婆见产妇已是筋疲力尽，孩子总是不下来，心中猜疑必是有薛彪在场，孩子出生时不愿见父之故，忙唤了薛彪去到屋外院中候着，然后叫青梧再使劲努力一番，果然，随着"哇"的一声响亮啼哭，一个男婴哧溜溜地滚落下来。青梧却是满头大汗，力尽身疲，瘫软在床。

接生婆与王婶喜滋滋地忙将婴儿收敛好，用衣服包了，取来一杆秤，一称，连衣物共有十二斤，除得三斤衣物，足足还有九斤。婴儿虎头虎脑的，一对眼珠子黑黝黝，光亮光亮的，左右转动，活脱脱就是薛彪一个模样。王婶大喜，谢了接生婆。王婶将孩儿放在青梧身边的被窝中，赶紧去厨房给青梧打鸡蛋来吃，又忙着做饭，招待接生婆。

薛彪在院中听闻娃儿洪亮叫声，心中大喜，知道生产已过，便立马奔进屋中，立在床边，看看青梧，又看看孩子，知是一个男娃，乐得嘴巴都合不拢，傻笑一会，便赶紧去厨房给娘打下手做饭。

再说龙大寨主一行急出寨下岭，乘船顺江而下，来到盘凤镇上，见了太浮山众人。两对小情人自是避了众人，忙躲在一边说话去了。

虚云真人将龙大寨主引进一间房间内，将所带彩礼一应给他看了。龙大寨主见太浮山如此厚礼，深感不安。虚云真人道："除此之外，我们昨天在镇上也打听清楚了，说你们苗人除了彩礼之外，还有一礼行看得极重，那就是男方给新娘子置办的银帽、银饰。我已经在镇上银器铺看好，等会就让两位姑娘让姑爷陪着亲自去挑选，另外，宴席用的酒水及鸡鸭鱼肉各项，我们亦会派人去采购，一并送至。"

龙大寨主见虚云真人把礼数办得如此细致周到，心中既是惊喜，又是不安，一连拱手再三道谢。大家在客栈用过酒饭，虚云真人便陪着龙大寨主说话，众人却是分头行动。好在古镇临着水码头，又是陆上要冲，乃是上下物资聚散之地，故而所需物品置办起来亦是顺快。几个时辰后，金乌西斜之时，物品业已办齐。龙大寨主因寨中事多，便辞了太浮山众人，带了两位姑娘及苗岭众人高兴回去。两位姑娘将各自选好的银帽、银项圈及银胸佩用红色布料小心包好，放进背篓，一路背在身上。

第二天，虚云真人在镇上雇了本地苗人将酒水及一应所购牲口用唢呐径送至龙家寨。这时，龙家寨已是张灯结彩，一派热闹喜气。一个是自己的女儿，一个是自己的义女，现在，两个姑娘同时出嫁，又都是同嫁常德府太浮山，龙大寨主夫妇喜上眉梢，甜在心里。在乡亲们的眼里，常德府虽是汉人聚居之地，但那却是富庶之地，鱼米之乡，是上上等的好地方。姑娘家若能嫁到那里，是祖坟冒烟，天降洪福。这等大喜事，在龙家寨历史上可还从未有过，如今，却是破天荒第一次。所以，整个龙家寨人那是何等欢喜，何等热闹。两家的亲朋好友、贵客从山山岭岭的寨、峒、溪处纷纷赶来，恭贺声一片。

翌日，红日东升，蓝天万里。

太浮山众人见亮就启程动身，一路唢呐高奏，来到龙家寨。然后又分为两路，一路去龙大寨主家；一路去宝珠家。

却说这一路，众人来到龙家大寨主门口时，此时正是良辰美景，吉庆佳时。众人抬头望去，见大门口早早地放了一排大四方桌，桌上摆放着瓷碗和酒坛，桌后却是站着两排苗族盛装的青年男女，女前男后。姑娘们俊俏靓丽，面如芙蓉；小伙子们风华正茂，英俊潇洒。

领头的姑娘一见客人们进门，立马笑颜如花，双眸流盼，急启朱唇：

> 太阳出来红彤彤呃——
> 照得苗岭金灿灿呃
> 树上喜鹊叫喳喳呃——
> 苗家哥妹——会唱歌呃
> 歌声飞出心窝窝呃——
> 阿哥阿妹——心里甜呃
> …………

歌声节奏欢快，宛转悠扬。

这女子一曲唱罢，便立马笑盈盈地给身边的女伴递了个眼神。那女伴会心一笑，便又接着唱了起来：

> 苗岭山高高齐天呃——
> 苗岭水长长流水呃——

阿妹行路岭上走呃
阿哥拦路——要对歌呃
阿妹绣楼穿针线呃
要送阿哥荷包袋呃——
…………

这一排姑娘，金嗓子一开，便是一曲接一曲，一唱就是十二曲，合一年十二个月之数，方才歇气住了，齐齐地望向太浮山客人这边。

"果真是这样！"杨瑛处士心中大怔。

虚云真人却是轻松一笑，然后不慌不忙地将站在自己身后的一苗家装扮的年轻漂亮女子请出，自己如成竹在胸的大将一般，立在一旁。

只见那女子双唇微启，清了清嗓子，然后，樱桃小嘴一张，就把那山歌接了过来：

山歌好像泉水流呃——
深山老林——处处——有呃
世上女子千千万呃——
唯独情妹——留心中呃
妹儿生在大山中呃——
只有山歌——解忧愁呃——

一曲毕，一曲又起：

隔河望见苦竹林呃——
想起我的那个亲——亲妹呃
苦竹不知哥哥相——思苦呃
哥哥想妹——丢了魂呃——

歌声有如林间八哥，枝头黄莺。

此时，龙大寨主夫妇正站在屋中窗格子后面，听到自己一方姑娘开口唱歌了，才忽地想起这山歌对唱原是苗岭的风俗，太浮山地处江南水乡，哪有如此习俗呢，心中顿觉不妥，正欲吩咐知客司将此山歌对唱的一节免了，哪晓得己方歌声才住，对方忽地就有一姑娘将山歌接了过去，且是歌喉婉转，声音甜美。龙大寨主大奇，听着听着，觉得此声音极熟，似是在何处听过，愈是惊奇，忙悄悄地将窗格子启开一道缝儿，将眼望去，却见是站在虚云真人身边的一位姑娘正唱着。拿眼细瞧，却见此女正是盘凤古镇上一位有着"歌王"之称的本地苗家女子。

龙大寨主惊讶无比：这虚云真人竟将如此细节都想到了，还请来了我们自己苗家的这位女"歌王"出阵助兴。

"不得了！不得了！这太浮山人物，极尽心机，做人可真不是一般啊！"龙大寨主低声地对夫人惊叹道。

这一节，不仅仅是龙大寨主夫妇，就是所有在场的苗家众人都感到惊讶不已！

看来，为了这次迎亲，太浮山男方是颇费了一番心思的。

嫁方是一排姑娘，轮番上阵，你方唱罢我登场，原以为可以稳操胜算，得意一番，哪里料到男方却是请来了她们原本就是相识的"歌王"，一番比拼之后，只得笑嘻嘻地认了输，歇气收场。

众人喝彩声大起！

虚云真人大喜，红光满面，忙美美多谢了"歌王"一番，将她请在一边歇息。

这第二关就是喝拦门酒了。龙家寨一方的姑娘们笑嘻嘻地退在两边，赶紧把场子让给了后排的一溜帅气后生。虚云真人感到奇怪，不是双方各出一人比酒吗？何以要如此多人？心中虽是感到蹊跷，但表面上还是不动声色，一脸笑容。但见那领头的后生一手把碗，一手环抱了酒坛，一溜下去就是倒了六大碗，可能是取六六大顺之意，然后又取了六只瓷碗，一字摆开，也倒了醇酒。后生往太浮山众人笑吟吟地伸出手来，说了声"请"便兀自双手高擎了酒碗，一气下去，将自己面前的六大碗醇酒喝了个干干净净。

"好！痛快！"边上立马有人喝彩起来。

轮到太浮山这边，打头的是媒人杨瑛杨处士。杨处士神俊非凡，风流倜傥，一表人才，正值盛年。他见苗岭后生一气痛饮六大碗，心中亦是暗自喝彩，豪气却也顿生，双手高擎大碗，也是一气喝毕。

"好！"

"好！"

喝彩声又起。

龙家寨的第二个后生又开始了倒酒。这次要轮到押礼官虚云真人了。虚云真人见如此气势，忙低声地问杨瑛处士道："此酒如何？"

杨瑛处士便低声回道："这应该是苗岭自酿的米酒，醇香味甜，极是好喝。但凡有一定酒量之人，这六碗喝下去应是无妨。看来，这拦门酒并不是要分个高低输赢，只是双方以酒助兴，图个高兴而已，真人只管放心痛饮便是了。"

虚云真人听了，心中甚慰，趁那后生喝酒之际，便给身边的玄智、玄妙打气壮胆道："但喝无妨！"说毕，自己趋步上前，亦将自己面前的六大碗酒一气痛饮干净，镇了镇神，咂咂嘴巴，略略回味，痛快道："好酒！好酒！"

双方一路比拼，如此喝将下来，竟是无一人怯场。真个是：人人似英雄，个个是好汉。

这拦门酒喝毕，知客司亦是红光满面，忙高声唱喏道：

> 尊贵的客人已经赛过山歌，
> 歌喉有如天上飞过的百灵；
> 尊贵的客人已经饮过醇酒，
> 酒量有如海洋般深沉；
> 同样尊贵的主人啊，
> 请将紧闭的大门打开；
> 美貌赛过天仙的姑娘啊，
> 请把自己的情郎迎进门来！

唱毕，众人欢呼着齐声呐喊喝彩，大门中开！知客司笑容满面，对太浮山众人一摆手道："尊贵的客人，请！"

这时，太阳正升在东方天空，红云翻涌，金光万道。苗岭山寨，紫气萦绕，一派喜庆祥和。

过礼即毕，用过酒饭，吉时已到。唢呐齐响，爆竹齐鸣。

龙云飞背了盛装的妹妹香玉下楼，送上大红花轿。一声吆喝，两名轿夫将花轿抬起，在女方送亲众人的簇拥下，出了龙大寨主院门。

太浮山众人正要跟随起身，却见院门两边忽地闪出一群健壮的姑姑嫂嫂，两手用锅底灰烬涂得漆黑，高举着，正笑嘻嘻地望着他们高喊道：

"来呀！"

"快来呀！"

"快过来呀！"

龙大寨主大喜之下，却又忽略了此节。他急对知客司暗递眼色，并使劲地摇头。知客司瞧着龙大寨主的眼神，心知肚明，正欲摆手制止，可一转头瞧见那一拨正在兴头上的姑姑嫂嫂，面上却现了难色。

太浮山众人这时也瞧出了端倪。

虚云真人问知客司道："这是？"

知客司"嘿嘿"憨笑着，正欲回答，龙大寨主却自己对那一群姑嫂高喊起来："姑娘们，这一关就免了吧。"

太浮山众人此时方知，这就是苗岭娶亲的"第三关"。

那一群姑嫂正在兴头上，岂可轻易扫兴，举着黑漆漆的双手，高声齐回道："大寨主，不能免！不能免！太浮山的客人要娶我们苗家的姑娘，脸上就得留个'纪念'。"

"这……这……"

龙大寨主一脸喜庆，看着众人，一时语塞，左右为难。

这时，太浮山众人也猜出了这群豪放泼辣的姑嫂接下来要干什么了。虚云真人便高声对龙大寨主道："龙大寨主，自古以来，嫁方为大，娶方为小。我们太浮山既娶了你们苗岭的姑娘，你们苗岭的习俗，我们自是应该尊重。不就是脸上抹些黑灰吗？不碍事！不碍事！况且这些姑姑嫂嫂都是闹着好玩的，无非就是图个高兴，给嫁娶增添点喜庆。行，你不要阻拦她们，我们大家入乡随俗就是了。"

龙大寨主忙道："这……这怎么行呢？"

虚云真人道："这有什么不行？"上前几步低声附在龙大寨主耳边道："我们不还手，躲闪还是可以吧？"

龙大寨主忙笑嘻嘻高声对太浮山众人道："只要不还手，躲闪是本事。"

话毕，知客司扯着嗓子高呼道："太浮山的客人们注意啦，我们苗家山寨的姑姑嫂嫂可是相当的热情啦——"

话一落音，虚云真人打头，太浮山众人就乐呵呵地哄笑着望院门埋头跑去。那些平日里上山下岭如履平地的姑姑嫂嫂们可麻利了，嬉笑着一拥而上，把自己黑漆漆的双手，尽往客人们脸上抹去……

看着太浮山众人个个脸上带黑，狼狈般地跑出院门，欢笑声一阵接一阵。搞了赢仗的姑嫂们乐得前倾后仰，几乎快笑岔了气。

太浮山众人过得此关，几乎人人脸上都被抹了几道漆黑的手指印。大家站在院门外，竟忘了年龄大小、辈分高低，彼此打量着，也是一阵开怀畅笑。

杨瑛杨处士风趣道："这苗岭嫁娶，习俗果然与内地迥异，真是难得一见。"

虚云真人、杨瑛处士脸上带着数道黑黑的手指印，抱拳与龙大寨主夫妇殷殷惜别，宽慰道："香玉姑娘是你们的女儿，是苗岭的金凤凰，到了我们太浮山，也就是我们太浮山的金凤凰。请龙大寨主夫妇尽可宽心，我们太浮山是不会让她受半分委屈的。"

龙大寨主执了虚云真人的手道："老夫自然放心。既是亲家了，有闲暇时你们也要多来苗岭走动。"

虚云真人红光满面道："既已是亲家，就是一家人了。虽两地有千里之遥，但一路水程，可直到常德府，却也是极为方便的，也盼龙大寨主夫妇早日亲临太浮山，一览我太浮山旖旎风光。"

龙大寨主朗声道："极是！极是！"

虚云真人一行即辞别起身。

清水江畔，崇山苗岭，长长的迎亲、送亲队伍簇拥着一顶艳红的大花轿蜿蜒而下。

一路上，唢呐高奏，锣钹齐响。

到了盘凤古镇，又会齐了迎娶宝珠姑娘的众人。两路人马合在一起，甚是热闹。太浮山众人这才赶紧跑到清水江边，笑嘻嘻地洗净了脸上的黑灰，方与苗岭送亲的亲友一起上了客船，一路顺水，直向常德府而来。

第十一章
荆州城翻云覆雨
八义门败撤江南

话说虚云真人一行去清水江苗岭将香玉与宝珠迎娶回太浮山，各自拜堂成亲，团团圆圆，欢欢喜喜。这厢间，薛彪与王婶分头去贺喜：薛彪去了"楚香居"；王婶则去了海棠溪。言语之间，两人便将青梧生产的事情说了。众人听了，俱是欢喜。

婚礼大成后，苗岭客人一行又特地去了东麓下的上古神坛遗址，载歌载舞，焚香祭拜。数日后，方动身返程，下山而去。

过得数日，虚云真人便邀了山上众人，一起来到陈溪峪薛彪家中贺喜。

香玉与宝珠一进薛彪家门，自是首先去了青梧姑娘的起居处。青梧半坐半躺着，靠着床背。小薛虎在被褥里甜甜地睡着。房间另一侧靠墙的位置，用三块石条砌成一个小小的火塘，里面放了一些木炭，正旺旺地燃烧着。房间里充盈着满满的温馨和幸福。

青梧与玄智的一段感情历程，香玉却早已探知。

但不管怎么样，她现在已经与玄智成婚了，这是事实。

"她会怨恨自己吗？"香玉进门的时候，心中自是一阵忐忑不安。所以，两人一见面，四目相对，香玉就主动亲热地叫了声"姐姐"，双手伸了过去。宝珠也是赶紧叫了声"姐姐"。

或许一切都已成过去，一切都已经在心里放下。

青梧紧紧地握住香玉温婉的双手，满脸喜悦道："恭喜！恭喜！"又转向宝珠道："恭喜！恭喜！"赶紧从床上起来，招呼两人在火塘边坐了。

"想不到，我们的后半辈子都会落在太浮山，上天竟会有这么奇妙的安排。"青梧感慨地说道。

香玉是个直性子，心中装不了事，忽地开口嗫嚅道："我与远山哥哥成婚，姐姐不会在心里怪罪我吧？"

青梧正笑盈盈地看着香玉，哪知她一开口，就说出如此话来，心中猛地一怔：这姑娘真是里外透明，胸襟磊落坦荡。

青梧本就在心里将自己与楚大哥的这份感情放下，若是日后玄智与他人成婚，则也就罢了，可后来与之成婚姑娘却又偏偏是香玉，这就不得不让青梧姑娘心中又滋生出一丝怪怪的酸味道，也连带对香玉姑娘有了怨恨之意。可现在，香玉姑娘率真的一句问话，不仅使她怨意顿消，而且还让她对她产生了一种说不出的亲近和喜欢，她忙道："好妹妹，我怎么会怨恨你呢？婚姻是讲缘分的，有缘无缘，是命里注定，人力岂可强求？"

宝珠在一边忙道："姐姐说的真极了。以前，我从未想过自己会嫁这么远，而且还是和香玉姐姐一同出嫁，又是同嫁浮山派。"

青梧道："同嫁浮山派，这就是我们三姐妹的缘分了。"

香玉姑娘见青梧姐姐一脸笑容，看不出对自己有丝毫怨意，心中自是一阵轻松欢喜。

三人在火塘边一边烤火取暖，一边小声地拉起了家常。

不多时，薛彪进来，招呼三位到堂屋吃饭。

宴席上，虚云真人满面喜悦，频频举杯。

灵慧真人道："我太浮山真是喜事连连：开宗立派；迎娶新娘；喜添徒孙。来，为我们浮山派的兴旺干杯！"

杨瑛处士端了酒杯，立马站起来附和道："真是三喜临门啊！到明年这个时候，我们浮山派又会添丁加口，你们说，对不对？"

众人一听，就知道杨瑛处士此话是指的玄智与少溪主，都笑呵呵地站起来喝彩道："对！对！杨处士说的极是。"

有人就高声喊道："那还得他们努力加油才是啊！"把俩对新人闹得满脸鲜红。

虚云真人看着眼前的热闹场面，想着自己浮山派的事情顺风顺水，喜事不断，心中甚是高兴满意。酒过数巡，他便趁机告诫众弟子道："趁着这冬日空闲，要好好练功，不可松懈；山下时局纷乱，各为其主，杀伐不休，切不可轻言下山。"

众弟子点头应承。

自此，浮山派上上下下，或清修悟道，或研习武功，俱是遵规守道，一派祥和端瑞。

有诗赞道：

> 五色萦绕世外天，
>
> 松针静落清修地。
>
> 世上刀兵由它起，
>
> 我自修行在深山。
>
> 争来斗去名与利，
>
> 皓首回头空萧然。

此段时间，山中清闲。可中原大地却是金戈铁马，杀伐正酣。

这年是公元1644年，即明崇祯十七年。

正月间，李自成占据西安，建立大顺农民政权。以西安为西京，国号大顺，改元永昌，溯源追奉李继迁为太祖。

二月，兵锋直指山西太原，旋即兵分两路：刘宗敏、刘芳亮为一路，率兵数万，东出固关；李自成亲率主力为一路，北攻代州，直取明朝都城北京。

三月七日，李自成兵至大同。

三月一十六日至昌平，四十万大军将北京城围了个铁桶相似。

十八日（二月初十）城破。

十九日，崇祯皇帝在景山自缢身亡，李自成率领扬眉吐气的农民军轰轰烈烈地开进北京城。

大明王朝二百七十六年的基业轰然坍塌；大明帝国的太阳在凛冽的寒风中缓缓沉下。

李自成似乎成了这个乱世的一代霸主，真命天子。

然而，就在这时，历史却与这位百折不挠的西北硬汉开了个天大的玩笑。镇守山海关的大明总兵吴三桂"冲冠一怒为红颜"，竟向北方苦寒之地的清军投降，并引清兵铁骑入关。

旋即，北京城危！

四月二十八日，李自成在武英殿匆匆即皇帝位，立妻高桂英为皇后，接受百官朝贺。第二天清晨，即率大军撤出北京城，由山西、河南二路向西安退却。

五月一日，清军进入北京城。

随后，在清靖远大将军阿济格和定国大将军多铎的夹攻下，李自成部兵败如山倒，一路溃败，首败山西、再败河南、三败西安。

这一年（1644年），张献忠也是顺风顺水。他把自己的人生轨迹发射到了生命的最高点。

张献忠大军离开常德，经岳州，一路西进，攻克夔州、万县。

六月克涪州、重庆，杀瑞王朱常浩及四川巡抚、重庆知府一众。

八月九日攻下成都。

十一月，张献忠在成都即皇帝位，国号大西，改元大顺。以成都为西京，以蜀王府为宫殿，立井研相国陈演的女儿为皇后。大西国正式建立，旋即开科取士。

下一年正月，迫于严峻的不利形势，李自成不得不放弃西安，再次兵分两路：一路由陕西经四川东部顺长江而下；一路由自己亲自率领，出武关至襄阳，径奔河南、湖北而来。

二月，李自成进入荆州城。

自古以来，荆州城地理位置极为重要，总揽长江中游，地控两湖。若李自成将荆州城牢牢地控制在自己手中，尚可有大片回旋的余地，然而，李自成却轻视了荆州城的重要性，在此仅仅只停留了十天，三月初九日即移师潜江。鉴于阿济格对大顺军蹑足猛追，一路"八战八捷"，连克四十余城，李自成心有余悸，命荆州主将任光荣随其东撤，而留郑四维为副将协助孟长庚镇守荆州城。

荆州城悲剧的伏笔也由此埋下。

夜幕下的荆州古城，灯火点点。地面上的灯火与夜空中的星光将这座古城的轮廓勾勒得清晰而又神秘。

此时，正值三四月间，天气渐暖。

在一栋防守森严的府邸里，一个留有短胡须的汉子正静坐太师椅中，陷入了沉思。他就是留守荆州城的大顺军副将郑四维，河南尉氏县人。只见他从太师椅上立起，在室内来回地踱来踱去。一会儿后，他又四平八稳地端坐上去，尽量地排开手脚，似乎是想让自己尽量地舒服惬意一些。这一段时间以来，他变得寡言少语，只是更加地留意着荆州城四周的各种动静。

这时，一位佩刀的汉子谨慎地推门进来，走到他的身边。

听到轻微的脚步声，郑四维并未起身，只是向上抬抬眼皮，看了来人一眼，低声道："打探到什么消息没有？"

来人连忙道："据探子来报，武昌府已经被清靖远大将军阿济格攻破，刘宗敏将军中箭被俘，被清军所害，闯王还没有消息。"

郑四维惊恐地睁大双眼，喃喃道："怎么会是这样？怎么会是这样呢？"

他缓口气，睁大双目盯着来人，低声道："我们大顺军先前的威风哪里去了？一败再败，先北京，再山西、河南，后又是西安关中，这一路下来，除了吃败仗，就没有赢过一场，现在，连武昌又丢了。这个清军，怎么就是如此厉害？这个消息孟将军知道了吗？"

来人道："孟将军那边是否得了此消息，我们现在尚不清楚。"

郑四维双目左右转动，沉默无语，最后，深叹口气，摆手示意来人出去。他深陷在太师椅上，仰头闭目，深深叹息。这时，心腹军师轻手轻脚地走进来，弯腰附在他的耳边道："将军，那边已经在催我们动手了。"

这次，郑四维从椅子上一下子弹了起来。

"我们……"

他转动一双鬼祟的双目，停顿踌躇了片刻，然后对军师道："……据探子来报，武昌府已经失守，刘宗敏将军阵亡，闯王突围东去。"

军师愕然，低声道："我早说过，大顺军气数已尽，运势必不会长久也。此时当断则断，若优柔寡断，首鼠两端，则大祸临头也。"

郑四维狠心道："人不为己，天诛地灭。为求功名富贵，我也只好如此了。"遂招手让军师靠近，与之耳语密谋一番。

此时，在主将孟长庚的府邸里，也是聚集了众人。八义门的欧阳掌门及五大护法也在其中。大顺军东线战场失利的消息已经传了过来，众人惊骇不已；又有人密报：发现副将郑四维府邸中屡有不明身份的人物进出，似是北方清人奸细。孟长庚吃惊不小。这郑四维原是大顺军制将军任光荣的手下，任光荣随闯王东去，他便奉命留在荆州城，做了他的副将。此人工于心计，城府极深。

孟长庚对众人道："我虽对郑将军了解不多，与之共事也不长，但，他还不至于变节降清吧。"

一人就提醒道："大顺军中将领降清者已有多起先例，还望孟将军及早提防。"

又有一人道："听人说郑副将年少时即顽皮失学，品行恶劣，长大后又横行乡里，恶拿横夺，每为父老侧目。后趁闯王带兵在河南与官军混战时加入我大顺军，因作战勇猛而屡得升迁。后随主将任将军来到荆州镇守。从种种迹象来看，郑将军身上似是疑点甚多。现在，我大顺军正处于不利时期，西路军尚在陕川途中，东路军又失了重镇武昌，刘宗敏将军不幸阵亡，兵锋受挫，元气大伤。荆州城地理位置极是重要，清人不可能不图谋之。用高官厚禄来收买我们内部的人，就是最好的方法，我们不可不防。"

孟长庚遂将目光转向欧阳掌门，征询道："欧阳掌门，你有何高见？"

欧阳掌门正在深思中，猛听得孟将军发问，回过神来，略一思索，道："我看各位说得也是极有道理。兵者，国之大事。将者，首当明了自己身处环境的险恶，孟将军当及早防范才是。我八义门乃名门正派，素以忠义为先，我派将与大顺军同为一体，休戚与共。此誓：日月为证，天地共签！"

欧阳掌门一席话，朗朗说来，斩钉截铁，掷地有声。众人俱是敬佩。

众人散去后，孟将军独自思虑良久，他不相信郑四维敢冒天下之大不韪，公然反叛投清。他想等待一段时间，找到郑确实无疑的反叛证据再做理论。

然而，郑四维却没有给他留下多余的时间。

一天夜里，一群说话叽里呱啦的彪悍汉子悄悄地潜入了郑四维的府邸。那可不是一般的人，而是阿济格密派给郑四维使用的清廷武林高手。心腹军师对郑道："一切都已准备妥当，就等将军下命令了。"

郑四维见箭已上弦，不得不发，便咬牙道："带上他们的人和所有亲兵，立即出发。"

"是，将军。"

心腹军师一声唱喏，立即转身出去。很快，一队人马便趁着夜色的掩护，悄然进发至主将府邸。

且说八义门欧阳掌门带了五大护法正在协同孟将军的亲兵巡哨府邸。夜色中忽见郑副将及军师带大队人马来到府邸前，且各带兵器，面露杀气，心中大惊，料知事情不谐，急派手下进去禀报，自己持了长剑率众拦在府门前。

郑四维向前跨出两步，目光死死地盯住欧阳轩，声色俱厉道："欧阳掌门，你想干什么？"

欧阳掌门正待回话，旁边的亲兵头目道："夜已经深了，不知郑将军带这么多人前来所为何事？"

郑副将身边的军师一摆手，一个汉子上去就是一掌，将那亲兵头目打翻在地。

欧阳掌门立马厉声喝道："你们想干什么？"

"想干什么？"郑副将仰天哈哈一笑，高声道："我想干什么？"陡地脸色一沉，对欧阳掌门道："欧阳掌门，你不是我大顺军的人，你还是少管闲事，往边上靠一靠，只要你装作什么都不知道，今后，我郑四维保你八义门在荆州地域吃香的喝辣的，要风有风，要雨有雨，要什么有什么，怎么样？"

"你！？……"

欧阳掌门用手指着郑副将，愤怒道："你果然要叛变投清？好一个不知廉耻的大顺败类，我八义门岂可与你同流合污，做出如此大逆不道的事来？"

军师怒道："欧阳掌门，这是我大顺军自己的事情，你一个外人何必要死插一杠子呢？"

"哼！"

欧阳掌门怒道："想当年，你们的任将军与我八义门是非常的友善，而孟将军也是如此，待我门上下情同兄弟。如今，你等犯上作乱，欲叛主求荣，我八义门岂能袖手旁观，坐视不管？"

欧阳掌门一边怒斥道，一边拿眼扫视着郑副将身后众人，却见中间有几人面貌极熟，再凝神细看，却是金刀阎五和大漠双鹰。心中寻思道：这三个人怎么也和他们混在一起，难道早已成了清廷的鹰犬？想到那年他们三人来到荆门，找到八义门，传话那年轻道长在江湖上说八义门的坏话，最终挑起八义门与那道长打斗，自己颜面尽失，后始终思之不明，那道长何以会无缘无故对八义门说三道四。原来，这三人本就不是好人，现在想来，极有可能是他们有意从中挑祸。

欧阳掌门一指那三人道："哼！你们三人竟敢还在荆州地面冒头？今日之事毕，我八义门要与你们一算旧账！"

这时，郑四维见欧阳掌门的态度是如此坚决，便也失了耐心，不想与之多费口舌，手一挥，一声令下，身后清廷鹰犬及自己的手下亲兵各持兵器，似潮水般涌向孟将军府邸大门。

欧阳掌门、五大护法及门中群雄、巡哨亲兵亦拔出兵器，纷纷迎了上去。

一时间，府邸门前，杀声陡起，喊声一片。

八义门中虽好手众多，但却并无一个出类拔萃的顶级高手。将军府的护院亲兵也是如此。无论从人数上，还是武功实力上，远远地输给了有备而来的叛贼。一番恶斗之下，将军府邸的大门被清兵鹰犬攻破，一时，门前府内，陷入了混战之中。欧阳掌门见府门攻破，心系孟将军安危，怒火攻心，急挥剑一阵猛刺，杀退了身前数人的围攻，想趁机冲进门内，增援府中，然而，敌方人多势众，自己几次都被逼挡了回来。无奈，只得在原地剧斗，且还是险象环生。

且说这荆州古城，位于大江之滨，乃南北通衢之地，东西交通要处，丐帮弟子遍地都是，凡有风吹草动，丐帮岂有不知之理？这荆州守将府邸门前的一场打斗，早有丐帮弟子瞧见，消息火速报到执事长老那里。

执事长老听闻有强人围斗主将府邸和八义门，急传令城中丐帮弟子，火速赶往孟将军府，驰援八义门。待到丐帮众人赶到将军府邸，看家护院的亲兵及八义门早已是落落大败，尽处下风。

丐帮弟子虽说浪迹江湖，行乞于社会底层，然而，却极是侠义忠烈，爱憎分明。一见八义门被围受挫，气血翻涌，个个如下山猛虎，出水蛟龙，手持棍棒，急呼呼地争先恐后奔入人群，加入战团。

这将军府前，又是一场混战恶斗。

欧阳掌门被反贼众高手围斗苦战多时，险象重重，心中又急又恼，忽见敌手纷纷避让，却见丐帮众人呼喊着忽地冲过来，心中大喜，浑身劲力大增，正欲挥剑往府门内冲去，却见火光中反贼郑四维一手持剑，一手提了一个血糊糊人头，率了一众人往门口奔去，大声喊道：“有不服者，如此下场！”

欧阳掌门怒目细看，那不是孟将军的人头还是谁？当即心中悲怆，怒火攻心，几近昏眩。手下护法庞中天及时抢到，急伸手扶住了欧阳掌门。

“事已至此，撤吧。”庞中天委劝道。

欧阳掌门旋即恢复神智，怒指郑四维，厉声呵斥道：“你这个不忠不义的叛贼，我要杀了你，替孟将军报仇！”

话一落音，身形就已经纵在半空中，利剑呼啸，直向郑四维刺去。

“将军退后！”

随着一道声音响起，一个人影倏地从郑四维身后向前掠出，寒光一闪，一把亮晃晃的大刀就横在了欧阳掌门的身前。

此人正是太行山的金刀阎五。

欧阳掌门一见是他，七窍生烟，右手持剑刺到，左手即提掌猛地拍出。金刀阎五并不硬接，只是一个闪身，刚好避了开去。欧阳掌门欲再欺进发招，大漠双鹰又抢了出来，双剑齐出。丐帮中众好手急呼啸而动，亦抢攻上去，接了双鹰。郑四维身后高手亦纷纷往前奔出。

丐帮中众人见情势不对，急朝欧阳掌门喊道：“欧阳掌门，还是快撤了吧。留得青山在，不怕没柴烧。”

八义门中又有两大护法陈方和林少成杀至欧阳掌门身边，大呼道：“掌门，快走，不然就来不及了。”

欧阳掌门环视四周，见敌方人手愈来愈多，看来不撤是不行了，只得含愤叫撤。于是，八义门与丐帮弟子便抢了伤、亡者，边打边撤，在朦胧夜色的掩护下，一直败退至江边码头，抢了一条大船，急望江南逃来。

清点人数，八义门此役阵亡十人，重伤五人，轻伤多人。丐帮中亦有七人阵亡，伤多人。

欧阳掌门立在船头，遥望江北，泪洒滚滚江水，发誓道：“不报此仇，枉为一世之人！”

上得南岸，在附近处寻得一片山坡树林，众人掘得一个大坑，将阵亡之人埋好，堆了一个大大的坟塚。欧阳掌门含泪道："兄弟们，你们一路走好。我已经发过重誓，我会提他们的人头来祭奠你们的。"

毕，率众屈膝跪下，老泪长流。

八义门自创立门派以来，这还是第一次遭受到如此伤亡的重创，难怪欧阳掌门是如此悲痛伤心了。逝者已矣，伤者还在担架上奄奄一息。欧阳掌门缓缓起身，举目环望：茫茫江南，他们将栖身何处呢？丐帮中执事长老仿佛看透了欧阳掌门的心事，低声道："此处还是不太安全，又无郎中用药，我们当连夜赶往澧州城，我帮江南分帮总部就在那里，到了那里，我们再行定夺。"

欧阳掌门心中茫然，又无现成的去处，且救人要紧，于是便点头应许。群雄便一一向大土坟作揖辞别，抬了伤者，望澧州城黯然而来。

却说一行人连夜奔走，天明时终于赶到了澧州城，见到了夏、商两位帮主。两位帮主细听了事件的始末，甚是震怒。当即吩咐手下安排酒食，为一行人接风洗尘。又火速派人密请名医前来救治伤者。延请之人是澧州城里最好的老郎中。望、闻、听、诊，俱是样样细察。最后，老郎中对两位帮主和欧阳掌门道："伤者都是内伤，五脏俱损，气息微弱，若要救治，还是有法。只是此药难觅，就是澧州城内，眼下也是没有。"三人急问是何药材，他们可以广派人手去寻找。老郎中叹道："须要新鲜的灵芝仙草，方可有起死回生的神效。"三人一听，觉得此药还真是难寻。但见手下气息奄奄，命悬一线，欧阳掌门心切，恳求道："救人要紧，还请老先生明示，从何处可以寻得此药？就是花大价钱，我们也要把它弄到。"

老郎中抬头看着他们，神情凝重，缓缓道："此城西南百余里，有一仙山，名太浮山，乃江南道教名山，九省四十八州朝圣之地。此山前瞰淞澧江汉，背靠云贵丛山峻岭，是我淞澧平原西南之大屏障，地理位置极为重要。据说在其一常年云雾缭绕的山峰之上，就生长着灵芝仙草。"

三人一听，大喜，脸上云开日出，阳光灿烂。欧阳掌门道："果然天无绝人之路，我们立即动身前往。"

老郎中摇摇手，阻止道："不急，不急，你们且听我说完再动身不迟。那山峰上虽有灵芝仙草，可一般人是绝不可登攀的。因为，那险峰之上森林茂密，云遮雾裹，常有虎豹出没、豺狼横行、巨蟒护守。"

三人一听，心中大凛，但还是决定冒险一闯。欧阳掌门当即谢了老郎中，从本门中挑选了十多位好手，与夏、商两位帮主一起，即刻快马加鞭，直往西南方向太浮山飞驰而去。

话说这日，虚云真人在传授完功课之后，便于休息之时正与众弟子闲聊。此时正当阳历春末夏初，杜鹃花红艳似火。恰好先天又下过一阵暴雨，此时晴空万里，一碧湛蓝。站在缥缈峰太清殿的院中，放眼望去，峰如削翠，岭似游龙。深壑巨峪里，还漂浮着一些残云薄雾。

这时，忽见西北方向的独孤峰上空鹰唳鹤鸣，噪声喧嚣。

众人惊动，引颈眺望。

玄妙叫道："师父，肯定有情况。莫非有人去了哪里？"

玄音道："那里是我太浮山的禁地，一般人闻之色变，没有人敢轻易闯入的。"

虚云真人遥见那山峰之上境况与平时大异，心中亦是一阵错愕，暗思忖道：莫非真的有人轻易冒险，擅闯禁地？

就在这时，几声沉闷的虎啸声亦从那峰岭破空而来。

"师父，一定有人上峰了。"大弟子玄真肯定道。

虚云真人道："他们上峰去干什么？难道是……为了灵芝仙草？"

玄真猜测道："十有八九是为灵芝仙草而来。就是不知来者是何人？"

虚云真人心念电转，终下了决心，吩咐道："玄真、玄妙、玄音，你们三人带了虎皮，速速过去打探一下。"

三人领命，当即取了虎皮披着，各执棍棒，提气虚足，望独孤峰飞奔而去。

俗话说，望得见的峰，跑死人的路。三人跋足如飞，却也花了近半个时辰，方赶到独孤峰峰腰。三人便将虎皮罩了全身，持棍俯身而行，潜入林中。一眼望去，却是像极了三只斑斓大虫。三人呈掎角之势，攀岩附壁，往喧嚣处虎状而行。几近深林峰顶，淡淡云雾中，却见一群汉子各持刀剑，正与四虎二蟒在湿气氤氲的林中周旋僵持，地面上好像还躺有数人。看来，打斗之下，已经有人受了伤。此时，双方都是恶斗已久，气力不济，现在均是怒目相向，调息运气，伺机再搏。

三"虎"在高处危崖上一露面，那群汉子中便有人瞟见，急低声提醒同伴道："崖上有虎！"

本来群汉就已经疲累之极，一听说崖上有虎，面上顿现惊恐之状。一人急道："看来，天命如此，我们只好认了。两位帮主，快往山下撤。"说完，就有人上前扶起了躺在地上的人，众汉持刀剑围成一圈，一边谨防着虎蟒的袭击，一边开始缓慢地沿山坡向下移动。

一听说"两位帮主"，三人立马同时凝神细看，这一看之下，却见正是丐帮的夏、商两位副帮主。浮山派成立大会上，这两位帮主曾亲来山上恭贺，所以，三人识得。三位急"虎"步前趋。那群汉子见三只大虎不避众人，径直前来，遂挥动手中刀剑，厉声呵斥。到得近处，三人同时起身站立，揭了虎皮，现了真身。那群汉子先是惊恐无比，然后是一阵惊喜。三位连忙向丐帮两位帮主请了安，并自报了身份。两位帮主大喜，急向三位引荐了八义门的欧阳掌门。众汉见来人是浮山派道友，也是欢喜异常，脸上已无先前之恐惧。

玄真道长问欧阳掌门道："你们联袂冒险上峰，不知所为何事？"

欧阳掌门道："此话说来话长，眼下救人要紧，还望相助求得灵芝仙草，日后自当上山拜谢。"

夏、商两位帮主亦道："我们有多人重伤，急需新鲜灵芝仙草药用，因时间紧迫，尚未能拜会贵派，还望几位道长见谅。"

玄真道长见众人身处险境，又已是疲惫之极，便对欧阳掌门和两位帮主道："既然如此，你们就在此稍候，牵制虎蟒，我们三人速去峰顶，片刻即回。"

说完，三人将所披虎皮于腰间扎好，提气疾向峰顶飞奔而去。待虎蟒惊动，发声啸叫，意欲追赶时，三人身影早已消失在莽林之中。

众汉见三人轻功如此，惊叹不已，只得在原地防着虎蟒，静候佳音。

就在此时，忽闻峰顶又发出数道虎啸声。其声低沉力雄，穿林破空而来。千年古松，针叶纷纷震落，簌簌有声。

围困众汉的四只大虎猛闻，当即掉头，望峰顶疾蹿而去。

巨蟒亦昂头挺身，"呼"地腾空而起，重又在林中旋来绕去。众汉纷纷忙着躲避闪让。这时，一团云雾漫进林中，十步之外，竟是白茫茫一片，林中气氛，顿时变得恐怖异常起来。欧阳掌门与两位帮主急呼众人聚拢，刀剑朝外，以防大蟒偷袭。忽地听得一阵风响，白雾开处，巨蟒狰狞的大嘴呼啸迎面攻来。众人急忙刀剑并举，一边招架，一边疾向一旁闪避。就在这眨眼之间，巨蟒长长的身躯就在众汉的身边滚滚而过，尾巴旋起的腥风，让人毛骨悚然，浑身颤慄。

就在这时，三道身影破雾而来，几个起跃，人已到了众人跟前。

玄真道长对欧阳掌门大声喊道："灵芝仙草已经到手，大家速速下山。"

众人听闻，急扶起伤者，交替掩护着急急往山下撤去，直至山脚，出了树林。林外却是阳光灿烂，光亮一片。众人方敢坐地歇息，大口喘气。

玄真道长三人从身上摸出尚带有水珠的紫红色灵芝仙草，合在一起，交与欧阳掌门。欧阳掌门手里捧着这来之不易的仙草，双眼湿润，感动万分，须发颤动："浮山派的恩德，我八义门永生难忘。今日就此别过，日后定当亲来拜山谢恩。"

说完，便率众人沿了涧中幽经，匆匆蜿蜒出谷而去。

夏、商两位帮主亦抱拳辞别同去："青山不改，绿水长流。咱们后会有期！"

三位道长亦抱拳回道："各位一路好走，后会有期！"

欧阳掌门一众人出得山谷，急打马回奔，星夜赶回澧州城中，立即请来老郎中，又辅以当归、人参、阿胶、黄芪、甘草、龙眼肉，煮水煎药，给重伤之人一一服下；又给当日伤者配了药物，内服外敷，一并派人专门看护料理。

过得十天半月，伤者的伤势均是大有好转。欧阳掌门一扫往日愁容，面带喜色，对夏、商两位帮主道："多亏了两位帮主和丐帮兄弟，不然，我八义门又要损失好几位兄弟了。"

夏帮主摆手道："我们都是在江湖上混日子的，有福同享，有难同当，这是情理之中的事情。你看人家浮山派，还派人专门冒险去给你们采灵芝仙草，那才是弥足珍贵的。那三人你当是谁？那可是浮山派大掌门虚云真人手下的大弟子玄真、三弟子玄妙和四弟子玄音。"

欧阳掌门道："难怪他们的轻功是如此了得。"继而又叹息道："我八义门与浮山派素无往来，他们是看了你们两位帮主的脸面才援手相助的，我八义门既要感谢浮山派，也要感谢你们二位帮主。"

夏帮主道："浮山派的大恩，那是要记下的。敢问欧阳掌门，待伤者痊愈后，你们有何打算？"

一经问起，欧阳掌门不禁又上了怒气，愤愤道："当然是北上报仇了，可……"欧阳掌门看着他俩，停了片刻，然后又轻轻摇头道："此仇难报啊，可我又实在心有不甘！"

商帮主道："我倒是有个想法，浮山派中高手众多，若是请得他们下山，报仇之事就不难了。"

欧阳掌门一听，把个脑袋摇得像个拨浪鼓似的："我们早就欠人家的情了，怎还敢有如此奢想？"

商帮主沉思道："我看此事还是有七成把握。"

夏帮主一听，也来了兴致，忙问道："商帮主说如此话，可有何依据？"

商帮主不慌不忙道："二位想想看，太浮山在江南地带又不是没有名头，早就以道教盛名闻于九省四十八州，香火兴盛，千年不衰，何以在前两年又要开宗立派，特地弄出个浮山派来？"

欧阳掌门双目发亮，盯着商帮主不假思索道："这是为何？"

商帮主卖关子道："这其中的缘由，你们仔细想想看？"

欧阳掌门摇头道："这二者之间似乎看不出有何关联。"

夏帮主也是猜不出个所以然，便道："我是愚钝，参不透这其中的玄妙，你就不用绕弯子，直说了吧。"

商帮主这才神秘兮兮地道："你们仔细想想，太浮山一直以来都是以道教盛名传于江南，而近年又特意创立浮山派，其意思就很明显了，他们太浮山不仅要在道教上盛名，还希望在江湖武林中争得一席之位，是不是这样？"

欧阳掌门微微颔首，似有所悟。

夏帮主用手摸摸脑袋，道："是这样又如何呢？"

商帮主继续往下说道："这就有文章可做啦。一个武学门派要想在江湖武林中争得地位，博得声誉，一是要自己门派中有叫得响的武林顶尖高手、一代宗师；二是要经常在江湖武林纷争中露面，主持正义与公道，并能够伸大义于天下。如此一以贯之，时长日久，名声方能远播。"

欧阳掌门终于听明白了商帮主的意思，忽地脸色一变，惊叫道："糟了！糟了！"

夏帮主见欧阳掌门忽地失态惊叫，忙问道："欧阳掌门怎么了？"

欧阳掌门心中惊悸，便把数年前八义门在荆门城外与一年轻道长的过节讲了出来。

"现在回想起来，当年的那位年轻道长是从北往南方而来，极有可能就是浮山派的人。"欧阳掌门神情大变，嗫嚅道。

夏帮主一听，忙叫欧阳掌门把那年轻道长的相貌身段及比试细节、出手招数细细地叙述了一遍，完了，看着商帮主道："这下可真有麻烦了。"

商帮主听完，面上立呈忧虑之状。

欧阳掌门忙低声探问道："那位年轻道长可真是浮山派的人？"

夏帮主点着头，用肯定的语气道："我如果没有猜错，那年轻道长极有可能就是浮山派大掌门虚云真人的第二个徒弟玄智道长，也就是玄真道长的师弟。"

欧阳掌门一听，张嘴就"哦"了一声。

商帮主脸色凝重，补充道："浮山派中，就数这位玄智道长的武功最高，深不可测。在浮山派成立之日，我和夏帮主也带了众兄弟上山去祝贺，恰好遇到驻扎山下的张献忠麾下肖庆章将军借机上山挑衅滋事，竟放言要与浮山派的大掌门虚云真人过招，却被那玄智道长三招两式轻易降服。当时那玄智道长出手之快，招式之奇，实属江湖罕见。因为，我们当时就在现场，却压根儿没有看明白他用的是何招式，那肖庆章天下第一的狂妄神情就烟消云散了，乖乖地跟随众人上了峰顶，喝了庆贺酒，方才下山而去。"

欧阳掌门叹道："难怪我们八义门三大执事那天会输在他的手里。"

夏帮主鼓着两眼，嘟哝道："我就不明白了，它浮山派在江南，而你八义门在江北，你们之间又是为何结下了这非要动手的梁子？"

欧阳掌门叹口气，只得将这之间的曲曲折折原原本本地道了出来。

两位帮主听了，倒是嘘了口气。

商帮主眼中放亮，忽道："有希望了。你不是要报仇吗？这金刀阁五和大漠双鹰既投靠了清人，又参与了这次荆州城的杀主谋逆行动，他们既是你们八义门的仇人，也是我们丐帮的仇人，算起来，也算是与浮山派有过节了，如果再说大些，也是我们大明朝的仇人。你带了那几位与玄智道长交过手的门下，借这次上山谢恩的大好机会，亲自向浮山派将此事解释清楚，说些好听的话，求得浮山派的谅解，以我对浮山派的了解，你们两家定会冰释前嫌。如此一来，我们再请求浮山派主持公道，替天行道，杀叛降仇人以谢天下，他们肯定是不便推辞了。这岂不是好主意？"

夏帮主听了，细细一思，面露喜色，忙在一旁拍手称道："妙哉！妙哉！这真是个好主意。如此一来，我们的大仇就可报了。"

欧阳掌门细细思虑一番，觉得商帮主说的也是极有道理，心中稍慰，遂便下了决心，待伤者痊愈，亲自往太浮山去拜山谢恩。当时，那三位执事均不在澧州地域，尚在江北别处。欧阳掌门当即便传下话去，叫那三位执事得信后立刻动身赶往澧州城，有紧要事要办。

第十二章
高太后逢凶化吉
堵胤锡遇难呈祥

正当此时，轰轰烈烈的大顺军却是厄运临头。

自武昌重镇被清兵攻破，大将刘宗敏不幸身亡后，大顺军在突围时又于富池口被清军快速追上。因为不善水战，大顺军在这里遭受到了致命的打击，损失惨重，前后部队的联系被清军分割切断。至此，闯王李自成率领的先行部队变成了深入敌区的孤军，一代枭雄李自成的个人悲剧也就此走到了尽头。

清军撵着这支孤军一路追杀，前方又有南明何腾蛟部围堵。李自成节节抗击，节节败退。毕竟大势已去，气数将尽，有心杀贼，却已经无力回天了。

公元1645年的四月，李自成仓皇进入到湖北九宫山一带，此时的身边已经是兵少将寡，且还要时时与清军及地方武装作战。五月初二日，又发生了遭遇战，部队失散，李自成身边仅剩二十八骑。李自成率领他们一路防范躲避着精锐清军的搜捕围剿，却不料遭到了土著乡绅组织的地方乡勇突袭，不幸身亡！

正是：

> 堪叹陕北农家子，
> 轻取皇冠葬九宫。

叱咤疆场，气吞万里如虎的闯王李自成就此悲壮地落下了他的人生帷幕。任光荣不知所终。

是时，长江中游已经进入炎夏。闷热潮湿的天气让来自白山黑水之间的八旗将兵感到了严重不适。阿济格见郑四维主动来降，备为嘉赏，即委他为副总兵，率本部兵马仍镇守荆州，自己则班师还朝，启程返回北京。

不料，还没等阿济格到达北京，郑四维的麻烦就来了。

原来，明军大将左良玉死后，其子左梦庚也投降了阿济格。后来，部将马进忠与左梦庚不和，马进忠便离开左营，打着为孟长庚报仇的口号，挥师西进，要来斩杀叛降郑四维，夺回荆州。

而与此同时，原大顺军的西路军也由陕西汉中经四川达州、夔州等地陆续进入到湖北西部，前锋直抵荆州边界。听闻荆州城郑四维杀了主将孟长庚，已经投了清军，西路军将士上上下下，俱是万分愤慨，怒不可遏，当即发兵攻下荆门、当阳要地，兵锋直指荆州城，发誓也要向郑四维复仇。

此时的荆州城，除了东边的马进忠部外，西边围城部队有大顺军的：李锦、高一功、李友、贺篮、刘汝魁、马重禧、张能、田虎、杨彦昌等九支部队，人多势众，连营数十里，可谓是大军压境。

荆州城一时风云突变，乌云翻滚；危如累卵，指日可破。

郑四维一见如此形势，急得像热锅上的蚂蚁，惶惶不可终日。在众亲兵及武林高手的保护下，终日待在自己府邸内，不敢出门一步，如坐针毡，如履薄冰。他急吩咐军师向驻守在武昌的清总督八省军门梅勒章京佟养和紧急求援。佟养和万般无奈，只得火速上奏朝廷，报告军情。摄政王多尔衮在北京接到荆州危急的八百里加急战报，万分震怒。为保荆州城，多尔衮当即将留在湖北的最厉害武器"红衣大炮"火速划拨给郑四维，全力援助荆州城的守城之战。

此时的荆州城外，大顺军西路人马九部将士云聚城下，填壕搭梯，扎棚挖窑，同时向城墙发起了猛攻，战况尤其残酷激烈。

然而，由于大顺军人马均是从陕、甘、宁等西北之地长途奔波而来，没有得到有效的休整和补充，将士均是体能耗尽，形销骨立，再加上南方炎热的天气，将士身体严重不适；还有一个原因，大顺军一路远道而来，历尽艰险，各部原有的攻城火器大都遗弃殆尽，虽是攻势猛烈，但在"红衣大炮"的反攻之下，却是效果甚微。而荆州城内的郑四维，一见大顺军攻城不下，气焰却又是十分嚣张起来。尽管西路军在城外是将士云聚，营帐相接，而这个反叛变节之徒却自恃城垣坚实，在府邸中神闲气定，品茶饮酒，好一副逍遥得意之态。

西路军围城半月，用尽各种办法，竟是攻城不下。李锦、高一功等见损兵折将，锐气尽失，只好撤围离去。但大仇未报，众将心有不甘，于是开会决议，将九路人马摆在公安、松滋、澧州一线驻扎，各营相连，横亘淞澧平原三百余里，准备背倚太浮山、观国山、五雷山一带险峰峻岭，进而依托于武陵山脉，长期围困荆州城。

却说大顺军东路军余部在获悉闯王在九宫山遇难之后，将士悲愤难抑，当即发誓报仇，兵进九宫山区，对该地区进行了发泄性的报复屠杀。后在田见秀、吴汝义、袁宗第等将领的带领下，辗转于赣、湘一带，流散奔波。八月，在驻防岳州的马进忠部接应下，这支部队终于也来到了荆州地域，与西路军实现了战略会合。

东、西两路大军的会合，使荆州城外的大顺军势力大增，抗清形势顿时出现了空前的好转。

话说自北京都城攻破，崇祯皇帝景山自缢身死，大明王朝就算走到了尽头。但长江以南的明朝政治框架和军事力量依然存在。不久，江南的大明旧臣便拥立福王朱由崧在南京称帝，建号弘光，是为弘光帝。很快，清军南下，南京失陷，弘光帝败亡，南京政权昙花一现，不复存在。旋即明鲁王在绍兴称监国，唐王在福州称帝，建号隆武，是为隆武政权。

转眼已是江南八月，正是酷暑炎夏高峰。树上知了，噪鸣不断；湖中菡萏，竞相绽放。

就在这个火候上，在洞庭湖西滨，太浮山东麓下的官道上，二十多骑正冒着酷暑向北一路疾驰而去，灰尘四扬。

当先领头的是一位正值风华之年的魁梧汉子，他就是南明王朝的湖广巡抚堵胤锡。此刻，他一边策马驰骋，一边还在回想着出发前的请战情景。当时，大顺军的东西两路人马在淞澧会合后，总兵力已达三十万人，声势浩大。众将领共推闯王李自成的亲侄儿李锦为大统领，并声称要与明军会猎。此时的南明满朝文武已如惊弓之鸟，一片恐慌。唯有他堵胤锡不慌不忙，出班上奏道："国家新造，势不能剿，理当安抚。某原亲往说之。事成乃国家之福，不成即吾毕命之日。"一番慷慨激昂之后，他即受命而出，仅带了二十多轻骑，直往淞澧奔去。

在澧州城打尖休息，打探得闯王李自成的遗孀高夫人亲自统管的大顺军老营就在松滋驻扎，堵胤锡当即策马直奔老营。

是时，李锦与高夫人的弟弟高一功都在老营，正与高夫人在商议军中诸事。听闻士兵禀报，言南明湖广巡抚堵胤锡仅带二十多骑前来拜营，俱是面容失色，极为震惊。三人急交换了意见，高夫人暂避退入内室，由李锦与高一功出面会见了这位南明朝的堵大人。

双方见面，彼此行了礼，分宾主而坐。早有亲兵将茶水送上。

堵胤锡面如朗月，目光炯炯，一身威仪与正气。他开门见山，敞开胸襟，将天下大势、南明、大顺、大西及清军的各自战略态势做了详细的分析。李、高两人听后，亦是频频点头。最后，堵胤锡讲明忠孝大义，提出南明、大顺、大西三家应放下以往的恩怨，结成联盟，共同抗清，抵御外敌，情意极是恳切。李锦与高一功思前想后，考虑到闯王李自成已经不在人世，为着几十万大顺军的前途着想，又为堵胤锡的一片诚心打动，便接受了联合抗清的政治主张，伏地接受南明朝的领导，表示今后愿听从调遣。

堵胤锡见大功告成，便辞了二位，旋即南归，回朝廷复命。

高夫人隐于帘后，三人谈话尽闻耳中。待堵胤锡离去后，她便卷帘而出，郑重告诫二人道："堵先生真是一个神人，你们两人切不可辜负了他。"

不久，南明政权将这支部队受封为"忠贞营"。加封高夫人为"贞义夫人"，赐珍珠冠服、彩币；授李锦御营左军，高一功御营右军，两人均挂龙虎将军大印，封侯，并赐李锦改名赤心，高一功改名必正，另各部将领俱有封赏。

至此，江南形势一派大好。

经此一节，堵胤锡与李锦、高一功遂成深交。不久，堵胤锡与李锦、高一功等忠贞营诸将召开军事联席会议，制定了一个宏伟的作战计划：堵胤锡自己率领本部兵马与忠贞营先攻下荆州；同时，让湖广总督何腾蛟与兵部右侍郎章旷率明军主力由岳州北上，双方会师后合兵一处，共捣武昌，然后引兵东下，直指赣、皖。如此，则天下局势尚可有为，大明中兴则有希望。

这是一个非常完美的中兴计划。

然而，计划却落实在了两个绣花枕头上。何、章二人果然成事不足，败事有余。这一场"翻盘决战"计划，最后却是功亏一篑，付诸东流。

直教人扼腕叹息！

十一月间，多尔衮得悉荆州战况，火速调派智勇兼备的平南大将军、多罗贝勒勒克德浑疾速西上，驰援湖广。这勒克德浑当时驻节南京，为礼亲王代善之孙，是清军中一位优秀的青年统帅。十二月十八日，他速调大军登船进发，溯江西上，自己则轻装就道，急赴武昌。

翌年，即隆武二年，也就是顺治三年（1646年）。正月初十日，勒克德浑统领的增援大军便已云聚武昌。他决定采用围魏救赵之策，先向驻防岳州的马进忠部发起进攻，以便对堵胤锡、李锦等组织的攻城联军实施各个击破的谋略。果然，战役一经发动，何腾蛟、章旷两人先是按兵不动，首鼠两端，只求自保；后是干脆命马进忠放弃岳州，退往长沙。岳州是湘北的重要门户，门户一开，正在猛攻荆州城的忠贞营侧翼就暴露在了清军的兵锋之下。勒克德浑即派护军统领博尔辉率领一支精骑经石首攻击松滋，然后长驱直入，直扑兵力薄弱、防范松懈的大顺军老营。大顺军老营军士瞬间就被如狼似虎的清军铁骑冲散，后勤辎重被掳掠一空。

捷报传至武昌，勒克德浑于二月初三星夜疾驰，统兵长途奔袭，于晚间绕过孝感、荆门，兵锋直指荆州城外围的"忠贞营"。

一场在荆州城外围全歼大顺军的重大战役，就此拉开大幕。

当时，大顺军将士还正在荆州城下酣战，劳师已久，又正处于疲惫之际。清军的突然加入，使大顺军将士猝不及防，仓促间只得分兵应战。很快，几十万人的部队即行土奔瓦解、分崩离析。

荆州城外围的数百里旷野一时陷入混战纷乱状态。哀号声撕心裂肺，血流成河。

话说八义门群雄住在澧州城客栈中，原是希望不久后能重回荆州城。直到伤者康愈如初，荆州局势依旧呈胶着状态。当时仓皇南撤，随身所带银两财物极是有限，是故在等到五大护法、三大执事会齐后，即召开了门中大会，决定众人从澧州城中撤出，在澧水南岸一带山岭中选一处静谧隐蔽处暂时作为本门的总部所在。

在丐帮夏、商两位帮主的大力荐举下，最后看上了一个好去处，恰巧就是当年太浮山群雄去澧州城助拳短暂逗留过的桃花村。这桃花村临水靠山，又在澧水之南，过江即可打探澧州城的消息，即使有大军袭来，又可往南边快速撤去。在此兵荒马乱之时，这无疑是一个很稳妥的安全处。待总部地址选定，欧阳掌门又密派人手，暗中潜入荆州城中，取回部分金银细软，请了桃花村中山民把酒言欢，共结友好。协调好关系后，便雇了瓦工木匠，在林木浓荫间搭建了一排像样的木屋。至此，八义门在江南总算有了一个落脚之处。

忙完这些，接着就是过新年。待年一过完，欧阳掌门便领了三大执事，携了厚礼，由丐帮夏、商两位帮主陪着，直奔太浮山而来。

上得缥缈峰太清殿，欧阳掌门一众拜会了浮山派大掌门虚云真人，并就冒昧上山、被赠灵芝仙草一事谢了太浮山众人。虚云真人早就听大徒儿玄真道长说过此事，遂摆手道："区区小事，何必还要劳驾欧阳掌门亲自上山呢？只要药到病除，救得了性命，那就是万福了。各位请用茶吧。"

欧阳掌门道："此次上山，除了专程感谢之外，鄙人还有一个请求，就是想见见贵派的玄智道长一面。"

虚云真人一惊，眉头跳动了一下，谨慎道："玄智道长是我的第二个徒儿，自完婚后，就未曾下山，不知欧阳掌门……"

夏帮主见虚云真人一脸疑惑，便连忙抢着把八义门与玄智道长数年前发生在荆门城外的一段过节说了出来。

欧阳掌门惭愧道："我们也是后来才慢慢地打探到，那位少年大侠极有可能就是你们浮山派的玄智道长，是故今日这三位执事也一并上山来了，我们就是想见上他一面，若果真是他，我八义门当当面道歉。更重要的是，那从中挑祸的三个恶人又早已投靠了清人，成了他们的帮凶，现在尚在荆州城中助纣为虐，逍遥法外。少年大侠的武功是卓然超群，我们实在佩服之至，还希望他能够下山一趟，与我们一道除掉杀主降清的叛徒郑四维及这几个恶人帮凶，替我们八义门和丐帮出一口恶气。"

商帮主又趁机将去年荆州城郑四维杀主将清，八义门群雄激于大义与他们一番恶斗而遭受重创，后为救人性命不得不冒险上山采药的事情一咕噜说了出来。

虚云真人双眉耸动，愠怒道："世道纷乱，这两年我严厉约束浮山派弟子，不得我的允许，任何人不得轻易下山行走，招惹是非。不想，这荆州城中竟发生了这么大的事情。郑四维杀主叛节，不忠不义，实乃可恨可鄙，天理不容；那三个恶人挑唆是非，实是可憎，又成为外族帮凶，杀我汉人，也是罪责难逃，死有余辜。"

虚云真人当即吩咐大弟子玄真道："速派人去'楚香居'请玄智来太清殿议事。"转头又对欧阳掌门道："贵门为了大明的江山社稷，不惜抛头流血，劳累奔波，丐帮亦是如此。相比之下，我浮山派避守山林，清修尘外，实是心中有愧。"

欧阳掌门道："宁做太平犬，不做乱世人。可我等生逢乱世，命中如此，也只好顺其天命了。不管怎么说，大丈夫当顶天立地，为国为民分忧才是。"

夏、商两位帮主也附和道："我丐帮弟子也是如此。自农民军进到荆、澧以来，我江南丐帮弟子数次帮着官军协守澧州城，亦是损失惨重，元气大伤。如今外族入侵，犯我华夏，我等更是不可袖手旁观，坐视不理。"

虚云真人也为他们的一腔爱国热忱深深感动，胸中热浪滚滚，英雄之气顿生。他对欧阳掌门和夏、商两位帮主道："看来，我浮山派也当为国出力了。"

不多时，玄智夫妇抱了儿子思苗来到。玄智一身普通山民装扮，龙香玉却是一身苗服，头戴银帽，胸佩银饰，鲜艳亮丽。

进得大厅，双方一经照面，凝目细视之下，俱是惊讶不已！

欧阳掌门看得真切，忙给身边三位执事彭伦、蒋晟、章伯达使眼色，四人同时抱拳赶紧向玄智夫妇行了大礼，又是请安，又是道歉。

玄智夫妇也是认出了来人，满脸疑惑，不知他们此时何以会现身在缥缈峰，虽然抬手礼节性地向他们还了礼，但脸面上终是不冷不热。

夏帮主见状，连忙上前，一个劲儿地口称"误会！误会！"趁机把金刀阁五和大漠双鹰是如何挑起祸端，又是如何投靠清人，残杀我武林中人的事儿说了。

欧阳掌门一脸惭愧，诚恳地对玄智、香玉夫妇道："我们当时是听了他们的一派胡言乱语，气昏了头，方才得罪了少侠。我们这次上山，就是希望把此话说明，还望少侠夫妇海涵宽谅，不计前嫌。同时，还恳请少侠下山，惩凶除恶，替我们八义门报仇。"

商帮主忙补充道："也替我们丐帮报仇雪恨。"

玄智夫妇听完，心中明了七八分，瞟了他们众人一眼，方才款款落座。早有道童上了茶水。

虚云真人笑眯眯地将小徒孙思苗接了过去，高举在头顶，逗着乐儿。小家伙乐得小嘴咧开，"咯咯"地笑个不停。

香玉浅笑道："小苗苗，你师公还有正事商量，快下来吧。"便伸手接了小思苗，揽在怀里抱着。

夏帮主便又把去年荆州城发生的事情对玄智叙说了一遍。玄智听了，虽也是深为震惊，但他也只是平静地对欧阳掌门说道："我们之间的恩怨，我早就淡忘了。至于山下的事情，我也只不过是一介山野草民而已，实在不愿过问。"

欧阳掌门一听，与夏、商两位帮主面面相觑，不知所措。欧阳掌门对此行原本抱了十二分的把握，却不料话一出口，就被玄智少侠一口回绝了，心中忽地对浮山派起了芥蒂鄙视之意，但又毕竟受了所赠灵芝仙草的恩惠，心中纵有怒气，也只得忍气吞在肚中，便对夏、商两位帮主道："既然浮山派不愿过问山下的事情，那我们还是早早下山，去另寻其他门派相助。"说罢，便带了三大执事，告辞下山而去。

夏、商两位帮主见事不谐，亦忙与虚云真人及太浮山众人告辞，与他们同去。

望着他们远去的背影，虚云真人忙问玄智道："徒儿，你刚才所说的可是实话？"

玄智只得如实回师父道："我也不是不想援手，可山下的事情，一旦插手，就身陷其中，没完没了。我就怕我们太浮山从此不得清静了。"

虚云真人豁然开悟，赞许道："徒儿说得极是在理。"稍一沉吟，便又深叹道："可我们太浮山既已开宗立派，要是此事传扬开去，江湖中人又会如何看待呢？"

虚云真人又转向大弟子玄真道："玄真，你有什么看法？"

玄真道长便直说道："玄智师弟说的也是实情。可要是真的不援手，传了出去，也是有损我浮山派在江湖武林中的声誉。"

虚云真人一听，觉得玄真此话极有道理，忙挥手吩咐他道："赶快去将欧阳掌门一行追回，再做商议。"

玄智伸手拦阻道："师兄不要追了，我自有办法。"

虚云真人道："你有何办法？"

玄智略一思忖，便对虚云真人道："师父，我们明里不帮暗里帮。我悄悄下山一趟，扮作蒙面人杀了那几个奸贼，又神不知鬼不觉地回山来。这样，大仇得报，又不露行踪风声，谁还会找上我们太浮山来？"

虚云真人一听，觉得这的确也是个好主意，立马表示赞同，遂问道："就你一个人去？"

玄智道："一个人去方便些。"

虚云真人不放心道："带上玄妙和玄音吧，让他们也历练历练。你们仨人一起去，我便更加放心了。"

玄智见师父发话了，不好拂他老人家的意思，便点头答应。

回到"楚香居"，香玉问玄智道："远山哥，你真的要下山去？"

玄智淡然一笑道："我本不愿下山，但这几个恶人确是该杀，又是你的仇人，更何况八义门与丐帮又上山求到了我们浮山派。我浮山派在江湖上的脸面也要紧呢，我就下山一趟吧。"

香玉自与玄智成亲，住进了"楚香居"，两人恩爱甜蜜，如影相随，还从未曾分开过。一想到夫君要下山去厮杀，香玉心中顿时一片空落，好不惆怅。她娥眉轻扬，双目一转，有了主意，便用手挽了玄智的胳膊，柔声道："远山哥哥，你下山去与仇人厮杀，我在家怎能安心？我要和你一起去。"

玄智看着如花般的女人，关切道："江湖凶险，你还是留在家里吧。"

香玉一听，心中一怔，更是坚持道："那我就越要下山，越要和你在一起。在这山上待久了，我也想下山透透气，活动活动筋骨。还有啊，你教了我那么多的好招式，都还没有正儿八经地试用过，我想……"

玄智道："你想试试看到底有没有用？"

香玉赶紧抿嘴一笑："远山哥哥，我就是那么个意思。总之，我只有和你在一起，我的心才会特别安稳。"

玄智一想，她说的也还有些道理，便点头道："行，那你就准备准备。"

香玉见丈夫答应，心中爽快之极，莞尔一笑，飞身投入玄智怀中，娇羞柔声道:"远山哥哥,你真好!"

第二天,除了玄妙、玄音,玄空也悄悄地跟了过来。他们一同下山,到了海棠溪,香玉将小思苗交与宝珠妹妹:"跟着阿姨,妈妈等几天便来接你。"宝珠接了小思苗,问了缘由,自是反复交代香玉要小心在意。少溪主叶芝楚欲同去,被玄智强留了下来:"近来山下不太平,你就不要去了,留在山中,我们一去就回。"少溪主道:"那你们一路要小心才是。"

众人一番寒暄,辞了海棠溪,出甘溪峪,直奔道水河边而来。在路上,玄智便把这次行动的具体任务讲了。

玄空道:"我们要不要去桃花村,让八义门也知道我们浮山派的行踪。"

玄智道:"我们这次去,就是要暗中行动。人多了,反而会打草惊蛇,让对手有所防备。"

船行道水河中,两岸平畴,麦苗青青。

众人便立在船头,指指点点,欣赏着两岸如诗如画的田原风光。就见一小舟从下游溯水慢来,从近处水面划过。舟上一老者,须发皆白,然而面色红润,精神矍铄,双目炯炯有神。只见他昂首站立在那舟头,用抑扬顿挫的语调,高声吟哦道:

> 天覆吾,地载吾。天地生吾有意无?
> 不然绝粒升天衢,不然鸣珂游帝都。
> 焉能不贵复不去,空作昂藏一丈夫。
> 一丈夫兮一丈夫,平生志气遂良图。
> 请君看取百年事,业就扁舟泛五湖。

吟毕,从腰间取下悬挂的葫芦,打开塞子,将内面的东西朝口中仰倒了几口,然后咂咂嘴,高声赞道:"好酒!好酒!"

划舟的是一极年轻的窈窕女子,面如芙蓉,目如寒星,一头乌发,衣裳鲜丽,只听她莺语道:"爷爷,今日个开心不?"

老者连忙回道:"开心,开心。有你这乖孙女替爷爷划船,陪爷爷看这河上的景致,还哪有不开心的呢?"

那女子又道:"爷爷,我看您年岁也大了,眼下又不太平,今后还是少操点心,多休息休息。行不?"

那老者呵呵大笑道:"爷爷我也在考虑着是该要多休息了。告老还乡多年了,总还想着多联系几位同乡绅士,大家多捐一点钱物,将地方上的书院再整修扩大一下，为家乡的孩子做点好事。今日去的傅家，是一位员外之家，家道殷实，听说为人也是极慷慨大方的。看来，今天是不会白跑啰。"

众人听罢，方知那是一对爷孙。那老翁虽已暮年，但仍热心书院，正要去探望某位员外，为修缮书院化缘。

众人心中立时肃然起敬。

天暮时分，玄智一行便匆匆赶到了澧州城码头。五人刚刚下船上岸，便被几个眼尖的丐帮弟子认了出来。那几人便连忙走上前来，抱拳与玄智等行了礼。其中一人道："夏、商两位帮主眼下就在城中办事，立马就会过来。我们正准备去桃花村有要事相商。既然浮山派的大侠来了，我们不妨同去桃花村聚聚。"

玄智道："你们何以认得我们？"

那人道："前几年在守澧州城的时候，在酒店里不是打过一次架吗？那天我就在场，我见你们也在。只是这位漂亮姑娘没有见到。"

玄智笑道："你们的眼力和记性真是厉害得很。"

那人得意道："我们常年在江湖上走动，眼力和记性那肯定是要超出一般常人的。"

玄智见事已至此，若不与两位帮主及八义门欧阳掌门打个招呼，恐怕日后生出一些隔阂来，再见面时或许又不好解释，只好暂在码头休息，等候两位帮主的到来。

玄智闻到江水冲击岸堤的喧哗声，举目浩荡的江面，波涛滚滚，远接天际，忽地就想起了自己就正是在这江堤上突然顿悟了"九龙神功"的修炼之法。时隔数年，今日竟是旧地重游。江水还是那个江水，堤岸还是那个堤岸，只是换了红颜知己，心中不禁情愫涌动，亦如这不舍昼夜的滔滔江水般，潮涨潮落，起起伏伏。

香玉姑娘望着这水天相连，江阔岸平的壮美景色，赏心悦目，一脸陶醉之状，连声赞美道："太美了！太美了！江南水乡，果然景色大异。"

玄妙、玄音、玄空也是引颈四望，赞叹不已。

这时，一阵嘹亮的号子声从江面上的一只大船传过来：

> 太阳哪哩个出来呀哈，
> 红似哪哩个火啰哦，
> 驾起哪哩个船儿呀哈，
> 走江喂——河啰哦，

哦——哦——

哦——哦——

声音高亢清越，在碧蓝的江面上传播得很远很远……

香玉闻听，举目远眺大船，逸兴飞扬。

无数白鸥，在江风中振翅唳鸣。

不多时，夏、商两位帮主来到，见了玄智太浮山一行，喜出望外，施礼毕，即相邀上船，重过江面，一并进了桃花村。

"我就知道你们浮山派决不会袖手旁观，"夏帮主相当自信道，"自下山后，我就心中带疑，以为你还记着数年前与八义门的过节。一想，你玄智少侠也不是那种小肚鸡肠之人。"

商帮主道："欧阳掌门若是知道你们浮山派下山来了，那才高兴呢。"

且说桃花村八义门总部。欧阳掌门自太浮山回来后，心中一直闷闷不乐，焦虑不安，寝食无味。忽听手下禀报浮山派玄智少侠来访，心中大疑，忙奔出门外，来到院中，见果真是玄智一行。又见玄智少侠的夫人俱也同行，心中着实震惊。

待茶水上毕，欧阳掌门便急问事由详情。

玄智不好隐瞒，只得将那日心中所想和今天此行的目的如实说了。

欧阳掌门闻听，大喜，一扫心头郁闷和对浮山派的成见，对夏、商两位帮主道："浮山派虑事深远，考虑周全。难得！难得！"当即吩咐厨房美味佳肴，好酒好肉准备。

欧阳掌门脸上愁云尽消，一握拳头，高声道："有浮山派出马，此仇可报也。"

欧阳掌门当即就与夏、商帮主、浮山众人商量谋划，制定方略。晚上自是殷勤招待。翌日，八义门与丐帮选派好手，各做准备，第一拨人马立即动身过江而去，在前探路。次日，大队人马也收拾启程，乘船过江，往北进发。

两日后，众人行到松滋界地。地势也由平原而转为丘陵山岗。忽有前哨来报，前面山谷中有两队人马正在激烈厮杀。众人急疾速潜行，穿过树林，攀上山脊。透过树林枝叶的间隙，果见前方谷中马嘶人喊，杀声震天。从衣着上可以清晰地判明一方是大顺军，一方是清兵。大顺军似乎大多是一些老弱妇幼，生力军极少，虽是奋勇苦战，然已经是节节败退，情势极危。玄智远眺过去，又见一堆呐喊处，却是一队女兵正在拼死厮杀，保护着一位身份不凡的妇人及数匹负有辎重的骡马且战且向山谷口撤去。那妇人腰悬长剑，骑在马上，容貌仪态，超群脱俗。

众人正观望时，见又有一队清兵从林中奔出，手持长矛，呐喊着，凶悍地朝那妇人处包抄过去，情势已是危险万分！

欧阳掌门摇头叹息道："我看那妇人容貌娇丽，仪态端庄；雍容富贵，极有身份，似不是一般随营家眷。我们要不要出手相助？不然……"

夏帮主道："大顺军既与南明结盟，那我们就是一家人了，我们岂可袖手旁观，见死不救？"

商帮主也是摩拳擦掌，跃跃欲试："不管怎么说，大顺军也是我大明朝人，现又是盟友，岂可任由外族欺凌杀戮？"

众人说罢，俱把目光投向玄智少侠。玄智见状，心中不忍，便果断下令出击。随即，群雄便发一阵呐喊，各执兵器，如下山猛虎，朝谷底一路俯冲下去。

这妇人在马上见四处是清兵人马，正焦急间，忽听山坡林中又是一阵呐喊声起，回头一望，猛见一群彪形汉子手持兵器，朝自己这边席卷而来，心中立时惊恐，方寸大乱，不觉仰天长叹："我高桂英随丈夫起兵，走南闯北，纵横天下，不想今日竟会殒命此地。"

身边女官指着那些骡马，急劝道："太后，我们还是保命要紧，走为上策，这些金银财物，还要它做甚。"

那被称作太后的妇人惋惜道："这可是我们大顺军的全部家底了。"

正寻思要弃了逃命，不经意地一抬头，她却瞥见那群汉子已经冲进混战之中，向清兵杀将过去，眼前形势立马反转。那妇人凤眼大睁，瞧得分明，脸色不由转忧为喜，高声道："救兵来了！救兵来了！真是天佑我也。"

正说着，却见一男一女两员骁将，身后还跟了三个道长模样的汉子，竟直奔自己跟前而来。一见那女将身着奇装异服，头戴银帽，手中拿了一把亮晃晃的长弯刀，心中一凛，不知是敌是友，急高声对女官喝道："快截住他们！"

女官急挥剑上前，率了众女兵挡在那妇人面前。不料那一男一女却在前方数丈处忽地方向一转，手中一棍一刀却攻向左边正要合围那妇人的清兵。那身后三人也是身形疾转，同时攻向右边的清兵。

女官惊骇之下，大喜，扬头高声对妇人道："太后，他们是朋友，是来帮我们的。"

这玄智与夫人香玉一路，玄妙、玄音、玄空又是一路，两路人马一经杀到，顿时惨叫声迭起，清兵立时溃退，四散逃命。女官趁势指挥女兵分路追击掩杀，直到溃散清兵杀尽，方才收兵转回。

　　玄智夫妇便引了玄妙三人，奔过来正欲与妇人相见，却猛听得近处林间一声大喝："大胆狂徒，休得伤害太后！"

　　随着喊声，林子边就疾旋出一队高头快马。

　　玄智等闻声驻足，侧目细看时，就见一溜快马风驰电掣，业已奔到跟前，早已护在了那妇人四周。但闻那领头之人朗声道："侄孙听闻老营被袭，即率兵星夜赶来。护驾来迟，还请太后恕罪！"

　　不等那妇人回话，那人旋即又转向玄智一众，剑尖一指，怒喝道："你们是何人？还不快快退去！"

　　那妇人急高声喝道："侄孙，不得无礼！他们可是我的救命恩人。"

　　那被称为侄孙的年轻人一脸惊疑，赶忙望向那妇人。这时，玄智与那马上一众一经照面，双方俱是吃了一惊。原来，那曾经上太浮山要切磋比试的追魂掌崔必成及手下夺命一刀吴东风、青衣剑客卓不群、玉面罗汉郝士信竟都在其中。那几人也认出了玄智众人，大为惊奇，当即翻身下马，上前抱拳一一行了礼。太浮山众人也是还了礼。

　　这时，那妇人和领头年轻将领早已双双下马，走了过来。崔必成忙将双方做了引荐。听闻那妇人就是闯王李自成的夫人高太后，玄智少侠极是震惊，忙携了夫人香玉，上前行了大礼。玄妙三人也亦行了大礼。这时，欧阳掌门与夏、商两位帮主带着各自的部众也赶了过来。玄智忙又将双方做了引荐。众人得悉眼前的妇人竟是高太后，俱是震惊，赶忙行礼问安。

　　那侄孙道："我们在荆州前线围城，清人竟派兵绕过荆州，从石首直犯松滋，偷袭我老营，真是险啊。"

　　高太后满面笑容，对众人道："吉人自有天佑。今天我高桂英大难不死，逢凶化吉，是遇到了上天派来的大贵人。你们浮山派、八义门、丐帮，都是我的大贵人，今后，你们也都是我大顺军、忠贞营的朋友。"

　　说完，命女官从一匹马载物件里取来一个朱色匣子，伸手接了，递与玄智少侠道："这里面装的全部是黄物。权当作今日的谢礼，还请各位恩人笑纳！"

　　玄智少侠忙推辞道："今日之事，纯属巧遇。路遇危难，施以援手，乃是江湖中人侠义之所在，非图金银财宝这尘世中的俗物，还请太后收回。"

　　香玉亦附和道："还是请太后收回为是！"

　　那妇人凝视着香玉，见她服装奇异，问道："女侠不是汉人？"

　　香玉腼腆一笑，回道："回太后，小女子乃是苗族，世居黔东南苗岭山寨。"

　　那妇人轻轻"哦"了声，又凝视玄智少侠一番，问道："你们是夫妻？"

玄智与香玉点头应承。

那妇人道："郎才女貌，夫唱妇随，侠义双全，真是一对让人羡慕的神仙侠侣啊！"

说完，将匣子递在玄智手中，神色凝重道："我说出去的话，还从无收回之先例，收下吧。"然后，一挥衣袖，将自己手腕上佩戴的一对翡翠玉镯默默凝视一番，轻轻地取下来，伸手握了香玉的手腕，细心地给她带上。

香玉诚惶诚恐，急道："太后，您……"

那妇人动情道："救命之恩，没齿不忘。好姑娘，你我都是江湖中的奇女子，你我今日在此相遇，也是天赐奇缘。我大顺军这几年时运不济，屡战屡败，前途未卜，吉凶不明。今日一别，不知还是否能够相见。俗话说得好，钱财如粪土，仁义值千金。今日我就把这对随身佩戴的翡翠玉镯送给你，做个纪念吧。"

香玉正欲慌忙跪谢，那妇人急挽了姑娘的玉手，笑盈盈道："江湖儿女，不要那么多礼节。"

说完，转过身去，翻身上马，回头凝视着群雄，双手抱拳一揖道："众位恩人，谢了！后会有期！"

少年将军亦抱拳与众人辞别，大呼一声，催动马队，簇拥着那妇人往西疾去。追魂掌崔必成领了夺命一刀吴东风，青衣剑客卓不群，玉面罗汉郝士信，与玄智夫妇、欧阳掌门、夏、商两位帮主及群雄一一告辞，策马随尘而去。

玄智夫妇目送那妇人离去，伫立良久，恍如梦幻一般。群雄亦是愕然相顾，惊为奇遇，慨叹不已。玄智回过神来，见欧阳掌门和夏、商两位帮主面上神情沮丧，一问，方知经此一役，八义门和丐帮各损了两位兄弟。

玄智安慰道："杀敌一千，自损八百。生死由命，富贵在天，各安天命吧。"便将手中匣子交与欧阳掌门与夏、商两位帮主道："这些黄物，你们且收了。吩咐人手，在附近村子里购几副上好的棺材将那几位兄弟埋了。或许马上就会有其他的清兵赶过来，我们当迅速离开这里。日后，给死者的家人多送些银两吧。人死不能复生，也只能如此了。"

欧阳掌门与夏、商两位帮主立即安排人手，分头行动。不多时，山谷坡地的林子边沿就垒起了一堆新土坟。面对坟头，众人伤感，少不了磕头祭悼一番。

欧阳掌门凄然道："你们就在此安歇吧，有空的时候，兄弟们就来看你们。"

毕，群雄匆匆沿山谷折回，重新翻越山岗，穿林越涧，往荆州城方向而

去。

一日，群雄来到一处小镇上，腹中饥饿，便寻了一处客栈打尖休息。却见街上行人匆匆，神色慌张，三教九流，各色人等，一概俱全。众人便向店中小二打探。小二道："听说围攻荆州城的大顺军和大明军遭了清人的埋伏，败了，正在四处逃散。"

欧阳掌门一听，面上立现忧虑之色，对玄智少侠道："这荆州城中清人的势力是越来越大，此番前去，我们如何是好？"

玄智看着大家道："我们既已来了，就见机行事吧。"

夏帮主道："少侠说得对。先到荆州城，看情况再说。只要有机会，我们就下手。"

商帮主也道："反正我们在暗处，他们是在明处。他们就是时刻提防着，也总有疏忽的时候。"

众人酒足饭饱，歇得片刻，即启程上路。香玉视那一对翡翠玉镯为稀世宝物，唯恐打斗中弄坏，便从手腕上取了下来，用一块布片包裹好，小心藏入怀中。

一路上，她就像一只小鹿，紧跟在玄智身边。闯荡江湖的新鲜与刺激，让她兴奋不已；而厮杀时的惨烈与悲壮，又让她叹息与无奈。她心里想着："这是一个怎样的世界？为何到处都是杀戮？为何到处都充满了血腥的味道？"

玄智见她此时忽然沉默无语，侧身低声道："香玉妹妹，你在想什么呢？"

香玉脸上黯然，只是嘟哝了一句："江湖真是江湖。"

玄智听懂了她的话，沉默半晌，方才平静更正道："这可不是江湖了，这是真正的战场。"随即关心道："胆怯了？"

香玉摇摇头，双眼立马放亮，深情款款地注视着玄智，柔声道："和哥哥在一起，就是上刀山，下火海，我也不怕。"

夫妻四目相对，心有灵犀，柔情蜜意，尽在其中。

行得一个多时辰，来到一道山崖官道处，前面探路的急转回来报道："一队南明官兵被一队清军骑兵追杀着，正往这里驰来。"

欧阳掌门一听，火气就"腾"地一下上来了，怒道："岂有此理！这是我炎黄子孙的地盘，岂容它北方鞑子跑到这里杀人放火，胡作非为？兄弟们，抄家伙！"

这一吆喝，群雄当即热血沸腾，纷纷亮出家伙。玄智见山道狭窄，为防马匹的踩踏，急吩咐众人躲入路边林中浓荫里，静观形势，再做定夺。

稍有片刻，果然听得马蹄声如暴风骤雨般踏地疾来。群雄从树林中悄然起身察看时，果见是一小队明军装扮的官兵正簇拥着一位官员模样的人物策马急急驰来，正要细看时，又闻一阵马嘶人喧，一抬头，就见一大队快马出现在山道拐弯处，尘灰蓬起。眨眼间，马队滚滚奔至。一眼望去，果是服装奇异的清兵。

说时迟，那时快，只见欧阳掌门一个纵身，人就已经从林中弹出，扑跃而下，人到剑至，眨眼间便取了一个清兵的性命，夺得了一乘马匹。一见欧阳掌门杀出，群雄呼地一阵呐喊，纷纷从崖上林中跃下，扑向那马背上的清军。马匹受到惊吓，狂嘶乱叫，胡冲乱撞，一时，狭窄的峭壁官道上人挤马撞，乱作一团。

玄智飞身跃下，瞬间就棍毙一清兵，夺得一马，当即左手紧揽缰绳，遏住马势，右手中的乌梢棍一个横扫，左手边又有两个清兵当即号叫着滚落马鞍，跌下山崖。玄智心系爱妻，侧眼一瞧，见香玉虽也夺得一乘马匹，人却在马背上上下颠簸，左右晃悠，不知所措，情急中方才想起她不会骑马，便疾声喊道："香玉妹妹，快跳到我马背上来！"

慌乱中，香玉猛听到玄智喊声，徒地惊醒，便弃了身下坐骑，一个腾身侧跃，跳到玄智马背上，右手提刀，左手环揽住玄智腰身。玄智见香玉已在身后坐稳，便一声呼哨，催动身下坐骑，直往前冲。后面玄妙、玄音、玄空见师兄如此，必有另图，当下便也急催马前冲。太浮山众人一阵重鞭，催马掠过混乱的马队，终于赶上了跑在最前面的那几头清军快马。玄智劲贯降龙棍，只是将棍朝前面马背上的汉子后背一送，那汉子的身躯便向前伏去，栽于马蹄之下。与此同时，香玉挥动手中弯刀，将右手边马背上的一个清兵砍翻。

正奔驰间，玄智忽见前面的明军突然勒住马头，纷纷翻身下马，急"吁"的一声，勒住马头，高声喊道："怎么回事？"

那几人神色慌张，语无伦次道："堵大人……堵大人摔下山崖去了。"

玄智喝道："堵大人是谁？"

一人急道："堵大人就是堵胤锡大人，是我们南明朝的湖广巡抚。"

玄智一听，觉得此人官位不小，急回头一望，见追来的清兵经过群雄刚才的一阵突然冲杀，已经大部被杀，少数正勒转马头，往后仓皇撤去，玄妙、玄音、玄空三人俱是安然无恙，紧随在自己身后，便连忙与香玉翻身下马。

"我们是江南太浮山的，还有荆州八义门、江南丐帮众好汉，都是自己人。"

玄智一边朝那几个明军走去，一边自我介绍道。

那几人策马回头之时就知道了他们是一群江湖中的侠义之人，此时赶忙抱拳道:"多谢好汉相助。"说完,几人奔至崖边,探身朝崖下急急望去。玄智亦走到崖边,探身朝下望了望,竟是峭壁耸立,高约数十丈,崖下林木繁茂,郁郁葱葱,竟是毫无声息。

那几人一脸愁容,惶恐之极。

一人道:"堵大人不知是死是活,这如何是好?"

另一人道:"堵大人万一有个三长两短,我们回去如何交差?"

几人在崖边又急又燥,不停地来回走动,不时朝崖下探视。这时,欧阳掌门与夏、商两位帮主率领群雄也奔了过来。闻听是堵胤锡大人跌落崖下,欧阳掌门脸色大变。原来,他对堵大人甚是了解,也知道堵大人为了招抚大顺军,亲临淞澧,一番口舌,竟将数十万大顺军说服,与大明军结成同盟,共同抗清,可谓是于国于民,功莫大焉。

欧阳掌门急道:"堵胤锡大人是我大明朝的中流砥柱,中兴之臣,是个好官,我们当速想办法救之。"

可群雄见崖高壁危,除了叹息,也是束手无策。

欧阳掌门走到玄智身边,恳求道:"玄智少侠,我们的武功都不如你,不知你可有下去的把握?堵大人可是一个好官,他来淞澧也是为国为民,无论如何,我们都要救他一把。"

玄智将手中降龙棍交与香玉,轻声道:"我下去一趟。"

香玉望着崖下,倒抽一口冷气,小声道:"行吗?"

玄智自信地点点头:"你在上面等着。"

香玉关切道:"小心!"

见夫君赤手空拳,手中又无任何兵器,香玉急从怀里摸出夫君所赠的短刀,递在夫君手中,柔声道:"哥哥小心!"

玄智将短刀接了,纳入怀中藏好,盘膝而坐,暗提一口真气,用了九龙神功的行气之法,将强大的真元之气运于周身经络,瞬间周身气息鼓荡。群雄只见他整个身躯缓缓腾空而起,离了地面,然后又平平移向崖边,又缓缓向崖下坠去。瞬间,不见身影。

群雄虽是久历江湖,走南闯北,饱经阅历,然而这一幕之下,却是人人瞠目结舌,个个魂飞魄荡!再侧目看向香玉姑娘时,却见她神情坦然,脸上溢满了无比的欣慰与自豪。

群雄面面相觑,摇头叹息;惊为天人,自愧不如!

且说那南明朝的湖广巡抚堵胤锡,在荆州城外,部众被清兵大队铁骑冲散,自己在几个贴身侍从的护卫下突出重围,望南奔逃,却又被一队清军骑兵发现，一路追杀，仓皇奔逃之下，坐骑一个闪失，连人带马，滚落深崖下。直到他悠悠醒转，睁眼环视，却见身边尽是林木花草，枯枝腐叶，仰头一望，一道山崖高与天齐，蓝天白云，深邃遥远。这时一阵剧痛从左臂传来，他忙伸右手细细摸之，一摸之下，心中慌乱，原来左臂已经折了。这时，他才完全明白自己是在绝壁之下。他忙四下查看，见林深树密，荆棘丛生，浓荫处处，阴气重重，绝望之中，背脊顿生一股冷气，上下直窜。

此时的堵胤锡，不免英雄末路，悲从心来。他暗自思道："想我殚精竭虑，精忠报国，老天却不长眼，难道让我就此殒命，尸抛荒野？本来淞澧一线，忠贞营及大明军共有数十万，战将如云，声势浩大，荆州城已是孤城一座，指日可下。然而，形势却是波谲云诡，翻云覆雨，转眼间，几十万的围城大军却被勒克德浑指挥的清军精锐杀的全线溃退，东奔西逃……"

这时，一条花色巨蟒可能早就嗅到了猎物的气味，机警地睁着一对铜铃大眼睛，从林中缓缓游移过来。堵胤锡在地面上半坐半躺着，正满脑子想着心事，忽听得一阵窸窸窣窣声响由远及近，心中一凛，情知不妙，急拿眼四顾，见地面正好有一截树棍，右手便急抄在手里，权做防身之用。

这时，双方都发现了对方，四目相对，蓄势以待，剑拔弩张。那五色大蟒伸出巨舌，发出呼呼的恐吓声，不断地发出试探和挑衅。堵胤锡虽是心中恐惧，却是无可奈何，只能以逸待劳，伺机以求一搏。果然，那大蟒见对手并无任何反应，便大胆地向堵胤锡直蹿过来。堵胤锡见那畜生迎面硬来，忍痛"呼"地从地面上挺起，将棍高高举起，准备迎头一击。

就在这时，忽地听得一声大喝："蓄生，还不快退！"就听得"嘭！嘭！"两声大响，只见两道罡风疾向那大蟒卷去。那大蟒也极是灵性，身形一扭一抬，竟毫不费力地巧妙避了开去，大嘴依旧朝前狰狞攻来。

玄智宅心仁厚，原不想伤及大蟒性命，所以刚才两掌只用了三成功力，本以为可以轻松迫退大蟒，不料竟毫无效果，此时见情势凶险危急，便急提真气，用了全身功力，对那大蟒头部连发数掌。堵胤锡闻得风声震响，只见飞沙走石，木叶翻飞，劲风鼓荡而来，自己竟站立不稳，迫退数步，踉跄倒地。

风过声息。堵胤锡忍了剧痛，勉强起身，再凝神细看时，那蓄生已是头部炸裂，横尸于地，了无声息。

"阿弥陀佛！"

堵胤锡透一口长气，但见林中现出一位陌生的飘逸男子，惊骇之下，忙忍了疼痛，朗声道："多谢大侠相助。"

玄智一眼望去，见跟前的这位堵大人只是左臂垂吊，身体其余处并无伤着，心中大慰，当即抱拳道："堵大人，在下江南常德府浮山派玄智道长，特地前来相助。"

堵胤锡喜道："原来大侠是浮山派的人。我常从常德府路过，也曾在常德府衙经办过军政要务，对浮山派也是有所耳闻。不想今日却与大侠在这巨崖下相见，真是狼狈可笑，情何以堪？"

玄智心道，什么时候了，你还"狼狈可笑，情何以堪"文绉绉的。口中却道："大人从崖上摔下来，能保住性命就已经是老天长眼了，我们赶紧上去。"

堵胤锡灰心道："我的左臂折了，你我如何上去？"

玄智道："我把你背上去。"

"你！？……你把我背上去？"堵胤锡惊道。

玄智轻松一笑，幽默道："我不把你背上去，你难道把我背上去？"

堵胤锡仰头，目光顺着垂崖的石壁一直望上去，直望见蓝天白云，然后才低头收回，呆看着跟前的年轻人，惊栗道："你是人还是神？"

玄智又是轻松一笑："我当然是人了。"

说完，他环视四周，寻到一根粗长的葛藤，从怀中取了短刀，斩断并削去细枝蔓叶，将堵胤锡牢牢地捆绑在自己背上，道："堵大人，把眼睛闭上，我要腾云驾雾了。"说完，一提真气，用了九龙神功，两足发力，双手攀缘，两人身躯竟是如飞而上。

堵胤锡，这位南明朝廷的湖广巡抚，双眼紧闭，只觉两耳边冷气簌簌，人往上升腾，须臾间，便听得一声"好了"，睁眼看时，两人却已上至崖顶官道。

玄智解了身上藤蔓，放下堵胤锡。

堵胤锡惊魂未定，忙右手一抬，连声道："多谢贵人！多谢贵人！"

众人见堵胤锡平安上来，俱是惊骇不已。那几个亲兵如筛糠般慌忙走拢来，忙向堵大人问安。欧阳掌门、夏、商两位帮主也是领了众人过来问候。

欧阳掌门道："谢天谢地，堵大人吉星高照，遇难呈祥。"

稍有片刻，堵胤锡神志清醒如初，感激地对玄智道："大军溃退，清军现派兵四处追杀，淞澧之地，一派狼藉，已呈不可收拾之状。此地委实不可久留。眼下堵某军务在身，当速赶赴常德府，然后再去潭州。大侠大恩，没齿难忘。请受在下一拜！"

堵胤锡说完，就要躬身下拜。

玄智慌忙拦阻道："拜不得！拜不得！大人您是官，我是民；您是长者，我是晚辈。再说，这是举手之劳，何必言谢？大人为国操劳，甘冒风险，四处奔走，实乃我等楷模。"遂与欧阳掌门、夏、商两位帮主商量道："堵大人身体虽是无恙，但左臂已折，急需敷药治疗。此番赶往常德府，一路上又不知是否安全，我看我们当留下一些人手护送堵大人一程。三位以为如何？"

欧阳掌门连忙称是。想到自己八义门总部就在澧州城南岸，此番堵大人南去，又必从澧州城经过，便道："此事就交与我八义门好了。"当即点了十多名八义门门下弟子，欲与堵大人的亲兵一道护送堵胤锡南返常德府，并吩咐到澧州城后速为堵大人延医疗伤，不可耽误。

堵胤锡见玄智众人还要往北面而去，大为不解，便问其详。欧阳掌门只得说了这其中的缘由。堵胤锡一听，面容震动，赞叹道："江湖上竟也有你们这样的血性汉子，真侠士也，实乃令堵某钦佩。"继而面露忧色，直言道："郑四维在荆州城已经站稳脚跟，又搜罗了一大批江湖中的武林败类为他效力，现更有清兵协助防守，要刺杀他恐怕极难。就纵是侥幸成功，你们也会付出极大的伤亡，不如暂且忍一忍，放他一马，过一段时间后，在他防备松懈时再做计较，当为妥当。"

群雄一听，一时踌躇起来，犹豫不决。思之再三，亦觉堵大人此话甚有道理，群雄复又商议一阵，最后还是接受了堵胤锡的好言规劝，暂时放弃了前往荆州城的复仇计划，护卫着堵大人，一同往澧州城向南去。

▌第十三章
孟良藩捐躯澧州城
华阳王魂归鹦鹉洲

话说玄智众人采纳了南明湖广巡抚堵胤锡的建议，放弃了复仇计划，一路护送着堵胤锡平安来到常德府。府中官员接了堵胤锡，又盛宴款待了群雄。

群雄辞别堵大人，复向北来，径到太浮山东麓下的中门王化桥。玄智尽地主之谊，便诚邀各位上山做客。欧阳掌门与夏、商两位帮主想着既从太浮山下路过，理当上山拜访浮山派，同时，今后如何行动，也还有待相商，便一口应承，率了众人，欣然前往。

一个多时辰后，众人攀上缥缈峰，来到佑圣观前。欧阳掌门与夏、商两位帮主率了众人进到佑圣观中，早有道童将点燃了的香蜡送迎上来。众人接了香蜡，插入香炉中，躬身而拜，极尽虔诚。

虚云真人得了禀报，忙引了大弟子玄真道长等从太清殿那里下来，迎接了欧阳掌门、夏、商两位帮主及一众人等，领入太清殿中，分宾主坐了，上了香茶。玄真道长又赶紧去了厨房，吩咐多备菜肴，好招待客人。玄妙等也去了厨房，帮着伙房师傅烧火、洗菜。玄智夫妇本也要去厨房打下手帮忙，却被师父虚云真人叫住了，坐在边上，陪着师父与众人叙谈。

欧阳掌门与夏、商两位帮主分别将此次北上的经过说了。虚云真人一阵唏嘘！说到那妇人高太后所赠翡翠玉镯，香玉姑娘从怀中取出，递与虚云真人。

虚云真人小心接了，细细赏玩，然后又递与香玉姑娘，道："真是一对好玉镯，极有可能是明皇宫中的珍品，不想却落在了我太浮山。"

欧阳掌门对殿中众人道："这次北上，我们虽未能斩杀叛逆，歪打正着，却也援手救了大顺军忠贞营的高太后和大明的湖广巡抚堵胤锡大人，不能说无功而返。当然，我八义门和丐帮也各损失了两位弟兄。这个账也一并记上，我们日后定要一起讨还。"

群雄当即纷纷发誓，时机一到，定要找郑四维报仇。一提起报仇，夏、商两位帮主就是愤愤然一脸怒气，忙与欧阳掌门商量，什么时候再行出发。虚云真人深觉荆州形势复杂，清人势力已非一般，若眼下又要前往寻仇，恐怕是众寡悬殊，不仅大事难成，反而还会搭上更多的弟兄性命，这岂不是得不偿失？便劝住众人，说出了自己的顾虑。众人听了，仔细想来，也觉甚有道理。就在众人七嘴八舌纷纷议论之际，道童引着杨瑛处士走进殿来。

　　虚云真人大喜，急起身相迎，接入殿中。玄智夫妇赶紧起身，让了座位。杨瑛处士与夏、商两位帮主早已熟悉，相互拱手打过招呼。虚云真人忙将他与欧阳掌门做了引见。双方忙抱拳问候。杨瑛处士见八义门与丐帮同时现身缥缈峰，又见殿中群雄情绪激昂，深感蹊跷，便问虚云真人缘由。虚云真人便将众人前往荆州报仇一事的始末说了。

　　哪知杨瑛处士一阵朗笑，超然道：“我劝各位还是刀剑入库，各守本分，各安天命为好。”

　　此言一出，群雄愕然！

　　一丐帮弟子侧目将杨瑛处士上下打量一番，然后双目怒睁，一脸不屑，愤然道：“我看先生双目有神，身材伟岸，腰佩剑器，风流倜傥，似是文武兼修、大智大慧之人。国破危难之际，侠义仁爱之士理当挺身而出，报效国家，先生岂可当了这么多人的面说出这等风凉消极话来？”

　　杨瑛处士看了他一眼，不愠不怒，不慌不忙道：“那你说该怎么办？”

　　那人长臂一挥，斩钉截铁道：“下山去和那外帮鞑子好好地痛杀一番。”

　　“对，和他们痛痛快快地大干一场！”人群中立马就有人高声嚷了起来。

　　杨瑛处士招招手，示意他们静下来，然后平静道：“我虽在山下闲居，可耳朵还是没有闲着。如今天下之局势早已大乱。首先是高迎祥起兵西北，接着是李自成、张献忠祸乱于中原，然后是李自成攻破北京，崇祯帝上吊自杀。紧接着又是吴三桂投降夷人鞑子，引清兵入关，李自成兵败如山倒，身死湖北通城。如今，大顺军与明军的数十万联军在荆州城外又被清人设计击溃，四处逃窜，疲于奔命。试想一想，我们大家的力量有多大？能和清人的大队人马刀对刀地硬拼吗？”

　　众人一听，心中震恐，面容失色。

　　欧阳掌门愤然道：“如此说来，我们就只能忍气吞声，苟且度日不成？”

　　杨瑛处士稍加停顿，然后正色道：“仇，是要报。但我们毕竟势力单薄，不可与之硬碰。眼下，清人在荆州一带的势力正是炙盛时期，我们当避其锋芒，退隐山林江湖。那些个仇人躲在荆州城中，我们若前去刺杀，纵是成功了，也难以从城中全身而退。今后，我们不妨遍布耳目，多派信使，张网以待。他们总有出城的时候，落单的时候，一旦机会来了，我们就在城外设伏，杀他个措手不及。就纵有援兵赶来，我们也可以从容撤退。江湖之大，山林之广，我们那里都可以藏一藏，躲一躲。众位英雄想想看，是不是这样安排更为妥当一些？"

夏帮主一听，凝神细细思之，甚合心意，立马面露喜色，赞道："不愧是'浮山稼轩'，文武全才！见识就是不同凡响。好主意！好主意！"

欧阳掌门也觉这个法儿甚好，脸上放晴，频频颔首道："果然是个好法子。先生所言极是，我们的确不可蛮干。我八义门与丐帮弟子甚多，可广使眼线。一有风吹草动，我们就可立马行事。"

虚云真人笑着对杨瑛处士道："还是杨老弟文韬武略，足智多谋。不然，大伙儿不知还要商议到何时。"

紧接着，群雄就做了分工：八义门与丐帮负责安排眼线，传递音信；浮山派则按兵不动，以逸待劳。一有消息，大家就联袂行动。

复仇之事计议妥当，群雄个个胸中有数，心中爽快，当下开怀相叙，好不热闹。不多时，好酒佳肴，准备停当。虚云真人便邀了各位前往厨房入席就餐。席间，群雄推杯换盏，尽兴同饮。

是夜，群雄俱在缥缈峰上歇息。翌日，便辞了太浮山众人，下山而去。

却说众人散去，虚云真人留了玄智夫妇在太清殿中品茶，问及此行的细枝末节。玄智便一一详细道来。虚云真人听完，摇头叹息道："时局纷乱，竟至于此。我大明国运不幸，先是有强人起兵造反，攻城略地；眼下又有异族入侵，杀我同胞，夺我江山。大顺军与大明军节节败退，如此下去，澧州城又岂能保？若澧州城破，常德府必不能幸免，到时，我太浮山就不会安宁了。"

玄智回道："果真如此，清人一旦控制沅澧，我太浮山势必会成为危境险地。若清人得知我浮山派参与了山下的诸多纷争，并曾斩杀过他们的人，可能会引祸上身，招来兵灾。"

虚云真人起身，在殿中踱来踱去，然后，看着玄智夫妇道："真是两难啊！除叛逆，杀鞑子，清人日后肯定不会放过我浮山派；若是袖手旁观，但求自保，我们又有何颜面面对江湖上的各门各派？我道教一派，一直提倡，盛世归隐深山修，乱世下山救苍生。我是力主修道与侠义并存。当然，我们也要讲究策略，暗中行事，更要保护好自己。"

玄智点头称是。

"你们俩人也辛苦了，回去休息吧。有什么事情，及时禀报商量。"虚云真人郑重道。

玄智夫妇点头应肯。因香玉思儿甚切，夫妇俩人辞了虚云真人后，下得缥缈峰，径直从三台峰下，去了海棠溪少溪主家。

此时气温不燥不寒，正是习练功夫的绝好时机。少溪主叶芝楚与宝珠夫妇正脱了外衫，仅着单衣，在院前溪岸的草坪上切磋剑技，交流心得。忽听得有人说笑着从山谷顺溪边幽径而下，便收剑歇手，引颈张望。待完全看清来人时，却见是师兄玄智夫妇，少溪主便摇手相招，高声朗笑道："我道是谁呢，却是你们一对神仙侠侣！"便邀了在院中海棠树下的石墩上坐下。

宝珠忙给两人端了香茶，方才取了外衫穿上，嬉笑道："思苗还在床上睡懒觉呢。"又给丈夫和自己也沏了茶水。于时四人便围着石桌坐了，品茶相叙。

香玉一脸得意模样，绘声绘色，将此次下山始末叙说一通。少溪主夫妇听得心往神驰，津津有味。少溪主道："久居山中，我只知花开花谢，季节变换，不料山外竟是这般纷乱。"

这时，老夫人吴氏从屋中端了一碟子香喷喷的葵花籽走出来，与玄智夫妇打了招呼，放在石桌上，招呼大家品尝，自己又进了屋中，去准备饭菜。

玄智问少溪主道："我刚刚看到你们夫妇俩人还在切磋剑法，应该是颇有心得，精进不少吧？"

少溪主朗朗一笑，谦虚道："要是没长进，也是假话；要说有大的突破，也似没有。武功心法，也是慢慢练成，不是一日便可奏来。你来得正好，我将我们浮山派的剑法绝招'雪舞梅花'使一遍，你帮我瞧瞧，有何不到位之处，我好修正。"

说完，拿了剑，走到刚才练剑处，深吸了一口气，纳入五脏六腑中，稍做调息，左手捏了个剑诀，右手挥动长剑，"刷！刷！刷！"地将"雪舞梅花"招式一路使将开来。初时，三人尚可看清剑身的路数，攻时奇快无比，凌厉凶险；收时干净利落，潇洒酣畅。再看时只见人影进退处，一片白光笼罩，真如百千朵梅花次第怒放，寒光闪闪，冷气森森。

玄智提一口气，轻轻一跃，人已掠在半空之中，伸手一探，早将一节海棠树枝折在手中，用了三成之力，掷向那团寒光之中。

只听得一阵"咔嚓、咔嚓"声响，光影前一蓬木屑瞬时疾飞而出，笼罩一团。

少溪主持剑后退数步，气闲神定。

两位姑娘拍手喝彩。

香玉姑娘称赞道:"妹夫的这招剑法着实厉害呢。"

宝珠脸上泛着红光,喜滋滋地道:"这招'雪舞梅花'是太浮山剑法中的绝技,听说此招练成,在剑法上即可独步江湖,故少溪主时时精习,反复揣摩,终有小成。但究竟如何,还要看姐夫的评判了。"

玄智早已落地。他喝了口茶,走过去对少溪主道:"师弟习练此招时间不长,竟有如此长进,也属难得了。"

他从附近处的林中折了一根手腕粗的树枝,折成两截,递与少溪主,道:"你好好瞧着,我来演示一遍。"

玄智便持了长剑,与少溪主互换了位置。玄智深吸一口天地之气,缓缓纳入膻中气海中。此气一经九龙神功的调动,便在体内周身澎湃鼓荡。玄智身形一晃,招式发动,只见一道白光闪处,手中长剑已是呼啸刺出。玄智力贯手腕,缓缓转动,剑尖忽上忽下,忽左忽右,疾如电光石火,包括对方中路在内,五路俱是几乎同时攻到,不差分毫!就在少溪主心中暗暗惊叹时,玄智剑法瞬变,三人只见梅花大放,冷光一片,还哪里有玄智身影!

少溪主见状,急将手中树枝掷入白光中,声息全无,却见一蓬树屑如箭镞般向前激射而出,直射向溪水对面的竹林枝叶上,娑娑作响。少顷,无数竹叶的碎片如雪花般纷纷飘落。

"哇!"

两位姑娘惊呼道。花容失色!

少溪主则是目瞪口呆,半晌无语!

玄智息功收式,提剑回到石桌边。

三人方才神思醒转,恍如从梦境中转悠了一回。

少溪主摇头叹道:"不得了!不得了!难怪说'雪舞梅花'是我太浮山剑技中的绝招,果然是凌厉无比,所向披靡。同样的招式,为何我们两人使来竟有天壤之别?"

玄智坐下,啜了口香茶道:"同样的招式,不同的人使出来,效果是不一样的,这主要取决于施招者的内功修炼到何种程度。我刚才在使招时,用了九龙神功的部分功力,故而威力就大不一样了。"

少溪主叹道:"原来是这样。我原以为自己练到七八成,还深为满意,与师兄你一比,实在是丢人现眼,惭愧之至。看来,从今天起,我还得不问世事,闭门苦练,研习我浮山派的内功心法。"

玄智点头道:"我太浮山武功中的内功心法,实是精妙奥秘,在习练时,要好好琢磨，用心体会。现在山外的局势，已经是乱糟糟的纷乱不堪。大明、大顺的军队节节败退，清人势力不断南下，到处在打仗，到处在杀人。这种局面，就连大明朝廷都无法左右了，更何况我们这些尘外清修之人呢？澧州城的两次保卫战，我们浮山派都参与了，老溪主也因此而不幸阵亡。荆州城郑四维杀主降清，八义门与丐帮又损失了不少兄弟。我是这样想的，我们只有静下心来，安心修炼武功，增强自己的本事。兵来将挡，水来土掩，万一有一天外敌犯我太浮山，我们也好抵御自卫。"

少溪主赞同道："我也是这么想的。咱们把功夫练好，比什么都强。"

这时，屋子里面传来孩子的喊叫声。宝珠与香玉连忙起身进屋，各抱了自己的孩子出来，笑盈盈地哄着。这两个苗岭女子，一同嫁来太浮山，也几乎是同时生产，因思念苗岭家乡，故而一个将孩子取名思苗，一个将孩子取名思清。这两个小家伙都已是一岁多了。现在，各自见到了自己的妈妈，不仅立马不喊不叫不闹腾了，反倒是咧开红嘟嘟的小嘴，露出一脸的笑样，让人百般怜爱。

少时，叶诗彤从屋里欢快地走出来，笑嘻嘻地请了大家进屋吃饭。

饭毕，玄智夫妇抱了思苗，辞别少溪主一家，上山径回"楚香居"。

玄智夫妇回到"楚香居"后，除了日常生活的料理，一有闲暇，夫妇俩人便是勤习武功，钻研心法，切磋技艺。自香玉成为"楚香居"的女主人以来，玄智就将浮山派的内功心法及武功招式悉数传授给香玉。香玉呢，一是天生聪明伶俐，二是勤奋刻苦，再加上又是自己的如意郎君亲自言传身教，更兼有自己扎实的武功底子，所以在武功上可谓是日渐精进，与婚前相比，已经是不可同日而语了。这夫妻两人，一个倾心而教，一个用心而学，真是心意相通，一点即会。俩人如影相随，相亲相爱，有说不尽的欢愉，道不完的恩爱。

时光匆匆，光阴飞逝。不觉气温渐高，又已至四五月间。放眼望去，鹰飞草长，山岭上已是郁郁葱葱，绿意盎然。

一日，玄音师弟突然来到"楚香居"，说师父虚云真人有请。玄智不知何事，忙与香玉携了思苗，随同玄音上得缥缈峰，来到佑圣观。

虚云真人引了玄真、玄妙一众正在观前院中说话，见玄智夫妇来到，便道："请随我来。"

便领了众人上到太清殿中。虚云真人从桌子上拿起一封书信，递与玄智道："五雷山空明真人来信了。你夫妇看看吧。"

玄智接了书信，细细看毕，方知是空明真人通知太浮山安排人手去九溪卫

城华阳王处护卫。

虚云真人看着众人道："既然空明真人有书信到了，说明情况已是紧急，我思虑再三，决定还是由我亲自前往，玄真与玄音随同。玄妙留在山中，主持佑圣观的事务，玄智帮衬着玄妙就好了。另外，玥明师太执意要带她的两个弟子同去，其目的是想历练历练自己的两个徒儿，这也是件好事。为安全计，我便请了济慈大师与徒弟玄清、青云真人及徒弟玄空一道同去，应该是考虑周全了。"

玄智忙道："师父，弟子还是跟着您去吧。"

虚云真人摆手道："荆州城外的大顺军忠贞营与大明联军全线崩溃，清军四处追击围剿，澧州城危在旦夕，九溪卫也就不安全了。空明真人身为江南武林的盟主，想必是预料到了某种危险，想增加保护华阳王的武林势力，我浮山派既然已经开宗立派，当竭尽全力维护本派在江湖武林中的身份和地位。我们此去，亦不知何时能回。太浮山是我们的根基所在，把你留在山上，我心中方能安稳。明白了吗？"

玄智听后，悟得师父深意，只得点头答应，不再坚持。

几日后，虚云真人率众人斜背着简陋的包裹，背负剑器，手持乌光降龙棍，下山飘然而去。

且说华阳王朱敬一自闯王部将马回回攻破澧州城以来，就一直避祸蜗居在九溪卫城城西指挥李元亮家中。

失去了自己的藩地，华阳王心中痛苦，常常望东而叹。后来，澧州城又经历了失而复得，得而复失的几次易手，一个小小的澧州城竟被战火摧毁成断垣残壁，破落苍凉。幸好由于堵胤锡的出面，大顺军得以顺利收编成"忠贞营"，终于与南明政府的军队结成了联盟，荆澧一带的形势才得以改观。华阳王一看形势转好，澧州城又在明政权掌控之下，便欲顺流东下，回归藩署。但众人均以局势不稳为由，力劝华阳王一动还不如一静。华阳王只好继续留在九溪卫城，静观形势。果然不久，清军发奇兵偷袭"忠贞营"的后勤部队老营成功，使围困荆州城的几十万联军瞬间瓦解溃退，澧州城又陷于风雨飘摇之中。

消息传来，华阳王捶胸顿足，椎心泣血，不由仰天长叹："时不待我！"

五雷山空明真人率一众江南武林高手，昼夜守护在华阳王身边。眼看荆澧形势徒地又变得严峻起来，考虑到华阳王特殊的身份和地位，不免忧心忡忡。于是，只好以江南武林盟主的身份修书江南武林各帮各派，望各处继续增派好手，前来防护。

这一波书信发出，江南武林各帮各派当即选派好手，日夜兼程，纷纷赶往九溪卫城。

数日后，虚云真人率了浮山派一众到来，见了华阳王及空明真人、空灵真人等众人，安乡黄山头的洞庭铁手关伯岳等也悉数在场。空明真人见浮山派就来了十人，连玥明师太都到了，心中特喜，忙着人安排饭食，盛情款待。

自此，虚云真人一众便留在了九溪卫城，与其他帮派中人一起恪尽职守，保护着华阳王及其家眷的安全。

话开两朵，各表一枝。话说玄智夫妇虽说是留守山上，协同玄妙打理佑圣观事务，可心中始终挂牵着师父虚云真人及浮山一众。每隔了一段时间，玄智便下山去一趟九溪卫城，探视师父及太浮山众人，顺便送些山上的野味。就这样，暑去秋来，北雁南飞，空气中又生出了丝丝寒意。

十一月，清军进攻浙江、福建，唐王被杀，鲁王流落海上，浙、闽两省失陷，隆武政权又不复存在。

国不可一日无君，民不可一日无主。湖广总督何腾蛟急与湖广巡抚堵胤锡商议，在诸藩王中寻觅新主。思来想去，觉得现在避祸于九溪卫城的华阳王朱敬一才是最合适的人选，便立即从湘中潭州起身，星夜兼程，经益阳、常德直抵澧州城，会齐了南明政权的上荆南守道孟良藩。三人计议妥当，风尘仆仆乘船溯水而上，又急急赶赴九溪卫城华阳王朱敬一处。

城西指挥李元亮府邸的周围，戒备森严，王府的亲兵数层巡哨。府邸内的每一道门，每一个廊檐，每一个墙角转弯处都安排有武林高手昼夜值班把守。

这三名恪尽职守，忠心耿耿的南明朝大员及随从离舟上岸，换了马匹，直奔向华阳王住处。巡逻哨兵猛见一群人马奔至，立刻截住，高声盘问。问明来人，竟是几位南明政府大官员到此，亲兵不敢怠慢，赶紧跑进去报了消息。

少顷，李元亮出来，迎接了三位大人，忙引入府邸中。

一见到华阳王朱敬一，三位大人忙行了大礼。看座，上茶毕，何腾蛟就直说了来意。

华阳王一听，不啻于晴空中突然炸响了一个霹雳，手中的茶杯竟掉落于地，碎成了无数瓷片。

何大人道："目下局势，我大明已是危难之中。清兵自入关以来，纵深我大明腹地，攻城略地，夺我江山，乱我政权，并迎主入关，迁都京城。这早已不仅仅是犯我边界的小事了，而是欲亡我大明，吞我华夏。现在，清兵已从东、北两翼快速南下，各路大军似有迂回包抄我大明之势；而西境四川，又有张贼横行，形势危也。我大明朝廷不可一日无君，我大明社稷不可一日无主。

现纵观天下，唯有您华阳王顺应天命，出来主持社稷，号令天下，光复我大明江山方可。"

华阳王诚惶诚恐，急摆手道："自古藩王虽贵为皇室王族，但言行举止却也是如履薄冰，稍有不慎，就会引起皇上的无端猜疑而引祸上身。故众多藩王平日里也就只好饮酒作乐，声色犬马，寄情山水，以此消遣时日，打发光阴。我华阳王亦是如此，平时也就是饮酒赋诗，修道礼佛，文不能治国，武不能安帮，所以，我是万万不能有如此非分之想，还请各位大人见谅。"

三位大人愕然相顾，竟不知所措。念及国事糜烂如此，三位大人心中忧愤，最后，竟一齐乞伏于地，号啕大哭，长跪不起！

屋内众人亦是唏嘘长叹。

华阳王朱敬一道："你们的心意我领了，但立国君是大事，非同儿戏，还请各位起来，于诸藩王中再另寻一位有能力者奉之，岂不是更好？"

三位大人见华阳王朱敬一坚辞不允，只得缓缓站起，擦干眼泪，踌躇良久。忽地想到华阳王朱敬一的儿子，便欲立其为主。当即拜请世子出来相见。然，世子尚幼，实乃无奈。

三位大人见此事不谐，在九溪卫城停留数日后，不得已，只好向华阳王朱敬一请安告辞，东出澧州城，顺便察看了一番军情。何、堵两位大人将澧州之事全力托付给孟良藩，叮嘱道："澧州，乃湖南的北大门，万万不可有失。"然后，殷殷惜别，方才南向而返。

就在何腾蛟与堵胤锡匆匆返回潭州的路上，建都成都的大西国国主张献忠被清军将领鳌拜围困于西充凤凰山，中箭身亡。

一世悍首，就此谢幕；川府之国，草木庆生！

两位大人匆匆回到潭州，急与文武百官相商。最后，拥桂王朱由榔（万历皇帝之孙、朱常瀛之子）在广东肇庆称帝，建号永历，是为永历帝。

是年，乃隆武二年，即公元1646年。

这年的冬天，太浮山上清冷异常。由于战乱的原因，上山礼拜的香客也骤减了许多。遵了师嘱，玄智隔个两三天就去缥缈峰佑圣观一趟。一日，玄智正与玄妙及唐力、李忠在太清殿内烧了一盆炭火取暖，闲聊观中事务，玉皇庙的心智大师突然来到。玄智忙向心智大师问安，搬了椅子，上了香茶。

心智大师道："虚云真人还没有回山？"

玄妙摇头道："还没有呢。不知师父此番下山，怎地去得这么久。山上去了这么多人，真是太冷清了。"

心智大师叹道："不知他们那里的情况怎么样？"

玄智忙回道："我去过几次，九溪卫城那边倒也还算平静，师父他们衣食住行都还行，我们江南武林各门各派都派有人手在那里，人可多了，还蛮热闹的，就连安乡的洞庭铁手关伯岳等都在那里。"

心智大师道："那就好，我原打算还亲自去一趟看看，听你如此说来，我就放心了，也就暂不去了。"

众人相叙一阵，心智大师便起身告辞。

四人忙起身，陪着心智大师下到佑圣观，目送他下峰南去。

李忠望着心智大师的背影，若有所思，一脸困惑。

唐力发现李忠表情异样，好奇道："师弟，你怎么了？"

李忠恍然回神，羞赧一笑。

玄智对李忠的神情变化早有察觉，心中一怔，忙问道："师侄，你刚才似有所思，不知所为何事？"

李忠见师叔问话，忙收敛了笑容，如实道："回师叔的话，晚辈有个问题一直思之不解，困惑于心。刚才看到心智大师到来，我又忽地想了起来，若是说出来，我又怕大家取笑。"

玄智与玄妙对视一眼，呵呵一笑，然后正色道："有不明白处，自然是要把它弄明白才好，不然，困于心中，晚上睡觉都不会安稳呢。你且说说看？"

李忠如实道："太浮山以道教为本，名闻九省四十八州，山上有观、有庵、有宫，亦属自然，然何此一山之上，又还有寺、有庙、有僧人？这道教与佛门何以如此和谐相处，似为一家？晚辈实乃思之不明。"

此话一出，玄智与玄妙俱是大惊：这师侄可真不简单呐！

对于这件事，玄智倒是偶尔听师父隐约说起过，但都是些支离破碎的点点滴滴，哪有什么完整的答案？玄智只得苦笑夸赞道："师侄真是个有心人。说实话，这件事我也说不清楚。"忽地想起了灵慧真人，便面露喜色道："我们太浮山，就数灵慧真人读书最多，他上知天文，下知地理，这件事，他准知道。哪天有时间，我带你去三台峰太子宫看望他老人家，让他说给你听听。"

李忠忙笑吟吟道："谨听师叔吩咐。"

玄智四人在佑圣观中各处细瞧了一遍，见一切均好，香烟袅袅，烛光红亮，香客虽不是络绎不绝，然还是时有进出，焚香跪拜。

出得观门，来到院中，四人举目远眺：寒山肃立，枯叶飘零。玄智想着大年临近，师父与师兄又不在家，师弟玄妙此次又是初掌观务，便又步上千步云梯，重回太清殿中，一边烤火，一边就过年的事情相商多时。末了，他对玄妙道："年前，我还要去一趟九溪卫城，见见师父老人家。"又对唐力、李忠道："师父不在家，武功不可一日松懈。我太浮山武功招式精妙，要用心体会，反复琢磨其精要所在。"唐力、李忠点头应承。见时辰不早了，玄智便告辞下峰而去。

玄智回到"楚香居"，见夫人香玉正带了思苗在院中玩耍嬉戏。思苗已经可以到处跑动了，此刻正张着红嘟嘟的小嘴，"咯咯"地边跑边对着妈妈甜笑着。玄智跑过去，抱了小思苗，高高地举在头顶，轻轻地摇晃着，边摇便喊道："谁回来啦！谁回来啦！"

小思苗一见是爸爸，好开心啦，连声叫道："爸爸！爸爸！"

香玉看着父子俩是那么的开心快乐，心里甜甜蜜蜜，如喝了蜜糖一般。

数天后，玄智将一只熏腊的全山羊、几只野兔用一块布料包了，携在肩上，经云芝庵，下三百磴，到了陈溪峪薛彪家。薛彪正在院中劈柴。快过年了，柴薪得准备足实。玄智告诉薛彪，他要去一趟九溪卫城，看看师父，要过年了，看看师父有何安排。

薛彪道："那也是。我们两人同去如何？"

玄智道："若家中无紧要事，我们同去最好，速去速回。"

薛彪便忙收了劈好的柴薪，又看了师兄所带的腊货，与玄智进屋，见了在厨房烧火做饭的青梧。

玄智道："小虎呢？"

青梧笑道："还在被窝里睡觉呢。"小虎是薛彪与青梧的儿子，三岁了。

青梧问道："今日怎么有空下山了？"

玄智便将要去九溪卫城的事说了。

王婶道："是啊，快过年了，山上那么多人，也要有个安排。我想，就是再忙，你师父他们也要回来过年吧？"忽地担忧道："九溪卫城那边不会打仗吧？"

玄智摇头道："我也说不准，其实我心里头也是悬着的。我去过几次，见那边人多，估计问题不是蛮大。"

王婶叹口气道："兵荒马乱的，也是让人不放心呢。"

饭菜准备停当，青梧便去房间抱了小虎起床，穿衣洗脸，大家一起用饭。毕，薛彪抱了小虎，亲了亲他的小脸蛋，然后又去火坑屋中取了半只腊狗肉，几只腊山鸡，与玄智的腊货包在了一起，与青梧打过招呼，去马厩牵了白马出来，驮了腊货，交与玄智。

青梧抱了小虎，叮嘱俩人道："一路上小心，早去早回！"

薛彪对青梧笑嘻嘻道："媳妇，你尽可放心，和玄智师兄在一起，天塌下来都没事。"

两人走至村中一户人家处，薛彪进去借了一匹灰色马匹出来，两人便策马西去。

两人一路骑行，一路天南海北地闲聊，金乌西斜时，他们来到一个小镇，正要寻店打尖休息，却见街边围了一群人，在那里交头接耳，议论纷纷，似乎还有小孩的哭声。两人对视一眼，踌躇片刻，终是好奇，翻身下马，走了过去。原来是一个父亲领了一男一女两个孩子出来逃荒行乞，流落于此，父亲不幸染病，竟至惨死于街头。

两人见了，甚觉凄凉，半晌无语。

有人叹道："这一家子从哪里来的都不知道，这人死了，连个收尸的都没有。"

一老妇人看着两个娃娃道："这大人一没了，两个娃娃怎么办哦？"

围观之人不是摇头就是叹息，可就是没有一个人站出来说怎么办。有一个人问那两个哭哭啼啼的娃娃，才知道不是本地人。

玄智小声道："这如何是好？"

薛彪道："遇到这事，也是够凄惨的，若真是无人出来料理，我看我们就耽误点时间，破点费，就当积了阴德，老天看着呢。"

玄智道："我也是这么想的。"

两人离了人群，先寻饭馆吃饭。

玄智道："死人都好说，买副棺材找个地方埋了就是，就是两个娃娃，咋办？"

薛彪道："我看也好办。太浮山方圆百里，香火亦旺，难道就容不了这两个娃娃安身？"

玄智略一思忖，觉得薛彪说得甚是有理，便点头道："我看也行。就把他们带回太浮山吧。"

两人商量妥当，用过饭食，再牵马过来，果然还是无人出来料理丧事，只是在那里议论观望。两人便问了围观之人，何处有棺材店，出资央人去买了一副棺材，又着人在近处山上挖了一个坟坑，将人埋了，垒好坟堆，并点了香蜡，燃了鞭炮。众人问明，知玄智与薛彪是太浮山人，俱是钦佩。玄智与薛彪将两个娃娃引至坟前，向着坟头磕了三个头，又问了姓名、年龄，方知这兄妹俩姓章，哥哥叫章喜，七岁；妹妹叫章英，五岁。再问家在哪里，兄妹俩只是摇头，说不知道。

玄智试探地问那哥哥道:"你看我是好人还是坏人?"

那哥哥忙回道:"你是好人,不是坏人。"

玄智又问道:"那你怕我吗?"

那哥哥摇头道:"你是好人,我不怕。"

玄智又问道:"跟着我们去,有饭吃,有地方住,你愿意吗?"

那哥哥看了看坟头,眼中噙满泪水,然后又转头看向玄智,嗯噎道:"我们没有了妈妈,又没有了爸爸。我们没有地方去了。"

说完,泪水就簌簌地流了下来。

听着小哥哥这番说话,围观的众人也是一片唏嘘哀叹。玄智便对众人道:"我们是从太浮山来的,要去九溪卫城办事,刚好路过这里,碰到了这件事。这两个孩子没了父母,怪可怜的,若是无人照管,不是饿死,就是冻死。所以,我们打算把他俩带回太浮山去,若日后有人查问起这两个孩子的去处,就烦请转告一声,要他上太浮山佑圣观去找人。"

众人纷纷点头。

玄智与薛彪便一人抱了一个,翻身上马,扬鞭西去。

到了九溪卫城华阳王住处,两人下马,通报巡哨,见了虚云真人及太浮山众人,请安问候,卸了腊货。大家见他俩还带了两个蓬头垢面的娃娃,俱是大吃了一惊。

虚云真人道:"这……这是怎么回事?"

玄智只得把两个娃娃的来历说了。众人听闻,亦是深感世道凄凉,半晌无语。

虚云真人叹息道:"战乱一起,百姓遭殃,黎民受苦。芸芸众生,流离失所,饿殍遍地,天下还不知有多少这样孤苦伶仃的孩子在受罪。"

说完,他便引了众人进入宅院,来到安歇处。

虚云真人忙着人安排饭菜。玄真高兴地取了腊货,打开来,高声地喊玄空、玄音上前帮忙料理。玥明师太吩咐紫嫣与雨馨,取来毛巾,打来一盆热水,亲自动手给两个孩子洗了手脸。这脸面一洗净,大家一瞧,嘿,这两个娃娃倒是生得眉清目秀,骨骼清奇,只是营养不良,甚是瘦弱。

玥明师太爱怜地抚摸着小女孩发黄的头发,叹道:"若是换得一身好衣服,吃几餐饱饭,水灵水灵的,还是个乖妹子呢。"转头对虚云真人道:"这两个娃娃怎么安排?要不,这个女娃就跟着我了,我也好有个念想,有些乐趣。"

虚云真人正思忖着这事儿,一听玥明师太主动提出此话,心中甚喜,忙颔首道："那就有劳师太了。至于用度方面，我佑圣观当按月拨付。你就权当收了个关门弟子吧。"

玥明师太笑吟吟地问女娃道："你叫章英？"

女娃点头道："嗯！"

玥明师太又问道："跟着我，你愿意不？"

女娃用信任的目光看着玥明师太，轻声道："愿意。"

玥明师太高兴地看了虚云真人一眼，心里道："你瞧，我这把年纪了，天老爷竟还给我送来这么个漂亮的女娃。"转而对女娃道："我年纪大了，做不了你的师父，我给你找个师父吧。"便唤了紫嫣，吩咐道："紫嫣，我想把这女娃托付与你，不知你意下如何？"

紫嫣心里一怔，但随即回道："谨听师父吩咐。"

玥明师太道："现在她还小，她的生活起居，衣食住宿不用你操心，我自会照料，过得数年，她就长大了，也就不用我操劳了，你只管传授她武功就行了。"

紫嫣回道："是，师父。"

于是，玥明师太便叫那女孩向紫嫣拜了三拜，行了师徒之礼，叫了师父。

"你就叫我婆婆吧。"玥明师太对女孩道。

女孩就赶紧朝玥明师太叫了几声："婆婆！婆婆！"

众人见此事竟是这样的欢喜圆满，忙高兴地向紫嫣贺喜。紫嫣脸上生潮，红润如霞："不想今日在此，天上突然给我掉下一个徒弟，看来，这也是命中缘分。这个徒弟，我认了。"

众人喝彩道："我浮山派添丁加口，后继有人，此乃大吉兴旺之象，是好事呢。"

虚云真人对玄智道："这章喜娃娃咋办？"

玄智道："他年纪尚小，我看暂时就留在佑圣观，等几年再说吧。"虚云真人觉得如此甚好，便点头允许。

这时，饭菜业已备好端来。玥明师太亲自给两个娃娃盛了饭菜，放在他俩面前，叫他们慢慢吃。哪知两个娃娃才扒拉得几口，竟泪水长流，抽泣起来。玥明师太见了，心中一阵疼痛，忙又取了毛巾，替他们擦了脸，抚慰一番，这两个可怜的娃娃方才停了哭泣，慢慢吃将起来。

众人也一同热热闹闹地用了饭菜，谢了玄智、薛彪俩人带来的腊货。待两个娃娃吃饱了饭，虚云真人从包裹里取出些碎银，交与玥明师太，请她引了两个娃娃去街上帮着添置些衣物。玥明师太便带了紫嫣、雨馨，引了娃娃，一同出门往街上去了。

玄智、薛彪便向师父说了来意。虚云真人道："虽说近段荆澧形势复杂多变，危机重重，但九溪卫城地处偏僻，山高水险，尚且安静，并无危险，只是担心刺客来袭，危及王爷安危，故众人昼夜巡哨，以防不测。"

玄智又问起过年之事，虚云真人道："华阳王早就安排好了，所有在这里的武林中人均在此过年，一同庆贺。你们在家就自行安排好了。我们这里人多，也很热闹的。"

玄智、薛彪又与众人相谈多时，直到玥明师太一众转回，又唤了紫嫣、雨馨帮忙，将两个娃娃从头到脚洗得干干净净，穿得整整齐齐，走到太浮山众人面前，焕脱得像两个新人一般，又漂亮，又精神。众人一阵喝彩高兴，将两个娃娃着实夸赞了一番。玄智、薛彪见师父与太浮山众人俱是平安无事，心情也很好，心中很是放心，见时辰不早了，便辞了众人，带了两个娃娃，驰马回山。

到了陈溪峪薛彪家，玄智暂将章英托付给王姊与青梧，自己带了章喜，上三百磴，过云芝庵，径回凤凰岭"楚香居"。

星移斗转，冬去春来。

暖风一吹，冰消雪融，山青水绿，转眼就到了来年的春夏之交。山林之中，百鸟啁啾。

"阿公阿婆！割麦割禾！阿公阿婆！割麦割禾！"清脆悦耳的杜鹃声音，又在低空中时时响起。

然而，平静了一段时光的淞澧平原却又一次掀起了惊涛骇浪！

话说澧州之北，长江之南，有一个公安县，隶属湖北荆州管辖。常言道，林子大了，什么鸟都有。就在这乱世中，却出了一个叫陈政的人。这个人倒也有一些本事，见世道混乱，便生出野心，使出浑身解数，凭空拉起了一支不大不小的本土人马，纵横乡里，割据政权，坐地为王。因惧怕北边荆州清人的势力，不久，他统兵南下，攻入隶属常德府的安乡县境，独霸一方。

仅仅如此也罢，但他却又经不起清廷高官厚禄的诱惑。四月间（1647年），他在安乡县境内大劫妇女财物后，一并送往荆州城，竟公然投降清军。如此一来，澧州城的东面、北面就完全暴露在了清军的势力之下，澧州城危如累卵，顷刻将覆。

当时，驻守澧州城的是大顺军"忠贞营"的悍将任光荣，而南明在澧州城的主帅正是上荆南守道孟良藩。孟良藩对大明是忠心耿耿，绝无二心。他见局势险危，忙派人前去请任光荣，共商军情。早些时日，丐帮中的弟子就秘密获悉：澧州城中的大顺军与荆州城里的清军已经暗中有了往来，并且在澧州城中也时有清军的便衣探子出现。孟良藩与丐帮素有交情，夏、商两位帮主也曾经秘密拜会过他，提醒他注意"忠贞营"的动向。

夏帮主道："孟大人，荆州城的教训不得不吸取。这不仅仅是事关个人安危，而且是关系到大明的前程。"

商帮主也劝道："画虎画皮难画骨，知人知面不知心。前者荆州城郑四维杀主将孟长庚降清，八义门损失惨重，我丐帮弟子亦有伤亡，大仇至今未报。现在又有陈政北上投清。大顺军上上下下本就是一伙饿极了的饥民，是为了活命才起兵造反的。现在，清军派人携带黄金白银，四处活动，又许与高官厚禄，这种诱惑是常人难以拒绝的，我们还是暗中提防着才是上策。"

孟良藩无可奈何道："我虽是大明朝澧州城的主将，但手中可供调遣的兵马几乎是没有，我仅仅是一个空架子而已。所以，澧州城的防守还是要仰仗大顺军的'忠贞营'，还是要仰仗他任将军。我料想，他还不至于对我也下黑手吧。"

夏帮主道："害人之心不可有，防人之心不可无。眼下又是非常时期，万事皆有可能。依我之见，孟大人还是要提高警惕，加强防护，以防不测。"

孟良藩对两位帮主的好意甚为感激，他点头道："两位帮主的好意我心领了，我会加强戒备的。"

两位帮主辞别出来，来到凌乱不堪的街道上，心中始终忐忑不安，放心不下。

夏帮主道："孟大人仁厚，以己之心揣度他人，实在难以让人放心。"

商帮主道："我心里面也是这么想的。我看，我们就在孟大人院子附近多派些人手，另外在南门口也增加人手，万一有变，也好接应出城。"

夏帮主道："我们也只有这样了。"

两人便说边行，不知不觉就到了三凤山华阳王府附近。放眼望去，断墙残垣，破落衰败，一副萧瑟荒凉景象。遥想当年繁华之时，那是何等气派！何等辉煌！

正是：陋室空堂，当年笏满床；衰草枯杨，曾为歌舞场！

两人立在府前，感叹唏嘘良久，方才移步而行。想到孟大人处境，当即吩咐手下弟子，在此一带，多布好手，暗中保护好孟大人。

安排完毕，两人便出城过江，径往桃花村而来。两人见了欧阳掌门，详说城中之事。欧阳掌门心中不安，脱口道："我八义门好不容易在此有了个安身

之处，若是澧州城真的有变，这一江之隔的桃花村又岂能安宁？"

夏帮主道："所以，我们此次前来，就是要通知贵门，有个思想准备，要早做防范。"

欧阳掌门道："我八义门若是再撤，欲往何方？"

夏帮主道："往西南而去，尽是崇山峻岭，云烟雾霭，是大明军队与江南武林势力范围，清兵一时半会也到不了那里。若真到了挪窝的时候，就往那里去好了。"

欧阳掌门叹气道："想我八义门自创建以来，还从未狼狈至如此地步，真是国运不昌，门派不幸。"

夏帮主道："我已经在城南门口安排人手，随时接应孟大人。还请欧阳掌门在河边、码头也暗中多布置人手，随时调派。"

欧阳掌门点头道："这是自然。"当即吩咐下去，又备了饭菜好酒，招待两位帮主。

第二天一早，夏、商两位帮主就赶到江边，冒了大雾，乘船过江。进得城中，两人见了手下弟子，细问了情况，便径行至孟良藩处，会齐了帮中众人，听闻孟大人正欲亲往任将军处，心中一沉，顿觉不妙，思忖道：昨天大人不是说要请任将军过府来吗？何以一夜刚过，又改变了主意，竟要亲自前往呢？

两位帮主细思极恐，急请护卫通报，欲见大人。

正在此时，孟大人带了众护卫出来。夏、商两位帮主忙上前施礼。

夏帮主问道："大人是要去任将军处？"

孟良藩点头道："正是。"

夏帮主道："昨天不是说要请任将军过来吗？何以又变卦了？"

孟良藩道："原来是这样安排的。但后来据他副将说，任将军突然病了。"

商帮主一惊，忙道："病了？是真还是假？"

孟良藩道："我也问了昨天派去的人，他说亲眼见到了去他府中看病的郎中。"

夏、商两位帮主相互对视了一眼，虽觉疑云重重，但亦是无可奈何，毕竟孟大人是朝廷官员，军中主帅，商议军情是军国大事，而自己却是江湖中人，与大人私下也只是朋友关系，便提醒道："大人小心就是了。"

孟良藩抱拳与两位帮主告别，率众径去。

两位帮主立在原地，兀自目送众人离去。却见一条黑狗从岔路口慌乱窜出，嗅着气味，追着远去的众人一路吠个不停。两位帮主看着那狗的举止，心中甚是狐疑，忐忑不安。一阵叹息后，两人只好转身与众弟子候在院中闲谈相叙，等候孟大人转来。

哪知仅两袋烟的工夫，就听得院门口脚步声急。众人急奔而出，见是本帮一名弟子狂奔而来，见了众人，急道："快！快！大事不好了！"

那弟子气喘吁吁，上气不接下气，还哪能说出话来？只是用手指着大顺军兵营方向处。夏帮主心头一凛，知道事情不妙，头发根根竖立起来，急喊道："快，抄家伙。"急率众人往那里如飞奔去。半路上，就见前面小巷中一群人正厮杀在一起，喊杀声不断，又见众丐帮弟子且战且退，正往自己这边撤来。

夏帮主一声断喝，就率众人挥动手中棍棒，迎了上去。商帮主匆忙中急唤了一名弟子询问。那弟子道："孟大人和他的亲兵进任将军府后，大门就关上了。我们只得在巷子里暗中巡视，不料，一会儿后就听得院中起了打斗声，厮杀声。我们连忙悄悄攀上院墙，却见孟大人的亲兵不知为何竟与大顺军的人杀将起来。我等情知不妙，忙翻墙而入，将院门抢开，并与大顺军的人接上了手。无奈，我等势单力薄，只得边打边撤，退出门外，来到巷子里。"

商帮主急道："那孟大人呢？"

那弟子摇头道："不知道。"

商帮主一时六神无主，不知所措。正错愕间，一忠贞营军官高声喊道："孟良藩已经被就地正法，你们若还不罢手，格杀勿论！"

众人一听孟大人被杀，怒火万丈，"呼"地一声吼叫，抢将上去，便是一阵棍棒乱打。夏帮主一是为孟大人悲痛，二是痛恨忠贞营叛明降清，一提真气，飞身纵起，在人群头顶上几个起跃，就已欺身奔至那军官身边，双手持棍，一招"泰山压顶"，棍棒由上而下直向那军官的头顶打将下去。眼看那军官就要当场丧命，说时迟，那时快，斜刺里刺出一勾，竟将棍棒挂住，轻轻一带，瞬时化了此招。

夏帮主一招落空，忙顺势将手中棍棒旋转半圈，"呼"地从自己头顶旋过，棍的前端变为后端，后端变为前端，再次扫向那军官的头部。这一招叫作"空中盘花"，乃极厉害的招式，让人防不胜防。不料，那军官右边又闪出一人，伸手往斜里一带一拉，硬生生地将那军官望后拽出一丈开外。

两招落空，夏帮主心中大惊，一招"金雕展翅"，身形腾空掠起，一双长臂从空中划过，两手变爪，疾向左右两边的大顺军亲兵抓去。夏帮主落地时，只听得身后传来两声惨叫，侧头细看时，却见那两个出招之人衣着陌生，心中顿骂大顺军勾结清人，卑鄙无耻。

夏帮主长臂疾伸，一掌打出，将身边一名士兵击毙，抢了他手中的长剑。夏帮主不会用剑，但他凭了内力一阵乱刺猛削，迫退对方数人，从地上捡回自

己的棍棒，一抬手，将长剑投向那两个清人中的一个，两手持棍，施展开来，气势如虹，瞬间就撂到了数人。

商帮主那边也是好一场酣斗。

小巷子里喊杀声、惨叫声、刀剑碰撞声混在一起，凄厉一片。商帮主边斗边看，发现对方人手越来越多，再一细看，大吃一惊，自己帮中已有十数人倒下，正抬头张望间，忽听得一阵尖锐的呼哨声响，接着就见一小队大顺军兵手持长矛赶了过来。商帮主料知不妙，忙高声疾呼："夏帮主，风紧，快扯！"

夏帮主此时也发现情况异常，听到喊声，拖棍急撤。丐帮弟子借了小巷子狭窄的有利条件，边斗边撤。恰好闻讯赶来的本帮弟子和八义门好手又增添了不少，夏、商两位帮主见己方一下子来了众多帮手，心中自是不甘，也不往后撤了，忙呼叫着往前冲杀，反扑过去。真个是刀剑齐上，棍棒乱打。对方中人，有脑袋开花的，有臂膀削掉的，有腿杆砍断的，还有开肠破肚的。一场恶斗下来，对方竟惧怕了他们的这种拼命架势，丢下伤者亡者，败退溃去。

商帮主料知这只是暂时的，忠贞营的大队人马很快就会反扑过来，急唤了夏帮主，吩咐众人，趁着此时，将伤者亡者一并抬了，直奔南门。此时的南门口早被预先安排好的丐帮与八义门弟子抢占，大队人马飞速出城，奔到码头，上了快船，如飞横江而去。

且说欧阳掌门当日在桃花村总部调度妥当，派出多路人手防范接应后，想着眼前的局势，忧心忡忡，心情终是难以高兴。午后，半躺在一把竹椅上，纷繁复杂的帮中事务，如天上的片片碎云，纷至沓来。欧阳掌门思来思去，理来理去，竟迷迷糊糊地睡着了。不知过了多久，忽听得人声嘈杂，脚步声急。欧阳掌门一个翻身站起，奔到院中，猛见夏、商两位帮主领了众人，抬了一二十个伤亡者慌慌张张地回来，心中大慌，急道："怎么回事？"

商帮主愤愤道："澧州城又翻天了，忠贞营果然投靠了清军。"

"孟大人呢？"欧阳掌门追问道。

夏帮主懊丧道："孟大人和他的护卫亲兵全死了。"

欧阳掌门一听，垂头丧气，顿足长叹，大骂道："这乌龟王八蛋的任光荣，有奶便是娘！"

夏帮主急道："澧州城反叛，我们刚才已经和大顺军开了杀戒，结下了生死梁子，说不定什么时候他们就会追过江来。这里已经很不安全了，我们现在赶快把人埋了，离开这里，越快越好。还有，我们大家一番厮杀，都是又累又饿的，快点弄些吃的。"

欧阳掌门一听，脑中方才清醒过来，急安排人手，做饭的做饭，埋人的埋人，清捡物品的清捡物品，院内院外，忙成一片。

日暮时分，所有事情处理结束。

一片新坟，静静地躺在林中。

是役，丐帮重伤四人，阵亡二十一人；八义门重伤二人，阵亡六人。众人齐聚坟前，与亡灵挥泪告别。夏、商两位帮主长跪不起，老泪横流。欧阳掌门也是痛彻心扉。

正是：

志士为国捐躯死，
青山何处不忠魂。

到了动身出发之际，众人竟不知欲往何处。夏帮主道："在江南武林中，论武功，讲义气，当数浮山派为先，况且我们先前就与浮山派有过交往，共过生死。此番前往投靠，浮山派但无拒人之理。"

商帮主也道："太浮山方圆百里，山高峰险，林深涧幽，更兼有虎豹出没，蛇蟒潜行，的确是一个很好的藏身去处。况且，我们要报这血海深仇，也还得仰仗浮山派的相助。"

欧阳掌门也深以为是。于是，众人便抬了重伤者，一路无语，翻山越岗，往南奔去。

此时正当红日坠山，残照如血；丘岗山峦，暮色苍茫。

第二天上午，已经变节投清的澧州大顺军便出动大批人马，渡江南来，沿途搜捕丐帮弟子与八义门门徒。而此时，欧阳掌门一行数十人却已来到了太浮山下道水河边的一个唤作两岔河的小集镇上。众人寻到一家名字叫作"亭院酒庄"的客栈，放了眼线，安顿好伤者。急唤了小二，准备饭菜；又问明了药铺地址，赶紧着人去买药。店小二给众人备好茶水后，自去厨房安排饭菜。

欧阳掌门对商帮主道："缥缈峰佑圣观乃香火之地，太清殿又是真人、道长品茶议事之处，我们如此多人贸然上山，恐怕有扰清静，实为不妥。我看，用完饭后，我们三人就先上山一趟，大家就在此休息，静候消息。"

商帮主道："欧阳掌门言之有理，如此甚好。"

夏帮主忽然想起一事，忙道："上次江南武林盟主五雷山的空明真人曾捎书信给丐帮，要我们选派人手去九溪卫城保护华阳王，因澧州城形势复杂，我们丐帮实在抽不出人手，我便回了一封书信转去，实说了缘由。现在想来，浮山派肯定是去了人的，虚云真人还不知是否在山上？"

欧阳掌门一怔，急道："若虚云真人不在山上，哪如何是好？"

商帮主道："虚云真人不在，山上总还有主事的吧？"

夏帮主道："我们既然已经到了这里，虚云真人在与不在，我们都要上山一趟。"

欧阳掌门道："对，对。这是肯定的。"

不多时，买药的人回来了，既有外敷的膏药，又有内服的煎剂，当下就有人去找罐子熬药去了。待到药熬好服下，饭菜业已备好。众人也已饿极，一阵风卷残云，杯盘狼藉。毕，三位吩咐众人安歇，便出门西上九里岗，往太浮山奔去。

话说缥缈峰顶，玄妙见日已西沉，月兔东升；山岭清虚，一片银辉，便引了唐力、李忠，及章喜等一班道童在佑圣观前查看巡视，却见几个身影在月下林中望佑圣观飞奔而来。众人忙凝神驻足，翘首以待。转眼之间，人影便至，细看之下，却是欧阳掌门与夏、商两位帮主。

双方礼毕，欧阳掌门便急道："贤侄，你师父虚云真人是否在观中？"

玄妙回道："我师父去年就去了九溪卫城，至今尚未回山。"

三人一听，脸上当即露出失望的神情。夏帮主道："那观中是何人主事？"

玄妙道："我大师兄玄真道长也去了九溪卫城，二师兄玄智道长早已还俗，深居'楚香居'，况且他素来不过问观中事务。现在，就是我留守佑圣观，主持观务。不知三位前辈星夜上山，有何急事？"

夏、商两位帮主面现忧色，看着欧阳掌门，不知如何答对。欧阳掌门口中也只说了半句："我们本欲拜见虚云真人……"便就打住了。因为在他们三人面前，玄妙是个晚辈，长辈求晚辈，况且又是如此大事欲求于人，碍于脸面，他们实在不好开口。

夏帮主顿了顿，黯然道："我们还是下山去吧。"

三人转身便准备立马离去。

玄妙见三位前辈神情落寞，与往日大异，且说话又是吞吞吐吐，料知必有大事，猜测很有可能是自己辈分比他们差了一辈，所以他们才不便直说了，便忙高声道："还请三位前辈留步。三位前辈此时上山，必有大事急事，我虽辈分低了一辈，你们说来亦是无妨。倘若你们就此下山，误了大事，日后在江湖上传扬开去，必会牵连到我浮山派，到时，江湖武林中又会怎么看待我浮山派呢？"

三人一听，觉得玄妙道长此番话说来也是极有道理，便又打住了，只好将澧州城大顺军叛明降清，孟良藩被杀，丐帮及八义门伤亡惨重不得不南撤，及准备在太浮山寻一处清静之地给重伤之人疗伤等等一股脑儿说了。

三人说完，已是伤心悲痛之极。

玄妙大惊，他哪里知道澧州城竟发生了如此大的变故。忙恭请了三位长辈到太清殿，点了松油灯，上了好茶，又赶紧去后面的厨房，吩咐伙夫赶紧准备饭菜。玄妙忙完这些，方才转回殿中，陪了三位长辈叙话。

玄妙道长道："如此重大的事情，你们怎么不早说呢？为国为民，我太浮山什么时候袖手旁观，落人之后了？这次去九溪卫城，我们太浮山除了我师父及大师兄、四师弟，还有青云真人师徒，济慈大师师徒，玥明师太和徒弟紫嫣、雨馨。"

夏帮主听玄妙这么一说，对浮山派是肃然起敬，忙道："我以为我丐帮弟子伤亡了那么多人，很是冤屈，没想到你们浮山派也有那么多人下了山，真是国难当头，普天同命。"

欧阳掌门道："也难怪只有侄儿你在这里主持佑圣观了。"

玄妙道："时逢乱世，山中还哪有清修之人？"

商帮主叹道："三清只需泥土身，乱世常见出家人。这出家修行之人，也是不易啊，盛世上山修道，乱世下山救人。浮山派侠义风范，实乃让人钦佩！"

玄妙道："下山救国，实乃出于修道之人的本分。你们丐帮与八义门弟子为国赴难，也是一片忠心，日月可昭，天地可鉴！"

玄妙道长又详细问明了两帮、派的人数，伤者的情况，以及三位长辈的想法，略做沉思，将太浮山的大小山岭，溪涧峪壑快速地在脑中捋了一遍，最后想到了一处好去处，便对三位前辈道："此峰之南，有一大谷，涧深壑幽，因山崖林间，樱树极多，春季之时，樱花盛开，漫山遍谷，花团锦簇，有如片片白云跌落山崖间，极是好看，故此谷便被唤作樱花谷。谷中有一险峻山崖，崖上有一天然石洞，洞中可容纳数百人藏身。在洞外一侧，依山势而建有数十间石屋，因一直无人居住，屋顶早就坍塌，但石墙依在。周边亦是林深树密，杂草丛生。那崖顶上常年有泉水飞溅而下，若是雨季之时，水势更甚，有如飞瀑银练挂在崖壁间，故此崖便被唤作飞瀑崖。相传，这些石屋还是汉朝时伏波将军马援奉命南征五溪蛮时，曾在此安营扎寨而建，距今已是上千年了。若是花些劳力，将此处一番修缮，那倒是一个绝好的去处。"

三人一听，心中大动，决定此日上午就去实地踏勘。不多时，饭菜准备妥当，玄妙陪了三位长辈用饭。是夜，三人就在缥缈峰顶安歇。

翌日上午，玄妙道长带了砍刀，领了三位长辈，一路披荆斩棘，早早地赶到了樱花谷飞瀑崖。三位长辈将石屋、山洞细细地踏勘了一遍，甚是满意。从洞中出来，走到崖边，放眼望去，整个大谷尽收眼底。

夏帮主道："好一个瞭望处。"

欧阳掌门极为满意，赞道："此处气势非凡、幽静隐秘，好极了，好极了，我决定将八义门的总部暂就安在此处。"

商帮主略一沉吟，立马道："我江南丐帮的总部也安在这里。我们两家同生共死，情同兄弟，今后，就在一个锅里吃饭了。"

三人大喜，一番商议，决定下山后就速派人手前来修缮营建，又对玄妙道长说了一大堆感谢的话。

回到缥缈峰后，玄妙道长又将佑圣观中所存的干品灵芝仙草悉数取出，交与三人。三人满心欢喜，连声道谢，下峰而去。

第二日，欧阳掌门与夏、商两位帮主在客栈安排好伤者后，便领了众人秘密上山，开始修缮营建事宜。

话说驻守澧州城的大顺军叛明降清，此事震惊朝野。

清政府接八百里加急战报，火速成立汉奸伪班子，任命王崇儒为清政权上荆南守道，汤调鼎为澧州知州，陈万范为守备，率兵三百，从安陆府速速进驻澧州城。

然而，此时的澧州城，饱经战乱，已经是千疮百孔，满目疮痍，就连一间完整像样的房子也难以找到了。

接了探子报告，清澧州政权的各名官员只好暂时栖身澧州城东约二十华里的津市，借地办公。

真是可怜可叹！

五月二十二日，清朝廷又任命孙志夔为安乡县知县，从石首渡长江直进安乡招抚各部。当时，屯守安乡的是南明守将杨国栋营。至此，津澧平原落入清军之手，大明九溪卫城的东门已被打开。

石门危急！

九溪卫危急！

华阳王危急！

防守九溪卫城的南明大小官员纷纷来到华阳王临时宅院，劝导华阳王往贵阳而去。江南武林各门各派的头面人物也是不断进劝，可华阳王就是不肯。

空明真人委婉劝道："形势已经非常危险了，若王爷动身往贵阳去躲一躲，我江南群雄当一路护行，保您平安。"

华阳王流泪痛哭道："澧州是我的封地，自我先祖从蜀地出川而来，凡二百二十二年，还从未有过哪位先王弃藩而去。我生于斯，长于斯，我是听着澧水的涛声长大的，就是现在，避祸于此，我也还在澧水的身边，看得见它的碧波，听得见它的涛声。我是不会走的，就是死，也要死在澧水边，埋在澧水边。"

华阳王朱敬一把话说到了这个份上。

众人见状，除了陪泪伤感，却无别法。唯有昼夜巡哨，加强戒备。

此段时间，玄智夫妇深居"楚香居"中，依旧过着他们闲云野鹤的清闲日子。龙香玉把自己的小日子安排得有条有理，生活、休息、带孩子，陪着自己心爱的丈夫品茶、散步，练功，无不温馨浪漫。不仅如此，她还学会了骑马。玄智则把心思和精力全放在内功心法和武功招式的精进上。有很多时候，夫妇两人在孩子熟睡后，来到月光融融的庭院中，比画拳脚，拆解招式，交流心得，切磋技艺。说到夫妻两人恩爱，更是有诗为证：

> 堪比天上比翼鸟，
> 恰似地上连理枝。
> 又如塘中并蒂莲，
> 更胜花前双飞蝶。

自师父下山至今，快有一年光阴了。在这段时间里，香玉的武功自是突飞猛进。玄智将浮山派武功中的拳法、棍术、剑技都悉数传授于她，每一招，每一式都是讲解透彻，并且指点出它的精妙之处。香玉聪慧伶俐，悟性又高，她的武功已是日胜一日。

一日，玄智上得缥缈峰，来到佑圣观。章喜见了，忙欢喜地叫着"叔叔！叔叔！"跑来跟前。

玄智看着活泼蹦跳的章喜，心中甚慰。他摸着他的头，问道："喜欢这里吗？"

章喜忙道："喜欢！"

玄智又问道："和观里的道童打架不？"

章喜忙道："我们不打架，他们也不欺负我。"

玄智问道："饭菜吃得饱吗？"

章喜点头道："嗯。"

玄智爱怜地看着这个可怜的孩子，不禁想到了自己的身世，心中陡地一阵伤感，忽地又想到了暂住在薛彪家的章英，这俩兄妹还是春节时见过面的，忙问道："想妹妹了吗？"

这一问，章喜却是神情大变，双目含泪，咬了牙，使劲地点头。

玄智忙安慰道："莫哭，莫哭，我今天就带你下山，去看妹妹，好吗？"

章喜道："真的？"

玄智正色道："记住，男子汉大丈夫，说话是要算数的。懂吗？"

章喜看着玄智，满心欢喜，一个劲儿地点头："叔叔，我们什么时候下山呢？"

玄智道："稍等一会儿，我见了你玄妙叔叔，和他说会儿话，我们就下山。你跟我来。"

玄智便带了章喜，进到观中。见唐力手持拂尘，细心地清扫着灰尘蛛网。玄智便唤住他，将欲带章喜下山去看他妹妹的事说了，然后出观，沿红沙岩千步石级，上到太清殿。殿中并无人影，俩人又转到侧后云台，却见师弟玄妙道长一人正望南沉思。

听到脚步声音，玄妙回头，见是师兄玄智和小章喜。玄智疑惑道："师弟，看你那样子，观中难道出了什么事情？"

玄妙不语，只是招手示意师兄走近，朝那远处眺望过去，道："黑松岭那边，有个樱花谷和飞瀑崖。"

玄智道："是啊，我知道啊。"

玄妙道："八义门和江南丐帮的总部现在就安置在那里。"玄智一听，惊道："怎么回事？"

玄妙引了师兄，来到石桌边坐了，慢慢地将澧州城事变、八义门与江南丐帮遭受重创、欧阳掌门与夏、商两位帮主星夜来太浮山求助、自己做主将他们安置于飞瀑崖的经过细细地说了。

玄智惊骇不已，沉默半晌，直是摇头叹息。

玄妙道："因事情紧急，我来不及向师父禀明，也未曾与师兄商量，这么做，还不知对与不对。"

玄智痛心道："八义门与江南丐帮，均是江湖上的名门正派，属下弟子多为忠义勇烈之士。荆州之变、澧州之变，让他们屡受创伤，伤亡惨重。那些牺牲的弟子，都是为了大明，为了我们大汉，为了天下的正义与公道。我浮山派理应帮助他们，你这么做并没有错。"

玄妙道："师兄这么说，我也就宽心了，刚才，我都还在琢磨着这件事呢。"

玄智道："这么一来，师父那里，我倒是挂牵起来，不知情况如何？"玄妙道："江南武林中的众多好手都会聚在那里，应该没有什么差池。"

两人又相叙一阵，玄智便与玄妙告辞，带了章喜，先回到"楚香居"，与香玉说了。香玉道："那我陪你一起去吧。"夫妇俩人便抱了思苗，引了章喜，一路下山，经三百磴，径往陈溪峪薛彪家中。

且说欧阳掌门与夏、商两位帮主领了众人在飞瀑崖忙碌数天，便将石洞收拾干净，又将十来间石屋整修一番，周边灌木茅草一应砍去，乍一看，嘿，敞敞亮亮的数排石屋，掩映在林荫之中、峭壁之旁，还真像那么一回事儿。众人下山，将锅盆碗盏，铺盖行李等生活用具一应置办了秘密运上山来，又将重伤者抬来，煎药熬汁，好生调养。如此一来，八义门与江南丐帮总算又有了一个安身之处。待一切事毕，欧阳掌门便将门中诸事吩咐了五大护法，自己带了三大执事，与夏、商两位帮主一起赶去九溪卫城，拜见了浮山派的大掌门虚云真人，告知此事，并致感谢。

虚云真人等早就知晓了澧州城的事情，也听闻了丐帮与八义门遭受重创，向南撤退的传闻。现在听几位一说，方知逃脱之人已经安全地转移到了太浮山樱花谷中，心中甚慰，问了详细，不免好言安慰了众人一番。想到这众人为了躲避清军的搜捕，隐匿在樱花谷中，又要吃饭，又要养伤，哪来那么多银两调度？便吩咐欧阳掌门一行暂且歇息喝茶稍候，自己顾不了薄面，来到华阳王处，拜见了华阳王，细说此事详情，望华阳王能厚金抚慰。数年前澧州城被围，华阳王出逃九溪卫城时，丐帮众弟子就参与了守城，并还伤亡了百多号人。至今，华阳王记忆犹新。现在，虚云掌门又说到此次丐帮与八义门的忠烈之举，华阳王也是钦佩之至，便忙召见了欧阳掌门和夏、商两位帮主，查问澧州城孟良藩遇害一事的细节。几位据实答之，悲痛处声泪俱下，痛哭流涕。

夏帮主道："孟大人为国尽忠，死得好惨；仅我丐帮，此次就折损二十一人，八义门也有六人殒命，我等发誓，日后必除叛贼，为孟大人和众兄弟报仇。"

当场之人无不悲愤填膺。华阳王又问及丐帮及八义门众弟子现今安身何处。

欧阳掌门道："现暂且隐匿在太浮山樱花谷中。"

华阳王少不了安慰一番："留得青山在，不怕没柴烧。当务之急，就是把受伤的人赶快治愈。至于报仇，再从长计议。"当即唤了家人，取来一木匣，交与三人，道："我大明朝国运不济，也连累了众多门派，实乃心中惭愧。这匣中有黄金百两，暂且用之，亦可渡一段时日。"

三人欲辞之。

华阳王道："钱财如粪土，仁义值千金。你们忠于我大明的心意，我是感激不尽，这权当我的一点敬意，但收无妨。"

三人见华阳王情真意切，不好拒辞，便接了匣子，拜谢而出。

欧阳掌门心存感激，胸中热浪翻滚，对虚云真人道："路遥知马力，日久见人心。真人对我们实心实意，诚心一片，我们心领了。"

虚云真人道："我猜想你们现在一定是身处困难之中，所以，我当尽力而为之。有了这百两黄金，你们也可暂渡一段时日，做一些事情。报仇之事，暂不要提了，日子还长，有的是机会。当下紧要的是要将伤者疗好，恢复元气。等我回了太浮山，我们聚在一起，再相商报仇之事，如何？"

三人点头应承，遂辞了虚云真人及太浮山众人，自引了三大执事，回转太浮山去。

炎夏一过，秋风即至，暑气渐消。

九月里，清澧州知州汤调鼎在汇口击败大顺军的留守部队，旋即夜袭南明安乡守将杨国栋营。杨部溃散。至此，津澧、安乡一带均为清军控制。未几，清政权上荆南守道王崇儒引精兵五千，突至九溪卫城李元亮指挥使家。护卫华阳王的江南武林群雄面对着装备精良，训练有素的军队，虽无决胜之心，但摩拳擦掌，发誓要拼死一战。

王崇儒高声道："大清皇帝有旨，宣华阳王父子进京。是福是祸，我等皆不清楚，或许是福呢？所以，还望众位英雄好汉替华阳王父子着想，不可妄动刀枪。"

其实，华阳王之所以拒绝退往贵阳，他在心中早就拿定了主意。在别人看来，他平日里只会饮酒赋诗，烧香拜佛，乐礼道教，其实，他身为藩王，作为皇室宗亲，自有常人不知的苦楚。他知忠孝节义，他不会像其他亲王、藩王一样，逃离封地，作鸟兽散，苟且活命，他准备以忠义之死而成全自己身后的千秋名节。他抱拳对江南群雄道："国运如此，夫复何求？我身为藩王，生亦有时，死亦有地。众位英雄好汉多年来一直陪伴相助，我在此一并谢了。此次赴京，我已置生死于度外，当当面痛骂那鞑子之首，何以厚颜无耻，犯我大明，夺我江山。我要让天下人知晓，他们是一群抢夺我大明锦绣江山的外族强盗。"

说完，引了世子，昂首挺胸，慷慨上船，随那王崇儒东去。

众人直直地眼看那船影愈去愈远，顿觉得心中一片空落茫然！就在这时，只听一人愤愤嚷道："这算怎么回事？我们江南群雄这么多人，这么多天，岂不是白忙活了一场？这华阳王也真是，怎么能轻易相信那狗官的屁话呢？"

此话一出，有如石破天惊！

众人便纷纷高声嚷开了。

虚云真人思虑片刻，心中甚是空落，看着空明真人道："大哥，华阳王此去，依老弟看来，终是羊入虎口，凶多吉少。我们难道就此罢手，各自散去？"

一句话提醒了空明真人，他急道："华阳王不愧为朱家皇室之后，激于天下义愤，竟不畏死，慷慨赴难，也算是一条真汉子了。我们如果就此罢休，哪我们江南武林还有何脸面立于江湖？我看，我们还是要想方设法暗中营救才是。"

虚云真人立马赞同道："华阳王身为藩王都不惜死，我们江湖草民，还有何可惧？我浮山派愿听从大哥调遣。"

虚云真人话一落音，群雄立马山呼："我等愿意听从盟主调遣！"

"请盟主发令，我们不惜一战！"

"我们要把华阳王追回来！"

空明真人见群雄慷慨激昂，无一人畏死，便决然道："我江南武林，此事便要管定了。"遂转向虚云真人，神情肃穆、庄重吩咐道："虚云老弟，你浮山派为第一拨，速寻船跟去，暗中尾随，不可有失。"又转身对空相真人道："空相老弟，你领五雷山众人为第二拨，明天见亮动身。"又转向群雄："其余的人为第三拨，两日后动身。"

虚云真人当即率领太浮山众人动身，在江边码头寻了一只下行的船，匿于舱中，吩咐船家速速顺水快行。虚云真人考虑到此番前去，凶险异常，玥明师太及两名弟子均是女流之辈，一路上多有不便；况且下山也有一年有余，便吩咐玥明师太中途下船，回转太浮山。玥明师太起初执意不肯，后经众人劝说，方才同意。

船至停舷渡口，玥明师太带了紫嫣、雨馨下船，与众人惜别，殷勤叮咛道："你们此去，当一切小心谨慎，平安归来。"

众人点头应承，随船急去。

且说玥明师太三人下船上岸，步上码头。紫嫣见码头边竖有一块巨大路牌，上书"停舷渡"三个醒目大字，细细一思，甚觉奇怪，便与雨馨小声道："此名字甚怪，何以叫'停舷渡'呢？"

雨馨一思，也觉蹊跷，便道："也真怪了，停风啊，停雨啊，停车啊，停

轿啊，都还叫人明白，偏偏是个'停舡'。"

雨馨忽地眼中发亮，豁然道："我知道了，这个'舡'就是'船舡'的意思，就是指'船'，'停舡'就是'停船'，难怪叫'停舡渡'了。"

紫嫣就道："就叫'停船渡'，让人一看就明白，岂不是更好？干吗非要转弯抹角，叫个'停舡渡'呢，还让人颇费心思去想，像猜谜语一般，也真是，不晓得是哪个酸儒秀才书读迂了，想出这么个怪名字。"

两人跟在师父后面，一边走，一边小声嘀咕，还自以为聪明，悟得此渡口名字之来源，正沾沾自喜。不料，师父却回转身来，满脸揶揄之色："还自以为聪明，是吧？快不要说了，我的脸都在发烧呢。"

两人一怔，不明就里，连忙伸了伸舌头，不再言语。来到街上，三人找了一家小饭馆，吃了点东西，休息片刻，便寻小路翻岗过溪，望南而来，径回太浮山。

话说虚云真人一行七人，乘了船直行至澧州码头，尚未下船，就远远地瞧见了华阳王所乘的那艘大船，泊在江岸边。上面有许多军兵在巡哨，防护森严。众人便悄悄下船，在码头边赶紧寻了一家可以远远望得见那大船的客栈住下，大家轮流守候在这里，注视着那船上的动静。到了晚上，那船上灯火通明，老远就可望见。大家又分为三拨：青云师徒为一拨，值守上半夜；济慈师徒为一拨，值守下半夜；虚云师徒为一拨，出门后暗地摸到大船近处的江堤树林中，密切监视着大船，唯恐出了差池。

一夜无事，直至天晓。虚云师徒三人便动身回转，刚行至客栈门前的小街，就见远处有两人急急奔来。三人便闪至客栈门后，待那两人来到近处，凝神一瞧，却是丐帮中的夏、商两位帮主。

虚云真人忙从门内闪将出来，伸手拦了两人，领入客栈楼上房间。

虚云真人急问道："两位帮主为何如此行色匆匆？"

夏帮主也是深感惊奇，反问道："你们不是在九溪卫城吗？怎么会来到这里？江南武林的众人呢？"

虚云真人道："昨天，华阳王父子被清守道王崇儒从九溪卫城带走，我们就一路暗中跟踪到此。他们的大船就停在码头边，我们在这里守着，一刻也不敢松懈。"

商帮主闻听，一拍大腿，连说道："你们上当了！你们上当了！昨天，他们的船一到，就将华阳王父子换上了一辆密封的马车，由一大队军兵防守着，走陆路直往荆州方向去了。"

虚云真人一听，大惊失色，急道："此话是真是假？你们又是何以得知？"

夏帮主道："昨天在码头边上，华阳王下船后，一个大人模样的人引他上马车，说了句：'请华阳王上车。'恰好此话被我帮中的几名弟子暗中偷听到了，他们瞟见华阳王一脸肃穆，神情凛然，觉得此事甚是蹊跷古怪，便将所见情形层层报来，我俩也是昨晚上才得了消息，这不，我们正急着准备去九溪卫城找你们。不想你们却还在这里守着。"

虚云真人悔叫道："大事不好了！大事不好了！如果真是这样，那就糟了。他们猜测我们肯定会跟踪而来，所以就预先做了安排，设了个陷阱，把船停在码头边上，并安排重兵防守，让我们产生一种错觉，认为华阳王还在船上。他们这一招'瞒天过海'，我们果然上当了。"虚云真人思虑片刻，急对夏、商两位帮主道："哪里可以弄到马匹？"

夏帮主道："你要马匹干什么？"

虚云真人道："去荆州，赶快去追他们。"

夏帮主道："要多少？"

虚云真人道："我这里有七个人，一人一匹，越快越好。"

夏帮主略一思忖，道："好，我去弄马。"

虚云真人道："那就有劳夏帮主了。你把马赶快弄到这里来。待吃了早饭，我浮山派就去追人，你们俩位帮主就在此候着，我们的第二拨人今天肯定会赶过来，到时通知他们。"

夏、商两位帮主听了，立马下楼去弄马。虚云真人道："玄真、玄音、玄空，你们三个也同去，速去速回。"

三人领命，跟了夏、商两位帮主急急出去。不一会，马已牵来，共弄了八匹。夏帮主道："我与你们同去。从这里到荆州地面，一路上都有我丐帮弟子的眼线。前不久，欧阳掌门有事也去了荆州，那里是他八义门的老地盘。所以，到了荆州后，我们可以与他联系，事情就好办多了。"

虚云真人道："那太好了。"

众人赶紧吃了早饭，商帮主留在客栈，夏帮主便率了太浮山众人，策马北去。因救人心切，群雄一路上扬鞭策马，疾驰如飞。天暮时分，终于赶到荆州城对岸的江边码头。

早有丐帮弟子守在那里，见了夏帮主，即刻慌张迎上来："禀报帮主，那一队人马已经上了大船，顺水东去。"

夏帮主道："你可看清楚了，那华阳王也在其中？"

那人道："回帮主，弟子亲眼所见，那车上的一老一少也在其中。那一队

人马全上了大船，一个也没有留下。"

夏帮主失望之极，看着虚云真人道："清人的行动是如此之快，这如何是好？"

虚云真人坐在马背上，望着滔滔东去的江水，略一沉吟，果断道："弃马上船！"

众人一听，即刻翻身下马，将马匹交与了丐帮弟子，寻到一只下行的大船，急如流火，顺江跟去。

第二天，船至武昌府，众人下船。夏帮主便在码头上找到几名丐帮中人，用江湖暗语亮明了自己的身份。原来那几人虽是丐帮弟子，却不是江南丐帮中人，而是江北丐帮中的。那几人一听，忙恭敬地与夏帮主行了礼。夏帮主从身上衣服里摸出些碎银，递与他们，道："这点银子，就算我请几位喝杯小酒了。但我现有一紧要之事，还急请几位帮忙。"

那几人并不推辞，收了银子，豪爽道："多谢了，但凭吩咐。"

夏帮主便引那几人到僻静处，如此这般地耳语一番。那几人神情瞬间变得异常严峻起来，忙道："请夏帮主在此等候我们的消息。"说完，便分头而去。

夏帮主回来，与众人如此说了。虚云真人便引了众人，在近处饭馆打尖休息，静候消息。

夏帮主道："既然清廷下旨要取华阳王进京，按理说，这一路上应该绝对安全，不会有生命危险。至于到北京以后，那就难说了。"

虚云真人道："我也是这么想的，如此甚好。若是从武昌去京城，他们走陆路，我们就在半路上劫人，无论如何，也要把华阳王给抢回来。可是，万一他们走水路呢，我们就没有下手的机会了。"

夏帮主道："水路遥远，且风浪又大，我看，走陆路的机会要大些，我们还是有动手的机会的。"

众人在饭馆中一边静候消息，一边养精蓄锐，准备伺机劫人。午时过后，那几名丐帮弟子慌张进来，对夏帮主道："你要打听的人，我们已经查到了。昨天晚上，那位王爷已经被清军在鹦鹉洲悄悄砍了头。现在，洲上好多人都还在议论此事。"

虚云真人一听，如惊雷轰顶，脸色惨白，脚步踉跄。他嘴里嗫嚅道："这怎么可能呢！这怎么可能呢！"

他急切地问那几人道："应该还有一个孩子，有小孩吗？"

那几人摇头道："小孩倒没有听说过。"

虚云真人赶忙对夏帮主道："我们速去鹦鹉洲。"

虚云真人便留了玄音在此，以便接应后面跟来的江南武林同仁，自己率了其他人，急急寻船赶往鹦鹉洲。到洲上时，已近黄昏。江天暮色，寒意浸人。众人一路行来，一路暗中寻问路人，有人就指点方向。众人心中顿感不妙，急急奔至，在一片荒漠林中，果然见到一具尸首，拢去细看，正是华阳王尸骸。

众人惊骇，肃立林中，悲痛无语。

过得一阵，虚云真人恨恨道："这外族鞑子的朝廷，竟也是这般翻云覆雨，言而无信，卑鄙之极。我虚云真人，一生修道，从不妄开杀戒，冤杀他人。今日对天发誓，必痛杀异族鞑子和降清奸人及江湖武林败类，为华阳王报此深仇大恨！"

虚云真人转向大弟子玄真道："武昌府大码头是极繁华之地，百业兴旺，定有棺材铺子，你带人去置办一副上好的棺材，悄悄速速运来。"

又对青云真人道："我们就在这附近择一块好地，将华阳王好好葬了。"

夏帮主赶紧着人去找洲上人户，借得锹锄，掘土挖井。直到月上中天，众人才将华阳王坟堆垒好。在坟前摆了六牲水果，又点了香蜡纸草。群雄哀伤之余，拜之又拜。数只乌鸦鸣叫着飞临，立于近处树尖，俯瞰月下林中众人。

济慈大师望坟而叹，伤感不已，双掌合十，口中缓缓念道：

> 天也空，地也空，人生渺渺在其中；
> 日也空，月也空，东升西坠为谁功？
> 金也空，银也空，死后何曾在手中！
> 妻也空，子也空，黄泉路上不相逢；
> 权也空，名也空，转瞬荒洲土一封。

正是：

> 可怜王室皇家孙，
> 荒洲野地葬孤坟。

众人悲痛无语，在林中守至天明，屈身再拜，方乘船过江，回到码头那家小饭馆。

商帮主随空相真人率领的五雷山众人已经赶到。

两拨人马会齐。青云真人详说了华阳王在鹦鹉洲遇害，世子不见踪影之

事。群雄震惊，怒火中烧，义愤填膺，纷纷嚷着必报此仇。

虚云真人也是此意，便与群雄相商，决定在近处再寻一家大的客栈，暂时住下，等空明真人所率的第三拨人马来到，再做商议。

隔了一日，空明真人率大队人马赶到。惊闻华阳王噩耗，空明真人不胜悲痛，众人也是唏嘘万分。空明真人当即率了群雄，过江来到鹦鹉洲华阳王坟前，焚香祭拜。毕，空明真人对虚云真人道："华阳王在此遇难，无论怎么说，武昌府难辞其咎。"

虚云真人愤怒道："大哥的意思是……"

空明真人咬牙道："夜闯武昌府，杀他个鸡犬不宁。"

群雄一听，摩拳擦掌，齐声赞同。于是，空明真人对夏、商两位帮主道："丐帮乃天下第一大帮，按理，丐帮弟子应不分江南和江北，都是一家人。有了这层关系，就好办事了。一是烦请两位帮主及帮中弟子在两日之内探听查明武昌府的防卫情况，并绘制一张城防图，以供我们袭城之用；二是派人速速暗中打探华阳王世子的下落，一有消息，就通知我们。我估计，世子极有可能正被清人秘密解往北边去了，我们打探的重点也应该是通往北方的几条陆上官道。华阳王不在了，若能救得世子，为华阳王留得一脉香火，也是功莫大焉。"

夏、商两帮主爽快答应，当即吩咐下去，安排人手办理。空明真人又吩咐其他人暗中做好准备，备好铁钩绳索，以备攀城之用。

空明真人道："那北方鞑子杀我汉人，占我江山，我们不能一忍再忍了，我们江南武林必须拿起我们的刀剑，让他们血债血还。"

空明真人交代大家，一切都要秘密行事，这两天就在此宿营安歇，为华阳王守灵。众人满口答应，各自领命而去。

两日后，一切事情均已经准备妥当。

在华阳王坟前，空明真人与群雄誓言报仇，做出如下安排："浮山派由虚云真人率领，从府东杀入，然后攀东城墙出城；八义门与丐帮由欧阳掌门与夏、商两位帮主率领，从府西杀入，然后攀西城墙出城；我与空相真人带五雷山众人从府南杀入，攀南城墙出城；其余门派由各带头大哥率领，从府北杀入，然后攀北城墙出城。约定以爆竹声为撤退信号，速战速撤，不可恋战。"

空明真人道："我们现在就分头过江进城，各自安排好饭食，各就各位，子时一到，立即动手。出城后火速赶到码头，乘船西撤。在码头，已有丐帮弟子安排好船只接应。大家行动吧，一切顺风。"

群雄拜过华阳王坟，雄赳赳，气昂昂，纷纷动身过江。

是夜子时，月朦星稀。寂静的武昌府陡地杀声四起，惨嚎不绝。四路复仇人马如狂风骤雨，疾卷而过。当清军如梦方醒，紧急调派人手增援时，空中响起三声巨响，只见满天火星飞溅。群雄如柔猿般翻城墙越下，乘船解恨西去。

第十四章
太清殿灵慧真人说佛
清风寨玄智少侠惩凶

话说江南武林群雄大闹武昌府，撤回江南后，因华阳王已经不在，便互道珍重，各自散去。

虚云真人带了太浮山一众，没精打采地回到缥缈峰佑圣观。

章喜眼尖，早瞧见了，一边欢喜地叫着："师公！"一边从观中飞跑出来迎接。

虚云真人脸上立马绽出笑容，忙上前几步，慈祥地伸出手来，将手掌放在他的头顶上，抚摸着道："告诉师公，你喜欢这里吗？"

章喜高兴道："我喜欢这里。这里有饭吃，有事做，还有伴玩。"

虚云真人问道："有人欺负你吗？"

章喜一个劲儿地摇头："没有人欺负我。"

虚云真人对众人道："这孩子挺机灵的，是个好苗子。"

玄妙见是师父一众回来了，又惊又喜，忙迎上来问安，又与大家一番寒暄，陪了众人上到太清殿内歇息喝茶。不多时，唐力、李忠得了消息，急赶过来与众人问安。

虚云真人颓废地坐在椅子上，喝了一口茶水，若有所思，自言自语道："总算回家了。"随即又摇头对众人道："忙去忙来，终究还是一场空。"

青云真人摇头叹息道："有谁知道是这样一个结果呢？"

济慈大师喧一声佛号，道："阿弥陀佛，善哉！善哉！受人滴水之恩，当涌泉相报。我们江南武林群雄也尽心尽力了，华阳王地下有灵，也该欣慰了。"

这时，章喜悄悄地溜进大厅，紧挨着虚云真人挨挨擦擦，却并不言语。虚云真人拿眼一看，猜测这孩子心中必有事情，只是不好说吧了，便问道：

"章喜，你是不是有事要对师公说？"

那章喜羞赧一笑，赶忙道："我想妹妹了。"

虚云真人一怔，想起了他还有个妹妹，便忙问玄妙道："他妹妹现在住在哪里？"

玄妙回道："开始是住在陈溪峪薛彪家中，后玥明师太回山，便把她带回了顿笔峰召云观。"

虚云真人听后，颔首道："原来是这样。很好，很好。在九溪卫城时，玥明师太就认了这个徒孙，紫嫣姑娘就认了这个徒弟。"

玄妙道："原来是这样，难怪玥明师太一回山，就把她接走了。"

虚云真人道："我们今天都平安回来了，这次下山，我们浮山派无一人伤亡，都能全身而退，平安归来，是乃幸事。据我所知，这次夜闯武昌府，其他门派也都均有伤亡。我们虽然替华阳王报了仇，出了一口恶气，但我们江南武林也还是损失了几位兄弟。由此可见，我浮山派的武功在江湖上也还是拿得上桌面的。此次下山，一载有余，今日我们平安归来，当好好庆贺一番。"

说完，便吩咐玄妙去峰顶"云台"燃放爆竹，通知各观、寺、庙、宫、庵，来太清殿一聚。

虚云真人满脸笑容，慈爱地对章喜道："等一会儿，你妹妹就来了。"章喜忙笑嘻嘻地点头。

却说这日，杨瑛处士正在山下"听涛阁"中，一边品茶，一边整理着自己的诗集。

自上次在去苗岭娶亲的船上答应灵慧真人的美差后，他又竹杖芒鞋，时有云游，吟成新作数篇。

有描绘自己山居生活的，如《万松岭》："迢遥峻岭碧云横，古木森森满面生。霜下月明眠鹤喜，云中子落梦猿惊。岂无仙客乘鸾至，时有幽人曳杖行。最羡山根杨处士，独开高阁听涛声。"

还有状写胜景的，如《云芝庵》："老僧茅屋似山家，半种春蔬半种花。选径手栽千树柏，开帘人看一溪霞。芝生石涧云常满，鹿卧疏林草不遮。最是客来能作供，风中新笋雨中茶。"

如《观音石》："亭亭峭石破云封，来往人瞻大士峰。半幅袈裟千尺草，一瓶杨柳万株松。岭云霭霭飞慈鸟，涧水清清化毒龙。莫道皈依须有像，慈悲原不在仪容。"

还有凭吊怀古的，如《铁瓦庙》："伏波遗殿倚山阳，涧水潺潺桧柏长。庙祀至今传铁瓦，勋名原不仗椒房。春深石屋莓苔古，秋满丹崖薜荔黄。却怪云台俱泯灭，空山烟火正辉煌。"

杨瑛处士一一读来，咬文嚼字，细细推敲。

末了，他将诗稿细心叠好，放在案上一边，又取出《稼轩词录》，信手翻到一页，见是作者的《永遇乐·京口北固亭怀古》一篇，便吟哦起来：

> 千古江山，英雄无觅孙仲谋处。舞榭歌台，风流总被雨打风吹去。斜阳草树，寻常巷陌，人道寄奴曾住。想当年，金戈铁马，气吞万里如虎。　　元嘉草草，封狼居胥，赢得仓皇北顾。四十三年，望中犹记，烽火扬州路。可堪回首，佛狸祠下，一片神鸦社鼓。凭谁问，廉颇老矣，尚能饭否？

吟毕，杨瑛一拍案牍，感叹词人的豪壮悲凉，情深义重。

他又翻到下页，见是作者的《破阵子·为陈同甫赋壮词以寄》，便又继续吟道：

> 醉里挑灯看剑，梦回吹角连营。八百里分麾下炙，五十弦翻塞外声。沙场秋点兵。　　马作的卢飞快，弓如霹雳弦惊。了却君王天下事，赢得生前身后名。可怜白发生。

"这不正是词人壮志难酬、英雄迟暮的悲愤心境写照吗？"他又拍案叹道。

再往下翻，却是作者的一首《南乡子·登京口北固亭有怀》：

> 何处望神州，满眼风光北固楼。千古兴亡多少事？悠悠！不尽长江滚滚流。　　年少万兜鍪，坐断东南战未休。天下英雄谁敌手？曹刘。生子当如孙仲谋。

"唉，还不是通过对古代英雄人物的歌颂，希望自己能够像他们一样，金戈铁马，收拾旧山河，抒发自己为国效力的壮烈情怀？"

杨瑛处士又将案牍猛拍了一下。

掩了书页，杨瑛处士心中久久不平，踱到窗边，望向远处，联想到眼前的局势，山河破碎，外族蹂躏，不由眉凝如峰，一脸忧色。

就在心绪茫然，一腔愁绪无法排解之际，杨瑛处士忽闻得缥缈峰顶六声爆竹巨响，抬眼急从窗口仰望峰头，猜测佑圣观必有大事，心中一忖：莫不是虚云真人一众回山了？忙放下书卷，携了佩剑，望峰奔来。

当杨瑛处士赶到峰顶太清殿时，见殿外殿内早就聚满了浮山派的人。玄真道长一见杨瑛处士到了，忙笑脸相迎，上前问安，接入殿中。

杨处士拿眼四顾，果见大掌门虚云真人回来了，正与众人在言谈说笑，便径走过去，拱手贺道："浮山派大掌门平安回山，真是大喜事儿，恭喜！恭喜！"

虚云真人见是杨瑛处士，忙起身迎了上来，笑道："'浮山稼轩'，一年多没见到你了，真想你啊，老弟。"

这时，灵慧真人快步走了过来，忙与杨瑛处士打招呼，问道："杨处士近段时日可又有妙作问世？"

杨瑛处士忙道："我既然答应了你，外出游玩之时自然是要多留心神了。这段时间，我又偶成数首。眼下，正忙着整理以往的一些旧诗稿，想着日后把它们编成一个集子。"

灵慧真人道："那太好了，到时候我一定要认真拜读。"

杨瑛处士又与济慈大师、心智大师、青云真人、玥明师太、清心师太一一行了礼，并与玄智等一班晚辈打过招呼，方才落座品茶。章喜早已见到了妹妹，俩兄妹在院子里正高兴地说着话儿。青梧、香玉和宝珠都在后面厨房里帮着洗菜切菜，三个小家伙，小虎、思苗和思清就在厨房前的小坪子玩耍。小虎为大，自然是思苗和思清的头儿。他领着他们，时而追逐；时而嬉戏；时而高声大叫。

大殿中，杨瑛处士问起华阳王的事情，虚云真人脸上立现落寞之色，只得将华阳王在武昌府鹦鹉洲被害的事说了。

留守山中的众人听了，俱是叹息不止。

杨瑛处士道："现清朝廷以周运熙为九永守备，驻九溪卫城。据说，桑植土司、茅冈土司也归附了清军，但石门县的添平土司却拒不归附，还在节节抵抗之中。"

虚云真人对灵慧真人叹道："丐帮、八义门、江南群雄，还有我们浮山派，奔波劳碌，出生入死。忙来忙去，却是万事蹉跎，且山下时局又是越来越糟。这是为何？"

济慈大师看向众人，亦道："国事糜烂，其运不昌。这到底是天灾？还是人祸？"

心智大师道："阿弥陀佛！据老衲来看，这天下之乱，从表面上看是乱民蜂起，搅乱了这朱姓王朝的江山，但从根源上讲，还是君昏臣庸，朝廷腐败所至。朝廷所说的乱民，其实都是些饿极了的灾民。自古道，国以土为本，民以食为天。当民没有了果腹的食，他还能做安分守己的良民吗？当民的命都快没有了的时候，他的眼里还有朝廷和国吗？但历代的亡国之君，却从来不是从历史悲剧的轮回中寻找真正的原因，而是简单地把责任全部推到乱民的头上。大家说说，是不是这样？这到底是天灾？还是人祸？"

灵慧真人一边思索，一边颔首道："心智大师说的极是。古人道，水能载舟，亦能覆舟。自古只有官逼民反一说，哪有民逼官反一说？大人做错了事，却怪孩子，哪有这般道理？"

杨瑛处士似乎想起了什么，忽然道："大家这么一说，我倒是想起了一件事情。前不久，我有事去了一趟常德府，在一家客栈打尖休息，正好就来了几位官场中人，就在我旁边的桌子坐了吃饭。我听他们谈起朝廷中的旧事，真是闻所未闻，叹为观止。"

灵慧真人一听，好奇心就上来了，怔怔地看着杨瑛处士，忙问道："是什么旧事，还闻所未闻，叹为观止？快说来听听？"

众人也都住了口，齐齐地把目光投向杨瑛处士。

杨瑛处士道："闯王李自成一进北京城，那崇祯皇帝唯恐自己被农民军羞辱，有辱祖上，就赶紧用一根白绫把自己弄死了。一看这皇上没了，朱由崧就赶紧找了一班心腹，在南京继位，自己做皇帝，是为弘光政权。这个朱由崧是谁？他就是被李闯王杀了的洛阳福王朱常洵的儿子。这个戏台搭起了，那男主一号就好好演戏呗。台下的看客就想错了，这位乱世中上位的皇帝很快就下了第一道圣旨。大家猜猜看，是什么大事儿？"

玄空是个耿直性急之人，忙道："什么事儿？肯定是号召天下兵马勤王抗清，把清人鞑子赶回北方草原呗。难道还有什么大事儿能比得过这个重要？"

众人也是纷纷点头。

杨瑛处士连连摇头道："这位皇帝下的第一道命令，就是什么呢？就是征集宫女，充实后宫。"

众人惊得"哦"了声："原来竟是为这事儿。"

杨瑛处士又道："不久，皇帝又下了第二道圣旨，大家再猜猜看，又是什么大事儿？"

玄空朝杨瑛处士摆摆手，一脸失望道："我是猜不中了。这皇帝的心思，谁猜得了？"

"我料想大家谁也猜不了，"杨瑛处士道，"这第二道圣旨，就是要各地的地方官员给皇上进贡春药的秘方。"

"啊？！"

"这？！"

众人听闻，直是惊骇得面容失色，神情错愕！

虚云真人神情肃穆，双眼凝视着杨瑛处士，认真道："此话当真？"

杨瑛处士道："我听那几位官场中人就是这么说的。"

"难怪啊，难怪，"虚云真人唏嘘道，"难怪这个乌烟瘴气的小朝廷只维持了十多个月，清军就把南京城攻破了，还把这个皇帝朱由崧送到北京砍了头。"

灵慧真人也叹道："难怪天下的局势是越来越糟，越来越让人心焦。"又转向杨瑛处士道："杨处士，你应该多上山来，让我们也多了解一些山下的事情。不然，我们久居山中，常年孤陋寡闻，那就真成了井底之蛙了。"

杨瑛处士朗声一笑，便道："那就有劳真人你多沏几杯好茶了。"

大家正在言谈之际，欧阳掌门与夏、商两位帮主神色慌张地急急奔了进来。一见殿中众人言谈热烈，不像山上出了大事的样子，三人脸色转悦，忙与众人行了礼，对虚云真人道："我们在樱花谷飞瀑崖，猛闻得缥缈峰顶几声巨响，还以为山上出了大事，故立马飞奔赶来。"

虚云真人笑道："我等下山已久，今日终于得以平安回山，是故燃放爆竹，把山中各位招聚拢来，大家在一起聚一聚，说说心里话儿，热乎热乎。不想却把三位惊动了，真是大不该。"忽地又道："你们俩家把总部安在了飞瀑崖，从今往后，那我们也就是一家人了。今天，你们三位来得正好，和我们浮山派的各位多熟悉熟悉，亲近亲近，今后有事时好相互有个照应。"

欧阳掌门忙谦虚道："常言道，大树底下好乘凉。我八义门自荆州祸变，是损兵折将，元气大伤，为逃避清兵的追杀，又不得不南撤江南。眼下正好仰靠浮山派这颗参天大树，休养生息，暂渡难关。日后，还指望借了贵派的力量来报仇雪恨，重还江北。"

夏、商两位帮主也忙跟着说了一堆恭维浮山派的客套话。虚云真人笑道："二位帮主，我早说过，我们已经是一家人了，何还说两家话呢？况现在又是外族入侵、国难当头之际，我们各帮各派，江湖中的仁人义士，更应该团结一致，共同对外，协同大明官军，把清人鞑子赶出中原，收复我大明江山。"

众人纷纷点头赞同。不多时，饭菜准备好了，众人齐到饭堂里，推杯换盏，把酒相叙，好不热闹。这一场酒宴下来，已经是月上清虚，光华满山。

众人来到院中，见满天星斗，月华似水，都说如此良辰美景，正好品茶相叙，欣赏夜景。

灵慧真人便提议："既然大家雅兴甚高，我们何不去'云台'一坐呢。"

众人立即赞同前往。

玄真、玄妙带了唐力、李忠还有一众道童等，又是搬椅，又是端茶杯，又是烧水沏茶，好一阵忙碌。

灵慧真人品了几口香茶，忽发幽思道："想这'云台'之地，在好久好久以前，还是云梦大泽的中心，水落石出，如今却成了洞庭西来第一高处，真是沧海桑田啊！"

虚云真人便对欧阳掌门和夏、商两位帮主介绍道："这'云台'之地，还是当年楚王来太浮山围猎的休息之处。休息之际，楚王便与陪同的一班文武品茶赏景，胡吹乱侃，以此为乐。眨眼便是千年之遥！"

杨瑛处士逸兴大发，忽地望空吟道："天高峰低，太空清虚！月华如水，光照我辈！山如黛蓝，水如碧玉！月满天宫，云满黄庭！"

灵慧真人立马大叹道："杨处士真大智大慧之人，酒后竟悟到了我太浮山千年道教的真境所在。"

唐力突然想起，小声道："佑圣观的楹联不就是：水如碧玉山如黛，云满黄庭月满天吗？"

虚云真人道："楹联正是如此。可要真正地领悟'云满黄庭月满天'的道教清虚大境界，可就需要大智慧了。"说这话时，虚云真人心中不由突地一怔：这"云满黄庭月满天"一句所描绘的境界，是不是暗示着我太浮山内功修炼时所要达到的最高境界？

这一念头就如一道电光石火，在虚云真人的脑海里一闪即过。

翌日早饭后，众人辞别散去。灵慧真人笑吟吟地邀请杨瑛处士去三台峰太子宫品茶论诗。二人正欲离去，那李忠忙来到玄智师叔跟前，道："师叔，师公灵慧真人今天正好在此，又有闲暇，机会难得，何不多留他一会，解了晚辈心中的疑惑？"

玄智道："何疑惑？"

李忠道："师叔不是答应过我吗？难道忘记了？"

玄智凝眉细思，豁然记起，自己先前的确是答应过师侄的，便快走几步，来到灵慧真人跟前，行了礼，道："还请师伯留步，在殿内喝杯茶再走，玄真师兄的二弟子李忠有一个大不惑还想向您请教请教。"

灵慧真人道："李忠？一个大不惑？他年纪轻轻，有他师父玄真道长教诲，难道还有他师父解释不了的疑惑？"

玄智意味深长地一笑："此大不惑，还真是个大不惑，我太浮山恐怕只有您师伯能说得清楚明了。"

"哦！？"

灵慧真人一脸疑惑和好奇，回头瞧了一眼站在不远处的孙辈李忠，见他正用期待的目光望着自己，便邀了杨瑛处士重回到殿中。

玄智引了李忠忙跟进去，又给两位长辈重新沏了香茶，对李忠道："侄子，你问吧，你这位师公可是上知天、下知地，是我们太浮山的文曲星，有疑惑处，但问无妨。"

李忠便定了定神，把自己一直藏于心底的那个大疑惑说了出来。

灵慧真人听闻，骇得一惊：这个娃子，这么年轻，怎么会问这么个极深极奥的问题呢？

杨瑛处士也是吃惊不小，他自小就在山下长大，对此已经习以为常，见惯不怪了，至于这里面的为什么他也从没有深究过，难道这其中真的藏有玄机？杨瑛处士也把疑惑的目光投向灵慧真人。

灵慧真人轻轻一笑，微微颔首，自去端杯品茶。玄智见状，忙走到殿外，见玄妙、玄音及唐力俱在院中逗留，尚未离开，急向他们招了招手，唤进来一并围着坐了。灵慧真人见人多了，反倒来了精神，于是用茶水清清嗓子，侃侃而谈，娓娓道来。足足用了两个多时辰，方把这件事情的来龙去脉说了个明明白白，清清楚楚。

事情的缘起，还得从一个叫宣鉴的僧人说起。

宣鉴，俗姓周，简州（今四川简阳市）人。生于公元782年，即唐德宗建中三年，卒于公元865年，即唐懿宗咸通六年，终年八十三岁。此人生性高傲自负，20岁便出家为僧，受具足戒。他习北禅，精研律藏，对性相诸经，颇有研究，年少大成，善于词辩，经常在佛堂中设坛开讲，向僧人们宣讲《金刚经》，名噪一时，时人便送了他一个雅号"周金刚"。

他曾经很有心得地对众僧人们说："一毛吞海，海性无亏。纤芥投锋，锋利不动。学与无学，唯我知焉。"由此可见，宣鉴对自己的学问修持是极为高看自负的。

一日，他听闻江南朗州府（今常德府）沅澧一带寺庙中僧人亦以《金刚经》为佛学教本，而且法学兴盛，信众如云，很不服气，怒说："出家人经过千劫万难，学佛的威仪和举止行为，都不得成佛，而南方的魔子们竟敢言直批直指人心，见性成佛，岂有此理！看我不去掏他们的窝子，灭了他们的种，以报我佛大恩。"

宣鉴僧人何以有如此大的火气？这就牵涉到佛教在历史上的一桩公案。

《金刚经》又叫《金刚般若波罗蜜经》，六祖以后，禅宗以它印心。而禅宗自弘忍传法惠能和神秀后，便分出了南禅与北禅两派，特别是经其门徒神会与普寂的发酵，更加导致南北宗之间的公开对立和抗争。北宗一派主张教人住心入定的渐修方法，而南宗一派则主张单刀直入，顿悟心性。

当时，神会传南宗于北方，广收信徒，其势甚大。适值安史之乱爆发，东、西两京沦陷。神会出面主持在各大府置戒坛度僧，收香火钱以助朝廷军费。郭子仪收复两京后，神会受到了帝室的重视。不久，神会病死，敕赐祖堂额、塔额，谥真宗。贞元十二年（796年），由皇太子招集诸禅师，楷定神门宗旨，并运用皇权确定神会为七祖，结果，两派之争终以南宗一派取胜而告终。

因此，身为北派的宣鉴是恼怒异常，对南宗一派恨之入骨，有心亲自到沅澧一带一探究竟。于是，他下了决心，不辞辛苦，挑着一担经书，径从四川乘船顺水东下，出夔州，至荆州，再向南经淞澧平原至澧州，过澧水，直往朗州府而去。话说从先秦起，从荆州经澧州、郎州（常德府）、再到青阳（长沙府）的古官道就从太浮山东麓下的中门王化桥经过，且在这里设有驿站。一日，那宣鉴（周金刚）挑着经书，行到这里，刚好肚中饥饿，又见路边有一小摊，一位老妈妈在卖大饼（此地方言为"点心"），便歇了担，欲买老妈妈的大饼（点心）吃。那老妈妈抬眼一看，见是一僧人挑了一副担子，甚为不解，便问道："那担子里装的是什么？"

宣鉴道："是书。"

那老妈妈好奇道："是什么书？"

宣鉴回道："是《青龙疏抄》"。

老妈妈又问道："是讲的什么经呢？"

宣鉴回道："《金刚经》"。

老妈妈仔细地打量了那僧人一眼，计上心来，便道："我看你书不离身，担子里还装着《金刚经》，我便请教你一个问题，你如果答得出来，我就施予你点心；如果回答不出来，你就挑着担子走吧。"

宣鉴一听，正中下怀，暗想着，量你一路边卖饼子的乡下老妈妈，还能有个什么问题要问，岂不是好笑？但他表面上还是不露声色，只是平静地回道："好吧，你且说说看。"

就听那老妈妈说道："《金刚经》里说：过去心不可得，现在心不可得，未来心不可得。不知道上座您要点哪一个心？"

此话一出，宣鉴立时惊呆，立在原地，额上汗泌如珠。

原来，一部《金刚经》中，虽讲了诸多佛家隐语，其实就三句话最具灵性，而又玄奥难悟。若能悟透，参悟者则智慧灵光顿现，诸事开悟。第一句话是：凡所有相，皆是虚妄。若见诸相非相，即见如来。第二句话是：一切有为法，如梦幻泡影，如露亦如电，应作如是观。第三句话是：过去心不可得，现在心不可得，未来心不可得。老妈妈问的恰好是这三句话中的一个，这是一个极为高深的佛学难题，就连很多得道高僧都难以把这个问题说得明白清楚。

其实，这三句话就是告诉参禅者一个重要的人生哲理：凡事别太当真，遇事别太执着；该来的总会来，该去的必然留不住；只有不执着，活在当下，才是人生的大境界，大智慧。

宣鉴当时千里迢迢而来，就是不服南宗一派，正是"执着"顶峰之时，所以，他哪里能开悟这个"点心"呢？

当时的宣鉴，心中一凛，背脊一阵冰凉，自知今天是小沟里翻船，栽在了这位路边老妈妈手里，知道大饼（点心）是买不成了。于是，他面红如关公，既不理睬那老妈妈，也打消了前往朗州府的念头，毅然转身，决定先去澧州龙潭寺落脚。

到了龙潭寺，他一肚子的火气还没有消，内心深处对"南方魔子"的那股仇视情结早已根深蒂固，他还想摆摆谱。他一进崇信大师的法堂，便高声喊道："久闻龙潭大名，今日到此，怎么潭又不见？龙又不现？"

崇信大师当时就坐在法堂的禅座上，见来人竟是如此这般做派，只是微微欠了一下身子，冷冷地说了一句："可你已亲自到了龙潭。"

宣鉴竟然被这一句简单的回答给定在了那里。既然已经到了龙潭，身在龙潭之中，却熟视无睹，还找个什么呢？如果说，那路边老妈妈对他的诘难，还可以推说是胡言乱语，歪打正着，那现在呢？眼前呢？他不服也不行了。于是，他住了下来，开始参习。

有一天晚上，宣鉴在崇信大师身边侍立。时间很晚了，崇信便道："更深了，怎么还不去睡？"

宣鉴道了一声"珍重"便走进法堂。但朝内一看，便说："天好黑呀。"

崇信点燃一根纸烛让宣鉴照路，宣鉴正要伸手去接，崇信忽地"噗"地一口便将纸烛吹熄。就在此时，宣鉴心中豁然开朗，从王化桥遇到老妈妈时就积起的疑团，也瞬间烟消云散。于是，宣鉴倒身便拜。

崇信问道："你见到了什么？因何而拜？"

宣鉴道："天外有天，人外有人。"

第二天，崇信大师升座，对众僧说："你们中间有个汉子，牙如剑树，口似血盆，一棒打不回头，日后也将到孤峰顶上去，替我立道行法！"

宣鉴自知得到了师傅的心印，对于南禅一派从嫉恨终至心服。于是，他把从四川带来的《青龙疏抄》，堆在法堂前烧了，面对佛像，沉痛道："穷诸玄辩，若一毫置于太虚。竭世枢机，似一滴投于巨壑。"意思是：把所有的玄理都弄通了，也只不过像一根毫毛置于太虚世界那么渺小；把所有的微妙都穷尽了，也只是像一滴水汇入浩瀚的大海那样微小。不在心里下功夫，光靠念经是无济于事的。宣鉴也因此由北禅的渐修派转变成了南禅的顿悟派。

在龙潭寺开悟后，他便辞别崇信大师，出访宁乡沩山灵佑。灵佑属于南岳系，不仅在年龄上比宣鉴大，而且辈分也高，是师叔辈，而宣鉴则是青原系。宣鉴到了沩山之后，挟着包袱，直奔灵佑拓禅堂。灵佑正在打坐，宣鉴先从西往东穿过灵佑的禅座，然后又回头从东往西行走，就这样来回走了好几趟，并且边走边说："有吗？有吗？"

灵佑只顾自己打坐，旁若无人，对宣鉴挑战不理不睬。

宣鉴见灵佑不语，便大声道："无！无！"说罢转身出堂，飘然离去，心中道：今日便去，明日又来。

第二天，宣鉴果然又来。这一次，他进门后便直奔灵佑的法座，猛地提起座具，并大喝一声："和尚！"灵佑正准备伸手去拿旁边的拂子，宣鉴一见又大喝一声，拂袖而去。经过第二回合的比斗，宣鉴终于抢了先手，占了上风。

到了晚上，灵佑问首座弟子："今天新来的那位僧人还在寺院吗？"

首座回答："他当时就离开法堂，穿着草鞋出门去了。"

灵佑便道："此子以后当向孤峰顶上盘草结庵，呵佛骂祖。"

自此之后，宣鉴并未开山结庵，而是再次回到澧州龙潭寺，在此修行约数十年，直到公元840年左右，方才南去朗州府德山孤峰顶盘草结庵，静心悟佛。为了破除人们对经教名相的执着，有一次上堂开法，宣鉴说了一段让禅门震惊的话："人们出家，都参拜佛祖，我的先师们不这样认为，这里既无佛，也无祖，达摩是老臊胡；释迦老子是干屎橛；文殊、普贤是担屎的汉子。"如此呵佛骂祖，终应了沩山灵佑大师的预言。

可惜没过几年，灾祸从天而降。公元841年，李炎继位，是为唐武宗，年号会昌。第二年（842年），武宗在道士赵归真等的劝说下，令天下僧尼中犯罪和不能持戒者尽皆还俗，行咒术、妖术等者同禁，私人财产全部"充入两税徭役"，仅京城长安一地就有3459人还俗。会昌四年七月，敕令毁拆天下凡房屋不满二百间、没有敕额的一切寺院、兰若、佛堂等，命其僧尼全部还俗。会昌五年（845年）三月，敕令不许天下寺院建置庄园，又令勘检所有寺院及其所属僧尼、奴婢、财产之数。四月，下敕灭佛，规定西京长安只能保留4座寺庙，每寺留僧10人，东京洛阳留2寺，其余节度使的治州共34州各留1寺，其他刺史所在州不得留寺。其他寺庙全部摧毁，僧尼皆令还俗，所有废寺铜铸的佛像、钟磬全部销熔铸钱，铁铸的交本州销铸为农具。到当年八月，"天下所拆寺四千六百余所，还俗僧尼二十六万五百人，收充两税户；拆招提、兰若四万余所，收膏腴上田数千万顷，收奴婢为两税户十五万人。"

这就是佛教史上有名的"会昌法难"。

武宗为何对佛教如此仇视，而欲将天下之僧尼赶尽杀绝呢？这是有深刻的政治原因的。因为，唐朝自开国以来，由于君主们的提倡和玄奘天竺取经后的大力宣讲，佛教又一次迎来了发展的高峰。到武宗即位时，全国僧尼人数近30万，寺院近5万座，日渐壮大的僧侣队伍，逐渐形成一股不可小觑的政治势力。在朝廷内部，有三十多名僧人被封官重用，其中不乏显官贵爵，有的甚至被封为将军，参与国家军事机密。还有僧人与权贵交往密切，气焰极为嚣张，作奸犯科。当然，也还有另一个原因，那就是武宗本人对道教的痴迷。武宗对道教的偏爱我们是能理解的，因为道教是土生土长的，溯源求本，可追至老子。老子姓李名耳，与大唐君主同姓，大唐一开国，就把老子李耳定为正宗远祖，请入国庙，享用香火，是以把道教定为国教。

如此一来，在朗州府德山孤峰顶开堂讲佛的宣鉴也就在劫难逃了。为了避祸，宣鉴不得不还俗，悄悄地来到受朝廷保护的道教圣地太浮山，寻求避难。太浮山佑圣观真人摒除道、佛门派之见，不仅热情接待了他，还在佑圣观附近特地安排了一间石屋，让其居住修禅。这一住下，就是数年。在这期间，宣鉴足不出山，仅在太浮山名胜古迹之间往返流连：去南门神奇的响鼓岭打坐；去北门的汉王庙膜拜等。唯一的一次下山，就是去了中门王化桥官道，那个与卖饼老妈妈邂逅的地方。古道虽在，人已不见。宣鉴驻足良久，感叹物是人非，岁月变换。

会昌六年（846年），武宗驾崩。笃信佛教的唐宣宗即位，立即下令灭佛停止。佛教，又迎来了新生。佛教徒欣喜若狂，纷纷奔走相告，庆贺劫后余生。

大中初年，灭佛政策刚废，薛廷望任朗州刺史，重修建于唐朝初年的德山精舍，改名为"古德禅院"，并请荆南节度使裴休题写重修碑文。庙宇修复后，请高僧住持却成了难事。薛廷望欲访求哲匠住持，听说宣鉴的大名后，四处打探，终于得知宣鉴隐匿在太浮山缥缈峰顶。于是，多次派人来到峰顶，请求禅师下山。宣鉴对朝廷灭佛已经是深感恐惧，胆战心惊，所以，不敢答应，

屡次拒绝。后来，薛廷望无奈，只得"巧设诡计"，派人以宣鉴走私茶盐的罪名把他"请"下山去。

在密室中，薛廷望道："大禅师若是拒不答应，那我也没有办法，就请到囚室修禅去吧。"

自古道：人在屋檐下，不得不低头。在官场强权的高压下，宣鉴无奈，知斗他不过，事已至此，只好答应去"古德禅院"任住持，弘扬佛法。所以，后人又称宣鉴叫"德山"。

德山宣佛讲禅，继承了青原系中禅风峻烈的接引学人方式，经常用"棒喝"来猛截学人的情思理究，尤其以"棒打"著名。德山的名言就是：道得也三十棒，道不得也三十棒。

有一天晚上小参，德山向众人宣布："今夜我不答话，问话者三十棒。"言毕，一个僧人出列行礼，德山举棒便打。僧莫名其妙，问道："我并没有说话，为什么挨打呢？"德山问："你是哪里人？"僧回答是新罗人（朝鲜）。德山说："在你没跨上出国的船时，就该挨三十棒。"后德山解释说："人的语言、行动都是活动，有活动必须先有念头，所以棒打是针对一切念起，目的在一念不生。"

德山在"古德禅院"创造了"德山棒"这一非常独特的宗门接机方式，在当时的佛教禅宗界影响巨大，各地慕名前来德山参禅者络绎不绝，院内常有僧侣五百之多。一时间，沅水江边朗州府的"古德禅院"，竟名声大噪，远播海内外，成为当时著名的寺刹，大唐全国最有声誉的佛教圣地。德山，不，应叫宣鉴，便被人尊称为：德山宣鉴。德山宣鉴也终于功成名就。他在德山弘扬佛法的同时，念念不忘太浮山数年的收容接纳，养育禅悟之恩。遂将太浮山与德山结为友山。在佑圣观道长的应许下，他在太浮山修庙建寺，不仅亲自前来讲佛传经，还派得道门生住持寺庙。从那以后，太浮山便是观、宫与寺、庙并存，道佛一家，香火同旺。

灵慧真人这一路娓娓道来，竟巨细皆知，如数家珍。众人亦是深为佩服，赞叹不已。

李忠叹道："难怪师叔要我请教师公，原来太浮山这道、佛两家的渊源竟是如此之深。"

灵慧真人道："这是一层，还有另外一层。后来寺庙中的僧人羡慕佑圣观道家的养生之道和武学，便拜观中道长为师，打坐念经之余，日夕练习道家的气息吐纳之功，如此一来，佑圣观的武学也渐渐传入了寺庙的僧人中，并代代相传，延续至今。所以说，我太浮山道、佛两家的武学本就是同根同源，一脉相传。”

杨瑛处士道："难怪我瞧上去，也觉你们两家的武功招式如出一辙，原来是这般传承。真人今日一席话，让我获益匪浅，真是胜读十年书啊！亏我还是个土生土长的太浮山人，活到这把年纪，竟对太浮山的道、佛两家这等渊源竟毫不知晓，又从未深究穷理，实乃惭愧！惭愧！"

灵慧真人说了如此一通，见众人心中之疑已释，时辰也不早了，便辞了众人，与杨瑛处士结伴，下峰前往太子宫。

李忠满心欢喜道："多谢师公释疑。"

众人目送灵慧真人与杨瑛杨处士身影渐渐掩映在古松林中，向南远眺响鼓岭上的玉皇庙，回味着那德山宣鉴的传奇经历，心生钦佩与神往，慨叹多时。

这时，玉皇庙中，钟声敲响。梵音弥空，经久不息。

转眼之间，中秋佳节就快要到了。缥缈峰顶，皓空万里，天高云淡；金风送爽，丹桂香浓。

一日清晨，玄智夫妇在院中练功毕，换了衣物，正坐在一株丹桂树下品茶歇息，闲话家常，却见薛彪来到。玄智唤他坐了，香玉赶紧回屋沏了一杯茶端给他。

薛彪笑嘻嘻道："多谢嫂子了。"

玄智问道："今天来这么早，是不是有什么事？"

薛彪道："师兄，还真有件事，还得请你下山走一趟。"

玄智不慌不忙道："什么事儿？说说看。"

薛彪道："眼看就要过中秋了。昨天夜里，青梧她爹爹给她托了一个梦，说：'闺女啊，我住的屋子顶上塌了一个窟窿，一下雨啊，屋子里头就进水哩。'青梧醒了，琢磨了好一会，想着肯定是爹爹的坟头那里塌了。一想到苦命的爹爹，死后还葬身异地，逢年过节的，想烧把纸钱都没地方，只能在心中念想一会，不觉悲从心来，大哭了一场。我亦无法，只得好言好语，安慰了青梧一番。末了，青梧就对我说：'相公，你我夫妻一场，平日里我也没求你什么的，就是我爹爹的事，看在夫妻情分上，无论如何，你得帮我一把。'我忙道：'但说无妨。'青梧泪眼看着我道：'我想把爹爹的骨殖取来，安葬在这屋后山上，日后焚香祭拜，也就方便多了。'我为她的一片孝心所感动，忙点头答应。因青梧又怀有了身孕，出门不便，况且千里之遥，又逢兵荒马乱，两人商量去，商量来，又只有你熟知地方，所以只好请你帮忙，与我同去，办了这件事。"

玄智听了，大不以为然，对薛彪道："青梧姑娘是个懂事的好姑娘，是她的爹爹一手将她拉扯大的，俩人相依为命，后又四处漂泊靠唱几个小曲糊口谋生。不容易啊，说来也是凄苦心酸。这件事，我帮定了。"

薛彪高兴道："我知道你不会推辞，只是我心中愧疚，又要辛苦你了。"

玄智呵呵一笑，在他胸前轻轻一搏："兄弟之间，还谈什么辛苦不辛苦的，哪岂不是生分了？你准备何时动身？"

薛彪道："我想明天就动身，回来好过中秋节。"

香玉听了，也是十分赞成，道："青梧姑娘一片孝心，实令人感动。快要过节了，你们当速去速回，一路上不要好勇逞强，节外生枝，惹出是非闲事来。"

两人忙笑着点头应承。

玄智对薛彪道："我俩当去佑圣观一趟，禀过师父。"

薛彪道："正是。"

两人便立马行步如飞，望缥缈峰去。未时时分，两人转回，薛彪径自下山回家。

第二日一早，玄智取了剑器，辞别香玉，又与小思苗说了再见，下三百磴，直到陈溪峪薛彪家中。

青梧见了，心中甚是愧疚，歉意道："有劳兄长了。"

玄智一笑，道："我把你认作亲妹，就是一家人了。一家人何说两家话呢？"

薛彪又从邻里借了一匹毛色深红的高头大马，两人一人一骑，背负剑器，出村而去。经九里岗到两岔河小集镇过渡，再经十里坪，就到了裴家河。两人见街上巡哨之人尽是清兵，便寻了一家较为冷僻的小酒店，用过酒饭，上马望澧州方向驰去。

两人一路晓行夜宿，过澧水，横长江，不多日，便已到了襄阳地界。玄智指着前面不远处的一带山峦道："清风寨就在那边。"

就在此时，忽听得身后一阵马蹄声由远而近，眨眼间，十来匹快马就从他们身边一掠而过。两人细看时，见马背上的人尽是剽悍汉子，且带着各式兵器。

薛彪道："看那阵势，似乎是要赶去打架。"

玄智点头道："我也是这种感觉。"

两人策马并行，约一袋烟工夫，又听得身后马蹄声起，一回头，却是一对中年男女策马驰来。就听那男子高声道："清风寨快到了。"一听"清风寨"三个字，玄智一惊，自己正要去清风寨办事，他们也要去清风寨，难道清风寨出了什么大事？两人便扬鞭催马疾行。不多时，到了分岔路口，正待转上小路，又见五六条大汉飞马而至，领头那人口里大声嚷道："让开！让开！"两人赶紧策马路边，让他们急急驰过。他们竟也是拐上了岔路，去往清风寨方向。

薛彪估摸道："看这些人，好像都是江湖中人。"

玄智推测道："清风寨肯定出大事了。我们也快快赶去。"

说完，两人便拍马跟了上去。到了寨门口，见所有来人的马匹都拴在门外，几个彪形汉子持了剑器正拦在门口。

一见他俩纵马过来，有人急挥手叫下马，问道："是接到了唐老英雄的书信吗？"

玄智摇头道："没有接到书信。"

那几个汉子一听，脸色骤变，立马警觉起来，手中利剑便指向了他俩。其中一人道："今天是我们与清风寨之间了结几件公案之时，还请两位不要插手。"

玄智不露声色，平静道："你们是……"

那人道："今天来这里的都是江湖上名门正派中人，多年来的积案要案终于查明，今天，要彻底来个了断。"

玄智道："我也是来清风寨办事的，与清风寨非敌非友。可否进去一观？"

那人道："唐老英雄吩咐下来了，没有接到书信的一律不能放进。"

另一人道："唐老英雄也是为了保险起见，唯恐有他们的人前来援手。"

薛彪脸现怒色，欲要发作，玄智见状，忙给他使了个眼色，环视寨子四周，不是峭壁，就是水沟。峭壁处林深树密，一派葱绿。玄智对那几人道："我们今天来清风寨，也是办事儿的。按理，大路朝天，各走一边。你们办你们的事儿，我们办我们的事儿，二者各不相干。你们进得，我们也进得。但我不想与你们费口舌，我们到林子那边去，倒是要瞧瞧你们要结一个什么公案。"

玄智说完，拴了马匹，带了薛彪，从草丛荒径行到那边峭壁林中，贴近寨子，居高临下，整个院子都可以看得清清楚楚。一眼瞧去，院中一边已是站了数十人，而靠木楼一边，则仅仅数人。凝神细看，玄智就认出来了，正是清风寨的席大寨主，旁边一人并不认识，孙管家也在，还有几人立在一边。

只见一老者白发飘飘，手持利剑，对席大寨主高声道："今日前来清风寨的，都是江湖上的侠义之士，正人君子，你也瞧见了，有川东卢氏兄弟、渭南四侠，还有聚龙山的乔伯清，大洪山的袁一啸，西峡的林振云夫妇等。俗话说，冤有头，债有主，你只要把令弟交出来，杀人偿命，只他一人抵罪；若是袒护不交，今天自然免不了一场恶斗，其结果你是可想而知。"

乔伯清将手中铁棍往地面一杵，怒道："还是快点交出来吧，大家已经等得不耐烦了。"

席大寨主手里握了一口亮光闪闪的大刀，双目圆睁，大声道："要人，休想！我已经说过了，人不在寨中。"

川东卢氏兄弟的老大卢永福嚷道："我们众多兄弟一直暗中跟踪而来，眼看着他进了寨门，就一直没有出去过。你不要耍赖。"

席大寨主旁边的那人四十多岁，身材相貌与席大寨主甚是相似，手里持了一把长剑，高声道："说没有就没有，少在这里啰唆，我清风寨的人也不是吓大的。"

"二弟，不要理会他们。"席大寨主对那人道。原来，那人就是二寨主席禄平。

就听那西峡林振云高声道："席大寨主，你不要以为你一口大刀功夫了得，今日有群雄在此，只怕你……"

唐老英雄可能是忍无可忍了，对众人道："看来，今日只有一战了。大家一起上！烧了这清风寨。"

众人早就失去了耐心，一听领头大哥发话，齐齐拔出兵器，就朝席家兄弟砍杀过去。那席大寨主毫不胆怯，仗着自己身大力沉，把一口大刀舞得八面生风。川东卢氏兄弟使剑，聚龙山的乔伯清使一根铁棍，还有大洪山的袁一啸使剑，几人将席大寨主围了，轮番剧斗。这边渭南四侠，西峡林振云、游兰娇夫妇也将席家二当家围在场中，一番恶斗。只见院中人影翻飞，杀声徒起。玄智与薛彪两人藏在林中，听了一会，弄明白了，原来这伙人是来找清风寨的三当家的，大寨主推说不在，拒不交人，于是就打了起来。玄智推测，这个三当家肯定是在外做了很多伤天害理的事情，不然，不会有这么多江湖上的正直侠士联手找上门来。一想到自己也差点被他害了，玄智就来了气，这个清风寨，看来是恶贯满盈，坏事做到头了。

玄智对薛彪小声道："这清风寨是个黑寨，让他们去打架，这边人多，总不至于输。我们就在这里瞧热闹好了。"

薛彪道："好的，好的。今天一来，就赶上了这么热闹的场面，实在是机会难得。"俩人便住了声，静观起来。

却见席大寨主将一柄大刀舞得呼呼风响，早已将这边武功较弱的人砍翻了几个。可见，他在这柄大刀上是下足了功夫的，不然，他也不会公然与这么多的江湖高手叫板。那聚龙山的乔伯清，一根铁棍上打下扫，也是凶猛异常。大洪山的袁一啸，剑走轻灵，刺削又快又狠，也是不可小觑。再加上川东卢氏兄弟的双剑合璧，渐渐地，席大寨主气力不支，捉襟见肘，已渐落了下风。再看这边时，席家二当家竟与众人打成了平手，不分秋色。

玄智小声道："这清风寨的功夫很是了得，可惜就是心术不正，把路走歪了，不然，也还是几条响当当的硬汉子。可惜啊可惜，马上就要尸首分离，身败名裂了。"

就在这时，忽见数支铁镖从他们打斗旁边的木楼上疾射而出，只见川东卢氏兄弟及聚龙山的乔伯清立马兵器坠落，蜷缩于地，口中哀号不止。

有人惊呼道："有人放暗器！飞镖有毒！"

就在这时，又有数支铁镖从空中鸣射飞来，直奔渭南四侠。

"快躲开！"唐老英雄高喊道，疾挥手中长剑，将一枚铁镖打落于地。渭南四侠急挥动兵器格挡，跃步跳开，不料席家二当家长剑疾进，一招"长虹贯日"，竟将四侠中的老三吕志杰刺倒在地，血溅当场。老大颜光斌见状大怒，目眦尽裂，狂吼一声，一挺剑就迎了上去。席家二当家一招得手，气势大盛，一招"风卷残云"跟着使出，白光闪处，剑尖直刺向颜光斌的咽喉。唐老英雄一见，骇得脸色苍白，疾使出一招"白蛇吐信"，长剑攻向席家二当家的中路。席家二当家眼尖，当即撤剑，挽了一个剑花，剑身自右上向左下急滑而下，顺势将唐老英雄的剑尖荡开，身形一挫，一招"浪里三叠"，剑尖同时攻向唐老英雄的上、中、下三路。

说时迟，那时快，唐老英雄见对方攻势凶猛，一招"横空出世"，硬是将整个身子向右横移在了数步之外，然后剑身一抖，剑尖斜刺对方中路，对方横剑一架，剑剑相交，铮铮有声，两人又斗在了一起。西峡林振云夫妇见状，唯恐唐老英雄有失，忙举剑左右急攻了上去。

那边席大寨主由一对四变成了一对一，一刀逼退袁一啸，一个兔起鹘跃，大刀变剑，直刺向林振云面门，欲替老二解围。林振云剑尖一抖，急斜跃撤开。

这时，木楼的大门悄然打开，一个人阴沉着脸缓缓地踏步走了出来，高声喝道："住手！"

听到喊声，两边打斗之人同时撤招后跃。群雄一看，此人正是他们要捉拿的凶犯——清风寨的少当家席安平。

唐老英雄气呼呼叫道："席大当家的，你不是说少当家不在寨子里吗？现在，当了众人的面，你又做何解释？"又转向席安平，怒道："席安平，你盗窃财宝，奸杀妇女，在川、陕及中原一带屡屡作案，早就激起了江湖武林正义人士的共愤，今日跟踪追至你清风寨中，你不仅藏匿不出，还以暗器杀人，如今，你又还有何话要说？"

只见那席安平仰天哈哈一阵狂笑，阴森森道："我席安平怎么了？"然后，一拍胸脯，大声道："财宝是我盗的，妇女是我奸杀的，那又怎么样？我告诉你，我不仅在北方做过案，在江南也做过案。在常德府道水边的裴家河，在澧州城的华阳王府，我都盗窃过。就算今天我把自己所有的犯案事实告诉你，你又能把我怎么样？"说完，一侧身，高声吩咐孙管家道："孙管家，去把寨门关上，我今天要让他们全部留下，一个活口都休想走脱。"

孙管家得令，赶紧持了剑，跑去准备关闭寨门。群雄这时才意识到自己低估了清风寨的实力和阴险。

唐老英雄忙对自己的人大声喊道："快截住他！"

话音一落，就有三个人持剑抢了上去，将孙管家拦住，各自挥剑，乒乒乓乓，斗在了一起。

席安平对他两个哥哥高声道："他们既然已经送上了门，格杀勿论！不可放走一人。"

瞬时，刚刚平静的院子里，一场惊心动魄的厮杀又开始了。

这院子里发生的一切，玄智与薛彪看得清清楚楚，听得明明白白。玄智心里道："难怪当日在裴家河的酒楼里，我就仿佛看到一个奇怪的身影，我追出酒楼，那身影一晃就不见了，原来就是这个少当家。还有华阳王府的失窃，竟也是他。此人果然是个江洋大盗。盗窃也就盗窃了，也还不至于抵命，可你又还奸杀妇女，这就是大不该了。难怪这么多江湖中侠义人士要联手追杀你。今日，你又以毒暗器取人性命，可见其心之毒，已经不可饶恕。"想毕，便对薛彪道："若你与那三当家斗，能否胜他？"

薛彪不假思索道："至少不会落败。"

玄智道："我也是这么想的。不过，他已经在打斗了，定会耗损一些力气。等下，我们一起跳下去，你就用太浮山剑法与他好好地斗上一番。他虽阴险，有我在旁边掠阵，你尽管从容放招就是了。"

薛彪喜道："有你师兄在，我浑身是胆，如此最好不过了。"

两人躲在林中密谈之时，院中已是一片狼藉，血溅肉飞。那一帮群雄中，渭南四侠中的老四廖远桥又被砍倒，大洪山的袁一啸左臂挨了一剑，另有数名好手毙命。唐老英雄见形势极为不利，很是无奈，只得唤了众人且战且退，往寨门口撤去。

玄智见时机到了，忙对薛彪道："快下！"

两人各发一声长啸，从峭壁上的树林中凌空飘下。打斗双方惊闻啸声，骇然惊栗，同时撤招后退数步，抬头看时，却见两个负剑汉子早已立于院中。

群雄惊恐！

唐老英雄双眼睁圆，怒骂席大寨主道："你这个老匹夫，你让你兄弟躲在暗处，用毒器伤人，又还请了帮手，难道你想把我们赶尽杀绝吗？"

席大寨主一怔，原以为来人与他们是一伙的，一听那领头之人如此发问，心中甚奇，便道："壮士，是哪个道上的？"

玄智双手一揖，平静道："五年前的冬天，有一个道长来投清风寨……"

席大寨主闻听，凝神细看，脸色倏变，惶恐道："你就是江南常德府太浮山的那个道长？"

此话一出，三少爷与孙管家急拿眼细瞧，待看分明时，脊背上已是冷气嗖嗖，一片冰凉。

玄智平静道："正是。"

然后走向唐老英雄，双手抱拳道："我们是一条道上的。你们暂且退在一边，我自帮你们讨回公道。"

生死关头，唐老英雄看着玄智，且惊且喜，半信半疑，但还是抱拳还了礼，后退数步。

这时，大洪山的袁一啸浑身一震，用右手指着玄智，忍痛道："你……你果真就是那个道长？"

玄智见他神情大异，便上前几步道："大侠难道见过我？"

袁一啸一番凝神细视，顿时喜道："果然是，果然是。五年前，一个冬天的夜晚，就是在这个清风寨，你还带着一位姑娘。我暗中给你送过一个小纸团。"

玄智听了，大惊道："你就是当年送纸团给我提醒的那位神秘人？"

"不错，正是在下。那夜，就因为追查凶案，我悄悄地潜入了清风寨，因当时也没有找到嫌犯作案的真凭实据，只是怀疑而已。恰好碰到你与一位姑娘进了寨中，我担心你年轻大意，深恐有所闪失，便暗中提醒你。想不到五年后的今天，我们又在这清风寨见面了。真是缘分啊。"袁一啸道。

玄智赶紧拱手一揖道："原来还是恩人，晚辈这厢有礼了。晚辈至今还不知道恩人的尊姓大名，还请赐之。"

袁一啸道："在下姓袁，名一啸，大洪山人。"

玄智拱手道："多谢袁大侠！"

群雄听了他们两人的对话，确信是友，喜出望外，急忙走过来，赶紧抱拳行礼。玄智指着薛彪对他们道："这位是我的师弟薛彪。"

双方赶紧又抱拳行礼。

玄智道："今天的事情，我都看见了。你们都是江湖上的侠义之士，我玄智佩服！佩服！"

然后一转身，突然面向孙管家，平静道："孙管家，这几年可好？"

孙管家心中方寸早已大乱，只好硬着头皮走上前来，抱拳向玄智与薛彪行了礼，道："我还记着道长的话。"

玄智一指群雄，高声道："你刚才的所作所为，我亲眼所见，如何解释？他们可是江湖中的正人君子，侠义人士。他们前来捉拿凶犯，你何以还要出手相帮，助纣为虐？"

孙管家满脸羞愧，立在那里，脸上一阵红一阵紫，忽地一咬牙，头一仰，举剑就往自己的颈项上抹去。

众人惊呼！

玄智没想到孙管家在自己的一问之下，竟是如此血性，以命赎罪，急提九龙真气，右手变爪疾出，一股极其霸蛮的力道从他的右掌中激射而出，竟将孙管家手中的利剑团团缠绕住，右手再往后一缩，孙管家的长剑竟脱手平平飞出，眨眼间，就拿在了玄智的右手中。玄智再一松手，"咣啷"一声，长剑坠落在地。

玄智这一惊天妙手露出，满院之人无不震惊骇然！

林振云惊呼道："这不就是江湖上一直传闻的'隔空取物'神技吗？我一直不信其有，以为是谬传，今日一见，实乃大开眼界。"

游兰娇也是花容失色，对夫君林振云颤声道："此人甚是年轻，却何以身负如此绝学？"

就听那孙管家愤然道："我唯有以死赎罪。少侠为何却又不让我死？"

玄智不愠不火道："孙管家，你暂且立在一边，等下我还另有事情请你帮忙。"

孙管家脸色一变，张嘴想说什么，玄智向他摆摆手，然后转向三位寨主道："今天真是一场好戏，碰巧被我撞上了。看来，也是你清风寨的好运走到了尽头。"

遂转向少寨主，厉声道："席安平，你是作恶多端，恶贯满盈。数年前常德府太浮山下裴家河的杀人盗窃案，还有澧州城华阳王府的盗窃案，我是亲眼所见，亲耳所闻，只是无暇顾及，也从未想到是你所犯。今日群雄来此拿你问罪，你藏于暗处，先是以暗器杀人，以为稳操胜算后，才现身出来，又自曝所犯之命案。你不以为耻，反以为荣，气焰是何等嚣张！然后又是三兄弟联手，欲将这群雄斩尽杀绝灭口，其心何毒！今天，我必须为天下受害者和这里的群雄讨回一个公道！我不想动手，你自行了结吧。"

那席安平摆出一副死猪不怕开水烫的样子，狂笑道："我席安平纵横江湖，还从没有怕过谁。"

说完，一挺手中利剑，就迎面疾刺了过来。

薛彪一见，急从背上拔了长剑，一抖剑尖，斜迎上去。

两剑相交，火花四溅，一上阵，两人就缠斗在了一起。一个是江洋惯盗，剑法老辣；一个是初涉江湖，天生霸力。眨眼之间，龙腾虎跃，翻江倒海，两人就已斗了十多招，不分胜负。

那唐老英雄、西峡林振云夫妇等都立在玄智身后，引颈观望，暗自称奇：这可是难得一见的剑术比拼！唐老英雄又把目光移向玄智，仔细地打量了一番，心中暗自思忖道：这两个年轻人自己从未见过，不知是何门何派？怎么会恰在此时出现在这里？他们与清风寨又有何瓜葛？

就在这时，玄智发现二寨主把自己的一只手悄悄地伸进了衣物之中，心中一凛，暗想：他莫非是想施暗器偷袭？不禁怒火心生，脸上顿现杀气，便留了一个心眼，假装全神贯注地看那两人打斗，实则用眼睛的余光盯着他的一举一动，自己却暗中调息真气，将九龙神功的十成之力暗蓄于双掌之中，蓄势以待。

四侠中的老二万运仪站在玄智的侧后，不知不觉中发现了这两人的细微举动，心中大骇，忙对旁边的老大颜光斌低声道："颜老大，注意那席家老大老二，恐下黑手。"

颜老大一听，心中立马警觉起来，忙回道："好的，我知道了。"

两人话音刚落，薛彪的身子就刚好转至席二当家的正对面。就在此时，只见他的手一抖，三枚铁镖就激射而出，直朝薛彪上中下三路打去。

这一招阴险狠毒，完全出人意料。

众人立时脸色惨白，惊呼声迭起。

而就在此时，玄智的双掌几乎也是毫不留情地同时重重拍出：右掌拍向那三枚铁镖；左掌拍向那发镖之人。众人就听得三声脆响和一声"嘭"的撞击声，三枚铁镖被劲风一拂，全斜钉在木楼柱子上，而那清风寨的二当家则被一股极纯极阳的罡风倏地卷起抛出，重重地撞在木楼的墙柱上，然后像断线的风筝般，戛然坠落在地，声息全无。

这场中惊变，全是在那一刹那间的事情。

老大席福平急奔至老二跟前，老泪横流，悲怆地唤道："禄平！禄平！我的好兄弟。"

这时，老三也急罢了手，提剑奔了过去。两兄弟号啕大哭一阵，忽地站起，抹了眼泪，四目怒光直盯着玄智。

玄智道："众位英雄都见了，这完全是他咎由自取，自作孽。"

席老大一声大吼："还我兄弟！"就舞动大刀，向玄智扑了过来。玄智并不拔剑，只是疾向后跃数步。一个再攻，一个再退，两人如此这般数次，玄智方才从容朗声道："得罪了。"

左手即往空中划出半圈，右手忽地一掌斜斜打出，就见那席老大身形摇摇晃晃，向后退去丈外，急用大刀撑在地上，方才稳住了身形，一脸痛苦模样。

老三席安平见状，吼叫着举剑复奔了上来。

薛彪高声道："让我来！"便抖擞精神，挺剑复迎了上去。眨眼间，两人又斗在了一处。

西峡中的游兰娇对夫君林振云小声道："此人内功甚是了得，不知是何门何派，为何从没有听说过？"

林振云道："是啊，我也正在琢磨这件事情。幸喜他与我们是同道，若是清风寨的帮手，我们今天……可能就回不去了。"

游兰娇看了夫君一眼，亦是心有余悸，轻声道："人言江湖凶险，果然如此。看来，从今往后，我们还是少管闲事。"

林振云叹了口气，道："惩凶除恶，伸张正义，自古就是江湖中人的侠义之道，我们都是正义血性之人，眼里容不得沙子，哪有坐视不理，袖手旁观的道理？真要做到对江湖事不问不管，难啊！"

两人言谈之时，那场中打斗之人又已拆得数十招，依旧不分胜负。席家三兄弟中，就数这三少爷武功最好，心术也是最坏。玄智抬头四望，见天色已是不早了，便在一边猛喊了一句："雪舞梅花！"

薛彪正与对手酣战，见招拆招，无暇分心，现忽听得场外有人高喊"雪舞梅花"，脑洞顿时大开！急使一招"浪里三叠"逼退对方，然后剑式一变，一招"雪舞梅花"陡地使出。只见场中一片白光闪处，梅花朵朵，次第怒放！席安平顿觉眼花缭乱，不见对方人影，只觉漫天森森剑气向自己直逼过来。心中大骇，正欲收剑回撤，但却慢了一步，白光如潮水般汹涌袭来。众人只听得一道惨叫声。

待白光消失，众人凝目望去，却见这三少爷早已血溅当场，倒毙在地。

大当家急喊道："老三！"踉跄扑奔过去，用手指在其鼻孔下一探，竟全无气息，不觉悲从心来，仰天大嚎："我的兄弟啊！我的兄弟啊！"

群雄见状，齐声高喊道："杀了他！杀了那老匹夫！"便持了兵器纷纷抢上前去，欲除之而后快。

玄智忽地转过身来，一伸手拦住了群雄，大声道："还请各位罢手，放过大寨主一马。"

群雄闻声，忙止了步，个个瞪大眼睛，惊疑地看向玄智。

唐老英雄道："斩草除根，除恶务尽。少侠这是何故？"

玄智道："清风寨的确是作恶多端，罪有应得。但二、三当家已经伏法，至于大当家的，虽未亲身犯案，却有纵容姑息之罪，但罪不至死，况且他还有恩于我。今日一役，他也受了重伤，还望众位英雄看了在下的薄面，不再为难他。"

唐老英雄惊道："那老匹夫有恩于你，此话怎讲？"

玄智只得将五年前的那件事情说了，又转向袁一啸，对众人道："那天夜里，还多亏了袁大侠提醒。"最后，又唤了一直立在院子边上的孙管家过来为证。

玄智道："我是个恩怨分明的人，有恩报恩，有仇报仇。所以我刚才拍向大寨主的一掌，其实也只用了半成功力，不忍取他性命。"

唐老英雄及群雄听了，尽皆肃然起敬，默然无语。

林振云道："少侠不仅武功超群，而且宅心仁厚，我林某佩服之至。"又转向唐老英雄道："少侠恩怨分明，所言极是。现在，主犯既已伏法，我看，大家就此罢手，这桩公案也算就此了结。"

唐老英雄见此，虽说席大寨主尚未伏法，心中多少有些遗憾，但也只好点头作罢。

玄智对孙管家道："这桩公案就此了结。他们伤了那么多人，死了那么多人，你现在速去府中，将那些不义之财多取一些，交与他们，权作抚恤之资。大寨主那里，我自去说。"

孙管家听了，忙匆匆进到府中。

玄智来到席大当家面前，平静道："有因必有果，有果必有因。你清风寨损了两位，你知道悲伤，而这些江湖中的仁人义士，损了多少，伤了多少，你不知道吗？你的两位胞弟有今日之祸，你难道就没有管教失职之罪？今天，我念在昔日清风寨有恩于我的分上，我与群雄不再为难于你和你们的家眷，你们当从此闭门思过，时刻反省，清心度日。"

席大寨主一脸的悲伤落寞，看向玄智，欲语无词。

少顷，孙管家从府中出来，将一包裹有银两的包袱递与唐老英雄，道："清风寨对不起各位，我也对不起各位。我虽为管家，也是端人家的饭碗。人在屋檐下，不得不低头，身不由己，自有苦衷。"

唐老英雄接了包袱，打开看了，递与颜光斌，吩咐众人抬了死者，扶了伤员，准备离去。林振云看着玄智与薛彪道："还不知两位少侠是何门何派，可否相告？日后感恩，也好有个去处。"

玄智微微一笑，淡然道："我们也是碰巧遇到。区区小事，切勿记挂在心。"

游兰娇忙夸道："两位少侠年纪轻轻，武功却是极高，不知师承何门何派？说出来，也让我们大家知晓，心中有数。"

唐老英雄道："是啊，说出来，让我们也知道知道。今天若不是两位少侠来得及时，我们这些人可能全都要死在他们的刀剑之下。技不如人，说起来也真是惭愧之至。我们只知道这清风寨作恶多端，品性不良，却不知武功却是如此上乘，也是可惜！可惜！"

孙管家见玄智谦虚不语，便对众人道："两位少侠是江南常德府太浮山的。"

唐老英雄忙道："太浮山？我听说过，听说过，那可是江南道家名山哩。"

林振云夫妇豁然道："我们对太浮山也时有耳闻，只是不太熟知，原来两位少侠就是太浮山的人。看来这太浮山的武学的确是不同凡响。"

唐老英雄道："既然我们知道了两位少侠是江南太浮山的，日后，我们说不定什么时候就会来拜山谢恩。"

玄智忙道："老英雄言重了。若是到了江南常德府，来我太浮山喝杯清茶，那就是瞧得起我浮山派了。"

渭南四侠的老大颜光斌惊道："浮山派？你们就是浮山派的？"

薛彪道："我们是太浮山派，在江湖上也唤作浮山派。"

颜光斌对唐老英雄道："我听闻浮山派，也是最近几年的事。听说浮山派中出了一位了不起少年英雄。果然如此，真是百闻不如一见。"遂抱拳对玄智与薛彪道："幸会！幸会！"

群雄听闻，赶紧又抱拳向玄智与薛彪行礼。

见时辰不早了，还有众多事情亟待处置，唐老英雄便抱拳道："多谢浮山派两位少侠相助，今日我们就此别过，后会有期！"

林振云夫妇抱拳与玄智、薛彪告辞："青山不改，绿水长流。咱们后会有期！"

玄智走到袁一啸跟前，抱拳致谢道："浮山派晚辈玄智，再次感谢袁大侠昔日的恩典。"

袁一啸感叹道："要说感谢的，应该是我们。如果不是你们两位少侠及时赶到，今日之事，凶险一悬，实难预测啊。"

群雄亦纷纷抱拳与玄智、薛彪道别，扶了伤者，抬了亡者，离了清风寨，下山而去。

玄智便唤了孙管家，说了来意。孙管家忙去府中后院，叫来几个用人，带了锹锄，领玄智与薛彪来到青梧爹爹坟头。一眼看去，尽是葱绿野草，荆棘与矮小的灌木倒是没有。

孙管家道："每年的清明和年关之际，我都会带人来将坟上的荒草砍修干净。"

薛彪绕坟头一圈，细心查看，果见草丛中有一处土层垮塌，出现了一个不大不小的洞穴，摇头直叹青梧梦中灵验。孙管家忙吆喝用人掘土刨棺。

趁这时候，玄智将孙管家叫到一边，两人再次说起清风寨的惨烈之事。孙管家又是悲痛，又是懊丧，又是内疚，眼中竟是一片茫然。

"自那以后，我记住了道长你的话，洗心革面，重新做人，并多次委婉地向几位寨主提醒过，可效果甚微。我一直提心吊胆，担心有这么一天清风寨会大祸临头，果然，这一天还是来了。现在，二当家走了，三当家也走了，大当家的伤势也是不轻，这真是一报还一报啊。"孙管家说完，已是泪流满面。

清风寨落此下场，玄智也是心中黯然，五味杂陈。

不多时，用人已经将棺材打开，将亡者的骨殖取出，用布料包好，又用绳子系紧，再用一包袱包好。薛彪将包袱斜挎在背后，来到玄智跟前。

此时，一阵大风刮起，山坡上树摇草伏，簌簌作响。

玄智对孙管家道："我们就要回江南了，不管怎么说，我还是要感谢你。"

薛彪抱拳对孙管家道："多谢孙管家的看护。"

孙管家凄然道："多谢道长手下留情，我会记住你们的大恩。此去江南，山高水长，路途遥远，望你们平安归去，我就心安了。"说完，便陪了俩人回到寨门口。

玄智与薛彪牵了马匹，即与孙管家告辞，飞身上马，往南驰去。

第十五章
火连坡群雄终报仇
荆州城叛将中毒针

话说玄智与薛彪一路快马，晓行夜宿，终于在中秋节前赶回了太浮山陈溪峪。

听到马嘶，青梧一阵欢喜，忙从屋中奔出，在院门口迎接了两人。一见到爹爹的骨殖，青梧不禁悲从心来，放声大哭了一阵。薛彪忙吩咐母亲安排酒饭，自去周边请了几位乡邻，在屋后坡上选了一块好地，看了坟向，挖了墓穴，用一口好棺材将岳父大人的骨殖收敛葬好，垒了一个大坟堆。青梧自来摆了一应祭品，焚香烧纸，"爹爹"前"爹爹"后地又哭了一场。经得众人劝解，青梧方才住哭，口中"嘤嘤"地回了屋中，直到吃饭之时，情绪方才渐渐地平息下来，又赶紧向玄智及几位葬户谢了大恩。至此，青梧心中悬挂了多年的一桩心事终于戛然落地。

饭毕，薛彪送走了葬户，转身又与玄智相商一阵，相约中秋节那天赶早上缥缈峰去看望师父虚云真人。

玄智交代道："你走海棠溪去，邀一邀少溪主。我们佑圣观见。"

薛彪道："我知道了。"

玄智便辞了王婶与青梧，又抱了抱小虎子，亲热夸赞一番，便上三百磴，往云芝庵而去。玄智心中十分挂牵香玉与思苗，不觉脚下发力，行步如飞，不多时，便已回到凤凰岭"楚香居"。

香玉正在院中金桂树下练刀，琢磨刀法，见丈夫玄智突然平安归来，欢喜地叫了声"远山哥"，急放了苗刀，笑颜如花，迎上前来，投入玄智怀中撒了个娇。玄智抱了香玉，搂在怀中，两人温存片刻，方携了手，双双来到树下。

院子边沿，栽种着数行蕙兰。清风自来，绿叶拂动。两只彩色的蝴蝶扇动着薄薄的羽翼在碧叶间嬉戏追逐，时飞时歇。

林中鸟鸣，婉转啁啾。

香玉让玄智座了石凳，自己忙进屋去沏了杯桂花蜜茶，端来递在他手中，笑盈盈道："这是新晒的桂花，好香好香。"

玄智轻啜一口，香气扑鼻，沁入心脾，忙赞道："果然是香得很。不知你晒了多少？"

香玉道："已经晒了一些，树上还在开哩。"

玄智道："后天就是中秋节了，我们一起去看望师父，陪陪他老人家。到时，薛彪、少溪主也会去的。我想给他老人家带点去。"

香玉道："我早就准备好了。明天，我们就多做一些桂花糕点，也好带去让大家品尝品尝。"

玄智点头称是，问道："小思苗呢？"

香玉道："玩累了，在睡觉呢。"

玄智便"哦"了声。

香玉道："肚子饿了吧？我去给你做饭。"

玄智摆摆手道："我才在薛彪家里吃饭，不饿。"

香玉娥眉轻扬，问道："青梧妹妹的事情，办好了？"

玄智道："事情是办好了，可……"

香玉眉头一拧，忙道："不顺利？遇到了麻烦？"

玄智看着香玉，握了她的手，让她坐在自己身边，叹口气道："没想到，清风寨竟是落得这样一个下场，可惜！可惜！"于是，他便将清风寨发生的事情一五一十地说了。

香玉听完，沉默半晌，方道："自作孽。"

玄智道："由此可见，什么时候，人都要走正道，做忠厚人。"

香玉一边沉思，一边点头道："哪不是哩？你看哪一个恶人有个好结果？"

玄智一思，点头道："是这个道理。"

第二天，玄智带了思苗在院中玩耍，香玉乐呵呵地忙着赶做了好多桂花糕点。

翌日，吃过早饭，玄智夫妇便带了思苗，携了糕点，早早地上得缥缈峰，来到佑圣观。

夫妇二人见过师父，行礼问安，奉上糕点。香玉唤过思苗，吩咐道："小思苗，快向师公问好。"

小思苗赶紧奔到虚云真人面前，一脸稚气道："师公好！我好想师公的。"

虚云真人乐得合不拢嘴，乐呵呵道："小思苗真乖，真懂事，还知道想师公了。"即唤了立在一边的章喜，吩咐他带着小思苗去院中玩耍。

看着小思苗蹦蹦跳跳跑去的背影，虚云真人目光中饱含着慈祥和希冀。他频频颔首，布满皱纹的脸上现出满满的幸福和天伦之乐模样。

玄智夫妇见了，心中震动。

一会后，虚云真人转过头来，仔细地端详着玄智，关心道："此去一路可顺？"

玄智便将事情的经过照实说了。

虚云真人摇头叹息道："恶贯满盈，罪有应得。"听闻薛彪"雪舞梅花"的招式已具火候，虚云真人甚是满意，颔首道："'雪舞梅花'是我太浮山剑法中的绝招，一招练成，在江湖武林中是难逢对手的，当然，招式的效果是与施招者的内力息息相关。所以，习武者必内外兼修，外练一身皮，内练一口气，只有真元之气浑厚充沛，使出的招式才会有杀伤力，才会达到一招制人的效果。"

玄智夫妇点头称是。

这时，莲花观的青云真人与徒儿玄空赶了过来，向虚云真人问了安。虚云真人道："今日中秋佳节，待会儿来的人肯定会多，我们不妨去太清殿品茶相叙。"说完，便打头领了青云真人师徒往太清殿步去。玄智夫妇便唤了章喜与思苗，一同前往太清殿。

章喜跟在玄智身后，蹦蹦跳跳，甚是高兴。这时，玄智忽听得后面远处有脚步声响，回头看时，却是师兄玄真肩上扛了一个什么野物回来。玄智忙喊了声"师兄"，笑脸迎在那里，等玄真走拢时一瞧，嗬，是一只肥硕的野山羊。

玄智贺道："今日个运气真好，这么快就回来了。"

玄真开心道："师父料知今日人多，昨天就吩咐我了，要我今天早早就去山中寻货，这不，就撞上了。"

玄智便跟着师兄径去了厨房帮忙。不多时，薛彪与青梧带了小虎，少溪主与宝珠带了思清，一路说笑着来到太清殿，齐向虚云真人、青云真人问了安，又与香玉、玄空问了好。

虚云真人将小虎、思清唤在身边，又喊了思苗过来，看着这三个活泼欢跳的孙子辈，眉开眼笑，高兴地对青云真人道："这可是我们浮山派的希望哩。"忽地看了一眼玄空，话中有话地对青云真人道："我看，做什么事都得先有人，有了人就有了希望。我太浮山道教一派，我以为当顺其天性，不可灭人伦，灭人欲。出家可以修行，居家亦可以修行。做一名火居道士，也蛮好的。你看玄智，他的小思苗现在都快三岁了，他与香玉夫唱妇随，情投意合，夫妻恩爱甜美，真是天作之合。"

站在边上的香玉姑娘听了，虽是成婚有年，但细嫩白皙的脸上还是立马飞上了一层淡淡的红晕，灿如朝霞。

青云真人则是若有所思道："我明白了真人的意思。"

虚云真人一侧头，又瞄见了章喜。章喜一双眼睛正直直地看着三个可爱兮兮的小娃娃，眼光中流露出万千的羡慕。虚云真人心中一震，如针扎了一般，一阵隐痛，忙招手把章喜唤了过来，让他偎在自己的怀里，轻声问他道："想妹妹了吗？"

章喜一笑，咬紧嘴唇，忙使劲地点头。

虚云真人道："我派人去接你妹妹来，好吗？"

章喜忙高兴道："好。"

虚云真人正要找人去顿笔峰召云观，却见玄妙、玄音及灵慧真人到了，忙起身迎了灵慧真人，吩咐玄妙、玄音速去召云观一趟，接玥明师太师徒和章英，来太清殿一聚。玄妙、玄音即领命而去。

一个时辰后，玥明师太一行人来到，章喜兄妹两人见了面，欢喜得蹦跳起来。这兄妹俩来太浮山快一年了，模样上几乎是脱胎换骨。妹妹章英生得肤白细嫩，双目如星，五官端正，秀秀气气，穿得干净整洁，一眼看去，给人一种灵秀隽永的感觉。虚云真人既惊且喜，深为满意，赞许地对玥明师太道："让师太费心了。"

玥明师太一脸笑容，道："我是把她当亲孙女待了。"

虚云道："正式拜师了？"

玥明师太道："章英年纪还小，还过几年吧，不过，紫嫣已经开始传授她武学的入门心法了。"

虚云真人听了，心里一怔，想到章喜，快有八岁了，应该开始习武启蒙了。他沉吟片刻，决定趁今天大家聚在一起的机会，让他把师父拜了。于是，着人去喊来大弟子玄真道长，对他道："章喜已经到了武学启蒙的时候了，刚才听玥明师太说，紫嫣都已经在传授他妹妹章英武学的入门心法了。我考虑再三，佑圣观中，也只有你做他师父最合适。不知你有何想法？"

玄真道长侧头，凝视了章喜片刻，略一思忖，便道："全凭师父安排。"

虚云真人满意地点头道："那好，既然今日灵慧真人、青云真人、玥明师太也在，那就把拜师礼办了。"

说完，便吩咐玄真、玄妙、玄音分头去准备。因为章喜无父无母无家，一切事情从简，就只是磕头行礼就了。虚云真人唤过章喜，说了拜师之事，章

喜甚是喜欢。于是，众人俱各按座次坐了，由灵慧真人司仪，引章喜向玄真道长和虚云真人行了拜师大礼，又向各位师叔行了辈分之礼，向唐力、李忠行了师门之礼。于是，章喜便正式成了玄真道长门下的第三名弟子。

不多时，白云庵清心师太也到了。这时，酒菜已经准备停当，虚云真人便笑吟吟地请了众人去厨房那边入席就餐。路上，大弟子玄真道长紧挨师父虚云真人，伸手扯了扯师父的衣服下摆，给师父递了个眼色，示意师父往旁边看。虚云真人忙侧头细看，却见玄妙与雨馨俩人挨得极近，正说着悄悄话，眉宇之间，似有传情之状。

虚云真人与玄真道长便放慢了脚步，有意落在众人之后。

虚云真人小声问道："他们……"

玄真小声回道："我也是无意之间发现的，看情形，俩人已是互生情愫。"

虚云真人道："有多长时间了？"

玄真道："说不清。不过，他们两人之间，一开始就走得很近，很特别，好像很有缘似的。"

虚云真人凝神片刻，平静道："算起来，玄妙今年应该二十五了，雨馨要小一点，他们都长大成年了，也该有想法了。好了，这件事我知道了。我们走吧。"

饭毕，众人复回到太清殿品茶相叙。

虚云真人独留了玄妙，师徒俩散步至"云台"。虚云真人道："玄妙徒儿，你今年二十有五了，对往后有什么想法？"

玄妙一听，心头一紧，忙直视了师父一眼，心中立马忐忑不安起来，缓慢回道："不知师父是问那一方面？"

虚云真人凝神庄重道："哪一方面都可。"

玄妙定神，想了想，欲言又止。虚云真人看了看有些窘态的徒儿，干脆挑明了话题："你与召云观的雨馨姑娘是不是真心喜欢？"

玄妙一听，慌了神，脸上立现羞赧之色，不置可否。

虚云真人停了片刻，委婉道："一日为师，终身为父。我既是你师父，就如你亲父一般。你二师兄玄智，尘缘未了，我还不是劝说他还俗成家。你也见了，他现在的状况不是很好吗？修行不一定出家，居家亦可修行。你明白了吗？"

玄妙忙回道："徒儿明白了。"

虚云真人道："那你说说看？"

玄妙方道："徒儿与雨馨姑娘是真心相爱，已有多时，也有心还俗成家，只是此事毕竟是儿女私情，羞于脸面，不好向两边的师父长辈起口。"

虚云真人诚恳道："这个年龄了，有这般想法，你们也没有错。若你们两情相悦，真心相爱，我这个做师父的，理当亲自去召云观向玥明师太提亲。"

玄妙慌忙双膝跪下，给虚云真人行了大礼："多谢师父成全！"

虚云真人极是感动，忙伸手把玄妙拉起，感叹自责道："都怪为师的粗心大意，要不是你大师兄暗中提醒我，我又还哪里知道。几天后，我就去往召云观走一趟。"

数日后，虚云真人果真带了玄妙，下了缥缈峰，先是到了三台峰的太子宫，见了灵慧真人，说了此事。这玄妙既是虚云真人的徒儿，也是灵慧真人的徒儿，一个悉心传武，一个尽心授文。这灵慧真人一听，着实一惊，赶紧亲问了玄妙，思虑再三，觉得此事若成，也是件美事，便与虚云真人商议停当，三人下峰，沿了幽径僻路，径往顿笔峰召云观而来。

话说这日，玥明师太正坐在院中一张竹椅子上凝神观看着紫嫣与雨馨对练剑术，章英立在身边陪着。

听得脚步声，师太侧头看时，却见大掌门虚云真人及灵慧真人、玄妙三人从观门依次走进，心中一怔，忙招手示意两个徒儿住手歇息，自己亲迎了上来，将他们请进客厅，看座上茶。

虚云真人先吩咐玄妙自去一边，厅中只剩了三位长辈。

玥明师太浅笑道："两位兄长何以突然到此？"

虚云真人饮了几口茶水，便开门见山，将来意说了。

玥明师太大吃一惊，缓缓道："不会吧？"

虚云真人道："我亲自问了玄妙徒儿，他也承认了。"

玥明师太怔怔道："若真有此事，我怎么会一点儿也不知道呢？"

灵慧真人道："师妹操心观务，又要传功授徒，近年又添了一个小徒孙，分了精神，这也是情理之中的事情。"

玥明师太一想，呵呵笑道："还真是这样呢。这小徒孙一来，我还真把所有的心思都放在了她的身上。"

玥明师太停了说话，思虑片刻，然后对两位兄长道："道的最高境界就是道法自然。既有了此事，我不会执意反对，那就顺其自然吧。"

虚云真人忙道："那就多谢师妹了，我也是此意。"

三人便开怀相叙，将此事商议下来。虚云真人道："我寻思了一阵，凤凰岭往北而去，有一处地方，名唤天心堰，有一潭好水，四季碧波。若在此处建一小院，让他俩生活起居，应是不错。"

灵慧真人补充道："那地方风景甚好，与'楚香居'相距不远，亦是块风水宝地。"

虚云真人道："房子修建，几个月时间足够了。我看年前就把他们的事给办了。如何？"

灵慧真人表示甚好。玥明师太也是十分满意，当下，便出去唤了雨馨。虚云真人也出去唤了玄妙。两个年轻人听得各自师父叫唤，已然心中明了，一脸腼腆，忐忑进屋，忙向三位长辈行礼问安。

玥明师太一双明目看向雨馨，平静道："雨馨徒儿，你什么都不用说了，我已经同意了。"

雨馨红了脸，低着头，正要接受师父的训斥，一听师父这话，惊喜之余，忙抬头去看师父，但见玥明师太一脸慈爱，眼中却已是泪光莹莹。这一见之下，雨馨心中的情感瞬间崩溃漫溢，忙叫了声："师父！"竟如闺女一般，扑在玥明师太怀中，热泪盈盈，嘤嘤抽泣。

玥明师太用手抚摸着雨馨颤抖的身背，喃喃道："我与你师徒一场，有如母女，你有此归宿，是你的命，你的造化。我今天很开心，很高兴。"

虚云真人对玄妙道："徒儿，还不快向师太下跪谢恩。"

玄妙赶紧在玥明师太膝前跪了，连声叩首道："多谢师太！多谢师太！"

玥明师太用衣袖擦了泪水，看着玄妙道："百年修得同船渡，千年修得共枕眠。俩人相爱，就要相伴一生，白头偕老。雨馨是女孩子，你要好好照顾她一生一世。"

玄妙一个劲儿地点头答应。

回到佑圣观后，虚云真人便派人去葫芦谷请来了匠人沈元春，一同来到天心堰，踏勘地形，选择方位，确定动工日期。不多久，沈元春就带了一众人上山，搭起棚子，开采石块，伐木锯料。

如此这般动静，玄妙与雨馨的婚事在太浮山就算正式公开了。

不久，夏、商两位帮主上了缥缈峰，拜会虚云真人。两人悄悄告知真人：华阳王世子被清军秘密解送至京城处决，已经不在人世。

虚云真人闻听，脸色倏变，心中猛然一沉，全身颤动。沉默半晌之后，遂在太清殿中设立华阳王父子灵位，摆六牲水果，焚香燃蜡，挥泪祭悼一番。

两位帮主见了，亦是心中凄楚，不胜悲凉。

桂花落尽茶花绽；秋尽江南雁南归。

转眼之间，斗转星移，冬去春又回。樱花似雪锦，杜鹃燃如火；山青水碧，燕语蜂嗡。

又已是隔年的好景季节。

玄妙与雨馨早已成亲数月，珠胎暗结。

一日，玄智夫妇正在院中品茶，闲聊家常。忽见唐力、李忠急至，报师公虚云真人有请。玄智一惊，疑师父身体有恙，急问道："你们师公身体可好？"

俩人道："无恙，尚好。"

玄智方放了心，对香玉道："不知是何等要紧事，我当速去缥缈峰看看。"便随了唐力、李忠二人，径望缥缈峰疾去。过小山门，经佑圣观，步上千级石阶，来到太清殿。

玄智一脚踏进殿内，却见八义门的欧阳掌门与丐帮的夏、商两位帮主都在，正与师父虚云真人商量着什么事情。一见到玄智少侠到来，三位便立马起身，迎了上来。双方抱拳行了礼，依次落座。早有唐力沏了茶水，端递给玄智师叔。

欧阳掌门便情绪激昂地对玄智娓娓道来。

原来，事情的起因是这样：湖北荆襄一带的反清义士暗中募捐到一笔巨款，伺机准备运往湖南潭州，助明抗清。然南来必经之路澧州一带局势动荡，屡为清军所控，因此运送巨款一事也屡屡被阻。去年下半年，南明副将尤马驻兵于麻河，清军"安乡骚动"。清九永守备周运熙撤出九溪卫城东还，增援安乡。如此一来，澧州空虚，大顺军又开始向澧州一带挺进。至目下，澧州一带已被大顺军"忠贞营"的王永成、马进忠、袁宗第等部牢牢控制。这一消息被那帮反清人士探知，认为机会难得，于是在襄阳城雇了镖局，由镖局中人护送，暗中启程秘密南来。这南来的路径都是早选好的，避开了荆州城区，而是走雅鹊岭、枝城、刘家场、火连坡这条西边山区小道。这本是极机密的事情，然而还是被清军安插在镖局的内线探知，报到了荆州城的守将郑四维处。郑四维立马派了一员副将，率了一帮武林高手，便装潜行，秘密西去松滋，准备在刘家场、火连坡一带山路林密处伺机暗中杀人劫镖。而这一消息，又被荆州城中的丐帮中人探知，便火速报了过来。据可靠的消息说，那金刀阎五，大漠双鹰就在其中。

欧阳掌门道："我们等了那么久，这不是送上门的大好时机吗？"

玄智一听金刀阎五与大漠双鹰也在其中，便立马有了下山之念，当即对师父虚云真人道："这的确是我们报仇雪恨的好机会，千载难逢，我们应火速下山。"

见玄智少侠如此爽快答应，欧阳掌门与夏、商两位帮主大喜，即刻商量马上下山，先去东麓下中门王化桥处租好马匹。

欧阳掌门对玄智少侠道："我们在王化桥会面。"说完，便率众人急急下峰而去。

虚云真人看向玄智道："怎么个去法？"

玄智思忖片刻，道："八义门、丐帮肯定会去多人，我打算带玄音、玄空去。"

虚云真人点头答应，当即派人去分头通知。

玄智急下峰去，转回"楚香居"，与香玉说了此事。香玉听说那几个恶人也在其中，毫不犹豫道："我要与哥哥同去。"于是，俩人收拾装束，香玉取了苗刀，又将银针浸了毒药一并带了。

玄智背负长剑，抱了小思苗，与香玉来到天心堰，将小思苗交与玄妙、雨馨夫妇。玄妙听了，也欲要同去。玄智多方劝阻，方才拦下。

玄智夫妇又返道走莲花观，会了玄空，又在小山门会了玄音，四人从东面危崖险径逶迤而下，出中山门，径至王化桥会了八义门与丐帮众人。

欧阳掌门见玄智四人来到，忙吩咐众人在客栈用了酒饭，即刻上马出发。这一路人马，好不剽悍骁勇：浮山派有玄智夫妇、玄音、玄空；丐帮有夏帮主及帮中六大高手；八义门有欧阳掌门、五大护法中的三位陈方、林少成、谢宝生，还有三大执事中的两位彭伦、章伯达。

众人一路驰马疾行，翌日上午，便赶到淞澧交界地域火连坡下。在此打尖休息后，众人便策马沿了山林间的崎岖山道缓步上行。到得山岭之上，却是平坦空旷，而道路左右近处又有无数危峰耸立，峭壁悬崖，密林森森。乍见之下，甚是骇人。众人正在惊叹这大自然的鬼斧神工杰作时，忽见前方又生出一条岔道，顺了坡势向东而去。

众人前至岔路口，勒马立住，正犹豫徘徊之际，却见一队人马，俱带兵刃，驮了些包裹顺着对面坡道昂然迎面而来。众人还以为是护镖的队伍到了，暗喜自己比清军的鹰爪到底还是抢先了一步。就在众人正欲庆贺相问时，香玉眼尖，一眼便认出了行在其中的金刀阎五和大漠双鹰，急大声呼道："他们是清军的鹰爪，不是镖局的人。"

众人一听，嚇然一惊，忙各执兵器在手。欧阳掌门与夏帮主疾策马前行挡在路中，将马勒停，冷眼望去。其余众人则将马匹"呼"的一声驱散成一排，急拦了岔路。

那对面领头之人鹰鼻鹞眼，前额高突，发短稀疏，相貌甚是丑陋古怪。他一见有人挡道，心中一个"咯噔"，将手缓缓抬起，示意自己身后之人停下。

"你们是什么人？为何要挡我们的道？"领头那人神情倨傲，高声喝道。

其时，欧阳掌门和他的手下也认出了金刀阁五和大漠双鹰。欧阳掌门并不理会那喝叫之人，只是高声喝道："镖局的人在哪里？"

就听其中一秃顶大眼之人哈哈大笑道："镖局的人？镖局的人早就上西天大路了。"

那领头之人脸色一沉，厉声道："你们是什么人？与镖局是什么关系？"

看来，镖局的人是遭了不测。

夏帮主稍做犹豫，随口忽悠道："我等是按约前来接镖的。你们是什么人？哪马背上驮的是什么？"

那领头之人心中大明，忽地狂笑着对他身后的众人道："你们说，我们马背上驮的是什么东西？哈！哈！哈！这荒野深林之中，竟有人敢打探我们的东西？"说罢，一挥手，身后众人便执了兵器，策马冲杀过来。

金刀阁五与大漠双鹰也早认出了玄智夫妇和八义门众人，心中大骇，情知不妙，脊背一阵冰凉，虽也随众人往这边掩杀过来，但还是内心惊恐，立马就动了小心思，有意落在人后，左右窥探，实则想寻机开溜。

玄智对香玉道："香玉妹妹，多留些神，不要让那几个恶贼跑了。"

"好的，哥哥请放心。"香玉高声应道。

这边，欧阳掌门一声大喝，群雄亦各举兵器，催动座下马匹，驰迎了上去。瞬息之间，双方人马就穿插混杂，斗成了乱哄哄的一团。人喊马嘶，刀剑交鸣。由于山路狭窄，相互拥挤，双方均是怕伤着了自己人，是故又多有顾忌，兵器施展不开。不多时，双方竟都纷纷弃马下地，捉对厮杀。

玄智唯恐对方有人逃脱，便带了香玉，紧紧地拦守在分岔路口。果然，那领头之人举剑一路刺削，就直奔玄智方位而来。玄智对香玉道："香玉妹妹，你且退后掠阵，他是个头儿，想必有些本事，我来斗他。"

香玉闻听，急后跃数步，把场子让了出来。玄智一振手中长剑，剑尖直逼对方，迎头断喝："好大的胆子，竟敢杀人劫镖，欺我荆楚之地无人也？"

那人骤停，瞪大双眼，怒向玄智："你们到底是什么人？是要劫财？还是要杀人？"

玄智怒喝道："镖局的人在哪里？"

那人摇头道："对不起，你来迟了。他们已经去了西天极乐世界。"

玄智双目怒睁："那镖呢？"

那人指向马背上的包裹，道："都在这里。怎么，你们也想打这笔财宝的主意？可惜得很，你们来迟了一步。"

玄智问清楚了，仇恨与怒火同时迸裂，脸上杀气顿生，冷冷道："你知道杀人要偿命吗？"

那人一抬头，仰天狂笑道："老子征战沙场，杀人无数，你们皇帝老儿的北京城我也踏马进去了，还从来没有谁向我索讨过命，你一个山野毛贼，想必也是得了消息，欲打这笔财宝的主意，杀人越货。哼！你有多大本事，竟敢开口向我讨命？给我砍了他！"

他吩咐左右道。

话一落音，他忽地觉得身边状况不对。急看左右时，身边早已没了人手，都在捉对厮杀中。他"嘘"了一声，吃惊不小，只得一声大喝，挺剑亲自来斗玄智。

玄智怒火填膺，早已调动内息，把九龙神功的浑厚内力暗暗注入臂腕之中。待到两剑相交，火星一溅，玄智便使出太浮山剑法的厉害招数，一招接一招，有如滔滔江河之水，汹涌澎湃而来。那人一上手就失了先机，只觉对方剑法古怪，力道奇大，心中颇是惊讶，想解招还招，可自己的剑竟被对方的剑魔法般粘住了似的，抽了几次，方才勉强得脱，立时感到今日遇到的可不是一般山野毛贼，而是江湖武林中的顶级高手。他挽了数朵剑花，急急将全身护住，一个起跃，向后飘去一丈有余，用手指着玄智高声道："我们不要打了，你也不用那么拼命了，这批财物我们二一添做五，我分你一半如何？"

玄智怒道："我今天的胃口大得很，人货全要！"

"你！？不识好歹的东西！"

那人一指玄智，怒目带电，身形疾起，持剑就朝玄智飘忽着攻了过来。

玄智见其剑招凌厉凶险，亦不敢大意，灵机一动，便使出了自己独创的浮山幻影剑法。两剑一交，乒乒乓乓，阴风陡起，愁云凄凄。在一阵铿铿锵锵的撞击声中，二人又是斗了数十招。玄智斗得顺手，酣畅淋漓，见已有多时，正要运气将九龙神功注入剑身中，取其性命，却见对手去了攻势，疾挽了数朵剑花，护住身躯，一个弹跃，向路边无人处斜斜飘去。

玄智疑他寻机逃溜，跟着纵身飘起，不容他有喘息之机，递招跟进，瞬时又将那人逼回打斗场中，斜眼一睥，倏地瞄见欧阳掌门正与那秃顶大眼之人恶斗，不相上下，遂臂上徒地加了两成内力，一招疾出，攻向那领头之人面门，迫其回剑护身。此招式还只使得一半，玄智却又迅疾撤招，剑尖带风，向左削向那秃头。就听一声惨叫，那人的一只手臂已经被玄智的利剑活生生地斩下。欧阳掌门一怔，旋即疾步前跃，一剑递上，那人闷哼一声，身子跄然扑倒于地。

　　玄智回转目光，见那领头之人身形一晃，又嘶吼着仗剑袭来。玄智并不
理会，只是一个侧身让过剑锋，跟着使出自己浮山幻影剑法中的一式狠招"波
光云影"，递招喂招，实中有虚，虚中有实，光中叠影，影中放光。在这一片
波光云影中，那人一时竟不辨虚实，不分南北，深恐吃亏，又只得一边回剑护
身，一边向后疾退撤去。

　　他哪知在与对方的打斗中，自己的方位早已挪移。此时，香玉就正持刀立
在那里掠阵。香玉一看那大恶人边斗边竟向自己站立处退来，几近跟前，双眼
放光，大喜，于是用了全力，顺手就是一刀横削。

　　血光之中，那人竟稀里糊涂地做了刀下之鬼。

　　香玉见那人身首分离，骇然倒地，自己双目睁圆，一时惊呆！

　　去了对手，玄智拿眼急瞧，见玄音、玄空正与金刀阎五缠斗。那金刀阎
五虽是以一敌二，但气势上亦不输色。玄智当即持剑奔去，加入战团。金刀阎
五一见玄智少侠奔至，如见鬼魅，脸色煞白，急收金刀，转身便逃。玄智无暇
细想，急提左掌，运起九龙神功，一掌"呼"地照其后背全力打出，就见那金
刀阎五的身影如树叶般飘下山崖，旋即，一道惨叫声从谷底传了上来。

　　玄智望崖下摇头叹息数声，转身，欲寻对手再战，却见八义门中五大护法
之一的谢宝生被对方数名高手围攻，一招闪躲不及，竟前后两剑洞穿，血溅当
场。

　　玄智大怒，一声呐喊，身子腾空跃起，飞掠数丈，人到剑至，一招"浪里
三叠"，剑尖到处，对方一人立马毙命倒地。那几人本也是一等一的高手，功
夫了得，虽折损一个，却也毫不胆怯，立马围攻玄智。玄智立振神威，一提九
龙神功真气，使出浮山幻影剑法，真个是翩若惊鸿，婉若游龙，剑光闪处杀机
现，兵器翻时森气重。一时间，尘飞土扬，愁云惨惨。不多时，惨叫声迭起，
兵刃撞击之声戛停。待到尘埃落定，那几人早已尸横尘埃，魂游西天。

　　"远山哥！"

　　香玉持刀奔至，见夫君毫发未损，心中大喜，脸上放笑，喘息着急道：
"你与他们几个斗在一处，我好揪心哩，又不敢放针，怕伤着你。"

　　玄智道："没事。"

　　再看时，见场中除有一处仍在剧斗不休外，欧阳掌门已经在吩咐人手收拢
驮载包裹的马匹。玄智便拉了香玉的手，双双急奔过去，却见是众人正在围斗
大漠双鹰。

　　香玉一见，鼻孔里就"哼"了声道："也有今日之报。"玄智拿眼略略

一扫，见此场打斗已无悬念，便与香玉走到一边，会了欧阳掌门，询问伤亡情况。

欧阳掌门老泪横流，怆然道："我八义门中折了谢宝生一个，丐帮中折了一个，伤了一个。"

说这话时，打斗那边突然沉寂下来。原来大漠双鹰已被众人击毙，魂赴阎王殿去了。

一阵山风吹过，空气中立时弥漫了浓烈的血腥气味。

众人环视现场，见死者横七竖八，面目狰狞恐怖，亦是心有余悸。

欧阳掌门与夏帮主忙吩咐众人将对方尸首抬了扔下山崖，将己方两位尸骸用马匹驮了，又将驮马驱在中间。众人上马，欧阳掌门引了八义门在前开路，夏帮主领了丐帮子弟与浮山派四人断后，一路马不停蹄，直往太浮山逶迤而去。

从停弦渡过得茫茫澧水，众人心中方始大宽。欧阳掌门示意众人让马匹慢下来，等到夏帮主与玄智一行前来，会了一起，商议镖物一事如何处置。

夏帮主道："镖局的人无一活口，我们也只知这批镖物要运往潭州，但具体是在何地交接，又是何人接受，我们一无所知。"

欧阳掌门道："正因是这样，我才与各位相商。"

夏帮主道："这件事情的确让人犯愁。"

五大护法中的林少成愤愤道："我看，这批镖物已经成了无主之货，我们就直接运回太浮山去好了。"

陈方也附和道："林兄说的极是。这批货物本就是募捐之物，发起募捐的人也只是有支配权，但中途被清军鹰爪所夺，财物就成了他们的战利品。我们以命相拼，又才夺了回来，这应该就成了我们的东西。"

一提起以命相拼，众人不由望向马背上驮着的两具尸骸，俱是心中伤感，倍觉凄凉。八义门三大执事中的章伯达道："这批财物运至潭州，亦是供反清之用。我等冒了生死夺回，花费了那么多的时间，精力，还损了我们两位弟兄，我们也是在反清复明，我们也是在为国家为民族出力出汗出血，这些钱财，我们拿来开销，也未尝不可。我们弟兄们要生活吧，吃喝要银两；死者的家属要安抚，需要银两；还有好多花销都要银两，比如这些马匹，也都是花了银两租来的。"

章伯达这么一说，众人均是认为有理，当即附和支持。欧阳掌门也觉得有理，但细思之后总又觉得有些不妥："虽说这批财物是拼了性命从清军鹰爪中夺回，但因此据为己有怎还不是那么光明正大，日后此事在江湖中传扬出去，我八义门的颜面何存？丐帮的颜面何存？还有浮山派呢？可这一大帮人跑来跑去，死者安葬，还有死者家属的安抚，也的确是要花费银两的。"

欧阳掌门左思右想，眉头紧锁，终也是左右两难，拿不定主意，只好望向玄智，恳请道："我八义门与丐帮能报此仇，全仗了你们浮山派的相助，至于这些财物如何处理，全听玄智少侠一句话。"

玄智忙道："我们都是一家人了，何以还说两家话？既然欧阳掌门问到我了，那我就直说几句，如何？"

众人都说极好。

玄智道："你们刚才说的都是实情。一切花销都是需要银两的，况且，这躺在马背上的两位弟兄都还尸骨未寒，家中之人得知，还不知是如何悲痛。弟兄们也还须生活，还须为抗清复明继续下去，这些，也都是要花销的。这几年来，丐帮弟子为了国家大义，民族大义，损失了百多位兄弟，八义门也是损失惨重。因此，我建议当下应该把这批财物迅速运回太浮山，暂时存放于飞瀑崖山洞中。由你们两家负责逐一清点，妥为保管，这是其一；其二，此次行动的一切花销，死者家属的抚恤金，均记录在案，从此中支出；其三，此次行动的各位兄弟均适当给予辛苦费，以示鼓励，花销亦从此中支出；其四，还请丐帮众位兄弟辛苦些，速派人前往襄阳城，秘密联络这家镖局，要他们速速来人，共同协商处理这批剩下的财物。"

众人听了，觉得玄智少侠说的有情有理，甚合心意。于是，众人催马疾行，一路翻岗涉水，径到太浮山中门王化桥，退了马匹，好肉好酒，先祭了两位亡灵，然后抹了泪水，强颜欢笑，豪饮一番。然后，众人找来木杠，抬了镖物与伤、亡者，沿密林中的蜿蜒小径，悄然回到樱花谷飞瀑崖。

玄智夫妇与玄音、玄空辞了八义门、丐帮众人，自回佑圣观中。

话说丐帮与八义门回到飞瀑崖，厚葬了亡者。夏、商两位帮主商量诸事，决定由夏帮主修书一封，经丐帮弟子传达至襄阳。

半个月后，襄阳城中威远镖局总镖头郭坤得了书信，甚感奇怪，拆来一看，见书信上写道：南来之镖已经出事，望速派人至澧州城，联系我丐帮。

郭坤大惊，急唤来长子郭文、次子郭武、三子郭铭、管家柯劲风，于自己书房中紧急相商。四人看过书信，亦是震惊不小。

柯劲风道："是谁敢动我们威远镖局的趟子？为什么我们自己的人没有回，而报信的却是丐帮中人？那我们的人呢？"

郭坤细思极恐，怀疑道："难道我们的人全折了？"

郭文道："我们可是有十多位好手呢？"

郭坤沉思半晌，果断地对几位道："此事事关重大，又是极为蹊跷，我当火速赶去澧州城。文儿，你与柯管家在局中镇守，武儿，铭儿，你们随我同去。"

柯劲风忙劝阻道："当家的，您还是坐镇镖局，就由我代您去跑一趟。"

郭坤语气坚定道："老柯，就这么定了。你们在家中担子也是很重。"即取了自己的大刀，又从众镖师中选了周雷、师翔两位好手。临行，郭坤将郭文与柯管家唤在一边，小声交代道："此事暂时还要保密，另外，我觉得此事极为蹊跷，我们镖局内部是否有人走漏了风声，你们要暗中提防，不可大意。"

说完，五人当即翻身上马，往澧州方向疾驰而去。

数日后，五人至澧州城，经丐帮弟子引领，过江来到桃花村，见到了丐帮中夏、商两位帮主。

双方报过名头，行了礼。

郭坤取了书信呈上，夏帮主见正是自己亲书，道了声："请！"将一行请进厅中，分宾主坐了，上了好茶。

夏帮主道："郭镖头，贵局是否护送过一批货物到江南来？"

郭坤道："确有此事。"

夏帮主道："那你可知道这是一批什么货物？有清单吗？"

郭坤忙从身上掏出单据，递与夏帮主。夏帮主见了，细细一看，旋即退给郭镖头，神情严峻道："郭镖头，你可要有思想准备。"

于是，夏帮主便将此事的经过详细地给他说了。

五人听闻，俱是惊骇不已，怒气炽盛。郭镖头压住愤怒，问道："那我们的人你们也没有见着？"

夏帮主道："的确是这样。"

郭镖头道："由此可见，在你们见到清军鹰爪之前，这些鹰爪很有可能就在某个地方就杀了人，劫了镖。"

夏帮主道："我们也是这么认为的。"

郭镖头道："钱财乃身外之物，既然又是你们几家联手从清军鹰爪中夺回，理应归你们所有支配，至于襄阳那边的仁人志士，我镖局自会如实答复。可现在寻人要紧，还请贵帮派人手领我们前去。"

夏帮主道："这是自然。"

夏帮主当即起身吩咐准备好酒好菜，招待客人。

商帮主便陪了客人来到院中闲步说话。行到院子尽头林边，郭镖头环视四周，见到前面山边林中数排坟头，密密匝匝，有新有旧，约有大几十之多，甚是奇怪，便问其故。商帮主便将这几年来丐帮中弟子为了大义，不惧生死，为国捐躯的事情说了个大概，末了，沉痛道："那里躺着的都是我丐帮中的忠义之魂。"

郭镖头心头一震，肃然起敬，凝神而望，驻足良久，感慨道："久闻丐帮血性侠义，今日不期撞见这片坟头，我心犹痛。"遂请商帮主取了祭品、香蜡纸草，领了自己一众人，亲自前往祭拜一番。

转回来用过酒饭，夏帮主领了几位帮中弟子，欲陪着郭镖头一行前往火连坡踏勘寻人。商帮主也为此事深感震惊，决定随同一行。于是，将帮中事务做了交代，两位帮主便带了众弟子并镖局一众，乘船过江，策马望西北方向驰去。未时，众人就火急火燎地赶到了火连坡山顶的那片厮杀之地。

夏帮主下了马，指着眼前的岔路口道："我们就是在这里遇到清军鹰爪的，当时，他们就是从这北坡山道上来，刚好被我们截在了这里。"

众人下马，踏勘一番，打斗之迹，依稀可见。

夏帮主道："此山北脚，就是刘家场集镇。清廷鹰犬若是要杀人劫镖，也应该就在这山腰一带。"

众人遂翻身上马，顺坡而下，一边行，一边观察沿途是否有打斗的痕迹。不多时，众人忽闻半山腰的涧谷中有凄厉的乌鸦鸣叫声传来，心头俱是一紧，连忙打马疾行，奔至那山崖树林灌木边，纷纷下马，临崖探身下望。有眼尖者早就发现了山路地面上的血迹斑点。郭镖头望着崖下深谷，略一思忖，对郭武道："你随我下去。"说完，两人便用手攀了灌木，缓缓沿陡壁放下身去，少顷，便到谷底，果见了那被抛下的血肉之躯，郭氏父子心中悲怆，含泪清点，一具不少，尽皆殒命。不多时，两人攀援而上，到了路面，忍了悲痛，细告此事。众人哀伤不已。

郭镖头当即引众人上马下山，到了刘家场镇上，吩咐郭武去棺材铺购置棺材，自己则找了一个本地人，由他出面请了一众健壮村民，带了柴刀，从山下另处披荆斩棘，开出一条小径，直到抛尸处，又用厚布包裹了尸首，用绳索捆紧，用担子抬至大路边。适时，棺材送到，众人一起动手，将绳索解了，用布匹将亡者放入棺材，封了棺。一溜十多口棺材摆在那里，谁不伤心掉泪？不多时，雇佣的马车也陆续来到，众人又一起动手，将棺材一一抬上马车。

郭镖头含泪对夏、商两位帮主道："虽然杀害他们的鹰爪已被你们诛杀伏法，大仇得报，但主谋者还在。俗话说亡者为大，我今日权且将他们速速运回，好生超度安葬。待事情处理完毕，我必将去荆州城上门寻仇，以报这深仇大恨！"

夏帮主忙道："荆州城中清军人多势大，且方圆周围地域又为清军势力所控，你镖局又一下损失了这么多人手，这报仇一事，不可操之过急，还当徐徐图之。"

郭镖头道："我威远镖局自上上辈开设镖局以来，历经百年，尚未有如此不幸。此仇我何能咽下？"

商帮主道："彼一世此一时也。眼下是什么局势？国难当头，异族入侵，已是我大汉种族生死存亡之际。我丐帮弟子屡屡奋勇救国，亦多有伤亡。八义门乃荆州名门正派，在江湖武林中也是素有声望，还不是损兵折将，败退江南？往后下去，情况将会更加复杂，可能还会有更多的伤亡。所以，报仇一事，还请郭镖头从长计议。"

夏帮主道："此段时间，我们还当格外小心。这批鹰爪被杀，荆州城的清军得知后又岂会善罢甘休？他们肯定会四处查探，伺机报复。所以你们回去后，还应严加保密，切不可将我等之事说了出去。另贵局中或许已经有了清军的眼线，当更加小心在意。"

郭镖头愤愤道："内奸之事，我会严查；这火连坡之仇，我发誓必报。"

夏帮主见郭镖头怒气炽盛，唯恐他去荆州城遭遇不测，委婉劝道："去荆州城报仇，光靠你我还是不成。八义门在荆州城经营多年，在人脉、地理上要比我们熟悉得多。另外，在武功上，还得仰仗江南浮山派，若没有浮山派的相助，我们就连这点仇也报不了，镖物还不是早就被抢去荆州城了？"

郭镖头疑惑道："你们屡次提起这浮山派，我倒是未有所闻，武功真是这么厉害？"

商帮主忙道："这浮山派虽说是近年来才开宗立派，但武功源远流长，渊源极深，近年来又出了个天下少有的武学奇才，就是大掌门虚云真人的第二个徒弟玄智道长。此人虽年仅三十左右，然武功之高，已臻峰顶，实是深不可测。不是老朽吹捧他人，就今天在此之人合在一起，也绝非他的对手。他如今已经还俗成婚，居家修行。郭镖头若是定要前往荆州寻仇，我建议你还是亲往太浮山走一趟，请他下山同去最好。若有浮山派相助，事情定会马到成功。"

郭镖头长"哦"了声，惊愕道："江南竟有如此厉害人物？看来我是小觑了。"旋即沉了脸色，一脸落寞道："求人如吞三尺剑哪！"

商帮主正色道："郭总镖头此言差也。岂不闻还有下句：靠人如上九重天？"

郭总镖头一怔，豁然大悟，眉宇顿开，当即抱拳对夏、商两位帮主及众丐帮弟子道："有劳贵帮相助，待我料理完事，再回江南拜会你们，一并商议荆州城报仇之事。再会！"

当即翻身上马，率众人护送灵柩回襄阳而去。

日升月沉，光阴悄逝。

话说太浮山上，"楚香居"院中。紫薇花盛开，一团一团，一簇一簇，或红或紫，在枝头热烈绽放，真个是花团锦簇，姹紫嫣红。在院墙边上的一个小小水池里，荷花早就开了一段时间，或红或白，在绿色的茎秆顶端尽情地舒展着自己的每一片花瓣。虽说是池子不大，水面小，荷叶和荷花都不是很多，但风摇荷裙，清香漫溢，却还是给这凤凰岭上的一方院落增添了一种江南水乡特有的别致韵味。

玄智独在院中一角，脱了上衣，光着凸显出块块肌肉的上身，在梅花桩上扑跃腾挪，习练功夫。香玉自是引了思苗在桂花树下嬉戏玩耍。

她用苗语轻轻地吟唱着童谣：

> 二月来了三月到，
> 春暖花开柳萌芽。
> 河边站着小阿妹，
> 她在那里把手摇。
> 河水清清河水长，
> 船中有个小情郎……

小思苗眨巴着大眼睛，听得"咯咯"大笑。

香玉姑娘歪着脑袋，用手指头点着小思苗的小鼻头，逗弄道："这是大人的事，小屁孩不懂。妈妈再给你唱个小蜜蜂的，小呀小蜜蜂呀，整天叫嗡嗡呀，……"

俩娘母正逗弄得开心，忽听得院门外有人在高声大嚷："快开门！快开门！"

香玉屏气细听，听出是薛彪的声音，忙道："来了，来了。"走过去将门打开，却是薛彪夫妇、玄妙夫妇，小虎也带来了。

香玉忙引了大家来到桂花树下阴凉处，一边大声招呼玄智来客了，一边赶紧从屋中搬来椅子，又给每个人沏了一杯茶递了。

两个小家伙一照面，欢天喜地的，立马就在院中追逐打闹去了。

　　玄智听到叫声，忙歇了手，跃下梅花桩，提了衣服过来，见了大家，打过招呼，又去屋中擦洗了淌着汗珠子的身子，穿好衣服，方才带了把椅子出来，与大家坐了说话。

　　薛彪急道："听说你们夫妇下山又做了件大事，怎么不叫了我们一起去？"

　　玄智看看他们几个，实话道："这刀口上拼性命的事，又不是什么好差使，我怎么好叫你？玄妙老弟成婚才半年多，薛彪老弟你的小虎也才四岁多点，万一有个山高水低，三长两短的，我们夫妇怎么向你们的家人交代？"

　　薛彪道："不行，不行。自古道，生死由命，富贵在天。我们是好兄弟，又是师兄弟，理应祸福同享，生死与共。"

　　玄妙也是一个劲儿地附和。

　　玄智道："这几年，山下兵祸不断，我们太浮山本是清静之地，却也身不由己地卷了进去，这一进去，就没有歇过阵。一件事去了，另一件事又来了。说真的，我现在都厌倦了这种杀来杀去的日子。我希望自己平静下来，过一种与世无争的太平日子，大家在空闲时相互串串门，拉拉家常，说几句掏心窝的贴心话，喝点小酒，就知足了。"

　　薛彪道："这也是实话，我现在也是这种想法。有谁希望去舞刀弄棍呢？可真要是摊上了大事，师兄你要是下山，还是要喊了我们同去，多一个人就多两个拳头，这是硬道理。"

　　薛彪说完，捏了拳头举在空中使劲地挥了挥。

　　玄智呵呵一笑道："等几天，我去见师父，我会告诉他老人家，我准备闭关修行了。"

　　玄妙开怀一笑道："师兄你年纪轻轻，闭个什么关，修行就修行，也用不着闭关嘛。"

　　薛彪听着玄智如此说，也是哈哈一笑，揶揄道："你什么时候闭关，我也闭关。"

　　玄智忙道："是真的。不信，你可问问香玉嫂子。"

　　香玉就将这次下山的事情经过讲了，最后道："我们虽然是给镖局报了仇，也给自己报了仇，可八义门又损了一位弟兄，丐帮也损了一位，还伤了一位。你们师兄说，仅仅这几年丐帮就损了一百多位好兄弟，他是真的不想看着这些人就这么陆陆续续地死去，他想闭关修行，远离这种打打杀杀的江湖日子。"

　　薛彪低头一想，也沉痛道："仔细一想，也还真是这么回事。我那时候年轻气盛，一腔热血，还不是希望自己出人头地，建功立业？回头一想，还不是梦幻一场？"

玄智见薛彪有所醒悟，便道："我说闭关不假吧？"

薛彪道："先前是有个华阳王，所以我们太浮山便卷了进去，现在华阳王不在了，山下的事情，自有官军去料理，我们是平民百姓，山野闲人，势单力薄的，我看也是少掺和为好。"

玄智道："这就对了。"

大家开怀畅谈一番，香玉起身，自去烧火做饭，准备招待大家。青梧与雨馨忙跟着一起去了。小虎引了思苗在院中奔来跑去，两个小家伙乐得屁颠屁颠，高声大叫。玄智又给两位师弟续了茶水，继续拉扯着有关眼下时局的话题。玄智说："我准备过几天后去佑圣观看望师父。"薛彪与玄妙一听，也想同去。

大家一起吃饭的时候，又扯到这个话题，香玉道："天气一天比一天热了。你们既然去看师父，那就下山去买点布料，给师父做几件夏衣，一并带去。"

青梧道："我家也要添置一些夏衣了，要不，我们明天就去，一起去裴家河赶集，也顺便买点其他的生活用品。"

雨馨马上表态支持。于是，大家约好第二天同去裴家河。香玉见大家同去，心里就想到了宝珠妹妹，便对薛彪道："你下山后去一趟海棠溪，也邀一邀少溪主和宝珠，我们大家一起去，人多热闹。"

薛彪忙道："好的，好的。"

第二日，四对夫妻，八人八马，走九里岗径至两岔河渡口。

这道水河自五雷山一路蜿蜒东来至此，河面开始变得宽阔起来。河中水流平缓，水色清澈，平拖如练；两岸绿柳荫荫，垂条弄水。天光云影，映入水中；七彩斑斓，艳如胭脂。舟行水中，有如在镜中滑行一般。

一行牵马上船，引颈四望，不觉心旷神怡，逸兴飞扬。

恰在此时，一叶扁舟，顺流漂下。几个书生模样之人，立于舟中，一边赏景，一边即兴吟诗作词。

几人好奇，便纷纷把头转向那舟，就见一皮肤细嫩白净的后生仰头且思且高声吟道：

> 巍巍浮山高，
> 汤汤道水长。
> 道水两岸瓜果香，

浮山脚下谷正黄。

话一落音，舟中就有一人戏道："兄台大作意境甚好，又正切合眼下季节，诗是好诗，就是句子有长有短，变成了长短句。"忽地指了舟前的河面，大喜道："这不就是道水河有名的胜景'道水拖蓝'吗？如此好景，下面有哪位吟诗一首？"

就有一高挑的后生凝目细赏之后，脱口吟道：

> 绿树荫浓外，
> 蔚蓝江上水。
> 渔人唱扁舟，
> 一叶波光里。

众人立马鼓掌大呼："好诗！好诗！"

玄智一众正凝神侧耳细听，船已靠岸。他们相顾而笑，赶紧牵马上岸。

玄智望着那小舟、书生，一脸羡慕之色，对众人道："还是读书人好！儒雅风流！"

薛彪忙点头称是，忽又叹道："读书也累人呢。"

少溪主若有所思，接道："又好又不好。"

"噢。"玄智侧头，看向少溪主，道："这此中的道理，你且说说看？"

少溪主便道："读书可以明理，这确也是真。可自古以来，读书人一旦书读多了，有了大学问，就会走火入魔。就想着要去考功名，朝廷做官，光宗耀祖。想着自己的官越做越大，有一日能陪伴在皇帝身边，一人之下，万人之上，权倾朝野。"

薛彪道："这有何不可呢？"

少溪主骇然变色道："可你仔细想过没有？有道是：伴君如伴虎！皇上喜怒无常，一旦发怒，动辄就会杀人，开刀问斩。你们可知道，这杀的都是些什么人？刀刀杀的都是读书人！"

少溪主此话一出，众人俱是一怔！就连宝珠也是对他惊讶相看。

众人不由一阵沉默。

玄智频频颔首，似有深悟。他对少溪主道："师弟，你什么时候开悟，竟悟透了世间的这般大道理？"

少溪主呵呵一笑，大不以为然道："我什么时候开悟了？我是瞎想瞎说罢了。"

薛彪爽然畅笑道："少溪主真是个聪明人。那些被砍头冤死的，到死都还不明白。若是穷追根源，问题真还是出在读书上。"

香玉看着少溪主，听了几人之间的言语，也是连连点头。

玄妙望着河上风景，又扭头转向岸上，忽地提醒大家道："各位，各位，读书的事太深奥了，好坏也难评判，我们不如暂且放在一边，还是逛闹市快活为紧。"

众人一听，一想刚才所谈之事，甚觉滑稽可笑，不免脸现窘色，哈哈一阵讪笑，忙飞身策马，沿河堤经十里坪，直奔裴家河大集镇而去。

他们在大街小巷开开心心地神逛了一通，购了所需物品，做了衣服，然后兴冲冲地来到码头边上的望江楼酒家，捡了个临河靠窗口的位置，坐了一桌，点了清炖甲鱼、剁椒鱼头、猪头炖肥肠、土豆焖牛腩、炸熘童子鸡、红烧排骨、爆炒猪肝、鱼香茄子八道菜，合八之吉数，好好地吃了一顿大餐，饮了醇酒。直到日斜兴尽，众人方才笑嘻嘻地一路打马回山，好不自在快活。

翌日，大家趁着早晨清凉的时候，早早地来到小山门会齐，准备径上缥缈峰顶。却见唐力、李忠从峰上下来。见了他们，两人大喜，赶快行了礼。

李忠道："师公吩咐我俩去请玄智师叔，不想你们都来了。"

玄智忙问道："你们可知是何事？"

唐力道："八义门的欧阳掌门、丐帮的夏、商两位帮主，还有襄阳城威远镖局的郭镖头联袂上山来了。"

玄智一听襄阳镖局来了人，眉头就拧了起来，对众人道："肯定是来请我们助拳的。你们看，又有事来了。"

大家忙随了唐力、李忠，上峰而去。众人来到太清殿，欧阳掌门忙将双方做了引荐，众人俱各抱拳行礼。郭镖头见了玄智、玄妙、薛彪、少溪主叶芝楚及香玉、宝珠、雨馨一众等，细细打量一番，感叹道："太浮山巍耸洞庭西滨，背倚武陵，俯瞰荆澧，气势果是不凡；浮山派弟子个个亦是英俊风流，宛如人中龙凤，我郭某真是好生钦佩和羡慕。"

欧阳掌门道："自古道，地灵人杰。太浮山素有道家洞天福地的美誉，那绝不是浪得虚名。浮山派的武学更是博大精深，自成一派，技压江湖。"

虚云真人忙谦虚道："雕虫小技，绣花拳腿，未免让江湖中人见笑了。既然大家都来了，我们不妨就去荆州城报仇之事筹划筹划。"

玄真道："其他的几位掌门还要不要通知？"

虚云真人道："刀剑无情。这次下山，就不要惊动他们了。"

玄真回道："知道了。"

郭镖头对玄智道："仇人得以诛杀，镖物得以夺回，还得多谢少侠夫妇的援手相助。我们这次行动，是想将那投清的叛降秘密除掉，为国为民，做一件好事。当然，要达此目的，还需要请浮山派领头，担此重责，我等配合行动。"

玄智回道："刚才在'楚香居'，我还与几位师弟谈起，我已经厌倦了江湖上的这种打打杀杀的日子，正想着要闭关修行哩。"

郭镖头惊道："你年纪轻轻，正值英年，何以有如此想法呢？"

玄智回道："自前几年大顺军开始攻打澧州城，我太浮山就身不由己地卷了进去，我师父带领我们太浮山一众，下山协同官军守城。不想那澧州城却是失而复得，得而复失，数次易手。我等屡经战阵，浴血厮杀，我太浮山亦有伤亡。到现在，虽澧州城为大顺军的'忠贞营'所控，但天下大势却是越来越坏，我们拼来杀去，到头来却还是一场空欢喜。各位细思，是不是这样？"

当下就有好多人点头称是。玄智道："每次回山后，我就扪心自问，有功？有过？每见到志同道合者阵亡，阴阳两隔，心中实在难受，备受煎熬。因此，思之又思，想了又想，才有了归隐山林，闭关修行的念头。"

夏、商两位帮主听了，想起自己帮中死亡的弟兄，亦是伤感不已。

虚云真人道："玄智徒儿说的也是实情。八义门、丐帮尤是损失了众多好兄弟，今日思来，心中犹痛。"

众人听了，不免一阵伤感唏嘘。但此次前往荆州城寻仇，郭镖头与欧阳掌门、夏、商两位帮主已是心意已决，并又上山求助。虚云真人也是无奈，便看向玄真、玄智等弟子，征询意见。

玄真沉思不语。

玄智犹豫不决，但见师兄不发一言，态度不明，便道："但凭师父吩咐。"

虚云真人心知众徒儿早已厌倦了山下打打杀杀的日子，心中均是不愿下山，但浮山派的薄面还是得要，遂决意亲自领头下山，便语气坚定道："为师便亲自下山一趟。"

此话一出，玄真以下众弟子急忙劝阻。玄智忙道："师父若要亲自下山，又要这多徒儿何用？我便替师父下山去走一趟。"

香玉心系夫君，娥眉一扬，忙道："远山哥哥到那儿，我就跟到那儿。我也去。"

薛彪争道："上次我没去成，这次我必须去。"

玄真、玄妙、玄音均发声同去。末了，虚云真人郑重道："此次下山，非同以往。想那荆州城中，贼人势力甚大，看家护院的高手也一定不在少数，我们当谨慎小心，多派人手。我看，我浮山派以玄真为头，率玄智夫妇、玄音、薛彪、玄空、玄清、玄静同去。"

少溪主意欲争辩，虚云真人忙用手止住了他。安排妥当，虚云真人当即派人前往响鼓岭玉皇庙通知玄静，空灵寺通知玄清，莲花观通知玄空。缥缈峰上安排宴席，招待客人，也为太浮山众人下山壮行。

目送太浮山众人下山离去后，玄妙、雨馨夫妇二人辞别虚云真人，回到天心堰起居处。

此时的天心堰中，荷叶田田，菡萏摇曳。凉风徐来，绿盖翻动，清香沁人。堰边古松巨樟，枝叶繁茂，郁郁葱葱，自成一道亮丽风景，惹人怜爱。林中浓荫里，鸟声啁啾，生机盎然。

夫妇二人在水边石阶上排排坐了下来，望着眼前的一塘荷花，想着太浮山众人此次下山，少不了又有一番厮杀，一番沉思，一阵牵挂，感慨多时。后来，还是几声响亮清脆的鸟鸣，才把夫妇俩人从沉思中唤回。

莫雨馨将裤脚挽了，将双脚浸入清亮亮的塘水中。不一会儿，就有一群小鱼儿纷纷游了过来，在她的脚和腿之间戏来戏去，还不时用小嘴轻咬几下。雨馨顿觉腿脚一阵异样的痒痒，惬意舒服之极。

"呵！呵！"

雨馨笑颜如花，开心地叫道。

"是鱼儿在咬脚丫儿？"玄妙低声问道。

雨馨又叫唤了几声，回道："这小鱼儿还挺有趣呢。又是咬腿，又是咬脚板。感觉又痒又舒服。可享受了。"

一只青蛙从水中滑溜溜地跃出，稳稳地落到一片荷叶的中间，鼓着一对大眼睛，好奇地对雨馨吐了吐舌头。

荷叶左右摇晃了几下，然后停住。

少顷，雨馨忽抬头道："你师父为什么不让少溪主下山？"

玄妙低声道："你看不出来么？老溪主走了，我师父心中一直耿耿于怀，后来，少溪主每欲下山，师父总是劝阻。师父真是一番苦心。"

雨馨又道："那师父为什么不让你下山呢？"

玄妙道："师父他老人家肯定是知道你有身妊了，所以他才让我们留在山上。师父虽然什么都没有说，但他心中如有一轮明镜似的。"

雨馨道："你师父的心思真细。"

玄妙点头道："师父对他的每一位弟子都是真心实意的好。这种情感，我们做弟子的时时都能感觉得到。所以，我们也要时时记住师父的好。"

雨馨道："正是。我的师父玥明师太也是这样的，平日里虽是管教极严，可心地却是极为善良，善解人意。"

此后数日，缥缈峰顶，虚云真人亲自督促唐力、李忠晨夕练习。章喜自在旁边观看演练。

旬余，玄真一行终于平安归来。虚云真人见不少一人，面露喜色。

众人向虚云真人问安。

虚云真人道："此番下山，一路可顺？"

玄真回道："虽说是杀了一批兵士和郑四维的亲兵护卫，可郑四维还是侥幸逃脱了，不过，他中了香玉的银针。听香玉说，这银针是沾有剧毒的，他就是不死，也有个好受的。"

虚云真人道："原来是这样。那也很不错了。"

众人进了太清殿，忙着大口喝茶。虚云真人忙唤了唐力、李忠，吩咐厨房赶快准备饭菜。虚云真人又问了八义门与丐帮及郭镖头的情况，玄真叹道："八义门又折了一个护法徐宏利；丐帮折了两个弟兄；镖局折了两个镖师。"

虚云真人听了，心中一沉，追问道："怎么会是这样？"

玄真痛心道："我们众人瞅了个机会杀进府邸，对方仗着人多势众，分出一部分人拦截我们，另一部分人层层护卫着郑四维匆匆逃往地下密室。对方中人，不仅人数众多，武功亦是极高，双方一场恶战，实是惨烈至极。眼见郑四维逃到了地道密室门口，转眼就要逃脱，我们又被对方的众多高手死死缠住，无暇分身，香玉只得急放银针。那贼人虽最终逃脱，但还是中了一枚毒针。"

虚云真人听了，不免长叹一声："拿命换命，冤冤相报，何时是个尽头？早知如此，这个仇不报也罢。"

众人听了，知他是痛惜伤亡者，俱是沉默无语。

不久，山下又传来了坏消息：澧州城的大顺军、南明尤马的部队不知为什么全部向南撤走了；澧州清军汤调鼎部解围，清政权九永守备周运熙、澧州守备陈万范迅速向西、向南出击，转眼之间，澧州全境又被清军势力所控。

虚云真人在佑圣观中，听闻山下这些消息后，半晌无语，直是摇头叹息。遂着大弟子玄真吩咐下去：浮山派众人，俱各守本分，安心修行，切不可再轻言下山。

玄智自回到"楚香居"后，亦趁机闭关修行，一心研究武学，不问山下诸事。

半年后，唐老英雄率大洪山袁一啸，渭南四侠中的老大颜光斌、老二万运仪及西峡林震云夫妇，特地云游江南，拜访太浮仙山。

　　一年后，九龙神功中最神秘的功夫——意念杀人，即可杀人于无形，竟被玄智悄然练成。

　　与此同时，浮山派大掌门虚云真人也在旦夕揣摩中终于参悟透了"云满黄庭月满天"的道教清虚大境界，武功心法顿时一番精进，终臻上乘之境，成为集道教与武学于一身的一代宗师。

　　且说那大顺军荆州降将郑四维，自杀主降清，为清廷控制荆州政权立下了汗马功劳，虽然保得自己眼前的荣华富贵，但名节全失，终在品行上留下了洗刷不掉的污点。清廷虽一时重用之，驱役使用，但一直对他也是外松内紧，有所戒备。

　　顺治十七年，即公元1660年正月，经由兵部、都察院等查举，清朝廷对郑四维等分别做出了"致仕、降调、革职、提问"的处置。况且在当年的那场恶战中，他虽侥幸逃得一命，但还是中了香玉姑娘的一枚剧毒银针，虽日后银针和大部毒力被内力逼出，但毒性终究未尽，攻入心络，且常年随了血气运行于全身经脉之中，终其后半生，饱受毒发之苦。

　　仕途上的失意，肉体上的折磨，却也是这位叛将万万没有想到的"恶孽"苦果。当然，此是后话了。

第十六章
高太后密隐太浮山
李来享烈火彰忠义

　　话说自太浮山众人从荆州城回山，玄智闭关修行以来，太浮山下的淞澧平原，因位处洞庭湖西滨，是川陕、荆襄通往常德府至长沙（青阳）、潭州、衡州的必经要路，一时间竟成了南明、清军、大顺军反复争夺的战略要点。

　　公元1649年，何滕蛟败死潭州，堵胤锡病亡浔州，清军便稳固地控制了湖南。此时，大顺军尚有小股部队在澧州一带往来。公元1650年九月，湖南"四家将"渡常德府沙罗镇至澧州，众十余万。清上荆南守道王瑿急调荆州、岳州兵镇守澧州城。十月，大顺军王进才部又袭破澧州城，清文武百官皆退往新洲。未几，王进才退去，清军复还澧州城。清将王君相、刘进忠等追杀王进才数十里。王进才退往石门溇阳一带，列营四十里抗衡。十一月，清湖广总督派大兵增援，袁宗第、刘二虎兵败，率残兵出渔阳关奔建始入四川；王进才率部藏匿于九永山中。公元1651年正月，王进才率兵进入洞庭湖一带。清军获悉，即尾随追击，降者千人。四月，王进才又败于五里坪，不得已，只得率部退入四川。至此，淞澧平原又被清军再一次控制。

　　正是：

> 风云变幻瞬息间，
> 旌旗猎猎刀剑寒。

　　四年之后，即公元1655年，胡瀚胡大人辞世。

　　而在这期间，杨瑛处士断断续续，又为太浮山的数处胜景写下了多篇华丽精彩之作。杨瑛处士将这些诗作及先前所得逐一整理清点，竟达二十四首之多。他将这些诗作特地编辑为一册，特题名为《太浮山二十四景诗》。

一日，杨瑛处士特地携了诗稿，云游太子宫，拜会灵慧真人。

灵慧真人见了诗稿，大喜。浏览之余，一边颔首，一边对杨瑛处士夸赞道："杨处士为我太浮山做了一件功德无量的大好事，可说是前无古人，后无……"继而一笑，接着道："后面的事我们就不晓得了，但前无古人是肯定的。你我二人速去佑圣观见虚云真人。我要他以大掌门的身份在我们太浮山的第一峰缥缈峰上设宴庆贺。"

说罢，两人携了诗稿，一路谈诗论文，上到佑圣观。

虚云真人见二位联袂上峰，且满面喜色，忙欲迎入佑圣观中。

灵慧真人摆手，神情凝重道："如此盛事，理当去峰顶太清殿中，摆下大宴，遍请各观、宫、寺、庙、庵掌门前来，隆重庆贺，方有仪式之感。"便忙说了前来事由。

虚云真人闻听，一惊一喜，忙恭请二位，拾级而上，进入太清殿中。三人坐定，早有道童将茶水奉上。

虚云真人便从灵慧真人手中取过诗稿，见封面上大书着《太浮山二十四景诗》，遂打开书页，逐一翻阅。

"第一峰：孤峰缥缈倚长空，远近山河入望中。石井照残千里月，松根吹老四边风。当头阁楼闻天语，绕足烟云护梵宫。到日正适秋气爽，洞庭一点万山东。"

"醉翁石：片石何因号醉翁，年年高卧此山中。白云衣上莓苔绿，碧草茵前木叶红。梦里乾坤千日酒，人间尘土五更风。兴亡自古殊桑海，一枕清光万劫空。"

"捣药臼：采得神芝一味灵，间支石臼对空青。云中玉兔宵惊杵，月下清猿夜听经。花雨散来香嫋嫋，清风送去响叮叮。蓝桥愧我神仙约，捣尽元霜梦未醒。"

"……听得晚来清课好，经声满耳露华浓。"

"……最羡山根杨处士，独开高阁听涛声。"

"……"

虚云真人将诗稿从头到尾细细阅毕，心中顿时肃然起敬。他抬头看着杨瑛处士，拱手称赞道："杨处士妙笔生花，真是奇人奇诗啊！"

灵慧真人赞道："这'浮山稼轩'的名号，难道是随便可叫的？"

两位真人之所以有如此赞语，是极有道理的。太浮山景秀之处甚多，杨瑛处士选取其中二十四处，挥毫泼墨，精心描绘，打开诗稿，就有如在读者面前展现出一幅多姿多彩的太浮山山水长轴画卷，让人赏心悦目，陶醉其中，流连忘返。

虚云真人眉梢带笑，请二位品茶歇息，自己忙步出太清殿，去张罗庆贺之事。

这天，在缥缈峰顶，又是好一番热闹景象。

自此，《太浮山二十四景诗》便在江南九省四十八州香客间广为传播开来。太浮山也因此而更加名声大噪。上山之人，除了问道礼佛的一般香客之外，更有无数是听闻了杨瑛和他的《太浮山二十四景诗》而慕名前来的文人骚客、仕途中人。

灵慧真人见此，忽发奇想，便向虚云真人建议：凡二十四景处，有峭壁石崖者，可现成使用；无此类者，就地取材，立红砂巨石。在上镌刻杨瑛处士的咏景妙作，以供游人香客赏玩。

虚云真人大赞甚妙，不久便请来石匠，择日开工兴建。

数月后，大功告成。

一时间，太浮山文气大盛，香火大旺。处于二十四景点的所有观、宫、寺、庙、庵均是香客盈门，游人不绝。

寒来暑往，雁去复回。

人间最是留不住，朱颜辞镜花辞树。

时光一晃，就是数年，转眼便到了公元1663年。

这期间，太子宫的灵慧真人和浮山派的大掌门虚云真人先后作古，驾鹤西去。着实令人伤感唏嘘！

玄真道长接替了浮山派大掌门之位，升为真人，主持佑圣观。

八义门和丐帮总部也从樱花谷飞瀑崖撤走。八义门重回荆门地界，暗中发展门徒，继续抗清活动。

丐帮将总部设在桃花村，广布眼线，联络四方，为各地之抗清活动提供消息情报。

惊风飘白日，光景西驰流。

话说公元1646年清军偷袭大顺军老营成功，混乱中高太后从松滋仓皇西撤，被清军围剿追杀，危急中幸得玄智夫妇一众搭救，后被护驾赶来的李来亨一路保护着惶恐西行，马不停蹄，直到川东的崇山峻岭一带，方才稳住阵脚，安营扎寨，缓过气来。后来，大顺军与南明的部队统一行动，重经湖南而进入云贵，与清军持续作战，部队严重减员并极度疲惫。后又受到来自南明及大西余部政治势力的排挤，大顺军遂决定出云贵，经湖南西部北上再回川东，重建根据地，与清军抗衡。在途经湖南西部保靖地界时，大顺军又遭到已经归顺清政权的当地土司彭朝柱武装的袭击，大顺军的重要领导人物之一、高太后的弟弟高一功不幸身亡。高一功的死，无疑使大顺军的前景雪上加霜。李来亨——闯王李自成亲侄子李过的义子，这位年轻有为的将领，立马挺身而出，果断地率领剩余的大顺农民军奋力突围，快速北进，终于再一次回到了川东兴山县的大山中。在这里，李来亨竖起帅旗，自称"小闯王"，设立大本营，建帅府，号令各部，抗击清军，史称"夔东十三家"。时至今日，不知不觉中已有了十七个年头。就在前一年（公元1662年），被清廷封为平西王的吴三桂竟亲自下令用弓弦将南明永历帝勒死。至此，形式上的南明帝国也不复存在。

夔东，这个反清据点，孤掌难鸣，独木难撑，也走到了它历史使命的终结点。

清朝政府从容地腾出手来，从陕西、四川及湖南九溪卫、永定卫等地调集大军前往围剿。一时间，川东鄂西的崇山峻岭之间，战云密布，鼓擂角号，马嘶人嚎。

就在这一年（公元1663年）的七月，清提督赵学礼兵败，毙命于此。冬天，清军再次集结大军，复往围剿。翌年，即公元1664年的正月，澧州守备刘定邦率兵偷劫大顺军营寨，中埋伏死于推石。然清军从多路进攻，不断增兵，大顺军的根据地不断缩小，大本营被清军攻克已成了早晚间的事情。

大顺军大寨中，李来亨浓眉紧锁，苦思良策。他知道大顺军已经到了最后的关头。

"自己迟早是要为大顺尽忠尽节的，可高太后呢？难道也要让她殒命于此？"

"不行！坚决不行！我一定要给她寻一个十分隐蔽的安全去处，让她好好地活下去，颐养天年。"

李来亨浓眉紧锁，苦思冥想，在营帐中踱来踱去。最后，他想到了一个人，一个地方。还是在十多年前，他就曾特地留心过此人此地。现在，他终于再一次想起了这个人，这个完全可以信任而又有能力完成如此大任的人。

主意拿定，李来亨来到老营的石寨，拜见了高太后，秘密陈说此事。高太后亦知眼下的形势已经是越来越恶劣，大顺军可控制的地盘越来越小。兵源枯竭，粮饷告罄，大顺军已是山穷水尽，日薄西山。留下来，也只有一起战死，实乃于事无任何裨益。看来也只有下山归隐一条路可以走了。

高太后问道："向北去如何？若北去，或可有机会重回老家。"

李来享道:"回太后的话,陕北是我们的老家,也是我们起事的地方,您想想看,清军会放过哪里吗?只有反其道,往南方而去,他们才难以觉察。况且太浮山地处淞澧平原边缘,背靠云贵十万大山,一有风吹草动,便可转移至大山深处。那玄智少侠夫妇可能就是您命中注定的贵人,把您托付与他俩夫妇,我是完全放心的。"

高太后也是举目茫然。思忖片刻,她亦无良策,只好点头道:"好吧,一切就由侄孙安排。"

李来享见高太后首肯,忙回到自己的帅府,郑重修书一封,唤来心腹手下追魂掌崔必成,将手书交与他,叮嘱道:"老将军,你速带刀、剑、棍三侠下山,秘密去江南太浮山一趟,务必找到玄智少侠夫妇,将此书信亲交与他。事关重大,不得有误。接书信后,他若与你们同来,则事成也;若不来,你们亦不可强人所难,当速归,我再另觅良策。"

崔必成领命,接了书信,放于怀中口袋,当即带了夺命一刀吴东风、青衣剑客卓不群、玉面罗汉郝士信扮作江湖中人,从密道下山,经香溪水路进长江至枝城上岸,再经刘家场、火连坡,晓行夜宿,径奔太浮山而来。

攀上凤凰岭,过小山门、大山门,转过数道石级幽径,便到了佑圣观。一行四人随着香客进观焚过香后,向道童暗中打听到玄智少侠住处,便直奔凤凰岭"楚香居"而来。可到了"楚香居"附近,明明可以望见宅院的斗拱飞檐,跟着小径前行,不是岔路,就是忽然没了路,绕来绕去就是绕不进去,到后来,就是想从原路返回,竟也是徒然。

原来,玄智居家修行中,一有闲暇,便常去灵慧真人处听书读书,看了一些阴阳八卦,奇门遁甲之类的东西,甚感兴趣,便向灵慧真人刨根究底。回到"楚香居"后,玄智如中魔一般,在院中用小石块垒来垒去,时间一长,竟也通了窍,悟出了一些玄妙,便在"楚香居"外围,根据方位,采用了八卦原理,设计出一条一条的小径,小径两边,广种树木。春去秋来,年复一年。日子一长,树木早已是长高长大,密密成林,连虎豹也无法钻透,这小径也变成了浓荫幽经。这"楚香居"外围的八卦迷魂阵总算大功告成。除了家中之人熟记于心,可从容出入,一般外人是不敢轻易踏入。玄智设计此阵的初衷并不是防范他人,而是奇心大发,觉得好玩而已。待到树木长大成林,玄智却忽然发现这八卦阵图还蛮有情趣,特为满意,便常邀了一帮师弟及浮山派弟子来此游戏赏玩。

这四人在密林浓荫中绕来绕去,起初还能辨东西,分南北,可时间一长,竟连东西南北也分不清了。四人又累又饿,只得坐在地上唉声叹气。

追魂掌崔必成叹道："自松滋分手，转眼就是十多年了，没想到我们还是着了他的道儿。此人心机之深，真是神鬼莫测。难怪当年我们输给了他。"

夺命一刀吴东风道："现在该怎么办？我们一路上山，腹中也早饿空了。"

玉面罗汉郝士信忽地笑嘻嘻道："我有一个办法。我们就在这里高声大叫，只要宅院中有人，总会听得到的。"

三人一听，觉得此法甚妙，于是便放开嗓门，同时"嗬——嗬——嗬"大喊起来。一时之间，山谷深涧，回声震荡。林中百鸟，也是扑棱棱惊飞窜起，在树巅上的低空里慌张鸣叫。

这一招果然奏效。

思苗、思聪、思豪三姊妹正在院中练功，玄智沏了杯茶，坐在桂花树下边饮边指点。忽听得院墙外林中有人高声大叫，估计是有陌生人闯了进来，被困阵中。玄智遂唤了思苗，要他去看看。

思苗领命，运起轻功，跃上院墙，纵身上树，攀缘跳跃之间，眨眼已到四人头顶上的树枝之上，轻叱一声，飘然而下。

崔必成见是一少年公子，相貌身材与当年的玄智少侠极是相似，忙上前道贺："公子好功夫，不知与玄智大侠如何称呼？"

思苗冷冷地将四人一一看过，平静道："我是他的长子。不知几位来此有何贵干？"

崔必成忙笑脸相迎，和颜悦色道："我们几位是你父亲大人的故交，今日特地前来拜访，不知他是否在家？"

思苗听说是父亲的故交，脸上转悦，道："在家。"

玉面罗汉郝士信忙道："我们与你父亲是多年的老朋友了，还请公子领路，我们有重要之事要拜访他。"

思苗凝神细细打量，见几位来人年岁已高，又是一路风尘，满身疲惫，似乎并无恶意，便在前引领。穿过曲折迂回的密林八卦迷阵，少时，一行人便来到门首，拾级而上，进了院门。

玄智听到动静，侧身抬眼看去，似觉眼熟，再一细看，认出竟是追魂掌崔必成等四人。虽是岁月染白了黑发，风霜在脸上刻下了密密细细的皱纹，但四人往日的神态风采依旧。

玄智双目如电，甚是惊奇，忙起身迎上来，热情接了四人，在院中看座毕，又吩咐女儿思聪给客人上茶。

四人抱拳行礼，一番寒暄。

玄智扳着手指头道："松滋一别，就是十八年了。今日四位突然来访，不知是为了何事？又怎还记得我玄智？"

四位一听，脸上立现落寞羞愧之色。

崔必成双手抱拳道："不打不相识。我们交过手，领教过你的太浮山功夫，我们怎么能忘了你呢。"

玄智双目精亮，炯炯有神，呵呵一笑道："今日来访，是途经路过太浮山，还是特地有事前来？不会又要打架吧？"

崔必成忙摆手道："我等身在军旅，戎马倥偬，哪有空闲？自松滋一别，我们一路保护着太后向西撤去，走宜昌，经水路，最后才在川东的大山里落下脚来。后来……后来……经湖南、云贵绕了一个大圈之后，我们依旧回到了那里，紧接着就是垒石建寨，修筑防御工事，把那里作为抗清的大本营，一直与清军抗衡周旋，坚持到目下，十八年了。十八年啊！"

玄智一听，甚是惊讶，脸色顿变，心中肃然起敬，忙拱手道："竟是如此，钦佩！钦佩！"

崔必成道："可是，目下情况却是越来越坏，现已成颓势。"

玄智道："我虽是少有下山，但天下的大局势，这个我还是知道。大明已经彻底完了，清军已经完全掌控了天下。我们浮山派的抗清活动虽从未停止，但也只是在暗中进行。毕竟我们是山野中人，势单力薄，无法与清朝廷的正规军队抗衡。"

崔必成神情严峻道："我们这次前来太浮山，是极秘密的行动，是受大顺临国公李来享大帅之托，送一封他的亲笔书信给你。"

玄智一惊："就是当年的那位少年将军？他有书信给我？"

崔必成道："正是。"

说完，崔必成便从身上衣服内掏出一封书信，递与玄智。

玄智接了书信，凝神把目光从四人严峻的脸面上一一扫过，方才拆开来，展开，细细阅之。毕，大骇，神情肃然。

四人不知书信内容，只见玄智双眉凝聚，当即起身，在院中踱来踱去，徘徊良久。少顷，玄智眉头舒展，坐下来，招呼思苗给四人续了茶水。

玄智这才朗朗介绍道："长子，思苗。"又指着一直立在一边听他们叙话的思豪道："次子，思豪。"

正说着，思聪陪着母亲香玉出来见客。

四人一见，立马恭敬起身，抱拳向龙香玉行礼。龙香玉苗服盛装，芙蓉如面，一脸浅笑，亦欠身还了礼。思豪赶紧给母亲搬来椅子，让母亲在父亲身边坐了。

"十八年了，夫人还是那么漂亮，光彩照人。"崔必成忙恭维道。

香玉羞赧一笑，看向三个儿女，怅叹道："半生已过，岁月匆匆；韶华已逝，青春不再。哪还有漂亮可言？"

青衣剑客卓不群夸道："夫人育儿有方，三个孩子龙凤有姿，清秀俊美。普通人家，是出不了这等人物哩。"

玄智笑吟吟地又把女儿引荐给客人："小女思聪。"

香玉敛笑正色问道："松滋一别，不知太后去了哪里？我是常常挂牵着她。不知她现在栖身何处？身体可好？"

崔必成忙俯身前趋，将这十多年与清军艰苦周旋的情形大致说了一遍，最后说道："太后也还常常念到你呢。"

玄智听了，忽地想起手中的书信，忙招呼客人继续喝茶，自己扶了夫人起身，转进屋中，将书信递给她观阅。香玉看毕，亦是大惊，深为太后这么多年矢志抗清的忠义之举折服，也深为太后的安危而担心。

玄智问道："我们该咋办？"

香玉看着夫君，无丝毫犹豫，语气坚定道："太后与我，一见如故，颇有缘分。当日所赠玉镯犹在，睹物思人，不胜挂念。眼下太后有难，我们理当把她平安接来，我将以姐妹之礼待之。"

玄智道："夫人高风亮节，侠义风范，正合我意，如此甚好。我把思聪叫来，帮着你烧火做饭。客人一路上山，肯定是饿了。"

香玉便忙去厨房。玄智出屋，唤了思聪去厨房帮忙，又唤了思豪，去帮着清洗腊肉、蔬菜之类。自己便由思苗陪了，与客人叙话。

玄智详细询问了"夔东十三家"与清军的作战情况，以及现在的处境。四人将实情一一告知。玄智又问了高太后的身体状况，他们也一一如实说了。最后，话题又扯到了他们四人的家事上。

崔必成道："年轻的时候，我们跟着大顺军到处作战，连成家的想法也没有，直到十几年前去了兴山一带，在那里扎下了根，为了长期与清军对抗，李大帅才让我们与老营中的姑娘自由择偶，结为夫妻。我们几个人的婚姻都是这样。如今，孩子也就十多岁，可……可他们是大顺军军人的后代啊，身似漂萍，前景实在令人担忧。"

青衣剑客卓不群道："崔大哥说的都是实情。"

玄智沉思片刻，直问四人道："书信的内容你们知晓吗？"

崔必成忙道："我们虽是送信之人，但书信中说了什么，我们却是一无所知。"

玄智道："原来如此！"

稍做沉吟，玄智便对四人道："你们暂且喝茶休息，我去写封回信好交与你们带回。"

说完，径去屋中。玄智到了厨房间，唤夫人香玉来到自己房间，轻掩了门，小声道："我们与他们分手，还是十八年前的事。这十八年间，高太后与他们发生了什么事情，我们是一无所知。他们大顺军中又屡屡有人失节降清，成为清廷的鹰犬。原荆州城的郑四维，澧州城的任光荣等等俱是这样。"

香玉心中一震，忙小声道："远山哥，你是怀疑他们有诈？"

玄智悄声道："害人之心不可有，防人之心不可无。如果书信与他们所说都是实事，那是最好不过；倘若书信是假，他们已经降清，成了清廷的鹰犬，想用诈计暗中加害于我们浮山派，那情况就大不妙了。"

香玉一听，觉得夫君说的也有几分道理，不免心中担忧起来。

玄智赶紧宽其心道："好妹妹，不要紧，你只管脸面上装做高高兴兴的，不让他们有疑，我去修书一封，且让他们带回，诈与不诈，我自有巧妙安排。"

说完，便去书房，沉思一番，计上心来，如此这般，修书一封，装入布袋中，封好口。

不多时，饭菜准备妥当。玄智请了四人，一并入席，好酒好菜，推杯换盏，自是叙古话今，一番感慨。

饭毕，玄智取了书信，交与崔必成，郑重道："事关重大，还请亲交与高太后和李大帅。"

四人酒足饭饱，不敢耽误，便谢了玄智夫妇，即刻动身下山。香玉返身进屋，取了些银两交与崔老大四人，权做他们路上酒饭之资。

四人甚是感动，忙抱拳谢了。

香玉又从自己手腕上取下一只翡翠玉镯，深情抚摸片刻，用布片包了，方交与他，郑重叮嘱道："崔将军，请将此玉镯亲交与高太后，就说太浮山龙香玉非常想念她。"

崔老大一并接了，小心纳入怀中藏好。玄智亲自领了四人出院门，经八卦阵，送至小山门，彼此抱拳道别。

玄智转回"楚香居"，见了香玉，直赞香玉为人之道。香玉甜甜一笑，道："为人不可吝啬小气，让人低看。"

思苗、思聪、思豪三人见客人已走，有诸多不明，便欲要爹娘讲个明白。

香玉拗不过他们，见他们也大了，让他们知道这些江湖中的陈年往事也好，便将此中故事曲折一一娓娓道来。

三人听了，口中"啧啧"不已。

香玉脸上泛着红光："你们的爹爹，那个时候可是帅气飘逸，一身武功独压江湖。"

思聪欢喜地跑到玄智跟前，摇着他的臂膀，撒娇道："爹爹，是不是这样的？"

玄智呵呵一笑道："我年轻时候，打架从没有输过。不过，功夫是吃苦练出来的，只有吃得苦中苦，方能练出好功夫。你们三个，练功可不能松懈啰。"

说到此处，玄智忽地想起二十多年前，自己与妻子香玉在赶秋节之夜，去涡槽河游玩，遇到赶尸，自己一时好奇，发石子出手试探的陈年往事，至今思来，平生之中，也只此一事心中尚有愧意。

话说崔老大四人下得太浮山，一路上尽量避开清兵，全力回赶。有了香玉姑娘赠送的盘缠，四人一路上可以尽兴地吃好喝好，心中自是舒畅无比，对玄智夫妇亦是心存感激，夸不绝口。

回到川东兴山老营，四人忙见了临国公李大帅与高太后。两人见四人转回，其他并无一人跟随而来，心中着实一凉。崔必成将书信取出，呈给李大帅，又把翡翠玉镯取来呈给高太后。

李来享急拆了书信，细细阅之。毕，大惊，颔首细思，忽幡然醒悟，心中暗暗佩服玄智少侠的心机竟是如此之深。他见太后抚摸玉镯，一脸疑惑，便将书信递与太后，道："还请太后细阅。"

高太后便持了书信，逐字细细看来。毕，大悟，脸上方绽喜色。

李来享吩咐四人下去好生休息。

四人告辞退出。

李来享见已无他人，便对太后喜道："此事成也。我们派此四人前去，并无信物，玄智夫妇才在信中有如此安排，又将玉镯作为信物送回，可见他们虑事是极为慎重，真是诚心一片。如此一来，我是大大放心了。"

高太后手抚玉镯，感慨道："是啊，我一见玉镯，心中顿生亲切之感。当年匆匆奔逃，被清军撵着追杀，幸亏她夫妇二人及时赶到，救了我等。为答谢救命之恩，我赠予玉镯留为纪念。不想，这玉镯今日又成了信物。而我这后半生，竟又托靠在了他们夫妇二人的身上。"

李来享道："有他们夫妇二人在，您的一切就可以无忧了。况太浮山地处江南水乡，山下土地肥沃，物产丰饶，盛产稻米鱼虾，其生存环境，远远强过我们陕北老家百倍。"

高太后思前想后，百感交集，泪水盈眶。片刻后，高太后缓缓道："先帝已走多年，你我在此高山峻岭苦苦支撑，直至眼下山穷水尽，我们也算尽力了。我走以后，你在此巧妙布置一番，也相机脱围下山而去，与我合在一处。"

李来享本想慷慨激昂一番，但唯恐说出，又伤了高太后之心，后悔下山，便道："侄孙的事，到时再说吧。"

数日后，李来享取来崔必成等四人的全部家眷，又命四人持了回信，速护送所有家眷秘密下山，暗中前往江南太浮山。

四人不知何意，只得依令而行。他们在心中揣测，李大帅这么做必有重大秘密行动。

旬余，四人带了一众家眷，再次秘密来到太浮山，见了玄智夫妇。

玄智夫妇相视一笑，会心会神。玄智夫妇阅过书信，已知大意。玄智便引了崔必成等一众，寻小径翻山越岭，密至樱花谷飞瀑崖。

玄智道："你们暂且把家安在这里。"又对崔老大等四人道："你们是军人，保密措施就不用我说了吧。"

崔必成忙道："我们军旅多年，这个自不必说。"

玄智将石屋、石洞巡视一遍，道："这里曾是荆州八义门和江南丐帮的总部所在。后来俱各下山去了。"又交代了该注意的事项。

玄智道："你们安顿好家眷后，就好好休息。"临行，玄智将四人唤在一边，低声道："做好下山的准备。几天后我就过来，我们一同下山，还有重要事情要办。这里所有的事情都要严格保密。"

四人神情凝重，点头称是。

玄智自回"楚香居"。

数天后，玄智与思苗轻装简服，背负剑器，来到飞瀑崖，会了崔老大等四人，暗中悄然下山北去。

此时正是江南一年中最炎热的时候，骄阳似火，酷暑逼人；紫薇怒放，姹紫嫣红。

由于路程已熟，六人又是脚底发力，半月左右，便秘密来到川东鄂西的兴山县茅麓山，见到了高太后和临国公李大帅李来享。

高太后惊喜地看着站在自己面前的玄智父子，感叹地对玄智道："十八年前，我们相遇之时，你正风华正茂。如今，英武之气，依然逼人。现在，你的孩子又如你一样，英俊儒雅，可以叱咤江湖了。真是江山代有人才出，长江后浪推前浪啊！"

李来享在自己营中设宴，热情款待玄智父子，秘密将高太后的后半生郑重托付给玄智夫妇。

玄智父子肃然领命。

数日后，即公元1664年的八月四日，临国公李来享亲自密送乔装打扮后的高太后下山。李来享泣拜高太后，来到玄智面前，紧握了玄智的手，眼中含泪道："天地之大，唯君夫妇高风亮节，可昭日月。一切拜托了。"

玄智虑及大顺军目下绝境，亦是凄然伤感，委劝临国公李来享道："若事情不济，当南来存身。大丈夫立于天地，能伸能屈，亦不失英雄本色，有何不可？"

言毕，拱手告辞，与崔必成等亲自护送高太后上船。大船离岸，风帆高悬，一路顺水。高太后进得舱中，派人去将藏匿于舱底的一个三岁左右的男孩唤了出来，抚摸着他的头，极慈祥地说道："从今天起，你就跟着祖奶奶了。"

船离香溪，汇入长江，径至枝城。众人弃舟上岸，雇了几辆马车，昼宿夜行，严加提防。半个月后，众人终于顺利来到江南太浮山樱花谷飞瀑崖。

至此，崔必成等方才明白他们的秘密使命。

安顿好高太后，玄智引了崔必成等立于飞瀑崖山崖处，遥指崖下有如长蛇般蜿蜒东去的樱花谷，几人密谋一番。数日后，沿谷小路，稍有可隐蔽观望处，即布了暗哨。如此一来，谷外谷内，稍有动静，飞瀑崖尽皆知晓。

做完这一切，玄智父子方辞了高太后，回到"楚香居"。

过得数天，玄智夫妇带了一些腊肉、山珍及茶叶之类，特来飞瀑崖看望高太后。俩人相见，情如姐妹，相叙甚欢。高太后从怀中取了那只翡翠玉镯，亲戴在香玉手腕上，又看了香玉另一只手腕上的玉镯，高兴道："这一对玉镯，终于团聚了。"

此后，俩人终以姐妹相称。

话说临国公李来享自秘密送走高太后之后，心无羁绊，遂严令各部加强所有山寨的防御工事，刀箭弓弦、滚石檑木，一应俱备，发誓要与清军周旋到底。然清军攻势，一天高过一天，形势日渐堪危。正危急时，崔必成与卓不群等密来茅麓山百羊寨，带来了太后的亲笔书信。李来享拆阅，知高太后平安到达，一切安好，心中甚慰。遂下了决心，将营中黄金白银珠宝，尽悉打包，又选派了数名心腹之人，听从崔必成将军调遣，连夜将财物密送下山，用一渔船载了，密运江南。

不久，围山清军发起了对茅麓山的最后一役。

李来享苦战兵败，皆杀妻子，跃马火中自焚而死，尽忠全节。

是役，双方恶战，惨烈之极。清九溪卫协副将郝尔德战死。清廷闻报，文武百官，俱是震惊色变。

清军攻占茅麓山后，草过火，石过刀，掘地三尺，欲找到大顺军从明宫中运出的惊天财宝。然而，终是一无所获。

噩耗传来，樱花谷中，众人悲恸大哭。高太后一身素服，亲设灵位，摆供祭品，引那三岁男孩望西北遥祭英灵忠魂。

自此之后，高太后与众人山民装扮，并在崖下谷中垒石建屋，劈地种粮，并植蔬菜、瓜果，隐居度日。玄智夫妇每隔十天半月，必来飞瀑崖一趟，问候太后起居，陪伴相叙一阵。

如此过得大半个年头，一直相安无事。但玄智夫妇心中，终是忐忑不安。因为，当时天下大势虽然已定，但江湖、民间中抗清的行动就一直没有停止过，而朝廷对这些人的抓捕也是从没有停止过。高太后一众，也是数十人之多，日子一长，难免被人发觉，生出事来。于是，玄智夫妇暗中寻遍太浮山众多山岭峡谷，终于在西岭下觅到一个狭长沟谷，此谷危崖峭壁，地势险要，易守难攻。一夫当关，万夫莫开。在山中问了樵夫，打听到此谷唤作犀牛谷。据说，在很早时候，此谷中常有犀牛出没。如今在谷中深涧的巨石上，还留有有众多又深又圆的犀牛大脚印。玄智夫妇心中盘算，若是在此谷中建几间石屋，再开劈几处田地，让高太后隐居在此，实乃最放心不过了。心中主意拿定，夫妻俩便吩咐思苗去飞瀑崖，请高太后与崔必成等四人，移步"楚香居"，品茶相叙。

且说高太后也正欲回拜玄智夫妇，接了邀请，便欣然前往，亦命崔必成取了一只木箱，随身带来。众人穿过八卦林阵，来到"楚香居"。高太后暗自惊讶，这夫妇二人所居之地，优雅别致，环境甚美，真乃神仙居处。玄智夫妇亲迎了高太后数人在客厅中品茶相叙。厨房中自有思聪、思豪在准备饭菜。

高太后叫崔必成把木箱打开呈上，笑盈盈道："小小礼物，略表谢意，还望笑纳。"

玄智夫妇一看，却是一满箱金条，灿然放光，忙道："这如何是好？"便不肯要。

高太后道："妹妹是不是嫌少了？"

香玉忙道："非多少之故，而是我家素无此先例，这岂不是让我们难堪？"

高太后道："你不收，就是见外了；你收了，我这个做姐姐的才高兴。"

玄智夫妇见不好推辞，只得收了，叫思苗放进内屋中。

玄智道："今日请你们过来，实乃有要事相商。"便细说了此事详情。

高太后等听后，甚合心意。原来，护送高太后来太浮山的随从中，亦有年长男女到了成婚之际。生枝发叶，亟须地方安置，况且从长远看，今后也要自力更生，走屯田自给的路子。高太后与崔必成等几人亦正为此事在筹划中。

玄智建议道："樱花谷谷深数里，溪涧两岸坡地平缓，适宜开垦作地，五谷杂粮、瓜果蔬菜都可栽培。只是野猪极多，还兼有虎豹，要多加防范。沿溪涧两岸，每间距一定距离，均可利用石块木料建数间房屋，供人居住，以为据点。这据点与据点之间要能够快速联系，互通消息。这样，可将众多人员沿溪涧逐渐分散开去，安家落户。"

玄智最后道："如此一来，太后的安全措施就没有以前那样防范严密了。因此，我建议在西岭之下的犀牛谷中另建宅屋，让太后移居另处，太后只与我们少数人直接联系。如此一来，太后的安全我们就可以更加放心了。"

夺命一刀吴东风忙道："让太后另居别处，的确是更加安全，我赞成。"

崔必成道："我也赞成。"

香玉笑盈盈地对太后道："为此，我们夫妇跑遍了整个太浮山，才选中了那个极为隐蔽的清静之所。"

太后也表示同意。

次日，玄智就邀了崔必成，两人越涧穿林，悄悄去了西岭下的那个犀牛谷。此谷环境静谧，空气清新，谷底流泉淙淙，坡上老松新竹。一看，就是个颐养天年的好地方。崔必成极为满意，连夸玄智做事谨慎漂亮。俩人下到谷底涧边，用手掬了清泉，喝了个饱，坐在岩石上歇息。

崔必成感叹道："我大顺军当年是何等地轰轰烈烈，征战南北，讨伐东西，不想一番折腾后竟是如此结局，真是兴亡不由人啊。"

玄智道："朝廷腐败，弄得民不聊生，官逼民反。你们为了活命，起兵反明，这非你们之过。可大明没了，却硬生生地把夷人鞑子招惹进来，让他们占了我们汉人的江山，你说，天下的汉人会甘愿臣服吗？"

崔必成一听，就动了肝火，愤愤道："这都怨吴三桂那个奸贼。不是他，清人鞑子怎会入关？不是他，大顺军怎会兵败？不是他，永历帝怎会身亡？大明又怎会亡国？他不仅仅是我们大顺军的头等仇人。"

玄智接道："吴三桂那奸贼不仅仅是你们大顺军的仇人，也是我大明朝的仇人，更是我们炎黄子孙的仇人。据各处传来的消息称，你们分散流落于各地的小股力量，江湖武林中的侠义之士，还有大明朝廷残剩下的旧部老臣已经秘密联合在了一起，达成共识，准备共同反清复明。这行动的第一步就是要暗中剪除这个大奸贼。"

崔必成一听，眼中放光，双拳不由握紧，喜道："竟有这等惊天大好事？

好啊，杀了这奸贼，出口恶气，好解我们的心头之恨。"

玄智道："这是自然。不过，这件事尚在秘密酝酿中。那奸人被清朝廷封为平西王，掌控云南、贵州两省。虽为藩王，却是割据一方，势力极大，手下高手众多，防范森严，恐怕不易得手。"

俩人相谈多时，又把话题扯到近处，玄智建议道："你要派出人手，尽快悄悄动工。"崔必成点头称是。

见时辰不早了，俩人又起身捧了几口山泉饮了。

泉水甘甜清冽，直沁心脾。

俩人直夸泉水清甜，一并转回。

一年后，高太后秘密迁往犀牛谷中新居。

这位出生在陕北黄土高坡的奇女子，在经历了历史的飓风骇浪后，晚年竟是密隐江南水乡，终享天年。

真是天意垂怜！

第十七章
吴三桂云南兴义兵
众好汉澧州暗助力

光阴如骏；寒来暑往。

悠悠忽忽间，转眼又是数年过去。一晃，就已经是清康熙十二年，即公元1673年的秋天。

这时节的江南大地，秋高气爽，长空蔚蓝；丹桂飘香，蟹肥菊黄。

屈指而算，此时，距大顺皇帝李自成被杀已经过去了二十八个年头，距大西皇帝张献忠被杀也过去了二十七个年头，距明朝最后一个皇帝朱由榔被吴三桂处死也是过去了十二年。当年叱咤风云、统帅清军入关、马踏中原的多尔衮，也已死了整整二十三年。

历史的车轮滚滚向前。

如果我们回头检视一下这几个人的生平，就会有惊奇的发现：张献忠享年四十；李自成享年三十九；多尔衮享年三十九；永历帝朱由榔的生命也恰好是定格在三十九。他们都是在人生如日中天的时候，生命之星光焰忽熄，怆然坠地！

大浪淘尽；尘埃散去。

清朝已经牢牢地站稳了脚跟。但是，民间反清复明的斗争却依旧是此起彼伏，风起云涌。

这段时间的太浮山上，又有玉皇庙的心智大师、空灵寺的济慈大师先后辞世。

自古人事代谢，犹如庭中花开花落，实乃自然规律，岂能由人？先晋的陶渊明先生将此事看得极破，有诗写道："死去何所道？托体同山阿。亲戚或余悲，他人亦已歌。"人生于世，正似这草木一秋，又恰如长江之波，一浪既去，后浪又接踵跟至。浮山派众弟子生枝发叶，人丁兴旺，不妨在此略做表述。玄智与香玉育有两子一女：思苗、思豪与思聪；薛彪与青梧育有两子两女：小虎、剑平与淑珍、淑慧；少溪主叶芝楚与宝珠育有三子：思清、大志、大勇；玄妙（姓赵）与莫雨馨育有一子两女：赵鑫成与赵晓丽、赵晓芙。另还有唐力、李忠、章喜、章英等。这后起之秀，有如雨后春笋，渐看渐长，如今，纷纷已是芳华盛年，又成了浮山派叱咤风云的崭新一代。不仅如此，这几家之间，又相互联姻：思苗娶了淑珍；大勇娶了淑慧；思清娶了思聪；大志娶了晓丽。更有甚者，樱花谷中玉面罗汉郝士信之子郝达亦娶了玄妙、雨馨夫妇的次女晓芙。

太浮山上，一派祥和欣荣气象。

话说一日，玄智夫妇有事下山，途径甘溪峪溪涧。夫妇俩人见溪水清凉，便欲挽了衣裤，下到水中洗手净脸，清爽一番。香玉眼尖，低头弯腰时，透过粼粼波光，惊喜地发现在清澈光亮的水中，有许多肥肥的螃蟹正静静地安歇在大大小小的卵石上。俩人忙轻手轻脚地下到水中，喜滋滋地忙碌一番，收获着实不小。

回到"楚香居"，一家人又是一阵忙碌，终于将一大盆油炸的螃蟹端上了餐桌。就在一家人围桌而坐，滋滋品尝时，章喜忽然来到，拜见玄智师叔，言师父玄真真人有请。玄智一家当即邀请章喜入席，一同品尝这难得的美味。

席间，玄智看着章喜，心中忽有所动，便话中有话道："如果我没有记错，你今年该有三十四岁了，是吧？"

章喜一怔，忙停了筷子，抬头望着师叔，回道："嗯。"

香玉见丈夫忽地向章喜问起年龄一事，深感奇怪，一边细思，一边将目光移了过来。

玄智若有所思道："那时候，你才七岁，你妹妹才五岁。一晃，就是二十七年了。"

章喜忙道："师叔记性真好，还记得晚辈的年龄。"

玄智看一眼章喜，想说什么，犹豫片刻，终还是打住了。

饭毕，玄智便跟了章喜，上缥缈峰，进太清殿，但见殿中早就到了许多陌生的剽悍之人，或站或坐，俱在那里大声地议论着，唠唠嘈嘈，气氛甚是热烈。

见玄智进来，师兄玄真真人忙起身，对众人道："这位就是我二师弟玄智道长，早年还俗成家，现在，已经是当爷爷的人了。"

众人忙停了言语，把目光齐齐转向玄智，抱拳行礼。

玄真真人又将众人引荐给玄智："南明旧臣张允诚张大人，南明大内总管陈瑾琳陈公公，安顺丁少华，剑河苏先礼，威宁胡成，大顺军旧部张锦，大西军旧部陶盛。"

玄智目迎众人，在惊疑中抱拳一一还礼。毕，方才落座。早有章喜将茶水送上。

张大人对玄智道："玄智大侠，我们这么多人，可是慕名千里而来。"

玄智平静道："不知众位英雄前来，有何重要之事？"

玄真真人一笑，对众人道："我师弟闭门谢客，早就不过问江湖中的事了。你们还是自己对他说吧。"

众人相互观望，踌躇有时，吞吞吐吐，欲言又止。最后，还是陈公公开口道："还是我来说吧。既然已经上了太浮山，求上了门，我就直说了。自永历帝被奸贼吴三桂所害，我等旧臣不愿降逆归附，只好含恨忍诟，流落草莽，亡命江湖，但却一直暗中联络江湖中的正直侠义之士，南明、大顺、大西的旧部，发誓要暗中刺杀吴贼，为先帝报仇，反清复明。然而刺杀奸贼之事，却因力量悬殊，屡屡失败，不仅未有寸功，反倒还损失了我们诸多弟兄，实乃惭愧之至。于是，我们不得不遍访江湖诸门派中的武林高手，欲再伺机寻仇。前不久，我们行到大庸崇山一带，有人告知我们有关你们江南武林的事情，说江南武林中，尤以浮山派的武功最为上乘，若得浮山派相助，定能成此大功。于是，我们喜出望外，便联袂上山。希望贵派看在我们反清复明的民族大业上，相助我们，刺杀那奸贼成功。"

玄智心中一凛，暗暗惊道："这可是惊天动地的大事呢！"

他不露声色，看着众人，平静道："不是我给各位泼冷水，这吴三桂可是封疆大吏，一代奸雄，要刺杀于他，绝非易事。"

张大人道："正因如此，我们才屡次失手，功亏一篑。"

玄智继续道："一旦事泄，刺杀朝廷一方大员，那可不是一般之罪。"

张大人道："反清复明，与清廷对抗，本来就是死罪。但我等乃大明之人，又是汉人，清人异族占我江山，杀我同胞，役我百姓，我等岂能忍气吞声，咽下这口恶气？"

陈公公面向群雄，高声道："鞑子之所以能够很快占有我大明的锦绣河山，就是因为我们大明朝自己出了很多的奸贼，如吴三桂、尚可喜、耿仲明之类。而这些奸贼中，尤以吴贼为首，是大奸大恶。众位只知道吴贼降清，引清军入关，帮着清军剿杀大顺、大西、大明力量，还有一事，实是极为机密，众位或恐未闻。想当年，清人在攻陷南京之后，即颁布了剃发令，然则遭到了我全体汉人的激烈反抗。为此，清人进行了残酷的报复，在扬州屠杀十天，杀我汉人八十万；在嘉定又屠杀三次，死二十万，还有江阴惨案，死十七万，等等。虽则清人进行了镇压报复，但也让清廷看到了汉人誓死反抗的决心。就在当时，张献忠之义子、大西军的大将李定国平云南，攻湖广，逼死清朝定南王孔有德、后又斩杀亲王尼堪，一时攻无不克，战无不胜。清廷震恐，就准备与偏居一隅的永历帝南明政权讲和，划地为界，分疆而治。如此一来，我南明政权尚且还拥有江南一方国土，永历帝也不会流落他乡异邦，后又丢了性命，我大明朝的社稷还在，国运还在。本来这个决议就已经在清廷上层中达成了共识，但却遭到了一个人的坚决反对。这个人不是别人，就正是那奸人吴三桂。他向清廷建议，开弓没有回头箭，既然箭已射出，必须斩草除根，将大明朱氏彻底剪除，并自愿充当清剿先锋。清廷闻听，迟疑多日，权衡多时，最终才下定决心接受了他的建议。最终，永历帝也惨死于他的毒手。"

陈公公说完，看着群雄，双拳怒举，情绪激动，悲愤难抑。

"原来是这样！"

"这个狗奸贼，该千刀万剐！"

"我们必须杀了这个奸贼，为死亡的汉人报仇！"

群雄心中仇恨的怒火一下子又被熊熊点燃，一时纷纷高声嚷了起来。

玄真真人与玄智两人面对群雄激愤，不知如何是好，只得避了众人，来到殿外无人处商量。

玄真真人忐忑道："师弟，刚才的场面你也看见了，这如何是好？"

玄智道："师兄，你现在是我们浮山派的大掌门，又主持佑圣观，你以为呢？"

玄真真人道："说实话，难呢。不同意吧，我们浮山派在江湖上还有何脸面示人？同意吧，这可是与清廷为敌，一旦事泄，事关我浮山派的生死存亡，还有太浮山众多的人命。这是实情，不可不虑，不可不慎啊！况且，我同意也没有用，我浮山派的武功，以你'楚香居'为最。真要除去那奸贼，我浮山派也只有师弟你亲自下山了。况且，他们这帮人上山，原也是冲着你来的。所以，我才特地请你来太清殿，就为商量此事。"

玄智看着他，轻轻一笑："常言道：树大招风。若没有浮山派这块招牌，他们又怎会上山来？"

玄真真人听出了师弟的话外之音，脸上好一阵不自在，讪讪道："开宗立派，我也是为我太浮山的大局和长远着想，出于公心，天地可鉴，日月可表。况且，也是师父他老人家一手操办的。师父都同意了，我想，这也并没有什么过错。"

玄智思虑片刻，犹豫道："师兄，你是知道的，我一向不喜欢过问山下的世俗之事。况此事的确非同小可，事关我整个太浮山的命运，我看，还是请各位师弟及其他观寺的掌门一起相商才是。"

玄真真人听了，觉得也只有如此。回到殿中，玄真真人与张大人、陈公公及众人详说了此事。当即就派人分头去通知各位掌门，于翌日上午来太清殿议事。

当日天暮，玄智回到"楚香居"。香玉便问道："哥哥白天问起章喜的年纪，莫非是另有想法？"

玄智颔首道："正是。这娃儿是我带上太浮山的，当时是情非得已。如今，他已是到了这个年龄。这些年，我东奔西走，忙这忙那，想到他又已经拜在了师兄的门下，对他实是关心少了许多。他就只有兄妹二人，我的意思，还是让他还俗，成家结婚，延续他章家的一脉香火。就是不知他自己有何想法？"

香玉道："原来如此。那你师兄是何意思？"

玄智道："有机会时，我先探探师兄的口气，走一步，算一步。"

香玉道："那必须征得你师兄的同意。毕竟，他还是这娃儿的师父呢。"

玄智道："这是当然。"

翌日，缥缈峰顶，浮山派各观、宫、寺、庙、庵等的掌门齐聚。玄真真人脸色凝重，将此事说了，征询各位意见。浮山派清修多年，已经很久没有卷入山下的是非纷争了，一听玄真大掌门详说此事，俱是愕然，震骇不小。

薛彪倒是不以为然，跃跃欲试道："我们浮山派也不是没有经历过大风大浪，也从没有胆怯过。我看，出于民族大义，这趟水我们可以蹚。"

少溪主叶芝楚将目光看向薛彪，立马点头，表示赞同。

玄空快人快语道："我也觉得可行。锄奸除恶，为我大明大汉除害，是一件大快人心的好事，是义举。我举双手赞成。"

玄妙、玄音也无异议。空灵寺玄清大师、响鼓岭玄静大师亦是支持。于是，大掌门玄真真人发话准许。随即商议，选派人手，决定以玄智为首，率玄妙、玄空、玄清、玄静、薛彪、叶芝楚及后辈中的唐力、李忠、思苗，共赴云南助力。

玄真真人见又要清扰众位师弟及晚辈了，心中甚是惭愧，对众位道："我这个浮山派的大掌门，可是各位抬举着，我是受之有愧啊。"

玄智忙实话道："师兄，你是把我们浮山派的担子一肩挑了，这副担子不轻呢。我们倒是躲在后面偷闲忙着自己的事情，说起来，该惭愧的应该是我们众人。"

玄妙、玄空、薛彪等忙随着玄智的口气，纷纷安慰了玄真大掌门一番。

玄真真人听了众位师弟的好言相慰，面色转悦，但瞬间脸色凝重无比，目光从众人脸上一一看过，最后郑重道："一路上小心在意，要平安回来。"

众人心知玄真大师兄心意，颔首应肯。

浮山派商议妥当，出来与张大人、陈公公等说了。群雄俱是欢喜，遂商议次日即便动身。

就在这时，章喜来报，说五雷山有人来了，要急见浮山派大掌门。

玄真真人忙怔怔道："五雷山的人呢？"

章喜道："我让他在佑圣观喝茶稍候。"

玄真真人一脸疑云，忙对张大人及群雄道："众位暂且就在此休息，我等先下去看看。"

玄智也深感奇怪，亦道："我顺路回去，陪你一起去看看。"

两人便随了章喜，快步下到佑圣观，见了来人。来人一见玄真、玄智，如见救星一般，忙抱拳行礼，俱说情由。原是马化龙率了一帮弟子，闯上五雷山，打伤了数名道长，并将掌门玄韫真人等一众关在一处，强占了真武宝殿道观。

那人道："师父被擒之时，慌乱中命我赶快悄悄下山，速往太浮山报信。"

俩人听了，相互对视一眼，不觉倒抽一口冷气。

玄真真人脸现难色，对玄智道："师弟，这……这可是他们五雷山的家事，我们怎么好插手？"

玄智倒是正色道："虽说是他们的家事，可我们太浮山与五雷山就如同兄弟，同气连枝，他们的家事也就是我们的家事。如今玄韫真人有难，刻不容缓，我太浮山应该立即前往解救。这样吧，你在山上招待客人，我立即带人速去。"

玄真真人道："如此也好，那又要辛苦师弟了。依我之见，此次前去，还是以和解为最好，冤冤相报，几十年了，也不是一个事。"

玄智道："见机行事吧，能和解是最好的结果。"

两人匆匆转回太清殿。玄真真人留在山顶陪了客人；玄智当即带了玄妙、玄空、玄清、玄静、薛彪、叶芝楚及思苗、小虎、唐力、李忠一众，随了来人，急下山往西而去。

话说太浮山众人匆匆赶到五雷山，来到真武宝殿，焚过香，燃过蜡，望真武神像三拜后，玄智便唤来主事道长，通报欲见玄韫掌门。那主事道长神情倨傲，本欲不加理会，但见玄智一众，有道有僧有俗，负剑持棍，个个气宇轩昂，神情不凡，且面带怒色，似不是一般好惹之人，便连忙说了声"稍等"急忙从后门溜了出去。

众人便出了宝殿，在院中候着。

不多时，一众道、俗混杂之人手持剑棍，嚷嚷着朝真武宝殿奔了过来。那打头之人道长装扮，身材魁梧，膀圆身粗，然眉毛粗黑高耸，目露凶光。他一来到众人面前，并无行礼之节，就直接大嚷道："谁要见玄韫掌门？"

众人一见那道长飞扬跋扈气焰，便要发作。玄智忙伸手拦了，用极平静的声音道："是在下要见玄韫掌门。"

那人斜睨了眼，将玄智上下打量一番，阴阳怪气道："这里已经没有玄韫掌门，只有我师父马掌门。"

玄智便道："那就请你们的马掌门来见我。"

那道长却纵声"哈哈"一笑，轻狂道："好大的口气，我五雷山真武宝殿的大掌门，你说要见就见？有什么事，你就对贫道直说了吧。"

玄智纵然修为极深，也不禁大怒，厉声道："我给你脸面，你却为仁不尊。我再说一遍，我要见玄韫大掌门，快去速速通报。"

那道长身边一獐头尖嘴、形容猥琐、手持剑器的中年俗人不耐烦道："道长不是说了，这里没有玄韫掌门，你还要啰唆什么？"

玄智早就强压了怒气，忍耐多时，一听那人说他啰唆，如此傲慢无礼，不由怒火大炽，当即一提真气，右掌就顺势斜拍而出。众人只见那人"呼"地腾空飘起，飞出去数丈开外，扑跌于地，立成残废。

在场之人无不惊骇万分！

玄清大师喧了声："阿弥陀佛，罪过！罪过！"

那道长见状，急一甩拂尘，尘尖便疾攻向玄智面门。玄智并不躲避，见拂尘攻来，只是顺手从站在近处的唐力手中取了降龙棍，用棍头上端轻轻一磕，将拂尘向外磕飞，棍身一个旋转，棍头下端直袭向道长中路。这招式之快，完全不是道长所能想象的。惊慌之下，道长急提气缩身，蜷腿后跃。与此同时，道长左右两边之人同时持剑抢出，攻向玄智。玄智眼尖，将棍身打横，棍端左右疾点，就听"吭！吭！"两声，那两人的长剑便飞在了空中。那两人一见，骇得脸色苍白，"啊"了一声，急往后撤逃去。玄智并不追赶。

这时，那道长从旁边之人手中抢过一柄利剑，一个腾跃，就"唰"地照面直刺过来。

思苗见状，高喊一声："爹爹，让孩儿来！"持剑就迎了上去。

玄智闻听，急向后跃开，把场子让了出来，将手中之棍抛给唐力。

思苗二十八岁，英俊飘逸，正值盛年，一路浮山剑法使出，翩若惊鸿，婉若游龙。不料那道长在剑器上竟也还有些功夫，两人眨眼之间已是斗了数十招，竟不分胜负。思苗见用浮山剑法一时赢不了道长，便招式一变，使出了家父自创的浮山幻影剑法。这套剑法虚虚实实，极是灵活多变，诡异凶险。

果然，思苗还只使得数招，那道长就已处下风，且战且退，渐呈狼狈之状。

就在这时，两边观斗之人却见那道长"呼"地将手中长剑径直向思苗面门掷去，双手疾在身前画出诡异的半圆，待双掌收立于胸前时，却见他两掌霜白，映着日光，寒气森森！

"九阴寒冰掌！"

众人惊呼！

玄智心中亦是一震，唯恐爱子思苗吃亏，急高声在一边提醒道："思苗小心！九龙同潮！"

玄智虽说早就将自己的九龙神功心法尽悉传给了思苗，但毕竟此功大成还要得于天地之间极阴极阳之气的极烈冲撞开启，否则，功力亦不会超过五成。

果然，思苗反应也是极快，见对方将剑掷向自己，又听爹爹高喊"九龙同潮！"便右手反手一挥，也将手中长剑掷向对方，同时，急提九龙真气于双掌。那道长因要躲避思苗掷来的利剑，便缓了一步，待双掌"呼"地打出时，思苗的掌风也是刚好拂到。

众人就听得"轰"的一声大响，两股力道，一正一邪，一阴一阳，在两人中间的空中相撞，阴阳交会，气流旋腾，滋滋大响，瞬间竟幻化出一大团晶亮的冰凌雪花，向四周疾射开来！

众人惊栗！纷纷避让。

待冰凌雪花散尽，众人急看打斗双方时，两人竟是气定神闲，平分秋色。

玄智见爱子并未吃亏，心中亦是大喜；同时，也实在替那人可惜：练成一身极深的邪门功夫，却又不行正道，心中思忖道：两人较过内力，亦是平手，再斗下去，自是无益，加上心中又存了几分怜惜对方武学之意，便昂然上前道："你们俩人可以就此罢手了。"

他朗声对那道长道："虽然我不知晓你的姓名，但我观此一阵，就已经知道了你的武学传承。马化龙既然是你的师父，那么秦侍召就一定是你的师祖了。'九阴寒冰掌'是你师祖的绝学，是你师祖传给你师父，你师父又传授于你。你师父马化龙的平生绝学是'八卦游龙掌'，我想，他也肯定一并传给了你。是不是这样？"

那道长一脸错愕，惊道："你怎么会知道这些？"

玄智道："你师父把这两招绝学都传给你，你知道他是为何？"

那道长道："师父把本事教给徒儿，这是天经地义、顺理成章的事情，难道这其中还有什么蹊跷不成？"

玄智平静道："三十年前，五雷山召开英雄大会，选举江南武林盟主，江南群豪毕至。那天，你师祖与师父闯上山来，就想凭借这两门绝学夺得盟主之位。他们本来是胸有成竹，十拿九稳，然而，他们万万没有想到，他们却遇到了我这个克星。那个时候，我二十四岁，刚刚练成我浮山派的武功绝学'九龙神功'。他们师徒俩人输得很惨，要不是五雷山的空明真人等大发慈悲，放其下山，那日早就横尸于此。其实，你还有所不知，你师父马化龙早先就是空明真人的弟子，只是因为品行不端才被空明真人逐出师门，赶下山去的。算起来，你也是这五雷山一门中人。你师父所以将这两种绝学传授与你，他是希望你给他报这三十年前的蒙羞耻辱。你师父带你上山，打伤众人，又将玄韫真人等囚禁，自称掌门，你说说看，这是有理还是无理？这件事本来是你们五雷山本门中的事情，我等自可袖手旁观，不加理会。但五雷山与我太浮山渊源极深，情同兄弟，所以，我太浮山就不得不要插手过问了。我今日就把话撂明了，尔等若幡然醒悟，悔过自新，将玄韫掌门等一应放了，我自会在玄韫掌门面前求情，在五雷山中让出一观，供你们忏悔修行。若是不听劝阻，一意孤行，我浮山派众人在此，你们的结局如何，自有效尤。"

说完，玄智右手朝那还在哼哼唧唧的残废之人一指。

那道长及手下自思不是浮山派的对手，又听玄智如此一番大论，也实觉理亏，便失了气焰，遂向玄智等抱拳认错。那道长道："贫道钟汝槐，我等愿认错悔过，还望浮山派一并放过我师父。"

玄智道："你师父一生，品行不端，还欲强占五雷山，自称掌门，实乃太不量力。量他已是风烛残年，又有尔等求情，我自可放他一马，但他须从此清心修行，忏悔罪过，一心向善，不得有任何非分妄想。否则，我浮山派定会老账新账一起算。如何？"

钟汝槐忙道："是。"

玄智对钟汝槐道："既如此，你便快去把人放了，我们在此候着。"

那钟汝槐朝浮山众人一抱拳，便领了他手下人惶惶去了。

玄空忙问道："师兄，你果真要放过他们？"

玄智叹道："冤家宜解不宜结。清修之地，杀气不可太重。只要他们悔过自新，也就罢了。"

众人亦说如此也好。

不多时，玄韫掌门率众真人匆匆过来，见了太浮山一众，又是行礼，又是拜谢，又是愤愤然长吁短叹。

玄韫掌门道："想不到那马化龙老贼，一头白发了，竟还死不悔改，兴风作浪，做出这等伤天害理的事情，也只怪我等学艺不精，武功不济，实乃惭愧！惭愧！"

片刻，钟汝槐引了几名手下过来，对玄智道："我师父他老人家同意了，只是羞于情面，他就不过来了。还请……"

玄智对玄韫掌门道："此事总算过去了，惊吓一场。念在你们是同一山门，我刚才唐突许诺，答应给他们拨一处道观，让他们面壁悔过。还请玄韫掌门安排。"

玄韫掌门听了，思忖片刻，对钟汝槐等道："尔等真心悔过，也是件好事，你们暂且退下，我稍后自会安排。"

钟汝槐抱拳，与太浮山众人行过礼，便引手下之人抬了那残废之人退去。

玄清大师单掌立于胸前，喧了声："阿弥陀佛！善哉！善哉！"

玄静大师对玄清大师道："我观此人面恶，极善机变，刚才是被玄智师兄的武功所震慑，因而臣服，恐怕日久生变，最终还要惹出祸端。"

玄清大师道："一切事由，均有因果，由天不由人。眼下如此结果，已经是最好不过了。难道非要把他们全杀了不成？"

他们两人说话极轻，但玄智与玄韫掌门还是全听到了。玄智对玄韫掌门道："我看他一身功夫习来不易，若是毁于我手，亦是可惜，今日如此处置，不知是否妥当？"

玄韫掌门道："杀之可惜，画地为牢，且观后效，也只好如此了。"

玄韫掌门见大事已毕，忙引了众人进至厢房中，上了香茶。又赶紧吩咐人手快去准备好饭好菜，招待浮山众人。

过得数日，玄智一众回到太浮山。各自归家，收拾了换洗衣物，带了兵器，齐聚在缥缈峰顶太清殿，会了等候于此的张大人、陈公公等群雄。

玄真真人吩咐人手在殿中一张八仙桌上摆放了数排大碗，又叫人杀了早就准备好的几只雄鸡，将鲜红的鸡血在所有的酒碗中一一滴过。

玄真真人对张大人、陈公公一众及玄智等即将下山远行的浮山派众人道："各位请！"

众汉纷纷大踏步走到桌边，各自在手中擎了大碗。

玄真真人亦走上前来，高擎了酒碗，看向众人道："同饮此酒，誓杀奸贼！"

群豪纷纷举碗，高声附和道："同饮此酒，誓杀奸贼！"

玄真真人转向玄智及太浮山一众，想着这一别，山高水远，吉凶难料，不知又有几人能够平安回山，心中亦是悲怆无比，情绪激动，话未出口，双眼中却已是泪花闪动，只得颤声道："下山去吧！"

玄智看着玄真师兄动情，深知其意，宽慰道："师兄，生死在命，富贵在天。我浮山派此次下山远赴云南杀贼，乃是替天行道，若犯天命，有劫在身，亦由我玄智一人承受。若无劫，我等自会平安而回。"

玄智这一番话朗朗说来，掷地有声。

玄真真人听闻，颔首道："我浮山派从未造孽于江湖，亦无恶迹于尘世，神明自会保佑我浮山派的。"

玄智点头，遂抱拳与师兄等留在山上之人一一告别。

缥缈峰顶，一群血性汉子饮过壮行酒，便又壮怀激烈，身负民族大义，雄赳赳、气昂昂，慨然下山而去。

此时，缥缈峰顶，秋色万里，雁阵横空。

玄真大掌门引了章喜等山上一众，亲送群雄于小山门，殷殷惜别。

此次去云南除奸杀贼，太浮山计有道门三人：玄空、唐力、李忠；佛门两人：玄清、玄静；俗家五人：玄智、思苗父子，玄妙、薛彪及叶芝楚，共计十人。

有诗赞曰：

> 豪气冲霄汉，侠义震江南。
> 铁肩担道义，妙手挽狂澜。
> 但得存许功，直教后世看。

话说张允诚大人、陈瑾琳公公求得浮山派下山助力，欣喜万分，急遣人快马调派各路人手，便装南下。有装扮成看相算命的，有装扮成落魄秀才的，有装扮成跑江湖卖药的，有装扮成杂耍戏班的，有的扮渔夫，有的扮樵子，有的扮山民，反正是三教九流，应有尽有，一应按了密令，跋山涉水，从四面八方暗中向云南昆明城会聚。

且说太浮山众人随了张大人、陈公公和群雄，一路西行，经武陵源天门山脚，过梵净山，一日至乌江边上的佛顶山山脚，正逢大雨。群雄抬头四下急望，欲寻一处农舍或者亭子暂时僻雨，却发现近处山上有一寺庙。群雄便赶紧奔至，见门楣上大书"雷音寺"三字，遂上前叩门。少时，寺门打开，一知客僧把群雄引进佛堂中。恰好佛像前有一老僧，正手中捻动佛珠，口中念着经语。听闻背后堂中脚步声响，那僧人缓缓转过身来，低眉顺眼，喧了一声佛号："阿弥陀佛，善哉！善哉！"

薛彪不经意地抬眼望去，待那僧人睁眼抬头的一瞬间，他脱口惊呼道："大师不是百户长黎军官吗？怎么出家做了和尚？"

那老僧闻听，浑身如筛糠般一震，忙拿眼看向薛彪，稍后，目光又从群雄身上一一扫过，再重新回到薛彪脸上，口中嗫嚅道："施主是……"

薛彪肯定面前的老僧就是黎军官，便高声叫道："我是太浮山的薛彪，我们一起驻扎在慈利县城，我们一起保卫过澧州城。"

那老僧惊道："施主果是薛彪？太浮山的薛彪？"

薛彪复道："我是薛彪。大师难道不认得我了？"

那老僧将薛彪细细审视一番，终于颔首道："施主果是薛彪。老衲想起来了。施主怎么会千里迢迢来到此地？"说完，他抬头看了一眼佛堂外的瓢泼大雨，忙吩咐知客僧道："赶快将众施主请到客房中休息，上茶！"遂与群雄一一打过招呼，并领至隔壁的客房中。

薛彪大是不解，低声问道："大师这是？"

老僧道："老衲已经出家多年，法号了空。"

薛彪直是摇头叹息，还欲张口询问。

老僧见状，便请了薛彪，随他去到另一房间。群雄自是留在客房中一起品茶聊天。

进得房间，老僧看着薛彪道："还请施主把门关上。关上了这道门，你是从前的薛彪，我是从前的黎军官。若打开这道门，你就是尘世的薛彪，而我，则是佛门的了空。阿弥陀佛！"

薛彪动情道："三十年前，大师你亲到太浮山我家中，邀请我去慈利参加义兵。后澧州城破，守道周凤岐、中军陈彦中阵亡，你径往石门西去。我们自此一别，音信全无。这么多年，我在家中还常常念叨起你。这……这……这是怎么回事？你何以会出家为僧呢？"

老僧摇摇头，叹道："老衲年轻时即投军从伍，希望精忠报国，然一腔热血，半生努力，终化为乌有。老衲总算看明白了、皇上昏庸、吏政腐败、军阀割据自保、政客勾心斗角，结果是大明国亡，清人入关。我心如灰，而又无处可去，只好寄身空门，远离俗尘，了此余生。"

薛彪听闻，想起自己年轻时的一番经历，深有同感。叹道："世事蹉跎不由人啊。"

老僧大惑，反问道："你们一众怎么会来到这偏远之地？"

既然是江湖故人，也就无须保密了。薛彪便敞开胸襟，低声将此行的目的直说了。

老僧惊道："原来如此！施主的一腔报国热情，老衲先前并没有看错。时至今日，竟还是血性侠义如此，老衲钦佩！钦佩！这可是惊天动地的大手笔。但愿佛祖保佑你们一举成功！"

薛彪甚是遗憾道："大师既然有心出家，何不前来我太浮山修行，你我还可常常见面，品茶相叙，而又何苦舍近求远呢？"

老僧道："老衲当年随同南明军队与大顺军一起退往潭州，与清军作战。后又与清军反复厮杀于云贵各地。一次激战中，我受了重伤，被这雷音寺的住持暗中救起，将我藏于寺中，饮食药膳，细心照料，直至痊愈。伤好之后，我便将自己的一切全部告诉了他。住持听完后，长叹一声，问我今后有何打算。我思前想后，忽觉身心俱累，前途黯然。国没了，家没了，天地之大，竟不知身往何处而去。住持见我一脸茫然，便说了一句：'阿弥陀佛！施主若想退隐山林，不妨就长留此处。我佛慈悲，佛渡有缘人。'就这样，我便一直留在了这里。"

"原来如此！"薛彪轻叹道。

门外，大雨滂沱。

门内，两个江湖故人，开怀相叙，不胜感慨。黎军官听闻太浮山一派道、佛、俗三家，这么多年来一直在暗中抗击清人，从未停止过，深为震撼和钦佩。

暴雨过后，群雄辞了雷音寺，继续西行。

太浮山众人向薛彪问起刚才的事情，薛彪便如实说了。

众人感慨万端，唏嘘不已，回望山腰上的雷音寺，恰值钟声敲响。但见一道彩虹，七色绚烂，横卧于莽莽山峦极顶的苍穹间，云蒸霞蔚，极是壮观。

群雄晓行夜宿，跋山涉水，经贵阳、西出安顺、关岭，过盘江，再经曲靖，直抵昆明北郊。此时正值冬月，已是寒冷时节，但昆明地界却是温暖如春。

一日，在昆明城郊外的一片高大乔木树林中，各门各派，大明、大顺及大西的各自旧部齐齐会聚，约有数百人之多。那肖庆章也在其中。

肖庆章眼尖，一见玄智率了太浮山众人来到，心中甚是惊讶，急从人群中走出来，抱拳与众人行了礼。玄智认出了他，见他也在其中，亦着实一惊，忙拱手回礼，相互一阵问候寒暄。彼此详说了这多年各自的坎坎坷坷，如今为反清复明的民族大计竟又在这边陲之地碰在了一起，俱是感慨万千，叹为天意。

不多时，张大人与陈公公将众头面人物唤在一处，围了一张地图指来画去，商议行动细节。忽地一阵马嘶，一匹棕红色神骏飞驰入林中。一中年男子敏捷地翻身下马，急急来到张大人面前，将一封书信交与他，喘着气道："据探子来报，情况有变。"

张大人闻听，脸色骤变，急拆了书信阅之，毕，呆立半晌，方急把书信递给陈公公。

陈公公阅毕，心中一凛，口中喃喃道："这是怎么回事？"

陈公公急忙唤了来人，细细问之。那人道："具体事情我也不是十分清楚。"

张大人急道："我们好不容易把各路人马聚齐，只等一声令下，就要取那奸贼的首级，怎么会这样呢？是不是那奸贼已经察觉到了我们的行动计划，故意耍一个花招，在蒙蔽戏耍我们？"

陈公公警觉道："察觉到了我们的行动计划？不会吧？"

两人正疑惑时，又有一匹全身黝黑的高头大马飞奔而至，一剽悍男子负剑飞身下马，急至张大人与陈公公跟前，禀报道："据可靠消息，昆明城四周的兵马已经有了调动的迹象。"

张大人道："是什么方向？"

那人道："向北，正是我们这个方向。"

张大人心中生疑："若是冲着我们而来，那奸贼也用不着动用军队。调动军队，难道他真的要起兵北上反清复明？"

陈公公分析道："所有的迹象都表明，昆明城近段的确可能要出大事了。"

张大人急道："那我们的行动计划怎么办？"

陈公公面对各门各派的首领，详说了事情的突然变化，征询意见。最后，大家决定次日晚上来个夜闯平西王府，一探虚实。随后，众人商议：各部于明日白天分头秘密潜进昆明城中，是夜亥时对平西王府发起攻击。大明部攻东面，大顺部攻西面，大西部攻南面，其余部除浮山派外攻北面，待各部对平西王府发起攻击后，由玄智率浮山派则趁王府混乱之际直捣奸贼寝宫。

陈公公对张大人道："明晚，你率大明部行动，我随浮山派而行，相机行事。"

张大人点头，提醒道："那吴三桂工于心计，狡猾多端，你们要小心才是，不可着了他的道儿。"

陈公公道："我知道了。"

于是，众人分散开去，各自准备明晚的行动。

陈公公遂引了太浮山众人，一路疾行，于掌灯时分，先行混进昆明城中。陈公公率众人左拐右转，来到一家灯火通亮的"四海客栈"，拾级而上，穿过大堂，径直进到后院，坐了一间包房。

待大家坐定，小二上过茶水，陈公公方对众人道："这家客栈是自己人开的，大家可放心吃喝休息。"

玄智欠身点头，脑中却还在想着白天遇到的事情。陈公公问玄智道："楚大侠似乎在想什么事情？"

玄智浅笑道："白天的事情，我还在琢磨琢磨。"

陈公公道："原来是这样。"

不多时，小二将好菜好酒送来，陈公公忙招呼大家先吃喝。陈公公见众人杯中倒满，起身举杯，对玄智等太浮山众人道："说真的，此次行动，能请得你们浮山派前来云南助力，我是非常的开心和满足。这么多年来，为了诛杀奸贼这件事情，我们一直在花时间和精力，从未停止过。不仅寸功未成，还折了很多很多的好兄弟。"

说着说着，陈公公竟老泪溢出，失声呜咽起来。

众人一时慌然，不知所措。只见陈公公一撸衣袖，擦干泪水，哽咽道："这次，有你们浮山派出马，我大明与他吴三桂多年的恩恩怨怨，明天就可以与他来个彻底的了结。来，为了我们的成功，干杯！"

陈公公真情剖露，一番肺腑之言，让太浮山众人热血沸腾，胸中荡起万丈豪情，均是端了酒杯，一仰而尽。席间，陈公公给太浮山众人讲了很多有关刺杀吴贼的点点滴滴，曲曲折折，直教人一会儿血热气荡，义愤填膺；一会儿又长吁短叹，甚觉可惜。直到中夜，众人方才洗漱歇息。

翌日，用过早饭，陈公公取了一张平西王府地图，与众人聚在一起商议进攻之法。陈公公将地图在桌面上展平，就平西王府的坐向、大小宫殿分布、机关设置及周边环境一一做了详细说明。众人俱是惊讶平西王府的恢宏气势和机关设置的复杂巧妙。

陈公公道："各位大侠有所不知，这平西王府，其实并非是吴贼建造，而是我大明云南沐王所建。"

"大明云南沐王？"

太浮山众人望着陈公公，个个摇头，一脸疑惑。

陈公公见状，便道："凡世居云南之人，提起沐王和沐王府，上至官员，

下至平民百姓，没有谁不知道的。此事说来话长。我大明朝的开国皇帝太祖在早年时，曾收养了一个孤苦伶仃的孤儿。此时，这个孤儿年仅八岁，而当时，太祖还只是义父郭子兴帐下的一名将军，与马氏尚未有子。这太祖与妻子马氏便给他取名朱英，视为己出，百般呵护。这朱英在军营中一天天长大，习得一身好武艺，后随朱元璋南征北战，屡建奇功，深受朱元璋夫妇喜爱。公元1368年，太祖在应天府登基称帝，建立明朝。如此一来，朱英与太祖的亲生儿子间的关系就显得非常的微妙了。对此，双方亦是心知肚明。为了皇权的稳固，太祖一阵思虑后，决定对朱英这位义子试探一番。一日，他将朱英唤在跟前，让朱英的双目看着他，问道：'你知道自己姓什么吗？'朱英自小就在太祖身边长大，对太祖的性格是太了解了，惶恐之下，就连忙磕头谢恩，说自己一直受着义父义母的恩惠，犹如人间草木受着太阳光辉的沐浴一样，如此这般一通赞美奉承，就连太祖自己都被朱英的忠诚感动了。于是，太祖皇帝方才去了杀心，意味深长道：'从今天起，你就改姓沐，就叫沐英吧。'沐英忙磕头谢恩，终保得自己一命。到了洪武十四年（1381年），太祖命傅友德、蓝玉、沐英共统兵三十万远征云南，元朝末代云南梁王巴匝剌瓦尔密兵败，投滇池而亡，云南平定。第三年，傅友德、蓝玉班师回到南京，沐英自留云南，上书太祖，希望自己留守云南，替大明朝镇守边陲。太祖应许。公元1386年，沐英即动工筑昆明砖城，遂建西平侯府。公元1391年，年仅四十八岁的沐英卒，其长子沐春袭西平侯，又世袭'黔国公'。自此，从明初到明末，沐家世代镇守云南，直到最后一位'黔国公'沐天波，历经十二代，凡二百七十年。忠心耿耿，人神共知，日月可鉴。试想，这沐王府还会是一般王府吗？机关、暗道还会少吗？"

众人听了，叹为观止，不敢大意，遂将府中地理图形、机关、暗道默记在心。傍晚时分，众人酒足饭饱，在房间休息，戌时时分，陈公公引了众人，秘密潜行，向平西王府方向摸去。快接近府邸时，忽有人赶来，交与陈公公一封书信。陈公公拆阅，见书信上写道：吴贼不在王府，在巡抚衙门。陈公公急示书信与众人，又与众人急往巡抚衙门方向赶去。

陈公公一边赶路，一边在脑中急思：这么晚了，吴贼还在巡抚衙门干什么？

众人赶到那里，又会齐了陶盛率领的大西军旧部一众。

陶盛急问陈公公道："是谁送的书信？消息准确吗？"

陈公公道："是张大人的字迹，应该不会错。我们得手后，放三声爆竹，你们迅速撤去，不要恋战。"

陶盛道："知道了。"

不多时，亥时已到。陶盛率手下一众悄无声息地往衙门口摸过去。朦胧夜色中，一声喊起，众人便与衙门口的巡哨亲兵交上了手。瞬间，喊叫声，兵器的格斗声、厮杀声骤起。

陈公公见时机已到，火速引了浮山派群雄，直从衙门口奔了进去，冲向灯火通明的府邸。

很快，一众护院高手就各执兵器嚷叫着从四处奔了过来。

陈公公持了一柄长剑，一马当先，当即就与第一个奔来之人交上了手，两剑相交，火星四溅。

玄智一眼扫去，见抢奔过来之人甚多，吐纳之间，便用力猛提一口真气，横拿降龙棍，使出太浮山棍法，一路舞将过去。对方众人，见玄智棍法诡异凶狠，顿时退的退，避的避。玄智降龙棍刚住，却见一极高身影兀自立在自己对面一丈开外，右手正将一柄长剑从剑鞘中缓缓抽出，一双鹰眼却是极阴极沉地盯着自己，用了极低的声音冷冷道："想来这里找死！也不看看这是什么地方。"

话音刚落，剑尖就似一道白光倏地直泻了过来。

玄智一看，就知道对手绝非江湖一般等闲之辈，也不答话，身子微微右侧，避开剑锋，手中降龙棍贯注了四成九龙神功内力，一招"泰山压顶"，便从半空"呼"的一声，直向剑身砸下。

"嗬！"

那人一声惊呼，急撤招回剑，身子侧后飘出一丈开外。

玄智提气纵身，身子紧跟着对手飘去，右脚一个弓箭步，右手顺势一探，降龙棍从身前贯出，疾捣对方中路心窝。此招攻势迅猛，快如闪电，若是碰上，必见阎王。

那人又是"嗬"了一声，急运轻功，一招"旱地拔葱"，双腿曲提，腾在半空里，竟生生躲过了此招。那人身在半空中，双脚还未沾地，口中却大叫道："好棍法！"

玄智将棍一杵地面，棍端没入数寸，怒道："你也识得棍法的好歹？"

说毕，一招"金蛇吐信"，棍端又攻了上去。

那人复地腾起，在空中旋了几圈，将身子飘立在一处高墙上，亦怒道："棍法是好，难道我的剑就是吃素的？"

一抖精神，那人身子如大鸟般扑下，将长剑展开，来斗玄智。

玄智是遇强则刚，心中暗自喝彩，又在降龙棍上暗蓄了两成九龙神功之力，如此一来，棍上已经凝聚了六成九龙神功的真力。

一个是平西王府的头号护院高手，剑下不知死了多少屈鬼冤魂；一个是在山中修炼了大半生的内家功夫顶级高手，若是要你三更死，便不等你四更亡。一个剑似银蛇舞，寒光熠熠；一个棍如八面风，呼呼山响。

这两人酣斗一处，时快时慢，时分时合，时而空中飘来飞去，时而地面腾跃旋转。眨眼之间，就已经是斗了百招之多，竟不分胜负。

玄智暗思，那人以剑斗棍，斗了百多招，亦不分胜负，果然有些手段，难怪做了那大奸贼的护卫统领。唯恐久战误事，让那大奸贼趁隙逃脱，玄智又深吸一口长气，再次陡提九龙神功，暗中往乌梢棍上又增加了二成内力。

待到剑棍一交，那奇高之人顿觉玄智棍上力道奇大，臂上一阵酸麻，口中连嘘冷气，勉强接得数招之后，整条手臂疼痛，竟是长剑难举，动作滞缓下来。一个破绽处，玄智降龙棍疾扫过来，那人躲闪不及，被硬生生撩翻在地。玄智一个箭步抢上，棍头一点，直抵其咽喉，正欲结果了那人性命，却忽地听得半空里传来一声女子的清叱："大侠住手！"

玄智不知发生了何事，急收棍后跃，拿眼望去，就见两道白色的身影如天仙般从夜色冥冥的半空里徐徐飘落。

打斗双方俱罢手望去，却见是一老一少两名女子，一袭素衣，立于朦胧的夜光中。

陈公公急上前喝道："你们是什么人？"

那年轻女子并不搭话，只是面对那群护卫道："谁是你们的头？"

那跌扑在地上的男子趁机弹身而起，当即持剑上前一步回道："在下便是。"

那女子平静道："我有一事，你需如实回答。你们是不是把巡抚大人囚禁了起来？"

那人一听，心中惊骇，面色顿变。

群雄闻听，更是莫名其妙，如坠十里云雾之中。

那女子拔剑在手，剑尖直指那人道："你刚才也领教过了，今日寻仇上门来的绝不是江湖中的泛泛之辈，而是天下一等一的武林高手，泰山北斗。你如实话说了，不仅性命可保，或许我们还会站在同一条道上。"

那人汗珠渗出，不知所措，思忖片刻，方道："这是军中机密之事，我不能说。我只知道看家护院。"

那女子缓缓道："天下没有不透风的墙。你们认为是机密，对天下群雄而言，那已经是路人皆知的事情了。"

那人口中嗫嚅道："这……这……"

那女子道："这什么？你不愿说，是吧？那就让我来替你说。你们抓了巡抚大人，把他关了起来；你们已经开始调动军队北上；你们还发出密令，关闭云贵通往外省的驿路，封锁消息。所有这些，说明了什么？"

那人惊骇，颤声道："你！？"

那女子两道冷光直逼视着他，略做停顿，陡地提高声音，一字一句道："说明——说明你们正在密谋反叛！"

此话一出，在场之人无不心惊骇然！

陈公公瞪大双眼，急问那女子道："姑娘，你是说他们准备反叛清廷？"

那女子瞟了那人一眼，道："你们可问他好了。"

那统领一昂头，倔强慨然道："此事是极机密之事，不想外人还是知道了，看来，纸终究还是包不住火。那我就干脆实说了，姑娘所说的都是事实。"

陈公公对那女子道："姑娘的意思是那大奸贼现在不能杀？"

那女子道："是的。据我们得到的可靠消息，那大奸贼不知为何，眼下却正准备反叛清廷，为大明复仇。既然这样，我们为什么还要冒险去刺杀他呢？"

陈公公忙将目光看向玄智大侠，事发突然，他也是一脸蒙。

玄智转动双眸，心念电转，平静地对姑娘道："姑娘，那大奸贼是天下人的仇人，我们跋山涉水，千里迢迢而来，今天好不容易有此机会。请问你是……"

那女子平静道："那奸贼是天下人的仇人！也是我沐家的仇人！"

一听到"沐家"二字，陈公公双眼发亮，急道："姑娘，你说的沐家可是云南沐家？"

那女子道："正是。"

陈公公忙问道："请问姑娘芳名？哪沐天波又是你什么人？"

那女子略一沉吟，然后极平静道："在下沐金凤，沐天波正是家父。"

陈公公一听，脸色骤变，诚惶诚恐，忙抱拳上前施礼道："原来是金凤千金。多年前，我就曾有所耳闻。"

陈公公转向另一女子道："请问女侠芳名？"

那白衣女子道："贫尼定慧师太，是金凤小姐的师父。"

陈公公急对那护卫统领道："既如此，我们今日就此罢手。"即从怀中摸出三个爆竹，点了抛向高空。但闻三声巨响，空中火星飞溅。当即唤了那两位白衣女子，随太浮山众人一同撤去。

就在这时，忽闻身后那护卫统领道："几天之内，必有重大消息，还请各位好汉静候！"

众人行得一程，那年轻女子抱拳与众人行了礼，说声："众位好汉，告辞，后会有期。"便与她师父飞身飘然离去。

众人清点人数，不折一人，仅玄清臂膀被划了道口子。

众人悻悻然悄悄转回客栈。玄智亲自查看了玄清臂膀的伤势，洗净，上了消炎药，包扎好，又从怀中取出"十全大补续命丸"，拿出一些，让玄清就水服下。

见逆贼未刃，玄清带伤，玄智神情失落，怒气未消，便问陈公公道："那白衣女子是什么来头？她的话可靠吗？"

陈公公见众人将目光齐齐投向自己，俱是心中带疑，便对众人道："今天上午，我不是给你们提到过云南沐府吗？这沐府的最后一位黔国公就是沐天波。永历帝流落至云南，被沐王府收留。后来，大西余部、大顺余部以及清军势力亦纷纷开始进入云南。沐天波若是降清，凭借他沐府在云南的地位、权势以及影响力，他依然不失王位，可继续享受那锦衣玉食般的荣华富贵，但这就不是沐王府的为人了。因为，他知道云南沐府的命运是与大明王朝的命运紧密联系在一起的，一荣俱荣，一亡俱亡。大明王朝都没有了，他沐府还能独存吗？他也料到了局势的不可扭转，于是，他下定了决心，决定与大明王朝同存亡。他为了保存沐家的血脉，及早地将自己的几个儿子入赘给土司家族，这个叫金凤的女儿也悄悄地送出沐府。后来，沐天波带着自己的小儿子沐忠亮陪着永历帝一起逃亡域外缅甸。不久，缅甸国内发生了政变，弟弟莽白处死了与大明交好的老国王，自立为王，并向流浪中的永历帝勒索钱财，一时，双方关系恶化。顺治十八年（1661年）七月，莽白设下鸿门宴，沐天波及小儿子沐忠亮，还有数名总兵一同遇害，终以忠义全节。后来，吴三桂派人把永历帝从缅甸捉拿回云南，用弓弦勒死。所以说，吴三桂也是沐家的仇人。沐金凤的话是完全可以相信的，她今日将我们拦下，还说出了这其中的缘由。我想，这绝不是空穴来风。几天后便会有分晓。"玄智叹道："竟是如此！"

众人也是唏嘘不已，只好暂搁了心思，各自安歇不提。

随后几天，太浮山众人将剑棍收在屋中，在昆明街上好好地闲逛了一通，又坐船游了滇池，欣赏了一番大理湖上的异域风光。幸好玄清伤势不重，能吃能喝，跟随大家一起出玩。

就在众人兴尽上岸之际，忽见城中气氛已然不对，似乎已经发生了什么大事，急问了路人，方得知今日在大帅府军营中，平西王吴三桂竖起大旗，已经将清廷任命的云南巡抚朱国治斩杀，用他的血祭了反清大旗，自称"天下都招讨兵马大元帅"，喊出口号"兴明讨虏"，公然起兵反叛了！

众人听了，不啻于当头炸响一个惊雷，愕然相顾！

是日，乃公元1673年的十一月二十一日。

昆明大街上，路人奔走惊呼："云南起义兵了！云南起义兵了！"

众人始信了那白衣女子的话，商议着既已如此，来云南之事便已做结，遂回到客栈，收拾包裹，准备动身起程。

此时，陈公公与张大人兴冲冲地赶了过来，一见太浮山众人，就高兴地嚷道："大事成了！大事成了！"遂将吴三桂诛杀朱国治、起兵讨清复明的事说了。

张大人道："太好了！这吴三桂也终于想通了。"

陈公公道："就是嘛，怎么说，他自己也还是个汉人，也还是大明的臣子。"

玄智就将准备回转太浮山的事说了。张大人与陈公公忙唤来小二，准备酒菜，替太浮山群雄饯行。席间，两人说了一大堆感谢之类的话，又拿出一个小匣子，道："这是一点黄物，权作路上盘缠，还望笑纳。"

玄智摆手欲拒，张大人诚恳道："你们浮山派千里迢迢能来此云南助拳，侠肝义胆，义薄云天，已经是非常难得了，我和陈公公真是感激不尽。今日在此一别，山高水长，还不知何时能够相见。这一路上回转，你们吃饭住店，也是需要银两花销的，难道还要你们蚀了老本不成？不必推辞了，也就略表心意而已。"

玄智只好叫薛彪收了，顺便又问起两位今后的打算。

张大人道："吴三桂既已树旗起兵，不久后大军必出云贵，向四川、湖南进发。我等自当留在此处，尽快与吴三桂取得联系，达成共识，联络各部，配合他们大军的行动。若大军动作迅速，一出云贵，兵锋就会直指辰州、沅州、常德府，进而控制淞澧平原，饮马长江。到时，说不定我们就再上太浮山，要与你们痛饮三杯哪！"

薛彪忙乐呵呵道："如此贵客，又是生死至交，到了太浮山，我们必以山珍海味，飞斑走兔待之。"

众人也是连声称道。

是日，张大人、陈公公与太浮山群雄尽情豪饮，庆贺一番，然后互道珍重，殷殷惜别。

且说此时，云南总督甘文焜，得知吴三桂反了清廷，仓促出贵阳府，带了一子及十余从骑，兼程赶至镇远，调兵守城。哪知这些兵士不从号令，反把甘文焜团团围住。甘文焜方知兵士已经倒戈哗变，为了不受羞辱，甘文焜只好先将儿子杀死，然后自刎。

而就在此时，清廷兵部郎中党务礼、户部员外郎萨穆哈、郎中席兰泰三人也正出巡贵州，欲迎接吴三桂眷属至京。忽闻云南吴三桂造反，起兵反清，大军分多路已经杀出云南，三人吓得魂不附体，惊恐万分，急慌慌奔至镇远，欲去驿站取马报信。哪知驿站早已经被吴三桂下令封闭，云贵境域，只准进不准出。三人无奈，急设法奔至邻境湖南沅州，才从驿站得了快马，然后一路星夜趱行，向北疾驰。从沅州到北京，四千里路程，一十一天，三人轮换马匹急驰，赶到北京城，已是疲惫不堪，奄奄一息。于是，清廷才知道了云南反叛的消息。

朝廷震惊！

十九岁的清康熙帝急招集满朝文武，商议对策，应对局势。

旋即，吴三桂被清廷削除官爵，宣布中外，并拿逮额驸吴应熊下狱。随之，清军开始大规模的调动和集结：都统巴尔布率满洲精骑三千，由荆州驰守常德；都统珠满率兵三千，由武昌驰守岳州；都督尼雅翰、赫叶、席布根特、穆占、修国瑶等分驰西安、汉中、安庆、兖州、郧阳、汝宁、南昌等地……一时，羽檄飞驰，劲旅四出。

却说太浮山众人从云南一路北上，玄智与少溪主叶芝楚相商，便特地从黔东南清水江而行，引了思苗及众人去了一趟苗岭龙家寨。

龙家寨见太浮山一众来到，欢天喜地，张灯结彩，一派喜庆。

在龙家寨逗留数日，众人辞别下岭，乘了下行的船只，一路直到常德府。在街上又逛了一天，购了所需物品，晚上在一家客栈喊了好酒好菜，众人举杯豪饮至深夜。玄智叫薛彪取了包裹，打开张大人所赠木匣，取了金条，与众人分了，心中暗自叹道："可惜白跑了一趟。"

翌日，用过早饭，众人精神倍增，一路谈笑着往太浮山行去。

春节一过，吴三桂的前锋大将吴国贵、马三保即自贵州杀入辰州、沅州。吴三桂得闻湖南战场旗开得胜，即令夏国相、张国柱等，引兵继进。湖南境域之清军守将，已十多年不见兵革，弓马战阵，早已生疏，此番遇着吴军，个个望风奔窜。很快，衡州、长沙、岳州、常德、均被吴军夺取。清守道命吏目梅标往探。梅标至吴营中即降，遂引吴军进入澧州城。八日，澧州城易手，清澧州知州张圣宏逃往荆州，梅标即任吴政权澧州知州。吴军十万屯澧州城，旋即移营顺林驿。三月，吴应期从岳州移住澧州，以衙门为铸大炮局。清安乡知县王之左逃亡荆州，吴军即以李进梁为知县。清慈利知县周熊兆、永定营游击林萧投降吴军。

一时，常德府、澧州城及淞澧平原已经是风云大变。

与此同时，耿精忠在福州响应。

五月，郑成功的长子郑经联合耿精忠起兵。

一时间，四方震动，人心惶惶。

与此同时，清廷的反应也是迅速而激烈。五月十八日，即农历四月十三，留在北京作为人质的吴应熊和他的次子吴世琳被大为恼火的康熙帝果断而迅速地下旨诛杀。

一日，玄智夫妇闲下心来，特地上到缥缈峰散步赏景。两人结为夫妻，一晃，就是三十一年过去了。那时的青春，那时的韶华，都已经被无情的岁月悄然带走。如今，绿树成荫子满枝，孩子们都大了，孙子也有了。

香玉站在太清殿外的院中，举目远眺，回想起自己第一次来到太浮山的情景，心中仍是柔波荡漾，温馨如故，仿如昨天。

就在这时，师兄玄真真人引了弟子章喜一众过来，一见玄智夫妇二人在此，忙招手邀入到殿中就座。玄智夫妇与师兄行过礼，进到殿中坐了。章喜忙上了热茶，恭敬地立在一边。

玄真道："世事难料啊！真是三十年河东，四十年河西。那时候，吴三桂先是引清军入关，后又降清，甘做清人鹰犬，将大顺、大西、南明余部赶尽杀绝，气焰是何等嚣张，不可一世；一眨眼，几十年过去了，如今却又是公然与清廷抗礼，起兵云南，眼下大军云聚大江南岸，随时都有过江之势，也可说是站高一呼，叱咤风云了。现在，就连我们太浮山及周边都已成了他吴三桂反清的大本营。"旋即低声道："我心中甚是不安啊。"

玄智从云南回山后，一直在家深居，教习儿孙武功，尽享天伦之乐，极少过问山下之事。一听师兄如此说起，颇感吃惊，便问道："此话怎讲？"

玄真道："自五雷山东来，观国山、澧阳山、大观山、羊角山一线，到处是驻扎着吴三桂的部队，修城堡，建工事，筑营盘，还在澧阳山西脚下设立铁木厂，雇人打造兵器。据可靠的消息，樱花谷亦有人下山参与了这次的反清行动。如此一来，势必就将我们太浮山也卷入了其中。这天下大势，谁输谁赢，可难预料啊。一旦吴三桂兵败，清人反扑，我太浮山难辞其咎，必将大祸及身。故此，我心中甚忧。况且，吴三桂这个人翻云覆雨，出尔反尔，反复无常，此次起兵反清，虽打着反清复明的旗号，但他究竟葫芦里装的什么药，又有谁知道？"

玄智闻听，心中也是一凛，但细思之后，却觉无关紧要。玄智安慰道："师兄，这么多年来，我太浮山虽说尽力不参与山下尘世的纷争，但，又有什么时候真正干净过？为守澧州城，我们太浮山与李自成的大顺军干过；与张献忠的大西军干过；与清人也干过；去云南刺杀吴三桂，我们又参与了。要说这恩恩怨怨，是是非非，有谁说得明白？不过，师兄说的也有道理，眼下世事纷争，我浮山派就是助吴抗清，也要隐秘一些。"

玄真真人颔首道："我就是这个意思，还是你师弟最知我心。我说此话，绝不是我个人贪生怕死，而是替我浮山派着想，事关大体，当慎重为妙。"

玄智点头称是。

三人又闲聊一阵，玄智夫妇便辞了玄真真人，一路欣赏山景，下峰回到"楚香居"。玄智左思右想，觉得有必要将樱花谷的动向通报给高太后，让她知道。夜里，玄智将自己的想法与香玉说了，香玉觉得如此甚好。

次日，玄智用篾篓装了一些腊山货，与香玉翻山越涧，来到西岭下的犀牛谷中。林木掩映处，两人正欲跨上涧中树木搭建的小桥，却见对面庭院中，高太后由身边人陪了正在悠闲地煮泉品茶。玄智心有所触，遂举目环望，但见巨松如擎，修竹婆娑；泉水流淙，幽兰凝珠。玄智鼻翼翕动，神清气爽，十分惬意，颔首与香玉赞道："这犀牛山谷，还真是个好住处！"

有诗为证：

> 松竹参差藏人家，
> 依山傍水远繁华。
> 桂花静落兰香暗，
> 轻煮岁月慢煮茶。

其时，高太后也正瞧见了走过来的玄智夫妇，满脸喜悦，忙起身迎了，一并坐下品茶，又吩咐身边之人去准备好酒好菜，招待客人。待两个女人说了一阵亲热话后，玄智便将樱花谷中的事说了。

哪知高太后早已经知道了。原来樱花谷事先早就派人过来请示了高太后。

玄智笑笑道："既如此，我就放心了。"

高太后道："大明是我大顺的仇家；吴三桂也是我大顺的仇家。时过境迁，一晃就是几十年过去了，现在几家却突然走到了一起，成了一家人，联合反清复明，也是件天大的好事。"

玄智道："若是真的把清人赶出关外，那皇帝的龙椅可就是吴三桂的了。大顺与吴三桂可是仇家呢。"

高太后道："不管是哪个汉人做皇帝，总比外族鞑子做皇帝好。只要他真心为国为民，让老百姓过上衣食无忧的好日子，我们又何必去与他争这个皇帝的位子呢。想当初，我们在西北起兵的时候，也没有想过要推翻大明朝，也没有想过要刻意去和吴三桂结仇，而就是单纯地想不被饿死，要活命下来。后来，官军前来绞杀我们，我们也就只好起来与官军对着干。这一切，都是明朝廷逼出来的。我们不是为了皇位，不是为了江山，而是为了活命，仅仅为了活命而已。"

太后说完，神情落寞，思绪恍惚回到了几十年前遥远的陕北高原。

玄智听了，似是醍醐灌顶，恍然大悟，遂说道："我明白了。"

香玉见高太后还在沉思中，便轻轻地拉了拉她的手。高太后神思回转，看着他俩，继而欣慰道："先帝去了多年，我高某承蒙你们夫妇大仁大义，收留在太浮山，苟活了这许多年，我亦知足了。如今，大明、大顺、大西与吴三桂联合反清复明，山下热闹得很，樱花谷中的血性之人哪有不动心的？就让他们去干吧。就是日后连累到我，我这把年纪了，还有何可惧的？"

玄智高兴道："太后千金之体，你不挂心，我等自然不可大意。但太后既已经看开，云淡风轻，我等也是欣慰。既如此，我心中自有分寸，也好相应做些安排。"

夫妇俩人在高太后处用了饭菜，殷殷惜别，转回"楚香居"来。

虽则如此，玄智心中仍有一丝不安，对香玉道："好妹妹，看来，我们太浮山是不可避免又要卷入这场战争了。"

香玉安慰道："远山哥，自古道：兵来将挡，水来土埯。该来的，它总会来，你就是想挡，挡得住吗？这么多年，我们也经历了那么多事，还不是过来了？一念放下，万般自在。放宽了心，就什么都没有。晚上，我做几道好菜，陪你喝杯小酒，如何？"

香玉用手缠了玄智的手臂，轻摇着，还是像年轻时候的温柔样。玄智看着香玉，岁月虽是无情，在她青春靓丽的脸上留下了沧桑的皱纹，但柔情依旧如水，让人怦然心动，只得依她，歉意道："听你的。"

不多久，秋意渐浓。茶花似雪，菊花灿黄；险峰峻岭，枫叶燃如火，层林尽染。

　　一日，章喜下峰，将一封书信送至。玄智拆开来，细细读毕，方知是张大人与陈公公联名致书，说他们率部已经到了澧州城北边的章庄铺，正操练人马，准备配合吴三桂的大军渡江作战；希望自己能下山一趟，见一见面，叙叙旧情。

　　玄智也是很久没有下山了，接了邀请书信，心中自是已动，便对香玉说了此事，问其意见。香玉道："远山哥，我们也有好长时间没有下山去走走了，既如此，我便与你同去一趟，只当玩耍散心罢了。"

　　玄智一思，觉得爱妻说得很是有理。想着他们夫妇也确是很长时间没有下山了，他便拉过香玉的双手，歉意道："香玉妹妹，我答应你，我们一同下山去。"

　　过得几天，夫妻两人便轻装简服，玄智背负剑器，香玉腰挎苗刀，两人心情欢愉，一同携手下山。经三百磴，下陈溪峪，来到薛彪家。薛彪一听要去澧州城玩耍，也是玩兴大发，急要同去，忙唤了青梧出来，与玄智夫妇沏茶，自己赶紧去村中借了几匹马。待玄智夫妇喝了茶，四人四马，兴高采烈，一路向澧州城进发。

　　第二天下午，四人就赶到了章庄铺。

　　张大人与陈公公见了玄智夫妇与薛彪夫妇，大喜，急引进营中，分宾主坐了，上了好茶。张大人精神抖擞，神采奕奕。他对玄智与薛彪道："幸好没有杀他，总算有了今日可喜之势。"

　　陈公公也是一副胸有成竹样："我们把南明余部、大西、大顺及江湖中的仁人义士合在一起，亦有千人之多，我们按行军惯例把他们又分为前、后、左、右、中五部，统一指挥，协同行动。"

　　张大人感慨道："真还没有想到，我们能把清军赶过长江去，我们竟还能在长江边相聚。我们今天要好好庆贺一番。"

　　陈公公痛快道："一别就快一年了，形势发展好快啊。那时，我们还在云贵崇山峻岭四处躲藏，现在却又是饮马长江边，只等一声令下，就杀过大江去。"

　　玄智见了这两位昔日同谋除奸的道上朋友，也是十分开心，他给香玉和青梧做了引见，然后爽朗一笑道："此番邀我等下山一聚，两位大人不会又有所求吧？"

　　张大人哈哈一笑，忙摇头道："今日相见，只管叙旧，不谈军国大事。我张某宦海一生，阅人无数，你们浮山派，在我等最困难最需帮助时，能出手相援，令我十分感动。因此，你们浮山派，我是最敬仰的了。你说我等到了这里，若不邀请你们来喝杯酒，那无论如何，也讲不过去吧。"

薛彪乐道："那也是。若我们知道了，也肯定会请你们上山去痛饮几杯。"

众人正言谈间，一众人嚷嚷着快步来到。玄智拿眼看时，尽是昔日熟人：安顺丁少华，威宁胡成，剑河苏先礼，大顺军旧部张锦，大西军旧部陶盛、肖庆章。原来他们得了消息，听闻玄智夫妇与薛彪夫妇到了大营，非要过来见面凑个热闹。

众人相见，又是行礼，又是寒暄，好不热闹。玄智又将香玉、青梧给他们做了引见。彼此又行了礼。

张锦快人快语道："两位大侠下山前来助力，我们是如虎添翼啊。"

陈公公忙道："张将军，我们此次邀请老友下山，就是单纯的喝酒叙旧，不谈军国大事。"

张锦一怔，忙道："原来如此，甚好！甚好！"

不多时，有人来报宴席已经准备好。张大人与陈公公忙请了玄智夫妇、薛彪夫妇及众人入席。席间，大家推杯换盏，气氛甚是热烈。想当年，大家义薄云天，同生共死，赶赴云南，欲除奸杀贼。虽是事出有因，中途罢手，但他们却因此肝胆相照，成了生死之交。

酒过三巡，玄智低声对薛彪道："我观目下形势，于情于理，于国于民，我浮山派都不应置身事外。"

薛彪道："师兄的意思是……"

玄智道："这酒可不能白喝啊。我想我浮山派也该出份力，在江湖上也好博得一些脸面。"

薛彪道："这酒反正是入了肚肠，不就是打架吗？打就打呗，谁怕谁了？我也正有此意。"

玄智道："那就好，酒一起喝，架一起打，咱们兄弟都想到一块儿去了。"

玄智与薛彪将杯中倒满，起身共敬了各位，然后对张大人和陈公公朗声道："反清复明，是我们大家的事。我们既是生死之交，你们在此日夜操练，枕戈待旦，为国出力，我浮山派岂能袖手旁观，躲在一边睡安稳大觉？所以，我们回山之后，当向掌门师兄禀明目下局势，恳请派人下山，共赴反清复明大任，还望众位笑纳。"

张大人忙起身抱拳道："今日饮酒，但叙旧情，不言其他。反清复明，如今江南陈兵数十万，可谓兵精将猛，亦不独缺了浮山一派。"

陈公公亦道："正是！正是！"

玄智道："我可是说的心里话，大军渡江，冲锋陷阵，你们莫非怕我们浮山派也抢了些功劳？"

众人一听，放声大笑。

陶盛两眼放光，眉梢带笑，大手望空一挥道："过了江，中原亦是纵横千里，地域大得很，还怕少了你浮山派建功立业的地方？"

张大人见玄智如此一说，沉下心来，思忖片刻，当即与陈公公小声商量一番，然后对玄智与薛彪道："上阵杀敌，刀剑无情。若浮山派执意诚心前来助力，我等哪有不欢迎之理？我刚才与陈公公商量了，若浮山派前来，就安排在前军中，由你们二位分任正副先锋官，统领前军。"

玄智忙摆手道："我们是山野闲人，官职就免了，只要能上阵杀敌就行。"

陈公公忙道："唯才是用，为国尽力嘛。"

宴毕，张大人与陈公公率了众人又引玄智夫妇与薛彪夫妇巡视了整座军营。是夜，四人均在军营中歇息。

翌日，大家互道珍重惜别。

四人翻身上马，望南驰来。过澧州城时，四人策马入城，在街上尽兴逛了一通，购得一应所需物品，用马驮了，兴冲冲策马望浮山奔来。

数日后，薛彪上山，与师兄玄智同去了缥缈峰，见了掌门大师兄玄真真人，详说山下形势及下山助力之事。玄真真人沉思一番后，点头应许。又派人分头通知各观、宫、寺、庙、庵，二日后齐聚太清殿，共商大事，调派人手。此时，玄清的手臂早已痊愈。数日后，以玄智为首，率了玄妙、玄空、薛彪、叶芝楚、玄清、玄静及唐力、李忠、思苗、思清、小虎共十二人下山。就在出发时，樱花谷得了消息，派了年轻一辈崔明章、卓大元、吴兰及郝达至缥缈峰，崔必成亲将这四人交与玄智，让他们随同下山，为国效力。

玄智谢了崔必成，率众背了简单的包裹，背负长剑，手执降龙棍，为反清复明大业，又一次慨然下山，奔赴澧州前线。

这就是被浮山派历代后辈津津乐道的"十六侠客下浮山"。

众人一路疾行，数日后便来到章庄铺，见了张大人与陈公公。

两人见玄智、薛彪果然践行，不负誓约，倍受感动，老泪盈眶，急设宴款待浮山派群雄。随后，将群雄一应安排在前军中，任命玄智、薛彪为前军正副先锋，总督前军日常训练，负责一应军务。自此，浮山派群雄便一心忙于军务，操练军兵。

第十八章
国仇家恨怒霄汉
大蟒横空泯恩怨

话说太浮山群雄随军驻扎在澧州章庄铺，尽心操练军兵，时刻准备渡江作战。

转眼间，秋去冬来，天气渐渐变得阴沉寒冷起来。

一日上午，广袤的淞澧平原上忽地就飘起了漫天雪花。到了下午时分，雪花越飘越大，竟变成了鹅毛大雪。

玄智与薛彪头戴斗笠，身穿蓑衣，将前军营地哨位巡视了一遍，见众人冒着大雪，顶着寒气各司其职，恪尽职守，心中甚慰。可一想到眼下的局势，两人却又是心中焦虑，眉峰隆起，面现忧色。

薛彪快人快语道："师兄，你说说看，这到底是咋回事呢？这吴三桂的兵马驻扎澧州一带已经快两年了，我们也来了好几个月，可怎么就没有一点儿要打仗的迹象呢？"

玄智脑中早就反复想过这个问题了，可就是不得要领，几次欲问上边，可话到嘴边，一犹豫，终还是忍了。此时见薛彪问起，他不由叹息道："何时用兵，乃军国大事。听说吴三桂正在派人与各方诸多势力联系，缔结同盟，共同反清。你想，他们彼此之间隔着万水千山，路途遥遥，这中间信使来来往往，难道不要花费诸多时间？"

薛彪一思，也觉有理，于是便将此事暂放在一边，让自己高兴起来。

事实也的确如此。吴三桂将先锋大军屯于长江南岸的淞澧至岳州一线，摆开欲随时渡江与清军决战的战略态势，同时紧锣密鼓，加紧了与广东、云南、贵州及川、陕等省各路势力的联系。

薛彪寻思，眼下寒冬已至，又不知何时打仗，况冬日一来，到来年气温变暖，又有着几个月时间，生火取暖也是个大事，便对玄智道："师兄，冷天来了，我看我们要抽出部分人力，到附近山岗上砍些木柴运回，以供大伙烤火取暖。"

玄智赞道："这是个好主意，要马上办。"

两人边走边说，来到营外近处，放眼望去，天空与旷野连成一片银白，大朵大朵的雪花从空中飘落，无声无息，浪漫妖冶，蔚然壮观。

玄智吁道："霜打平原，雪奔高山。这平原上都是如此大雪，我们太浮山上的雪还不知大到什么样子了。"

薛彪道："是啊，一下山就是数月，时间过得好快啊！"

两人正言谈间，忽见白茫茫的远处有数个黑色人影冒雪缓缓行来。两人便停了话语，警觉起来，凝目细望。直到来人到了跟前，拍去身上的积雪，两人才见他们是丐帮中人装扮。正欲相问，却见其中一魁梧汉子上前拱手问道："听说浮山派的众位好汉驻扎在这一带，两位可否知道？"

薛彪惊疑探问道："你们是江南丐帮中的弟子？"

那汉子就道："正是。在下就是现任帮主周侗。"又指身边一人道："这位是副帮主贺光宇。"

玄智唯恐是江北清军的探子，便微带警惕道："请问你们的夏、商两位前帮主身体可好？现在何处？"

那汉子道："夏、商两位帮主年岁已高，一直在澧南桃花村总部深居静养，听闻浮山派下山助力，驻扎在章庄铺一带，便吩咐我们前来联络，若有紧要事时，也好尽力帮衬。"

玄智道："原来如此。"

玄智遂去了戒心，将自己与薛彪做了引荐。来人大喜，忙又抱拳行礼道："原来眼前的就是玄智与薛彪二位大侠，久仰！久仰！"身后几人也是忙着拱手行礼。

玄智拿眼环视，不便将他们带入军营，便与薛彪将他们领至附近的一家随军酒家。众人拍尽了身上的积雪，坐了一桌，唤过小二，先上了热茶。

玄智道："你们江南丐帮与我们浮山派，那可是多年至交，患难与共，情同兄弟，非比一般。"

周帮主道："我与贺老弟早年一直跟随潘帮主，负责江东事务，虽从未与浮山派群雄谋面，但却是久闻大名，亦知本帮澧州弟子与浮山派素有往来，且多有作为。"

玄智谦虚道："那个时候，我等亦是年轻气盛，争强好胜，所以，就免不了在江湖上奔来跑去，弄出一些动静来，还让两位帮主见笑了。"

周帮主忙道："大侠说此话，就是见外了。"遂起身环顾，见无外人，便重新落座，神情严峻地对玄智与薛彪二人低声道："今日前来，实为夏、商两位前帮主重托，一为联络，二来有几句紧要话要传递给你们浮山派。"

玄智见周帮主神情如此，心中一凛，忙道："有何紧要之事，还要麻烦两位帮主亲自来跑一趟？难道江湖武林中出了大事？但说无妨。"

周帮主悄声道："江湖武林中倒还未听说出了什么大事。但吴三桂大军陈于长江一线，却久久按兵不动，此中玄机，你们可否知道？"

薛彪忙道："我等既已按军营编列，一切行事当听上峰口令。此等军机，我等实在不知。"

周帮主与贺帮主相互对视一眼，面露窘色。玄智警觉道："这里亦无外人，我等也自会保密。"

周帮主这才放心道："夏、商两位前帮主是看在你们浮山派与我丐帮多年的交情份上，才特地嘱咐我们前来密访相告。据可靠的消息说，吴三桂一方面的确是在拉拢广东、广西及云、贵、川、陕的各位要人，共图反清复明；而另一方面，吴三桂却又秘密派人过江，与清廷谈判，欲与清廷以长江为界，分疆列土，划江而治，各统半壁江山。"

玄智与薛彪听完，浑身如筛糠般一震，脸色顿变。

薛彪两眼睁得滚圆，急问道："那清廷同意了？"

周帮主道："据说，那清廷就顺势来了个缓兵之计，明里是同意考虑；可暗中却频繁调兵遣将。如此下去，待清军准备就绪后，或恐吴军就要……上当吃亏。"

玄智惊道："如此机密消息，你们是从何得知？"

周帮主道："天下丐帮，不分南北。我们是从江北丐帮弟子中得知了此机密消息，事关大局，故夏、商两位前帮主吩咐我等，务必速报与浮山派得知。唯恐你们也跟着吃了哑巴亏。传话与你们，是让你们暗中小心提防着便是了。"

薛彪道："难怪吴部大军陈兵江南，却总是按兵不动，背后却是此等勾当。多谢贵帮的提醒。"

不多时，店小二吆喝着把饭菜准备妥当，又抱了一个酒坛放于桌上。玄智与薛彪心中甚是感激，便忙热情招呼大家，喝酒吃菜。直到午后未时，尽兴而散。

临行，周、贺两位帮主殷殷提醒玄智与薛彪道："两军隔江对峙，一个不进攻，一个不喊打，似太平世界一般，然日久必有大变。一切好自为之！若有需帮忙处，速派人去澧州城或桃花村，不必见外。"

玄智与薛彪心中甚是感激，趁着酒兴，冒着纷扬的雪花，送了丐帮数人老远一程，方才抱拳惜别，转身而回。

玄智疏眉微皱，看着薛彪，忧虑道："此消息不知是真是假？"

薛彪反问道："你认为是捕风捉影，空穴来风？"

玄智两手一排，叹道："如果真有其事，哪我们在这里岂不是白忙活了，又还有什么意义？"

薛彪心中空落，灰心道："我也是这么想的。"

两人在雪地中站定，望着飞舞的漫天雪花和灰蒙蒙的远方，伫立良久，沉默无语。最后，玄智对薛彪道："这个消息非同小可，要绝对保密，对任何人都不要提起，否则，人心就散乱了。"

薛彪点头称是。

玄智又道："我们回去后，就当无事一般。"

薛彪连连点头。

过得几日，雪住了，大地上白茫茫一片。玄智与薛彪商量，砍柴的事可以放在后头，趁此机会，先带大伙儿去近处的小山岗上围猎，一者可以训练士兵体力；二者还可以弄到一些山货野物，改善生活。薛彪立马赞成。于是两人分工，薛彪带部分人留守营地，该巡哨的巡哨，该操练的操练。玄智便带了太浮山众人及部分士兵，携了刀剑弓箭，一路兴高采烈地向附近处的小山岗进发。一连数天，捕获颇丰。前军中伙食大大改观，士兵们吃得好喝得好，巡哨、操练两不误。玄智又吩咐给中军的张大人与陈公公送了些美味鲜货，一同分享。

转眼间，时近年关，还是看不出大军有过江的迹象。玄智与薛彪商量后，又报与张大人与陈公公知晓，吩咐思苗、思清、薛虎、唐力、李忠及卓大元等转回太浮山探亲过节。

新年一过，暖风一吹，河边的杨柳树不知不觉中就吐出新芽，露出点点鹅黄嫩绿。小草的尖芽儿也纷纷急着从泥土里钻了出来，展开来，绿了原野。

思苗一众按时返回了军营。可吴部大军仍是按兵不动，毫无渡江打仗迹象。如此这般，又过得一段时日。一日，玄智与薛彪在巡哨时得知，吴部军中已经有人暗中去乡里打劫粮食财物，还偶有糟蹋良家妇女的事情发生。

玄智道："大军久屯于此，并无战事，军兵又正值盛年，血气方刚，难免生出一些事端。这样耗下去，日子一长，也不是个事。"

薛彪心中早就积了不满之气，愤然道："既如此，我们还不如与张大人和陈公公说了，自回太浮山去，倒比这里自在消停得多。"

玄智思忖片刻，对薛彪道："我们两人去中军大营耍耍，瞧瞧动静，见了他们二位，先不要提回太浮山的事，看看他们有何说法。"

薛彪忙道："要的，要的。反正现在冇得事做，闲着也是闲着，还不如去他们中军大营转转，看看他们有什么动静。"

两人于是与太浮山众人交代了一番，翻身上马，径往中军大营扬鞭驰去。这前军营地与中军大营也就十多里的路程。两人快马驰来，很快便到。亲兵报了进去。两人旋即引进营中大帐，见了张、陈二人。看座，上茶。

张大人一脸笑容："两位请喝茶！"

薛彪咧嘴一笑，看着张、陈二位，话中有话道："自来军营，茶水倒是喝饱了，就是不见打仗动静。"

玄智一听，忙呵呵一笑，看着直筒子般性情的薛彪，替他掩饰道："打仗的事，也不是我等说打就打，还要看上面的部署，急是急不得的。"

张大人忙道："的确是这样。表面上看我等屯兵在此，又不战又不退，似是无益。然吴大帅正与多方联络，扩大反清阵营，积蓄力量。据传来的消息说，今年二月，尚可喜的儿子尚之信就发动兵变响应吴三桂。另外，云南提督张国柱、贵州巡抚曹申吉、提督李本深亦追随吴三桂起兵，举起了反清大旗。另外，还有孙延龄叛于广西；罗森、郑蛟麟、谭弘、吴之茂叛于四川；提督王甫臣叛于宁羌。现在，长江以南的反清形势是一派大好，多路大军遥相呼应，渡江作战指日可待。"

玄智道："那北方清廷有何动静？"

陈公公回道："当然，清廷也没有闲着，也在紧锣密鼓地调兵遣将。据探子送来的消息称，清军调重兵于鄂州，战船千艘，泊于江面，随时准备溯江而上，攻打湖南的北大门岳州。战事可能一触即发。"

玄智与薛彪一听，四目相对，不禁心中暗暗一惊。

其实，是年三月以来，清定远平寇大将军岳乐已经率部将长沙包围，并屯兵城下；身为安远靖寇大将军的贝勒尚善亦率水师在洞庭湖击败吴军，攻取君山，开始逼近岳州。

这一层，陈公公并没有说，或许，他自己也还不知详情。

时近正午，张、陈两人留了玄智与薛彪，自是好酒好菜一番招待。毕，玄智与薛彪辞了张、陈二人，打马转回前军营地。

自此，二人不提回太浮山一事，只是安心操练军兵，以不变应万变。

且说这张、陈二人费尽心血，好不容易联合了各路人马，自成一军，人数愈千。尤其是浮山派群雄的加入，军中高手众多，战斗力又自非一般。两人原以为大军屯兵长江边，不久就会挥师渡江，直取中原，那么，凭着手中的这股生力军，他们自是可以在战场上叱咤风云，为反清复明建一番功业，亦不负了大明恩惠，日后也可名垂青史，为后世楷模。哪知吴三桂屯于常德、澧州的大军却是按兵不动，久不渡江，毫无进取中原之意。时间一长，两人心中就如十五个吊桶打水，七上八下，悬在半空中，上不挨天，下不着地，空空落落，竟也不知如何是好。

陈公公对张大人道："一开始的时候，江北清军势弱，见我大军到来，势不可挡，只好收缩兵力，屯于宜昌、荆州、武昌几个军事要点与我对峙。若那时趁势过江，攻取荆州、宜昌，然后水陆两路沿江而下，攻克武昌，再一路东下，取安徽、攻九江，形势不可估量。如此大好机会，白白错失。现江北援军已至，兵力大增，防守森严，若是渡江，已经毫无优势可言。况且长沙、岳州，眼下又成了清军的眼中钉，双方在此势必有一场大战。以我看来，形势不容乐观。"

张大人道："我们也只是量力而行，借势行事，就纵有好的策略，又能怎样？"

两人商量去商量来，除了发一番感叹，亦无他法，也只好忍了性子，宽下心来，静待观望。

时光如梭，日升月落；秋去春又来，花开花又谢。

就在这苦苦的犹豫踌躇、等候观望中，天下形势却在不知不觉中已经发生了惊天的逆转。

很快，王辅臣败降平凉；耿精忠因腹背受敌，仓促撤兵，向清请降；稍后，尚之信也降清；孙延龄又被吴世璠杀害于桂林。

经过这一波神操作，清朝廷终于得到了喘息的机会，于是腾出手来，集中兵力进逼岳州与长沙。

吴部先机尽失，作战失利，只得聚众固守，苦撑局面。

公元1677年，吴三桂部长沙兵败，旋即岳州失守。第二年，即公元1678年（康熙十七年）的三月，吴三桂终于褪去伪装，露出真面目，在湖南湘江边的衡州城登基称帝，国号"周"，年号"昭武"。

天下震惊！

消息传至澧州，张大人与陈公公气得几乎吐血身亡。幸亏身边之人救护及时，两人方从奈何桥上悠悠转回。悲痛愤恨之余，两人秘密商议："不杀此贼，天理难容。"调养数日，精神好转，急招来前后左右四军统领，通报军情，密商大事。

众人一听吴三桂在衡州称帝，自己做了皇帝，方知吴三桂起兵反清复明是假，欺世窃国、觊觎皇位是真，顿时像炸开了锅似的，群雄义愤填膺，纷纷嚷着要诛杀此贼，以谢天下之人。

就在这时，忽有哨兵急来报道，军营附近发现有异常情况，似有大批吴部人马正在向这里包抄合围。

众人惊讶万分！

张大人与陈公公相互对视一眼，心中顿觉不妙。张大人道："看来，吴三桂这老贼不仅要当皇帝，而且还对我们这些大明旧臣始终放心不下。传令下去，火速组织人马，准备迎战。"说完，急与陈公公率了众统领奔出中军大帐，出来察看。果见远处尘土飞扬，兵马涌动，大军正朝这边急来。

张大人忙吩咐弓箭手在军营前的栅栏门处布阵，严阵以待。众统领也是各执兵器在手，引颈张望。

转瞬之间，兵马就到了军营门外，立马呈包抄之势，弯弓搭箭，直指军营。为首一人在马上抱拳向众人道："在下娄道成，奉大周皇帝命，特来送一封书信与张大人和陈公公。"

说完，便有一人持了一封书信小跑着进来，交与众人，又速速转回。

张大人扫了那马上之人一眼，拆了书信，阅毕，满脸怒气，递与陈公公道："岂有此理！"

陈公公看了书信，又递与群雄传阅。群雄阅毕，俱是愤慨，纷纷嚷道："要战便战，有甚话说？"

张大人望着群雄，叹息道："我生为大明人，死亦大明鬼。今日就是战死，亦无遗憾。只是一旦开战，必有伤亡，连累了在场的各位英雄。"

群雄忙抱拳愤然道："大人不必多说了，只管调遣军兵，准备厮杀。"

张大人对那首领喊道："你那狗屁皇帝，放着江北的清军不打，却要自相残杀，是何道理？"

那娄道成高声道："我是军人，只管奉命行事，其余一概不知。书信即阅，不知大人做何计较？有何安排？"

张大人道："书信虽阅，然此等大事，我们也要招聚各位统领相商才是，可否稍候数日，再做答复？"

那娄道成不耐烦道："成与不成，就是一句话的事。我也好回去复命。"

张大人回头对陈公公道："我身为大明朝人，大明朝没有了，留我这三尺血肉之躯还有何用？我是准备以身殉国，不知陈公公意下如何？"

陈公公朗声道："你不畏死，我又岂是贪生怕死之人？说好的联盟反清复明，却原是一个幌子。这吴贼使瞒天过海之计，明修栈道，暗渡陈仓，他蒙骗了我们大家，蒙骗了天下所有的人。我是心有不甘呐！"

说完，陈公公老泪横溢，一脸落寞悲楚之状。

玄智从那娄道成一出现起，就在紧张地思索着万全之策。若是动起手来，胜负实在难料。与其如此，还不如先来个缓兵之计。于是，他便唤了张锦、陶盛、胡成、肖庆章及丁少华、苏先礼，聚到张大人与陈公公身边，压低了声音，如此耳语一番。

张大人性情刚直，不愿如此委屈自己，就想来个痛痛快快的了断。陈公公沉思少时，觉得眼下唯有此计最为稳妥，便转而力劝张大人，依玄智大侠所说行事。张大人见众人一心，只得同意，便立马强作笑脸，命令弓箭手退下，与陈公公一道前到军营门口，声言归顺大周皇帝，请将军下马进营，协商诸事。

那娄道成见张、陈两位与众手下商量后，态度和转，声言归顺大周，心中大喜，以为他们到底是惧怕了，便不加细想，与几位随身心腹翻身下马，直进军营。张大人与陈公公忙率众人陪了那娄将军一行进到营中大帐，看了座椅，上了茶水，又吩咐手下赶紧准备好酒好菜，招待接风。

次日，那娄道成便带了军营人员名册，率了人马回去复命。

众人方才缓下一口气。

陈公公对玄智道："多亏了老英雄的瞒天过海之计，方使我们化险为夷。"

玄智道："我非贪生怕死。只是考虑到双方动起手来，一片血腥，胜负难料，对我们实无半丝好处。不如暂且忍忍，日后见机缓图。"

陶盛道："如此这般，的确是件好事。我们虽然表面上向吴贼臣服，实则拿他的军饷，暗中干我们的大事。"

是夜，中军大帐中灯火通明，群雄献计献策，商议妥当：一是从军中选派一班高手，由张大人亲自率领，秘密潜往衡州城，再次刺杀吴贼；二是陈公公留守中军，坐镇指挥，并暗中派人前往云贵一带，密访大明朱氏藩王后裔。一旦刺杀吴贼成功，就拥立所寻藩王后裔为新的大明皇帝，重举反清复明大旗。

大计商议妥当，群雄又歃血为盟，以天地神明为证。

玄智与薛彪回到前军营中，密商此事。玄智道："天下形势，纷繁复杂。好好地反清复明，清人没赶走，却又弄出个新皇帝，搞出个大周国。我看他这个皇帝也做不长。"

薛彪道："何以见得？"

玄智道："你想想看，天下有野心者甚多，你吴三桂做得皇帝，其他人就做不得？张三做得，那李四也做得，王五也做得。到时，争来争去，还不知道谁死谁活。况且，那北边的清人皇帝就容许你江南还有一个汉人皇帝？"

薛彪思忖道："说不准还真是那么一回事。"

玄智沉思道："我看，我们浮山派也要分成两部。我带一部随张大人去衡州；你带一部留守这里，小心防守，随机应变。"

薛彪忙争道："大哥，还是我去衡州吧，你留在这里。"

玄智神色凝重道："好兄弟，我如此安排，自有道理。我估计这吴军一时半会儿是不会过江了，说不准清军还会随时杀过江来。到那个时候，免不了还有一场恶战。真到了那个时候，事情不济，你就见机行事，劝说陈公公，领着大伙儿往太浮山撤好了。留得青山在，不愁没柴烧。眼下的形势，与往日已经不同了。双方箭已上弦，大战一触即发。我们走后，你要给手下约法三章，把酒戒了，一切小心在意，你肩上的担子可不轻啊。"

薛彪一听，豁然大悟，爽快道："行。"

数日后，一切准备就绪。玄智率玄妙、玄空、唐力、李忠、吴兰、郝达及崔明章、卓大元来到中军大帐，会了安顺丁少华、威宁胡成、剑河苏先礼及大顺、大西的数名好手，在张大人引领下，歃血为盟，净手焚香，拜过南明皇帝朱由榔的牌位后，悄然出发，往南而去。

至澧州城，玄智向张大人建议，又会了丐帮帮主周侗，说了此事。周侗为群雄义举所感，便留了贺光宇留守澧州桃花村总部，自己亲率帮中数名高手，毅然与群雄一道欣然前往，共图大事。

此时正值江南炎热天气。众人为避耳目，分为几拨向南进发。这一路上，既要躲避吴军的耳目，又要提防清军的巡哨，头顶烈日，跋山涉水，路途遥遥，也是极为辛苦劳累。

一日，群雄来到衡山脚下，在一客栈打尖休息。从店中小二口中得知，衡州城此去不远，仅百里之遥，便商议在此休整数日，一来恢复体力，二来打探清楚衡州城的情况。群雄在客栈中酒足饭饱，见附近山下有一条小河，河水从山中峡谷中流出，清澈见底，透出丝丝清凉，正是个爽快去处，便高兴地同去河中好好地洗了个澡，换了干净衣服，又将换下的衣服洗净晾了，回到客栈楼上房间，好生休息。

翌日，用过早饭，众人又来到河边滩上柳树林中散步纳凉。

正午时分，群雄转回客栈，却见庭院中的一株古香樟树上绑了一老一少两名男子。老者年近花甲，须发皆白；少者年约二十五六岁左右。一眼看去，两人相貌、身形极其相似，均是魁梧，彪悍之体，但此刻却是头发凌乱，面容倦怠，浑身带伤。两人虽被绑缚于树，但却神情凛然，眼神中透出桀骜不屈的光亮。

群雄俱是一惊。玄智忙对张大人递了个眼色。张大人见了，心有灵犀，微微点头。群雄进到客栈，见里面坐了两桌官兵，正在大碗喝酒，海吹神侃。群雄亦围了一桌，点了饭菜，吃将起来。边吃边暗中细听，直到官兵起身离开，自然也就明白了七八分。原来这是一对父子，老者原是大顺军旧部，隐匿山中多年，吴三桂称帝，父子暗中撺掇他人谋反，被人告发，官军前来围剿。父子俩人为掩护他人逃脱被擒，现正被押往衡州城。

张大人低声对群雄道："那一对父子，我看也是顶天立地的好汉。无论如何，我们都要将他们救了。"

玄智忙道："我也是这般想法。"

群雄也是纷纷赞成。

玄智对张大人道："这里是吴贼的地盘，我们既要救人，又不能把动静搞大。我看，你们就在此等候，我一人去就行了。"

张大人忙道："那怎么行？至少也要带几个人同去。"

玄妙与玄空嚷道："好一个师兄，我们和你一起去。"

张大人道："如此，我才能放下心来。"

玄智只好答应，便引了玄妙、玄空，背负长剑，戴了竹斗笠，出客栈而去。三人将斗笠压低，尽量将脸面多遮了些，远远地跟在那一队官兵后面随着。约莫行了八九里路，恰逢一小山岗起伏蜿蜒，官道随山弯拐，一边是林木繁茂，葱葱绿绿；一边是下临深渊，碧水汤汤。真个是一处行蛮打劫的好地方。

玄智对两位师弟小声道："毕竟我们也是修行之人，当有好生之德。只要他们识时务把人放了，我们也就饶过了他们性命。"

两人称是。

三人计议妥当，便脚下发力，一阵疾行，很快就撵了上去。

且说那一队官兵，押着两个犯人一路行来，天气酷热难当，又累又倦，昏昏欲睡，见是自己地盘，也就失了些戒心，防范松懈。行到山脚官道弯拐处，猛见三名斗笠遮面、背负剑器的彪悍汉子突然疾步如飞从后面追上来，不由心中大骇，倦意顿消，忙将手中兵器拿紧，一边急着催行，一边拿眼斜睨，暗中提防。

眨眼间，三人已近至跟前，一人抄在前面，两人断后，硬生生地把队伍截停了下来。

"你们想干什么？"

官军中一头领模样的人手持利剑，惊慌嚷道。

玄智立在前面路中，手指犯人，凛然厉声道："我只要这两个人。"

那人大声道："你们是要劫人？"

玄智朗声道："不错！把人留下，你们可以走了。"

那人四十来岁左右，正值盛年，一副孔武有力模样，可能有些手段，一阵惊慌之后，倒也平静下来，哈哈一笑，大声道："胆子真不小，朝廷要捉拿的要犯，你们也敢劫。你们是同党？"

玄智并不理会，只是厉声道："我不想杀人，你把人放了便是。"

那人脸色一沉，将对手细细打量一番，声色俱厉道："你有十足的把握？"

玄智平静道："我从不做无把握之事。"

玄智斜眼窥见路边山崖处有一巨石兀立，忽地想到了自己练成的九龙神功中最厉害的武功——意念杀人。此招自己在二十多年前早就练成，虽是功力骇人，可杀人于无形，然亦大耗体内先天真元，且出招残忍，是故自己在与人交手之时从不曾使用过。眼下，玄智见那是一堆无生命症状的石块，便欲借此机会露一露这惊世骇俗的身手，也好将对方一举震慑，于是深吸一口长气，沉入丹田气海，然后猛一提浑元真气，暗了满满十成的九龙神功功力，又借用了奇门遁甲中天地六丁六甲诸神的神力相助，脑中意念瞬间指向那巨石，一声断喝："开！"

众人只听得一声炸响，就见巨石崩裂，碎石飞扬，尘灰蓬起！

众人无不惊骇！

稍顷，崖下传来数声岩石滚落水中的"扑通！扑通！"声响。

那头目目光直瞧着那巨石处，脸色惨白，直觉脊背冷气嗖嗖，一阵冰凉，呆立半晌，被吓散的七魂六魄方才悠悠聚拢，重新附体。他将双目转向玄智，直直看着，半晌无语。他不知道兀立于自己眼前的这个人到底是人还是个神。

好在几位手下的提醒，那头目神志才完全恢复过来，全身如筛糠般忙抱拳向玄智一揖："大侠神勇！大侠神勇！我等放人便是。"忙转身吩咐手下解了绳索，放了那父子二人。

那头目凝视着玄智，虔诚道："我萧某南征百战，也是半生江湖，确从未见有如此神功者。佩服！佩服！"当即率了手下，往南疾去。

望着官兵身影消失在山脚背后，那父子忙抱拳向玄智行了大礼，拜谢救命之恩。玄智这才将斗笠掀起，露了脸面，邀请那父子一并沿路回转。

那老者自我介绍道："在下梁洪坤，这是犬子梁斌。我本是大顺袁宗第帐下的一名将军。只因部队溃散，一时失了联系，被迫隐入山中多年，后只好娶妻过活。但一直暗中打探有关大顺军的各种消息，后竟也秘密联系到了几位失散的大顺军旧人，遂暗中多有来往。近闻仇家吴三桂老贼在衡州称帝，便愤然不平，准备暗中聚众起事，不料，却被吴军查知，入山搜捕。为掩护众人逃脱，我父子力战被擒。今幸遇贵人，实乃老天见我大功未成，留我多存活几日了。"

玄智朗声笑道："吴贼不死，你老英雄说什么也不能先走。"

那老者道："你我年纪相仿，功力却是如此浑厚，着实惊骇。敢问你是何门何派？要去哪里？为何要出手将我们救下？"

玄智笑道："我等乃常德府人，欲去衡州办件事，刚好在此处路过。"

那老者惊道："常德府？洞庭湖西滨的常德府？我到过，我到过，那可是江南的鱼米之乡哩，是个好地方。一晃，就是好多年了。"

玄妙、玄空两人亦快步走过来，与梁氏父子拱手相见了。几人正说着话，却见一红一白两匹高头骏马沿大道飞驰而来。玄智拿眼一瞧，马背上似乎是两名年轻的俊美女子，身手极是矫健。玄智几人见马速极快，忙闪在路边避让。就在此时，两人两骑一闪即过。

那年轻人猛然大惊道："爹爹，那不是金环银环吗？"

那老者闻声，急拿眼细望，果是她们身影，便连忙将手高举，大声叫唤起来。

那两名女子背负剑器正策马狂奔，一心赶路，并未留心这路边几人，忽听得身后有人大声叫唤，急勒马回目细看，却见正是爹爹与哥哥，又惊又喜，急用力勒转马头，呼地前来，翻身下马，奔至跟前，问长问短。老者忙将被救之事说了，引了姑娘拜见玄智三人。

"多谢三位大侠救命之恩！"两位姑娘欠身拜谢道。

玄智忙抱拳回了礼。细看时，却见两位姑娘也就二十岁左右，却如一个模子倒出般，出落得肤白貌美，明眸皓齿，浑身却又透着一股逼人的英武之气。真个是如花似玉赛西施，沉鱼落雁胜貂蝉，人见人爱，花见花开。玄智又拿眼看向那年轻人，细细打量一番，不觉感叹道："真是龙生龙，凤生凤。老子英雄，儿女也不一般啦。"

老者忙引见道："小女金环、银环。"

玄智笑吟吟道："我观两位姑娘五官端正，骨骼清奇，身架子极好，是练武的好材料，不知武功修为如何？"

老者一听，暗思道："莫非他想收两个女儿为徒？那可是天大的好事哩。"便歉意道："也就老夫教了她们一些家传的皮毛功夫，上不了大堂。若能得大侠指点，自是洪福天降。"

玄智道："老朽冒昧问一句，不知两位千金是否许了人家？"

老者道："待字闺中，尚未婚配。"

玄智道："男大当婚，女大当嫁。如果我没有猜错，定是你家姑娘眼光甚高，一般之人入不了慧眼。"

老者自责道："都怨老夫的不是。少时让她们读了一点诗书，长大后又让她们习了一点功夫。如此这般，她们的眼界却高了，一般平庸的少年自是看不上眼，不愿屈就，也就拖到现在。原想着是为她们好，现在想来，却是耽误了她们。"

"爹！"听着老者这般数说，两姑娘脸上微微生红，忙朝老者娇声唤道。

老者看了两位宝贝女儿一眼，呵呵一笑，忙不吱声了。

玄智一听，脑中立即活泛开来，便立马想到了自己的少子思豪、玄妙的儿子赵鑫成、崔必成的次子崔明珺及太浮山上的一众未婚晚辈，心中甚喜，略一沉吟，心中暗思道："若是此二女能嫁得我浮山派，哪岂非美事？"于是忙点头对老者道："你家两位姑娘如花似玉，聪明伶俐，我一见欢喜。拜师、婚嫁这两件事情都包在老夫身上，待我们办完了大事，再与你一家坐下，细细商议。"说完，便引了众人，急往回赶路。

就听那老者问他两个女儿道："大家都没有出什么意外吧？你娘还好吧？"

一人就道："大家都好，娘也好，他们现在都在双枫寨候着。官军也早撤走了。"

另一人道："爹，你们怎么就碰巧遇上了？"

老者就一边走，一边把刚才发生的事情说了个详细。两位姑娘听了，侧目望向玄智大侠，既钦佩又神往，想到刚才大侠所说的话，若他真是要收自己为徒，那可真是件大喜事了。两位姑娘暗想着此事，又见爹爹与哥哥平安无事，一家人又可团团圆圆在一起了，心中甚是欢喜，不觉脸上带笑，灿如朝霞。

一行七人回到客栈，群雄见了大喜，忙起身相迎。玄智将双方做了引见，梁洪坤又将自己反吴被擒的事情详说了一遍。

张大人对群雄道："幸喜我们出手相救，我们原本还是一家人呐。"几位大顺旧部忙上前拱手相贺，以兄弟相称。张大人遂唤众人上楼，进了客房，掩了门，方与梁洪坤实说了群雄此行的目的。

梁洪坤一听，双眼放光，惊喜道："原来如此！"便对群雄道："既是诛杀那吴氏老贼，我父子定要同去。反正现在房子也被官军一把火烧了，真个是无家可归，不如我全家老少就跟着你们一起除奸杀吴，反清复明，轰轰烈烈地干它一番。"

玄智神情凝重道："此番前往衡州，事关重大，凶险异常。你们一家化险为夷，刚刚团聚，我还是希望你们一家就暂留在这里，静候我们的消息。"

梁洪坤双目一睁，急高声道："我老梁岂是怕死的人？"

张大人一听，忙一个劲儿地点头，嘉奖道："好男儿志在四方，大丈夫那里都是家。在澧州、湘西、云贵一带，还有很多大顺军的旧部和他们的后人。等我们杀了那奸贼，就一起回澧州去。虽然没了小家，但还有我们大家。今后，我们就是一家人了。"

玄智走到梁洪坤父子跟前，热心道："到了澧州，我给你一家人安排个好地方，包你们称心满意。"

大家一番相叙后，便肃静下来，进入了正题。张大人再次征询了梁家父子的意见，见他们定要同去衡州城，便不好拂了他们的心意，遂与众人商议，做了安排：金环银环姐妹转去与她们的母亲会合，暂留双枫寨；众人即刻收拾，准备启程南下衡州城。

安排已毕，众人当即下楼，吩咐店家上了酒菜。众人吃罢，分头而行。

话说众人分为几拨离了客栈，一路南行，平安无事，翌日直达衡州城，选了一家较为僻静的客栈住下。

丐帮帮主周侗引了手下去到街上，寻到一名丐帮弟子，唤了过来，亮明身份，说了来意。

哪知那弟子把个脑袋摇得像拨浪鼓似的，不以为然道："吴三桂那皇帝老儿现在已经是恶病缠身，一日不如一日，听说宫中太医想尽办法，也是毫不奏效，可能拖不久了。"

周侗听了，大惊，两个眼珠子差一点就从眼眶里滚落出来，急问道："此话当真？怎会如此碰巧？"

那弟子轻描淡写道："这的确是实情。吴三桂那老贼身患恶疾的事情，这衡州城中老少皆知，又无秘密可言，还有什么当真不当真、巧不巧的？"

周侗听了，将那弟子引至无人处，压低声音，对他说了自己打探此消息的目的，望他再探详细。那弟子收敛笑容，正色道："禀帮主，此消息千真万确。"说完，又补充道："前来找那老贼索命的又不是你们一拨，还多着呢？"

周侗心下愈惊，忙问其详。

那弟子道："城东的'祥云酒楼'，里面住了十多条汉子，表面上是做茶叶生意的，其实就是李自成大顺军的余部。城西的'八方客栈'，里面也是住有一拨好汉，据说是大明朝忠良之后。还有城南的'兴旺客栈'，里面也住有几名年轻漂亮的女子。据说，她们昼伏夜出，行踪极为神秘。大家暗中推测，十有八九也是来索命的。还有，城外江边的一带柳树林里，也有很多身份神秘的江湖中人时常出没，等等。我们丐帮人手多，耳朵灵，这城中哪里有个什么事儿，不会不知道的，就是哪家有姑娘生小孩了，哪家有老人归西上路了，我们都会晓得。"

周侗神情肃穆道："一个小小的衡州城，竟来了这多人马，真是热闹得很。"当即从身上摸出些银子，递与那弟子，权作酒资。

那弟子收了，双手一拱，恭敬道："多谢帮主了。"

周侗又问了一些其他情况，然后道："再好好打探，需要时，我再过来找你。"

那弟子忙拱手道："遵命！"

周侗与手下急转回客栈中，会了众人，细说此事。众人俱是震惊。张大人与玄智对视一眼，疑惑道："怎么会这么碰巧？"

玄智也深感奇怪："上次去云南诛杀这老贼，因他欲起兵反清复明，我们只好作罢。此番前来，他却又患了恶疾，时日不久了。难道这老贼真有天佑，脑袋生得甚稳，别人砍不得？"

玄妙与玄空、唐力、李忠道："这也还真是奇了怪了，难道我们又要白跑一趟？"

威宁胡成转动双眼，略一思忖，反是满脸带笑，嬉皮道："也好，也好。反正是一死，病死了，还免得我们冒着性命去厮杀，我们就当来这衡州城游山玩水罢了。"

张大人低了头，沉思不语，独在屋中踱来踱去，忽地住了脚，抬头对众人惊疑道："那城南'兴旺客栈'中的年轻女子，会不会就是沐金凤呢？难道她也来了这衡州城？"

玄智一听，着实一惊，猛地一思，觉得张大人说的极有道理，便附和道："我们不妨先去'兴旺客栈'走一趟，暗中打探，或许就清楚了。"

张大人点头称是。稍作安排，他便带了玄智、玄妙、玄空及丁少华、胡成、苏先礼、周侗，空手出门，径往城南而去。其余众人暂留在客栈内休息，静候消息。

且说这张大人一众出了客栈大门，在丐帮弟子引领下，穿街过巷，很快就到了城南的那家"兴旺客栈"。

众人踏阶而上，进得大门，却见眼前厅中椅翻桌倒，一片狼藉，似是刚刚经历过一场激烈打斗。几个人正气咻咻地在忙着收捡整理。见一群彪悍之人又踏门而入，其中一人忙慌张趋步上前，拱手道："多有得罪！多有得罪！不知各位是要吃饭还是住店？还是既要吃饭又要住店？"

张大人指着大厅，惊问道："这……这是怎么回事？"

那人忙回道:"造孽呢!店中住了几位神仙姑娘,本是安分守己之人,就因为漂亮如花,姿色出众,却不知怎么被一位官爷的公子撞上了。那公子竟带了手下一众跟班,死皮赖脸地缠着姑娘,一路跟进店来,还要强行动手动脚的。那领头姑娘动了怒气,打了那公子几个耳刮子。不想那公子转去后,竟带了一队官军前来捉拿姑娘。是以刚才在这里一番打斗。几位姑娘是跑脱了,官军我们又不敢得罪,只好自认倒霉,背时呢。"

张大人与众人道:"这如何是好?"

玄智急问那人道:"你可知那几位姑娘是向何处逃去?"

那人用手一指大街道:"顺这条街道,往南门方向去了。"

玄智又问道:"有多久了?"

那人道:"官军追着她们前脚走,你们后脚就到了。"

玄智双眼一轮,略一沉思,对张大人和周侗道:"糟了,糟了,那几位姑娘肯定有危险,我们赶快跟去相助。"

张大人听了,二话不说,点头应承,当即率了众人,脚下用力,飞奔南门方向而去。

列位看官,你道那位领头的姑娘是谁?却正是云南沐府最后一位王爷沐天波的千金小姐沐金凤。当年,沐金凤与师父定慧师太下山去昆明刺杀吴三桂,正逢吴三桂兴兵反清,只得叹气作罢,又巧遇玄智一众欲刺杀吴贼,便出手拦阻,陈说利害,晓明大义,后便转回怒江边无量山中,一边潜心修炼武功,一边静观天下局势。沐金凤一心指望吴三桂将清兵驱除关外,收复大明江山,重整社稷,再造沐府。哪知近闻吴三桂竟自己在衡州称帝,当起了半壁江山的土皇帝,方知受了吴三桂的蒙蔽,不禁大怒,禀明了师父,发誓要下山报仇。定慧师太自知拦阻不住,考虑到自己年纪已大,行动不便,只好命金凤的两位师妹兰迎春、易冬梅一起下山,共赴衡州,诛杀奸贼。

三人便辞了师父,一路风尘,来到这湘水边的衡州城。三人几番打探,却得知吴三桂早已经身患恶疾,命不久矣。

原来,衡州地处湘南,时逢八月,正是江南酷热之际。吴三桂因长沙兵败,岳州不利,心情极为不舒,日夜焦虑,忧郁过重,肝火过盛,便突然得了"中风"的病症,遂后又添了"下痢"的病症。太医百般调治,终不见效,且病情日渐沉重,已成归西之人。

于是,三人便打消刺杀之意,暂住在这"兴旺客栈"中,只等吴贼归天,便回转云南。哪知日子一长,从客栈中进进出出,竟惹出了此等是非,实乃始料不及。

眼下，三人一边与官军厮杀，一边向城南门口撤去，尚且从容应对。不多时，三人撤至南门。

南门口守军有二三十人，远远瞧见一团人边斗边往城门奔来，正欲关闭城门，一来门口人来人往，川流不断；二是细看时见与官军打斗的只是三名女子，便不以为然，未关城门，只是分出一半人持了兵器围将过来，相助官军。如此一来，场上形势，立马反转。三名姑娘，被官军层层围在场心，左冲右突，一时难以脱身，险象环生。

沐金凤杏眼环睁，一脸怒气。她拿眼斜扫，觑见城门就在咫尺，立时精神大振，向同伴高呼："不要恋战，快抢出城门！"自己手中利剑忽左忽右，忽刺忽削，人剑合一，当先直向城门口一路抢杀过去。镇守城门的另一半官军发现形势不对，一阵吆喝，也连忙持了长矛围抄上来，将三位姑娘迎头截住，就是一阵猛烈刺杀。就听一声尖细的惊呼，一名女子手中的长剑被一杆长矛磕飞，刺向半空。那女子空了手，只得握了双拳，施展拳脚功夫，与官军近身格斗，好几次差点被官军的兵器撩到。

三人一番苦战，渐渐落了下风。眼看四面兵器纷纷杀到，三人花容失色，但还是奋起神勇，以做最后一搏。

就在此时，三位姑娘却见身前的官军高声惊呼着疾向两边避去，一位身形极为剽悍的长者竟只凭了一双肉掌，硬生生地抢出一条道来，直奔到三位姑娘跟前。

那长者疾喝道："快跟我来！"旋即引了三位姑娘返身突出重围，径往城门奔去。

眼看就要出得城门，却听得空中一声大喝，数条身影从城门箭楼上疾飘而下，挡在了城门正中，截在他们面前。

"想跑？"领头之人阴阳怪气道，一挥手，身边数人就挺剑欺身卷了过来。

这时，在不远处，群雄抢了兵器，正和官兵斗成一团。

玄智大怒，不容分神细想，一提九龙神功真力，双掌就是左右轮番拍出。只听得呼呼声响和数声惨叫，数条人影瞬息间飞出丈余，重重跌扑在地，尘灰蓬起。

那领头之人大骇，急向后飘去丈余，发声啸叫，呼叫援兵。就听得城墙之上人声嘈杂，脚步声急，又见有十多条人影从城墙上"嗖嗖"扑下。

玄智猜测大量援兵立马就到，出城已是刻不容缓，遂双掌齐出，拍向那人，同时朝身后三位姑娘疾呼道："快随我出城！"

旋即，四人抢出城门，又发力奔得一程，来到江边，寻得一舟，急撑竿横江，直往大江对岸如箭划去。

这一切发生得太快了，就如同梦幻一般。

三位姑娘死里回生，呆立舟中半晌，口喘大气，胸脯大起大伏，仍觉胸中之物狂突不已。直至舟到对岸，几人弃舟上岸，坐在草坡堤上歇息，三位姑娘方才缓过气来，胸脯渐渐平静，忙向长者欠身谢恩。

玄智凝视三位姑娘，凭了数年前的印象，对其中一位道："如果我没有猜错，你就是沐金凤沐姑娘吧？"

那姑娘大吃一惊，杏眼圆睁，颤声问道："前辈，您……您怎么会知道我的姓名？"

玄智呵呵一笑，双手一拱，然后正色道："云南沐府的大名，谁个不知？沐天波的千金沐金凤，貌如天仙，心比蕙兰，若见一面，便会终生难忘。当年，我浮山派一众随了张大人从常德府远赴云南昆明，夜袭巡抚衙门，欲行刺吴三桂那奸贼，却被你和你的师父定慧师太拦了下来。你可还记得此事？"

这一说，那姑娘倒是想起来了，面上立马绽出笑容，腼腆道："前辈好记性，晚辈正是金凤。那你们此番前来，又是为了那个大奸贼？"

玄智反问道："难道沐姑娘不是为了那个大奸贼？"

沐金凤脸上立现怒气："我沐家与他有不共戴天之仇。上次是因为他欲起兵反清复明，我等放过他。不想他却是借着反清复明的幌子，做着自己的皇帝梦，欺骗天下，蒙蔽世人。我们此番前来，就是要刺杀那老贼。可后来一打听，方知那老贼却已经得了重病，马上就要归西了，于是，我们便放弃了冒险行刺的计划，在这里静候消息。"

玄智道："姑娘说的没有错，我们也是为此而来。看来，那奸贼果是得了大病。也好，免得我们动手。常言道：杀敌一千，自损八百。若是硬闯皇宫，侥幸行刺得成，我们也会折损很多好兄弟。"

沐金凤道："我们也正是这个意思。"说完，又欠身向老者一揖，甜甜道："小女金凤，感谢前辈的救命之恩。还望前辈相告大侠英名，小女也好记在心中，常常念记。"

另外两位姑娘也是赶紧欠身一揖，向玄智行了大礼。

玄智便道："两次刺杀那奸贼，我们都碰巧遇着，还真是有缘呐。既然我们都是同道中人，我说来也无妨。老夫姓楚，名远山，因少时出家修道，号玄智，后虽还俗，但世人亦习称玄智。"

金凤笑盈盈道："原是这样，您年纪与我爹爹相仿，我就叫您楚叔叔好了。"

玄智听了,笑眯眯道:"你这丫头的嘴巴好甜。若是论起家世,你可是王府之后,千金之体;我只不过是一介草民,路边荠菜。换个叫法,就叫我玄智道长好了。"

金凤不依,噘了嘴巴,佯生气道:"怎么说,我还是名门之后、知书达理之人,若叫您道长,好没礼貌,也丢了我沐家的脸面。我叫您叔叔,尊您是长辈,顺理成章,也显得我在您面前有礼数。"

玄智听了,心中甚赞金凤姑娘乖巧懂事,只好笑着应了。

两位姑娘见状,忙一齐唤了声:"楚叔叔!"

玄智只好连声答应。沐金凤就趁机引见道:"我的两位师妹,兰迎春、易冬梅。"

玄智道:"原是如此。"又对沐金凤道:"想不到昆明一别,我们竟还能见面,看来,我们真是缘分不浅呢。"

几个人正说着话,就见江面上有一条大船径直划了过来。玄智举目凝神细看,正是张大人与玄妙等一众,便摇手相招,长啸数声。

船上之人,闻声亦长啸回应。

江上清风,徐徐拂来,令人神清气爽,心旷神怡。

不多时,众人上岸,聚在一起。玄智便把双方引见,彼此行礼相见。三位姑娘又谢了救命大恩。张大人与沐姑娘早就认识,便趁机将她的家门身世说与众人。众人听闻沐姑娘身世,更是尊敬有加。

张大人对金凤道:"沐府世代忠良,你父亲沐天波不幸在异邦遇害,实乃憾事,也是我等的楷模。所以,我等多年来亦是卧薪尝胆,以反清复明为大任,东奔西走。我等此次来到衡州,也是准备秘密行刺那吴氏老贼。眼下,肯定已经惊动了吴周官军,他们定会加强防范,城中及城外近郊已经不是安全之地,我们须另寻一处隐蔽地方,观望数日,再做打算。"

玄智举目,远眺浩渺江水道:"顺水往北,就是衡山,我们在那里救了老梁父子,早就惊动了官军,那里是不能去了;溯水向南,虽有城池,但水路畅通方便,利于官军行动,也不可取;衡州西去几十里,就是祁东,崇山峻岭,僻远安静,是理想的匿身之处。衡州城一有风吹草动,我们也可探知。我们不如就往那里去暂避一时。"

众人听了,都觉甚好。于是复乘舟过江,一路西行,掌灯时分,来到一个山中小镇上,寻了一处背靠山坡,进退极为方便的酒家,看了铺面下层,又看楼上房间,俱是满意,便声称是做山货生意的,订了房间,吃饭休息。

酒家老板见来了众多客人，亲自忙着出来招呼，又吩咐店小二赶紧沏茶，厨房准备饭菜。是夜，三位姑娘住了一间大房，其余众人住了两间大房，暗中安排了巡哨，一夜安歇。

第二天，用过早饭，张大人便安排玄智领了玄妙、玄空及丐帮帮主周侗，四人秘密去到衡州城中，接回留守在客栈中的众人。次日，众人一起回到祁东酒家，大家团聚在一起，甚是欢喜。众人白天无事，便去山中打猎消遣，只在吃饭之时，晚上休息，方才转回酒家。

众人如此打发时光，静候衡州城方面的音讯。果然不出旬余，由丐帮弟子传来消息：吴三桂暴病身亡。

是时，乃康熙十七年（1678年）的八月十八日夜，吴三桂六十七岁，仅做了大周朝五个月的皇帝。

众人听了，俱是长透一口气，欢喜雀跃，要了好酒好菜，庆贺一番。翌日，众人将随带衣物收捡，动身启程。

三位姑娘见仇人已了，心中释然，一身轻松，便又谢了众人，也准备回转云南无量山。临行，沐金凤引了两位师妹，与玄智行了大礼，并趁机邀请玄智有机会去云南做客。

玄智点头应了，对三位姑娘殷殷嘱咐道："家仇已了，国仇犹在。山高水遥，江湖险恶。姑娘若有需要相助时，请来常德府太浮山。一路保重，后会有期！"

三位姑娘亦是拱手一揖，惜别道："楚叔叔一路保重，后会有期！"

说完，亦与众人一一抱拳辞别，望永州方向而去。

众人自下衡州，在城中盘桓数日，核实了吴贼暴亡的消息，众人亦是嘘唏感慨不已。

玄智与张大人戏说道："这吴贼的脑袋还是蛮金贵的，别人砍不了。"

张大人若有所思，道："也还真是那么一回事。当年，我费了多少周折，千辛万苦来到太浮山，好不容易请得你们浮山派下山助力，远赴云南，欲诛杀奸贼，却因奸贼恰好起兵反清复明，我们只得放弃了计划，让他躲过一劫；如今，他却又因暴病使我们自己放弃了行刺计划，让他终得了个全尸。我一生不信天命，却也不得不承认，这种结局似乎是冥冥之中苍天早有安排。我们费尽心机，虽无尺寸之功，但也无遗憾可言。吴贼这种下场，也不会名垂青史，只会给后世留下一个永久的汉奸骂名。"

众人听了，一片嘘唏之声！都道是天意如此，人力不可违也。

众人便离了衡州城，径至衡山双枫寨中，会了梁洪坤的内室沈氏及女儿金环、银环，一同从水路经潭州到长沙府。周侗唤来丐帮弟子，详细询问长沙府及周边各路消息，惊闻清军十万人马已从荆州强渡长江南下，正与吴周官军激战于淞澧平原。

众人听了，俱是吃惊不小，想着章庄铺的一众弟兄，个个心中发急，除了金环、银环两匹骏马，便又买了一匹枣红马，让沈氏也骑着，其余众人便一齐脚下发力，一路不敢松懈，走官道经龙阳，直奔常德府。

话说自张大人与玄智率众人南去衡州之后，陈公公与留守的一众诸将尽职尽责，小心防守。如此过得数月，亦是太平无事。就在众人翘首以盼，希望南去之人刺杀成功，早日归来之时，忽地传来了吴三桂暴病身亡的消息。众人又惊又喜，暗中设宴排席，举杯庆贺。高兴刚过，忽就得了紧急战报，屯于荆州城的十万清军已经全部出动，前锋部队分三路强渡大江，杀奔淞澧而来。

陈公公急招诸将开会，紧急商议军情，暂且放下与吴周之间的恩怨，配合左右吴军，以迎清军。部署刚毕，清军的前锋部队就已经杀到。一时间，辽阔的淞澧平原上旌旗猎猎，战马嘶鸣。吴三桂的十万大军与清军的三路前锋部队，很快就厮杀混战成一团。天昏地暗，日月无光。

正是：

刀光闪处人头落，

长枪挥时冤鬼嚎。

将军征袍鲜血染，

锦绣江山白骨造。

锦绣繁华的淞澧平原，一时间尸横遍野，血流成河，已成人间地狱。一番厮杀下来，虽然清军的攻势受阻，但吴军也付出了极大的伤亡。不得已，吴军全部撤过澧水，布防南岸，自津市嘉山西来，经关山、彭山、古老山、铜山径至石门夹山、十九峰一线，马嘶人叫，旗挥帜展。

陈公公率手下屯于古老山西麓的范家咀。清点人马，几近折了三分之一。陈公公虽是久历战阵，却也是不胜伤感，只得将伤者留于大营中，延人医治，悉心照料。又于营中设了亡者灵位，摆了六牲、水果，朝北遥祭一番。

陈公公想着眼下局势，心中着实焦虑，思忖吴贼已死，南去众人也该回转了，便旦夕徘徊在军营门口，翘首南望，急盼众人早早归来。

数日后，张大人与玄智率了众人一路打探问询赶来。陈公公见了，大喜，忙迎入营中，上了茶水，又通知伙房，赶快准备宴席，为众人接风洗尘。

张大人便将一路详情说了，又将梁洪坤一家与陈公公及众人相互做了引见。张锦忙上前抱拳道："在下张锦，也是大顺之后。"

梁洪坤忙抱拳回了礼，高兴道："常言说得好：不是一家人，不进一家门。你看，我们又要在一个锅子里吃饭了。"

众人分开已有数个多月，此时突然相聚，均是开心欢畅。留在军营中的浮山派众人得了消息，彼此相告，急急赶来大营相见。见双方俱是平安无事，心中大慰。玄智又将梁洪坤一家与太浮山众人做了引见，大家又是一阵问候寒暄。军营中忽然来了两位如花似玉的英武姑娘，气氛甚是浓烈。大家彼此相叙，问长问短，好不热闹。

不多时，酒席备好。众人请了梁洪坤一家上座，然后俱各入席，大家尽情豪饮。

不知不觉中，晚霞隐去，玉兔东升；星耀虚空，凉风徐来。

众人逸兴大发，干脆将宴席移至院中，借了月光星辉，继续畅饮相叙。至夜半，方才兴尽收席。

次日用过早饭，张大人与陈公公招聚群雄在大营中商议军情，安排事宜：薛虎、思苗、思清三人先送沈氏及金环、银环俩姐妹回太浮山，然后再赶回军营；陈公公率一部将伤员转移到太浮山北麓狮子脑下的姚家峪，权作后方疗养处；张大人统兵留守大营。

计议妥当，众人分头行动。因为经过一番拼杀后，各营已经严重减员，张大人便与众人商议，将各营兵士整合，编成左右两军，浮山派与原大顺部为右军，由玄智、薛彪指挥；其余众人与原大西部为左军，由陶盛、肖庆章指挥，张大人随左军行动。丐帮一众虽不在编内，但凡负责情报打探，诸事联络。

自是，军士日夕操练，枕戈待旦。旬余，薛虎、思苗、思清三人回营，又带了樱花谷中大顺部后代一众。玄智既惊且喜，报与张大人，张大人闻知，甚喜，急从左军大营赶来，见了各位，将其编入玄智右军中。

此时，澧水北岸，清军的后续部队又陆续赶到，十余万人马，摆成一线，声势浩大。

双方人马隔江对峙，战争的阴云又将红日严实遮住。阴风乍起，愁云惨惨。

一日黎明，忽闻军鼓震响，马蹄声轰隆隆而来。清军十余万大军全线出动，强渡澧水，对吴三桂湘北一线的守军发起了摧枯拉朽式的彻底攻击。

吴三桂各部一触即溃，哭爹喊娘，望风披靡，纷纷从太浮山至石门十九峰一线往九溪卫慈利、永定卫大庸方向卷旗溃逃。

玄智、薛彪、陶盛等正率部与清军酣战，忽见左右两翼有大部清军包抄过来，正疑惑间，接了张大人急令，令其火速率部南撤。玄智急命弓箭手轮番齐射，压住清军势头，掩护众人撤退。左右两路人马相互掩护，一番厮杀，且战且退，奔至太浮山北麓下的姚家峪，会了陈公公一部。

　　张大人计点军士，见又折了两百多人，心中甚是不畅，焦躁不安，既大骂清军，又连带恼恨吴三桂，愤愤道：

　　"吴三桂这个王八羔子的奸贼，误国误民，害人害己！现在好了，全线崩溃，望风而逃，还拿什么来反清？还拿什么来复明？我看他的吴周小王朝也自身难保。"

　　玄智与陶盛及众人只得百般劝解，安慰他道："只要青山在，不愁没柴烧。"

　　陈公公见反清复明的大好形势，瞬间荡然无存，化为乌有，亦是心痛有加，却又无可奈何！只得跺脚大骂吴三桂。

　　是夜，放了巡哨，众人好生休息不提。

　　翌日，负责打探情报的丐帮弟子不时把有关吴周官军、清兵行动的消息传送过来。未时，众人用过午餐，正在营中养精蓄锐，议论军情，周侗、贺光宇两位帮主率一众丐帮弟子急急赶来，面见张大人与陈公公，告知一个重大军情：吴三桂之孙吴万邦率一众人马，被一队清军追杀，越过道水河，正往澧阳山落马坡方向逃来。

　　众人一听，精神振奋，纷纷摩拳擦掌，跃跃欲试。

　　正在恼恨中的张大人与陈公公闻听，双眼瞪圆，目中放光，急切道："此消息千真万确？"

　　两位帮主以不容置疑的语气道："我帮中弟子，从没有错传过消息，不会有误。"

　　张大人急追问道："清军的追兵有多少人马？"

　　周侗帮主道："约有二三百人。"

　　陈公公大喜道："善有善报，恶有恶报；不是不报，时候未到。这老奸贼我们不能取其性命，他的龟孙子却反倒送上门来了。真乃天赐良机啊！"

　　张大人急请玄智、薛彪、陶盛、肖庆章，又传令所有人马集合，火速通报了军情。

　　一听说要截杀大奸大仇吴三桂的孙子吴万邦，群雄无不齐声呐喊，举手赞同。尤其是大顺余部及后起之秀，更是紧握拳头，振臂大呼："誓杀吴万邦，为我大顺报仇！"

张大人、陈公公急与玄智等众人商议，决定先截杀清军鞑子，然后再追杀吴万邦。当即令玄智、薛彪与陶顺、肖庆章率两路军火速出发，赶往澧阳山西麓，择地设伏。

且说张大人亲率两路军火急火燎地赶到澧阳山之西的落马坡，刚于大道两侧密林中埋伏妥当，便闻人喧马嘶，放眼望去，果见一小队人马簇拥着一位白衣小将急马奔来，望南而逃。

群雄隐在高处山林中，自是瞧得分明，先放了前队过去。稍顷，马蹄声如夏天的暴雨般骤起，山林震动。身着奇装异服的大队清军旋即快马追至，进入伏击圈中。随着数声爆竹在空中炸响，两边伏兵齐出，杀声震天。

清军正一心追赶着前面的白衣小将，哪知山坡两侧却另有埋伏，一时慌乱，只得勒住马头，捉对厮杀。于是，两队人马瞬间就混战在了一处。刀飞时，只见白光耀日；剑削处，却闻号声裂肺。枪起处，似蛟龙翻滚；棍扫时，如疾风卷叶。

好一场恶战，直杀得红日无光，愁云惨惨，天昏地暗。

片刻之后，清军悉数尽戮。山道上万籁俱静，肃穆无声，一片血腥！

张大人喘着粗气，衣衫带血，来不及清点己方伤亡人数，大喝一声：“快追吴万邦！”身子一纵，早已腾空掠起，跃上了一匹清军留下的高头枣红大马，领头扬鞭望南疾去。

玄智亦大呼道：“浮山派的跟我来！”随即拍马追去。浮山群雄旋即纷纷腾身上马，望尘跟去。

却说这太浮山脚下的西北角，有一古镇，名唤保宁桥。此镇坐落在一道平川西沿。此平川由太浮山之西脚，自南向北延伸至澧阳山之南，然后折而向东，沿澧阳山、大观山、羊角山之阳、太浮山之阴一路东来，经五道桥、文家店、得胜岗之西沿，在丰登古渡口直抵道水河南岸。而就在这保宁桥之西，却又是典型的江南丘陵地貌：山岗起伏蜿蜒，谷峪错综相连。林木茂盛，荆棘丛生。这一方地域，犹如一个天生的八卦阵图，一旦进入，身陷其中，环视四方八面，万千山丘，此起彼伏；高高低低，错落有致。乍一望去，犹如汪洋大海中的惊涛骇浪，从四面汹涌奔来。若是连逢阴雨天气，云遮雾裹，似有千军万马隐于其中，阴气森森，杀气重重。若无土著人士指引，纵有上天入地的本事，也绝难走出此域。而就在这片广漠的丘陵中，却有一道山陵蜿蜒，东接保宁桥古镇，西去丘陵林海，绵延似无尽头。此山陵林深树茂，古木参天。远远望去，郁郁葱葱，其色如黛，气宇轩昂，犹如一条巨大的青龙栖卧于此，是故，此地便被当地人唤作青龙之名。

且说吴万邦被清军一路追杀，落荒而逃，由心腹部下簇拥着越过道水河一路南逃至澧阳山落马坡，再奔至保宁桥，见道分三岔，竟不知何往。仓促间便于马上举目远眺，忽见右手西边丘岗之上似有一道五色云气隐约浮现。吴万邦大惊，暗思道：此乃祥瑞之兆！遂不假细想，既不往东，也不往南，而是引马直奔此丘岗窜去。

　　众人仓皇之中，一头扎进这青龙山陵，举目四望，但见古树参天，林深幽暗，森气凛凛。个个心中惊栗，人人脸上失色。慌忙中寻得一条羊肠幽经，众人便估摸着方向一路落荒而去。

　　稍有片刻，忽闻身后有马蹄声急追而来。吴万邦大骇，脸色惨白，叹道："追兵何来如此之急？吾命休也！"

　　手下一黑脸大汉挺身而出，朗声道："主人尽管前行，我自引人断后！"说完，便急唤了数人，兜转马头，手持兵器，将路紧紧横住。

　　却说张大人与玄智引了浮山派群雄，望着路上尘灰，一路拍马追来，赶入林中。按理说，穷寇莫追，追寇莫入林。但此时心急，一想着前面就是吴贼的孙子，群雄也就顾不了这些江湖忌讳，打马入林。

　　群雄正策马奔驰间，却见数人各持兵器，数丈开外，立马横道。

　　张大人急勒住缰绳，减缓马势，大喝道："快闪开！"

　　那为首的黑脸汉子一听口音，见来人不是清军，却是汉人，心中稍慰，便在马上一拱手道："我们都是汉人兄弟，平素无冤无仇，你们何故要紧追不放？"

　　张大人用手一指，怒喝道："吴三桂乃天下之大奸大恶，是我等大明之仇人。吴万邦既是他的孙子，那就是仇人之后。你说，天下正义之士岂能放过于他？"

　　郝达亦怒道："吴三桂也是我们大顺军的仇人。"

　　那黑脸汉子倏地弄明白了，忽地挺胸昂头，理直气壮道："原来你们是大明和大顺余部。哼！冤有头债有主，现在大周皇上已经归西，你们之间的恩怨也应该两清了，何必还要扯上他的孙子一辈呢？"

　　张大人怒斥道："吴三桂勾引清人夺我大明锦绣江山，是乃国仇；打着反清复明的幌子，不立朱氏后人而却自立为帝，是乃家恨。国仇家恨，他吴氏一门岂能逃脱干系？快将吴万邦绑了送上，尚且免你们一死。"

　　那黑脸汉子大怒道："锦绣江山！锦绣江山！你主姓朱的做得皇帝，我主姓吴的就做不得皇帝？今日有我雷大黑在此，你们休想伤害我家少主人。"说完，手中长剑高高擎起。

就在两人口舌相争之时，玄智早就已经暗提了九龙神功的浑厚内力，蓄于右掌之中，准备随时向对方拍出。待听了两人的口舌之争，心中却忽地升起了一种奇怪的感觉：爷爷死了，找孙子抵债，说出去好像确实有些不妥。可不找他寻仇，大伙儿这么多年郁积在胸中的怒气又怎能平息呢？眼前的这位汉子，虽是面黑如漆，却是个忠心护主的厚道之人，自己也不忍伤其性命。于是，心生一计，朗声对那黑脸汉子道："我见你是个忠实厚道之人，不忍伤你性命。事已至此，我们都不必多费口舌了。你我下马，来个文比。不用兵器，就较拳脚，点到为止。我赢了，我过；你赢了，我自转去，绝不伤你少主人半分。如何？"

那黑脸汉子沉吟半晌，然后仰天而叹道："少主人，我只能尽心尽力了。"当即翻身下马，与玄智森然峙立。

"出招吧！"玄智平静道。

那黑面汉子提气运功，摆了个南派拳法的起手式。玄智早就想好了对策，双臂一振，一招"北斗七星幻影掌"瞬时使出。那黑面汉子四十多岁，也是久历江湖之人，见多识广，然一见玄智掌法诡异，力道霸极，实乃心中大凛，便双手倏地变为鹰爪，一前一后，疾向玄智左右两手腕抓来。

玄智一见，心中一震，立时收招运气疾退数步，惊呼道："鹰爪拳？"

那人便也即刻住手，一声断喝："你也识得鹰爪拳？"

玄智高声道："五形拳创自南宋名将岳飞，而盛于我明朝。鹰爪拳以抓打擒拿、分筋挫骨为主，专攻人体关节、穴位与要害。神宗年间，一代宗师沈一成习成铁布衫与鹰爪功，独步武林，名震江湖。我研习武学数十载，岂可不知？据我所知，但凡习练此功者，均为江湖武林中正派之人，故此，我刚才后退数步，以示对此拳开山鼻祖岳飞将军之敬意。"

那黑脸汉子喝道："今日你我各为其主，无须多说，看招！"话一说完，便双爪疾攻上来。

玄智高声道："先礼后兵，我岂怕了你不成？"

说完，玄智心中猛地一沉，右掌变拳，疾迎着那人中路捣去，招式还只使到七成，即已收势，左掌却挟着九龙神功的劲风疾拍向那人面门。那人一个闪身，险险躲过，双爪急向前探，左前右后，齐齐疾抓向玄智左臂。哪知玄智左臂疾收，一个趔身横移，右手的中指与食指一骈，穿过那人双臂间的间隙，往前一递，早已封住了那人左肋下的中府穴，然后双臂左右一振，一招'野马分鬃'，向前一探双手，竟将那黑面汉子腾空提起，撂在路边，大声道："得罪了！"旋即腾身上马，一声断喝，迫退对方数人，打马就望密林中赶去。

张大人一见此状，如梦方醒，深叹玄智心机之深，武功神妙莫测，遂扬鞭策马，一声吆喝，急急跟上。

且说吴万邦引了几名随从正在密林中拼命逃窜，胆战心惊，忽听得身后一阵急促的马蹄声踏地疾来，越来越近，心中顿时惊恐，双腿发软，急驻足往后窥看，却见树林中枝叶间隐约奔来的不是自己的手下，精神瞬时崩溃。

他仰天大叹："天亡我也！"

说完，他急拔了腰间佩剑，就往自己的脖子上抹去。

身边一护卫眼尖手快，急伸手抓住了他持剑的手腕，哀求道："主人不可鲁莽！"

就在此时，忽闻林中一阵腥风骤起，荆草滚浪，树叶翻飞，金光闪动。两边之人俱是惊骇万分！昂首四望。定睛细看时，却见一条金色巨蟒不知从何处窜来，刚巧横陈于道中，曲项昂首，双目如铜铃，紧紧地盯向玄智与张大人一众。群雄座下马匹惊恐，扬蹄腾空，骇然嘶鸣。

玄智左手紧紧勒住缰绳，右手急蓄九龙神功真力，以防不测。

张大人望着这突然横绝路中的巨蟒，见其双目暴鼓，寒光森森，一时惊呆，心中急自思道：难道吴万邦这小子真是命不该绝，冥冥之中确有天意护佑？

张大人心中既惊且疑，回过神来，忙侧目看向玄智。却见玄智亦正与巨蟒对峙，神情肃穆。

身后群雄，俱是惊愕相顾，脸上失色！

少顷，玄智急将目光移开，掠向那金色巨蟒身后，却见吴万邦一众早已没了踪影。于是，他便复将目光转向大蟒。

大蟒竟是毫无惧色，鼓着一对森森大眼睛直逼视着玄智及众人。

玄智心中大凛，凝视良久，心中暗思道：我欲追杀大奸大仇之后，你这畜生却何以要挡此道路？不是我存心要伤你，而是你偏要执意阻拦我，逼我出手，那可怨不得我了。

玄智思毕，心意已决，猛地提一口真气，双掌暗蓄了九龙同潮的满满神力，双臂一振，便要向大蟒拍出。就在此时，玄智忽觉脑海之中空明澄碧，慧光垂照，一道低沉雄浑的声音如梵音般从慧光深处磁性地缓缓传来："阿弥陀佛，善哉！善哉！渡人即渡己！得饶人处且饶人！"

玄智惊诧万分：此乃佛门话语，此时何以会在我脑中呈现？莫非我太浮山道、佛两家水乳交融，时长日久，我于悟道之中，不知不觉亦熏染上了佛门禅意？

一念错愕之间，玄智顿时立马呆定。虽则如此，脑中意念，却是千回百转。

少顷，玄智有如醍醐灌顶一般，豁然开悟！双掌松开，双臂垂下。

良久，玄智一声长叹，道："既然天意如此！我便放过他罢了！"回过头来，对张大人及群雄无奈地摇了摇头。

张大人凝视大蟒良久，心中早已是狐疑多端，亦不敢轻举冒犯。现见玄智大侠神情如此，思之再三，也只得信了这是天意，遂叹道："若非亲眼所见，实难相信。"

张大人犹豫多时，虽心中甚是不甘，但出于对天意的敬畏，他此时也不得不息了追杀之心，最后抱拳向大蟒深深一揖，回头对群雄道："罢了！罢了！"

玄智亦对大蟒虔诚地抱拳一揖。

众人勒马径回。路过黑脸大汉等一众处，玄智下马，上前解了其穴道，神情落寞，一脸灰蒙道："得罪了，去吧。你的少主命大，有神蟒护佑，安然无恙。"

黑脸大汉及一众闻言，面现惊喜，忙抱拳谢了玄智大侠一众，急急赶去。

群雄连骑快快而返，出了山林，一路来到保宁桥平川上，依旧是心有余悸，不胜嘘唏！

群雄正踌躇言语间，忽闻得身后天空雷声大动。

群雄大惊，纷纷勒马回首，急望向那莽莽苍苍的一抹神秘黛蓝。却见那青龙山陵之端，云气翻涌，雷声隆隆。瞬时，狂风大作，雷电交加，暴雨倾盆而下。

群雄呆立于狂风暴雨外围，惊栗震恐。

就在这时，透过雨幕，群雄分明看见一条金色大蟒在雷公电母、天兵天将的裹挟中长声吟啸，翻滚腾跃，升空而去！

时光荏苒，沧海桑田。

二百多年后的清末年间，就在这金色大蟒的涅槃之地，青龙山陵，有一族余姓子孙后代纂修族谱，族谱扉页明题为《佘吴氏族谱》。其子孙后代告知外人道："'佘'即'蛇'，'蟒'也。"

正是：

风花送雪月，
流水飘落红。
尘间多少事，
尽在天意中！

（完）

附 录

大言赋

宋玉

楚襄王与唐勒、景差、宋玉游于阳云之台。王曰："能为寡人大言者上座。"

王因唏曰："操是太阿剥一世，流血冲天，车不可以厉。"

至唐勒，曰："壮士愤兮绝天维，北斗戾兮太山夷。"

至景差，曰："校士猛毅皋陶嘻，大笑至兮摧覆思。锯牙云，晞甚大，吐舌万里，唾一世。"

至宋玉，曰："方地为车，圆天为盖，长剑耿介，倚天之外。"

王曰："未可也。"

玉曰："并吞四夷，饮枯河海。跋越九州，无所容止。身大四塞，愁不可长。据地分天，迫不得仰。若此之大也，何如？"

王曰："善。"

小言赋

宋玉

楚襄王既登阳云之台，令诸大夫景差、唐勒、宋玉等并造《大言赋》，赋毕而宋玉受赏。

王曰："此赋之迂诞则极巨伟矣，抑未备也。且一阴一阳，道之所贵；小往大来，剥、复之类也。是故卑高相配而天地位，三光并照则小大备。能大而不能小，能高而不能下，非兼通也；能粗而不能细；非妙工也。然则上坐者未足明赏，贤人有能为《小言赋》者，赐之云梦之田。"

景差曰：“载氛埃兮乘剽尘，体轻蚊翼，形微蚤鳞，聿遑浮踊，凌云纵身。经由针孔，出入罗巾。飘妙翩绵，乍见乍泯。”

唐勒曰：“析飞糠以为舆，剖粃糟以为舟。泛然投乎杯水中，淡若巨海之洪流。凭蚋眦以顾盼，附蚁蠓而邀游。宁隐微以无准？原存亡而不忧。”又曰：“馆于绳须，宴于毫端，烹虱胫，切虮肝，会九族而同嚼，犹委余而不殚。”

宋玉曰：“无内之中，微物潜生。比之无象，言之无名。蒙蒙灭景，昧昧遗形。超于大虚之域，出于未兆之庭。纤于蠹末之微蔑，陋于茸毛之方生。视之则眇眇，望之则冥冥。离朱为之叹闷，神明不能察其情。二子之言，磊磊皆不小，何如此之为精？”

王曰：“善。”赐以云梦之田。

太浮山二十四景诗

杨瑛

（一）第一峰
孤峰缥缈倚长空，远近山河入望中。
石井照残千里月，松根吹老四边风。
当头阁楼闻天语，绕足烟云护梵宫。
到日正适秋气爽，洞庭一点万山东。

（二）顿笔峰
谁家文笔大如椽，移作山峰不记年。
几度濡毫蘸碧海，有时挥翰写青天。
春风淡淡花生管，皓月溶溶雪满笺。
安得巨灵鞭石手，携来乘醉走云烟。

（三）荷花泉
太浮山畔有真泉，五月常开玉井莲。
洛女凌波风细细，湘娥照月影娟娟。
香飘十里花为国，露冷三秋藕似船。
闻道食之能羽化，仙踪不数太华颠。

（四）紫竹林

谁向深山种此君，千竿百尺自为群。

月移露叶娟娟影，雨洒风梢细细纹。

不到湘江流别泪，曾从南海拂慈云。

箨龙应有神仙护，未许人间问斧斤。

（五）洗墨池

盈盈绿水映青渠，草圣何年此结庐。

偶遇斗蛇间试笔，坐看青鸟窃翻书。

松煤香满临池散，石液花生过雨余。

千载风流谁可继，王家门第已萧疏。

（六）万松岭

迢遥峻岭碧云横，古木森森满面生。

霜下月明眠鹤喜，云中子落梦猿惊。

岂无仙客乘鸾至，时有幽人曳杖行。

最美山根杨处士，独开高阁听涛声。

（七）海棠溪

晴溪霭霭碧云遮，开遍当年妃子花。

却怪深山非帝里，还疑林薮作仙家。

无香品亦高群卉，照水光能夺晓霞。

应是玉楼春睡处，一轮明镜映红纱。

（八）云芝庵

老僧茅屋似山家，半种春蔬半种花。

选径手栽千树柏，开帘人看一溪霞。

芝生石涧云常满，鹿卧疏林草不遮。

最是客来能作供，风中新笋雨中茶。

（九）白云庵

白云庵里白云封，逾涧穿林凡几重。

雨暗鬼吹深夜火，月明僧打五更钟。
篱间止水疑龙卧，塌下晴泥半虎踪。
听得晚来清课好，经声满耳露华浓。

（十）天心堰

遶遍孤峰与茂林，清池一点照天心。
月明几见猿群啸，风震时闻龙一吟。
云里楼台烟漠漠，波间星斗影森森。
江湖更变知多少，山自高高水自深。

（十一）饮马池

石根秋水绿漪漪，云是汉皇饮马池。
百战艰难平楚日，三章疏阔伐秦时。
宏图已控函关险，骏足何从南服驰。
千古遗踪多谬误，士人好事且传疑。

（十二）三台峰

名峦秀起自嵯峨，隐隐三峰挂薜萝。
雨过分添青翠满，烟生共染白云多。
曾从帝座何年谪，应有仙人此地过。
我欲探奇携二友，各登绝定一高歌。

（十三）炼丹台

浮邱真迹绝尘埃，九转丹成在此台。
兔守药炉亭午睡，鹿衔芝草夜深来。
昔人已驾云中鹤，过客唯看石上苔。
怅望神仙不可见，秋风疏影自徘徊。

（十四）对弈台

古木阴高日影迟，石苔如镜草如丝。
偶然幽客来寻胜，曾见仙翁此弈棋。
花下紫苔眠白鹿，云中春树语黄鹂。
等闲一局推枰起，回首人间岁几时。

（十五）观音石

亭亭峭石破云封，来往人瞻大士峰。
半副袈裟千尺草，一瓶杨柳万株松。
岭云霭霭飞慈鸟，涧水清清化毒龙。
莫道皈依须有像，慈悲原不在仪容。

（十六）醉翁石

片石何因号醉翁，年年高卧此山中。
白云衣上莓苔绿，碧草茵前木叶红。
梦里乾坤千日酒，人间尘土五更风。
兴亡自古殊桑海，一枕清光万劫空。

（十七）犀牛迹

湘南自昔产文犀，此地曾经倚木栖。
乌戈本非横海物，黄支只在乱峰西。
空山夜静光生角，古涧春深雪满蹄。
我欲燃之驱百怪，遗踪唯见草萋萋。

（十八）桃花港

空山日暖鸟啼频，隐隐桃源曲径新。
两岸明霞春寂寂，一溪香雨石磷磷。
林间客醉花如酒，竹里僧眠草作茵。
安得渔郎频指引，就中应有避秦人。

（十九）捣药臼

采得神芝一味灵，间支石白对空青。
云中玉兔宵惊杵，月下清猿夜听经。
花雨散来香蔼蔼，轻风送去响叮叮。
蓝桥愧我神仙约，捣尽元霜梦未醒。

（二十）铁瓦庙

伏波遗殿倚山阳，涧水潺潺桧柏长。

庙祀至今传铁瓦，勋名原不仗椒房。
春深石屋莓苔古，秋满丹崖薜荔黄。
却怪云台俱泯灭，空山烟火正辉煌。

（二十一）沉香井

一勺清泉小径隅，水沉槛下隐珊瑚。
色香不省人间有，风味还推绝代无。
寻去飞花迷鸟道，携来香雨入僧厨。
笑予颇病长卿渴，愿剖髩苏调水符。

（二十二）仙人洞

深山古洞枕溪流，曾说仙人此地留。
杖履尚存苔藓迹，烟云长伴凤鸾游。
山林波散千峰雨，入穴凤鸣万壑秋。
最是经过多远思，落花啼鸟意悠悠。

（二十三）珍珠洞

不信珠还合浦滩，洞门高倚白云端。
一丛碧藓侵衣绿，七曜奇光照水寒。
倾出鲛人泪点点，解来神女珮珊珊。
澄波纵有骊龙卧，探取何妨掌上看。

（二十四）凤凰山

层峦矫矫自回翔，何处吹箫引凤凰。
石壁千寻巢翡翠，琼枝百尺响琳琅。
风生岩壑元霜冷，雨过溪桥竹实香。
肯为时清远一至，莫因楚国有遗狂。